STEFANIE GERSTENBERGER | Magdalenas Garten

Über das Buch

Nach dem frühen Tod ihrer Mutter wächst Magdalena bei den Großeltern auf, die ihre neugierigen Fragen nach dem unbekannten Vater nie beantworten konnten. Warum kehrte ihre Mutter dreißig Jahre zuvor allein von Elba zurück? Und wer ist dieser Mann, der seine Tochter nie kennenlernen wollte? Bei ihrem Versuch, das Geheimnis der unvollendeten Liebe ihrer Eltern zu entschlüsseln, lernt Magdalena Nina und Matteo kennen, mit deren Hilfe sie ihren Vater schnell zu finden hofft. Sie ahnt nicht, wie einschneidend die Begegnung mit den beiden für sie sein wird. Denn es soll eine schmerzhafte Suche mit überraschendem Ausgang werden – eine Suche, die ihren Anfang nimmt inmitten eines alten Zitronengartens auf Elba …

»Großartig! Dieses Buch lässt einen gedanklich ins warme Italien reisen – perfekt für Abende vor dem Kamin.«   *Lea*

STEFANIE GERSTENBERGER

Magdalenas Garten

Roman

Diana Verlag

Verlagsgruppe Random House FSC-DEU-0100
Das für dieses Buch verwendete
FSC®-zertifizierte Papier *Holmen Book Cream*
liefert Holmen Paper, Hallstavik, Schweden.

Taschenbucherstausgabe 02/2012
Copyright © 2010 sowie dieser Ausgabe 2012
by Diana Verlag, München,
in der Verlagsgruppe Random House GmbH
Dieses Werk wurde vermittelt durch
die Literarische Agentur Thomas Schlück GmbH, 30827 Garbsen
Redaktion | Angelika Lieke
Umschlagmotiv | © plainpicture / Briljans
Umschlaggestaltung | t.mutzenbach design, München
Satz | Leingärtner, Nabburg
Druck und Bindung | GGP Media GmbH, Pößneck
Printed in Germany 2012
ISBN: 978-3-453-35429-6

www.diana-verlag.de

Für Six.
Was wären Elba und dieses Buch ohne dich? Eben.

Per Six.
Che cosa sarebbero l'Elba e questo romanzo senza di te? Appunto.

1

Plötzlich meinte sie, das Meer rauschen zu hören. Wellen, die sich brachen, vielleicht ein paar Kiesel, die mitgekollert wurden. Doch das konnte eigentlich nicht sein, das Meer lag irgendwo hinter dem Restaurant, zu weit weg, um gehört zu werden. Auf dem Schild über der Tür stand »*Alla mezza Fortuna*«. Magdalena schnaubte. »Zum halben Glück«, wer hatte sich bloß diesen Namen ausgedacht?

Sie würde da jetzt hineingehen. Kurz schauen und wieder raus, dann wäre auch dieser Ort erledigt, abgehakt. Für das Meer blieb keine Zeit.

Gegenüber, vor der *Bar La Pinta*, standen einige der Rentner in der Sonne und lachten über irgendeinen Scherz von Stefan, ihrem Busfahrer. Die Dame, die ihre bunte Strickjacke nie auszog, hatte zwei Flaschen Olivenöl im Arm, den Rest ihrer Einkäufe aus dem Feinkostladen schleppte ihr Mann. Magdalena erkannte die Tüten mit gefärbter Pasta, eine grellgelbe Limoncinoflasche und zwei der typischen Früchtekuchen der Insel mit den leuchtend rosa Kirschen.

»Also, die Toiletten kann ich nur empfehlen«, sagte Resi im Vorübergehen und warf einen kurzen Blick auf ihre Armbanduhr, »in zehn Minuten geht's weiter.« Magdalena schaute ihr nach. Die Toiletten, immer ging es um die Toiletten. Wie viel Zeit hatte man, um sie zu benutzen, waren sie sauber, gab es

Wasser, gab es Seife? Mittlerweile hatten alle aus der Gruppe gelernt, den Wasserhahn mit einem Pedal in Gang zu setzen.

Magdalena lächelte und winkte über die Straße. Nur noch schnell in das »Halbe Glück« hier, in dem sie auch nichts finden würde. Egal, morgen ging es auf die Tagestour nach Lucca und Pisa. In Pisa sollte es ein Restaurant geben, das vielleicht infrage kam, der Portier des Hotels in Forte dei Marmi meinte sich zu erinnern, er hatte zuversichtlich genickt, bevor er versuchte, sich mit ihr zu verabreden. Pisa. Pisa. Pisa. Sie konnte es kaum erwarten, wieder von Elba herunterzukommen. Persönliche Belange vor den Gästen zurückstellen und immer freundlich bleiben, dachte sie, die sehen mir nichts an, die sind viel zu sehr damit beschäftigt, zu fotografieren und die Souvenirshops leer zu kaufen. Der Herr ohne Begleitung richtete das Objektiv seiner Kamera auf sie, er kam aus Rheine und hatte sich über sein Einzelzimmer beschwert, es war ihm nicht »modern« genug. Sie hatte viel gelächelt und ihm etwas von Flair, Seele, Ambiente und Authentizität erzählt. Unsere »Perlen der Toskana-Reise« im Mai.

Magdalenas Augen glitten noch einmal über die Fassade des Restaurants. Was für ein seltsamer Name, zum halben Glück. Aber warum eigentlich? Gab es denn das ganze, vollständige Glück überhaupt? Magdalena zuckte die Achseln, sie musste da jetzt reingehen. Sie drückte die Tür auf und warf einen flüchtigen Blick in die Runde, und mit einem Mal begann ihr Herz so stark zu hämmern, dass sie dachte, man müsse es sehen können. Wieso ausgerechnet hier? Aber es gab keinen Zweifel, sogar die Wandfarbe war dieselbe. Sie ging zwischen den besetzten Tischen hindurch, machte die letzten Schritte auf die Wand zu und strich mit den Fingerspitzen darüber. Unglaublich, es war bestimmt noch immer derselbe Anstrich, nach so langer Zeit. Er roch wahrscheinlich sogar noch wie früher. Langsam beugte sie den Kopf vor, aus den Augenwinkeln sah sie, dass der Wirt herüberguckte. Sie zog Hand und Nase zurück und holte mit zitternden Fingern das Foto aus ihrer Handtasche. Zwei Jahre lang hatte sie von diesem Augenblick geträumt, hatte für ihn in stickigen Unterrichtsräumen Italienisch gelernt und sich freiwillig in diese Fantasieuniform stecken lassen, doch jetzt, als der Moment wirklich da war, fühlte er sich ganz anders an, als er sollte.

Sie hatte plötzlich Angst. Verdammte Angst. Sie ging einige Meter zurück, schaute auf das Foto in ihrer Hand und wieder auf die Wand, dann rutschte sie mit den Füßen zehn Zentimeter nach links. Hier musste es gewesen sein, genau an dieser Stelle hatten die beiden sich vor 31 Jahren fotografieren lassen. Die Büste, die der Künstler mit wenigen dunkelbraunen Strichen auf die Wand geworfen hatte, war nicht besonders gut getroffen. Napoleon hatte keinen Hals, und seine linke Hand erinnerte an den unteren Teil eines Tintenfischs, der sich gerade im Ärmel des Waffenrocks versteckte. Die Säule, auf der er thronte, war zu kurz geraten, und so hatte es den Anschein, als ob der große Feldherr mit dem Rest seines Körpers in einen Eierbecher gestopft worden wäre. Doch unter das Porträt waren ein paar italienische Worte in unterschiedlich hohen Druckbuchstaben geschrieben worden. *QUI NAPOLEONE IL GRANDE NON HA MAI MANGIATO … MAI!* Napoleon der Große hatte nie im *Mezza Fortuna* gegessen, niemals; das skurrile Wandbild und die Buchstaben waren unverwechselbar. Das ›E‹ von *GRANDE* hatte der Maler nicht mehr in die Umrandung bekommen und ihm eine extra Ausbuchtung gemalt, die sich wie eine Beule nach rechts hervorschob und die zusammen mit dem ›D‹ auf dem Foto zu sehen war, im Hintergrund auf der olivgrünen Wand, direkt neben dem rechten Ohr. Seinem Ohr! Magdalena starrte auf die Schwingtür im hinteren Teil des Restaurants. Sie waren hier gewesen, sie war ihnen so nahe wie nie zuvor! Einen Moment lang befürchtete sie, die beiden Personen von dem Foto könnten tatsächlich aus der Küche kommen. Sie wollte nur noch laufen, sofort rauslaufen, nur weg, irgendwohin, bis sich ihr Herzschlag wieder beruhigt hatte.

»Stell dich doch nicht so an, rück mal ein bisschen weiter nach rechts, Edith, ich habe den Napoleon sonst gar nicht drauf!« Das mürrische Pärchen aus Düsseldorf, Platz 17/18, Mitte links, machte noch schnell ein Bild mit Napoleon und verließ dann das Lokal.

Magdalena lief ihnen hinterher. »Ich komme gleich«, rief sie Resi zu und schlug die einzige Richtung ein, die nicht durch vorbeifahrende Autos oder ihre Reisegruppe versperrt war. Stefan rief lachend etwas, das wie »unerlaubtes Entfernen von der Truppe« klang. Magdalena drehte sich nicht um, sondern bog in die kleine abschüssige Via del Mare ein und rannte sie im Laufschritt hinunter. Reiß dich zusammen. Das Foto ist tatsächlich dort im *Mezza Fortuna* aufgenommen worden. Wenn allein schon diese Tatsache dich so durcheinanderbringt, was passiert dann erst, wenn du anfängst, nach ihm zu suchen?

Die Straße endete am Strand, Magdalena stapfte über den Sand, streifte ihre Turnschuhe von den Füßen und ging langsam ins Wasser. Sie atmete tief durch. Die nächste Welle war klein, doch ihre Hosenbeine waren am Saum sofort nass, eine ganze Handbreit. Sie lief am Wasser entlang, es war Ende Mai, die Sonne hatte schon viel Kraft, und die blaue Wollhose war viel zu warm. Schwarze Algen kräuselten sich unter ihren Füßen, sie trat winzige Muscheln in den nassen Sand und ab und zu einen kleinen Stein. Die Endlosschleife in ihrem Kopf ließ ihr keine Pause. Elba. *Isola d'Elba.* Es ist also auf Elba geschehen. Hier auf der Insel. In ihrem Bauch breitete sich erneut ein angstvolles

Kribbeln aus, viel schlimmer als damals vor den Klassenarbeiten in Französisch, für die sie nie gelernt hatte.

Vereinzelte Menschen saßen auf ihren Handtüchern im warmen Sand, sie hatten kleine Rucksäcke und Wasserflaschen neben sich, lesende Pärchen schauten auf, als sie vorüberging. Ihr Gang war zu hastig, selbst für einen sportlichen Spaziergang raste sie unangemessen schnell über den Wassersaum am Meer. Mein Gott, sie war am Ziel, seit zwei Jahren hatte sie auf verschiedenen Busfahrten ganz Italien nach ihm abgesucht. »Bunte Frühlingsreise nach Sizilien«, »Schönes Südtirol« und »Gourmet-Tage in der Emilia-Romagna«, auch am Gardasee, in Rom und in Venedig hatte sie Reisegruppen durchgezählt. Und nun war sie am Ziel! Er könnte tatsächlich noch hier sein. War es vielleicht der da? Zu jung. Oder der Grauhaarige dort drüben? Der sah nicht italienisch aus, eher wie ein deutscher Studienrat. Als sie sich umblickte, sah sie, dass sie bereits einige Hundert Meter gegangen war, viel zu weit. Ein Blick auf die Uhr – sie war zu spät. Sie drehte um und rannte los, im Laufen steckte sie das Foto in ihre grüne Ledertasche, die an ihrem Riemen hüpfte. Die Turnschuhe lagen noch da, wo Magdalena sie ausgezogen hatte, schnell lief sie die Via del Mare wieder hinauf, rechts oder links? Sie entschied sich für links, durch die Straße mit den kleinen Cafés. Völlig außer Atem erreichte sie schließlich den Parkplatz. In knapp fünfzig Meter Entfernung sah sie den Doppeldeckerbus sich schwerfällig in Bewegung setzen.

»He! Anhalten, stopp!!« Die konnten doch nicht einfach ohne sie losfahren. Auf den ersten Metern lachte sie noch, falls einer der Gäste sie aus dem Rückfenster beobachten sollte. Dann biss sie die Zähne zusammen und spurtete richtig los. Damals, als Opa Rudolf sie auf der Aschenbahn der Schule trainierte, lief sie die fünfzig Meter in 8,7 Sekunden, eine sehr gute Zeit für ein zehnjähriges Mädchen, und auch heute, mit dreißig, war sie noch ziemlich schnell. Doch der Abstand war zu groß, der Bus bog ungerührt nach rechts auf die Straße ein und verschwand hinter einer Hecke.

Was sollte das, warum warteten die nicht auf sie?

War Stefan etwa ohne sie losgefahren, nur weil sie ein paar Minuten zu spät dran war? Er gehörte eigentlich nicht zu den Menschen, die Minuten aufrechneten und schnell böse wurden, doch jetzt, als sie ihn fast eingeholt hatte, gab er Gas. Die blauen Buchstaben auf der weißen Rückfront »Treva-Touristik – Ihre Luxusreise im Bistro-Bus!« entfernten sich hinter einer schwarzen Abgaswolke den steilen Berg hinauf. Magdalena wurde langsamer und kam auf dem Asphalt schließlich zum Stehen. »Das glaube ich doch jetzt nicht!«, rief sie keuchend, die Hände auf die Knie gestützt.

Langsam ging sie die Straße wieder zurück. In der Ferne, weiter oben auf dem Berg, hörte sie den Bus aufröhren, Stefan hatte einen Gang runtergeschaltet, um die Steigung besser zu bewältigen. Vor der *Bar La Pinta* stand ein schmächtiger Junge neben seinem Roller. Er war höchstens achtzehn und starrte sie an, offenbar hatte er die ganze Szene beobachtet. Wehe, du lachst jetzt. Sie sah ihm direkt in die Augen. Er hielt ihrem Blick stand. Sie zuckte mit den Schultern, was konnte er schon für die Zufälle in ihrem Leben, für die halben Sachen, die halben Wahrheiten, hinter denen sie herrannte. Er zuckte in derselben Weise zurück, sie grinsten beide. Magdalena klappte ihr Handy auf, um Stefan anzurufen, doch das Display blieb schwarz, sie hatte es heute Morgen auf der Hinfahrt im Bus laden wollen. Schwer ließ sie sich auf einen der Stühle vor der Bar fallen. Wenn etwas schiefgehen soll, geht es richtig schief, sagte Opa Rudi manchmal. Es hörte sich immer an, als freue er sich darüber. Nein, Rudi, das ist ein Wink des Schicksals, ich habe den Bus verpassen müssen, um ihn zu finden!

Eigentlich sollte sie in diesem Moment mit einem Korb voller Wasserflaschen und Apfelschorle ins Oberdeck des Busses steigen und sie den Gästen anbieten. Aber Resi war ja da, Resi konnte schon alles, sie würde für sie einspringen. Sie waren auf dem Weg nach Portoferraio, Besichtigung der Festung und Napoleons Villa. Susanna, die deutsche Reiseleitung für Elba, hatte den Tagesablauf für heute mehrmals wiederholt. Demnach hatte sie gut drei Stunden bis zur Abfahrt der Fähre. Die Zeit lief, sie musste sofort beginnen, und zwar im *Mezza Fortuna*. Sie erhob sich und ging hinüber.

Das Lokal hatte sich inzwischen geleert. Damals waren die Tischdecken rot-weiß kariert gewesen, zeigte ein Zipfel an der unteren linken Ecke des Fotos, heute waren die Tischtücher weiß und mit Brotkrümeln übersät, Gläser mit fettigen Fingerabdrücken und kleinen Rotweinpfützen, Teller mit Essensresten, leere Karaffen. Vor dem Wandbild trippelte Magdalena von einem Fuß auf den anderen, wieder breitete sich die Angst in ihrem Inneren aus und schnürte ihr die Kehle zu, wieder konnte sie es nicht fassen, dass da tatsächlich das halbe D und das E in seiner Beule an die Wand gepinselt waren sowie ein Stück der Umrahmung und ein schlecht gemalter Nagel. Details, nach denen sie schon so lange suchte.

»*Lei* ...?«, setzte sie an, als der Wirt, die Hände an seiner nicht sehr sauberen Schürze abwischend, auf sie zukam. Sie musste ihn siezen, doch wie dann weiter? Ihr Italienisch war auch nach dem dritten Volkshochschulkurs noch nicht besonders flüssig.

Wie frage ich ihn, ob er das *ristorante* schon 1979 geführt hat? Sie verhaspelte sich in zwei weiteren »*Lei's*« und der Jahreszahl, die sie doch eigentlich auswendig kannte. Verdammt, noch gestern habe ich für eine ganze Reisegruppe fünfzehn passende

Steckdosenadapter in dem kleinen Elektrogeschäft in Siena gekauft und damit ein paar Menschen sehr glücklich gemacht, und jetzt, wenn es um mich selbst geht, fällt mir nicht das richtige Wort ein. Endlich bekam sie den Satz zusammen.

»*Ma certo!*« Der Wirt bestätigte ihr, das Lokal im Jahr 1979 tatsächlich schon geführt zu haben. Doch nach einem kurzen Blick auf das Foto, das Magdalena ihm mit flatternden Händen unter seinen dicken Hals hielt, schüttelte er den Kopf.

»Hier liefen so viele von denen rum!«

»Aber schauen Sie doch noch mal genauer hin! Es ist sehr wichtig für mich.« Magdalena spürte, dass sie kleine Knickse beim Sprechen machte.

»Kenn' ich nicht. Äh, tut mir leid …« Er schaute ihr einen Moment lang nachdenklich in die Augen, doch dann brüllte er plötzlich: »Lidia, die Tische!«, und wandte sich ab. Magdalena warf einen letzten Blick auf Napoleon in seinem Eierbecher, verließ das Lokal und machte sich an die Arbeit.

Eine Stunde später hatte sie nicht nur fünf weitere Restaurants, sondern auch sechs Läden, eine Apotheke, einen *tabaccaio* und sieben Eiscafés abgeklappert. Das war's. Mehr gab es nicht in Procchio. Wieder setzte sie sich auf den Stuhl vor der Bar. Sie steckte das Foto in die Handtasche und atmete tief aus. Viele von denen, die sie hatte befragen wollen, waren einfach zu jung, die schieden aus, manche schnalzten nur verneinend mit der Zunge, einige sagten, es täte ihnen leid, niemand wusste etwas.

Plötzlich wollte sie nur noch weg, es war hoffnungslos. Elba hatte immerhin 223,5 Quadratkilometer, auf denen sie ihn unter gut 30 000 Einwohnern suchen musste, im Sommer kamen laut Reiseführer noch mal drei Millionen Besucher dazu. Ein ziemliches Getümmel, um jemanden zu finden. Vielleicht hatte er auch nie hier gelebt.

Der Junge mit dem Roller hatte die Stellung gehalten. Während Magdalena von einem Geschäft in das nächste lief und das Alter der Besitzer nach ihrem Aussehen und der Tiefe ihrer Falten abschätzte, hatte er mit Freunden geplaudert, war mehrmals um sein Fahrzeug gelaufen oder hatte darauf wie auf einem Karussellpferdchen gehockt. Eine ganze Stunde lang. Nun setzte er sich seinen Helm auf und warf den Roller an. Magdalena räusperte sich: »Fährst du nach Portoferraio, zur Fähre?«

Statt einer Antwort wies er mit einer knappen Kopfbewegung auf den Sitz hinter sich, Magdalena zögerte keine Sekunde, sie stieg auf, der Motor zog an, und sie schossen den Berg hinauf. Sie klammerte sich an den Haltegriff hinter ihr und legte sich mit dem Fahrer in die Kurven, wobei sie versuchte, seinen Rücken nicht mit ihren Brüsten zu berühren. Der Fahrtwind ließ ihre Haare flattern, der Junge fuhr schnell, er drehte richtig auf. Und bremste sofort wieder. Magdalena donnerte mit dem Kopf an seinen Helm und rieb sich die Stirn. Eine rote Ampel, die Straßenseite war gesperrt, der Fahrbahnbelag wurde ausgebessert. Während die Schlange der Autos hinter ihnen immer länger wurde, kamen ihnen auf der anderen Spur die Fahrzeuge entgegen. Magdalena starrte auf den Nacken des Jungen vor sich, noch einmal sah sie die roten Rücklichter des Busses davonfahren, was für ein Glück! Mit einem Mal hatte sie es wieder eilig, sie presste ihre Schenkel an den Sitz des Rollers und gab ihm die Sporen, sie wollte in den nächsten zwei Stunden wenigstens noch in Portoferraio herumfragen. Doch vorher musste sie unbedingt Stefan Bescheid sagen, der mit seinem Bus sicher schon an der Fähre stand. Die Busfahrer gingen nie mit in die Städte, sie saßen auf abgelegenen Parkplätzen und warteten – in Rom war es so gewesen, am Gardasee und in Tirol. Ganz Italien stand in dieser Minute voller Busse mit gelangweilten Busfahrern.

Endlich ging es weiter, immer höher schraubten sie sich, fuhren durch felsige Wände und dichten Wald, als sich plötzlich die Baumreihen öffneten und unter ihnen der *Golfo di Procchio* im Sonnenschein zu sehen war. Magdalena stöhnte leise, so wie auch immer das ganze Oberdeck stöhnte, wenn sie an einer besonders schönen Stelle vorbeikamen. Das Meer war ruhig und blau, der Sand so weiß wie an der Nordsee. Dort unten, in dieser Bucht, die sich wie eine glatte Ohrmuschel in die krakelige Küstenlinie einfügte, war sie gerade noch entlanggelaufen. Und wenn sie ihn tatsächlich fand? Vielleicht war er ein Mafioso geworden, die gab es auch in Norditalien. Oder er hatte fünf Kinder. Oder war zum dritten Mal geschieden. Sie legte sich mit dem Rollerfahrer in eine weitere Kurve. Rollerfahren machte wirklich Spaß. Magdalena genoss die Sonne auf ihren Schultern und dachte einen kurzen Moment an gar nichts, da machte der Junge plötzlich einen Schlenker. Sie nahm das grässliche Gefühl der unter ihr auf dem Rollsplitt wegrutschenden Räder wahr – und danach nichts mehr.

Sie lag auf dem Rücken, vor ihren Lidern war absolute Dunkelheit. In ihrem Kopf rauschte das Blut, dumpf und knisternd, wie wenn man unter Wasser schwebt. Warum spürte sie ihre Arme und Beine nicht? Es gab offensichtlich keine Verbindung mehr zwischen ihrem Gehirn und ihren Gliedmaßen. Das konnte nur eins bedeuten: Sie war gelähmt und wahrscheinlich auch für den Rest ihres Lebens blind und taub.

Ein Pfeifen, dann ploppte es kurz in ihren Ohren, als ob ein Korken herausgezogen würde, und sie hörte einen Vogel, der immer wieder die gleichen drei Töne zwitscherte. Sie konnte sich nicht bewegen, lag einfach da. Es war still, auch der Vogel war wieder verstummt, nur das Pfeifen blieb, es wurde regelmäßig laut und leiser, und irgendwann erkannte sie ihren Atem, der durch ihr linkes Nasenloch pfiff. Es kribbelte in ihren Händen. Ohne die Augen zu öffnen, versuchte sie die Finger zu bewegen. Es ging. Langsam tastete sie mit beiden Händen den Boden neben ihren Oberschenkeln ab: harte Erde, Kies, Rollsplitt. Dankbar, wieder etwas zu fühlen, presste sie die Steinchen in ihre Fingerspitzen, bis es schmerzte. Ihre Beine wurden plötzlich warm, vor ihren Augen entstand eine merkwürdige Helligkeit, sie stemmte die Lider hoch und erkannte über sich etwas, das aussah wie ein von öligem Dreck überzogenes Auspuffrohr. Magdalena schloss die Augen wieder. Was war passiert? Warum lag sie hier, und warum wurden in diesem Moment ihre Knie warm? Ihre nackten Knie. Da war was mit Napoleon. Und einem Steckdosenadapter. *Adattatore di spina di corrente elettrica.* Vermutlich hatte sie schwere Verletzungen, aber immerhin konnte sie sich noch an diese sechs italienischen Wörter erinnern. Es roch nach Schmieröl und Abgasen.

»Ouuh!«, rief jemand laut, sie zuckte zusammen.

»*Mi senti? Stai bene?*« Eine tiefe Stimme. Sie hörte ihn, konnte aber nicht antworten, so fest klebten ihre Lippen zusammen. Dicht über ihr hing ein Teertropfen an einer verkrusteten Manschette, ihr Gehirn arbeitete langsam, wie ein uralter Computer, doch mit einem Mal spuckte es ein Ergebnis aus: Sie lag unter einem Auto, und der Teertropfen würde ihr gleich auf die Stirn fallen. Schön, da hat wenigstens der Italiener da draußen etwas zu lachen.

»Nannini!«, rief er jetzt. Leichte Schritte kamen über den Kies in ihre Richtung. Geh weiter, Gianna Nannini, betete sie, lass mich einfach hier unten liegen.

»*Puoi muoverti?*« Ein rot angelaufenes, unrasiertes Gesicht tauchte neben ihr auf, zwei vor Anstrengung hervorquellende Augen. Ob sie sich bewegen könne. Sie wackelte zum Beweis mit den Füßen. Der Kopf verschwand wieder.

»Nannini!«, rief er erneut. Flip-Flops mit einem Blütenpu-

schel zwischen den Zehen traten an die Stelle des verschwun-
denen Kopfes, lackierte Fußnägel in Türkisblau. Was für eine
Farbe! Magdalena hatte sich die Fußnägel noch nie türkisblau
lackiert, sie hatte sich die Fußnägel überhaupt noch nie lackiert.
Sie waren so nah, dass sie nach ihnen hätte greifen können.
Nannini. Deren Fuß nervös auf und ab wippelte. Es half nichts,
sie musste wohl unter dem Auto hervorkommen. Vorsichtig
robbte sie mit den Hüften etwas nach vorn und stieß sich den
Kopf, von rechts und links wurde nach ihren Ellenbogen gegriffen, langsam half man ihr auf. Magdalena blinzelte in die
Sonne und schaute an sich herab. Ihre Hose war immer noch
nass, doch jetzt auch an beiden Knien aufgerissen, links hing
ein besonders großer Fetzen des blauen Wollstoffs herunter, ihr
linker Turnschuh fehlte. Der Roller lag mit verdrehtem Lenker
neben ihnen, der Junge beugte sich über einer flachen Mauer
am Rande der Parkbucht. Er hielt seine rechte Hand wie ein
rohes Ei in der linken und erbrach sich hinunter in das Dickicht.
Der Mann mit dem roten Gesicht ließ Magdalena los und ging
zu ihm hinüber. Eine Welle der Übelkeit stieg in ihr hoch.

»Es ist nichts passiert, du bist nur unter mein Auto gerutscht,
das hier stand. Wir wollten gerade losfahren, aber ich hatte den
Autoschlüssel oben vergessen.« Die junge Frau mit den türkisblauen Fußnägeln hielt Magdalena an den Schultern fest und
schaute sie mit großen Rehkitzaugen prüfend an.

»Geht schon«, sagte Magdalena in der Hoffnung, sie würde
sie loslassen. Ihre blonden Haare hatte Nannini zu zwei kurzen
Zöpfen geflochten, einzelne Strähnen sprossen wild daraus hervor und verdeckten fast ihre winzigen Ohren. Sie sah aus wie
eine zerzauste Barbiepuppe, war aber ungeschminkt und ungefähr so alt wie sie.

»Das ist alles nicht so schlimm, wie du denkst!« Das Mädchen namens Nannini lächelte breit. Woher willst du wissen,

was ich denke?, dachte Magdalena und bemerkte eine Lücke zwischen Nanninis Vorderzähnen, die sie noch mädchenhafter erscheinen ließ. Männer fanden diese Mischung aus Rehaugenblick und frecher Zahnlücke wahrscheinlich unwiderstehlich.

»Wer kann die Frau Kirsch zwingen, so etwas anzuziehen?« Nannini kicherte leise. Magdalena schaute suchend nach dem Namensschild, das tatsächlich immer noch an ihrer Weste hing.»Was ist das für eine Uniform?«

Sie zuckte mit den Schultern und schaute auf den Boden. Auch ohne zerrissene Uniform hätte sie sich neben dieser Gianna Nannini nicht gerade wunderschön gefühlt. Wie sie schon dastand, wie eine Ballerina, die Füße bildeten ein geöffnetes V, ihre ganze Figur war schmal und sehnig, ihr Busen dagegen wirkte angeklebt wie zwei hervorspringende Tennisballhälften, zu auffällig für eine Tänzerin.

»Ich bin Nina.«

»Nina Nannini«, murmelte Magdalena, ihre Zunge stieß dabei schwerfällig an den Gaumen.

»Nina reicht, Matteo nennt mich manchmal Nannini, wenn er mich dringend benötigt oder nerven will. Wir fahren euch ins Spital, es dauert zu lange, bis die Ambulanz da oben ist.« Ihr melodischer Akzent kam Magdalena bekannt vor. Auf ihrer Reise nach Tirol, nach Bozen, in die Stadt der Frühlingsblumen, vier Tage Halbpension, Tagesausflug in die Dolomiten inklusive, hatte sie ihn gehört. Dort oben sprachen sie neben Italienisch und Ladinisch auch ein seltsam singendes Deutsch wie Nina, die sie jetzt behutsam einige Schritte führte und an der Mauer abstellte, als sei sie eine kostbare Vase.

»Hock dich erst mal her.« Sie setzte sich neben sie und strich ihr wie einem Kind die Strähnen aus der Stirn. Magdalena starrte auf ihre Hände, die zum zweiten Mal an diesem Tag zitterten. Ihr freiliegender Oberschenkel war von Staub bedeckt und von tiefen Schrammen durchzogen, von denen sich die letzten gerade punktförmig mit Blut füllten.

»Matteo!« Nina rief ihm etwas auf Italienisch zu, in dem das Wort für »Autoschlüssel« vorkam. Der Mann mit dem unrasierten, jetzt nicht mehr ganz so roten Gesicht klopfte dem Rollerfahrer leicht auf den Rücken, wandte sich dann ab und überquerte die Straße. Dabei ließ er seine breiten Schultern aufrecht wie ein Boxer von rechts nach links schaukeln. Welche Gewichtsklasse? Opa Rudolf würde das sofort erkennen. Bei der Größe wahrscheinlich Halbschwergewicht, oder war er vielleicht Ringer? Ein Ringer, der nicht in bester Form war und das auch wusste. Er zupfte sein etwas zu kurzes schwarzes T-Shirt über die Hüften, als ob er ihre Blicke im Nacken spürte. Erst jetzt bemerkte sie die Treppe gegenüber der Parkbucht, die sich durch terrassenförmig angelegte Rabatten oben zwischen den hohen Kiefern verlor. »POLO« las sie in verblassten Buchstaben auf der schmutzig gelben Mauer. Der Mann sprang über die Absperrkette, die sich über die gesamte Breite der Treppe spannte, und verschwand, zwei Stufen auf einmal nehmend, zwischen Baumstämmen, Büschen und fleischigen Agaven. Meine Güte, wie soll ich das Frau Petri von der Geschäftsleitung erklären? Wie soll ich das Opa Rudolf erklären? Ich bin in einen Unfall mit einem Rollerfahrer verwickelt, den ich überhaupt nicht kenne, mitten auf einer bewaldeten Bergstraße vor einem Nachtclub zwischen Procchio und Portoferraio. Ein Boxer mit dem klangvollen Namen Matteo springt gerade vor mir eine Treppe hinauf, während seine Freundin Nina Nannini mir unablässig über den Kopf streichelt.

Der Rollerfahrer hörte endlich mit dem Würgen auf. Es war still, kein Auto fuhr mehr vorbei. Am Fuße der Mauer, direkt neben Magdalenas noch vorhandenem Turnschuh, blühte eine einzelne Mohnblume friedlich vor sich hin. Sie meinte plötzlich, noch nie etwas Tröstlicheres gesehen zu haben als diese perfekten, roten Blütenblätter. Eine trostreiche Mohnblume … vielleicht hatte sie ein schweres Schädeltrauma und ahnte nichts davon. Die Sekunden vergingen, eine Fliege setzte sich auf ihr blutiges Bein. Nina scheuchte sie davon.

»Wie heißt du denn noch, außer Frau Kirsch?«

»Magdalena. Magdalena Lucia.«

»Magdalena Lucia«, wiederholte Nina, »klingt sehr italienisch.« Nina schaute sie fragend an. Italienerin? Deutsche? Oder beides? Magdalena nickte. Mit ihrer hellen Haut, den blassen Augenbrauen und den dunkelbraunen Haaren konnte sie alles sein.

»Meine Mutter …«, begann sie zu erklären und sprang sogleich entsetzt hoch, um dann, wie nach einem Schwinger in den Magen, wieder zusammenzuklappen.

»O nein, wo ist das Foto!?« Ihre Stimme kippte.« Wo ist das Foto von meiner Mutter, wo ist meine Tasche?« Sie stemmte sich erneut hoch und hinkte über den kleinen Platz, bückte sich, um unter den hohen, altmodischen Jeep zu schauen, unter dem sie gelegen hatte, »Lada« stand hinten drauf. Nirgends konnte sie ihre Tasche entdecken. Als sie den Müllcontainer umrundete, fand sie ihren linken Turnschuh und ihre Sonnenbrille, hob beides auf, schlüpfte vorsichtig in den Schuh und schaute in das steil abfallende Buschwerk hinab, das hinter der Mauer begann. Die Tasche war spurlos verschwunden – und mit ihr das Foto. Magdalena sank auf der Mauer zusammen, Tränen schossen ihr in die Augen. Nina kam herüber, umarmte sie und reichte ihr ein Taschentuch.

»Wir werden alles finden, die Tasche, das Foto, deine Mutter, alles, ganz bestimmt.«

»Nein«, schluchzte Magdalena, »das kann ich mir nicht vorstellen.«

2

Auf dem Rückweg vom Krankenhaus schaukelten sie erneut durch die Kurven, diesmal bergauf, der Lada-Jeep wirkte auch von innen nicht besonders modern oder schnittig und hatte auch keine guten Stoßdämpfer. Magdalena tat alles weh: ihr Kopf, ihre Pobacke, in die der Arzt seine Spritze gejagt hatte, ja selbst das Atmen. Sie strich das OP-Hemd glatt, das sie sich wie einen Rock um die Hüften geknotet hatte, ein angenehm luftiges Gefühl, dachte sie, vielleicht sollte ich doch irgendwann mal ein Kleid tragen. Den hilfsbereiten Rollerfahrer hatten sie gleich dabehalten, er hieß Giorgio und hatte sich Schienbein und Handgelenk gebrochen. *Sie* aber hatte der Arzt mit einer leichten Gehirnerschütterung, ohne Hosen und mit einem dick mit Mullbinden und Leukoplast verpackten Bein entlassen.

»Ihr habt Glück gehabt! Hättet ja auch unter ein entgegenkommendes Fahrzeug geraten können.« Matteo trommelte mit beiden Händen auf das Lenkrad und haute kurz auf die Hupe, als ihm ein Cinquecento weit auf seiner Fahrbahn entgegenkam. Wieder sah sie auf seinen Nacken, der gut zu erkennen war und nicht wie bei einigen Bodybuildern vor lauter Muskelsträngen zwischen Kopf und Schultern verschwand. Sein schwarzes Haar wurde an einigen Stellen schon etwas dünn.

»Es ist doch gar nicht viel passiert«, meinte Nina, die neben ihm saß und ermunternd zu Magdalena nach hinten schaute.

»Na ja, wenn du meinst«, murmelte Matteo. Ob sie sich sonst wohl auf Italienisch unterhalten und nur meinetwegen dieses seltsam gesungene Deutsch sprechen?, fragte sich Magdalena. Immer weiter ging es den Berg hinauf, die Kurven waren eng, fast streiften sie die gelb blühenden Hängepflanzen und die ohrenförmigen Auswüchse der Kakteen.

»Dieser *Dottore* Gavassa, wie der dich angeschaut hat, Nannini!«

»Ach, Matteo, der hat geschaut wie *alle.*«

»Ja eben! Er hat dich ja schon mit den Augen ausgezogen!«, knurrte er.

»Ohne ihn wären wir nicht schon wieder draußen. Wir haben noch nicht mal eine Stunde gebraucht, das war rekordverdächtig.« Nina wandte sich an Magdalena. »Jetzt finden wir erst mal deine Tasche. Und wohin sollen wir dich danach bringen? In welchem Hotel wohnt deine Reisegruppe?«

Matteo fuhr rasant in eine Linkskurve, Magdalena presste die Lippen zusammen und klammerte sich noch stärker an den Griff über der Tür. Sie wollte nicht mehr weinen, ihre Augen waren von ihrem Tränenausbruch in der Parkbucht noch geschwollen.

»Elba war nur ein Tagesausflug, unser Hotel ist in Forte dei Marmi, oben an der Versilia-Küste, dahin müssen wir noch heute Abend zurück. Der Bus fährt in einer knappen Stunde wieder auf die Fähre, also eigentlich in fünfzig Minuten. Schaffen wir das?« Matteos »mhmm« konnte alles bedeuten, Magdalena sagte lieber nichts mehr, sondern schaute aus dem Fenster auf die Bucht, die rechts unter ihnen zu sehen war.

Die Straße wurde eben, nach hundert Metern begann die schmutzig gelbe Mauer des Nachtclubs. Matteo lenkte den Wagen in die Parkbucht, machte den Motor aus und zog mit einem Ruck die Handbremse an.

»Willkommen hier oben bei uns im *POLO*!«, sagte er leise. Steifbeinig stieg sie aus. Der Motorroller stand nun an die Mauer gelehnt, wie Magdalena hatte auch er tiefe Schürfwunden davongetragen. Sie suchten alles ab, gingen am Straßenrand entlang, durchkämmten die abfallende Böschung und spähten in die Kronen der Bäume, die sich unter ihnen zu einem dichten grünen Teppich verbanden, doch ihre Tasche blieb unauffindbar.

»Warum muss die auch unbedingt grün sein?«, stöhnte Nina.

»Um genau zu sein: ein dunkles Flaschengrün«, sagte Magdalena.

»Ich habe eine Idee!« Begeistert klatschte Nina in die Hände. »Wir telefonieren dich einfach an, dann hören wir es klingeln!« Sie ließ sich von Magdalena die Nummer diktieren, dann gingen sie beide auf Zehenspitzen an der Mauer entlang und lauschten mit vorgerecketen Köpfen: nichts.

»Ach«, Magdalena griff sich an die Stirn und entdeckte dabei die Beule wieder, die von dem Zusammenprall mit Giorgios Helm stammte, »das geht ja gar nicht, der Akku ist leer!« Nina streckte ihr ihr eigenes Handy entgegen. »Möchtest du jemanden anrufen?« Magdalena schüttelte den Kopf, sie wusste Stefans Nummer nicht auswendig.

»Ich muss die Tasche wiederhaben, ohne das Foto kann ich nicht gehen!«

Durch die Bäume drang kaum Licht auf den Boden. Magdalena starrte verzweifelt hinab – die staubig riechende Finsternis würde ihre Tasche nie freiwillig wieder hergeben. Natürlich hatte sie zu Hause Kopien von dem Foto, in ihrem Computer hatte sie es immer weiter vergrößert und vergeblich nach Details im Hintergrund durchleuchtet, aber das sagte sie nicht. Sie war plötzlich überzeugt, sie würde ihn niemals finden, wenn sie das Foto dort unten zwischen den Bäumen verloren gab. Sie suchten weiter.

»Ich steig' runter!« Matteo ließ sich in das Dickicht herab. Er krallte sich an den Büschen und Bäumen fest, doch Sekunden später brach einer der Äste mit lautem Knacken, und er rutschte auf der vertrockneten Laubschicht einige Meter tiefer außer Sichtweite. Sie hörten ihn fluchen. Dann Stille. Kurze Zeit später kam er das steile Gefälle auf allen vieren wieder hochgeklettert. Schwer atmend zog er sich über die Mauer.

»Unmöglich. Wenn sie da runtergekugelt ist, werden wir sie kaum finden, jedenfalls nicht mehr heute. Das ist nicht unbedingt hell da drin, und draußen wird es auch bald dunkel.« Das Deutsch von Matteo war noch komischer als Ninas, eine Weile klang es ganz normal, bis er eins seiner lustigen Worte benutzte, das nicht passte. Matteo zeigte zum Himmel, wie um zu beweisen, dass die Sonne bereits hinter dem Berg verschwunden war.

»Das heißt also, die Tasche ist weg, für immer.«

Nina streichelte beruhigend Magdalenas Arm.

»Nein, nein! Wir finden sie!« Matteo zupfte an seinem T-Shirt und rieb an einem moosigen Fleck herum.

»Was ist da schon drin? Geld, EC-Karte, Handy, Ausweis? Kann man alles ersetzen.«

Magdalena schüttelte den Kopf und ließ sich mit abgespreiztem Bein langsam auf der Mauer neben der Mohnblume nieder.»In der Tasche ist das einzige Foto von meiner Mutter, das hier auf Elba aufgenommen wurde! Unten im Restaurant *Alla mezza Fortuna*, vor dem Napoleon-Wandbild.«

»Ah«, sagte Matteo, »*qui Napoleone il grande non ha mai mangiato.*«

»Genau das!«

»Touristenkram«, brummte Matteo.

»Nun lass sie halt erzählen! Matteo, du bist echt lästig heute«, rief Nina.

»Stimmt, Touristenkram«, sagte Magdalena. »Aber doch ganz lustig, weil überall sonst auf der Insel angeschlagen steht, hier hat er gesessen, diesen Brunnen hat er gebaut, diese Bäume gepflanzt. Die Leute lieben das, sie haben sich gegenseitig vor dem Schild fotografiert.«

»Du warst also schon oft auf Elba«, stellte Nina fest.

»Nein, heute das erste Mal, für einen Tag.«

Elba an einem Tag, Palermo an einem Tag, ganz Italien an einem Tag, je schneller, desto besser. Es hatte außer dem Foto keinen Anhaltspunkt gegeben, sie hatte irgendwo mit ihrer Suche anfangen müssen. Ob im Norden oder im Süden, ganz egal. Die Restaurants interessierten sie, besonders die Beschaffenheit der Wände, beim Anblick von rot-weiß karierten Tischdecken wurden ihre Hände feucht. Das Land war voll davon. Was sie auf den hastigen Städtetouren nicht mitbekam, holte Magdalena sich aus ihren Reiseführern, die sie verschlang wie andere Leute Krimis. Geschichtliche Jahreszahlen, Ortsnamen, Sehenswürdigkeiten und Rubriken wie Kultur & Kulinarisches blieben ohne Anstrengung in ihrem Gehirn haften.

»Diese Touren eben, ach, ihr wisst ja.« Magdalena biss die Zähne zusammen, schon wieder war ihr nach Weinen zumute, anscheinend war sie völlig durcheinander.

»Also ganz ruhig, *piano, piano*«, beschwichtigte Nina sie. »Warum bleibst du nicht bis morgen, wir suchen in Ruhe noch mal den ganzen Urwald hier ab, und dann fährst du deiner Gruppe hinterher. Was ist das überhaupt für ein G'schäft, und wo sind die denn jetzt? Warten die nicht schon auf dich?«

»Die Firma heißt Treva-Touristik, der Busfahrer Stefan Glink, er macht immer Witze, um die Gruppe bei Laune zu halten.«

»Treva-Touristik, Busfahrer, Stefan Glink«, wiederholte Nina, als ob sie herausfinden wollte, welche Sprache Magdalena spräche. »Na, der macht sich doch bestimmt fürchterliche Sorgen, dass du nicht kommst. Los, telefonier ihn an!« Wieder hielt sie ihr das Handy vor das Gesicht. Aber Magdalena schüttelte den Kopf und wischte sich ihre Nase mit dem Handrücken ab. Das Taschentuch von Nina hatte sie irgendwo im Krankenhaus verloren.

»Soll der sich doch Sorgen machen, der hat mich vergessen, ist einfach ohne mich weggefahren!«

Matteo sah sie an und nickte, als ob er Stefan gut verstehen könnte.

»Vielleicht, weil ich ein paar Minuten zu spät war. Ich … ich habe nach jemandem gesucht.«

»Aber was machen die jetzt ohne dich, als Reiseleiterin?«

»Ich bin keine Reiseleiterin«, wehrte Magdalena ab, »ich fahre nur im Bus mit, zähle zehnmal am Tag die Gäste durch, damit wir keinen verlieren, koche Kaffee, schmiere Brötchen und mache Gulaschsuppe in der Mikrowelle warm.«

Auf dem Tagesausflug nach Elba hatte sie außerdem die Tickets für die Überfahrt im Hafenbüro in Piombino kaufen und die Gruppe durch die große Verladeluke auf die Fähre führen müssen, wo sie aufgescheucht umherirrte, bis jeder ein Plätzchen auf dem Sonnendeck gefunden hatte. Am Hafen von Portoferraio hatte dann die deutsche Reiseleiterin auf sie gewartet. Eine braun gebrannte Susanne, die jeden zweiten Satz mit »ja, meine lieben Herrschaften, sehen Sie mal genau hin« begann. Auch bei Panoramafahrten durch das Tiroler Land oder an der sizilianischen Küste entlang kamen Reiseleiterinnen an Bord. Sie saßen vorne beim Busfahrer auf dem drehbaren Beifahrersitz mit dem Mikrofon in der Hand und trugen den Gästen im oberen Stock die Geschichte des Landes vor. »Stefan hat ja Resi an Bord, die Neue, die ich gerade einarbeite. Die kann schon alles, was sie als Bord-Stewardess können muss.«

Resi war mindestens zwanzig Jahre älter als sie und hatte vorher in einem Café gearbeitet. Bereits beim Beladen des Busses hatte sie die kleinen Mineralwasserflaschen geschickt einsortiert (mit Kohlensäure, ohne Kohlensäure, gekühlt, ungekühlt) und die Schränke und Hohlräume unter den Bänken vorher ganz ohne Aufforderung mit einem feuchten Lappen ausgewischt. Sie plauderte gern mit den Gästen, kannte schon bald einige Vornamen und hatte sogar einen selbst gebackenen Käsekuchen dabei, der am ersten Tag der Fahrt schon kurz hinter Düsseldorf für 1,20 Euro pro Stück verkauft war. Sie hatten sich mit einem kleinen Augenverdreher zugelächelt, als Stefan mit seinem Spruch »oben reisen, unten speisen« auf den ersten Metern der Autobahn kurz hinter Rheine die Vorzüge des Bordbistro-Busses anpries. Resi würde Stefan nicht hängen lassen.

»Bord-Stewardess! So nennt man euch?«, fragte Nina und ließ sich das Wort noch einmal auf der Zunge zergehen. Bei ihr klang es lustig, wie alles, was sie sagte.

»Und dazu die schönen Uniformen … wie eine Schaffnerin schaust du darin aus, leider ist nur noch die Hälfte erhalten.«

Magdalena nestelte an ihrer blau-rot gestreiften Weste herum und stellte fest, dass das weiße T-Shirt darunter an der linken Schulter dreckig und aufgescheuert war.

»Ich mache den Job ja nur ein paar Wochen im Jahr. Viele tragen die Uniform nur am Anreisetag und wenn es dann wieder zurückgeht. Sie ist nicht wirklich schön, aber eine Sache ist praktisch daran, so weiß ich wenigstens jeden Morgen, was ich anziehen soll.« Sie zog den OP-Kittel, der luftig um ihre Schenkel flatterte, ein bisschen weiter nach unten.

»Also gut, dann ist ja alles klar, du bleibst eine Nacht hier bei uns, und morgen fährst du schön gemütlich mit der Fähre und dem Zug deiner Gruppe hinterher nach Forte dei Marmi.«

»Das dauert Stunden, Nannini!«

»Ich weiß, aber wenn sie doch ohne ihre Tasche nicht fortkann.«

»Ohne das Foto!« Magdalena zog die Nase hoch. »Ich muss es einfach wiederhaben!« Abrupt stand sie auf, aber der Boden unter ihr schien Wellen zu haben, ihr wurde schwindelig, und das Gesicht von Matteo rutschte in den Himmel. Sie spürte seine hartgummiartigen Oberarme unter ihrem Kopf.

»Wir bringen sie hoch zu uns«, bestimmte Nina. Ihr Ton kam von weit her, duldete aber keine Widerrede.

»Zumindest die schönste Pflanze, die du in letzter Zeit gepflegt hast«, sagte Matteo. »Die andere ist ja auch gerade erst fort.« Was für Pflanzen?, dachte Magdalena. Ich mag Pflanzen. Matteos tiefe Stimme brummte angenehm an ihrem Rücken, sie konnte blaue Himmelsdreiecke durch die Zweige der Pinienkronen sehen. Immer mehr Stufen, es ging höher und höher. Sie schloss die Augen, es war ihr gleichgültig, wohin sie sie brachten. Matteo brummte weiter, jetzt auf Italienisch, sie hörte ihn schnaufen und Ninas Stimme hell zwitschern. Eine Tür wurde aufgestoßen, sie war so müde.

Als Magdalena die Augen aufschlug, lag sie auf einem Bett und blickte an die Zimmerdecke über sich. Ihr Mund lächelte noch über einen sich gerade verflüchtigenden Traum, als ihr ein Schreckensstoß in die Eingeweide fuhr und sie sich wieder erinnerte: an den Roller und die Fahrt auf der Bergstraße, das Auto von unten, an Nina und ihren kräftigen Freund, den Arzt im Krankenhaus und ihre Reisegruppe, die seit 18.00 Uhr an der Fähre auf sie wartete! Magdalena setzte sich auf, prompt meldete ihr linkes Bein sich mit einer Schmerzensfanfare, die ihr bis unter die Schädeldecke schoss. O verdammt, wie viel Uhr mochte es sein, Stefan und Resi mussten inzwischen gemerkt haben, dass ihr Zuspätkommen einen ernsthaften Grund hatte. Ließen sie die elbanische Polizei schon die Insel nach ihr absuchen? Sie musste Stefan sofort anrufen!

Aber was soll ich ihm sagen, wo ich bin?, dachte sie. Ohne den Kopf allzu viel zu bewegen, ließ Magdalena sich auf das Kissen zurücksinken. Obwohl es in dem Zimmer dämmrig war, konnte sie in dem grünlichen Licht, das durch die Fensterläden links von ihr sickerte, erkennen, dass alles um sie herum weiß war: die Wände, die Decke, auch das Laken, das ihren Körper bedeckte. Hinter der Tür hörte sie gedämpfte Stimmen. Als sie das Laken anhob, sah sie ihr linkes Bein wie ein gut verschnürtes Paket darunterliegen. Dumpf puckerte der Schmerz darin, und sie wagte nicht, den Verband zu berühren. Außerdem trug sie nichts weiter am Leib als ihre Unterwäsche – einen nicht gerade neuen Schlüpfer in Hellblau und einen angegrauten Sport-BH, den sie schon längst hatte aussortieren wollen.

Zieh immer deine beste Unterwäsche an, wenn du in die Stadt gehst. Falls dir etwas passiert und du ins Krankenhaus kommst, musst du dich wenigstens nicht schämen. Ein Spruch von Oma Witta, die sie leider viel zu früh mit der Erinnerung an ihre guten Ratschläge allein gelassen hatte. Wer hat mich denn ausgezogen?, überlegte Magdalena. Nina vermutlich, hoffentlich hat sie vorher ihren Leibwächter aus dem Zimmer geschickt.

Magdalena war immer noch schwindelig, mit einer langsamen Drehung des Kopfes schaute sie sich um. Das Zimmer war winzig, das Fußende des Bettes stieß beinah schon an die Tür, an den Wänden hing kein einziges Bild, nicht einmal einen Nagel konnte sie entdecken. Dafür blieb ihr Blick an einem Kleiderschrank ohne Türen hängen, in dem sich bunte Kleidungsstücke auf ihren Bügeln aneinanderpressten, einige waren halb herausgezogen, schief, wie Vogelscheuchen. Vorsichtig richtete sie sich auf und knipste die kleine Nachttischlampe an, die auf einer Apfelsinenkiste neben dem Bett stand. Himmel, wie viele Klamotten! Wahrscheinlich war Nina eines dieser anstrengenden Gucci-Modepüppchen. Aber ein sehr nettes Modepüppchen, immerhin hatte sie einer wildfremden Person ihr Bett überlassen. In ihrem Kopf begann Magdalena die Kleidungsstücke nach Farben zu ordnen, alles Weiße nach links, dahinter die beigefarbenen Teile, die beiden gelben gehörten daneben, dann die hellorange Jacke, oder was immer das auch war, jetzt das dunklere Orange, als Nachbarin bekam es die karmesinrote Bluse mit den Flamencorüschen. Nur mit einiger Anstrengung konnte Magdalena ihr Hirn davon abhalten, den Berg Schuhe, der auf dem Boden lag, in der gleichen Weise zu sortieren. Zu Hause hatte sie die Buchrücken in allen Bücherregalen und auch die Shampoo- und Duschgelflaschen im Bad harmonisch nach Farben angeordnet. Opa Rudolf ließ sie gewähren, angeblich hatte sie schon als Dreijährige im Kindergarten die Jacken auf diese Weise sortiert und durcheinandergebracht.

Es klopfte an der Tür. Nina schob sich durch den schmalen Spalt, den das Bett ihr ließ, ins Zimmer. Sie umtänzelte das Schuhgebirge auf dem Boden und stellte einen Teller auf der Nachttischkiste ab. Magdalena blinzelte in das Zahnlückenlächeln, Nina war wunderschön.

»Wie geht es dir?«, flüsterte sie jetzt, wartete Magdalenas Antwort aber gar nicht ab. Ihr Anblick schien sie zu überzeugen, denn mit kräftigerer Stimme fuhr sie fort: »Ricotta-Spinat-Ravioli mit etwas zerlassener Butter, das Einzige, was Mikki einkauft, aber damit kennt er sich aus. Er kommt aus der Emilia-Romagna, dort sind die Weltmeister der Teigtaschen.«

Magdalena nickte stumm. Nina war so lieb zu ihr – warum eigentlich?

»Mikki ist unser DJ. Dünn wie ein Spargeltarzan, immer bekifft und immer hungrig.« Sie reichte Magdalena die Gabel. »Kannst du ruhig essen.« Magdalena aß, aber nicht ruhig, es duftete einfach zu köstlich. Gierig schob sie sich eine der Taschen in den Mund und bemühte sich dann, wenigstens gesittet zu kauen.

»Hast du denjenigen eigentlich gefunden?«

»Bitte?!« Der Bissen blieb Magdalena auf halbem Weg in der Speiseröhre stecken.

»Du hast heute Nachmittag gesagt, du wolltest jemanden suchen. Und, hast du ihn oder sie gefunden?«

Sie schluckte: »Nein. Es war schwieriger, als ich dachte. Aber ich muss unbedingt Stefan Bescheid sagen, wo ich bin. Verdammt, ich kann noch nicht mal seine Nummer auswendig …!«

»Alles schon passiert!«, unterbrach sie Nina. »Schöne Grüße und gute Besserung von der Treva-Geschäftsleitung!« Sie lachte: »Die sind ja wirklich schnell. Noch während meines Anrufs haben sie ihn am Handy gehabt. Er weiß also Bescheid, war mit dem Bus bereits auf der Fähre. Und du sollst einen gelben, grünen, weißen Schein, irgend so einen Schein eben, vom Spital mitbringen, haben die gesagt, für die Versicherung.«

»Aber? Woher weißt du …?«

Wieder unterbrach Nina sie: »Ich habe die Treva-Touristik gegoogelt, da angerufen, von deinem Unfall erzählt und nach Stefan Glink gefragt. Sie haben mir sogar seine Telefonnummer gegeben, aber dieses Gespräch solltest du vielleicht lieber selbst führen …« Ihr Blick wanderte von Magdalenas Gesicht zu dem verpackten Bein, das sich wie die dickere von zwei großen Würsten unter dem Laken abzeichnete.

»Tut noch weh, oder?« Magdalena nickte mit vollem Mund. Nina stemmte die Hände resolut wie eine Krankenschwester in ihre schmalen Hüften und rief mit verstellter Stimme: »Alkohol, Kind, du brauchst deine Tabletten und Alkohol, bin gleich wieder da.« Sie legte ihr Handy neben Magdalenas Bein ab und verließ das Zimmer.

Nun erst recht hungrig, spießte Magdalena die nächste buttrig glänzende Teigtasche auf, und während sie hinter der Tür Gelächter hörte und der süßliche Geruch von angebratenen Zwiebeln darunter hindurchzog, wurde ihr klar, dass sie nicht Stefan, sondern ihren Großvater Rudolf anrufen wollte. Sie tippte seine Nummer ein und wartete, aber Opa Rudi war nicht da. Natürlich nicht, es war ja Donnerstag, da gab er sein berüchtigtes »sanftes« Boxtraining, ebenso wie am Montag, und auch der Rest der Woche lief bei ihm nach einem unumstößlichen Plan ab. Magdalena holte tief Luft, als sie ihre eigene Ansage auf dem Anrufbeantworter hörte, »Guten Tag, wir sind im Moment nicht zu Hause …« Mensch, Rudolf, wollte sie am liebsten schreien, du musst doch von Elba gewusst haben, du musst gewusst haben, dass es hier passiert ist. Warum hast du nie etwas gesagt, wenn ich dich danach gefragt habe? Doch ihr fehlten mit einem Mal die Worte, und sie stotterte nur etwas von ihrem verlorenen Handy, der verpassten Fähre und dem Plan, am nächsten Tag dem Bus mit dem Zug hinterherzufahren. »Morgen früh rufe ich dich an, und am Sonntagabend bin ich ja schon wieder zu Hause. Bis dann.« Sie legte auf. Wunderbar, sie hatte es wieder einmal geschafft, Italien aus ihrem Telefonat auszuklammern – keine Ortsnamen, keine italienischen Begriffe, sie befand sich in einem Niemandsland, das sie vor ihrem Großvater nicht erwähnte.

So, und weil es so großartig lief, könnte sie doch bei Florian gleich weitermachen mit dem Lügen. Aber nein, keine Nachricht für Florian. Sie hatten sich für den Zeitraum von einer Woche ein SMS-Verbot auferlegt, Funkstille, eine Pause zum

Überlegen für sie beide. Florian hatte sich bis jetzt auch daran gehalten, und irgendwie kränkte sie das. Sie hätte ihm sofort zurückgeschrieben. In was für einen Schlamassel war sie da nur reingeraten. Sie war so verdammt schwach, was Männer anging. Aber die haben selbst Schuld, dachte sie zum tausendsten Mal. Ihre Freundin Sandra hatte sich bei ihr ein ganzes Jahr lang über ihren Freund Florian ausgeheult, und Florian wiederum beschwerte sich bei ihr über Sandra. Magdalena hörte zu, erteilte Ratschläge, kicherte und schimpfte mit Sandra über alle Männer, während sie Red Bull mit Wodka tranken, und wurde mit Florian an seinem Küchentisch bei Southern Comfort still und schwermütig. Am Ende dieses Jahres stellte sie fest, dass sie Southern Comfort wesentlich lieber mochte als Red Bull, dass Florian ziemlich gut küssen konnte und sie zu solch ehrlosen Handlungen tatsächlich fähig war. Sie rief Sandra immer seltener an und schämte sich nun schon seit zehn Monaten für ihre Affäre. So konnte es einfach nicht weitergehen.

Nina kam mit einer Tablettenschachtel, einem Glas und einer Rotweinflasche zurück. Das hatte sie also mit Alkohol gemeint. Magdalena hatte schon befürchtet, sie wollte ihre Schürfwunden mit einem Wattebausch und irgendeiner brennenden Flüssigkeit behandeln – eine Vorstellung, die ihr Bein sogleich noch stärker hatte schmerzen lassen.

»Trink!« Nina goss ihr ein. Magdalena nahm einen Schluck und spürte, wie der Rotwein warm ihre Kehle hinunterrann.

»Und hier, die zwei nimmst du noch, dann kannst du gut schlafen. Das ist doch alles Quatsch, von wegen keine Tabletten mit Alkohol ... grad dann kommen die gut!« Magdalena spülte die beiden grünen Pillen widerspruchslos mit einem weiteren Schluck Wein hinunter.

»Also?« Die Hände locker an der rechten Hüfte ineinander-verschränkt, lehnte Nina in ihrem rosa Kleidchen am Schrank. Magdalena starrte gedankenverloren auf Ninas Brüste, die sich unter dem dünnen Stoff abzeichneten. Sie wusste natürlich, was Nina meinte: Sie wollte etwas über das Foto aus der Handta-sche hören. War das der Deal, Ninas Bett gegen ihre Geschich-te? Das »Also?« hing auffordernd in der Luft.

»Na ja, ich weiß gar nicht so recht, wo ich anfangen soll«, sagte Magdalena ausweichend. »Meistens erzählen die Leute eher *mir* etwas, und ich höre zu. Ich scheine diese Menschen ir-gendwie anzuziehen, die aus der Reisegruppe, aber auch im Su-permarkt oder auf der Straße, da erzählen die mir einfach mal so eben ihr Leben. Passiert dir das auch?«

Nina schüttelte den Kopf. »Heute ist es einmal andersrum, und *ich* höre *dir* zu«, sagte sie. »Wie war das also mit deiner Mutter?«

Magdalena seufzte. »Meine Mutter.« Dann schwieg sie einen Augenblick, nahm einen weiteren Schluck Wein und biss fest auf den Rand des Glases. Es ging seltsamerweise nicht kaputt.

»Das Foto habe ich ungefähr vor zwei Jahren gefunden«, be-gann sie, »in einem Schrank in Opa Rudis Holzwerkstatt. Da waren auch andere Fotos von ihr und eben dieses einzige mit dem Mann neben sich, so ein ganz junger, sie war ja selbst noch keine zwanzig, und … ich weiß es ja nicht genau, und das hört sich für dich jetzt bestimmt komisch an …«

»Trink halt noch etwas, und dann red einfach!«

Magdalena nippte an dem Wein und begann. »Meine Mutter starb, als ich ein Jahr und sechs Monate alt war, ich bin bei mei-nen Großeltern aufgewachsen. Mein Opa war Hausmeister in einer Schule, ist er immer noch.« Magdalena hielt ein paar Ge-denksekunden für die zehn Jahre inne, in denen Oma Witta noch lebte und die sie zu dritt in dem alten Backsteinhaus ne-

ben der Osterkappelner Grundschule verbracht hatten, bevor
es dann so verdammt leer und still bei ihnen wurde.

Nina setzte sich zu Magdalena auf das Bett, sie roch gut nach
Handcreme. Ohne zu fragen und ohne sie dabei aus den Augen
zu lassen, nahm Nina ihr das Glas aus der Hand und trank einen
kräftigen Schluck daraus.

»›Vater unbekannt‹ steht in meiner Geburtsurkunde. Meine
Mutter ist schwanger aus einem Italienurlaub zurückgekom-
men, von Elba, das weiß ich seit heute ziemlich sicher …«

Nina lächelte ungläubig und gab Magdalena das Glas zurück.
»Da gab es Durchschläge und Formulare vom Jugendamt, An-
träge zur Vaterschaftsfeststellung und solche Sachen – aber
nichts, sie hat es nicht gesagt! Hat weiter in Freiburg studiert,
Englisch und Philosophie, und ist mit mir in die Vorlesungen
gegangen, das hat anscheinend ganz gut geklappt, bis sie dann
leider …« Nina legte ihr eine Hand auf den Oberarm und
drückte so fest, dass es fast wehtat, die andere Hand schlug sie
sich vor den Mund.

»Sag mir nicht, wie sie gestorben ist, bitte!«, murmelte sie
und stand auf. »Ich kann so etwas nicht hören.« Ninas Stimme
wurde immer lauter. »Ich sehe es sofort vor mir und kriege die
Bilder dann nicht mehr aus meinem Kopf, ich pack das einfach
nicht!« Magdalena rieb sich den Arm und räusperte sich verlegen. Ein Fahrradunfall, wie es sie hundertfach gegeben hatte,
ein abbiegender Lkw, ein toter Winkel. Die Rückspiegel, die
diesen tödlichen Unfall hätten verhindern können, gab es immer noch nicht in Deutschland, während sie in anderen Län-
dern längst Pflicht waren …

»Wer mein Vater ist, hat meine Mutter selbst meinen Großeltern angeblich niemals verraten …«

»Und du glaubst, es ist der, der neben ihr auf dem Foto vor
dem Napoleon-Schild steht. Und jetzt suchst du ihn!«

Magdalena schaute Nina überrascht und beinahe ein wenig bewundernd für ihre Fähigkeit an, die Dinge so schnell und klar auf den Punkt zu bringen. Das würde ich auch gerne können, dachte sie, immer die richtigen Schlüsse ziehen. Sie seufzte. Nina deutete das Geräusch falsch: »Nicht weinen, schlaf jetzt erst mal, wir finden das Foto, das verspreche ich dir! Ich leg mich dann heute Nacht neben dich.« Nina zog ein gestreiftes Kissen aus den Tiefen des Kleiderschranks hervor und warf es rechts von Magdalena auf die einladend breite Matratze.

»Wir haben noch nicht geöffnet, sonst würden dich die Bässe von unten aus dem Bett werfen. Zahnbürste steht im Bad. *Buona notte!*« Sie lächelte, stakste wie ein hochbeiniger Flamingo durch die Schuhsammlung und zog die Tür hinter sich zu. Magdalena ordnete in ihrer Vorstellung blitzschnell die hellblauen Espadrilles, die nachtblauen Sandaletten, türkisblauen Stöckel und die grünen Clogs nebeneinander an. Ihr Hirn konnte die Sortiererei einfach nicht bleiben lassen, am liebsten wäre sie auch noch aufgestanden und hätte das Zimmer und die Klamotten genauer untersucht. Deine Scheißneugier ist echt widerlich, beschimpfte sie sich unhörbar, mach lieber das Licht aus! Im Halbdunkel trank sie den Wein aus und legte sich zurück auf das Kissen, Zähneputzen würde sie heute ausfallen lassen. Die Geräusche um sie herum lullten sie allmählich ein: die Grille vor dem Fenster, das Rauschen der Pinien, das sie sich vielleicht nur einbildete, das leise Stimmengemurmel vor ihrer Tür. Komisch, dachte sie, bevor sie einschlief, ich liege auf Elba in einem fremden Bett, habe nur noch meine Unterwäsche am Leib und bin doch ganz ruhig. Verzeih mir, Rudi, auch wenn du nichts davon wissen willst: Jetzt geht es mal um mich. Ich bin endlich hier und werde ihn morgen finden, den Italiener, den unscharfen Mann im Halbschatten, den sie geliebt hat und der mein Vater ist!

3

Als Magdalena erwachte, war es heller Tag. Sie hatte tief und traumlos geschlafen, der Platz neben ihr war leer, und in ihren Eingeweiden grummelte es nervös. Mühsam setzte sie sich auf. Ich muss ihn suchen, ich muss mich bei der Treva melden, ich muss mich bei Nina bedanken und die Fahrt nach Forte dei Marmi organisieren. So viel war zu tun, doch sie fühlte sich seltsam kraftlos, sie konnte noch nicht mal eine Faust machen, ihre Hände kribbelten unangenehm. Vorsichtig stand sie auf, schlüpfte in einen dünnen weißen Bademantel, der am Kleiderschrank hing, und öffnete die Tür so weit, wie das Bett es zuließ. Das Erste, was sie sah, war ein schmales Feldbett, Kissen, Laken, Wolldecke, ordentlich umgeschlagen und festgesteckt, mit einem winzigen Fernseher am Fußende, auf dem eine gigantische Antenne balancierte. Alles war still. Magdalena bugsierte sich mit ihrem verpackten Bein umständlich durch den Türspalt und stand in einer Küche.

»O Mann, hier schläft ja auch noch jemand ...«, flüsterte sie vor sich hin, während sie behutsam einen Fuß vor den anderen setzte, »scheint nicht genügend Zimmer zu geben.« Unter dem Verband juckte es, er war zu stramm gewickelt und schnürte ihr das Blut ab. Der vogelgesichtige Doktor im Krankenhaus hatte gestern nur Augen für Nina gehabt und ihr ausführlich von seiner Reise in die Karibik erzählt. Genüsslich hatte er das Wort in die Länge gezogen: *Ca-raiii-bi!* Mindestens zehnmal hatte er es wiederholt und bei jedem *Ca-raiii-bi!* eine weitere Mullverbandschlaufe um Magdalenas Bein gezurrt. Was für ein Angeber! Aber Nina hatte ihn total ignoriert, Magdalena lächelte bei der Erinnerung.

Ein Gefühl von Schuld kroch in ihr hoch, es war ihr unangenehm, Stefan am letzten Tag der Toskanareise mit den 38 Gästen und Resi allein zu lassen. (Städtefahrt nach Pisa und Lucca, Stadtführung vor Ort, wundervolle Panoramafahrt, Abendessen im Hotel.) Statt auf den Schiefen Turm und eine Menge Touristen schaute sie an diesem Morgen auf einen Kühlschrank, der verhalten vor sich hin brummte, und auf einen von sechs Plastikstühlen umstellten alten Holztisch, der mitten im Raum stand. An der gegenüberliegenden Wand konnte man durch eine halb offene Flügeltür auf eine Terrasse sehen. Magdalena hinkte weiter, die Fliesen aus Terrakotta fühlten sich wunderbar kühl unter ihren Fußsohlen an, und mit einem Mal fand sie Gefallen an dem Gedanken, der Gruppe entkommen zu sein. (Meiner Frau sind ihre Herztabletten aus dem Zimmer gestohlen worden, gestern waren sie noch da – Es hat heute wieder keinen Tee zum Frühstück gegeben, der Kaffee hier in Italien ist zu stark für unsereins – Der Mann vor mir im Bus redet immerzu, ich brauche einen anderen Platz.) Vor dem Spülbecken stand eine gemauerte Theke, der Gaskocher auf der Marmorabdeckung badete mit seinen eisernen Füßchen in einer Pfütze aus Kaffeepulver und Wasser. Niemand war zu hören oder zu sehen, die restlichen drei Zimmertüren, die Magdalena zählte, waren geschlossen. Sie war allein und trotz Hinkebein bereit, auf Entdeckungstour zu gehen. Als Kind hatte sie es geliebt, nach dem Unterricht in der Grundschule herumzustreunen. Sie wohnten direkt nebenan, im alten Schulhaus aus dem Jahr 1899, in dessen Grundriss noch Stall und Schweinekoben eingezeichnet waren, der heutige Flur und das Wohnzimmer. Sie trödelte alleine durch die Klassenzimmer, Flure und Gruppenräume oder folgte Opa Rudolf, wenn er Lampen austauschte und verstopfte Waschbecken reparierte. Er zeigte ihr, wie man Türscharniere ölte und Hecken beschnitt, und sie achtete auf seinen großen Schlüsselbund, den er dauernd verlegte. Sie hatten immer aufeinander aufgepasst und waren ein gutes Team.

»Gewesen!«, sagte sie halblaut in die Küche und sah sich suchend um. Welche der drei Türen führte wohl ins Badezimmer? Magdalena klopfte zaghaft an die schmalste von ihnen und probierte, die Klinke herunterzudrücken. Richtig, es roch nach Chlor wie in einer Badeanstalt und war winzig klein, aber ein Bidet gab es natürlich – wie überall in Italien – und eine von diesen Sitzbadewannen, in denen man sich nicht ausstrecken konnte. Sie benutzte die Toilette und versenkte den Blick beim anschließenden Händewaschen in ihre Augen, die ihr aus dem Spiegel unter blassen Wimpern entgegenschauten. Flusskieselgrau nannte Rudi ihre Augenfarbe. Sie biss die Zähne zusammen. Nie hatte er auf ihre Fragen eine Antwort gegeben, sondern war jedes Mal in den Garten hinausgelaufen, um ein weiteres Stück des Rasens umzugraben.

Magdalena kniff sich in die Wangen, um ihr bleiches Spiegelbild etwas zu beleben. Ihr Blick wanderte zu den zwei Rasierpinseln, den Cremetöpfchen und dem Deoroller, die sich am Waschbeckenrand drängten. Drei unterschiedlich stark heruntergekaute Zahnbürsten und eine verpackte, die Nina ihr anscheinend zugedacht hatte, standen in einem Glas. Magdalena putzte sich die Zähne und verließ das Badezimmer, ohne einen weiteren Blick in den Spiegel zu werfen.

Ihr Magen knurrte. Ob es wohl auffiel, wenn sie etwas von dem Weißbrot nahm, das auf dem Tisch lag? Mit Kugelschreiber hatte jemand auf Italienisch »diese Zone wird videoüberwacht« an die Wand geschrieben. Magdalena fühlte sich ertappt, brach aber trotzdem ein großes Stück Brot ab und hinkte kauend weiter.

Sie schnupperte in der Nähe des Bettes. Es roch nach fremder Haut, Mann, Lederjacke, Sandelholz und irgendwie nach Heu. Kein Zweifel, es war das Bett von Matteo, dem stämmigen Typen, der sie gestern die Treppen hochgetragen hatte. Neben dem Bett lag ein Koffer, der Deckel war nicht ganz geschlossen. Ohne zu zögern, klappte Magdalena ihn auf und nahm das oberste Heft von einem Stapel, der auf den ordentlich gefalteten, meist schwarzen Klamotten lag. Sie blätterte darin, entdeckte Texte und ein paar Stromkreiszeichnungen, die sie nicht verstand, Fotos von Lampen an der Außenmauer eines Hauses. »*Illuminando*« stand auf dem Deckblatt, das hieß … na, es hatte anscheinend etwas mit Beleuchtungstechnik zu tun. Magdalena legte das Heft zurück und schämte sich kurz über ihre hemmungslose Neugier, war aber gleichzeitig erleichtert, keine Pornoheftchen oder Bodybuildermagazine bei Ninas Beschützer gefunden zu haben.

Sie betrat die Terrasse.

Der Himmel war tiefblau, warme Luft wehte in ihr Gesicht. Sie kniff die Augen zusammen und sah einen Haufen Handtücher auf einem verblichenen Sofa, über dem eine schlaffe Wäscheleine mit zahlreichen Klammern baumelte. Ein ausrangierter Kühlschrank lehnte in der Ecke daneben, die Tür stand offen, auf den Gittern und dort, wo sonst das Gemüsefach war, stapelten sich Schuhe. Frauenschuhe. Wozu brauchten manche Frauen bloß so viele Schuhe? Sie trat an die Mauer, von der die Terrasse hüfthoch eingefasst wurde, und schaute erwartungsvoll hinab. Die Wohnung lag über den Räumen des Clubs, der *POLO* hieß, daran erinnerte sie sich immerhin, eine Dienstwohnung über einem großen, verwilderten Park aus Palmen und Pinien, in den man eine Tanzfläche aus mintgrünen Fliesen gesetzt hatte. Vertrocknete Piniennadeln und faustgroße schwarze Pinienzapfen lagen darauf herum. Leider konnte man das Meer nicht sehen, das wahrscheinlich irgendwo links unten am Fuß der von Bäumen bewachsenen Berghänge lag, in deren endloser Ausdehnung ihre Tasche verschwunden war. An den Stämmen der Pinien waren Aufhängungen befestigt, vermutlich für die Boxen. Musik wurde anscheinend in dem Holzverschlag am anderen Ende der Tanzfläche gemacht, der mit Graffiti verziert war. Sie war noch nie in einer Freiluftdiskothek gewesen, aber wenn der Club erst geöffnet hatte, musste es abends unerträglich laut hier oben sein.

Anstatt dir einen ordentlichen Plan zurechtzulegen, isst du heimlich das Brot deiner Gastgeber und spionierst ihre Lebensgewohnheiten aus. »Schäm dich!«, rief sie mit lauter Stimme. Die Worte standen lange in der lauen Luft, aber dann machten sie der blaue Himmel, das Licht, die Palmwedel und all die satten Farben auf einmal ganz glücklich. Obwohl sie den Mund noch voller Brot hatte, gab sie einen lauten Glücksschrei von sich.

Sie wandte sich um, nach hinten heraus war das Gebäude von einem hohen Zaun umgeben, vor dem ein paar krumm gewachsene Feigenbäume standen, dann begann der Wald. Sie stopfte sich das letzte Stück Brot in den Mund. Aus den Augenwinkeln sah sie, dass sich seitlich von ihr etwas bewegte, sofort hörte sie auf zu kauen. Sie bemerkte Ninas Bodyguard auf dem Sofa, o verdammt, wie peinlich, er musste alles gehört haben … Ein Handtuch lag auf seinem Gesicht, ein weiteres war über seine Hüften gebreitet, doch sein Penis hatte es sich wie ein Salamander in der Sonne auf seinem Oberschenkel gemütlich gemacht. Größer als der von Florian. Größer als jeder, den sie bis dahin gesehen hatte. Aber das waren ja auch nicht viele gewesen. Wenn Matteo ausgerechnet jetzt das Handtuch von seinem Gesicht ziehen sollte und sie so glotzen sah, würde es noch peinlicher. Auf Zehenspitzen trat Magdalena den Rückzug an, sie würde einfach so tun, als ob sie ihn nicht gesehen hätte. Der letzte Bissen Brot blieb ihr im Hals stecken, und der Hustenreiz ließ ihr fast die Lunge platzen. Halb erstickt flüchtete sie nach drinnen, nach Luft japsend durchquerte sie die Küche und zog Ninas Tür mit letzter Kraft hinter sich zu. Magdalena wand sich hustend auf dem Bett, das Bein stand von ihrem Körper ab wie eine falsch angepasste Prothese. Wie peinlich, er hatte bestimmt alles mit angehört! Juchhu, hatte sie gerufen und auch noch mit sich selbst gesprochen … Magdalena spürte, wie sie rot wurde. Sie wollte raus aus diesem Nachtclub, ganz schnell, mit oder ohne Tasche. Aber wie sollte sie bloß von hier wegkommen und es bis zu ihrer Reisegruppe nach Forte dei Marmi schaffen? Schon jetzt, nach dem kurzen Ausflug hinaus in die Sonne, taten ihr alle Muskeln weh, in ihrem Kopf drehte es sich ganz ekelhaft, und Übelkeit stieg in ihr hoch. Tief ein- und ausatmen, sie durfte sich auf keinen Fall übergeben. Das hätte gerade noch gefehlt.

Sie musste eingeschlafen sein, denn als es klopfte, dachte Magdalena einen Moment lang, sie wäre im Krankenhaus. Die weißen Wände wehten ohne Konturen wie Tücher über ihr, und der Arzt aus der Karibik schlug zwei Kokosnusshälften gegeneinander. Es war Nina, die sich durch den Türspalt drückte, sie lachte und hielt einen Arm hinter dem Rücken verborgen.

»Puuh, hier drinnen müffelt's aber, und in der Küche habe ich jetzt noch einen Verletzten. Matteo ist nämlich noch mal runter ins Gesträuch und hat sich an einem Ast ordentlich den Schädel gestoßen!«

Magdalenas Verstand arbeitete langsam, die Zunge klebte

ihr wie das Stück Weißbrot eben auf der Terrasse am Gaumen.
»Matteo? Liegt er nicht mehr da …?«

»Da draußen auf der Terrasse? Nein. Tut mir leid, wenn er
dich erschreckt hat. Er nimmt da morgens immer ein Sonnen-
bad, und zwar, äh, wie du gesehen hast, ganz nackt.«

»Wie viel Uhr ist es überhaupt?«

»Noch nicht so spät, ungefähr zwölf. Ich habe dich schlafen
lassen, habe eben nur kurz Giorgio im Spital besucht.«

Du meine Güte, der junge Rollerfahrer, den hatte sie ja ganz
vergessen!

»Wie geht es ihm denn?«

»Ach, er hat schon gleich nach seinem Roller gefragt, ein si-
cheres Zeichen dafür, dass er auf dem Weg der Besserung ist.
Aber jetzt kommt das Beste!« Nina zog Magdalenas Handtasche hinter ihrem Rücken hervor und hielt sie triumphierend in
die Höhe.

»Ich hab sie! Schau mal nach, ob alles drin ist.«

Magdalena schnappte nach Luft. »Danke, vielen Dank!« Sie
nahm die Tasche in Empfang und räumte mit fliegenden Fingern
alles auf das Bett. Portemonnaie, Handy, Antimückenspray, zwei
geografische Karten, »Elba und die Inseln des toskanischen
Archipels«, »Südliche Toskana«, und einen Stadtplan von Siena.
Das Handyladegerät, und da war auch das dicke, gelbe Itali-
enisch-Wörterbuch, in dem immer noch das Foto steckte. Sie
seufzte auf vor Erleichterung.

»Hier, ich wusste sofort, dass ich an der richtigen Stelle
war.« Sie tippte auf den olivgrünen Anstrich und einen winzigen Teil des Napoleon-Wandbilds, das große »D« und das »E«
von »GRANDE«, für das nicht mehr genug Platz gewesen war,
unverwechselbar. Nina öffnete das Fenster und setzte sich dann
zu ihr auf die Matratze. Während sie schweigend das Foto be-
trachteten, hörte sie, wie sie beide im selben Rhythmus atme-

ten. Magdalenas Mutter Heidi stand im Licht, sie lächelte in die Kamera, ihre blonden Haare waren zerwuschelt, als wäre sie ein paar Minuten zuvor aus einem Schlafsack gekrabbelt. Sie trug ein rotes Top, das eher aussah wie ein Unterhemd, und ganz offensichtlich keinen BH, ihre Brüste waren klein. Ungefähr wie meine, dachte Magdalena, komisch, das ist mir bisher noch gar nicht aufgefallen. Heidi wurde von dem jungen Mann neben ihr wie ein großer Pokal mit beiden Armen umschlungen. In dem Moment, als das Foto geschossen wurde, hatte er seinen Kopf ein wenig zur Seite gedreht, seine Augen waren vor Lachen wie bei einem Clown zu zwei nach oben gewölbten Schlitzen verzogen, doch sein Mund mit den spitzen Eckzähnen eines Wolfes und dem rosa Zahnfleisch schien sie geradezu verschlingen zu wollen.

»Wann hast du es noch mal gefunden?«

»Das Foto? Vor zwei Jahren, direkt an meinem achtundzwanzigsten Geburtstag im Tischlerschuppen. In einem alten Buch von Oscar Wilde.« Magdalena starrte auf ihre nackten Füße.

Bis zu diesem Zeitpunkt waren ihr Großvater und sie wirklich ein gutes Team gewesen. Doch das Foto hatte eine Krise in ihr ausgelöst, sie hatte mit einem Mal das untrügliche Gefühl gehabt, die Hälfte ihres Lebens sei vorbei. Und dieses bereits halb verflossene Leben hatte sie ohne ihren Vater verbracht und noch nicht mal nach ihm gesucht. Sie erinnerte sich plötzlich, dass sie früher sogar von ihm geträumt hatte. Auf einmal konnte sie nicht mehr schlafen: Wer war für ihre hellgrauen Augen verantwortlich, für ihre Wutanfälle, für ihre familienuntypischen stummeligen Zehen, die andere Hälfte ihrer Gene? Sie tat etwas, was sie zuvor nie gewagt hatte: Sie begann nach ihm zu fragen.

Opa Rudi wehrte ab, wie immer, Italien war von jeher kein gutes Thema in seiner Familie gewesen. Rudolfs Vater war 1941 als Soldat in den Abruzzen von einem Kameraden, der ihn für einen Partisanen hielt, erschossen worden, nur wenige Wochen vor Rudolfs Geburt. Ein Umstand, den der kleine Rudi den Italienern sehr übel nahm und der ihn bis heute auf sie schimpfen ließ. Magdalenas Vater stamme aus diesem Land, ausgerechnet!, mehr wisse man nicht.

»Er schaut gut aus!« Nina sah Magdalena an, ihr Kopf dicht neben ihrem. »Sehr gut sogar, und deine Mutter auch. Die sehen ziemlich verliebt aus. Wie alt ist sie auf dem Foto?«

»Neunzehn.«

»Er scheint auch nicht viel älter zu sein, schau dir mal sein Hemd an, voll die Siebziger, ist jetzt wieder total in!«

Magdalena nickte. »Ja, das war im Sommer neunzehnhundertneunundsiebzig. Ich habe oft von ihm geträumt und ihn furchtbar vermisst, obwohl ich ihm ja nie begegnet bin. Aber das habe ich Opa Rudi nie erzählt.«

»Warum hast du nicht so lange gebohrt, bis er endlich damit rausgerückt ist, irgendwas weiß er doch sicher!« Nina schaute von dem Foto auf Magdalenas Mund, ihre Nase und wieder zurück auf das Foto. Das hatte Magdalena selbst auch schon getan, hatte nach Spuren von sich in den Gesichtern der beiden gesucht, die Augenbrauen, die Zähne verglichen, die Höhenlinien seiner Nase vermessen, die bei wohlwollender Betrachtung eine gewisse Ähnlichkeit mit ihrer langen Sprungschanzennase aufwies.

Magdalena zuckte mit den Schultern. Als Kind hatte sie natürlich wissen wollen, ob sie auch einen Papa habe wie die, die manchmal vor der Schule zum Abholen ihrer Kinder herumstanden. Doch sie hatte ja keinen richtigen Schulweg, sie ging einfach nur durch das Gartentürchen, und schon stand sie auf dem Pausenhof. Einen Papa brauchte sie dafür wirklich nicht.

Alle anderen Fragen wurden von Oma Witta liebevoll in Richtung Mama Heidi umgeleitet. Sie hatte sich stundenlang mit ihr zusammen Fotos angeschaut und Geschichten dazu erzählt. Magdalena hatte jedes Foto in dem Album genau studiert und ihre Lieblingsbilder ausgewählt: das, auf dem Heidi sich mit dem viel zu großen Korb beim Ostereiersammeln abkämpft, das, wo sie ganz blass vor einem Topf mit Brei sitzt und nicht essen will, und das von ihrem ersten Schultag, mit Zuckertüte und im kurzen Kleidchen, unter dem man die Beine ihres wollenen Schlüpfers hervorblitzen sieht. ›Heidis Einschulung am 10.09.1966‹ stand in Oma Wittas Handschrift darunter. Manchmal, wenn sie dachten, Magdalena könnte es nicht hören, hatten sich ihre Großeltern zwei Wörter wie ein Paar kurz vor dem Explodieren stehender Granaten zugeworfen. »Der. Italiener.« Sie tickten verhängnisvoll zwischen ihnen, doch Magdalena spürte, dass sie daran nicht rühren durfte, und hatte sie niemals durch Fragen hochgehen lassen. In der Pubertät dann, allein mit Opa Rudolf, verwirrt, wütend, aber doch vereint in der Trauer über Oma Wittas Tod, sprach sie erst recht nicht von ihrem Vater.

»Er wurde immer so traurig, wenn die Rede auf Heidi kam«, sagte sie zu Nina. »Und als er dann vor ein paar Jahren die Gehirnblutung hatte, habe ich gedacht, jetzt musst du ihn erst recht schonen, denn was ist, wenn er stirbt? Dann bin ich ganz allein! Ich habe dann auch nicht studiert, sondern in dem Betrieb weitergearbeitet, in dem ich eigentlich nur die Lehre machen wollte.«

»Du hast seinetwegen nicht studiert?« Nina zog die Augenbrauen zusammen.

»Es war in Ordnung für mich. Wirklich! So konnte ich ihn pflegen, und er hat sich wieder völlig erholt. Er hat mich damals auch nicht in ein Internat gegeben, als Oma Witta starb, obwohl das Jugendamt ihn dazu bewegen wollte, wir sind also quitt …«

»Und was ist das für ein Job, den du machst, wenn du nicht mit dem Bus durch die Landschaft kutschierst?«

»Äh, ich bin Kartografin.«

»Was macht man da? Malt Karten?«

»Genau, man *zeichnet* Karten – direkt am Computer! Ich arbeite in einem kartografischen Verlag.«

»Ich hab gemeint, es gibt schon Karten von allem und von überall, habt ihr da überhaupt noch was zu tun?«

Magdalena lachte schnaubend durch die Nase, Ninas Reaktion war typisch, wie oft hatte sie diese Frage schon gehört.

»Zu tun gibt es einiges! Wir stellen zum Beispiel geologische Karten her und geografische Karten, wie sie in Schulatlanten verwendet werden, aber wir bringen auch Straßenkarten heraus, die ständig aktualisiert werden müssen und so weiter.«

»Wie bist du denn darauf gekommen?«

»Ich weiß nicht, ich habe als Kind schon gerne Karten aus meinem Atlas mit Butterbrotpapier abgepaust und mit Opa Rudi die alten Landkarten auf dem Dachboden der Schule ausgebreitet. Die Reliefkarten fand ich am schönsten.« Nina schaute sie fragend mit zusammengekniffenen Augen an.

»Die buckligen, mit den hohen Bergen zum Anfassen.«

»Verstehe!«

»Ich liebe meine Arbeit, ich gehe da jeden Morgen gerne hin. Aber die Sache mit meinem Vater hat mich nie losgelassen. Je älter ich wurde, desto unvollständiger fühlte ich mich, ich wurde immer besessener von der Idee, ihn zu finden.« Die Sätze sprudelten nur so aus ihr heraus. »Denn er lebt ja vermutlich noch, er ist die Hälfte von mir, fünfzig Prozent, das ist doch unheimlich viel, wenn man die nicht kennt, oder?« Nina nickte und strich mit der Hand das Laken glatt.

48

»Mit dem Foto kam ich bei Opa Rudi also nicht weiter, er wusste angeblich von nichts, sondern ging den Garten umgraben, da habe ich mich für den ersten Italienischkurs an der Volkshochschule eingeschrieben und den Job der Reisebegleitung bei der Treva-Touristik angenommen. Meinen Urlaub habe ich in den letzten zwei Jahren nach der Busreise-Saison geplant, zwei Wochen im Mai und eine im September, in der Zeit konnte ich Italien systematisch nach diesem Restaurant absuchen.«

»Brutal! Dann hattest du ja nie frei!«

»Nö. Brauche ich auch nicht.«

»Ich finde, du schaust ganz schön erledigt aus, ehrlich!« Nina legte ihr eine Hand auf die Schulter. Magdalena starrte krampfhaft auf die bunten Kleider in Ninas Schrank, sonst hätte sie ganz sicher angefangen zu heulen.

»Und das alles heimlich? Auch das stelle ich mir anstrengend vor.«

Magdalena räusperte sich, bevor sie antwortete: »Na ja, ich lüge ja nicht, er weiß schon, wo ich bin, wir klammern das Thema einfach aus.«

»Auch eine Lösung.«

Rudolf war zunächst erfreut gewesen. Da kommst du mal rum, du sitzt ja sonst den ganzen Tag am Computer, hatte er gesagt. Erst später gestand sie ihm, dass sie sich nur für Busreisen bewarb, die nach Italien gingen. Sizilien. Emilia-Romagna. Bozen. Er tat, als hätte er nichts gehört, regte sich stattdessen über die vielen Konserven auf, die sie für die Tage ihrer Abwesenheit in der Speisekammer für ihn einlagerte.

»Gestern vor dem Bild in dem Restaurant bekam ich bei dem Gedanken, ich könnte meinem Vater bald gegenüberstehen, plötzlich Panik. Dabei würde ich ihn am liebsten sofort suchen gehen, aber das schaffe ich heute wohl nicht mehr …«

»Nein, das schaffst du heute nicht. Wie gesagt, du siehst ganz blass und völlig fertig aus, in diesem Zustand lasse ich dich auf keinen Fall in der Welt herumkutschieren!« Nina stand auf. »*Dio*, was für eine Geschichte! Aber jetzt müssen wir dich erst mal ein bisschen aufpäppeln, sonst kippst du bei der nächsten Anstrengung wieder um!«

»Ich kippe schon nicht um, aber darf ich mein Handy bei dir laden?«

»Logisch, da musst du doch nicht extra fragen! Irgendwer hat leider das Brot fast aufgegessen, aber ich mache uns ein paar Nudeln, und dann verbinde ich dein Hax neu. Ich glaube, da muss Luft ran.«

Nudeln zum Frühstück, und dann den »Hax« neu verbinden, warum nicht? Magdalena nickte Nina hinterher und merkte, dass sie schon wieder rot wurde. Warum hatte sie nicht einfach gesagt, dass sie die heimliche Brotesserin war? Anscheinend verpasste sie immer den richtigen Moment.

Magdalena sah sich nach einer Steckdose um. Was für ein Typ Frau war Nina? In dem Zimmer ließ sich kein Hinweis finden – kein Buch, kein Bild, keine Fotos. Abgesehen von dem überquellenden bunten Kleiderschrank und dem Schuhhaufen davor sah das Zimmer aus wie eine Mönchszelle. Sei nicht schon wieder so neugierig, ermahnte Magdalena sich und schaute unter das Bett. Nichts, nicht einmal ein paar Staubflusen. Sie ist wahrscheinlich gerade erst angekommen, der Laden ist ja noch geschlossen.

Magdalena stand auf, steckte das Ladegerät in die Steckdose neben der Tür und straffte die Schultern. »Die Suche hat ja gerade erst begonnen!«, sagte sie laut.

4

Buon appetito!«, wünschte Nina, als sie auf der Terrasse unter dem Sonnenschirm vor zwei Tellern saßen.

»Isst er denn nicht mit?« Magdalena deutete mit dem Kopf in Richtung Küche, wo Matteo mit irgendwas Schwerem herumhantierte. Man hörte Metall, das auf die Fliesen prallte.

»Nein.«

»Warum schläft Matteo eigentlich in der Küche und nicht in dem dritten freien Zimmer?«

Nina lächelte nur.

»Entschuldigung, ich stand da heute auf meiner Suche nach dem Bad auf einmal drin.«

»Warum flüsterst du plötzlich? Das darf doch jeder hören. Also erstens ist es ihm zu klein, ihm graust's, wenn er nicht die Arme ausstrecken kann, ohne eine Wand zu berühren. Und zweitens kommt noch jemand, um mit uns zu arbeiten.«

»Aha. Und der … andere?«

»Welcher andere? Ach so, der Mikki? Den wirst du vor drei Uhr nachmittags niemals zu sehen bekommen, der frühstückt morgens um zehn und geht dann wieder pennen.«

Magdalena beugte sich über ihren Teller und sog mit geschlossenen Augen den Geruch ein, bevor sie ihre Gabel hungrig in den Berg aus Spaghetti mit Öl, Knoblauch und gerösteten Rosmarinnadeln stieß.

»Und, Frau Kartografin-Bord-Stewardess, wie schaut's denn sonst so aus? Mit *amore* und so?«

»Nannini!«, rief Matteo aus der Küche, von ihrem Platz unter dem Sonnenschirm konnten sie nur seine nackten Füße und kräftigen braunen Beine sehen, seine Fesseln waren erstaunlich schlank für einen Mann.

»Was?!«, rief Nina zurück.

»Hör mal auf!«

»Was ist denn, was mach ich denn nun schon wieder?«

»Du weißt schon, was ich meine!«

Nina verdrehte die Augen, setzte zu einer Antwort an, schob sich dann aber nur die aufgerollten Spaghetti in den Mund.

»Und was machst du, wenn du nicht gerade Krankenschwester spielst oder Schuhe kaufst?«, fragte Magdalena.

Nina grinste, sah sich um und zeigte auf den Kühlschrank.

»Die da? Ja, die sammele ich in meinem kleinen, feinen Tresor. Manche stehen da noch vom letzten Jahr und riechen etwas, deshalb muss das Ding auch immer offen stehen.«

»Nina wollte unbedingt zurückkehren auf dieses untergehende Schiff. Die letzte Saison war ja so schön und so *erfolgreich*.« Matteo war auf die Terrasse getreten, nun wieder in der bekannten Kombination schwarzes T-Shirt, Jeans. Er stellte die Feuerlöscher ab, von denen er zwei in jeder Hand trug, und ließ sich hinter Magdalena auf das Sofa fallen.

»Danke für die Tasche«, sagte Magdalena schnell und drehte sich zu ihm, »und du hast dir … du hast dir dabei auch noch wehgetan, also gestern ja auch schon.« Was für ein toller Dankeschön-Satz, Magdalena verwünschte ihr Gestammel. Das klang ja fast, als ob er der letzte Tölpel wäre. Na fein, jetzt wurde sie wieder rot, und wenn sie nicht bald aufhörte, hätte sie die Spaghetti zum siebten Mal um die Gabel gewickelt.

Matteos Hand fuhr in Richtung Stirn, auf der ein Mullverbandquadrat wie ein kleines Horn klebte, hielt aber mitten in der Bewegung inne: »Schon vergessen!«

»Du hättest ja nicht mitkommen müssen! Niemand hat dich gezwungen, Matteo«, sagte Nina.

»Jetzt fang nicht wieder damit an! Aber Evelina hast du überredet! Wann kommt die eigentlich?«

»Morgen, glaube ich.« Nina goss Magdalena und sich selbst ein großes Glas Wasser ein. »Möchtest du nicht doch etwas essen?« Matteo schnalzte verneinend mit der Zunge.

»Wieso untergehendes Schiff?«, fragte Magdalena nach, anscheinend war Matteo nicht ganz freiwillig hier.

»Die letzte Saison lief gut für das *POLO*, nur wir sind nicht bezahlt worden. Aber weil wir so gerne ehrenamtlich arbeiten, sind wir jetzt wieder hier…«, murmelte er.

»*Du* hast *mich* doch überredet und warst froh, dass wir Ende Juli überhaupt noch diesen Job bekommen haben!«

»Nannini, du verdrehst immer alles! Vor einem Jahr musste ich dich dringend aus Rom rausbringen, egal wohin. Aber heute weiß ich, was die Elbaner schon letztes Jahr wussten, nämlich dass Leone knapp bei Kasse ist. Wir sind nur mehr die einzigen Samariter, die sich von ihm ausnützen lassen.« Matteos Stimme ertönte jetzt dicht hinter ihr: »Leone fühlt sich als Besitzer des *POLO*, hat es aber nur gepachtet und muss, wie jeder andere auch, die gesetzlichen Auflagen erfüllen. Ein Fremdwort für ihn …«

Magdalena hätte gern noch mehr erfahren, zum Beispiel weshalb Nina Rom dringend hatte verlassen müssen, aber sie wagte nicht nachzufragen.

Nina schüttelte den Kopf, schnitt Matteo über Magdalenas Schultern hinweg eine Grimasse und strahlte sie im nächsten Moment an: »Ich mag dich! Ich mag Frauen, die … so sind wie du. Du hast ein schönes Gesicht, wie ein Model für Naturseife oder so was, nur die Haare, die Haare würde ich…«

Naturseife!? Magdalena ließ ihre Gabel sinken. Wie kam sie jetzt darauf? Nina winkte ab, als sie Magdalenas Gesichtsausdruck sah. »Na okay, lassen wir das.«

»Ich würde gerne noch in Portoferraio suchen, bevor …«

»Nach deinem Vater? Heute? Ne, das kannst du vergessen!« Nina schüttelte energisch den Kopf.

»Aber ich muss!«

»Auch die Reise nach Forte dei Marmi kannst du vergessen!«

»Aber ich muss!« Es klang schon nicht mehr so überzeugt wie beim ersten Mal.

»Du hast eine leichte Gehirnerschütterung und bist gestern kollabiert, eigentlich sollten wir noch mal mit dir ins Spital …«

Magdalena spürte wieder Tränen in sich aufsteigen, sie gab auf.

»Ich werde bei der Treva anrufen.«

»*Brava.* Sehr gut.« So langsam ging Magdalena Ninas mütterliches Getue auf den Wecker, aber sie merkte, dass sie sich trotzdem am liebsten an ihrer Schulter ausgiebig ausgeheult hätte. Also musste Nina wohl recht haben, sie war völlig fertig.

»Machen die nicht dauernd solche Touren? Dann könnten sie dich doch abholen.«

»Am kommenden Dienstag startet die letzte Perlen-der-Toskana-Tour vor dem Sommer, am nächsten Samstag kommen sie hier vorbei.«

»Perlen der Toskana!«, schnaubte Matteo. Nina pikste euphorisch mit der Gabel in ihre Richtung.

»Super, nächsten Samstag, also morgen in einer Woche. Du kurierst dich aus und hast dann noch ein paar Tage, um deinen Vater zu suchen, ganz in Ruhe!«

Magdalena verrenkte sich unauffällig den Hals, um zu sehen, was Matteo davon hielt. Sie konnte doch nicht einfach eine Woche hierbleiben. Die Wohnung war jetzt schon überbelegt, ein weiteres Mädchen für die Bar wurde jeden Tag erwartet, er musste in der Küche schlafen, ein erwachsener Mann, der nicht einmal ein eigenes Zimmer hatte. Wie alt er wohl war? Mitte dreißig bestimmt. Doch er stemmte sich nur aus dem Sofa hoch und murmelte: »Soll das jetzt immer so weitergehen, Nannini? Davon wird es nicht besser!«

»Es wird nie besser, nie mehr!«, rief Nina mit gepresster Stimme.

»Vielleicht nicht auf Elba. Aber in Rom schon, ich habe dich mehr als einmal gebeten, bei diesem Typ an der Piazza Verbano vorbeizugehen!« Auch Matteo wurde jetzt laut.

»Scheiße, zu dem gehe ich ganz bestimmt nicht. Ich mache das so, wie ich mein, dass es richtig ist, okay?«

»Vielleicht könnte ich ja jemanden für die Suche engagieren, bis ich wieder auf den Beinen bin, einen Privatdetektiv oder so«, murmelte Magdalena.

Nina sah sie kurz an und machte eine knappe Handbewegung, »gibt es hier nicht«, dann wandte sie sich wieder Matteo zu. »Und wenn ich die nächsten zehn Jahre jeden Sommer hier arbeiten will und mir jede verdammte Nacht das Gelaber an der Bar anhören möchte, weil ich denke, dass mir das hilft, dann tu ich's! Verstanden?«

Matteo schwieg einen Moment und sagte dann mit müder Stimme auf Deutsch: »Wenn du meinst, Nannini, wenn du meinst ...«

»Na, unbedingt!«, antwortete Nina, plötzlich wieder fröhlich. »Und du«, fuhr sie an Magdalena gewandt fort, »musst jetzt deine Tabletten nehmen und deine Reise-Dings-G'sellschaft antelefonieren, und dann schläfst du noch eine Runde!« Gehorsam nickend stand Magdalena auf, stellte die leeren Teller zusammen und trug alles ins Haus. Dann ging sie in Ninas Zimmer und zog leise die Tür hinter sich zu.

Es war schon Nachmittag, als sie wieder erwachte. Ihr Handy blinkte: geladen. Mit steifen Gliedern stand sie auf, reckte sich, pflückte es von seinem Kabel, ließ sich wieder auf das Bett sinken und rief zu Hause an. Er nahm nach dem ersten Klingeln ab. Mist, wie fange ich an?, dachte Magdalena und zupfte ein Stück trockene Haut mit den Zähnen von ihrer Unterlippe, den rostigen Geschmack des Blutes bemerkte sie kaum.

»Kirsch!«

»Hallo, Rudi!«

»Hallo, mein Kind. Na, was ist denn da passiert? Ich habe versucht, dich anzurufen, aber du klingst ja schon wieder ganz munter.«

Klar, hinfallen durfte man bei Opa Rudi, man musste nur schnell genug wieder aufstehen.

»Geht schon wieder.« Sie zog ein weiteres Stück Haut von ihrer Lippe, es blutete stärker.

»Na, das ist ja schön! Ich habe Erika heute mit dem Zaun geholfen, hinten bei den Johannisbeeren.«

Ablenkung. Er weigerte sich immer noch, ihre Reisen zu erwähnen, ihre Suche, Italien, alles, was mit ihrem Vater zusammenhing.

»Erika«, sagte sie schwach, »seit wann duzt du denn die Frau Feest?«

Der Garten der Witwe Feest grenzte an ihren, sie trug immer Kopftücher und sprach mit rauer Stimme, die ihr als Kind Angst gemacht hatte. »Deine Großeltern haben es ja wirklich schwer«, hatte sie einmal zu ihr gesagt, sie musste in der vierten Klasse gewesen sein, »erst haben sie die Tochter verloren, und dann müssen sie in ihrem Alter noch so ein unbändiges Enkelkind aufziehen ...« Magdalena hatte sich gewundert, was genau bedeutete unbändig? War *sie* unbändig? Sie musste bei dem Wort an ein überdehntes Gummiband denken. Machte sie den Großeltern das Leben schwer? Und was war mit dem Alter? So alt kamen ihr die beiden gar nicht vor, Frau Feest dagegen schon, zerfurcht und steinhart, wie eine vertrocknete Walnuss.

»Ach, sie hat mir gestern einen Chicoréeauflauf gebracht.«

Magdalena schluckte, kaum war sie nicht da, brachte die Alte ihrem Großvater etwas zu essen. Wie konnte sie das Thema geschickt von Chicorée auf Elba lenken?

»Rudi, ich bin … ich habe eine Gehirnerschütterung, der Arzt sagt, ich darf nicht reisen. Am Samstag holt mich ein anderer Bus von der Treva wieder ab, das habe ich schon alles organisiert.«

Sie verachtete sich selbst für ihre Bemühungen, immer noch sein braves Mädchen sein zu wollen, auf das er sich verlassen konnte. Stille. Manchmal ging sie am Donnerstagabend in den Boxkeller, atmete den Staub der Matten und den Schweißgeruch ein und schaute zu, wie Rudi die Jungs mit schier endlosem Seilspringen, sparsamem Lob und kaum zu ertragendem Schweigen formte. Magdalena stand auf, um die Lautlosigkeit am anderen Ende der Leitung besser aushalten zu können. War er noch dran? Sie räusperte sich.

»Hast du gehört, Rudi? Nächsten Montag bin ich schon wieder da.«

»Das geht nicht! Wie stellst du dir das vor? Es reicht schon, dass ich mich auf diese sieben Tage einlassen musste, und jetzt noch mal eine Woche!«

»Ach, Opa, ich bin doch schon oft gefahren, du kommst blendend ohne mich klar!«

»Denkst du dir so.«

»Ja!« Verdammt, sie hatte ihm immer noch nicht gesagt, wo sie war.

»Das geht nicht!« Ach, er kann so stur sein, hatte Oma Witta oft geklagt. Sie saugte das Blut aus ihrer Lippe, jetzt würde *sie* mal stur sein.

»Doch, das geht. Ich bin auf Elba und habe hier noch zu tun. Du wusstest es sicher nicht, aber hier auf dieser Insel hat deine Tochter den Vater deiner Enkelin kennengelernt.«

»Denkst du dir so.« Er klang auf einmal müde.

»Ja! Du hast mir ja nie etwas erzählt, und deswegen muss ich alles selber rausfinden, und ich werde …« Sie stockte. Was denn? Ihn finden?

»In sieben Tagen also? Nun, ich muss mich jetzt hinlegen, habe schon den ganzen Tag Kopfschmerzen. Tschüss, mein Kind.« Gebrechliche, leidende Stimme. Er legte auf.

»Ich bin nicht dein Kind, dein Kind ist tot! Ich bin deine Enkelin, der du ruhig mal etwas mehr über dein Kind hättest erzählen können, verdammt!« Wütend warf Magdalena das Handy auf Ninas Bett.

5

Doch alles Fluchen half nicht, das schlechte Gewissen hatte sich wie ein Hakenwurm in Magdalenas Gedärme gebohrt. Den ganzen Samstag und auch am Sonntag meldete es sich, wenn sie ab und zu aus ihrem komaähnlichen Schlaf erwachte und in das grünliche Licht der Fensterläden blinzelte. Sie sah ihren Großvater durch die Wohnung taumeln und auf dem Sofa zusammensacken, sie sah sein Gehirn auf einem Röntgenfoto, in dem sich eine neue Blutung wie rote Tinte ausbreitete, und diesmal war sie nicht da, um ihn zu retten. Sie zog sich das Laken über den Kopf, die Bilder blieben und geisterten durch ihre Träume. Einmal versuchte sie noch, Opa Rudi zu erreichen, doch er ging nicht ans Telefon, und so hinkte sie nur zur Toilette und sortierte Ninas Kleiderschrank vor ihrem geistigen Auge, bis sie endlich wieder einschlief.

Am nächsten Morgen war sie bereits um sieben hellwach. Sie schälte sich neben Nina aus dem Bett und begab sich an die Arbeit. Leise, ohne mit den Kleiderbügeln zu klappern, ordnete sie Ninas Schrankinhalt nach Farben. Von weiß zu schwarz, über gelb, orange, rot, der ganze Regenbogen. Nina lag eingewickelt wie eine Mumie in ihrer Decke an die Wand gepresst und rührte sich nicht. Zufrieden betrachtete Magdalena ihr Werk. Es sah wunderschön aus.

Leise zog sie sich Ninas Nachthemd über den Kopf, das sie zum Schlafen getragen hatte, und schlüpfte in ihre neuen Sachen. Vom Markt hatte Nina ihr zwei lange weiße Tuniken mit kleinen eingearbeiteten Spiegeln mitgebracht und eine dazu passende weit geschnittene Hose. Sie schaute an sich herab. Obwohl sie sich die Sachen niemals selbst gekauft hätte, gefielen sie ihr, sie sah darin ein bisschen indisch, fast elegant aus, und die Wunde am Bein würde unter dem luftigen Stoff gut heilen können. Nina hatte wie selbstverständlich die richtigen Größen ausgewählt, alles, was sie sonst noch benötigte, durfte Magdalena sich aus Ninas gewaltigem Kleiderschrank aussuchen. Hemdchen, Slips, T-Shirts, eine kuschelige Kaschmir-Strickjacke und eben eines der altmodischen Jersey-Nachthemden, von denen Nina gleich mehrere besaß.

»Nimm dir, was du brauchst!« Erstaunlich, mit welcher Großzügigkeit Nina ihre Sachen hergab. Hätte sie, Magdalena, das auch für Nina getan, wenn die plötzlich vor dem alten Schulhaus auf der Straße gelegen hätte? Aber was hätte sie ihr aus ihrem Kleiderschrank schon anbieten können? Jede Menge Sportklamotten, schwarze Trainingsanzüge, graue Kapuzenpullover, einfache T-Shirts in Blau und Weiß ohne Aufdruck. Jeans. Nicht mal neue Modelle.

Ihr Koffer mit der Ersatzuniform und ihren anderen Sachen war längst wieder zu Hause in Osterkappeln, Busfahrer Stefan hatte ihn aus ihrem Hotelzimmer in Forte dei Marmi zu Opa Rudi gebracht, das hatte er ihr per SMS geschrieben. Ein netter Typ, dieser Stefan, schwache Witze, aber netter Typ.

Zehn vor acht, Magdalena schlich aus dem Zimmer und an dem schlafenden Matteo vorbei auf die Terrasse. Der Morgen war herrlich, die Luft duftete nach Honigtau, Blüten und dem Harz der Pinien, doch er hielt auch ein unangenehmes Telefonat für sie bereit: Es war Montag, sie musste sich beim Ditfurther Verlag melden. Sie wählte die Nummer, hoffentlich war der Seniorchef schon da. Er kam meistens als Erster, aber heute hatte sie Pech und nach zweimaligem Klingeln Lumpi an der Strippe. Der Junior. Eigentlich Ludger. Er war nur ein Jahr älter als sie, hatte keinen blassen Schimmer von Kartografie und bestand seit seinem BWL-Studium darauf, von allen gesiezt zu werden, auch von den um zwanzig Jahre älteren Brillen-Zwillingen, bei denen er schon auf dem Schoß gesessen hatte, als er noch zärtlich bei seinem Spitznamen gerufen wurde. Magdalena erklärte ihm, dass sie noch in Italien war, sich bei dem Sturz mit dem Roller verletzt hatte und diese Woche ausfallen würde.

»Was denken Sie sich eigentlich?«

»Ich hatte einen *Unfall*, Herr Ludger, einen Unfall hat man nicht absichtlich.« Sie schaffte es nicht, sich ihre spezielle Anrede für ihn zu verkneifen. Wie immer ärgerte es ihn, seinen Vornamen zu hören, das konnte sie selbst durchs Telefon spüren.

»Sie müssen gewährleisten, am ersten Tag nach dem Urlaub wieder antreten zu können. Ihre Nebenjobs in Ehren, aber sie lassen sich ja offensichtlich nicht ohne Probleme mit Ihrer Aufgabe hier im Verlag vereinbaren.«

»Wie, nicht mit der Aufgabe vereinbaren? Haben Sie etwas an meiner Leistung auszusetzen?«

»Sie hören von uns!«

Aufgelegt. Magdalena hätte am liebsten einen Wutschrei ausgestoßen, aber damit hätte sie die anderen geweckt. Es war zum Verzweifeln, erst machte Opa Rudi so ein Theater und nun auch noch dieser kleine Stinker! Sie musste heute Vormittag unbedingt noch den alten Ditfurther erwischen.

Zwei Stunden lang lag sie auf dem nach Camembert riechenden Sofa unter einer nach Camembert riechenden Decke, schmiedete Pläne und hörte den Vögeln zu, bis die Sonne gegen zehn Uhr richtig wärmte und sie Geräusche aus der Küche hörte.

Nachdem sie das Frühstück abgeräumt hatte, begann Magdalena den Inhalt des Kühlschranks zu ordnen. Er war nicht sehr voll, innerhalb von wenigen Minuten war sie fertig. »So, du gehörst *da* hin, und das war's«, murmelte sie, stellte als Letztes den Erdbeerjoghurt neben die rote Marmelade und nickte glücklich. Auch im Kühlschrank herrschte jetzt Harmonie. Milch und weiße Joghurts standen neben dem hellgelben Butterwürfel, Melone und Gurken schimmerten grün durch das Gemüsefach.

»Schau, schau, sie tut es schon wieder … die unruhige Seele, erst im Bad die Shampooflaschen und jetzt auch noch der arme Kühlschrank«, hörte sie Matteo sagen. Magdalena drehte sich um, Matteo saß mit dem dünnen DJ Mikki am abgeräumten Tisch, beide grinsten. »Das ist doch toll!«, behauptete Nina, während sie auf einem Bein hüpfte, um ihren rechten Fuß in einen hochhackigen Schuh schlüpfen zu lassen. »Ich find jetzt alles viel schneller in meinem Kleiderschrank! Aber wo ist bloß der verdammte zweite Schuh?« Sie hinkte auf dem hohen Absatz hin und her, suchte Schlüssel, Tasche und Portemonnaie zusammen.

»Ich bin spät dran«, rief sie aus ihrem Zimmer, »in der *comune* steht Francesco jetzt schon seit drei Stunden mit einer Wartemarke für mich Schlange! Mal sehen, ob ich den *sindaco* heute endlich wegen der anstehenden baulichen Maßnahmen hier im *POLO* zu sprechen bekomme.« Wer ist der Sindaco?, fragte Magdalena sich. Immerhin habe ich heute gelernt, dass es *cornetto* heißt und nicht *croissant*, dass Nina sie am liebsten mit *marmellata*, Matteo mit *crema* mag und dass Mikki jeden Morgen gleich drei mit Nutella-Füllung verdrückt.

»Ha, hier ist er ja!« Nina kam wieder in die Küche und fädelte ihren Fuß gelenkig in den zweiten Schuh. »Jetzt muss ich aber los. *Ciao!*« Nina küsste sie auf beide Wangen und schaute ihr besorgt in die Augen. »Tu nicht so viel, lass den Abwasch stehen, ja? Und leg dich noch mal ein bisschen hin, du bist noch nicht gesund!«

Magdalena guckte sich um, sie sehnte sich danach, nach den beiden verschlafenen Tagen etwas Nützliches zu tun. Heute hatte sie immerhin schon die Inhalte von Kleider- und Kühlschrank sortiert, den Tisch abgewischt und den Küchenboden gefegt. Jetzt brannte sie darauf, endlich mit der Suche loszulegen. Doch Nina schien es lieber zu sein, sie in ihrem Bett bemuttern zu können, als sie hier in der Küche zu sehen.

»Wenn sie putzen will, lass sie halt machen«, sagte Matteo, »es ist ja nichts anderes zu tun. Vor allem, da immer noch nicht klar ist, ob wir diesen Sommer überhaupt öffnen.«

»Äh, ich würde auch ehrlich gesagt lieber meinen Vater suchen gehen …«, sagte Magdalena, aber niemand schien sie zu hören.

»Ich *tu* wenigstens etwas dafür, dass wir öffnen können«, rief Nina.

»Stimmt. Du tust eh alles für den, vergeudest deine Zeit in den Ämtern, und wo bleibt der Trottel aus Bologna? Lässt sich jeden Tag aufs Neue wieder entschuldigen. Er hat die Kommission, die die Einhaltung der Auflagen prüft, noch nicht mal beantragt, wie du letzte Woche nach stundenlangem Anstehen feststellen durftest!«

»Leone sagt, er hat das längst getan, die *comune* hat das nur verschlampt!«

»Wer's glaubt. Aber wo sind dann die Handwerker, die er angeblich bestellt hat, um die Stromkabel, den Brandschutz und die ganze Technik zu checken? Gestern habe ich Beppe, der die

Getränke liefern soll, im *Baobab* getroffen: Er weiß von nichts, und Mikki kann nicht mit der Musik weitermachen, solange kein Mischpult da ist.« Mikki schaute sich um, als ob er nicht recht wüsste, von wem die Rede war. Magdalena versuchte seinen Blick aufzufangen, er lächelte ihr zu und kratzte sich seine helle Kopfhaut, die zwischen den Dreadlocks hervorschimmerte. Ihm war Ninas und Matteos geräuschvolle Auseinandersetzung anscheinend ebenso unangenehm wie ihr.

»Der Leone hat mir gestern am Handy gesagt, wer dafür zuständig ist.«

»Der Leone, der Leone, ich kann den Namen schon nicht mehr hören!«

»Ich vertraue ihm. Letztes Jahr hat es doch auch geklappt.«

»Da haben sie ihm den Laden zwischendurch beinahe dichtgemacht, schon vergessen? Und diesmal machen sie ihn gar nicht erst wieder auf, so wird's gehen!«

In einem feindseligen Ton, den Magdalena zuvor noch nicht von ihr gehört hatte, flüsterte Nina: »Sei doch froh, dass ich *beschäftigt* bin«, und tätschelte Matteo dabei die Schulter, »ich fahre jetzt!« Sie rauschte aus der Küche.

»Wie du meinst, Nannini, wie du meinst«, sagte Matteo leise.

»Also, Kinder, zum Putzen: sonst immer gerne, aber ich schaff das vom Kreislauf her jetzt einfach noch nicht.« Mikkis Italienisch war so schleppend, dass Magdalena jedes seiner Worte verstand. Er zuckte bedauernd mit den Schultern und schlurfte in sein Zimmer.

»Vor dem Abendessen sieht man den nicht wieder«, sagte Matteo und seufzte. Dann entdeckte er Magdalena neben dem Kühlschrank: »Sei froh, du fährst ja bald …«

Magdalena knetete unschlüssig ihre Hände. Sie wollte nicht stören, sie wollte nicht im Weg stehen, doch was war nun mit ihrem Vater? Es war Montag, sie hatte noch fünf Tage, um ihn zu finden. Ihr Fuß tat zwar immer noch weh, aber sonst ging es ihr wirklich wieder besser, sie hätte sofort losfahren können. Fragte sich nur, womit, sie hatte ja kein Auto.

Als Matteo hinausgegangen war und die Tür mit einem lauten Knall hinter sich zugeschlagen hatte, fiel ihr ein, dass sie dringend zu Hause anrufen und sich bei dem alten, beleidigten Mann nach seinem Gesundheitszustand erkundigen musste. Er würde mit Sicherheit neben dem Telefon stehen und nicht abheben – sie sollte denken, er wäre schon tot.

Magdalena öffnete die Terrassentür weit und füllte ihre Lungen mit der lauen Luft. »Verdammt noch mal, Rudi!«, rief sie in den blauen Himmel. Niemand hörte sie.

6

Dienstagmorgen. Nur noch vier Tage. Magdalena versuchte, nicht daran zu denken. Fegend ging sie in der Küche auf und ab und schubste gerade eine kalte, störrische Nudel mit den Zehen auf die Kehrschaufel, als ihr Handy anfing, surrend über den Tisch zu robben. Rudi. Sie holte tief Luft.

»Rudolf! Guten Morgen!«

»Nein, hier ist Erika Feest, Ihr Großvater bat mich, Sie anzurufen!«

Ein eisiger Schreck durchfuhr Magdalena. Sie hatte es ja gewusst, die zweite Gehirnblutung, und sie war über 1000 Kilometer weit entfernt. Sie würde zu spät kommen.

»Was ist mit ihm?«

»Ich rufe hier von seinem Apparat aus an.« Früher hatte Frau Feest die gelbe Telefonzelle vor dem alten Schulhaus als ihr Eigentum betrachtet, und wenn eines der Schulkinder ihrer Meinung nach lange genug telefoniert hatte, klopfte sie von außen an die von ihr geputzten Scheiben. Mittlerweile besaß jedes zweite Grundschulkind ein Handy, und die Telefonzelle gab es längst nicht mehr, doch nun stand Frau Feest bei ihnen im Wohnzimmer und telefonierte. Das war kein gutes Zeichen.

»Geht es ihm so schlecht?«

»Er ... er spricht nicht, und ...«, sie flüsterte jetzt, »... ach

was, ich soll einfach nur ausrichten, Sie sollen sofort zurückkommen.«

»Verstehe.«

»Also, kommen Sie?«

Magdalena fühlte, wie sich in ihrem Magen vor Ärger ein
großer Klumpen bildete.

»Sagen Sie ihm, er soll heute Abend in seinen Computer gucken, ich schreibe ihm eine Mail. Und danke, dass Sie sich um
ihn kümmern!«

»Ich bin da, wenn er mich braucht.« Das klang irgendwie
verbittert, hatte sie sich vielleicht mehr erhofft nach Oma Wittas Tod?

Mit kurzen, wütenden Strichen fegte Magdalena Sand und Piniennadeln unter den Stühlen hervor, der tatkräftige Endsech-
ziger, der so stolz auf seine körperliche und geistige Verfassung
war, spielte mit einem Mal den Greis, der ihre Pflege benötigte,
nur um sie nach Hause zu zwingen. Sie hielt inne. Und wenn es
ihm wirklich nicht gut ging? Vielleicht sollte sie doch früher
nach Hause fliegen, sie erreichte hier doch sowieso nichts.

Magdalena nahm das Kehrblech an seinem langen Stiel,
schob den kleinen Haufen mit dem Besen darauf und kippte alles in den Müll.

Ihr Magen knurrte laut. Hoffentlich brachte Nina eine *schiaccina* aus Procchios Bäckerei für sie mit. Magdalena liebte die
zwischen zwei Teigschichten zusammengepressten Tomaten,
Schinken, Mozzarella, besonders die Mayonnaise. Zugenommen hatte sie noch nicht, aber wenn sie so weitermachte, ohne
das kleinste bisschen Sport, würde es nicht mehr lange dauern.

Magdalena erledigte den Abwasch, trat dann auf die Terrasse
und zog die Luft stoßweise durch die Nase, eine weitere Probe
für ihr Geruchstagebuch, in das sie seit ihrer Kindheit Gerüche

einordnete wie andere Leute Briefmarken oder gepresste Blumen. Seltsamerweise ließen sich nur die angenehmen Erinnerungen eintragen, denn Gerüche, die mit schlechten Erinnerungen verbunden waren, vergaß sie sofort wieder.

Unter »Elba, *POLO*« gab es schon mehrere Einträge: Ninas weiße Mönchszelle mit dem leichten Handcreme-Flair, die Küche mit Matteo auf dem Bett liegend, die Küche ohne Matteo auf dem Bett liegend, das pilzige Sofa auf der Terrasse, das gechlorte Bad, gesättigt mit dem Bleichmittel, das Mikki literweise in seine Handwäsche goss. Nun fügte sie noch »*POLO*, Terrasse, mittags« hinzu.

Magdalena ging wieder hinein. Elf Uhr, es würde sicher noch eine Weile dauern, bis Nina zurückkam, heute Morgen hatte sie Matteo und Nina wie ein altes Ehepaar darüber streiten hören, aber natürlich war Nina doch gefahren. Sie tat letztlich nie das, was Matteo für richtig hielt.

Magdalena durchquerte die geputzte Küche, humpelte zur Haustür raus und stieg mit ihrem steifen Bein langsam die schmale Treppe hinunter. Bevor sie in vier Tagen wieder abreiste, wollte sie das Gelände unbedingt noch ganz erkunden. Sie lauschte. Wo war Matteo? Sie hatte ihn seit heute Morgen beim Frühstück nicht mehr gesehen.

Magdalena ging rechts an dem Gebäude vorbei und fand ein abgelegenes Rondell mit zwei eisernen Bänken, die zwischen verschiedenen Palmenarten versteckt standen. Aus dem Kies schoss das Unkraut kniehoch hervor. Dahinter erhob sich ein Maschendrahtzaun, der sich um das Gelände zog, in drei Metern Höhe kringelte sich Stacheldraht. In diese Richtung war also Ende. Langsam ging sie zurück und begann die Stufen bis zur Straße hinabzusteigen, auf der anderen Seite führte eine Treppe wieder hoch. Eine Eingangstreppe, eine für den Ausgang. Vor der rot-weißen Absperrkette hielt sie an, dort unten stand Matteo. Unwillkürlich fuhr sie zurück. In seiner Nähe fiel ihr rein gar nichts mehr ein, und er konnte mit ihr anscheinend auch nicht allzu viel anfangen.

Matteo bemerkte sie nicht, er hatte einen Eimer gelber Farbe vor sich und malte mit einer Rolle um den *POLO*-Schriftzug herum. Sie schaute ihm zu, bis ihr klar wurde, dass sie ihn heimlich beobachtete.

»*Ciao!*«

Er fuhr erschrocken herum und grinste dann verlegen. Nach ein paar unendlichen Sekunden deutete er mit der Malerrolle auf die Zweige, die sich auf der Straße häuften.

»Das musste ich erst mal alles wegschneiden, war total zugewachsen …« Er strich schweigend weiter.

»Aha.« Sie blickte auf die andere Straßenseite, hier war er für sie während der Handtaschensuche den Abhang hinuntergerutscht. Sollte sie sich noch einmal dafür bedanken?

»Na, dann …!« Wie dumm, dumm, dumm, na dann! Hochinteressantes Gespräch, Magdalena, was soll das, wieso bringst du in der Nähe von älteren Männern keinen vernünftigen Satz zustande … Älteren Männern? Sie hatte Nina gefragt, er war erst dreiunddreißig, sah aber durch diesen unrasierten Look, den er anscheinend liebte und pflegte, älter aus. Sie dagegen ging überall noch für fünfundzwanzig durch. Gesichtstechnisch sind wir zehn Jahre voneinander entfernt, und auch sonst trennen uns Welten. War das wirklich wahr? Was wusste sie schon über ihn? Sie hatte ja noch nie mit ihm geredet. Er war mit zwanzig und kaputten Kreuzbändern aus der Eishockeynationalmannschaft ausgeschieden und hatte drei Jahre in Rom als Beleuchter in der *Cinecittà* gearbeitet. Irgendwas würde einem normalen Menschen doch dazu einfallen. Aber was bloß?

Magdalena räusperte sich. »Gibt es irgendwas, das ich über Elba noch wissen sollte?«

»Über Elba?!« Er schien überrascht, dass sie ihn überhaupt noch einmal ansprach. »Das Wasser wird auf Elba in den Sommermonaten knapp, deswegen sollte man beim Duschen sparen.« Aha.

»Und auf keinen Fall zu viel Toilettenpapier ins Klo schmeißen! Und vielleicht sollte man auch wissen, dass Radio Elba der einzig hörbare Radiosender auf der Insel ist.«

Meine Güte, er konnte ja richtig gesprächig sein, doch nun wandte er sich wieder der Mauer zu.

»Und die Elbaner? Merken die, dass du nicht von hier kommst?«

»Natürlich, sie hören es ja gleich. Sie sind ein bisschen stolz, wie alle Inselmenschen. Sehr nett, aber erzähl ihnen nicht, wie sie einen Tisch anstreichen sollen … Das wissen sie besser.«

Ein deutscher Reisebus fuhr vorbei, sie schauten ihm beide nach. Ein italienischer folgte.

»Da fährt dein Job! Wissen die später überhaupt noch, wo sie waren?«

»Ja, sicher – irgendwo in der Toskana.« Magdalena lächelte ihn kurz an und schaute dann auf die abgeschnittenen Zweige auf dem Boden. Hinter geschlossenen Fenstern, eingesperrt in einem gekühlten Kasten, über die Insel zu fahren und sich mit den Informationen aus Reiseführern vollzustopfen brachte gar nichts. Viel besser war es, geduldig an einem Platz auszuharren, und schon kamen die wirklich schönen Dinge Elbas auf einen zu. Gestern Morgen, als sie barfuß an dem schlafenden Matteo vorbei durch die Küche gehinkt und auf die Terrasse hinausgetreten war, hatte sie den harzigen Duft, der über dem Wald lag, eingeatmet und gedacht: Das ist also Elba! Der neongelbe Puder, der nachher an ihren Fußsohlen klebte, das war ebenfalls Elba. Auch die Steinstufen hier unten waren davon bedeckt.

»Was ist das eigentlich für Zeug auf dem Boden?«

»Das ist der Blütenstaub der Pinien. Er wird zu dieser Jahreszeit überallhin geweht. Wenn es regnet, schillert es auf den Pfützen ganz gelb, sieht richtig giftig aus.«

»Du kennst dich aus!«

Matteo winkte ab und wandte sich, als Magdalena nichts mehr sagte, mit einem kleinen Salutieren wieder seiner Arbeit zu. Magdalena salutierte zurück, zu spät, er sah es nicht, trotzdem freute sie sich und kam auf einmal die Stufen viel leichter hoch.

Sie hielt sich links und humpelte pfeifend am Kassenhäuschen und an den Rosmarinbüschen vorbei, viele hellgrüne Triebe sprossen daraus hervor. Wenn Nina ihr nicht so anschaulich vorgespielt hätte, mit welchen Flüssigkeiten die armen Büsche schon gedüngt worden waren, hätte sie sich wahrscheinlich einen Zweig für zu Hause abgerissen. Hinter dem mit Graffiti besprühten Verschlag, den man zur Tanzfläche hin wie eine Würstchenbude öffnen konnte, ging es weitere Stufen hinunter. Grauer Kies, Pinienbäume, grünbraun zerfledderte Palmen und Zypressen. Mindestens zehn Grillen saßen irgendwo in den Bäumen verteilt und erzeugten mit ihren Körpern einen Höllenlärm, doch bekam man sie nie zu sehen. Das Grün wurde dichter, Magdalena schlug die Äste eines austreibenden Busches zurück und stieg steifbeinig über einen an dieser Stelle heruntergetretenen Bretterzaun. Gehörte das hier noch zum Club? Sie schaute sich um. Weitab von der Tanzfläche bildeten Pinien und Sträucher eine Lichtung. Die Äste der niedrigen Bäume, die dort standen, stießen teilweise aneinander und formten ein schattiges Dach. Überall blinkte es gelb durch die dunkelgrünen Blätter, und nun erkannte sie erst, was es war:

Zitronen! Gelbe und grüne Zitronen und unzählige weiße Blüten – mitten in diesem heruntergekommenen Nachtclub-Park standen echte Zitronenbäume! Samtiges Gras und unzählige Mohnblumen wuchsen darunter, ein satter Geruch, grün und bittersüß, hing unter den Baumkronen. Es fehlte nicht viel, und sie wäre über einen alten Schemel gestolpert, der zwischen den hohen Grashalmen lag und seine drei Beine in die Luft streckte. Magdalena drehte ihn um, setzte sich auf eine ebene Stelle inmitten der Gräser. Ein leichter Wind kam auf, sie seufzte laut vor Zufriedenheit. Mit einem Schlag schwiegen alle Grillen. Lag das etwa an ihr? Die Stille dehnte sich aus, irgendwie unheimlich, Magdalena betrachtete die Sonnenflecken, die auf ihrem Arm tanzten. Hier, zwischen den beiden kräftigsten Bäumen, ist der ideale Platz für eine Hängematte, dachte sie, die würden mein Gewicht aushalten. Und Bienen müsste man haben, um die vielen Zitronenblüten zu bestäuben, und dann einfach hier leben, Zitronengärtnerin sein. Gab es den Beruf? Egal, es hörte sich jedenfalls gut an, Zitronengärtnerin in einem Nachtclub …

Magdalena musste grinsen, Bienen, warum nicht? Sie liebte den Geruch von Honig, wenn er aus der Honigschleuder in das Metallsieb über dem Eimer rann. Rudi hatte ein Bienenhaus hinten im Garten, sie stand gern neben ihm, unter weißem Hut und Schleier verborgen, und nebelte ihn mit dem Rauch aus der Imkerpfeife ein. Ohne Schutz, mit bloßen Händen, nahm ihr Großvater die Waben aus dem Kasten, während die Bienen angesäuselt vom Rauch der Pfeife aufflogen. Ein köstlicher Duft, der noch lange in den Kleidern und Haaren hing und auf ihrer Favoritenliste ganz oben, kurz vor gerade geschleudertem Honig, rangierte. Sie erhob sich und rief leise: »Ihr könnt weitermachen!« Prompt setzte eine der Grillen wieder ein, die anderen folgten. Magdalena lachte und pflückte von einem dornigen Zweig über ihrem Kopf feierlich die erste Zitrone ihres Lebens. Da fahre ich schon seit zwei Jahren mit dem Bus durch Italien, renne von einem Restaurant in das nächste, sehe Kunstwerke von Michelangelo und Botticelli, Amphitheater und wunderschöne Ansichtskarten-Landschaften und habe noch nicht mal eine einzige Zitrone vom Baum geerntet. Mit geschlossenen Augen schnupperte sie an ihr. Das Ding war irgendwie klebrig, Magdalena riss die Augen auf. Etwas Weißes mit Flügeln krabbelte ganz nah an ihrer Nasenspitze herum, hastig schleuderte sie die Zitrone von sich. Sie prallte mit einem trockenen Laut an einen Pinienstamm und fiel auf den Boden. Auch die zweite und dritte Zitrone ihres Lebens, die sie vom Nachbarbaum abpflückte, war von den kleinen Tierchen befallen. Zählend wanderte Magdalena zwischen den Bäumen umher. Nur zwei der acht Bäume schienen krank zu sein, ausgerechnet von denen hatte sie die Zitronen geerntet, an den Unterseiten der Blätter wimmelte es von den winzigen weißen Fliegen. Hoffentlich hatten sich die anderen noch nicht angesteckt. Sie schaute genauer nach. Keine Fliegen, dafür klebrige Blätter und weiße Flocken an den Astgabelungen und Blattadern. Magdalena nahm ein kleines Stöckchen vom Boden und versuchte eine der weißen Anhäufungen abzustreifen. Sie hatten ein schmieriges braunes Innenleben und schienen die Pflanzen auszusaugen. Mit einer Mischung aus Ekel und Faszination zermatschte sie noch weitere Flocken, aber irgendwann gab sie entmutigt auf. Selbst wenn sie zwei Tage so weitermachte, würde sie doch nie alle erwischen. Wie wurden die Bäume bewässert? Magdalena schaute sich um, konnte aber keine Wasserleitung entdecken. Es würde keine Hängematte und kein Bienenhaus geben. Der Zitronengarten starb an einer Invasion weiß geflügelter Tierchen und schmieriger Flocken und verdurstete obendrein. Sie pflückte ein Blatt und rieb es zwischen den Fingern, frisches Zitronenaroma entfaltete sich unter ihrer Nase.

»Tut mir leid, aber ich kann mich nicht um euch kümmern.«
Sie warf das Blatt weg.

»Da gibt es gerade Wichtigeres!«

7

Die Küche war leer, roch angenehm nach Scheuermilch und einem Hauch von Knoblauch, aber Nina war immer noch nicht zurück. Magdalena ging in ihr Zimmer und schaute sich um. Hübsche, freche Zahnlücken-Nina mit den kleinen Tennisballbrüsten, dachte sie, irgendetwas stimmt bei dir nicht. Sie hatte sie schon mehrmals in ihrem Zimmer auf dem Bett, am Küchentisch oder auf der Terrasse überrascht, mit eingefrorenen Gesichtszügen, wie eine dieser gut erhaltenen Mumien aus den berühmten Katakomben von Palermo, saß sie dort. Dann machte sie ihr wirklich Angst.

Keine Fotos, keine Bücher, als hätte sie keine Wurzeln und keine Identität – was war nur mit Nina los? Sie hatte doch eine Wohnung in Rom, warum lebte sie dann in diesem kahlen Zimmerchen? Magdalena schob einige Schuhe aus der mittlerweile von ihr geordneten Reihe und ließ sich vorsichtig vor dem Kleiderschrank nieder. Mal sehen, ob es bei Nina sonst noch was zu ordnen gab. Langsam tastete sie sich über den Boden des Schranks, es kribbelte vor Spannung in ihrem Bauch. Eine Reisetasche, leer, ein leerer Schuhkarton, eine Plastiktüte, halb voll mit weißen Kerzenstummeln. Was hatte Nina denn mit den abgebrannten, aneinanderklebenden Kerzen vor? Ein Vorrat für schlechte Zeiten, falls mal der Strom ausfiel? Magdalena legte alles sorgfältig wieder an seinen Platz zurück. Noch ein

Karton, schwer diesmal. Sie hob den Deckel, es waren Bücher. Kalenderbücher. Ohne zu überlegen, nahm Magdalena das oberste und blätterte darin herum. *Giovanna Maria Galotti*, das war Ninas Schrift. Giovanna Maria – so lautete also ihr richtiger Name. *Via Belsiana 28, Roma*. Ein Tagebuch vom letzten Jahr, darunter die Tagebücher der vorangegangenen fünf Jahre. Wieso schleppte sie ihre alten Tagebücher mit sich herum?

Das macht man nicht, tu es wieder weg! Moment – Magdalena warf einen Blick auf die Türklinke, Nina konnte jede Sekunde in die Küche kommen –, ganz kurz nur noch, ich will nur wissen, ob sie auf Italienisch oder Deutsch schreibt, dann lege ich es sofort weg, großes Boxer-Ehrenwort. Magdalena schlug eine Seite im Mai auf:

18. 05. Werde bestraft für meine Vergehen, für meine Gedanken, für die Freiheit, die ich meinte, verdient zu haben. Ich bin schuld und werde nie wieder un-schuldig sein. Du musst durchhalten, bis sich Narben gebildet haben, sagte Ella gestern zu mir. Durchhalten, bis du den Schmerz nicht mehr so sehr spürst. Meine Oberfläche ist für immer roh und blutig.

O Gott, worüber schreibt sie da, woran ist Nina schuld?

19. 05. Die Nächte sind das Schlimmste, wie selbstsüchtig habe ich mich im letzten Jahr manchmal nach Schlaf gesehnt, und nun fürchte ich ihn. Wieder dieser Kaufhaus-Traum, total real, suche sie nicht einmal, weil sie nicht mehr da sind. Selbst im Traum vergesse ich das nie.

Sie schreibt auf Deutsch, siehst du, und nun weißt du mehr, als du wissen wolltest, und fühlst dich schlecht. Geschieht dir recht!

Magdalena blätterte weiter. Ein paar Monate später:

10.12. Habe Cinzia für ein paar Tage bei mir aufgenommen, die Ergebnisse kommen erst in vier Tagen. Verdammt langsam, das Labor! Werde ihr danach den Flug nach Hause buchen, die Angst vor dem Befund macht sie so schwach, dass sie sich nicht dauernd bedankt, sondern einfach nimmt, was ich ihr gebe. Ich liebe sie dafür, ihre Sorgen lassen mich für Minuten vergessen. Habe mich entschieden, Giulia das Geld vorzustrecken, völlig egal, ob sie es mir jemals zurückzahlt. Sie wird es damit schaffen, diesen Scheißkerl zu verlassen.

In Magdalenas Kopf arbeitete es. Nina hatte diesen beiden Frauen geholfen, uneigennützig, großzügig, so wie sie jetzt auch ihr half. Nur um zu vergessen. Aber was?

Sie hörte Schritte auf der Treppe, klappernde Holzsohlen, das musste Nina sein, sie trug heute die orangefarbenen Clogs aus der langen bunten Schuhreihe. Hastig klappte sie das Buch zu und legte es wieder in den Karton zurück, dann stellte sie die Schuhe an ihren Platz, erhob sich mühsam und streckte ihren Kopf zur Tür hinaus.

»*Ciao*, Magdalena!« Nina strahlte sie an. »Kräftig genug für einen Ausflug? Dann los!«

Sie fuhren den Berg hinunter.

»Hast du wieder geputzt?«, fragte Nina streng.

»Nur ein bisschen«, gab Magdalena zu. Sie war eine miese Schnüfflerin, wenn Nina das wüsste, würde sie sich nicht mehr um sie kümmern. So wie sie sich um die anderen gekümmert hatte. Sie war eine von vielen. Wieso tat Nina das? Magdalena versuchte, einen unbefangenen Ton anzuschlagen:

»Weißt du eigentlich, dass ich noch nie so gelebt habe, so ohne Uhr, ohne Mittagspause, ohne meine Bahnen im Schwimmbecken zu ziehen und ohne den Wecker zu stellen?«

Ihre Stimme klang piepsig und unecht.

»Ach, komm«, sagte Nina bloß.

»Nein, wirklich. Das erste Mal in meinem Leben tue ich nichts Nützliches. Ich stehe nicht um sieben auf, schmiere niemandem zwei Scheiben Knäckebrot mit Leberwurst zum zweiten Frühstück, gehe nicht in den Verlag.«

»Du hast sonst wohl immer was Vernünftiges zu tun, was?«

Ninas Stimme klingt kein bisschen abfällig, dabei hätte ich es mehr als verdient …

»Nach dem Abitur habe ich die Ausbildung zur Kartografin begonnen und in meinen Urlaubswochen zusammen mit Opa Rudi einen Segelschein nach dem anderen gemacht, oder ich habe mit ihm das alte Schulhaus renoviert. Vor zwei Jahren dann habe ich angefangen, in meinen freien Wochen als Springerin für die Treva-Touristik zu arbeiten und ganz Italien nach meinem Vater abzusuchen.«

»Und das werden wir jetzt noch gründlicher tun!«, sagte Nina begeistert. Lenkt Nina sich jetzt mit mir von etwas ab?, fragte Magdalena sich. Geben meine Probleme ihr die Kraft, für Minuten zu vergessen? Verdammt, warum habe ich bloß in ihrem Tagebuch gelesen?

Sie fingen dort mit der Suche an, wo das Foto entstanden war, im *Mezza Fortuna* am Ortsausgang von Procchio. Magdalenas Herz fing wieder an, wie wild zu klopfen, als sie zu zweit vor Napoleon in seinem Eierbecher standen, doch Nina lächelte nur.

»Zeig mir noch mal das Foto«, bat sie, »ja, sie waren hier. Eindeutig!« Der Wirt kam aus der Küche, heute trug er sogar eine saubere Schürze.

»Ich habe ihn schon gefragt«, sagte Magdalena hastig, »er konnte sich aber nicht erinnern.«

»Lass mich nur machen!«

Magdalena beobachtete, wie Nina das einsetzte, was von

Matteo »der Blick« genannt wurde, ein schmollendes Lächeln von unten, das sie perfekt beherrschte.

»Wenn ich Ihnen jetzt sage, dass Ihr Erinnerungsvermögen für uns lebenswichtig ist, wären Sie sicher bereit, noch einmal über diesen jungen Mann auf dem Foto nachzudenken, oder?«

»Na ja.« Der Wirt rieb sich unruhig über seine Stirn, während seine Augen zwischen Ninas Brüsten und dem Foto hin- und herflitschten.

»Wann soll das noch mal gewesen sein?«

»Neunzehnhundertneunundsiebzig!«, antwortete Magdalena wie aus der Pistole geschossen auf Italienisch.

»Fragt mal bei Olmo nach, Olmo Spinetti, dem das *Il Giramondo* gehört. Wenn es einer von hier sein sollte, dann vielleicht er, außerdem kannte der sie damals alle. War dann allerdings auch mal eine Zeit lang weg.« Nina zog die Augenbrauen in die Höhe.

»Hier rechts runter, Via del Mare.«

Sie bedankten sich bei ihm und standen wieder draußen.

»Und schon haben wir einen Hauptverdächtigen!«, rief Nina euphorisch und lief mit schnellen Schritten vor Magdalena die Via del Mare hinunter, sodass sie kaum hinterherkam. So einfach war das: Kaum nahm Nina die Sache in die Hand, hatten sie einen ersten echten Hinweis.

Ein schmaler, mit Kletterrosen umrankter Bogen führte sie in den Garten des Restaurants. Links wuchsen ein paar Zitronenbäume, eine kleine Kinderrutsche aus Plastik stand dazwischen und ein von Efeu fast verdeckter Brunnen. Gelbes Laub lag unter den kreisrunden Tischen aus moosigem Beton, es gab keine Stühle. Nina klopfte an die Restauranttür aus Glas, gemeinsam schauten sie hinein. Der Gastraum lag im Dunklen, auf den Tischen standen umgedrehte Stühle, die Theke der kleinen Bar war mit Pappkartons zugestellt.

»*Allora*. Das Ding ist ganz eindeutig noch nicht geöffnet. Mal sehen, ob trotzdem jemand zu Hause ist.« Nina ging um das Haus herum, langsam humpelte Magdalena ihr hinterher. Mein Vater hat womöglich ein Restaurant, dachte sie und merkte, wie ihr Magen sich nervös zusammenzog. Nina klingelte neben dem Namensschild SPINETTI. Magdalena hielt den Atem an, vielleicht hätte sie Magdalena Lucia Spinetti geheißen. Sie stieß die Luft aus und wiederholte den Namen leise für sich: Magdalena Lucia Spinetti. Klang gar nicht schlecht. Nina klingelte wieder. Lange. Niemand öffnete.

»Der macht den Laden dieses Jahr auch spät auf, genau wie das *POLO*.«

Magdalena ging wieder vor das Haus und beobachtete den Balkon über der breiten Fensterfront des Restaurants. Alles blieb ruhig. Unablässig strich sie mit den Fingerspitzen über den aufgesprungenen Beton des Tisches vor sich.

»Komm, nicht aufgeben«, sagte Nina munter und tippte eine Nummer in ihr Handy, die an der Tür stand, »da rufe ich gleich mal an. Und sonst müssen wir eben noch mal herkommen und uns jetzt weiter durchfragen. Unsere Kandidaten sind die ab Mitte vierzig aufwärts, die, die damals achtzehn, neunzehn Jahre alt waren.« Langsam gingen sie die kleine Straße wieder hinauf. »Im Moment nicht erreichbar«, murmelte Nina, »okay, dann ein anderes Mal!« Sie steuerten auf die Ladenstraße zu, die mit einem durchgehenden Sonnenschutz überdacht war.

»Vor dir liegt der *Salotto di Procchio*. Früher fuhr der gesamte Verkehr durch ›Procchios Wohnzimmer‹, es war die Hauptdurchgangsstraße, dann haben sie die Autos umgeleitet und dieses Holzpodest plus Bedachung gebaut, und nun schwitzt man hier im Sommer drunter und weiß nicht so recht, welche Tische und Stühle zu welcher Bar gehören.« Nina setzte sich auf den erstbesten Stuhl. Während sie in ihren Latte-macchiato-Gläsern rührten, zählte Magdalena Nina die Läden, Eiscafés und Restaurants auf, in denen sie am ersten Tag schon nachgefragt hatte.

»Aber jetzt haben wir einen ganz anderen Hinweis. Wir fragen, ob jemand den jungen Mann mit den geschlossenen Augen hier kennt, und gleichzeitig, ob er Olmo Spinetti aus Procchio sein könnte«, sagte Nina und strahlte. Sie zahlten und zogen los.

Könnte sein, schon möglich, alle waren freundlich, doch niemand wollte sich mit einem klaren Ja oder Nein festlegen. Bei jeder Absage wurde Magdalena mutloser.

»'eidi...«, wiederholte der bestimmt über siebzigjährige Gemüsemann, mit einem gedämpften Erkennen in der Stimme, sodass Magdalena erneut den Atem anhielt. Aber dann zuckte er nur die Schultern und bestätigte, was sie schon geahnt hatte: Er konnte sich nicht an Heidi und den Unbekannten neben ihr erinnern.

Magdalena verließ seufzend den Laden und setzte sich vor der *Bar La Pinta* auf einen Stuhl.

»Was ist denn?«, fragte Nina und ließ sich neben ihr nieder. »Du weinst ja, weinst du?!«

»Quatsch, ich denke nach!«

»Ach, so schaust du also aus, wenn du nachdenkst. Interessant.«

»Ich muss meinem Großvater eine Mail schicken, er wartet zu Hause auf mich. Bitterböse und beleidigt.«

»Du kannst hier in der Bar ins Internet.«

»Aber was soll ich ihm schreiben?«

Nina lachte: »Lieber Opa, ich danke dir für deine Unterstützung! Indem du daheim die Stellung hältst, kann ich mich da in Ruhe um meine Nachforschungen kümmern. Deine Dich liebende Enkelin Magdalena«.

Magdalena runzelte die Stirn.

»Ja, sicher, Lob, überschütte ihn mit Lob, bis er nichts mehr sagen kann!«

»Denkst du dir so.« Magdalena zuckte zusammen, jetzt hörte sie sich schon an wie Opa Rudi.

»Soll ich es dir diktieren?«

»Nein, danke, das schaffe ich schon allein.«

Erschöpft und völlig leer im Kopf rollte Magdalena sich zehn Minuten später neben Nina auf dem Beifahrersitz zusammen und hörte schweigend deren Pläne an, Kopien des Fotos aufzuhängen oder im Internet bei Facebook nach dem Unbekannten zu suchen.

Sie mochte ihr nicht erzählen, dass sie ihren Text Wort für Wort in die Mail an Rudi übernommen hatte, die sie, ohne sie noch einmal zu lesen, abgeschickt hatte.

Kaum dass sie vor dem *POLO* gehalten hatten, hinkte Magdalena die Treppen hinauf, nahm die rechte Treppe und den Umweg über die Tanzfläche, damit Nina nicht gleich wusste, wo sie war, und flüchtete in den Zitronengarten.

Langsam wanderte sie zwischen den Bäumen umher, machte eine kleine Pause auf dem Holzschemel, stand wieder auf und setzte ihren Rundgang fort. Nach einigen Minuten merkte sie, wie sich ihre Enttäuschung und der dazugehörige Stein in ihrem Magen auflösten. Die zwei vorderen Zitronenbäume machten ihr Sorgen, sie schienen innerhalb der letzten Stunden noch mehr Blätter verloren zu haben, die gelb und zusammengerollt am Boden zwischen den Gräsern lagen. Sie mussten sofort Wasser bekommen, aber woher? Die Nachmittagssonne suchte sich zwischen den Pinien ihren Weg und schien ihr voll ins Gesicht, die wie gerupft aussehenden Zweige des Zitronenbaumes über ihr boten kaum mehr Schatten. Magdalena schaute sich um, kein Wasseranschluss zu sehen, keine Pumpe, kein Schlauch, gar nichts. Ein langer Gartenschlauch würde schon helfen, aus der Orangerie bis hierher. Wie viele Meter waren das, dreißig, fünfzig? Auf jeden Fall zu viele, das war doch alles bescheuert, die Bäume gingen ein, und auch um den Rest des wunderschönen Parks kümmerte sich niemand. Niemals hätte man daraus einen Nachtclub machen dürfen. Wütend stampfte Magdalena mit dem Fuß auf, der Schmerz schoss ihr das Bein hoch. Im selben Moment vernahm sie einen hallenden, dumpfen Laut unter ihren Füßen. Sie trat noch einmal auf, vorsichtiger diesmal, scharrte neugierig Laub und lose Erde beiseite und legte einen viereckigen Eisendeckel frei, der mit einem Vorhängeschloss an einem Metallring befestigt war. Magdalena klopfte dagegen, es dröhnte wie über einem tiefen Schacht. Wenn das ein Brunnen war, musste man nur noch das Wasser hochpumpen. Aber wie? Plötzlich hörte sie Schritte näher kommen, schon erschien ein Kopf zwischen den Pinienstämmen: Matteo. Locker schulterte er eine große Heckenschere, an seinem Gürtel baumelte ein Beil. Als er sie sah, hielt er erstaunt inne.

»Aha!«, sagte er. »Endlich schickt Leone jemanden, sind Sie die neue Gärtnerin aus Bologna?«

»Ja«, sagte Magdalena, »und ich muss Sie bitten, sich jetzt unverzüglich zu entfernen. Das Werkzeug können Sie hierlassen, aber ich muss Sie darauf aufmerksam machen, dass dies *mein* Auftrag ist!« Während sie sprach, war ihr ganz warm im Bauch geworden.«Ich soll hier nämlich den Zitronengarten retten und ein Bienenhaus bauen. Wenn Sie jetzt bitte gehen würden!« Ihr Versuch, nicht zu lächeln, misslang.

»Signorina, von einem Bienenhaus weiß ich ganz bestimmt nichts, aber bitte halten Sie die Arbeitswege frei und behindern

Sie uns nicht in unserer Vorgehensweise. Sie werden sonst des Grundstücks verwiesen! Wenn nötig bei den Ohren!« Er flirtete mit ihr, stellte sie staunend fest, das war ganz offensichtlich seine Art, mit ihr zu flirten … Ihr wurde noch wärmer, und das wohlige Gefühl rutschte gleich ein wenig tiefer. Sie sah sich auf ihm liegen, sie beide auf Ninas Bett, O Gott, was sollte das denn? Schnell stieß sie den Gedanken beiseite.

»Ja«, sagte sie und wusste schon nicht mehr, ob er sie überhaupt etwas gefragt hatte.

»Ich kann sonst keine Verantwortung mehr für Ihre Sicherheit übernehmen!«

»Nein.« Verdammt, warum war sie so verwirrt, wenn er sie ansah?

»Was machst du hier?«, fragte Matteo sie im nächsten Moment wieder ernst. »Alles in Ordnung?«

»Nicht direkt.« Matteo reagierte nicht auf ihre Antwort, sondern ging stattdessen an den Bäumen entlang und schaute sich die vertrockneten Äste näher an.

»Wenn du ihn heute nicht gefunden hast, suchst du eben morgen weiter!«

Sie starrte auf den staubigen Erdboden. »Das bringt doch alles nichts.«

»Doch, natürlich!«, sagte er ganz selbstverständlich und wechselte das Thema. »Nina hat mal wieder Freunde eingeladen, es gibt Fisch heute Abend, *merluzzo*, und für morgen Abend habe ich *filetti di cinghiale* mitgebracht. Viel zu viel.« Er stöhnte auf, ein halbes Lachen. Sie wusste nicht, was sie erwidern sollte, verlegen tippte sie mit dem Fuß gegen den Metalldeckel. »Hier ist was drunter, ich glaube, das könnte ein Brunnen sein.« Matteo kam zu ihr, kniete sich nieder und befühlte das Vorhängeschloss. Dann hob er die Arme und schwenkte das Beil, das er plötzlich in den Händen hielt, in die Höhe.

»Verstell dich. Weg da!« Sofort machte Magdalena einen Schritt vom Deckel herunter, sie verstand Matteos komische Ausdrucksweise mittlerweile recht gut.

Mit einem gezielten Schlag ließ er die Klinge auf das Schloss niedersausen, der kleine Bügel sprang ab und schlitterte durch den Staub. Magdalena stand mit verschränkten Armen über ihm und rührte sich nicht.

»Das Leben kann kurz sein«, sagte er mit völlig veränderter, weicher Stimme, »und jetzt ist jetzt.« Jetzt ist jetzt, das Leben kann kurz sein, was wollte er ihr mit diesen Sprüchen mitteilen? Wahrscheinlich, dass sie mit Selbstmitleid nur ihre Zeit verschwendete. Na, *grazie*, wie du meinst, Matteo. Magdalena merkte, dass sie seine Worte benutzte, und musste unwillkürlich grinsen.

»Und weiter?«, versuchte sie noch etwas ähnlich Tiefsinniges aus ihm herauszulocken.

»Deswegen solltest du nicht raunzen«, sagte er mit der brummigen, fast schon unfreundlichen Stimme, die sie von ihm kannte, »sondern mir lieber helfen.« Magdalena musste trotzdem grinsen. Raunzen!

Er wischte mit den Händen die restlichen Zweige und Erde von dem Deckel, bevor er ihn zu öffnen versuchte. Er hatte Mühe, ihn hochzustemmen, die Muskeln seiner Arme zitterten vor Anstrengung. Am liebsten hätte sie ihre Finger darüberwandern lassen, woher hatte er nur diese Muckis? Vom Eishockeyspielen damals? Endlich gab die metallene Abdeckung quietschend nach, das Echo hallte weit in die Erde hinein, als ob sich unter ihnen ein großes Gewölbe befände. Magdalena beugte sich über die quadratische Öffnung, einen Meter unter ihr spiegelte sich ihr Kopf vor dem hellen Himmel, neben ihrem der von Matteo, wie zwei Ballons. Kleine Steine und Erde fielen hinab und ließen Kreise auf der dunklen Wasseroberfläche entstehen, die mit einer dünnen Schicht aus Dreck und toten Insekten bedeckt war. Sie fuhr zurück, es roch modrig nach nassen Steinen und stehendem Wasser, in dem man eine Fuhre Mist aufgelöst hatte.

»Eine Zisterne, und ganz voll, im Frühjahr hat es auf Elba ziemlich viel geregnet. Hier an dem Rohr hängt die Pumpe, siehst du?« Matteo versuchte den Draht zu lösen, mit dem die Apparatur, die aussah wie eine dicke Doppelsteckdose, am oberen Brunnenrand befestigt war.

»Es stinkt!«, sagte Magdalena und schnappte neben dem Loch nach Luft.

»Das macht den Bäumen aber nichts, das ist ein sehr gutes Wasser!« Er hantierte immer noch an dem Draht und brummte vor sich hin.

»Na, wenn die noch funktioniert, dann fress ich 'nen Besen.«

»Dann bräuchten wir nur noch einen Schlauch«, sagte sie. Matteo drückte an der Doppelsteckdose herum, nichts geschah.

»Na also, ist verstopft oder durchgebrannt oder bekommt keinen Strom, aber wir haben ja dort drüben …«, er erhob sich, »… den Verteilerkasten.« Er machte ein paar Schritte auf eine hohe, aus Natursteinen aufgeschichtete Mauer zu, die von Büschen und Brombeerranken fast völlig verdeckt war.

»Bring bitte mal das Beil mit!«

»Du willst das Ding da doch nicht auch noch aufbrechen!« Fassungslos deutete sie auf einen sehr offiziell aussehenden grauen Kasten, der hinter den Ästen zum Vorschein kam.

»Doch, sonst verdürrt's da ja alles.«

»Stimmt.« Sie knackten gemeinsam das zweite Vorhängeschloss und legten alle drei Schalter hinter dem Türchen um. Die Pumpe sprang an, zog mit einem feinen Surren vom Boden der Zisterne das Wasser an und ließ es oben aus dem Rohr quellen. »Wasser haben wir«, murmelte Matteo vor sich hin, »die vertrockneten Äste müssen geschnitten und die Bäume natürlich behandelt werden. Morgen früh gehe ich Gift kaufen, gegen Spinnmilben und das ganze Zeug, und einen Schlauch.« Beinahe entschuldigend fügte er hinzu: »Sind ja nur ein paar Bäume, aber ich brauche immer etwas zu tun.« Magdalena hockte neben ihm und schaute auf ihre dreckige weiße Schlabberhose und die staubigen Hände. Auch sie liebte es, im Garten zu arbeiten, es gab keine andere Beschäftigung, bei der es ihr gelang, völlig abzutauchen und an gar nichts zu denken.

»Schade, dass es hier kein Wasserbecken gibt oder so einen Plätscherbrunnen, da könnte man Lotosblumen reinsetzen, das sind die tollsten Pflanzen überhaupt. Mit ihren riesigen Blättern sehen sie wunderschön aus.« Matteo erhob sich und bedeutete ihr, ihm zu folgen: »Und was meinst du, was hier drunter ist?« Er setzte einen Fuß auf eine Kiste aus Brettern, ein sechzig Zentimeter hohes Podest am Ende der überwucherten Mauer. »Das habe ich gebaut, damit nicht noch so ein Idiot besoffen da reinstolpert und sich einen Hax bricht – ist nämlich letzten August passiert!«

»Ach so!«

»Dabei haben die hier in diesem Teil hinter der Absperrung gar nichts zu finden.«

»Zu suchen«, verbesserte Magdalena ihn.

»Sag ich doch.«

»Du meinst, da ist ein Becken drunter?«, fragte sie.

»Groß genug für einen Wald Seerosen.«

»Lotosblumen! Die haben größere Blätter, und das Grün ist auch ein anderes, eher blaugrün statt gelbgrün.«

Matteo sah sie kopfschüttelnd an. »Mit den Farben hast du es, oder?« Es klang so besorgt, dass sie ihn ganz spontan an der Schulter berührte: »'tschuldigung, ich weiß schon, dass du damit nichts anfangen kannst, aber ich kann einfach nicht an-

ders.« Sie zog ihre Hand wieder zurück. »Das eigentlich Lustige an diesen Pflanzen ist: Während Seerosenblätter vom Regen
ganz benetzt werden, also nass werden, perlt es bei den Lotos-
blättern einfach ab, oder die Tropfen bleiben auf ihnen stehen,
wie Glasmurmeln!«

»Und das ist lustig?«

»Ach, du verstehst schon, wie ich das meine!« Magdalena
stieß ihn lachend in die Seite und wunderte sie gleich darauf
über ihre Ausgelassenheit. Jetzt hatte sie für ein paar Minuten
die Sache mit der Suche glatt vergessen. Sie stellten die Pumpe
aus, schlossen den Brunnendeckel und schlenderten über das
Grundstück zurück.

»Was würdest du an meiner Stelle tun?«

»Na, weitersuchen.«

Magdalena grinste, Matteo hatte sofort gewusst, wovon sie
sprach.

»Ja, aber wie?«, fragte sie, während sie mit einem großen,
wackeligen Schritt über den niedergetretenen Zaun stieg.

»Das Foto ist alles, was du hast, denke ich.«

Er hatte recht – das Foto, so wenig es auch zeigte, war wirklich ihre einzige Chance. Sie würde es auch in Portoferraio und
Marina di Campo, in allen Orten der Insel den Einwohnern unter die Nase halten, oder Kopien davon aufhängen. 1979 – WER
KENNT DIESEN MANN?, darunter Ninas Handynummer, am Telefon versagte Magdalenas Italienisch kläglich. Es würden sicherlich auch einige Spinner anrufen, aber wenn schon, vielleicht
war ein wichtiger Hinweis dabei.

»Danke!«, sagte Magdalena, als sie die Tanzfläche erreichten.

»Doch nicht dafür!«

»Wofür dann?«

»Für meinen faszinierenden, empfindsamen, hundsgemeinen

Charakter!« Magdalena streckte ihm die Hand hin, er ergriff sie und schüttelte sie förmlich. Sie lachten, ließen nicht los, Magdalena ging, immer noch schüttelnd, rückwärts vor ihm weiter. Seine Hand war warm, breit und dreckig, sie spürte die Erde und den Staub daran und auch, dass er sie nicht so schnell wieder zurückhaben wollte. In diesem Augenblick sah sie, wie er nach oben schaute und offenbar irgendetwas Bemerkenswertes entdeckte. Sie folgte seinem Blick. Es war Nina, die von der Terrasse mit verschränkten Armen und regungslosem Gesicht auf sie hinunterschaute und sich dann jäh abwandte. Magdalena blieb stehen. Matteos Hand war fort.

8

Mittwoch, früher Abend, noch zwei Tage. Zerschlagen, als habe sie einen Ganzkörpermuskelkater, lag Magdalena in Ninas Kammer auf dem Bett, stöhnte und ließ den vergangenen Tag noch einmal an sich vorüberziehen. Gemeinsam mit Nina hatte sie in Marina di Campo und dem ganzen Westen der Insel Farbkopien des Fotos aufgehängt und war froh, die kleinen, wunderschönen Badeorte Fetovaia, Cavoli, Pomonte, Secchetto und Sant'Andrea kennengelernt zu haben, doch jetzt fühlte sie sich erschöpft und, wie auch gestern schon, entmutigt. Wer sollte sich auf dieser furchtbar unscharfen Kopie jemals erkennen können?

Durch die Vergrößerung war der junge Mann neben ihrer Mutter noch undeutlicher, noch schlechter zu sehen, die Farben waren dunkler geworden und changierten ins Orangebräunliche. Man sah sofort, dass es sich um ein älteres Foto aus den Siebziger- oder Achtzigerjahren handeln musste. Magdalena seufzte, vielleicht besitzt jemand, der in dieser Zeit jung gewesen ist, eine andere Antenne für Fotos dieser Art, versuchte sie sich zu trösten, während sie mit den Augen die immer länger werdenden Streifen abendlichen Lichts an der Wand verfolgte. Nina hatte sie ins Bett geschickt und ihr einen Tee gemacht, einen muffig riechenden Kamillentee, der jetzt neben ihr auf der Orangenkiste vor sich hin dampfte und von dem sie be-

90

stimmt nicht mehr als zwei Schlucke runterbringen würde. Komisch, wenn es mir schlecht geht, dreht sie richtig auf, dachte Magdalena. Verdammt, nicht einmal den alten Ditfurther habe ich bis jetzt erreicht, um ihm die Lage schildern zu können. Sie legte sich die Hand flach auf ihren nervösen Magen. Hilde, eine der Brillen-Zwillinge, hatte ihr am Telefon berichtet, dass der Senior sich seit Montag nicht mehr habe blicken lassen. Die Lage sei ernst, es sei von Kündigungen die Rede. Klar, wer gehen musste: Sie war die Jüngste und erst seit ein paar Jahren dabei. Und bei Lumpi hatte sie im wahrsten Sinne des Wortes keine guten Karten. Daran würde auch das Attest aus dem Krankenhaus, das der Nina-Bewunderer *Dottore* Gavassa ihr ausgestellt hatte und das seit heute mit der Post unterwegs zu ihm war, nichts ändern können.

Plötzlich hörte sie nebenan schwere Stiefel hereinstapfen, ein Stuhl fiel um, das hektische Getrappel von einem Sondereinsatzkommando, das die Küche besetzte. Verdammt, dachte sie und setzte sich auf, eine Razzia, und ich mittendrin! Natürlich wegen Mikkis Haschisch und was er sonst noch konsumierte. Aber Nina? Was hat Nina damit zu tun? Nichts! Ich muss Nina retten! Nur mit ihrer Tunika bekleidet, stürzte Magdalena aus dem Bett und zwängte sich, so schnell es ging, durch den verdammten Türspalt. Das Bett war viel zu groß, wer war bloß auf die Idee gekommen, es in diese winzige Kammer zu stellen? Und richtig, in der Küche polterten *carabinieri* herum, ein langer und ein kleiner, beide in blauen Motorraduniformen mit roten Streifen. Mit einem Blick erfasste Magdalena, dass niemand sonst im Raum war, nur die Espressokanne auf dem Herd setzte in diesem Moment mit bedrohlich leisem Fauchen zum Kochen an. Sie schluckte mühsam.

»Ouuh!« Der Große hatte Magdalena entdeckt und kam mit

zwei langen Schritten auf sie zu. Sie wich zurück, doch er schüttelte ihr nur freundlich die Hand, *piacere*, Gian-Luca, *piacere*, Massimo, das war der Kleine, er hatte seinen Helm unter die linke Achsel geklemmt und tätschelte ihn zärtlich wie einen Kinderkopf.

Ein Schlüssel drehte sich hinter Magdalena, Nina kam aus dem Bad. »*Ragazzi!*« Laute Begrüßung, schmatzende Luftküsschen rechts und links und rechts und links, *muah, muah*, die blauen Uniformen wippten hin und her und wollten gar nicht aufhören, entschuldigendes Grinsen zu Magdalena hinüber, dann wandten sie sich wieder Nina zu. Der Kleine hob den Stuhl auf, die beiden setzten sich, noch mit weichen Knien sank Magdalena ebenfalls auf einen der Plastikstühle.

»Ihr seid also mit der Ausbildung fertig! *Congratulazione!* Erzählt mal, was gibt's Neues auf Elba?«, forderte Nina die beiden auf Italienisch auf und stellte zwei Tassen mit Espresso vor sie hin. Doch das Gespräch verlief schleppend, die *carabinieri* waren offenbar überfordert damit, gleichzeitig den Espresso hinunterzukippen, Nina bei jeder ihrer Gesten mit den Augen zu folgen und dabei auch noch Neuigkeiten zu erzählen. Magdalena beobachtete Nina fasziniert. Wie machte sie das nur? Sie konnte jedem Einzelnen das Gefühl geben, ihre volle Aufmerksamkeit zu haben, egal wie viele Menschen im Raum waren. Nun holte sie Töpfe unter der kleinen Bar hervor, stellte sie auf die Marmorplatte neben den Gaskocher und kramte im vollgepackten Kühlschrank nach Lebensmitteln. Sie wickelte mehrere Fleischstücke aus einem blutigen Papier, währenddessen redete sie und bestärkte die beiden Motorradpolizisten in dem kindischen Stolz auf ihre Uniformen. Jetzt griff sie zu einem großen Messer und drohte dem Größeren lachend damit, sie bewegte sich zwischen Tresen, Spülstein und Kühlschrank so gewandt und sicher, dass keine Hektik aufkam, sondern man den Eindruck gewann, man sehe einer gut gelaunten Fernsehköchin zu, die auf zwei Gasflammen ein Menü zaubern konnte, für das eigentlich mindestens vier nötig waren.

»*Ragazzi! Mangiate con noi?*« Nina wirbelte zu ihnen herum, dass ihre Zöpfe flogen. Magdalena schüttelte unmerklich den Kopf. Wenn man Nina so sah, würde man nicht denken, dass dies dieselbe Frau war, die sich manchmal zurückzog und unnahbar in die Ferne starrte. Nina grinste zu Magdalena hinüber, die Augen einen Bruchteil lang voller gutmütigem Spott. Da, das ist ihr Trick, kaum fühle ich mich ausgeschlossen, schon kommt ihr Blick, der besagt, dass wir uns gemeinsam über diese beiden Clowns lustig machen. Sie weiß einfach, was jeder braucht, um sich gut zu fühlen. Die Einladung zum Essen lehnten die *carabinieri* zweimal höflich ab, dann nahmen sie an, schälten bereitwillig einen riesigen Berg Kartoffeln und schnitten sie nach Ninas Anweisungen in dünne Stifte. Nina flirtete ungehemmt weiter mit ihnen, die ihr Glück kaum fassen konnten und die Zuwendung dankbar in sich aufsaugten wie zwei ausgetrocknete Gänseblümchen.

»*È forte!*« Der Kleinere strahlte Magdalena an. »*È forte lei!*«, wiederholte er. Ja. Magdalena nickte. Nina war stark, sie verteilte ihre Energie im Raum wie eine Walt-Disney-Fee ihren Glitzerstaub.

Während des Kochens gingen plötzlich die Flammen unter den Töpfen aus, der eilig von Nina herbeitelefonierte Luciano kam mit einer neuen Gasflasche die Stufen heraufgekeucht, schloss sie mit wenigen Griffen an, blieb an Ninas roten Lippen hängen und zum Essen. Am Ende waren sie zu zehnt. Magdalena, Nina, Matteo und Mikki aus dem *POLO*, die beiden *carabinieri*, Luciano und die drei geladenen Freunde: Nicóla, jüngster Empfangschef im Hotel *Angélique*, der kleine Dario mit der Harley Davidson und Vittorio, ein Mann mit einem völlig kahlen

Kopf und beunruhigend hellen Augen, der in Marina di Campo ein Lokal besaß.

»Kinder, jetzt müssen wir improvisieren!«, rief Nina. »Zu essen gibt's reichlich, aber für uns alle ist die Terrasse zu klein!« Matteo, der inzwischen in der überfüllten Küche eingetroffen war, schlug vor, zwei Tische aus dem Nachtclubgebäude unter ihnen zu holen und eine Tafel auf der sauber gefegten Tanzfläche aufzubauen. Magdalena wurde von Nina angewiesen, dort unten schon mal den Aperitif auszuschenken, »die nerven mich hier in der Küche«, flüsterte sie ihr verschwörerisch zu. Ich bin außer Nina die einzige Frau, dachte Magdalena und gab sich Mühe, den Weißwein mit einem Spritzer Aperol so zu färben, dass er die gleiche Tönung bekam wie die Kerzen in den Windlichtern auf den Tischen. Dann beobachtete sie die männlichen Gäste, die mit dem orangefarbenen Inhalt ihrer Gläser auf den mintgrünen Fliesen der Tanzfläche herumliefen und, wie es schien, unruhig auf Nina warteten. Nach einigen Minuten kam sie mit einer Schüssel in den Händen die Treppe herunter, sie hatte sich umgezogen, trug jetzt ein weißes Feinrippunterhemd, unter dem sich deutlich ihre kleinen Tennisballbrüste und der blassgrüne BH abzeichneten, und eine enge, fadenscheinige Jeans, die ihre schmalen Hüften bestens betonte. Da war sie, der Star ohne Staralüren, unschuldig in frischem Weiß, sexy, scheinbar ohne es zu wissen. Dabei musste sie das Blickegewitter bemerken, in dem sie gerade unterging.

»È cambiata!«, hörte Magdalena den Empfangschef mit dem Mädchennamen murmeln und verfolgte aufmerksam, welche Bahnen die Blicke seiner leicht hervorstehenden Augen an Ninas Figur zogen. Nina hatte sich verändert? Es schien ihm dennoch zu gefallen, was er sah.

»Danke für den Aperitif!«, hauchte Nina ihr ins Ohr und küsste sie wie in Zeitlupe auf beide Wangen. Magdalena wusste, dass jeder der Umstehenden diese kleine Szene beobachtete, und winkte verlegen ab.

Ninas Essen war wie immer fantastisch. Als ersten Gang gab es *tortellini romagnoli*, dann folgten das *filetto di cinghiale gratinato* samt Bohnen und selbst gemachten Pommes frites aus der Fritteuse. Wie hatte Nina es geschafft, zehn Wildschweinfilets in zwei mittelgroßen Pfannen auf zwei Gasflammen gleichzeitig fertigzubekommen?, fragte Magdalena sich. Und *gratinato*? Wie konnte sie etwas überbacken, wenn es noch nicht einmal einen Backofen gab? Aber sie würde sich mit ihrer Frage zurückhalten und nicht schon wieder die *tedesca* geben, sie fühlte sich eh schon verdammt deutsch: so gründlich, so pünktlich, so unelegant.

Matteo schleppte fünf Teller zugleich die Treppe hinunter und servierte, als ob er sein Leben lang nichts anderes getan hätte. Als alle versorgt waren, setzte er sich neben Magdalena, die jetzt zwischen ihm und Nicóla, dem Rezeptionisten, saß. Sie hörte dieses »*è cambiata!*« noch zweimal an der Tafel, doch bevor sie weiter darüber nachdenken konnte, wurde sie von Nina der Essensrunde vorgestellt. »Magdalena Lucia Kirsch, eine der besten Harfenistinnen Europas«, behauptete sie, ohne rot zu werden. Gestern, als es Fisch gab, hatte Nina sie zu einer Staranwältin aus München gemacht. Nina amüsierte sich über die unterschiedlichen Reaktionen ihrer Gäste und ließ sie dann raten, was Magdalena wirklich war. Schriftstellerin, Immobilienmaklerin, Gesangslehrerin. Der kleinere *carabiniere* tippte auf Yogalehrerin, das hatte gestern auch schon jemand geraten, wahrscheinlich lag es an ihrem indischen Gewand. Magdalena beeilte sich, das Rätsel aufzulösen, sie wollte keine Harfenistin oder Staranwältin sein und sich mit deren Ruhm schmücken, sie wollte Kartografin sein, nichts anderes! Inzwischen konnte sie ihren Beruf schon so flüssig auf Italienisch erklären, dass es sich sogar ganz gut anhörte. *Cartografo*. Betont auf der zweiten Silbe. Wie gestern wurde sie gefragt, ob nicht schon alles auf der Welt vermessen sei und ob sie einen Navigator im Auto habe.

»Nein«, antwortete sie, »vieles wird immer wieder neu vermessen, und der Anspruch an eine Karte ändert sich ja auch stetig«, und, »nein, ich habe nicht einmal ein eigenes Auto.« Gelächter an dieser Stelle, auch das kannte sie schon. »Aber ich habe mich schon immer sehr gut orientieren können und bin, anders als angeblich die meisten Frauen, gut im Lesen der Karten, mit denen ich mich den ganzen Tag beschäftige.« Magdalena lächelte, spießte eine verlorene Bohne von ihrem Tellerrand auf die Gabel und dankte Nina mit einem Blick für ihre niedergeschriebenen Sätze, die sie auswendig gelernt hatte. »Außerdem«, erklärte sie schnell, weil alle ihr noch immer zuhörten, »kann ich keine Karte anschauen, ohne sie noch irgendwie verbessern zu wollen. Typische Berufskrankheit.« Gerne hätte sie noch mehr erzählt, aber als sie ihren Wortschatz überschlug, gab sie rasch auf, schon auf Deutsch war ihre Faszination für Karten schwer zu vermitteln. Doch dann fiel ihr Blick auf Matteo. »Matteo, wie sage ich auf Italienisch, dass mich neben der inhaltlichen Konzipierung einer Karte vielmehr die Visualisierung räumlicher Daten begeistert?«

»Äh, tja, das ist sicher interessant, aber meinst du auch für die da?« Magdalena schaute auf, fünf Sekunden hatten gereicht, um die Aufmerksamkeit der Runde zu verlieren: Die beiden *carabinieri* maßen sich laut ächzend im Armdrücken, um Nina zu beeindrucken, Gasflaschen-Luciano gab mit seinem Handy vor ihr an, es konnte täuschend echt bellen und ein Maschinengewehr imitieren, was Nicóla veranlasste, sein eigenes Handy zu zücken. Nur der kahlköpfige Vittorio, zwei Stühle weiter, blickte noch zu ihr hinüber, aber dann sah sie, dass sein Blick glasig war, da er, ohne eine Miene zu verziehen, dem kleinen Harley-

Davidson-Dario lauschte, der ihm etwas ins Ohr raunte. »Schon klar«, sagte sie leise und trank einen großen Schluck Rotwein.

An diesem Abend verkürzte Magdalena ihren angenehmen kleinen Rausch nicht mit einem Espresso, sondern nahm einen Averna von Matteo an, von dem er behauptete, er heile alles, sei also eigentlich eine Medizin. »*Salute!*«

Herrlich müde und gesättigt fiel sie ins Bett, ließ die Bilder des Abends noch einmal Revue passieren: der dauergrinsende Dario, der nur seine Harley als Gesprächsthema hatte, aber seine Zähne waren toll. Luciano, der eigentlich Klempner war und dem Nina aus seinen riesigen Händen die Zukunft gelesen hatte, Nicóla, hübsch, intelligent und ganz offensichtlich in Nina verliebt. Wie alle anderen auch, außer Matteo vielleicht, der den ganzen Abend kaum einmal neben ihr gesessen, sondern dauernd abgeräumt und nachgeschenkt hatte. Magdalena hörte sich seufzen. Warum hatte Nina sich verändert und wie? Von wo nach wo? Sie kicherte und merkte, wie betrunken sie war. Von wo nach wo! Das werde ich schon noch herausbekommen, dachte sie, das – und von wo nach wo mein Vater meine Mutter getroffen hat und was für ein Vergehen Nina begangen hat und ob ihre Brüste echt sind und … überhaupt alles.

9

Sì?! Sì!!« Nina riss ihre großen Augen noch weiter auf, komm, komm, sie winkte Magdalena heran. »Und wie heißen Sie?«, fragte sie auf Italienisch. »Signor ...?«

Magdalena stieß den Stuhl zurück und stand auf, ihre Knie gaben nach, sie stützte sich auf die Tischplatte und starrte auf Ninas Mund, der jetzt mehrmals hintereinander *»sì«* sagte.

»Und das war ...?« Nina nickte ihr zu, ein erster Anruf, ein erster Mensch, der das Foto gesehen und zum Telefon gegriffen hatte! »Neunzehnhundertneunundsiebzig. Ja, genau.« Magdalena merkte, wie alles Blut aus ihrem Kopf wich, die Farbkopien hingen kaum länger als einen Tag, und schon meldete sich jemand. Vielleicht sprach ihr eigener Vater da gerade am Handy!

»*No!*«, sagte Nina plötzlich kalt. »*Non mi interessa, pezzo di merda!*« Was war passiert, wieso nannte sie ihn Scheißkerl!? Wütend klappte Nina ihr Handy zu. »Ich glaub's nicht, das war so ein Wichser, der sich an meiner Stimme hochgezogen hat und ... bah!, was für Typen es gibt! Mist, der hat jetzt meine Nummer!«

»O nein, wie ekelhaft. Das tut mir leid.« Nicht ihr Vater, sondern nur irgendein abartiger Idiot. Die Enttäuschung traf Magdalena wie ein schwingender Boxsack und warf sie in den Stuhl zurück.

»Und, was denkst du? Nehmen wir uns morgen noch Portoferraio vor? Dann haben wir alle durch«, sagte Nina. Magdalena nickte, schob die letzte Farbkopie mit einer fahrigen Bewegung in eine Plastikhülle, klebte sie unten zu und legte sie auf den Stapel zu den anderen. »Meinst du wirklich, wir sollen weitermachen?«, fragte sie leise. »Was, wenn nur Hohlköpfe wie der eben anrufen?«

»Egal! Damit kann ich leben«, sagte Nina, »dem pfeife ich das nächste Mal was, da wird sein Ohr sich noch lang dran freuen.« Sie pfiff gellend auf zwei Fingern durch die Küche und macht ein paar Hopser auf den Fliesen. Und wieder dreht sie auf, dachte Magdalena, es ist, als schöpfe sie aus meiner Niedergeschlagenheit Kraft.

»Gut, aber nur, wenn es dir nichts ausmacht, dass deine Handynummer dann auch noch in Portoferraio an jedem Laternenmast zu lesen ist.« Mit der Hauptstadt der Insel hätten sie sämtliche kleinen und größeren Städte der Insel abgeklappert. Heute Mittag waren sie in Capoliveri und Porto Azzurro gewesen, hatten Kopien aufgehängt und die üblichen Restaurant- und Ladenbesitzer aus den üblichen Jahrgängen befragt. Einige waren misstrauisch, schauten gar nicht erst auf das Foto, sondern sagten, sie wüssten nichts.

»Wir hätten ein Foto von meinem Großvater herzeigen können, den hätten wahrscheinlich mehr Leute erkannt.«

»Er wird sich melden!« Ninas Lächeln hat etwas leicht Übertriebenes, dachte Magdalena, etwas von Überredung, als ob sie nicht die Wahrheit sagte. Nina hatte sich nichts anmerken lassen, kein Wort über den verächtlichen Blick, den sie von der Terrasse auf Matteos und Magdalenas verschränkte Hände geworfen hatte. Am nächsten Morgen war sie mit Magdalena wieder gemeinsam über die Insel gekreuzt und hatte sich erneut hemmungslos in die Vatersuche gestürzt.

»Wenn du Lust hast, kannst du mir heute ein wenig in der

Bar helfen! In der *comune* kann ich nichts weiter ausrichten, also fange ich schon mal mit den praktischen Sachen an. Ich hasse es herumzusitzen.«

Magdalena hatte Lust, und so stiegen sie am Nachmittag hinunter in den Club. Nina schloss eine der drei Türen auf, deren schmale Rundbögen die prächtige Natursteinfassade des Clubs bestimmten.

»Was war das *POLO* eigentlich früher einmal?«, fragte Magdalena, während sie auf die Bar an der linken Wand zusteuerten.

»Ich glaube, eine Orangerie oder so was, vom Park sieht man ja heute noch·einiges, obwohl ihm die Jahre als Nachtclub schwer zugesetzt haben. Nachträglich wurde hier dann alles Mögliche eingebaut, nicht gerade professionell. Auch die Wohnung ist erst später obendrüber gebaut worden. Architektonisch gesehen eine ziemliche Rücksichtslosigkeit.« Magdalena nickte. Die Wohnung thronte als quadratischer, weiß verputzter Kasten oben auf dem Dach des Natursteinbaus, enthielt Küche, Bad, die zwei winzigen und das etwas größere Zimmer und zerstörte die Proportionen des Gebäudes. Nina stieß die hölzernen Läden auf, mit denen die Türen von innen geschützt waren. Licht flutete herein. Magdalena sah, dass sie in einem sehr hohen Raum stand, an dessen hinterer Wand flache Sofas und kleine Tischchen zusammengeschoben waren. Die anderen Wände bestanden aus Sprossenfenstern, die bis zur Decke reichten und mit schwarzer Folie verklebt waren. Irgendwer hatte aus der ehemals wunderschönen alten Halle eine verlotterte Dunkelkammer gemacht.

»Guck dir das an!« Nina zeigte auf den von Dreck verkrusteten Ziegelboden. »Da gehe ich nicht ran, das überlasse ich der Putzkolonne. Ich dachte, wir könnten vielleicht die Kühlschränke auswischen und die Bar sauber machen.«

Mit diesen Worten ließ Nina Wasser einlaufen, nahm zwei Schwämme aus ihrem Korb und warf sie in das tiefe Metallbecken. Sie schaute Magdalena ernst an: »Aber du musst wirklich nicht mitmachen. Wenn es dir zu viel wird, setz dich und ruh dich aus.« Doch Magdalena fühlte sie nicht müde. Sie zog die Schubladen auf, betrachtete die Shaker und Mixbecher, befühlte Messer, Schneidebretter und sonstigen Kram, der dort wild zusammengewürfelt lag und einen Geruch nach verschüttetem Bier verströmte.

»Das kannst du mir alles hier reinschmeißen«, sagte Nina.

Magdalena tat es, griff sich eines der Geschirrtücher, die Nina von oben mitgebracht hatte, und trocknete die Sachen ab. Sie kam sich wie eine Barfrau vor, die schon seit Jahren hinter diesem Tresen stand.

»Ich war erst einmal in meinem ganzen Leben in einer Diskothek.«

»Ist nicht wahr!«

»Das war im *Charly M.* in Rheine und endete verheerend.«

»Erzähl!«

»Nach der Abifeier. Meine Mitschüler haben mich überredet, ich bin nachts um zwei betrunken nach Hause gekommen und habe die Reste von Gin Tonic im Spülbecken der Küche von mir gegeben, während Opa Rudolf meinen Kopf hielt. Seitdem wird mir schon schlecht, wenn ich Gin nur rieche.«

Nina kicherte und spülte dann schweigend weiter, Magdalena drehte den silbernen Mixbecher um das Geschirrhandtuch in ihrer Hand und stellte sich eine wogende Menschenmenge vor, zwei Bier, *una coca cola*, zwischendurch musste man schwungvoll mit dem Lappen über den Tresen wischen, einen Cuba Libre, *prego, grazie*, dann mit erhobenem Kinn in die Massen schauen und »wer ist der Nächste?« fragen. Drinks zu mixen und Flaschen durch die Luft zu wirbeln würde sie wahrscheinlich nicht so schnell lernen, aber vielleicht hinter einer Theke stehen und Espresso machen. Zack, mit einer Vierteldrehung den Filter rausnehmen, lässig ausklopfen, unter die Mahlmaschine hängen, Kaffee rein, festdrücken und dann mit einer Vierteldrehung wieder unter die Düse schrauben, das hatte sie in den italienischen Bars schon oft beobachtet und immer mal ausprobieren wollen. Schade, hier gab es keine dieser großen Kaffeemaschinen.

Nina rief sie in den Lagerraum, der sich hinter der Bar in einem Anbau befand. Auf hohen Regalen standen Whiskey- und Wodkaflaschen, Saftpaletten, Tonicfläschchen, Bier- und Coladosen. Es war warm und roch nach Sägemehl, gemischt mit Alkohol. ›Elba, Lagerraum vom *POLO*‹, notierte Magdalena in Gedanken und atmete die Luft besonders tief ein, um den Geruch ein für alle Mal zu speichern.

»Guck, das sind die Reste, viel ist nicht mehr da, Beppe liefert nicht, bevor er kein Geld sieht.«

»Wann soll das *POLO* eigentlich aufmachen?«

»Keine Ahnung. Leone, du weißt ja, der Besitzer des *POLO*, den Matteo nicht mag, hat sich die letzten Jahre durchgemogelt, aber seit den Kommunalwahlen im Frühjahr hat Elba einen neuen Bürgermeister, und jetzt hat der gute Leone nichts mehr zu sag'n. Er muss sich wie jeder andere einer Kommission stellen, die sich hier im *POLO* umschaut und prüft, ob er die geforderten Auflagen einhält. Zwar ruft er dauernd an, ich komme morgen, morgen Mittag bin ich da! Aber was ist?« Nina warf die Hände in die Luft. »Auch *heute* ist er nicht gekommen. Der Gärtner auch nicht, der die Büsche schneiden soll, die Maler nicht und nicht der *idraulico* für die verstopften Toiletten. Gerade in dem Bereich hat's tausend Hygieneverordnungen. Ein Kumpel von Luciano, weißt du, der gestern beim Essen war, sollte die reparieren, aber der hat noch nicht mal sein Geld vom letzten Jahr, der taucht da garantiert nimmer auf. Nimm bitte mal!« Nina gab Magdalena einen Plastiktrichter zu halten, stemmte eine schwere Flasche hoch, die Zunge vor Anstrengung zwischen die Lippen geklemmt, und dann gluckerte der Alkohol leise schmatzend in die Originalflasche. Magdalena setzte den Trichter auf die nächste kleine Flasche, die schon bereitstand. »Immer geht am Anfang was daneben, oder der Trichter läuft über, o nein, so wie jetzt, *scusa!*«

»Macht nichts.« Magdalena schüttelte ihre nach Whiskey riechenden Hände ab und fragte ganz beiläufig: »Also, eins verstehe ich nicht, du musst doch irgendwann mal wieder Geld verdienen, oder? Und Matteo auch, und Mikki! Oder werdet ihr bezahlt? Ich meine, dieser Leone und du, seid ihr zusammen?« Magdalena biss die Zähne aufeinander, wie plump konnte man nur sein! Doch Nina lachte bloß und setzte die Flasche ab. »Leone bezahlt uns nicht, mich auch nicht. Nein, ich hab nichts mit ihm, aber er hat etwas mit mir, könnte man vielleicht sagen. Das gilt übrigens für den größten Teil der männlichen Bevölkerung der Insel, verstehst, was ich damit sagen will ...?« Magdalena ahnte, was Nina damit sagen wollte, wahrscheinlich wurden ihr jede Menge Geschichten angedichtet, von denen keine stimmte.

»*Cavolo*, das weicht alles auf!« Nina nahm einen Lappen und wischte den Whiskey-See auf. »Siehst du, und wenn du demnächst in einem Club stehst und eine Flasche, na sagen wir mal, Jack Daniel's siehst, auf der das Etikett so krumm und schief draufklebt wie bei der hier, dann weißt du: umgefüllt! Ich will ja nicht sagen, mit Wasser verdünnt oder ›billigerer Whiskey in besserer Flasche‹. Das würde ich nie behaupten.«

Magdalena versuchte sich vorzustellen, wie sie mit Florian in einem Club stand. In welchem Club? Sie ging nicht in *Clubs*. Und erst recht nicht mit Florian.

»Ich gehe nicht in Clubs, ich wüsste gar nicht, mit wem.«

»Wie, hast du keine Freunde, mit denen du abends aus-gehst?«

»Doch einen, also … also keinen richtigen.« Ninas Augen-brauen zogen sich in die Höhe.

»Wir treffen uns alle zwei Wochen bei ihm, wenn seine Freundin auf einem Zahnarztkongress ist. Sandra bildet sich wirklich oft weiter.«

»Ist nicht wahr, in deren Bett?« Nina rieb die Flasche tro-cken, sie schaute zum Glück nicht hoch. Magdalena wollte Nina plötzlich alles beichten, wie schlecht, wie niederträchtig, was für eine schrecklich schwache Person sie war, was diese blöden Beziehungen anging. Eine schwache Person, die es ein-fach nicht schaffte, die richtigen Sachen zu beginnen und die falschen zu beenden.

»Und das ist noch nicht das Schlimmste. Sandra war mal eine sehr gute Freundin von mir. Eigentlich meine einzige.«

»Das ist sie nun aber nicht mehr …«

»Nein.«

»Macht einsam, oder?«

»Ja, sehr. Ich fühle mich immer ganz furchtbar, ich stehe da im Badezimmer, sehe mich im Spiegel und Sandras Parfümfla-kons davor … ich wollte das eigentlich gar nicht, ich habe mich irgendwie überreden lassen.«

»Aber es gibt doch immer einen Punkt, an dem man sagt: das mache ich jetzt, oder: das mache ich nicht.«

»Ja? Das sind diese Punkte, die ich nicht mitbekomme. Ich bin da eher so reingeschlittert, alles nur wegen …«

»Wegen?«, fragte Nina und holte eine neue Flasche aus dem Regal. Magdalena schüttelte stumm den Kopf. Warum eigent-lich? Wenn es tatsächlich einen Grund gegeben haben sollte, konnte sie sich nicht mehr daran erinnern.

»Ein bisschen festhalten, anlehnen, Haut, Wärme?« Magdalena nickte, das musste es gewesen sein, und so wie Nina es beschrieb, hörte es sich gar nicht mehr so verwerflich an.

»Ja. Seit zehn Monaten geht das schon. Davor habe ich ein ganzes Jahr mit Reden verbracht, beide haben sich parallel bei mir ausgeweint.«

»Der Klassiker«, murmelte Nina. »Ich wusste, dass du im Moment keine glückliche Beziehung hast, das habe ich dir schon am ersten Tag auf der Terrasse angesehen.« Sie schien zufrieden, dass ihre Mutmaßung sich bestätigt hatte.

»Ich habe Florian dadurch ganz anders kennengelernt, erst dachte ich, er ist nur so ein gut aussehender Typ, der sich von ihr das Studium finanzieren lässt. Aber eigentlich ist er total sensibel, auch für ihn ist das eine blöde Situation ...« Das klingt sogar in meinen Ohren lahm, dachte Magdalena.

»Natürlich.« Machte Nina sich über sie lustig? Sie konnte ihr Gesicht nicht sehen.

»Jedes Mal, nachdem wir ...«, Magdalena drehte den Trichter in ihren Händen.

»Genudelt haben?«, half Nina ihr aus.

»Ja, genau.« Sie kicherte verlegen und drehte den Trichter nun in die andere Richtung.

»Also, danach nehme ich mir jedes Mal vor, das Ganze zu beenden.«

»Schon klar.«

Magdalena seufzte unhörbar, natürlich glaubte Nina ihr nicht. Sie glaubte sich ja selbst nicht mehr. »Ich will hier ja nicht den Moralapostel spielen«, Nina nahm ihr den Trichter aus der Hand und steckte ihn auf die Flasche, »aber warum glaubst du seit einem Jahr einem Mann, der sich von seiner Zahnarztfreundin das Studium finanzieren und sich erhalten lässt, er würde sie verlassen? Nie wird er das tun. Er hat doch alles, was er braucht: die Sicherheit zu Hause bei ihr und dich als kleines Betthupferl.«

»Zehn Monate erst!«, sagte Magdalena kleinlaut. Nina brachte es auf den Punkt: Florian ließ sich »erhalten« und sie war nur ein Betthupferl.

»Du bist ein Abenteuer für ihn, das du noch nicht mal auffliegen lassen kannst, ohne die Freundin für immer zu verlieren!«

Magdalena nickte, Nina hatte ja recht, offenbar wollte sie wirklich angelogen werden, das war ihr ganz persönliches Vergnügen. Sie füllten Wodka, weißen Rum und wieder Whiskey um, und Magdalena sog die Ausdünstungen in die Nasenflügel, die sie wie in einer Schnapsdestille umnebelten.

»Florian und ich haben vor meiner Toskana-Fahrt eine Woche Funkstille ausgemacht, die ist seit vier Tagen vorbei. Trotzdem hat er sich noch nicht gemeldet. Komisch, oder?«

»Das ist auch eine Antwort. Oder er will für sich probieren, ob du noch interessant für ihn bist. Hast du ihm denn geschrieben?«

»Nein.«

Das stimmte nicht, sie hatte ihm »Bleibe noch ein paar Tage auf Elba. Melde mich, Magdalena« gesimst. Bis heute war keine Antwort darauf gekommen.

»Wenn du ihm jetzt auch keine *messagio* mehr schickst, wirst du für ihn automatisch wieder attraktiver, in ein paar Tagen schreibt er dir wieder, wetten? Wenn du ihn aber loswerden willst, dann bombardiere ihn mit Nachrichten. Was tust du, wo bist du, was denkst du? Dann ist er weg. So funktioniert das nun mal.«

Stimmt, je mehr Nachrichten sie ihm in den vergangenen Monaten gesendet hatte, desto einsilbiger wurde er, der sensible Florian. Manchmal antwortete er gar nicht, und wenn, dann kurz und zielstrebig. ›Komm am nächsten Samstag! Freue mich auf Dich!‹ Kuss F.‹ ›Geht diesmal erst Sonntag! Freue mich auf Dich! Kuss F.‹ Es ging ihm wahrscheinlich doch nur ums … ja, gib es ruhig zu, ums Nudeln, wie Nina sagen würde.

Magdalena schlich hinter Nina her und verließ den Lagerraum, gemeinsam wischten sie die Theke gründlich mit Seifenwasser von oben bis unten ab.

»Hier klebt noch der Dreck vom vergangenen Herbst, der Leone wollte heute die Putzkolonne schicken, hat er mir versprochen.« Nina schaute auf ihre Armbanduhr und schnaubte durch die Nase. »Was machst du eigentlich im Herbst und Winter, wenn du nicht hier im *POLO* arbeitest?«

Nina sah Magdalena an, wrang den Lappen über dem Eimer aus und zuckte die Schultern. »Ich habe in Rom eine Wohnung, da halt ich es aber nicht aus …« Ihre Stimme verriet, dass das Thema damit für sie beendet war. Auf Knien hockend, putzte sie sorgfältig an den Kühlschubladen herum. Dank deiner ätzenden Neugier weißt du von der Wohnung ja schon aus den Tagebüchern, dachte Magdalena und fühlte sich grässlich. Dennoch fragte sie: »Ist sie groß, die Wohnung?«

»Hmmh.« Nina schaute nicht auf. Wohnte Matteo bei ihr, was hatten die beiden miteinander, außer der knurrig-gereizten Brüderchen-und-Schwesterchen-Beziehung, die sie nach außen hin spielten?

»Und Matteo, was macht der dann?«

»Matteo? Der? Der passt auf mich auf.«

»Warum?«

Nina warf ihr einen Blick zu, als ob sie zu viel Whiskey eingeatmet hätte. »Weil er meint, dass er das muss. Frag ihn doch mal. Würde mich auch interessieren, warum eigentlich!«

Ende der Antwort. Magdalena wusste nicht, was sie darauf erwidern sollte. Gegen einen zu engen Kontakt zwischen ihr und Matteo schien Nina etwas zu haben, das war durch ihren

Blick von der Terrasse deutlich geworden. Sie ging ein paar Schritte in die leere Halle, Tontöpfe mit Pflanzen erschienen vor ihren Augen, Mandarinen- und Pomeranzenbäumchen vor den riesigen Fenstern, durch die endlich wieder Licht fiel, dazwischen einige Korbstühle und gusseiserne Tische. Künstler könnten hier ihre Arbeiten ausstellen. Sie sah zentnerschwere Marmorstatuen, wie wäre es mit einem David wie in Florenz? Platz genug hätte er. Magdalena schaute aus der offen stehenden Tür.

»Es ist so schön hier oben, ich hätte nie gedacht, dass man in einem Nachtclub so herrlich … dass man überhaupt so leben kann wie ihr.«

»So herrlich?«

»Ja, es ist so völlig anders als das, was ich zu Hause habe, dort lebe ich in einer total anderen Welt. Beständig. Eingefahren. Man könnte es auch langweilig nennen«, sagte sie zu der Tanzfläche und den beiden Holztischen, die dort standen.

»Ich achte darauf, dass Rudi sein festes Wochenprogramm einhalten kann, ich glaube, ältere Menschen brauchen das. Und deswegen haben wir beide immer etwas vor, im Haus oder im Garten muss ja auch dauernd was gemacht werden, aber es sind eben nur Rudi und ich.« Magdalena lächelte, doch ein unsichtbares Gewicht zog dabei ihre Mundwinkel mit aller Kraft hinunter.

»Hat er eigentlich auf deine Mail geantwortet?«

»Nur einen Satz, ich soll vermutlich denken, er sei zu schwach, um die Tastatur des Computers zu bedienen.«

»Und was schreibt er?«

»Schade, dass ich so egoistisch sei, mein Teamgeist habe mich wohl verlassen …«

»Puh, auf die harte Tour! Du sollst dich ordentlich schlecht fühlen bei dem, was du hier tust!«

»Das hat er geschafft, ganz eindeutig. Er will einfach nichts von dieser Sache auf Elba hören. Erst wenn ich bei ihm bin, ist seine Welt wieder in Ordnung.«

Nina erhob sich und warf den Lappen in den Putzeimer. »So, das reicht.« Sie wusch sich die Hände und schwang sich mit einem Satz auf die Theke. »Gut, dass Leone mich nicht hier sitzen sieht, das mag er überhaupt nicht.« Magdalena beobachtete Nina, die angespannt auf ihrer Unterlippe herumkaute. O nein, ging das jetzt wieder los? Nina schien kurz davor, in ihre Eisstarre abzugleiten. Hastig redete Magdalena drauflos:

»Das klingt vielleicht albern, aber ich fühle mich dieser jungen Heidi, die dann meine Mutter wurde, auf Elba ganz nah.« Plötzlich, als sei etwas eingerastet, war Nina wieder bei ihr, sie kaute immer noch, hörte jetzt aber aufmerksam zu.

»Ja?«

»Ich glaube, sie hatte eine tolle Zeit hier, wie ich auch!«

Nina guckte Magdalena skeptisch an.

»Eine tolle Zeit? Eine chaotische meinst du wohl eher! Und viel haben wir ja nicht gemacht, außer Zettel an Laternenmasten geklebt und wildfremde ältere Herren nach ihrem sexuellen Vorleben befragt.«

»Aber es war trotzdem schön, mit dir bis in die hintersten Ecken der Insel zu fahren, und unsere Essen auf der Tanzfläche nicht zu vergessen! Außerdem hat es mir Spaß gemacht, wenigstens für euch zu putzen.«

»Ja, sauberer ist es, seit du da bist, in der Tat, obwohl ich mir unter Spaß etwas anderes vorstelle!«

Magdalena ging auf Nina zu, am liebsten hätte sie sie in den Arm genommen, doch Nina saß so weit weg auf ihrer Theke.

»Die Insel muss für meine Mutter etwas ganz Besonderes gewesen sein, ich sehe es an ihren Augen auf dem Foto, vielleicht war sie ja schon schwanger, als es gemacht worden ist.«

Nina lächelte nicht, sondern sah Magdalena mit einem Blick an, den sie vorher noch nie an ihr gesehen hatte, es lag auf einmal so viel Sehnsucht darin, nach etwas, das unwiederbringlich verloren war. War es vielleicht das Wort schwanger? Magdalena probierte es gleich noch einmal: »Das hat mein Großvater meiner Mutter damals ziemlich übel genommen, er hatte auf einiges verzichtet, damit Heidi studieren konnte. Dann wurde sie ausgerechnet irgendwo in Italien *schwanger*, in einem Land, das er sowieso schon nicht mochte, kam aber nicht nach Hause, sondern studierte einfach weiter und blieb in der Wohngemeinschaft wohnen.«

Aber Nina reagierte nicht, sie sagte nur: »Hilf mir mal, die Läden wieder zu schließen«, und sprang von der Theke.

An diesem Abend zog Evelina bei ihnen ein. Sie war rund und hatte eine sehr weiße Haut, ihre langen schwarzen Haare und die tiefschwarz geschminkten Kulleraugen machten sie zu einem weiblichen Pandabär. Ihre Stimme war ein wenig heiser, und ihr Italienisch hörte sich eigenartig an. Magdalena brauchte nicht lange, um festzustellen, was es war: Es gab anscheinend auch Italiener, die das »R« nicht rollen konnten, und Evelina gehörte zu dieser Sorte. Nina bereitete ihr zu Ehren ein *risotto* mit grünem Spargel zu, während Evelina das dritte der kleinen Zimmer in Beschlag nahm, ihren Schrankkoffer auspackte und dabei schnell, nuschelnd und mit ungeöltem »R« auf Nina einredete. War sie in ihrem Zimmer, schrie sie herüber; kam sie zu Nina in die Küche gelaufen, flüsterte sie laut, als ob sie auf der Bühne stände. Nina goss Brühe an und rührte, Magdalena saß am Küchentisch und verstand kaum etwas, lächelte dennoch, wenn sie Ninas lebhaften Blick einfing. Ein *risotto* herzustellen war eine langwierige Angelegenheit, die Konzentration und Muße verlangte. Nina hatte für Magdalena vor ein paar Tagen eins mit getrockneten Steinpilzen zubereitet, sie hatte die Gelegenheit verpasst, sich das Rezept für zu Hause aufzuschreiben, um Opa Rudi endlich mal mit einem gelungenen Gericht überraschen zu können. Doch auch jetzt machte Magdalena sich keine Notizen, sondern Gedanken, wie sie das Gefühl benennen sollte, das sich da langsam in ihr ausbreitete, wie ein Tropfen grüne Tuschfarbe in einem Glas Wasser. Eifersucht? Nina lachte, fragte, ganz auf Evelina konzentriert, rührte ab und an bedächtig die dicken Reiskörner im Sud, antwortete der Reibeisenstimme mit vielen »No!?«, und dann lachten sie erneut zusammen. Namen wurden hin und her geworfen. Paolo? Der Lastwagenfahrer? Hat der wirklich eine Fünfzehnjährige? Unglaublich. Massimo? Hast du von dem gehört? Und dem? Und weißt du, wer …? *No! Si!* Ich sag es dir doch: Renato. *Si!* Der, der letztes Jahr …, *si!*

Magdalena spürte immer wieder kleine Stiche in der Brust, die beiden waren so unbefangen, sie hatten etwas miteinander erlebt, sie teilten etwas auf eine Weise, die sie nicht kannte. Auf einmal wollte sie Nina für sich allein haben, sich nicht von ihr helfen lassen, sondern ihre Geheimnisse erfahren, als gute Freundin an ihrem Leben teilnehmen. Sie hatte ihr Leben immer für interessant genug gehalten, sie liebte Wiederholungen und Rituale, den immer gleichen Weg zur Arbeit, sie liebte sogar Weihnachten. Doch nun, während sie Nina und Evelina beobachtete, kam Magdalena ihre eigene Vergangenheit völlig belanglos vor. Sie sah sich als kleines Püppchen, das in einem Spielzeugdorf hin und her trippelte, es ging in eine Schwimmhalle und sauste wieder nach Hause, es eilte in seinen Italienischkurs, sauste wieder nach Hause, es stieg morgens direkt vor seiner Tür in einen Spielzeugbus und fuhr nachmittags wieder nach Hause. Einsam stand es ab und an mit einem Großvaterpüppchen an seiner Seite in einem Garten herum. Magdalena atmete laut aus, es hörte sich an wie ein Ächzen. Was wäre, wenn sie in Italien geboren worden wäre, hätte sie dann auch so ein Leben geführt wie Nina? Wollte sie so ein Leben führen? Noch vor einer Woche hätte sie vehement abgelehnt. Doch nun war sie sich nicht mehr so sicher. Ninas Leben – ohne das, was sie vergessen wollte.

Zum Essen hatte Nina einen Skipper eingeladen, der sein Segelboot in den Sommermonaten vercharterte und komische Geschichten zu erzählen hatte. Das *risotto* war cremig und schmeckte köstlich nach Spargel und Parmesan, das Gelächter schallte bis unter die Pinienzweige und in den dunkelblauen Nachthimmel, denn sie hatten auch heute an den zwei Tischen auf der Tanzfläche Platz genommen.

»Viel schöner hier unten als auf der Terrasse«, sagte Nina, während sie Weißwein und Wasser nachschenkte, und alle stimmten ihr zu, spielten mit vereinzelten Weißbrotstücken und schwiegen dann gesättigt. Nur eine Grille war zu hören. Magdalena schloss die Augen. Diesen Augenblick in den Erinnerungen festhalten, gleich wäre er vorbei, war das hier jetzt Glück? Endlich mal das ganze Glück, nicht nur ein pizzaeckengroßer Teil davon. Mehr als die Hälfte. Alles? Denk nicht so viel, tadelte sie sich, und schon war der Moment vergangen. Sie hörte, wie jemand die Treppe von der Straße heraufkam. Alle lauschten den Schritten, gleich zwei Personen, dicht hintereinander.

»Wer ist das denn jetzt?«, flüsterte Evelina mit ihrer Bühnenstimme, anscheinend war sie es noch nicht gewohnt, dass zu jeder Tageszeit Besuch für Nina vorbeikam. *Tap, tap,* etwas klickte an die Stufen.

»*Oh Dio!*«, sagte Nina und sprang auf, alle tuschelten durcheinander: Sindaco, Sindaco, verstand Magdalena, das war der

wichtige Typ aus der *comune*, dem Rathaus. Ein Mann mit hell-
grauem, sehr kurzem Haar, das ihm wie eine dichte, eng anlie-
gende Kappe auf dem Kopf saß, schwebte langsam zwischen
den Bäumen empor, als ob er von einer Rolltreppe nach oben
gefahren würde. Hinter ihm erschien ein anderer Mann, jünger.

»Was für eine Ehre!«, rief Nina mit ihrer wärmsten Stimme
und eilte dem Grauhaarigen entgegen, auch Matteo erhob sich.
»*Cavolo*«, brummte er, »was hat sie nun wieder mit *dem* angestellt?« Der Mann ging sehr aufrecht, er hatte eine gebräunte,
gesund aussehende Gesichtsfarbe und trug eine große Sonnenbrille, die fast sein ganzes Gesicht verdeckte. Der jüngere Mann
hielt einen Stock in der Hand und ließ sich von ihm führen, oder
war er es, der den Älteren führte? Moment, nein, der Ältere, der
Mann, der Nina mit Handschlag begrüßte, war blind, stellte
Magdalena bei genauerem Hinsehen fest. Aber jetzt, auf der
ebenen Tanzfläche, hätte man das kaum bemerkt, so sicher nahm
er an der Tafel Platz, während der andere sich noch umschaute
und nicht wusste, wohin mit sich und dem weißen Stock.

»*Allora*«, begann Nina auf Italienisch, »Sie wollen sich mal
bei uns umschauen? Da kommen Sie gerade richtig, es ist noch
risotto da, *risotto agli asparagi* … Evelina!« Evelina guckte erstaunt
aus ihren Pandabäraugen, sprang dann aber auf, rannte die Stufen hoch in die Wohnung und kehrte mit zwei Tellern, Gläsern
und Gabeln wieder zurück.

»Schön hier«, behauptete der Grauhaarige und streckte dabei seinen Kopf wie eine stolze Schildkröte in alle Richtungen.
Magdalena traute sich kaum, ihn anzuschauen, sie wollte nicht
starren. Seine schwarze Brille unterschied sich bei genauerem
Hinsehen doch von einer normalen Sonnenbrille, sie hatte
breitere Bügel und ließ von seinem Kopf nur noch die Nase frei,
eine Art schwarzes Aquarium für seine Augen. Vielleicht war
hinter diesen dunklen Gläsern ja doch noch etwas von seinem

Sehvermögen übrig. Mikki, der neben ihm saß, schien diese Befürchtungen nicht zu haben, er war anscheinend schon wieder zugekifft, denn er benutzte die Brille des blinden Mannes wie einen Spiegel und versuchte, seine Dreadlocks darin zu ordnen. Magdalena hielt die Luft an, der Grauhaarige sah wirklich nichts, er lauschte vielmehr, er schien mit seinem ganzen Körper zu schnuppern, um zu erfahren, was um ihn herum vor sich ging.

»Mikki!«, zischte Nina, als sie seine Verrenkungen sah.

»*Eh, allora, Signor Mazzei, buon appetito!*«

»Wer ist noch da? Stellen Sie mich vor!« Der Signore, der gar nicht Sindaco hieß, schaffte es trotz der Brille, fordernd in die Runde zu schauen.

»Der ist wichtig für uns«, raunte Matteo Magdalena zu.

»Wer ist er denn?«

»Das ist der Bürgermeister!«

Ach so, wie dämlich, sie hatte aus dem Amt einen Nachnamen gemacht. Nina stellte alle vor: Mikki, unser DJ; Evelina, Barfrau vom letzten Jahr; Matteo, Security, ebenfalls vom letzten Jahr, und hier gegenüber von Ihnen, Raffaele, *lo skipper*, und eine Freundin, *un'amica tedesca*. Sie begannen über das *POLO* zu reden, die Eröffnung des Clubs, das Wort *legge*, Gesetz, und der Name Leone fielen immer wieder. Magdalena bemühte sich, dem Gespräch zu folgen. Wenn alle lachten, lachte sie mit, wenn sie ernst wurden, wurde sie auch ernst und versuchte zu erraten, worum es ging.

Manchmal wurde Magdalena etwas gefragt, dann versuchte sie, möglichst schnell und gewandt zu antworten, doch ihr Kopf war müde. Die zuständigen Hirnsynapsen tappten in der fremden Sprache herum wie in einem Keller ohne Licht. Ab und zu, wenn sie um eine Übersetzung bat, stellte sie fest, dass sie mit ihren Interpretationen völlig auf dem Holzweg war.

Es ging um die unerfüllten Auflagen, die eine Eröffnung trotz der bestehenden Lizenz unmöglich machten, es ging um dieses Jahr, letztes Jahr, die Jahre zuvor, um den Club 64, *sessantaquatro*, gleich nebenan, ein weiterer Nachtclub, der den Charakter der Insel prägte ... Der Charakter der Insel schien dem Bürgermeister viel zu bedeuten, er wiederholte diesen Satz mehrmals, das Grün, die Natur und die reichen Küsten von Elba waren ihm anscheinend wichtiger als die Arbeitsplätze, mit denen Mikki plötzlich in seiner schleppenden, gedehnten Art zu argumentieren begann.

»Er ist ein Grüner, stimmt's?«, fragte sie Matteo.

»Er ist Kommunist, und er mag Costa Rica, da war er nämlich im Urlaub«, antwortete Matteo und grinste.

Magdalena nickte verwirrt, die Worte um sie herum vermischten sich plötzlich zu einem unverständlichen Brei, als ob sie es darauf angelegt hätten, sie auszuschließen. Sie verstand nichts von der Insel, nichts von den Italienern, sie war zu dumm, um jemals richtig Italienisch zu lernen, und deswegen würde sie auch ihren Vater nie finden. Gelächter am Tisch. Mit einem Ruck stieß sie ihren Stuhl nach hinten, presste ein »*buona notte*« zwischen den Zähnen hervor und ging nach oben, ins Bett.

10

Freitag. Ihr letzter Tag. Magdalena band die Mülltüte oben zusammen und schleifte sie zur Tür. Erst vor einer Woche hatte Nina sie unter ihrem Lada-Jeep hervorgezogen, unglaublich, wie schnell die Zeit vergangen war. Die ersten beiden Tage hatte sie dösend und schlafend im Bett verbracht, doch der Rest der Woche war wie im Zeitraffer vergangen. So vieles war passiert: Sie hatte Elba bis in den letzten Winkel kennengelernt, auch ihr Italienisch hatte sich, nun ja, ziemlich verbessert, doch einiges hatte sich auch nicht geändert. Der Chef, der von allen erwartete Leone aus Bologna, war immer noch nicht aufgetaucht, das *POLO* immer noch geschlossen. Alle Städte der Insel waren zwar mit unscharfen Fotokopien ihres möglichen Erzeugers gepflastert, selbst Portoferraio hatten sie heute Morgen noch geschafft, aber bis auf den perversen Anrufer neulich hatte sich niemand gemeldet, und auch der Abwasch türmte sich zuverlässig wie jeden Tag.

Ganz in Gedanken öffnete Magdalena den Schrank über dem Spülstein, der ihr vorher noch nie aufgefallen war. Zwei leere Abtropfgitter. Weshalb war keiner ihrer drei, nein, jetzt mit Evelina vier Mitbewohner auf die Idee gekommen, ihr zu sagen, die gespülten Teller in diesen fantastischen Schrank ein zuordnen? Sie hatte immer alles auf einen rutschenden Haufen neben dem Spülstein geschichtet. Und heute, an ihrem letzten

116

Tag, entdeckte sie dieses Hänge-Abtropf-Ding. Magdalena ließ Wasser einlaufen, streifte die Handschuhe über und tauchte gerade ihre gelben Gummihände in den wachsenden Schaumberg, da schob sich ihr Handy vibrierend über den Küchentisch und gab drei einzelne Töne von sich.

Jetzt fing Florian tatsächlich an, sie mit Nachrichten zu bombardieren, genau wie Nina es vorausgesagt hatte. Wahrscheinlich langweilte er sich in seinen Semesterferien, oder ihr Schweigen stachelte ihn an. »Bleibe noch ein paar Tage auf Elba. Melde mich, Magdalena«. Sechs Tage lang war ihm ihre einzige SMS gleichgültig gewesen, doch seit gestern trafen vermehrt Nachrichten von ihm ein. »Hase, wann kommst Du?« »Vermisse Dich!« »Babylein, was ist los? Warum meldest Du Dich nicht? Ich kann nicht schlafen und denke an Dich!«

Sie blies verächtlich die Wangen auf. Hase. Babylein. Wie ein total überzuckertes Stück Kuchen, das sie nicht essen mochte, hatte sie seine Nachrichten unbeantwortet beiseitegelegt. Hatte sie sich nicht immer mehr Gefühl von ihm gewünscht? Aber doch nicht Babylein. Magdalena seufzte und stellte einen Teller nach dem anderen in das Hängebord. Wie schön sie dort in einer Reihe standen. Sie musste an die Zitronenbäume denken, durch deren Laubwerk das Wasser in Strömen geflossen war, als Matteo und sie die Bäume abwechselnd mit dem Schlauch besprüht hatten. Den Duft der staubigen Erde, auf der die Wassertropfen zerplatzten, hatte sie jetzt noch in der Nase. Er hätte sie ja wenigstens ein bisschen nass spritzen können, aber die noch nicht ganz abgeheilten Wunden an ihrem Bein hatten ihn anscheinend davon abgehalten. Dabei war es nur noch teilweise mit dunklem Schorf bedeckt, an manchen Stellen kam schon hellrosa die neue Haut hervor. Manchmal war Matteo echt zu vernünftig. Sie wäre gern dabeigeblieben, um zu sehen, wie er die Bäume mit seiner Giftsprühpumpe behandelte, die er sich hinten auf den Rücken geschnallt hatte, aber er hatte sie weggeschickt. Schlecht für ihre Gesundheit. »Und du!?«, hatte sie protestiert, doch Matteo hatte sie aus dem Garten verscheucht wie eine lästige kleine Ziege.

Magdalena stapelte Teller und Gläser über die Spüle auf die Abtropfgitter. Um so viel Geschirr wie möglich dort oben unterzubringen, brauchte man statisches Geschick.

Auf Zehenspitzen stehend, legte sie den letzten Topfdeckel mit Schwung auf die Tassenpyramide, die sich mittlerweile über Tellern und Untertassen im Trockengestell gebildet hatte.

Es krachte leise in der Wand, dann knarrte es verdächtig. Magdalena schaute hoch, Mist verdammter, der Schrank kam auf sie zu, ächzend brach er aus seiner Verankerung. Sie stützte ihn mit beiden Händen von unten, Putz rieselte die Wand herunter, sie spannte ihre Armmuskeln an, aber das Ding war zu schwer, schräg kippte es zur Seite.

»Hilfe!«, rief sie, dann lauter: »O Scheiße, hallo, kann mir mal einer helfen!« Keine Ahnung, was das jetzt auf Italienisch hieß, es war sowieso niemand da, der sie hören konnte. Klirrend zerschmetterte die erste Tasse auf dem Steinboden, die Untertassen folgten, dann rutschten ihr die Teller entgegen, Magdalena zog den Kopf ein und sah machtlos zu, wie einer nach dem anderen hinausfiel. »Matteo!«, schrie sie und stemmte sich mit aller Macht von unten gegen den Schrank, ihre nackten Füße rutschten auf den nassen Fliesen langsam nach hinten weg.

»Matteooo!« Er war nicht da, was schrie sie hier herum. Nina war am Strand, und mit Mikki konnte sie auch nicht rechnen, nach dem von Nina verhängten Rauchverbot in der Wohnung hockte er vermutlich unten in einer dunklen Ecke der Orangerie und baute sich den nächsten Joint. Mit zusammengebissenen Zähnen überlegte sie, ob sie loslassen oder weiterschreien

118

sollte, da griff ein Paar brauner Hände neben ihre nassen Gummihandschuhe.

»Was machst *du* denn hier?«, fragte sie, als sie Matteo so dicht neben sich erkannte.

»Vielleicht hast du mich gerufen?«, erwiderte er in seinem Tiroler Singsang und schaute sie kurz an, sodass sie jede Bartstoppel einzeln betrachten konnte, die seine Lippen umrahmten. Sie hatten eine schöne Form, diese Lippen, sie könnte sie aus dem Gedächtnis aufzeichnen, falls sie jemand darum bitten sollte.

»O Mann, guck dir bloß an, was ich gemacht habe«, keuchte sie vor Anstrengung.

»Du hast es desintegriert«, entgegnete Matteo trocken. Magdalena fing an zu lachen, er lachte nicht mit, okay, sie hatte verstanden. Mit zusammengepressten Lippen versuchte sie seine ernste Miene zu kopieren, während sie den nunmehr völlig aus der Wand gebrochenen Schrank in Richtung Terrasse schleppten. Doch als sie in sein regungsloses Gesicht schaute (›Du hast es desintegriert‹ – wie das klang, wie in einem Star-Wars-Film, den sie aus Versehen mal im Kino gesehen hatte. ›Du hast das Raumschiff desintegriert, Fremde!‹), musste sie erneut losprusten. Sie atmete mit zugekniffenem Mund schnell durch die Nase, um es Matteo nicht hören zu lassen, es half nicht, es wurde nur immer schlimmer. Ein erstickter Laut entfuhr ihr, nun hingen sie auch noch in der Tür nach draußen fest, sie quiekte wie eine Gummiente und lachte los, bis Tränen ihre Augen überschwemmten, wahrscheinlich war ihr Gesicht knallrot angelaufen. Endlich lachte auch Matteo mit, ein stotternder Motor, der langsam in Fahrt kam, sie befreiten sich, torkelten, grölten wie zwei aufgezogene Lachsäcke, die in Schlangenlinie über die Terrasse liefen.

»Stell ihn ab, stell ihn ab!«, rief Magdalena außer Atem. Um nicht das Gleichgewicht zu verlieren, tippelte sie noch schneller rückwärts. »Er rutscht mir aus den Händen!« Doch Matteo hatte zu viel Kraft, er schob sie, bis sich die Kante des Sofas in ihre Kniekehlen drückte. Sie ließ los, stieß einen Schrei aus und zog gerade noch ihre Füße hoch, bevor der Schrank darauf landen konnte. Durch den Schwung vollführte sie eine halbe Rolle rückwärts über die Sitzfläche und rutschte, da es keine Armlehnen gab, seitlich daran herunter, bis ihre Schultern auf dem Boden lagen. Ihr Scheitel berührte den Sockel von Ninas Schuh-Kühlschrank, während ihr Becken auf dem Sofa in die Luft ragte, als ob es im Alleingang eine Kerze oder eine ähnliche Turnübung darbieten wollte.

»Halt durch«, rief Matteo, als er über die Reste des Hängeschranks stieg, »*cavolo*, mein Kreuz!«, hörte sie ihn ächzen, dann spürte sie, dass er sich auf das Sofa kniete, und da war auch schon seine Hand, um sie hochzuziehen. »Hast du dir was getan?«

»Nein«, kicherte sie gepresst, ausgeliefert wie ein Käfer auf dem Rücken, »hol mich nur hier raus!« Ihre Hände griffen ineinander, und Matteo fing an zu ziehen. Sie spürte ihn dicht an ihren Oberschenkeln, sie lachten immer noch, er zog, ihre Hüfte wurde nach oben gehoben, dann saßen sie schwer atmend beieinander auf dem Sofa, und Magdalena wischte sich die Augen trocken. Vom Lachen tat ihr alles weh, ein angenehmer Schmerz. Wann habe ich das letzte Mal so heftig gelacht?, dachte sie und schaute zu Matteo, der grinsend den Kopf schüttelte. Er legte seine Hand auf ihr verletztes Bein, besser gesagt, er ließ sie einen Zentimeter darüber schweben.

»Ist nun abermals alles kaputtgegangen?«, fragte er.

»Nein.«

Ohne darüber nachzudenken, strich sie ein paarmal über ihren Oberschenkel, bis ihre Hand unter seiner zum Stillstand kam. Seine Handfläche war warm und sein Gesicht plötzlich viel zu nah. Magdalena nahm seinen Geruch wahr, seinen Leder-Heu-und-Orangen-Geruch, sie leckte sich über die Unterlippe. Immer wenn du küssen willst, leckst du dir kurz vorher über die Unterlippe, wer hatte das zu ihr gesagt? Also bitte, sie tat es schon wieder …

»Nein, Magdalena, so nicht«, hörte sie eine zornige Stimme, »bei Zahnärztinnen in Deutschland geht das vielleicht …«

»Hallo, Nina.« Magdalena konnte nur noch piepsen.

»Äh, nein, hier geht nix, nur der Schrank existiert nicht mehr.« Matteo wandte sich zu Nina um.

»Sie weiß schon, was ich meine, sie kennt sich damit aus!«, sagte Nina.

»Wir haben nur … ich wollte bestimmt nicht …«

»Ich finde es scheiße, was du hier abziehst!«

»Ich *ziehe* hier nichts *ab*!« Fassungslos starrte Magdalena in Ninas dunkle Augen, ihr Hals wurde vor Empörung ganz eng.»Der Schrank kam mir entgegen«, versuchte sie zu erklären, »und das Geschirr ist kaputt, das ersetze ich euch natürlich.« Sie zeigte auf das schiefe Rechteck der auseinandergebrochenen Hartfaserplatten am Boden und dann auf Matteo. »Das war doch alles ein Versehen.«

»Aha«, sagte Matteo und stand auf, »na, ich gehe dann lieber mal.«

»Du kannst Gift drauf nehmen, dass sie nie etwas dafür kann, sondern immer überredet wird, Matteo.«

»Nein! Nicht immer!« Wie gemein von Nina, die Geschichte mit Florian gegen sie auszuspielen, Magdalena spürte heiße, ohnmächtige Wuttränen in sich aufsteigen, die sie den beiden auf keinen Fall zeigen wollte.

»Nicht *alles* passiert mir, ohne dass ich es will, aber, da *war* ja auch überhaupt nichts …« Sie wies auf Matteos Rücken, der in der Türöffnung verschwand. Doch Nina schüttelte den Kopf und sah sie mit einem Blick an, den Magdalena nicht deuten konnte. Was jetzt, hatte sie schon wieder etwas Falsches gesagt? Für Matteo offensichtlich schon …

»Hier liegt ein Haufen Scherben«, hörte sie ihn in der Küche sagen. Magdalena wollte aufspringen und zu ihm laufen, aber sie biss nur die Zähne zusammen und trat mit einem Fuß gegen die einzige noch aufrecht stehende Seitenwand des Schranks, der daraufhin endgültig in sich zusammenbrach.

11

Allora! Dein letzter Abend!« Evelina ließ ihre Faust mit der Pinzette auf den Tisch fallen, dass die Espressotassen hüpften und Magdalena zusammenzuckte. Wenigstens die Tassen waren heute Nachmittag heil geblieben. Evelina stand auf, strich sich mit der Zeigefingerkuppe über die dünnen schwarzen Linien ihrer Augenbrauen und ging dann in die dunkle Küche. Es war zehn Uhr abends, sie hatten ausnahmsweise keine Gäste zum Essen gehabt, und es hatte auch keine drei Gänge gegeben, sondern Pizza aus einer Pizzeria in Portoferraio. Worauf auch? Bis auf zwei Teller waren alle auf dem Boden zerschellt. Magdalena schaukelte ihren Rest Rotwein im Glas und guckte vorsichtig zu Nina hinüber. Während sie Stücke von *pizza tonno* gegen *pizza margherita* über den Tisch tauschten, hatten sie sich gegenseitig entschuldigt, tut mir leid wegen vorhin, mir auch, selbst Matteo hatte sich zu einem, ach, vergessen wir das doch, durchgerungen, ging ihr aber sonst aus dem Weg. Oder bildete sie sich das ein? Er war mit Mikki nach Procchio hinuntergefahren, um Zigaretten zu holen. Sie bildete sich wahrscheinlich auch ein, dass Nina seit zehn Minuten auf dem Sofa mit so unglücklicher Miene vor sich hin starrte, dass einem allein vom Zuschauen ganz elend werden konnte. Magdalena zermarterte sich den Kopf. Vielleicht ganz gut, dass Matteo nicht da war, so konnte sie nichts falsch machen. War Nina wirklich eifersüchtig und wartete bloß darauf, dass sie endlich abreiste? Vielleicht musste sie ja nicht mehr mit hinüber in die andere Diskothek, in die Nina und Evelina sie zum Abschied schleppen wollten. Ein paar Hundert Meter vom *POLO* entfernt lag ein weiterer Nachtclub, dessen Namen sie sich nicht merken konnte. Doch schon kehrte Evelina mit ein paar Kleidungsstücken über dem Arm zurück, die sie in hohem Bogen auf das Sofa neben Nina warf. Magdalena nahm eins nach dem anderen mit spitzen Fingern hoch: Erwarteten Evelina und Nina wirklich von ihr, dass sie den einteiligen schwarzen Hosenanzug mit Armen und Beinen weit wie Flügel, diverse durchsichtige Blusen, breite Goldgürtel und ein kratziges Fünfzigerjahre-Lurexkleid in golddurchwirktem Pistaziengrün anprobierte? Sie seufzte. Evelina war nicht gerade schlank und dazu noch zehn Zentimeter kleiner als sie. Aber auch in manche von Ninas Sachen passte sie nicht, obwohl sie die gleiche Größe hatten, denn Magdalenas Schultern waren kräftiger, ihr Busen dagegen kleiner.

»Ich dachte an den hier, der hat ziemlich lange Beine, die muss ich erst noch umnähen lassen«, sagte Evelina. Nina erwachte aus ihrer Starre, nach einem diskreten Blick auf Evelinas Stampfer tauschte sie ein schwaches Zahnlückengrinsen mit Magdalena. Wie schön, sie lächelt wieder, dachte Magdalena, es ist fürchterlich, wenn sie eingefroren oder sauer auf mich ist. Dankbar ging sie ins Bad, um sich umzuziehen.

Das hier ist wie Karneval, sagte sie stumm zu ihrem Spiegelbild über dem Waschbecken, ich verkleide mich in eine geflügelte Partymaus, vielen Dank für die Leihgabe, Evelina.

Sie überprüfte ihr Gesicht genauer. Hatten die vergangenen Tage auf Elba sie verändert, war sie auf der Suche nach ihrem italienischen Vater italienischer geworden? Der Spiegel gab ihr eine eindeutige Antwort: Die Suche ist, wie wir alle wissen, erfolglos geblieben, und du siehst aus wie immer!

Magdalena zog das Gummiband aus ihrem Pferdeschwanz, nahm Evelinas Haarbürste und strich sich damit die dunkelbraunen Haare ins Gesicht. Auch nicht besser, schnell band Magdalena sie wieder zusammen. Im Zahnbürstenglas steckte ein einzelner brauner Kajalstift von Nina. Er musste von Nina sein, denn Evelinas Schminkzeug lagerte in einem riesigen, silbrig lackierten Ufo und bestand, wie sie von einem heimlichen Blick hinter abgeschlossener Klotür wusste, nur aus schwarz, schwarz, schwarz. Mit irgendwas musste sie ihren Pandabärlook ja jeden Morgen hinbekommen. Zaghaft führte Magdalena den Stift über ihre blassen Brauen, strichelte ein wenig Braun darauf und umrahmte ihre Augen, bis sie tränten. Sie war den Blödsinn nicht gewohnt, es sah komisch aus. Um es noch deutlicher zu machen, holte sie Wimperntusche aus Evelinas Schönheitskasten und tuschte sich dicke, starre Fliegenbeine an die Augen. Jetzt ähnelte sie Hildegard Knef auf diesem Plattencover mit dem Hut, das Oma Witta zwischen all ihren Opernplatten versteckt hatte. Zufrieden tupfte sie klebriges Lipgloss mit Kaugummigeschmack auf ihren Mund. Es sah aus, als hätte sie gerade einen Paradiesapfel vom Jahrmarkt geküsst.

»Ja, meine lieben Herrschaften, sehen Sie mal genau hin«, wisperte sie in den Spiegel, das hätte Reiseleiterin Susanne in diesem Fall gesagt. Sie wischte sich die Farbe mit einem nassen Kleenex so gut es ging wieder ab, öffnete den Reißverschluss und stieg in den Anzug, den Evelina ihr gegeben hatte. Der Stoff war angenehm dünn, ein leichter Schweißgeruch nach Evelina, vermischt mit ihrem Parfüm, stieg unter den Achseln auf, als sie den Verschluss von ihrem Nabel aufwärtszog.

»Ich gehe nicht mit, das passt nicht, ich sehe aus wie eine Fledermaus!« Magdalena trat auf die Terrasse und schlenkerte abwehrend mit den Ärmeln, die ihr weit über die Hände fielen. Nina machte immer noch ein bekümmertes Gesicht, doch ihr Blick wanderte plötzlich lebhaft an Magdalena herauf und herunter, dann sagte sie: »Das mit den Ärmeln gehört so, und ich finde, es steht dir ganz hervorragend! Hast du dich geschminkt?«

Magdalena winkte ab, sie wusste nicht, ob sie Ninas Geschmack trauen sollte. Sie kombinierte die unterschiedlichsten Kleidungsstücke, doch was bei Nina passend angezogen aussah, würde bei ihr katastrophal wirken: Heute Abend trug sie eine rot-weiß karierte Bluse mit Puffärmeln, die gerade ihren Bauch bedeckte, ihre braunen, glatten Beine steckten in sehr kurzen abgeschnittenen Jeans und derben Bergsteigerschuhen.

»Ich gebe dir noch eine Jacke, die ziehst du drüber, dann sieht es cool aus, wirklich!«

Evelina kam auf Magdalena zu, zog den Reißverschluss unerbittlich ein ganzes Stück hinunter und zupfte an ihrem Ausschnitt herum, Magdalenas Brüste waren nun halb entblößt.

»Okeee?! Wir brauchen noch einen BH, der diese Sachen mehr ans Licht bringt«, verstand sie von Evelinas Nuschelitalienisch, die ihre Schultern nach hinten drückte, bis ihr Busen ganz freilag und sie ihn mit beiden Händen bedecken musste. »Hast du etwas an deinen Augen gemacht? Sie sehen viel ausdrucksvoller aus, du solltest deine Wimpern färben, Augenbrauen, Haare, alles färben. Und *alzati, alzati*, halte dich aufrecht, du musst aufrechter stehen!« Gott sei Dank ist Matteo nicht in der Nähe, dachte Magdalena zum zweiten Mal an diesem Abend. »Ja, vielleicht die Wimpern, aber doch nicht die Haare«, jetzt mischte Nina sich endlich ein, »die sind wunderschön dunkel, wie Walnussholz, die muss und darf sie nicht färben!«

»Schuhe. Frisur. Schminken. Machst du das, Nina?« Statt einer Antwort erhob Nina sich und brachte Magdalena ein Paar spitze schwarze Wildlederpumps aus ihrem Zimmer, 38, sie hatten dieselbe Größe. Magdalena machte einige vorsichtige Schritte, die Absätze waren nicht sehr hoch, darauf konnte sogar sie laufen.

»Na ja, die passen.« Sie gingen hinein, Magdalena wollte sich gern im Spiegel anschauen, doch Nina drückte sie auf einen Stuhl, der am Küchentisch stand, und begann ihr das Haar zu bürsten.

»Diese Haare«, murmelte sie, »damit müsste man etwas ganz anderes machen ...« Magdalena legte den Kopf zurück, es war angenehm, wie zart und doch sicher Nina ihre Haare berührte. Sie bündelte sie zum Pferdeschwanz, drehte sie zu einem Knoten und befestigte sie mit einer großen silbernen Spange an Magdalenas Hinterkopf. Dann klippste sie einzeln herunterhängende Strähnen mit kleinen Spängchen fest. Gänsehaut rieselte Magdalenas Nacken hinunter.

»Warum hast du eigentlich keine Löcher in den Ohren? *Alle* italienischen Frauen haben Löcher in den Ohren, ich kenne keine ohne. Silberne Kreolen würden jetzt sehr gut dazu ausschauen. *Mai*« Das *mai* kannte Magdalena schon, immer, wenn man nicht weiterwusste, wenn es nichts mehr zu sagen gab, wurde es eingesetzt.

»Da brauchen wir gar nicht viel bei der tollen Haut«, sagte Nina mehr zu sich als zu ihr, wühlte in ihrem Schminktäschchen nach einem dicken Pinsel und fuhr Magdalena damit kurz über die Wangenknochen.

»Es tut mir leid, dass wir deinen Vater nicht gefunden haben«, sagte sie leise, »ich habe dir das so fest versprochen, und dann hat es irgendwie doch nicht geklappt... das wollte ich dir noch vor deiner Abreise sagen! Schau mal nach oben!«

»Aber du hast mir so viel geholfen.« Magdalena schaute gegen die Decke, während Nina mit großer Ernsthaftigkeit an ihren Wimpern herumtuschte.»Du bist mit den Fotokopien und mir tagelang über die Insel gefahren, um sie überall aufzuhängen, du hast einen obszönen Anruf auf deinem Handy ertragen müssen, und weißt du noch, in Porto Azzurro, am Hafen, der Typ, der uns da gefolgt ist?« Nina stieß nur lachend Luft durch die Nase. Magdalena atmete ihren Duft ein, Kaffee, Handcreme und das blassblaue Parfüm, das auf ihrem Orangenkistennachttisch stand und irgendwie sauber, wie nach vom Wind getrockneter Wäsche roch.

»Und oben in Capoliveri, wo wir mittags diese leckere Pizza an dem Platz gegessen haben, diese zugeklappte, wie hieß die noch?«

»*Calzone.*«

»Genau, und auch in der letzten Ecke im Nordosten waren wir, in Cavo. Überall hängen die Fotokopien jetzt. Ein gutes Gefühl ... Wirklich, du hast mehr als genug getan!«

»Nein, denn wir haben nicht einmal Olmo Spinetti getroffen. Mach mal die Augen zu!«

»Olmos Restaurant ist eben immer noch zu«, sagte Magdalena mit geschlossenen Augen, »du hast doch jeden Tag nachgeschaut und außerdem versucht, ihn per Handy zu erreichen. Ich weiß gar nicht, wie ich dir danken soll.«

»Lass mal.« Nina schwieg für die nächsten Minuten. »*Fatto!*«, rief sie dann und brachte Magdalena eine glitzernde Jacke mit einem Sheriffstern am Revers aus ihrem Zimmer.

»Da, sich den ganzen Abend wie eine Fledermaus zu fühlen, ist furchtbar anstrengend.« Magdalena streifte sie über, die langen Ärmel schauten aus den Jackenärmeln hervor, dann stöckelte sie mit Nina vor den großen Schrankspiegel in Evelinas Zimmer.

»Na?!« Magdalena lachte, sie sah absolut verkleidet aus, da musste sie sich keine Sorgen machen, man würde sie nicht erkennen. Doch mit ihrem Gesicht war etwas anderes passiert, sie ging näher an den Spiegel heran. Es war freigelegt, wie ein Blatt Papier, und Nina hatte etwas daraufgemalt, was sonst nicht da gewesen war: Augen, die hell unter den dunklen Wimpern hervorstachen, hohe Brauen, die ihr etwas Fragendes gaben, und einen Mund. Probeweise rieb sie ihre Lippen aneinander, sie waren cremig und schmeckten nach teurer Kosmetik. Ihr Mund war geschwungener, wie sollte man das beschreiben? Fraulich, genau, sie hatte plötzlich einen fraulichen Mund. Magdalena lächelte: »Was hast du am ersten Tag zu mir gesagt? Wie ein Model für Natur… wie war das?« Nina knuffte sie in die Seite: »Komm, du Naturseifengesicht, gehen wir rüber!«

»Muss das sein?«

»Ja! Du sollst dich amüsieren!«

Es klang traurig und bedrohlich zugleich.

12

Evelina und Nina quetschten sich lachend auf die Rückbank, Magdalena saß zwischen ihnen und zupfte an ihren Ärmeln herum. Matteo fuhr, und Mikki, der Spargeltarzan, durfte vorne sitzen.

»Aha«, hatte Matteo nur gesagt, als Magdalena einstieg, und ihre Verwandlung somit zur Kenntnis genommen, »alle da?« Evelina redete auf ihn ein, Magdalena verstand nicht ganz, worum es ging, um einen Menschen namens Totó offenbar, »und halte direkt davor«, kommandierte sie jetzt, »ich kann mit diesen Schuhen keinen Meter laufen!« Das »R« von *scarpe* ratschte in ihrem Hals wie ein Nagel über Beton. Sie fuhren los, bogen um vier Kurven und hielten nach zwölf Sekunden schon wieder am Straßenrand. Links von ihnen lag hell beleuchtet der Nachbarclub, der Laden, der dem *POLO* schon einige Wochenenden voraus war. Sie stiegen aus, Magdalena schaute in den Nachthimmel, an dem mehrere Scheinwerferkegel suchend umherschwenkten und sich überkreuzten.

»Hätten wir das Stück nicht auch laufen können?«, fragte sie Nina, aber die schnalzte verneinend mit der Zunge: »Zu gefährlich. Was glaubst du, wie die hier später in der Nacht langrasen, und außerdem ...« Ihre Augen wiesen auf Evelinas bleistiftdünne Absätze.

Es gab eine Treppe, die sich hinter einem breiten Aufgang

nach rechts und links verzweigte, in der Mitte ein Kassenhäuschen, so wie bei ihnen, es war die gepflegte Ausgabe des *POLO*. *Ciao ciao*, das Mädchen, das an der Kasse saß, wurde begrüßt, ohne zu zahlen, gingen sie weiter. Die Mauern der Treppe waren frisch geweißt, die Pflanzenrabatten gestutzt, die Säulen, die man von unten sehen konnte, wurden violett und pink angeleuchtet, es sah aus wie in einem neu eröffneten Märchenwald.

»Letztes Jahr hab ich ihnen gezeigt, wie sie es machen sollen, dieses Jahr wissen sie es schon wieder besser. Man sieht ja, was dabei herauskommt«, knurrte Matteo vor sich hin, während sie zu fünft die Stufen hinaufstiegen.

»Er meint die Lichtinstallationen«, flüsterte Nina ihr zu.

»Hat er die gemacht?«, fragte Magdalena leise zurück, doch sie wurde von Evelina übertönt.

»Ich komme mir vor wie die Delegation aus dem armen Nachbarland!«

»Unser Park hat mehr Charme«, erwiderte Nina, als sie hineingingen. Es stimmte, der Club 64 war sauber und zweckgerecht, vor ihnen die Bar, an der Wand einige Würfel aus Plastik zum Niedersetzen, das Regal hinter dem Tresen war großzügig mit Flaschen bestückt, einige hingen mit Dosierautomaten versehen darüber, und Magdalena konnte beim besten Willen keine schiefen Etiketten entdecken. Nina umarmte die Mädchen hinter der Bar und stellte Magdalena Laura vor, »Besitzerin des berühmten Club 64, sie ist ein *miracolo*!« Schon stand ein Plastikbecher mit Saft, Eiswürfeln und bunten Strohhalmen vor ihr. Sie probierte. Pfirsichsaft, herrlich kalt und fruchtig. »Mag Frauen«, flüsterte Nina noch und tauchte hinter der Bar ab, um ein weiteres Mädchen zu begrüßen. »Margherita, schön wie immer!« Sie kannte sie offenbar alle. Hilfe suchend schaute Magdalena sich nach Evelina und Matteo um, doch auch die wurden umarmt und tätschelten Schultern, sie musste wohl alleine klarkommen. Sie ging weiter, bis sie Mikki sah, der mit einem jungen Mann in Adidas-Trainingshosen vor dem Musikpult fachsimpelte. Eine Weile stand sie so da und tat so, als ob sie den beiden zuhörte, dann setzte sie ihren Weg fort, als hätte sie ein Ziel. Immer mehr Menschen kamen die Treppen herauf, die Musik war lauter geworden, sie stellte sich an den Rand der Tanzfläche. Was sollte sie eigentlich hier? Sie sah Matteo, der sich einen Weg durch die dichter werdenden Menschenmassen bahnte, und beschloss, ihm zu folgen. Er bemerkte sie nicht, aber Magdalena sah immer wieder Frauen, die mit Gekreische auf ihn zuschossen. »Matteooo!« Wie Überlebende einer Katastrophe stürzten sie sich in seine Arme, wurden hochgehoben und herumgewirbelt. Wenn das nur Nina nicht sieht, dachte sie. Ganz schön beliebt, der Matteo, warum eigentlich, was machte er mit denen? Schon breitete sich wieder eine kleine giftgrüne Wolke in ihr aus. Erstaunlich, wie wütend sie plötzlich auf ihn war.

Evelina kam vorbei und brüllte ihr etwas ins Ohr, sie nickte, obwohl sie kein Wort verstanden hatte. Jemand drückte ihnen zwei weitere überschwappende Plastikbecher in die Hand, und sie beobachteten gemeinsam ein Mädchen, das sich wiegend zur Musik bewegte und dabei mit ihrem Handy aufnahm. Magdalena ließ ihre langen Ärmel schlenkern und beschloss, nach Hause zu gehen. Sie war offensichtlich nicht dafür geschaffen, sich zu »amüsieren«.

»Ich glaube, ich muss gehen«, schrie sie Evelina ins Ohr und drückte ihr das Getränk in die freie Hand, »gibst du mir deinen Schlüssel?«

»Warum haust du schon ab? Wir sind doch gerade erst gekommen.«

Bauchschmerzen, Magdalena machte eine Bewegung, die

nach Krämpfen aussehen sollte, eine halbe Minute später wanderte sie die Straße in Richtung *POLO* entlang.

In Ninas Zimmer angekommen, warf sie sich auf das Bett. Alles war ruhig, nur wenn sie sich konzentrierte, konnte sie hinter dem nächsten Hügel das Stampfen der Bässe hören. Magdalena schielte zum Kleiderschrank. Nein. Sie würde *nicht* in Ninas Tagebüchern lesen, die dort unten im Schrank im Karton lagen und lautlos nach ihr zu rufen schienen. Sie ging zurück in die Küche, holte eine angebrochene Weißweinflasche aus dem Kühlschrank, goss sich ein Glas voll ein und stürzte den Inhalt in einem Zug herunter. Wem schadete es denn, wenn sie in Ninas Aufzeichnungen las? Morgen fuhr sie wieder nach Hause, sie würde Nina wahrscheinlich nie wieder sehen. Nein. Sie nahm sich eine von Evelinas Klatschzeitungen und blätterte sie durch, holte sich aus Ninas Zimmer ihr Wörterbuch, ohne den Kleiderschrank auch nur eines Blickes zu würdigen, und arbeitete den Artikel über das Schicksal der Sängerin und des Waisenmädchens Lauredana Di Napoli durch. Nach einer Stunde am Küchentisch und einem weiteren Glas Wein klappte sie das Wörterbuch zu und schaute auf Evelinas Armbanduhr, die neben dem Gaskocher lag. Ein Uhr zehn. Mitten in der Nacht. Sie war hellwach.

2.10. Irgendwann kommen alle verstreuten Teile der Seele wieder zu dir zurück und fügen sich zusammen. Ich kann mit diesen Sätzen, die mir irgendwer auf Postkarten schreibt und zusteckt, nichts anfangen, denn ich glaube nicht an sie. Und selbst wenn es wahr sein sollte, wer werde ich dann sein? Ich habe Angst vor dieser Frau, genauso wie ich Angst vor der habe, die ich jetzt bin.

Nina, was war denn passiert, warum war deine Seele in so viele Teile verstreut? Magdalena blätterte vor, aber im ersten Halbjahr des vorletzten Jahres waren viele Seiten leer geblieben. Doch hier, zwischendrin ein einsamer Eintrag.

Ich lebe nicht. Ich überlebe. Ich überlebe.

Wie furchtbar, die Ärmste. Magdalena sah sich mit einem Mal von oben, wie sie dort vor Ninas Schrank auf dem Boden hockte, um sie herum lagen die anderen Kalenderbücher, sie hatte es wieder getan. Sie war einfach ein charakterloser Mensch, ein schrecklich schlechter Mensch, aber vielleicht konnte sie Nina ja helfen, vielleicht musste sie nur gründlicher lesen und daraus Schlüsse ziehen, um mehr zu erfahren …

Du bist so verdammt neugierig, beschimpfte sie sich, als sie das Buch vom vergangenen Jahr in der Mitte aufschlug. Juni. Die Seiten waren gefüllt mit Namen und Uhrzeiten, Gaetano, 3.00 Uhr Tintorello; Vincenzo doch noch in der Coco Bar; Lucio 21.00 Uhr Sugar Reef. Ein paar Namen sprangen Magdalena entgegen, die sie vom Hören kannte. Es waren Cafés und Restaurants in Marina di Campo und Portoferraio. Im Juli wurden es mehr Namen, der August war ein einziges Chaos. Gut, dass Nina auf Deutsch schrieb, so konnte Magdalena die Sätze und Satzfragmente halbwegs verstehen.

Franco von der Taverna am Strand getroffen, er nimmt ein Bad mit mir, macht mir im Wasser zweideutige, eindeutige Vorschläge. Nach dem POLO im Norman's, mit Luca und Elisabetta und natürlich Dino. Lollo getroffen, klar will er was von mir, aber er ist tabu, denn er bleibt. Carlo will gar nichts mehr von mir. Kein Strand, kein Essen. Er hält es nicht aus, mich zu sehen, sagt er. Ich habe kein Erbarmen, ich habe gar nichts mehr.

So ging es seitenlang weiter. Dazu Ausrufezeichen, Herzen, Blitze. Magdalena versuchte das System zu durchschauen, nach welchen Kriterien sortierte Nina all diese Männernamen?

Nach einer Weile begann sie zu begreifen: Die Ausrufezeichen standen für »gefällt mir, der Typ«. Die Herzen waren Sex, davon gab es eine ganze Menge, wenn man davon ausging, dass es jedes Mal mit einem anderen war, und die Blitze waren das Zeichen für »aus und vorbei«, sie folgten den Herzen immer recht schnell. Manchmal schon am nächsten Tag.

09. August: ♡ - 10. August: Renato ist weg. ϟ.
16. August: ♡ - 18. August: Leandro ist gefahren. ϟ.
20. August: ♡ - 25. August: Tomaso zur Fähre gebracht. Er ruft nachts um drei an, vermisse ihn fast. Werde nicht mehr drangehen. ϟ.

Sie schlief also nur mit denen, die sowieso wegfuhren. Wie geschickt ... Da waren Stimmen! Die Wohnungstür! Mist. Mit fliegenden Händen schmiss Magdalena die Bücher in den Karton und beeilte sich, ihn an der richtigen Stelle im Schrank unter der Reisetasche zu vergraben. Sie stand auf, straffte die Schultern und ging in die Küche, in die mindestens acht Leute eingefallen waren.

»Magdalena, wo warst du, geht es dir besser?«, fragte Nina besorgt.

»Ja, danke, ich ...« Aber Nina hörte ihr schon nicht mehr zu, sondern nahm die leere Weinflasche vom Küchentisch, stellte sie neben den Mülleimer und rief: »*Ragazzi*, was trinkt ihr?« Magdalena starrte sie an. Lebte sie, oder überlebte sie? Wenn sie nur wüsste, was mit Nina los war.

»*Sono Massimo, ti ricordi?*« Ein rundes Gesicht kam ganz nah an ihres heran, Magdalena erinnerte sich nicht, doch Massimo erklärte, dass er heute seine Uniform nicht trage, sie müsse ihn kennen, er sei einer der *carabinieri* vom letzten Essen. Er nahm einen Zug aus einem Joint, den Mikki ihm hinhielt, und gab ihn gleich darauf zurück.

»Ach so«, antwortete sie und redete auf Italienisch weiter, »ich habe dich wirklich nicht erkannt.«

»Ack so, ack so, warum sagen die Deutschen immer ack so?« Das konnte Magdalena ihm auch nicht so genau erklären. Ein paar Minuten noch lauschte sie seinen Ausführungen darüber, wie hart, gefährlich und ehrenvoll es sei, in Italien als Polizist zu arbeiten, dann nutzte sie eine kurze Gesprächspause, um mit einem weiteren Glas Wein auf die Terrasse zu fliehen, wobei sie schwankend mit einem Teil der Tür und Matteos schwarzem Brustkorb zusammenstieß.

»Ouups«, rutschte es ihr etwas zu laut heraus, »was machst *du* denn hier?« Das hatte sie ihn heute Mittag schon einmal gefragt, fiel ihr im selben Moment ein. Matteo machte zwei Schritte zurück, lehnte sich an die hüfthohe Mauer und starrte nach unten in den dunklen Park.

»Ich denke nach.« Drinnen zerschellte ein Glas auf den Fliesen. Jetzt haben wir höchstens noch zwei, dachte sie.

»Ist das ein guter Platz zum Nachdenken?«

»Weißt du, Maddalena«, sagte er, ohne sie anzuschauen, »jeder hat eine Bestimmung in seinem Leben, jeder hat etwas, was er unbedingt tun muss.«

»Und darauf wartest du jetzt?« Er hatte ihren Namen gesagt, das erste Mal, und dann noch in der weicheren italienischen Form, sie konnte ein verlegenes Kichern gerade noch unterdrücken.

»Bin schon mittendrin. Und du ja offensichtlich auch.« Aha, sie war auch mittendrin. Um einen stabileren Stand bemüht, hielt sie sich neben ihm an der Mauer fest und fühlte sich geschmeichelt.

136

»Und Nina?«

»Nina sucht gerade wieder. Du darfst ihr ihre seltsamen Launen nicht übel nehmen, sie ist nicht sie selbst.«

Magdalena nickte, das hatte sie auch schon vermutet.

»Ich werde morgen rüber nach Livorno fahren, um mit einem Freund ein Auto zu kaufen, vielleicht sehen wir uns gar nicht mehr.« Er sah sie direkt an. Magdalena hätte sich gern auf die Zehenspitzen gestellt und ihn umarmt, mutig genug war sie nach dem dritten Glas Wein, aber wahrscheinlich schaute Nina ihnen schon wieder durch die Scheibe zu. »Alles Gute, dir, und: *in bocca al lupo!*«, sagte er. Im Maul des Wolfes, eine wirklich ermutigende Floskel. Er grinste. Magdalena spürte, wie sie rot vor Freude wurde, doch dann sah sie ihn genauer an. Wirkte er nicht eher erleichtert, dass sie ihm und Nina ab morgen nicht mehr in die Quere kommen konnte?

»Ja, dir auch«, es klang nach gar nichts, sie überlegte hin und her, was sie noch zu ihm sagen könnte.

»Und gib acht auf den Zitronengarten!« Er nickte. Sie streckte ihre Hand aus, um ihn ein letztes Mal zu berühren.

»Und – vielleicht baue ich ja irgendwann mal das Bienenhaus …«

»Wer weiß, warum nicht?« Sie wünschte, er würde sie jetzt einfach an sich ziehen und nicht mehr loslassen, egal, was Nina davon halten würde. Er sah ihre Hand nicht, sondern beugte sich vor, nahm eine Strähne, die sich aus ihrem Haarknoten gelöst hatte, und legte sie behutsam hinter ihr rechtes Ohr. Sie konnte seinen Atem spüren, er roch süß nach einer Mischung aus Pfefferminz und Alkohol. Averna? Sie liebte Averna inzwischen.

Plötzlich keuchte in der Küche jemand lautstark, sie schauten sich an, eindeutige Geräusche, doch als sie durch die Tür schauten, war es nur Massimos schlaksiger Kollege Gian-Luca,

137

der sich bis auf die Unterhose ausgezogen hatte und auf dem blanken Boden Sit-ups machte. Nina beugte sich über ihn und tätschelte ihm wie einem braven Hund den muskulösen Bauch. Magdalena hörte das leichte Klatschen in ihren Ohren, und alle lachen.

»*No, no*, die lass mal schön an, Gian-Luca. Wie oft hast du ihn ziehen lassen, Mikki? Gian-Lucaaa, *nooo, ti prego!*«

Matteo zog seinen Kopf zurück. »Das schafft sie nicht alleine«, murmelte er und ging hinein, um Nina zu helfen, den nackten Gian-Luca zu bändigen.

»Ja sicher, da braucht sie dich …«, seufzte Magdalena und trank ihr Glas leer.

Als sie erwachte, schwappte eine zähflüssige Masse in ihrem schmerzenden Kopf, Pfirsichsaft mit Wodka und Weißwein war wirklich eine widerliche Kombination.

Sie drehte sich auf den Bauch und angelte schwerfällig nach der Wasserflasche, die halb unter das Bett gerollt war, setzte sie an den Mund und trank einen halben Liter von der abgestandenen Flüssigkeit. Hustend schnappte sie nach Luft, jetzt war ihr *richtig* schlecht. Wie es den anderen wohl ging? Sie waren noch weitergezogen, während sie sich auf Ninas Bett nur kurz ausruhen wollte und anscheinend bereits im Fallen eingeschlafen war. Irgendwann war sie aufgewacht, Nina hatte immer noch nicht neben ihr gelegen, sie erinnerte sich, sich ausgezogen zu haben, danach wieder tiefer, traumloser Schlaf. Durch die Fensterläden warf das Licht ein paar Streifen auf das Fußende. Wo waren Ninas lange Zehen mit den blau lackierten Fußnägeln, die sonst immer unter der Decke hervorlugten?

Hatte sie schon die Nase so dermaßen voll von ihr, dass sie nicht mal die letzte Nacht neben ihr schlafen wollte? Benommen setzte Magdalena sich auf und schaute auf die Uhr. Gleich zehn. Mist. In einer Stunde war sie mit Stefan in Portoferraio an der Fähre verabredet, um ihren Koffer in Empfang zu nehmen. Magdalena beschloss, sich zweimal hintereinander die Zähne zu putzen, er durfte auf keinen Fall ihre Alkoholfahne riechen. Mit ihren Sachen wollte sie schnell wieder zurück, sich duschen und die letzten Stunden noch gemeinsam mit Nina und den anderen verbringen. Magdalena stand auf und machte sich auf den Weg ins Badezimmer, unterwegs warf sie einen Blick in die Küche, noch niemand wach, alle Türen waren geschlossen. In Matteos Bett bemerkte sie außer ihm noch eine andere Person, diskret schaute sie weg, aber sie hatte sie schon erkannt. Es war Nina, die sich wie ein Schimpansenjunges in seine Arme kuschelte. Ihre Wange ruhte auf seinem Unterarm, sein anderer Arm lag um ihre Taille. Beide schienen zu schlafen. Doch im nächsten Moment bewegte Matteo sich, Magdalena hielt die Luft an, das Bett wackelte, unter der Matratze erzeugte eine Eisenspirale ein leises ›Plong!‹.

»Irgendwann bricht dieses Bett mal zusammen«, nuschelte Nina mit geschlossenen Augen. Matteo drückte sie an sich, »heut noch nicht«, murmelte er in ihr Haar und schlief weiter. Jeder hat eine Bestimmung in seinem Leben, jeder hat etwas, was er unbedingt tun muss. Matteo musste anscheinend unbedingt Nina im Arm halten. Er liebte sie, das war nicht zu übersehen. Magdalena spürte wieder einen ihrer albernen, eifersüchtigen Stiche im Brustkorb, huschte unbemerkt von den beiden ins Bad und setzte sich hinter der verriegelten Tür auf die Kante der Sitzbadewanne. Sie liebten sich, doch sie hatten auch etwas Ängstliches an sich, so wie sie sich dort draußen in der Küche aneinanderklammerten, als wären sie vor irgendetwas auf der Flucht. Nina rannte vor etwas davon, und Matteo half ihr dabei. Nina hatte Angstzustände, fühlte sich für irgendetwas schuldig und schlief nur mit Männern, die sie am nächsten Tag loswerden konnte. Doch nach außen hin gaben sie hier auf der Bühne des *POLO* die lustige Barfrau und den coolen Security-Mann, der allerdings mit einer Liebe zu Pflanzen … Magdalena stand auf, um sich die Zähne zu putzen. Sie würde keine Zeit mehr haben herauszufinden, was sie in Wirklichkeit waren.

13

*B*uon *viaggio!*« Mikki gab ihr einen weichen Kleine-Jungen-Schmatzer auf die Wange.

»Kiirtsch, auch von mir: gute Reise, schick uns eine Postkarte aus dem immer total verregneten Germania, in das ich bestimmt niemals freiwillig fahren werde!«, krächzte Evelina mit noch heisererer Stimme als sonst und küsste sie zweimal. »Obwohl, die Deutschen sollen ja auch gute Liebhaber sein, zack, zack, parat, ordentlich und gewissenhaft ...«

»*Basta*, Evelina!« Nina zuckte die Schultern. »Zwanzig nach fünf, ich glaube, wir sollten fahren!«

Magdalena verkniff sich die Tränen, die ganz unnötig in ihr aufsteigen wollten. Die vergangenen Stunden hatte sie im Zitronengarten verbracht, Abschied genommen von jedem Baum, Strauch, Pinienstamm, während Nina, den Kopf unter Matteos Kissen vergraben, in der Küche schlief und Matteo schon längst in Livorno Autos kaufte. Ihren Plan mit dem Koffer hatte sie aufgegeben, sie hatte Stefan eine SMS geschickt und ihre kostbare restliche Zeit auf Elba einfach so verstreichen lassen.

Am Fährhafen war nicht viel los, ein paar Autos suchten nach dem richtigen Anleger, die Möwen kreischten, und die Fahnen flatterten heftig im Wind. An der Mole von Toremar lagen zwei Fähren, deren hoch aufragende Wände mit gigantischen Comicfiguren bemalt waren, aber Magdalena war nicht zum Lachen zumute. Schon von Weitem erkannte sie in der Schlange der Autos den Treva-Bus mit seinem Doppeldeckeraufbau und dem blauen Schriftzug auf weißem Grund. Einige Leute standen um den Bus herum, das waren die, die auf Nummer sicher gingen und bereits vierzig Minuten vor der angekündigten Abfahrt wieder am Bus eintrafen. In jeder Gruppe gab es welche von ihnen, oft beschwerten sie sich am Ende der Reise, dass sie von den Städten nicht viel gesehen hätten.

Nina hielt vor der Zufahrt zur Einschiffung im absoluten Halteverbot, sie stiegen aus und hielten sich kurz umarmt.

»Komm«, sagte sie, »ich mag keine Abschiede, machen wir's kurz«, und streichelte Magdalenas Oberarm. Der Wind roch nach Diesel und Fisch. »Und bedankt hast du dich eh schon tausendmal!«

Magdalena nickte, nahm die Korbtasche, in die sie ihre wenigen Habseligkeiten gepackt hatte, und ging auf den Bus zu.

»Ich werde dich vermissen«, schrie Nina ihr nach, »wer wird jetzt Ordnung in mein Leben bringen? Meine Schuhe sortieren? Und meine Klamotten?!«

Schon blüht Nina wieder auf und wird zu der perfekten, einfühlsamen Trösterin, dachte Magdalena. Wenn alle um sie herum allerdings gut gelaunt und glücklich sind, bekommen ihr Lachen und ihre Lebendigkeit etwas Bemühtes. Woran liegt das? Nina lachte, schwang sich winkend ins Auto und fuhr davon. Wieder stiegen Tränen in Magdalenas Nase hoch und landeten direkt in ihren Augen, sie versuchte den Kloß im Hals wegzuräuspern, diese Art von Traurigkeit kannte sie noch gar nicht, sie war bisher immer gern wieder nach Hause und zurück zu Rudi gefahren.

Sie hasste plötzlich alles in ihrem bisherigen Leben, sie wollte da nicht wieder hinein, nicht wieder zurück. Wie ein kleines

Kind stampfte sie mit dem Fuß auf. Wie lange schon? Wie lange hasste sie ihr Leben schon? Machte ihr die Arbeit im Verlag denn keinen Spaß? Heute Morgen hatte sie sich doch noch auf ihren Schreibtisch gefreut, auf das Summen des Monitors, auf die Konzentration, die es erforderte, eine Karte zu erstellen, die jeder Laie verstehen konnte. Oder war es nur die Freude über die Gewissheit gewesen, bald wieder in einem überraschungslosen Alltag versinken zu können?

»Hallo«, Stefan kam auf sie zu und gab ihr förmlich die Hand, »du bist pünktlich. Schön!« Er lächelte. »War das die Frau, bei der du gewohnt hast?«

»Ja. Nina.«

Nina. Nina Nannini. Sie war weg. Aus welchen Gründen auch immer sie sich um sie gekümmert haben mochte, was sie erlebt hatte, warum sie so traurig war, das alles würde ihr ein großes Rätsel bleiben. Doch sie hatte beschlossen, Ninas seltsames Verhalten ganz schnell zu vergessen und nur an die Momente zu denken, in denen sie ihr eine Freundin gewesen war, die sie jetzt schon vermisste.

»Ist eigentlich inzwischen alles wieder in Ordnung mit dem Bein?«

»Ja.« An einem anderen Tag hätte sie vielleicht auf eine Entschuldigung für sein Wegfahren gewartet, doch heute waren ihre Gedanken ganz woanders.

»Gutes Wetter hattest du ja!«

»Ja. Stimmt.«

»Da ist Resi. Sie hat auch diese Fahrt übernommen. Fähige Frau!« Ja, wirklich, auf der Rückfahrt würde Magdalena sich bei ihr bedanken, sie hatten ja Zeit, eine Stunde auf der Fähre und dann noch mal eineinhalb Stunden bis nach Forte dei Marmi. Mit einer Handbewegung, in die sie etwas von Ninas Lebhaftigkeit zu legen versuchte, winkte Magdalena Resi zu und beobachtete sie. Beim Ein- und Aussteigen musste die Bord-Stewardess an der hinteren Tür bereitstehen und den älteren Leuten helfen. Also allen. Die Geschäftsleitung wollte das so. Resi konnte es perfekt, sie stützte hier einen Ellbogen, half dort jemandem mit einem kleinen Scherz die hohe Stufe hinauf und gab keinem das Gefühl, alt und klapprig zu sein.

Stefan folgte Magdalenas Blick und drückte ihre Hand.

»Also, es tut mir echt leid, was da neulich passiert ist, ich verstehe gar nicht, wie wir dich vergessen konnten.«

Sie schüttelte lächelnd den Kopf und wäre am liebsten weggelaufen.

»Noch zehn Minuten«, sagte er, »na, dann wollen wir mal langsam.« Er pfiff ein kleines Liedchen. »Brauchst du etwas aus deinem Koffer? Der ist hier drin.« Hinter der geöffneten Klappe, zwischen Getränkekisten und Kartons mit Kartoffelsuppendosen, erspähte Magdalena den kleinen blauen Koffer, den Opa Rudi ihr gepackt hatte.

»Nein, ich brauche nichts.« Aber dann rief sie: »Ach doch!«

»Also, was denn nun?« Er zog den Koffer hervor. »Bitte schön! Vorne ist übrigens etwas drin, von dem dein Großvater meinte, dass ich es dir unbedingt geben müsste.«

»Ja? Was denn?« Magdalena langte in die Seitentasche, ertastete einen Briefumschlag und eine längliche Schachtel und holte beides heraus. Fünf Kätzchen guckten vor einem gelben Hintergrund mit ernsten Mienen an ihr vorbei, eine alte, platt gedrückte Katzenzungenschachtel, *chocolat au lait*, zusammengehalten von einem Gummiband. Der Brief war vom Ditfurther Verlag. Hastig streifte sie das Gummiband ab und öffnete die Schachtel, ein dünnes graues Notizbuch lag obenauf, darunter Postkarten, Briefe und kleine Zettel. Sie drehte eine der Postkarten um, Heidi Kirsch, Beerenweg 16, 7800 Freiburg. Der Wind fuhr mit einer heftigen Bö zwischen die Papiere, um ein

Haar hätte er alles weggeweht. Schnell klappte Magdalena den Deckel wieder zu, am liebsten hätte sie sich auf die Stufen an der Bustür gesetzt, so schwach fühlte sie sich.

»Das schaue ich mir lieber auf der Fähre an«, sagte sie bemüht ruhig zu Stefan, aber in ihr schrie eine hysterische Stimme immer wieder dasselbe Wort: Heidi! Opa Rudi hat mir etwas von Heidi geschickt, er hat sich überwunden und Postkarten von ihr herausgesucht. Und nicht nur Postkarten! Sie öffnete die Schachtel wieder einen Spalt – Vorsicht, der Wind – und holte das Notizbuch hervor. Vielleicht hatte Heidi über ihre Zeit auf Elba geschrieben. Sie schlug das dünne Buch irgendwo auf:

Bin vom Campingplatz abgehauen, schlafe jetzt am Strand, Margo aus Holland hat mich mit in ihr Zelt genommen. Es liegt versteckt ganz am Ende von der Bucht, und sie hat alles da, was man braucht, echt gemütlich. Nur die Dusche fehlt, bin salzig und klebrig, wir haben es im Hotel Acquarius versucht, aber die haben uns entdeckt und rausgeschmissen.

Hotel *Acquarius*? Der Wind zerrte an ihren Kleidern, doch Magdalena bekam kaum noch Luft. Gab es in Procchio nicht ein Hotel mit diesem Namen? Natürlich, unten am Meer, gleich neben dem *Giramondo*. So wie das aussah, gab es das schon seit dreißig Jahren. Heidi hatte in Procchio am Strand übernachtet!

Abends gehen wir ins da Pippo, da kostet ein Teller carbonara nur 3500 Lire, und sie knöpfen uns auch nicht die 1000 Lire coperto ab, mittags holen wir uns eine Wassermelone vom Gemüsemann und essen, bis wir fast platzen.

Der Gemüsemann! Und ausgerechnet jetzt musste sie abreisen, aus dem hätte sie garantiert noch etwas herausbekommen können. Warum fuhr sie überhaupt weg, jetzt, wo sie Heidis Aufzeichnungen in den Händen hielt? Magdalenas Blick flog über die Häuser von Portoferraio, als ob die Antwort in den bunten Fassaden läge. Die Festung, in die Napoleon sich zurückgezogen hatte, lag schützend über der Stadt. Ihr Vater war hier, ganz in ihrer Nähe, sie konnte doch nicht einfach in diesen Bus steigen, sie musste bleiben, das Notizbuch lesen und ihn hier finden, wo er seit dreißig Jahren auf sie wartete. Es gab diesen Platz! Magdalena durchforstete ihr Gehirn immer hektischer, es musste doch eine Lösung geben. Mit mehr Zeit würde ihr gelingen, was sie in den wenigen Tagen nicht hatte schaffen können: Irgendwer würde etwas wissen, und ihre Wege würden sich schon bald mit denen ihres Vaters kreuzen, mit Olmo Spinetti oder einem seiner Freunde, einem dunkelhaarigen Mann mit strahlend weißen Wolfszähnen.

Die Fähre tutete dreimal schmerzhaft laut in Magdalenas Ohren, auch die versammelte Rentnergruppe zog simultan den Kopf ein. Sie schaute sich um, hier auf der betonierten Mole konnte sie den Inhalt der Katzenzungenschachtel auf keinen Fall sichten. Sie ließ die Schachtel und den Brief in den Korb gleiten und marschierte mit großen Schritten los.

Magdalena nutzte das Geschiebe der Passagiere auf den vielen engen Treppen, die aus dem Parkdeck zwischen braun verspiegelten Wänden hinaufführten, und bog in den untersten Salon auf Deck I ab. Hier war es leer, niemand würde sie finden. Alle drängten zunächst nach oben auf Deck, um noch einen Blick auf die Insel zu erhaschen. Magdalena ließ sich in der hintersten Sesselnische auf einen Platz fallen und schaute unweigerlich auf den flimmernden Bildschirm, der von der Decke hing. Zwischen den Streifen des Monitors konnte sie den Umriss von Elba erkennen, die Insel sah für sie immer wie ein Fisch aus, auf dessen großer ausgefranster Schwanzflosse Capoliveri und Porto Azzurro lagen. Zwei lachende Sonnen und ein paar Wolken verteilten sich darüber, 20 bis 25 Grad in den nächsten Tagen. Eilig streifte sie das Gummiband von der Katzenzungenschachtel, klappte sie auf und breitete Postkarten, Zettelchen und Briefe auf den Sesseln rechts und links von ihr aus. Drei Schwarz-Weiß-Fotos fielen aus einem Umschlag, ein dickes Baby an Heidis Brust, ein runder, haarloser Kopf. Das bin ich, dachte Magdalena, ganz anders als auf den Fotos, die ich sonst von mir kenne. aber das bin eindeutig ich. Heidi mit kürzeren Haaren, wie locker und sicher sie mich hält und wie stolz und zufrieden ihr Blick ist! Woher kommt dieser Wandel, warum schickt mir Opa Rudi jetzt doch noch diese Sachen von ihr? Magdalena schluckte die aufkommende Rührung hinunter. Wahrscheinlich war die kleine Schachtel nach Heidis Tod von einer Mitbewohnerin aus der Wohngemeinschaft zusammengepackt und dann von den Großeltern unter Verschluss gehalten worden. Aber warum bloß?

Magdalena nahm sich wieder das graue Notizbuch vor, sie durfte nichts übersehen. Die Innenseite des Umschlags hatte Heidi mit der akribischen Auflistung ihrer Ausgaben gefüllt. *Zugfahrt Verona - Genova /12500 Lire, Cappuccino /750 Lire, Campingplatz del Mulino /4000 Lire pro Nacht. Genova - Livorno /6000 Lire, Limit pro Tag: 8 Mark /8000 Lire*

So viel hatte sie sich also zugestanden, acht Mark, so wie heute vielleicht acht Euro. Das ist mager, dachte Magdalena. Und ohne *telefonino, bancomat,* Internet, kaum vorstellbar, wie man damals reiste.

Diese blöden Italiener! Habe eine Stunde an der Bushaltestelle gewartet, aber der Bus kam nicht, dann nahmen die beiden mich mit, jetzt haben sie sich auch noch verfahren, wären sonst schon längst da. Außerdem nervt der Regen und tötet alles in mir ab. Trampen ist anstrengend.

Sie war getrampt, das hatten die Großeltern ihr garantiert nicht

147

erlaubt. Aber wahrscheinlich hatte Heidi nicht um Erlaubnis gefragt, sie war ja schon zu Hause ausgezogen.

1. Juli – Wenn die nächste Telefonzelle auch wieder kaputt ist, gebe ich es auf, zu Hause anzurufen. Bin mal wieder im Zustand schmerzlicher Trauer. Obwohl ich wegwollte und mir alles in O. sofort wieder sehr einengend vorkam, tut es mir jetzt nach diesem Abend mit Nick fast leid. Aber ich musste alleine fahren. Glück haben, wenn man darauf angewiesen ist, kann schwierig werden. Ich muss besser Italienisch lernen!

Magdalena las die nächste Seite durch und grinste, endlich wusste sie, wo Heidi sich am 3. Juli vor einunddreißig Jahren aufgehalten hatte:

3. Juli – Campingplatz del Mulino, Finale Ligure.
Wenn man zu stark nach etwas sucht, wird man blind und findet es nicht.

»Danke für den Tipp, Heidi, das werde ich in Zukunft beherzigen«, murmelte sie.

4. Juli – Habe heute noch mit niemandem gesprochen, dafür rede ich ständig mit mir selbst.

Ach, kommt mir bekannt vor.

8. Juli – Hier bleibe ich nicht für die nächsten drei Wochen, das weiß ich genau, obwohl der Strand einigermaßen schön ist. Braun werden ist das einzige Ziel dieser Spießer hier. Rede immer noch nicht viel, werde nur manchmal auf meine Stiefel angesprochen, das Wildleder hat den Lack zum Teil aufgesogen und ist etwas hart geworden, aber sie leuchten immer noch goldig-golden. Ich gehe damit auch an den Strand. Ich liebe meine stivali, ich hätte Markus die Spraydose abluchsen sollen.

Meine Mutter ist anscheinend ziemlich schräg gewesen, sie hat ihre Wildlederstiefel mit goldfarbenem Lack besprüht und tagelang kaum gesprochen ...

Auf den folgenden Seiten hatte Heidi ein paar Sätze aufgeschrieben: *Lascia mi in pace!* Lass mich in Frieden! *Va te ne!* Hau ab! *preferire* – vorziehen, *probabilmente* – wahrscheinlich. Es hörte sich an, als ob sie schon ganz gut Italienisch sprach. Mit einem Mal war Magdalena stolz auf dieses Mädchen, das vor einunddreißig Jahren auf einem Campingplatz zwischen lauter Deutschen saß, ihre eigenen Schuhe bewunderte und nur mit sich selbst redete.

Eine Stunde auf die Fähre gewartet. Wenn Heidi nicht noch vorher auf Sardinien, Korsika oder Giglio war, musste es die nach Elba sein. Magdalena blätterte zurück und studierte noch einmal die Innenseite des Umschlags. Da stand es: *Genova-Livorno/6000 Lire,* von Livorno war sie dann irgendwie nach Piombino und nach Elba gekommen!

»Ach, hier bist du?!«

»Resi! Ich ... ich muss gerade noch etwas durchschauen«, Magdalena zeigte auf die ausgebreiteten Postkarten und Zettel.

»Komm doch lieber mit raus, noch einen letzten Blick auf Elba werfen! Wenn man den hässlichen Hochhausturm hinter sich hat, sieht man das Hafenbecken und die darum aufgereihten Häuser, die leuchten in Gelb, Orange und Rot und sind wunderschön! Du kannst noch ein paar Fotos machen.«

»Hab jetzt schon Heimweh danach!«

»Verstehe! Erzählst du mir auf der Fahrt, ja?«

»Ja. Bis gleich am Bus!«

Magdalena las weiter. Heidi schrieb von einem Campingplatz mit Namen »Unter den Oliven«, auf dem ab zehn Uhr abends strenge Nachtruhe herrschte, und von einer kleinen Straße zum Meer, von Aprikosenbäumen und Kirschen, die sie an dieser Straße heimlich pflückte. Dann kam die Begegnung mit Margo, die sie in der Nähe des Hotel *Acquarius* in ihr Zelt genommen hatte.

Margo hat einen roten Walkman mit schicken gelben Kopfhörern, sie sagt, sie verstehe das Gequatsche der Italiener mittlerweile so gut, jetzt könne sie es am Strand nicht mehr ertragen und höre deswegen immer ihre Musik. Manchmal leiht sie ihn mir, Bob Dylan ist schon okay, aber nicht den ganzen Tag. Vielleicht kaufe ich die letzte Kassette von Queen. Obwohl die hier echt teuer ist. Margo hat nur noch Neil Diamond dabei, und der ist auch schon alt und macht mich mit seiner Jaulerei ein bisschen aggressiv ...

Keine weiteren Einträge, ab hier waren die Seiten herausgerissen, vielleicht hatte Heidi auf Elba ein neues Tagebuch gekauft.

Magdalena griff nach dem Postkartenstapel und blätterte ihn durch. Heidi hatte offensichtlich viele Freunde gehabt, die sie alle total gern mochten. Sie seufzte. Noch nicht mal fünfzig wäre ihre Mutter heute, eigentlich gar nicht richtig alt.

Magdalena vermied es, aus dem Fenster zu schauen, und starrte stattdessen auf die Spitzen ihrer Schuhe. Ich habe sie viel zu früh verloren, und meinen Vater werde ich wahrscheinlich auch nie finden, obwohl ich so dicht dran war. Ihr Hals wurde eng, sie presste die Lippen zusammen. Die zwei Angestellten hinter der Bar starrten zu ihr herüber, was sahen sie wohl in ihr? Eine einsame Deutsche, ohne Mann, ohne Kinder, die kurz vorm Heulen stand. Obwohl, so deutsch sah sie gar nicht mehr aus, allein die resedagrünen Schuhe mit den fünf Zentimeter hohen Absätzen und den auffällig zulaufenden Spitzen waren ziemlich italienisch. Nina hatte sie ihr heute Nachmittag, kurz bevor sie fahren musste, geschenkt. Magdalena schniefte leise und betrachtete das ungewohnt bunte T-Shirt über ihrer Brust.

»Das T-Shirt kann ich einfach nicht mehr anziehen, es will unbedingt zu dir!«, hatte Nina gesagt. Also war auch die poppige Madonna mit den gefalteten Händen in ihren Besitz übergegangen. »Eine Maria Magdalena für Magdalena!«, hatte Nina gesungen. Sie schniefte noch ein wenig und öffnete dann gedankenverloren den Brief vom Verlag.

›Liebes Fräulein Kirsch!‹ Sie lächelte, Fräulein sagte heute keiner mehr, doch von ihm ließ sie es sich gefallen. Aber warum schrieb der alte Herr Ditfurther ihr auf seiner noch älteren Olympia-Schreibmaschine einen Brief? Sie überflog die Zeilen und hielt entsetzt die Luft an. Es war das eingetreten, was sie schon lange befürchtet hatte: Ein Wiener Kartografieverlag hatte den Ditfurther Betrieb aufgekauft, ›Mitarbeiterübernahme eventuell möglich, bis zur Klärung der Einzelheiten nehmen Sie bitte Ihren Jahresurlaub.‹ Magdalena war wie vor den Kopf geschlagen, ihre Arbeitsstelle war weg, kein Ditfurther Verlag mehr in Rheine, sondern Wien, das hörte sich nach einem kühl durchkalkulierten Schachzug von Lumpi an. Was sollte sie in Wien? ›... nehmen Sie bitte Ihren Jahresurlaub ...‹ Wahrscheinlich hatte der Chef den Brief mit Tränen in den Augen beendet.

Minutenlang starrte sie vor sich hin. Sollte sie jetzt hauptberuflich Bord-Stewardess werden? Vorausgesetzt, die Treva würde sie überhaupt noch nehmen. Könnte sie es ertragen, Elba je nach Laune und geschäftlichen Beziehungen der Reiseleiterin zu befahren? Erst Capoliveri, dann Porto Azzurro, ein Halt in einem Edelsteinladen, wo man auch Korallenschmuck kaufen konnte, Mittagessen in einem Lokal in Marina di Campo, dann noch schnell das Paolina-Inselchen, immer ein beliebtes Motiv, und der Rest, Portoferraio mit Besichtigung der Festung und Napoleon-Residenz – oder das Ganze andersherum?

Nein, völlig indiskutabel. Zuerst musste sie ihren Vater finden!

Magdalena schaute auf die Uhr, ihr blieben noch ungefähr zehn Minuten, dann musste sie von Bord und in den Bus einsteigen. Sie sah die soliden grünen Ledersessel des Bordbistros vor sich, auf denen sich ihre älteren Gäste gut gelaunt breitmachten, sie sah die kleinen Körbchen mit Zucker und Süßstofftütchen, die grässliche Kunststoffblume in der grässlichen Vase auf jedem Tisch, sie mochte nicht daran denken, und doch fielen ihr immer mehr Details ein. Der Geruch nach Sauerbraten aus der Dose, das ›Pling‹ der Mikrowelle, die Uniform, von der Resi nach fünf Tagen Toskanareise nur noch das schwarzrote Halstuch zu Jeans und T-Shirt trug. Warum machte ihr das auf einmal etwas aus, sie hatte den Job doch immer gerne gemacht?

Die Vibration des Motors veränderte sich, Magdalena raffte ihre Sachen zusammen, stand auf, griff sich ihren Korb und ging jetzt doch nach draußen, die hässlichen Fördertürme und Schornsteine von Piombino, die ganze verrußte, scheußliche Skyline passten vortrefflich zu ihrem Abschiedsschmerz. Der Wind wehte frisch und blies ihr die Haare aus dem Gesicht, langsam schob sich das riesige Schiff näher an die Mole, die Menschen drängten von Deck, um sich als Traube in den Fluren vor den Ausstiegstüren zu stauen. Magdalena blieb an der Reling stehen, sie wollte es so lange wie möglich hinauszögern, mit der Treva-Reisegruppe in Berührung zu kommen.

Ein kurzes Tuten, Taue wurden um gigantische Poller aus rostigem Eisen gelegt, sie hatten am Festland angedockt. Sie konnte es zwar nicht sehen, aber von der Hinfahrt wusste sie, dass sich jetzt die Klappe am Schiffsbug öffnete. Gleich würden die ersten Autos befreit aus dem Maul der Fähre fliehen, während die anderen, die hinüber nach Elba wollten, schon auf das Verschlucktwerden warteten.

Ich muss los, sonst warten die Gäste im Bus auf mich, und

was ist peinlicher, als vor einer versammelten Mannschaft Senioren zu spät zu kommen …

Als Allerletzte trat sie auf das Treppengerüst, das an die Außenwand der Fähre geschoben worden war, um den Passagieren in sechs Metern Höhe den Ausstieg zu ermöglichen. Der Pulk der Ankömmlinge strömte bereits unten am Boden den Bussen und Autos entgegen. Jetzt konnte Magdalena einen Blick auf die Autoschlangen und die Passagiere an Land werfen, die hinter den Absperrgittern anstanden.

»Ihr habt es gut, ihr dürft nach Elba zurück und ich nicht«, murmelte sie leise und fühlte sich plötzlich wie damals mit zwölf, als Opa Rudi sie nicht mit ins Trainingslager der Schwimmer gelassen hatte, nur weil sie gerade eine harmlose Magen-Darm-Grippe durchgemacht hatte. Zögernd blieb sie oben auf der Plattform stehen, einen Moment noch, einen letzten Moment noch, dann war die Zeit auf Elba wirklich vorbei. Neben einem der wartenden Autos entdeckte sie einen Mann mit schwarzem, leicht schütterem Haar. Komisch, dachte sie, der da sieht von oben aus wie Matteo, sonnengebräunt, breite Schultern, und er hat auch eine ähnliche Jacke an … das ist ja wirklich Matteo!

»Matteo!«, rief sie und winkte wild, aber er sah und hörte sie nicht, zu vertieft war er in das Gespräch mit dem Mann neben ihm, der an der Tür des Wagens lehnte, seinem Freund, der wahrscheinlich dieses Auto soeben gekauft hatte. Er sah nett aus, um einiges älter als Matteo, jetzt klopfte er ihm auf die Schulter und lachte mit zurückgelegtem Kopf. Seine geschlossenen Augen bildeten zwei hohe Bögen, und seine Eckzähne waren spitz, lang und weiß. Die Wolfszähne! Magdalena erschauerte unter einer Gänsehaut, ihr Nacken, ihr ganzes Rückgrat war wie elektrisiert. Da stand er! Gealtert zwar, mit grauen Strähnen im immer noch dunklen langen Haar, doch unverkennbar. Seine Augenfarbe? Die konnte sie von hier oben nicht erkennen. Matteooo!, wollte sie noch einmal rufen, doch ihre Stimme versagte. Geh zu ihm! Aber sie konnte sich nicht bewegen, ihre Beine verweigerten jeden Befehl. Magdalena spürte, wie die Finger ihrer Hand sich krampfhaft um das Geländer bogen. Warum sollte sie überhaupt runter vom Schiff? Bis sie unten am Kai war und sich durch die Gänge aus Absperrgittern zu den Autos durchgedrängelt hatte, waren sie vielleicht schon an Bord, und ohne Ticket würde man sie nicht so ohne Weiteres hinterhergehen lassen. »Aber Sie müssen mich durchlassen, der Mann da vorne im Auto ist mein Vater, ich habe ihn seit dreißig Jahren nicht gesehen!« Eine schöne Filmszene, aber vielleicht nicht glaubwürdig für die Männer mit den neongelben Westen, die die Fahrkarten kontrollierten. Ihre Füße schoben sich ein Stück weit zurück, und obwohl ihr Herzschlag in ihren Ohren dröhnte, hörte sie das Gitter wie eine gigantische Harfe unter ihren Absätzen scheppern, weiter zurück, noch ein Stückchen. Magdalenas Herz donnerte immer noch, sogar noch lauter als zehn Tage zuvor im Anblick des Napoleon-Wandbilds. Zu Recht, dachte sie, zu Recht. Diesmal ist es ernst!

14

Es war Matteo, der sie entdeckte.
»Magdalena! Schön, dass ich dich doch noch sehe. Aber was tust du hier, musst du nicht von Bord!? Wir legen gleich ab!« Mit einer kleinen Reisetasche in der Hand kam er als einer der Ersten die Stufen von den Parkplätzen herauf, doch Magdalena schaute nur kurz zu ihm und blickte dann wieder aufmerksam auf die anderen Passagiere. Wo war der Freund?

»Was ist mit dir los, was starrst du so? Hast du heimlich eine von Mikkis Kräuterzigaretten geraucht? Du wirkst so abwesend.«

»Nein, ja, ich habe ihn gesehen, neben dir, wo ist er, der Mann, mit dem du eben geredet hast, dein Freund?«

Er guckte sie an, als verstünde er plötzlich kein Deutsch mehr.

»Na, dein Freund! Der mit dem Auto!«

»Mein Freund? Der mit dem Auto?«

»Ach, Matteo, der Mann, mit dem du eben unten vor dem Einsteigen geredet hast, wer war das?«

»Ach, du meinst Giovanni! Dem gehört das *Tintorello*.«

»Aber hast du ihn dir denn nie richtig angeschaut!? Er sieht doch genauso aus wie der Mann auf dem Foto neben meiner Mutter, er *ist* der Mann auf dem Foto neben meiner Mutter, das hätte dir doch auffallen müssen!« Sie ließ ihre Augen immer noch suchend über die Passagiere gleiten.

»Bist du sicher, dass du keine Kräuter geraucht hast? Giovanni?!«

»Ja klar, wie alt ist er?«

»Vielleicht Ende vierzig? Keine Ahnung, habe ihn nie gefragt.«

»Na also, das passt doch. Wo ist er?«

»Keine Ahnung. Muss sich wohl von meiner Hand losgerissen haben.«

Magdalena starrte ihn wütend an. Keine Ahnung, keine Ahnung. Es war zum Verzweifeln. Kapierte er denn nicht, wie wichtig dieser Mann für sie war?

»Ich muss ihn finden! Er ist doch mit dir auf die Fähre gekommen.«

»Ja. Aber was ist mit dir? Du musst doch gehen!«

»Ich muss gehen? Warum?« Ihre Stimme klang patzig. Gut so. Sollte sie auch. Er wollte, dass sie verschwand, er war froh gewesen, sie endlich los zu sein, keine zweideutigen Situationen im Zitronengarten, keinen Ärger mit Nina mehr. Sie hatte seine Erleichterung mit ihrem Auftauchen schlagartig zunichtegemacht.

»Was ist mit dem Bus?« Magdalena zuckte zusammen, ach verdammt, der Bus! Ohne den Menschenstrom aus den Augen zu lassen, holte sie ihr Handy hervor und rief Stefan an.

»Ich komme nicht mit«, rief sie ins Telefon, »warte nicht auf mich, es ist etwas Wunderbares passiert: Ich habe meinen Vater gefunden!« Magdalena sah, wie Matteo neben ihr die Augen verdrehte, sie wartete Stefans Reaktion nicht ab, sondern beendete das Gespräch per Tastendruck. Matteo glaubte ihr nicht, und wenn schon, sie hatte nur eine Stunde, und die Fähre war riesig, wenn sie diesen Giovanni jetzt hier am Aufgang im Gedränge verpasste und sie ihn vor der Ankunft in Portoferraio erwischen wollte, musste sie sich beeilen.

156

»Was hast du jetzt vor?«

»Ich bleibe hier stehen, bis er vorbeikommt!«

Matteo schaute sie von der Seite her an. »Aha, du bleibst hier jetzt stehen. Du bist doch total neben den Schuhen, er ist gar nicht von Elba, er kommt aus den Abruzzen und hat das *Tintorello* erst seit zehn Jahren, wie kann er dein Vater sein? Ich glaube kaum …«

»Aber ausschließen kannst du es auch nicht, oder?«

»Nein, natürlich nicht«, gab Matteo zu. »Du fährst also wieder zurück nach Elba und bleibst?«

»Vielleicht?!« Magdalena beobachtete seinen Gesichtsausdruck, kam da Unbehagen auf, erschien die Falte zwischen seinen Augenbrauen, wie immer, wenn er sich ärgerte?

»Gut. Nina wird sich freuen.«

»Nina wird sich *nicht* freuen, das weiß ich auch! Ich werde sie nicht belästigen, und dich auch nicht, ich suche mir ein Hotel.«

Sie merkte, dass er an ihr herabschaute. »Das T-Shirt und die Schuhe …«

»Ja, die hat sie mir heute Nachmittag geschenkt.«

»Sag ich doch, sie mag dich, aber sie hat Angst.«

»Wovor?«

»Das kann ich dir nicht erzählen, weil ich versprochen habe, es für mich zu behalten.«

Magdalena stöhnte, unablässig scannten ihre Augen die heraufkommenden Menschen ab. »Ich finde ihn nicht mehr!«

»Vielleicht erscheint dir mein Verhalten seltsam, aber Nina hat nun mal Vorrecht in meinem Leben.«

»Um dich zu beruhigen: In *meinem* Leben hat mein Vater *Vorrecht*, wie du es nennst, okay?«

»Na gut, ich helfe dir suchen, aber überfall ihn nicht gleich, überlass das Reden lieber mir. Ich kenne ihn, er ist manchmal etwas emotional, um nicht zu sagen *esplosivo*.«

»Gut.« Magdalena nickte dankbar, sie würde vor Aufregung sowieso kein vernünftiges Wort herausbekommen.

Sie hatte sich nicht getäuscht. Als sie ihn endlich alleine an einem der runden Tische in der Nähe der Bar im *Salone Grande* auf Deck II entdeckten, fiel Magdalena in eine ehrfürchtige Erstarrung, die man als Trance bezeichnen konnte. Matteo schubste sie mit dem Ellbogen leicht vor sich her.

»Guten Tag musst du ihm schon sagen!«

»Ich trau mich nicht!«, wisperte sie. Eine Sekunde lang standen sie wie zwei verloren gegangene Kinder vor dem Tisch.

»Giovanni«, sagte Matteo, »ich will dich nicht stressen, aber vielleicht können wir uns bei Gelegenheit mal einen Augenblick in Ruhe unterhalten …«

»Äh, ja?« Der so Angesprochene schaute irritiert von seiner Zeitung auf, er schien Magdalena gar nicht zu bemerken.

»Weißt du, was, ich komme am besten in den nächsten Tagen mal zu dir ins *Tintorello.*«

»Okay«, sagte Giovanni gleichgültig und nickte Matteo zu.

Magdalena erwachte aus ihrem Traumzustand. Was sollte das denn, warum rückte Matteo nicht mit seinem Anliegen heraus? Wieso fragte er ihn nicht direkt, er hatte noch nicht einmal ihren Namen erwähnt. Sie befürchtete gleich zu platzen. »Ich bin deine Tochter, Heidis Tochter! Ihr habt euch gekannt und geliebt damals, neunzehnhundertneunundsiebzig, und dann ist sie schwanger geworden, und deswegen bin ich …«

Eine Frau mit zwei asiatisch aussehenden Kleinkindern hatte sich an den Tisch geschoben, sie schaute mit offen stehendem Mund zwischen Giovanni und Magdalena hin und her und sah dabei nicht besonders intelligent aus.

»… deine Tochter!« Magdalena nickte.

Wenn aus dem Jungen von dem Foto ein Mann geworden war, dann der, der hier vor ihr saß. Augenbrauen, Nase, alles …

In diesem Augenblick brach Giovanni in Gelächter aus, so schrill und verächtlich, dass alle Passagiere des Decks sich nach ihnen umwandten. Sein Mund war zu einem bitteren, rechteckigen Grinsen verzerrt, daraus drangen Laute, die Magdalena nicht verstand, weil Matteo sie schon am Arm mit sich zog.

15

Magdalena stieg die Stufen hoch, leise knackten die langen Nadeln der Pinien unter ihren spitzen grünen Schuhen, genau wie heute am Spätnachmittag, als sie das *POLO* mit Nina zusammen verlassen hatte. Es schien Jahre her zu sein. Jetzt waren ihre Schritte zögernder, ihr Blick auf die Agaven und die Rosmarinbüsche nicht mehr so selbstverständlich. Warum hatte Matteo überhaupt darauf bestanden, sie hier abzuliefern, bevor er seinen rothaarigen Freund nach Procchio brachte, um sie dann wieder im *POLO* abzuholen?

»Du wirst Nina sowieso irgendwann wiedersehen, warum nicht jetzt? Sie würde sich übergangen fühlen, nachdem sie dir so geholfen hat. Sie ist extra in solchen Dingen.«

Magdalena setzte sich auf die oberste Stufe, unter den Pinien war es schon fast dunkel, die Tanzfläche schimmerte wie ein zugefrorener See. ›Extra‹, das war ein seltsamer Ausdruck für die Wechselbäder von warmer Freundschaft und kalter Ablehnung, in die sie von Nina in den letzten Tagen getaucht worden war.

Der Bus war längst in Forte dei Marmi, was würde Stefan der Treva-Touristik über sie erzählen? Mit ihrem Verhalten auf der Fähre hatte sie bestimmt weitere Minuspunkte gesammelt. Und der Ditfurther Verlag? Wie viele Tage Urlaub hatte sie überhaupt noch? Wo würde sie jetzt wohnen? Und warum das alles? Weil sie ein unsensibler Klotz war, weil sie einem Gesicht hinterhergerannt war, einem Giovanni aus den Abruzzen. Matteos Versuch der Schadensbegrenzung war mehr als zaghaft gewesen, er war ärgerlich auf sie, sehr ärgerlich.

Nach einigen Minuten stand sie auf und machte sich daran, die letzten schmalen Stufen zur Wohnung hochzusteigen, dort drüben auf der Tanzfläche standen die zwei Tische, an denen sie gegessen hatten, ein paar heruntergebrannte Kerzen lagen neben den Windlichtern aus Glas, die von Nina jeden Abend erneuert wurden. Magdalena holte tief Luft und befahl ihrem Atem, sich zu beruhigen. Dann klopfte sie. Vielleicht ist auch keiner von ihnen da, hoffentlich ist keiner von ihnen da.

»*Avanti!*«

Ninas Stimme klang fröhlich, etwas in Magdalena sackte zusammen und wurde ganz weich vor Freude, sie öffnete die Tür. Das Erste, was ihr auffiel, war der Geruch. Noch bevor sie sie sah, war das Parfüm zu ihr hinübergewabert. Zu viel Vanille, Moschus, Zuckerwatte, zu viel von allem, doch nicht in der Lage, den Schweißgeruch zu überdecken, der von dem dicken Mädchen, das auf dem Küchenstuhl hing und ihr seine nackten Füße entgegenstreckte, ausging.

»Tach.« Sie grinste sie verschwörerisch an. »Auch Deutsche? Ick bin Natascha, kannst mich Tascha nennen.« Magdalena wollte sie weder so noch sonst wie nennen, sie wollte umkehren, jetzt sofort, denn sie meinte in Ninas Augen exakt den Blick erkannt zu haben, den sie befürchtet hatte: Was will *die* denn wieder hier?

Schnell schaute sie auf Nataschas Handrücken, auf dem sich ein Speckpolster wölbte, anstelle ihrer Knöchel sah man kleine Grübchen in der prallen Haut. Natascha griff damit nach einem Stück Brot, das neben einem großen Teller mit Schinkenscheiben, Oliven und Käse auf dem Tisch lag, und seufzte.

»Weißte, wat ick jetzt gerne hätte?« Das dicke Mädchen

wartete ihre Antwort nicht ab. »'ne echte Scheibe Schwarzbrot. Und 'n Solei. Hab ick immer welche von zu Hause stehen. So'n großes Glas, stellt mir mein Dad immer hin. Echt lecker.« Magdalena nickte, ihr war ganz flau.

»Magdalena! Was ist passiert?!« Die Besorgnis in Ninas Stimme hörte sich echt an. Magdalena zuckte mit den Achseln: »Ich bin in Piombino nicht ausgestiegen, sondern mit der Fähre einfach wieder zurückgefahren.«

Kannst-mich-Tascha-nennen blickte zwischen ihr und Nina hin und her: »Bist wohl auch so abgebrannt wie ich? Habe da ein kleines Problemchen, bin schon drei Wochen hier und total fertig.«

Für etwas zu essen hatte es aber anscheinend noch gereicht. Verstohlen musterte Magdalena Taschas dicke Brüste, ihre fetten Oberarme und die strohigen blonden Haare auf ihrem Kopf.

»Geh doch erst mal duschen«, schlug Nina vor, »ich hab dir ein Handtuch hingelegt.« Tascha erhob sich, schlüpfte geziert in ihre ausgetretenen Lackpumps und trollte sich ins Bad, als ob es das Normalste der Welt wäre.

»Als ich vom Hafen zurückfuhr, stand sie an der Straße und trampte«, raunte Nina Magdalena zu, »ich wollte sie nur ein kurzes Stück mitnehmen, aber sie hat überhaupt kein Geld mehr und weiß nicht, wohin. Heute kann ich sie auf keinen Fall wieder wegschicken.«

Will Nina dieses Wesen etwa in ihrem Bett schlafen lassen!? Sie ist dreckig und ungepflegt, dachte Magdalena und schämte sich sofort für ihre egoistischen, üblen Gedanken. Na ja, dreckig warst du auch, erinnere dich! Was hat Matteo Nina zugemurmelt, als er deine 57 Kilo die Treppe hochschleppte? Sie erinnerte sich nicht mehr genau, irgendetwas von einer Pflanze, die sie pflegen könne. Nina holt sich dauernd Leute ins Haus, die ihre Hilfe brauchen, kaum bin ich weg, setzt sie sich die fette Tascha in die Küche.

»Was wird Matteo dazu sagen?«

»Was wird er schon sagen? Nichts. Bei dir hat er ja auch nichts gesagt!« Stimmt, und trotzdem finde ich es blöd, dass du dich sofort wieder um jemand anderen kümmern musst, wollte Magdalena am liebsten sagen. Aber das würde sich mehr als kleinlich und eifersüchtig anhören.

»Erzähl! Was war los?«, unterbrach Nina ihre Gedanken.

»Ich wollte gerade runter von der Fähre, da habe ich meinen Vater drüben in Piombino einsteigen sehen, also ich dachte wenigstens, er wäre es.« Magdalena spürte auf einmal den fehlenden Schlaf der letzten Nacht in den Beinen. Sie setzte sich, stützte die Ellenbogen auf die Tischplatte und verbarg ihr Gesicht in den Händen. Sie hörte Nina am Herd hantieren. »Und da fährst du ganz spontan wieder mit rüber, das finde ich – na ja, mutig.« Es klang, als ob sie etwas anderes hätte sagen wollen.

Magdalena hob den Kopf: »Was ist daran mutig? Es war dumm und peinlich, denn er war es natürlich nicht. Es war ein gewisser Gianni, dem das *Tirello* oder so gehört, der hat sich zunächst kaputtgelacht und mich dann ziemlich beschimpft.«

»Doch nicht etwa Giovanni! Vom *Tintorello!*? Und den hast du gefragt? *Oh Dio!!* Der ist unfruchtbar, das weiß halb Elba.«

»Halb Elba vielleicht, aber Matteo wusste es nicht.«

»Matteo?«

»Der stand mit ihm zusammen an der Fähre.«

Nina sog zischend Luft durch die Zähne ein. »Oje. Da hast du Giovanni gefragt, ob er dich mit deiner Mutter gezeugt hat ...«

»Noch schlimmer, ich habe es sogar behauptet! Ich bin deine Tochter, habe ich zu ihm gesagt, ich Idiotin!«

»Da hast du, ohne es zu wissen, ordentlich in einer Wunde herumgebohrt!«

Magdalena betrachtete ihre Schuhe und nickte. Es war, als wäre sie mit diesen spitzen Absätzen darin herumgewatet, in einer Wunde, die nach Unfruchtbarkeit und ungewollter Kinderlosigkeit roch. Sein gequältes Lachen, die schräg geschnittenen, glänzenden Augen seiner Adoptivkinder und den entsetzten Blick seiner Frau würde sie nie vergessen.

»Es war megapeinlich! Aber ich werde weitersuchen!«

Jetzt frage ich mich allerdings schon wieder, wie ich mir das vorgestellt habe … Sie spürte, wie die Enttäuschung sich immer weiter in ihre Magenwände fraß. Die Küche war besetzt, Mikkis Zimmer, Evelinas Zimmer, Ninas Bett – alles war besetzt, hier war kein Platz mehr für sie, das hatte sie schon bei ihrer Abreise deutlich empfunden.

»Also, ich gehe dann mal, ich suche mir ein Hotel.« Magdalena nahm ihren Korb, ging zur Tür und zählte die Sekunden. Einundzwanzig, zweiundzwanzig – Nina stand in ihrem Rücken, nichts, sie rief sie nicht zurück. Dreiundzwanzig. Magdalena wollte heulen. Sie wollte etwas kaputt machen. Warum war sie nicht mit Stefan mitgefahren? Opa Rudolf wartete zu Hause mit seinem Eintopf auf sie, ihr Zimmer, die schöne ruhige Küche im Hausmeisterhäuschen, das war die Sicherheit, die sie brauchte, alles andere war Unsinn. Keine drei Stunden waren vergangen, doch schon hatte Nina mit ihr abgeschlossen. Kaum am Hafen abgesetzt, hatte sie sie sofort vergessen und fünf Minuten später in der dicken Tascha bereits ein neues erbarmungswürdiges Geschöpf gefunden, das sie aufpäppeln musste.

Soll ich tatsächlich weitersuchen? Ist das wirklich die Lösung, plötzlich alles umzuschmeißen, nur um hinter den falschen Gesichtern herzulaufen, nur um jemanden zu finden, dem ich bis jetzt ziemlich egal gewesen bin, der gar nichts von meiner Existenz mitbekommen hat? Das unbeteiligte Schulterzucken der Leute, denen sie das Foto gezeigt hatten, fiel ihr wieder ein. Sie hatte die ganze Insel mit Fotokopien des mittlerweile arg verknickten Fotos und Ninas Handynummer gepflastert, und es war nichts passiert. Sie hatte überhaupt keine Chance. Und was ist mit dem Gemüsemann und Olmo Spinetti, die gibt es ja auch noch! Magdalena stieß einen verächtlichen Lacher aus. Ein greiser Gemüsemann und der Besitzer eines geschlossenen Restaurants schafften es immer noch, sie mit Hoffnung zu erfüllen.

»Warte mal – Magdalena, Magdalena!«

Magdalena stellte den Korb ab und drehte sich um, sie wollte Nina umarmen, verschränkte aber nur die Arme vor der Brust.

»Das Wichtigste für dich ist es, ihn zu finden, oder?« Draußen, hinter Ninas Kopf, sah sie den schwarzen Hosenanzug auf der Wäscheleine, den sie heute Mittag ausgewaschen hatte, seine weiten Arme und Beine wiegten sich sanft in der Dämmerung. Eine leere Hülle, in der sie für eine Nacht gesteckt hatte, in der sie fast unbeachtet von den anderen dennoch ein Teil ihrer Gemeinschaft gewesen war. Unbeachtet? Matteo hatte sie beachtet, seine Sätze draußen auf der Terrasse fielen ihr wieder ein: Jeder hat eine Bestimmung in seinem Leben, jeder hat etwas, was er unbedingt tun muss. Ihre Bestimmung war es, ihren Vater zu finden.

»Mein Leben mit Rudi in unserem alten Schulhaus fühlte sich immer unvollständig an. Und seitdem ich weiß, dass die Antwort auf alle Fragen hier auf Elba liegt, werde ich weiter nach meinem Vater forschen.«

Nina hob die Hände und machte ein ernstes Gesicht, während sie sich in der Küche umschaute: »Finde ich gut, dass du hierbleibst und weitersuchst, ich würde dir ja gerne … aber es ist einfach kein Platz mehr. Oder … wir könnten natürlich das

Sofa von der Terrasse hier hereinschieben ...« Es klang nicht sonderlich euphorisch.

»Nein, ich gehe in ein Hotel, ich komme schon klar, wirklich, danke!« Ihre Stimme hatte während des letzten Satzes zum Glück fast gar nicht gezittert. Magdalena drehte sich wieder um und hatte die Türklinke schon in der Hand, als sie von draußen eilige Schritte die Treppe heraufkommen hörte und gerade noch beiseitespringen konnte, bevor Evelina die Tür aufstieß.

»*Ciao*, Kirtsch!« Sie brachte sogar den Ansatz eines Lächelns zustande, bevor sie türenknallend in ihrem Zimmer verschwand. Nina und Magdalena sahen sich an und fingen an zu lachen.

»Sie hat dich ins Herz geschlossen«, sagte Nina, »Kirtsch ist nun wohl ihr Spitzname für dich!«

Evelina riss ihre Tür wieder auf: »*Ouuh*, Kirtsch!«, rief sie, wie zur Bestätigung. »Ich habe Matteo in Procchio getroffen, weil ich ihm heute Morgen mein Auto geliehen habe, egal, auf jeden Fall steht er jetzt unten auf der Straße und wartet auf dich, warum auch immer! Erinnere ihn bitte noch mal, dass er tanken muss!«

»*Grazie*, Evelina! *Iooo ... äh, dico a lui ...*«

»*Glielo dico*, ich sage es ihm«, half Nina. Richtig, so musste es heißen, das war diese schwierige Form, bei der sie sich immer die Zunge unter dem Gaumen verrenkte, wenn sie ihr denn überhaupt einfiel. In diesem Augenblick öffnete sich die Badezimmertür, und Tascha trat heraus. »Ick hab hier mal 'n Problemchen, da kommt Wasser oben ausm Klo.« Nina rollte mit den Augen, ohne dass Tascha es sehen konnte.

»Solche Fehler muss man vermeiden«, sagte sie, und Magdalena ahnte, dass Nina damit nicht ihr Sprachproblem meinte. »*Ciao, ciao*, Matteo wird dir mit einem Hotel helfen.« Mit diesen Worten lief sie ins Bad, einem neuen Problemchen entgegen.

Magdalena nahm ihren Korb, schloss leise die Haustür hinter sich und ging die Stufen hinunter. Sie fühlte sich müde wie nach 3000 anstrengenden Schwimmmetern. Die Abendluft erschien ihr weicher als vorher, sie duftete nach den Blüten der Zitronenbäume. Was sollte der Trübsinn? Sie war am Leben, ihr Bein tat nicht mehr weh, Nina war immer noch nett zu ihr und Matteo offenbar nicht allzu sauer. Sie hatte Fotos und ein Tagebuch von ihrer Mutter und genug Geld, um sich ein Hotelzimmer zu mieten. Kurz war Magdalena versucht, einen kleinen Umweg in den Zitronengarten zu machen, aber sie wollte Matteo unten auf der Straße nicht warten lassen. Sie nahm die Korbtasche von der rechten in die linke Hand, immer noch nicht mehr Gepäck. Der kleine, von Opa Rudi gepackte Koffer befand sich in zwei Tagen schon wieder auf der Heimreise. Sie merkte, dass sie vor sich hin summte. Dieser Giovanni war also nicht ihr Vater. Irgendwie war sie froh, dass er es nicht war, sie würde einen anderen, besseren, passenderen Vater finden. Es schien auf einmal, als könnte nichts mehr schiefgehen. War sie bereits total durchgedreht? Freute sie sich vielleicht auch noch an der Tatsache, keine Arbeit in Deutschland mehr zu haben und keinen Platz in Ninas Bett? Seltsam, es machte ihr nichts aus. Sie forschte tiefer in sich, während sie die Treppe hinunterstieg. Nichts, keine Angst kam auf. Jetzt musste sie Rudi nur noch ihre Abwesenheit während der nächsten zwei Wochen erklären, keine Ahnung, wie sie das anstellen wollte, aber hatte er ihr nicht die Katzenzungenschachtel geschickt? Also würde es ihr auch gelingen. Die Gewissheit hüllte sie ein wie der Duft der Zitronenblüten. Wenn ich mir doch immer so sicher sein könnte, dachte sie und sprang zwei Stufen auf einmal hinab.

16

Das fehlende Stück Putz an der Decke sah aus wie Australien auf einer Weltkarte, Maßstab 1:30 000 000. Natürlich konnte sie hier nicht wohnen bleiben, 60 Euro pro Nacht für diese Bruchbude war eine Frechheit. Magdalena drehte sich auf die Seite. Wenn das so weiterginge, bräuchte sie in den nächsten Tagen kein Hotel mehr, eine Parkbank würde es auch tun und wäre zudem billiger, da sie sowieso nicht schlafen konnte.

»Zu teuer«, hatte Matteo gebrummelt, als er sie vor einigen Stunden vor dem Hotel *Acquarius* absetzte.

»Aber aus diesem Hotel ist immerhin meine Mutter hinausgeworfen worden, weil sie sich zum Duschen hier einschleichen wollte!«

»Und was hast du davon?«

»Nichts. Trotzdem finde ich die Vorstellung schön, nur wenige Meter von dem Platz entfernt zu schlafen, an dem sie vor einunddreißig Jahren in einem kleinen Zelt ein paar Nächte verbracht hat.«

Sie hatte ihm das graue Notizheft gezeigt.

»Beeindruckend.«

»Danke fürs Bringen!«

Die Autotür hatte sie heftiger als nötig zugeschlagen. Idiot.

Das Zimmer war klein, es roch ranzig, und die Laken auf dem Doppelbett sahen ungewaschen aus. Magdalena hatte den gesamten Inhalt der Schachtel auf der anderen Hälfte des Bettes ausgebreitet, die Fotos mithilfe des zweiten Kopfkissens wie ein dreigeteiltes Altarbild aufgestellt und jede Postkarte, jeden Brief, jedes Zettelchen mehrfach durchgelesen. Sie war erschöpft. Wie gern würde sie Nina jetzt davon erzählen. Wie herrlich war es gewesen, in Ninas Bett zu liegen, das Gemurmel aus dem winzigen Fernseher und das Töpfegeklapper aus der Küche zu hören oder Mikkis schlurfende Schritte von Ninas energischem Stakkatotakt zu unterscheiden. Magdalena seufzte, Nina war anderweitig beschäftigt, außer ihr selbst war niemand da, den sie für ihre Entscheidung verantwortlich machen konnte. Bei Opa Rudi hatte sie noch eine kleine Schonzeit, er erwartete sie erst in zwei Tagen mit dem Bus zurück. Erneut drehte sie sich herum, wieder blieb ihr Blick auf Australien an der Decke hängen. Ditfurther macht dicht, in ein paar Tagen bin ich eine arbeitslose Kartografin. Also hat der pessimistische Karsten Brömstrup doch recht behalten: Ein kleiner Verlag in Rheine, das ist doch kein sicherer Arbeitsplatz, hat er immer gesagt. Karsten Brömstrup! Der Name blinkte vor ihren Augen auf. Karsten Brömstrup, ihr größter Fan, der pingeligste, freundlichste Geologe vom Geologischen Dienst in Münster. Sie kannte ihn von der Ausbildung, in der er, der angehende Geologe, und sie, die angehende Kartografin, gemeinsam ein Projekt bearbeitet hatten. »Die Kartierung/Vermessung von Hangrutschungen am Ostauerländer Hauptsattel«, eine pfriemelige Angelegenheit, die durch seinen wispernden Ton und seine Unterwürfigkeit nicht unbedingt einfacher wurde. Er bekniete Magdalena, sich beim Geologischen Dienst in Münster zu bewerben, in irgendeinem Aktenordner waren ihre Unterlagen dort wahrscheinlich sogar noch abgeheftet, aber es hatte nicht geklappt, und sie war nicht traurig darum gewesen. Karsten schickte ihr heute noch jede interne Stellenausschreibung, um sie in seine

Nähe zu lotsen. Er ist so verdammt verknallt in mich, er ist so verliebt, dass er wie ein Hündchen hinter mir herrennt, ich dagegen renne vor ihm weg und Florian hinterher, der wiederum irgendeiner anderen hinterherrennt, jedoch nicht Sandra, seiner Freundin. Wir durchziehen die Landschaft wie eine Mannschaft von Läufern, die ein Objekt begehren, das vor ihnen flieht, und wir sind nicht die Einzigen. Magdalena stieß die Luft aus. Die ganze Welt schien in Bewegung zu sein, jeder rannte. Egal, Karsten Brömstrup würde sie retten können, gleich morgen früh würde sie ihm eine Mail schreiben und Opa Rudi auch.

Am nächsten Morgen stand Magdalena schon um sieben Uhr am Strand, mit einem Schuh in jeder Hand durchquerte sie die menschenleere Bucht von Procchio, blieb ab und zu stehen, wanderte dann weiter. Sie würde länger bleiben, den ganzen Juni über. Ihr Bauch summte zufrieden vor sich hin, es war richtig, hier zu sein, in diesem Licht, dieser Luft, auf dieser Insel. Procchio war richtig, Nina und Matteo in der Nähe waren richtig, Zeit zu haben war richtig und der erzwungene Urlaub überhaupt das Beste, was ihr passieren konnte. Froh, dass ihr Kopf sich nicht schon längst wieder zu Wort gemeldet hatte, ging sie weiter. Nach einigen Minuten begann sie ganz nebenbei die Dinge festzulegen, die zu tun waren. Erstens: einen Motorroller leihen, um beweglich zu sein. Zweitens: neue Klamotten kaufen, um sich für einen Job bewerben zu können. Drittens: ein günstiges Zimmer mieten. Viertens und am wichtigsten: die Menschen finden, die damals Heidi und ihren Vater kannten. Sie liefen hier in der Nähe herum, sie spürte es.

Was für ein Wochentag war heute? Sonntag. Die Bretterbude des Rollerverleihs am Rande des Parkplatzes war noch verrammelt, würde aber später sicher für die Touristen öffnen. Magdalena schaute auf die bunten Bilder der angebotenen Fahrzeuge. Sie rechnete. Einen Roller für mehrere Wochen zu mieten, war viel teurer, als sie angenommen hatte. Ihr gesamter Verdienst bei der Treva würde dafür draufgehen. Schade, am liebsten hätte sie einen in Hellblau, wie der auf dem Foto vor ihr. Langsam überquerte Magdalena den Parkplatz, verscheuchte noch schnell einen unschönen Gedanken an ihr Konto ohne Gehaltszugang an jedem fünften des Monats und betrat eine Bar. Zwei Leute ließen gleichzeitig ihre Espressotässchen auf die Untertassen scheppern, riefen: »*Ciao, ciao, Wal-ter*«, wobei sie die Silben trennten, als ob der Name aus zwei Wörtern bestünde, und drängten sich an ihr vorbei. Es duftete köstlich nach frischen *cornetti*, die von einer zierlichen Frau Mitte fünfzig gerade auf einem Tablett hinter die Theke getragen wurde. »*Un cappuccino, per favore!*«, bestellte sie bei dem so benannten Wal-ter, der bleich, groß und lächelnd neben der Kaffeemaschine stand. »Hauseigene Produktion« stand auf dem ovalen Schild hinter der Theke, »seit 1963«. Vielleicht hatte ihre Mutter nach einer sandigen Nacht im Zelt an dieser Stelle ihren Cappuccino getrunken, zusammen mit Margo, der Holländerin. Ein Zettel neben der Eistheke erregte Magdalenas Aufmerksamkeit: ›Servicekraft mit Erfahrung ab sofort für den Abend gesucht. Am Tresen fragen!‹ Sie atmete tief ein, wenn sie sich traute, jetzt gleich zu fragen, würde sie den Job bekommen! Also dann, wie sagte man denn, ich möchte Ihre Servicekraft werden? Oder sollte sie nicht doch lieber später zurückkommen? Was für einen Eindruck machte wohl das weiße Tunika-Outfit, das sie heute Morgen noch mal übergestreift hatte? Man würde sie mit der schlabbrigen Hose bestenfalls in einer Yogaschule anstellen. Hatte sie Erfahrung? Natürlich. Sie war fähig, Kartoffelsuppe in der Mikrowelle warm zu machen, Wurstbrötchen hygienisch einwandfrei mit Radieschenröschen zu verzieren und quengelige Rentner mit Käsekuchen und Kaffee glücklich zu machen. War das etwa nichts? Doch. Schon. Aber ... Aber nicht heute fragen, bitte, ein anderes Mal! Wenn ich gute Klamotten anhabe. Wenn ich ausgeschlafener bin. Wenn ich besser aussehe. Wenn ... »Scusi«, fragte sie im nächsten Moment auf Italienisch, »ist der Job noch zu haben?« Sie hatte es getan! Die kleine Frau lächelte sie an, ihre Zähne standen beträchtlich vor.

»*Prego?*« Sie hat mich nicht verstanden, na bitte, ich bin völlig ungeeignet.

»*Il lavoro in servizio, sí! Tedesca?!*« Ja, *tedesca*, es schien die kleine Frau zu freuen, sie nahm Magdalena am Arm und führte sie in den kleinen Innenhof, in dem eine Passionsblume rankte und Hunderte von blauen Blüten an der Wand verteilt hatte.

»Zehn Tische, plus fünf auf der Straße«, sagte sie und sah Magdalena erwartungsvoll von unten an. Magdalena versuchte, in ihre Augen und nicht auf ihre Zähne zu schauen.

»Schaffen Sie das?«

»*Sí!*« Magdalena erklärte ihr auf Italienisch, dass sie bis jetzt in einem fahrenden Autobus serviert hätte, zur Veranschaulichung schwankte sie ein wenig mit einem erdachten Tablett in der Hand. Nein, nein, die Frau winkte ab, hier ist alles fest, sie stampfte mit den winzigen Hauspuschen, die sie an den Füßen trug, auf den Boden.

»Wir brauchen Sie ab Samstag nächster Woche, den 2. Juni. Sie fangen um halb neun abends an, bis ... nun ja, so lange, wie es eben dauert. Wollen Sie es probieren? *D'accordo?*« Magdalena nickte und nickte immer weiter, auch noch, als sie »sechshundert Euro im Monat« hörte.

»*Chiamami* Sara!«, bot die kleine Frau ihr an und schüttelte Magdalenas Hand, »und das da hinter der Bar ist mein Mann Walter«, sie machte eine vage Handbewegung nach drinnen,

172

dann eilte sie mit schlappenden Sohlen vor Magdalena durch den Innenhof, um ihr das *laboratorio* zu zeigen. Eismaschinen, Knetmaschinen, zwei gigantische brummende Öfen, aus denen es herrlich nach Gebackenem roch, und gestapelte Mehlsäcke, dazwischen zwei Bäckerjungs, die sie ein warmes Törtchen und zwei Kekse mit Mandeln von großen Backblechen probieren ließen. Die Kekse zerschmolzen wie warmer Zucker in ihrem Mund. Ich werde aufgehen wie ein Hefekloß, wenn ich es wagen sollte, pro Tag mehr als einen davon zu essen.

»Das sind Gigi und Tonio, sie wohnen mit noch zwei anderen Bäckern in der Wohnung, die wir gemietet haben. Da ist aber leider kein Platz mehr.« Sara zuckte bedauernd mit den Schultern.

»Kein Problem«, antwortete Magdalena in flüssigem Italienisch, »ich finde schon etwas! Bis nächsten Samstag dann!« Sie verabschiedete sich von Sara per Handschlag, nickte Walter hinter der Theke zu und verließ die Bar. In ihr lachte es laut vor Glück und Erstaunen, es hatte keine fünf Minuten gedauert, und sie hatte einen Job, mitten in Procchio. Sie verdiente etwas Geld und konnte ohne Hektik mit ihren Nachforschungen beginnen.

Magdalena ging in die *Bar La Pinta*, setzte sich auf den wackligen Hocker vor das schmale Brett an der Wand und loggte sich auf dem angejahrten Laptop ein, der darauf stand. Während sie auf die Verbindung wartete, bestellte sie bei dem hübschen Mädchen hinter der Bar einen Eistee. Eine neue Mail von Rudi. Was hatte er diesmal geschrieben, wieder etwas von mangelndem Teamgeist?

Ihr Großvater hatte mit seinen neunundsechzig Jahren keine Scheu vor Computern und dem Internet, er surfte täglich herum, abonnierte jeden Newsletter, der ihm halbwegs interessant erschien, kontrollierte mehrmals täglich seinen Posteingang und ärgerte sich über Junkmail. Ihre Nachrichten wurden von ihm ordentlich in das Postfach MAGDALENA abgelegt, das sie ihm, seitdem sie mit dem Bus unterwegs war, eingerichtet hatte.

Mein Enkelkind!
Der einzige ernst zu nehmende Gegner in den letzten Jahren war das Erinnern für mich, ich habe diesen Widersacher über mehrere Runden auf Distanz halten können, doch alles, was mit diesem Land, in dem Du Dich gerade aufhältst, zusammenhängt, schwächt mein Gleichgewicht. Ich schicke Dir etwas, was Dir helfen könnte. Mehr möchte ich dazu nicht sagen. Tu, was Du tun musst, aber achte auf Deine Deckung. Die Menschen in diesem Landstrich denken anders als wir. Komm gesund zurück! Dein alter Großvater

Magdalena riss die Augen auf und plinkerte einige Male, um das verdächtig viele Wasser in ihren Augen zum Verdunsten zu bringen. Die Menschen in diesem Landstrich … er war noch nie in Italien gewesen.

Lieber Rudi,
ich hoffe, meine Nachricht wird Dich nicht noch mehr aus dem Gleichgewicht bringen, doch ich werde noch zwei, drei Wochen hierbleiben.
Danke für das, was Du mir geschickt hast, es hilft mir sehr!
Deine Magdalena

Sie zog die Stirn in Falten. Zwei, drei Wochen – warum nicht vier? Sie schonte ihn immer noch. Dann kam Karsten Brömstrup an die Reihe. Mit zwei kreisenden Zeigefingern suchte sie die Buchstaben auf der italienischen Tastatur

Lieber Karsten, ich habe in letzter Zeit oft an Dich gedacht.

Nein, sie löschte die erste Zeile, das war zwar nicht gelogen, aber nur aus Berechnung wollte sie seine Hoffnungen nicht unnötig schüren. Andererseits war es ein Notfall, und sie brauchte ihn und seine Beziehungen.

Lieber Karsten, wie geht es Dir?

Ein wunderbar langweiliger erster Satz, wie der ganze Karsten selbst, er würde sich freuen. In wenigen Zeilen beschrieb sie ihren Wunsch nach beruflicher Veränderung und drückte auf Senden. Wenn jemand etwas für sie tun konnte, war er es.

In den nächsten zwei Tagen saß sie lange in der *Bar La Pinta* und durchstöberte am Laptop die Elba-Seiten nach Unterkünften. Vier Wochen kosteten jetzt im Juni schon eine Menge Geld. Viel zu viel Geld. *Residence, Appartamenti, Camere, Bed & Breakfast,* ihr schwirrte der Kopf von den Offerten, die man ihr machte, und dem vielen Cappuccino, den sie bei Giovanna trank. Sie nannte Giovanna heimlich ›die Heilige‹, so entspannt und vollkommen war ihr Lächeln, so dunkelbraun glänzend fielen ihr die langen Haare wie aus einem Guss über den Rücken.

Magdalena schaute sich einige Zimmer in Procchio und der Siedlung Campo all'Aia, nahe am Meer, an. Doch die billigsten Angebote lagen immer noch über 1000 Euro für vier Wochen, zu viel für eine arbeitslose Kartografin. Karsten hatte sich noch nicht gemeldet, war seine Leidenschaft für sie etwa gerade in dem Moment erloschen, wo sie ihn so dringend brauchte?

Mit dem Bus fuhr sie nach La Pila und besichtigte auch dort Zimmer. Ohne Erfolg. Viele wunderschöne Zimmer, sehr einfache Zimmer, Mini-Appartements mit Kochnischen, Balkonen und winzigen Duschzellen, aber nichts Bezahlbares. Nach einigen Versuchen wurde sie mutiger, sie klingelte penetrant, wenn niemand öffnete, ging in Höfe, legte die Hände neben ihre Schläfen und spähte in Fenster hinein, stellte Fragen nach Bettwäsche und Kaution und versuchte, den Preis herunterzuhandeln.

Sie zog weitere Kreise, fuhr am dritten Tag bis nach Marina di Campo. Auch dort begegnete sie an jeder Ecke ihren Farbkopien. Nina hatte ihr versprochen, sich sofort zu melden, wenn sie Olmo Spinetti erreicht oder sonstige Neuigkeiten hätte, doch ihr Telefon blieb still.

Magdalena kam am *Aberio* vorbei, hier hatte sie mit der Treva-Gruppe zu Mittag gegessen. Es schien ihr Jahre her. Eingeschlossen in ihren sicheren Reisebus, beladen mit zahlreichen Reiseführern, hatte sie tatsächlich geglaubt, die Insel schon zu kennen. Dabei wusste sie noch nicht einmal, wo man billig wohnen konnte.

Sie entdeckte eine Straße, an der sich prächtige Villen hinter großen, mächtigen Kiefern versteckten. An den weiß gestrichenen Toren wurde vor Hunden gewarnt, doch kein Hund erschien, als sie sehnsüchtig durch die Gitterstäbe schaute. Überall waren die Fensterläden geschlossen. Was für eine Verschwendung, alles stand leer.

Die Männer, denen sie begegnete, unterzog sie einer schnellen Kontrolle: wie alt? Italiener? Kam er infrage? Sie lernte Gesichter abzuschätzen und in der Beschaffenheit der Haut zu lesen. Zwischen fünfundvierzig und fünfzig wurden die Konturen entweder faltig oder schwammig, auch Männer bekamen Krähenfüße und müde Augen, etwas in ihren Gesichtern wurde weicher, undefinierter, die Haut der Wangen und die unter dem Kinn schlaffer. Sie wurden alt. Zweimal holte sie sogar das Foto hervor. Nein, sie erkannten sich nicht, und ihre Mutter Heidi auch nicht.

Als Magdalena am vierten Morgen erwachte, konnte sie ihre selbst gewählte Einsamkeit kaum mehr aushalten. Schon wieder war eine Nacht vergangen, die sie weitere sechzig Euro kostete, abgesehen von ein paar unnachgiebigen Zimmervermieterinnen hatte sie mit niemandem geredet. Wie gern würde sie jetzt Evelinas heiserem Schwatzen zuhören.

Nach einem stummen Hotelfrühstück wanderte sie die Via del Mare hoch und rief vor der *Bar La Pinta* das erste Mal Nina an.

»*Ciao*, Magdalena«, Nina klang atemlos, »du, ich hätte mich gemeldet, aber es hat noch niemand wieder angerufen.«

»Ich habe einen Job gefunden, in der *Bar Elba*!«

»Super! Glückwunsch. Das ging ja schnell. Hinter der Bar?«

»Nein, als Bedienung.«

»Perfekt. Was hast du ihnen gesagt, wie lange du bleibst?«

»Nichts? Für immer? Keine Ahnung … Ich glaube, sie haben mich gar nicht gefragt.«

Nina lachte. »Und wo wohnst du?«

»Na ja, *alloggio* konnten sie mir leider nicht geben.«

Sie hörte, wie Nina die Luft durch die Zähne zog.

»Also, das ist schlecht …«

»Ich weiß, das ist total schlecht. Ich bin den ganzen Tag unterwegs und schaue mir Zimmer an, aber die sind alle so furchtbar teuer.« Magdalena presste die Lippen aufeinander, wie ärgerlich, sie hätte Nina gern von einem hübschen Zimmer mit Balkon, schmiedeeisernem Bett mit Glöckchen dran und Flickenteppich auf dem Holzboden berichtet.

»Wenn das so weitergeht, werde ich in der *Bar Elba* absagen müssen oder mich nach einer anderen Arbeit mit Logis umschauen … oder gleich nach Hause fliegen.«

»Sag mal, läufst du eigentlich immer noch in denselben Sachen herum, die ich dir mitgebracht habe, oder hast du dir mal etwas Neues gekauft?«

»Ja, nein … also, ich wollte, bin aber noch nicht dazu gekommen.« Es klang deprimiert. Sie *war* deprimiert.

»Wir müssen uns treffen, ich kenne da einen tollen Laden in
Marina di Campo, da bekomme ich Prozente. Und mach dir
keine Sorgen, wir finden schon ein Zimmer für dich!«

Magdalena betrachtete die Fensterfassade des Restaurants
Alla mezza Fortuna gegenüber. Die Tür stand offen, sie konnte sogar von hier aus ein Stück des Wandgemäldes sehen. *Ciao, ciao,*
Bonaparte, grüßte sie hinüber und schloss die Augen, als ein
warmer Wind ihr über das Gesicht fuhr. Nina war wieder bei
ihr, sie hatte »wir« gesagt.

17

Wann hast du mich am *Acquarius* abgesetzt? Vor nicht einmal einer Woche, oder? Und jetzt habe ich einen Job, einen Motorroller und – *eccolo*, auch noch das da!« Magdalena lachte ihn an und wollte ihm am liebsten vor Stolz einen Rippenstoß versetzen, doch Matteo würdigte sie keines Blickes.

»Das kannst du nicht ernst meinen«, brummte er, rüttelte an der Wandverkleidung herum und hielt ihr triumphierend einen Quadratmeter beschichtete Pappe entgegen.

»Hier, alles verschimmelt, gesund ist das nicht!«

»Das ist doch nur außen«, wehrte sie ab, »mach das Ding bitte nicht kaputt!« Das ›Ding‹, das aussah wie ein stellenweise gepelltes türkisblaues Ei, war ihr neues Zuhause! Sie schaute über das wogende Schilfrohr, das den kleinen Wohnwagen meterhoch von hinten umschloss.

»Das kriege ich schon hin, hier ist es doch herrlich, da stört mich keiner!« Sogar ein Ruderboot hatte sie. Vielleicht würde sie es demnächst mit Matteos Hilfe umdrehen und ein Sonnensegel darüberspannen, schon hätte sie einen angenehmen Schattenplatz. Denn Schatten gab es hier nicht. Auf den Wiesen, die an ihr Grundstück grenzten, standen vereinzelt ein paar struppige Büsche, aber kein einziger Baum. Der Schweizer Ull, ein Freund von Matteo, besaß eine Segelschule in Procchio und hatte sich nach längerem Überlegen bereit erklärt, ihr den

179

Roulotte zu vermieten, der zwischen Procchio und La Pila mitten in der *macchia*, also mitten im Nichts stand.

»Bist du sicher?«, murmelte Matteo, der seinen Kopf kurz in den Wohnwagen steckte und sofort wieder zurückzog. »So eine schiefe Dose, und dann auch noch für dreihundert Euro im Monat, *sei di fuori*! Ull-der-Schweizer ist auch verrückt, Ull-der-Geizer werde ich ihn ab heute nennen.« Er knackte mit den Gelenken seiner Hand, ballte sie mehrfach zu einer Faust und zeigte dann anklagend auf das Klohäuschen. »Und da hat's keine Tür drin. Komm wieder mit!« Er klang sehr ernst, schnell schaute sie auf ihre Zehenspitzen, um sein empörtes Gesicht nicht sehen zu müssen.

»Ja, aber wohin denn? Für den Preis! Ich habe nichts anderes gefunden, und ich habe wirklich alles abgesucht, glaub mir!« Wie angenehm, mal wieder deutsche Wörter zu benutzen und sich so gewählt, albern oder nachlässig ausdrücken zu können, wie es ihr gerade in den Sinn kam.

»Ich weiß, die Elbaner vermieten in den Sommermonaten noch den letzten Kleiderschrank für viel Geld, aber dann lass dir wenigstens helfen!«

Magdalena schüttelte den Kopf. Sobald sie ihr Okay gab, würde er mit seinen kräftigen Händen die Polster heraus auf die Wiese werfen und auch die Innenverkleidung abreißen, um ihr zu beweisen, dass es auch dahinter schimmelte.

»Wenn alles fertig ist, lade ich dich ein!«

Matteo stieß mit dem Fuß an die auf dem Boden liegende Pappverkleidung und stupste sie ein wenig vor sich her. Er will nicht gehen, dachte Magdalena, was tue ich nur mit ihm? Über die Fortschritte der Vatersuche reden? Über Nina? Schlechte Themen. Sie ging über die Wiese zu ihrem Roller und streichelte über den hellgrauen Sattel, auf dem ihr neuer Eierschalenhelm lag.

»Ich bin ganz verliebt in ihn!« Matteo schaute auf und nickte, als er sah, dass sie den Roller meinte.

»Dass Kaufen billiger ist als Mieten, hätte ich nie gedacht.«

»Habe ich dir doch gesagt. Natürlich musst du tanken und die Versicherung zahlen, aber du wirst ihn in einem Monat um dasselbe wieder los.«

»Danke, dass du ihn für mich gefunden hast! Die Farbe ist das Schönste.«

Matteo seufzte theatralisch: »Zweiunddreißig PS, drei Gänge, nicht mal sechs Jahre alt, keine Beulen und einen super Preis habe ich für die Signorina ausgehandelt, aber für sie ist die Farbe das Schönste, *Madonna*!«

Magdalena grinste, das altmodische Fünfzigerjahre-Hellgrün war einfach wunderschön.

»Gib's zu, du hast auch den *Roulotte* nur gemietet, weil du das *Azzurro*-Blau so magst!«

Er kannte sie schon besser, als sie gedacht hätte. Es stimmte, das verwaschene Türkisblau, das sich auch in den Polstern und der Innenverkleidung des schäbigen Wohnwagens wiederfand, war der Hauptgrund gewesen, warum sie sich überhaupt hatte vorstellen können, in dem Ei zu wohnen.

»Aber auch deswegen!«

Magdalena ging an ihm vorbei und zupfte von einem üppig blühenden Lavendelbusch, der unter dem Boot hervorwuchs, ein paar Blätter ab und zerrieb sie zwischen den Fingerspitzen.

»Das riecht so köstlich nach Süden!« Sie zog den Duft durch die Nase, bis er unter ihrer Schädeldecke angekommen war. »Aber es erinnert mich auch an etwas anderes …«

Matteo setzte sich auf die Stufen innerhalb des Türrahmens und versuchte, seinen Kopf im Schatten zu halten, während er Magdalena ansah. Sie leerte das Putzzeug aus dem Eimer, den sie mitgebracht hatte, drehte ihn um und hockte sich darauf.

»Ich habe als kleines Mädchen angefangen, Gerüche zu sammeln, ich hatte schon damals eine umfangreiche Sammlung: mein Schulranzen von innen, meine Schreibtischschublade mit den Klebstofftuben, Buntstiften und den Stummeln von Wachsmalkreiden. Der Schulflur bei Regenwetter – mein Opa war da Hausmeister –, der Schulflur an einem heißen Sommertag. Und der Dachboden der Schule mit der Turmuhr.«

»Ach? Wie roch *der* denn?« Matteo war ganz ernst geblieben. Es schien ihn wirklich zu interessieren.

»Glaswolle, Staub, Mörtelbrocken und alte Landkarten.«

»Aha, Glaswolle, die riecht! Überhaupt – eine Geruchssammlung! Und immer diese Farben ... Du bist ein sehr, ein komisches Mädchen!«

»Ich bin kein sehr, kein komisches Mädchen, ich bin dreißig!«, widersprach Magdalena und fuhr fort: »Ein Highlight der Sammlung ist der Kleiderschrank von meiner Oma Witta, ganz unten. Sie ist schon lange tot, und irgendwann haben wir ihre Kleider weggegeben, aber es riecht dort immer noch wie früher nach ihrem Lavendelwasser. Und diesen Duft kann ich überall heraufbeschwören.«

Matteo nickte und stand auf: »Komm mit hoch ins *POLO*, bis wir etwas anderes für dich finden, da gibt es haufenweise Lavendel. Und die Zitronenbäume riechen übrigens auch.«

»Soll ich mich etwa zwischen Tascha, Nina und dem Köter ins Bett quetschen?«Matteo hatte Magdalena auf der Fahrt erzählt, dass die dicke Berlinerin zunächst gegangen, dann aber wieder bei ihnen aufgetaucht war, mit großem Appetit und einem noch größeren Hund im Schlepptau.

»Weißt du, wie sie ihn genannt hat?«, fragte er jetzt. »Flipper! Ein Riesenviech, Mischling, irgendwas von einer Dogge hat's da sicher mit drin, und wie nennt ihn die Verrückte? Flipper! Jetzt kauft Nina also auch noch Hundefutter!«

»Lenk nicht ab, ich bleibe hier.«

»Das lasse ich nicht zu, sei vernünftig!«

»Das sagt der Richtige!« Magdalena merkte plötzlich, dass sie ihn verletzen wollte.

»Was soll das heißen?«

»Ist es etwa vernünftig, auf die Eröffnung eines Nachtclubs zu warten, der sowieso nicht aufgemacht wird, nicht zu arbeiten, sondern den ganzen Tag da oben rumzuhängen und zu fegen?«

»Du hast keine Ahnung von dem, was ich tue und was ich nicht tue, Magdalena!«

»So? Was tust du denn? Klär mich doch auf!« Was für ein blöder Streit ist das denn?, dachte sie. Warum bin ich so gemein zu ihm?

»Wie du weißt, kümmere ich mich um eine gewisse Person.«

Seine selbstgerechte Miene nervt, manchmal kann er richtig nett sein, doch wenn es um Nina geht, ist er wieder so unnahbar.

»Warum musst du dich immer *kümmern*, Matteo? Um mich musst du dich jedenfalls nicht kümmern!« Matteos breite Schultern krümmten sich nach vorn, er starrte auf das trockene Gras unter seinen Füßen.

»Ich kann einfach nicht anders. Wenn du mir auch das vorhalten musst, dann …«

»Lass mich doch auf die Schnauze fallen, lass Nina doch auf die Schnauze fallen!« So sprach Opa Rudi mit seinen Boxern, wenn er wütend auf sie war.

»Wenn du meinst, Magdalena, wenn du meinst!«

»Das ist dein Spruch für Nina, denk dir für mich bitte etwas anderes aus, ja?!«

Magdalena sah seinem Auto nach, das in einer Staubwolke verschwand. Allein stand sie vor dem Wohnwagen, um sie herum die Dinge, die Matteo für sie transportiert hatte: Plastiktüten mit Bettwäsche, jede Menge nützlicher Kram, wie zwei Taschenlampen, Batterien, Schere, Schnur und ein scharfes Messer, ein Sechserpack Wasser, Tee, Brot, Kekse, Nutella, eine Reisetasche mit ihren neuen Anziehsachen und der umgedrehte Eimer mit dem im Gras verstreuten Putzzeug. Warum hatte sie ihn so angegiftet? Matteo hatte sie schließlich gefahren, Matteo hatte mit ihr das ganze Zeug hier eingekauft, nicht Nina, die hatte ja nach ihrem gemeinsamen Kleiderkauf keine Zeit mehr für sie gehabt, noch nicht mal mehr für eine Antwort per SMS oder einen Rückruf reichte es! Sie wollte doch einen Termin bei ihrem tollen Friseur für sie vereinbaren, zum Sonderpreis. Das ist wieder typisch für sie, dachte Magdalena wütend, kaum geht es mir gut, weil wir wunderbare Sachen zum Anziehen für mich gefunden haben, macht Nina einen Rückzieher. Und Matteo dackelt dauernd hinter ihr her. Magdalena griff eine Flasche mit Glasreiniger und schmetterte sie an die Wand des Wohnwagens. Batsch! Nicht kaputtgegangen. Noch einmal. Als sie das Ding mit voller Kraft zum dritten Mal warf, platzte es endlich mit einem breiten Riss auf und hinterließ einen großen Fleck an der Außenwand. Magdalena schluchzte, schleuderte die leere Flasche ins Schilf hinter dem Wohnwagen und setzte sich in die offene Tür auf die oberste der beiden Stufen, wie Matteo es vor ein paar Minuten getan hatte. Diese Anfälle waren furchtbar, immer zerstörte sie dabei etwas, was sie eigentlich dringend brauchte oder besonders gernhatte. Den dunkelblauen Angorapullover, den hatte sie vor ein paar Wochen zerschnitten, weil Florian ein ganzes Wochenende nicht angerufen hatte. Klamotten, Gläser, Fotos, sogar einmal ein Buch, dabei liebte sie Bücher. Sie war nicht ganz dicht! Magdalena stützte ihr Gesicht in die Hände. Der Wind rauschte im Schilf, und die Sonne brannte immer heißer herab. Wenn sie heute Abend im Wohnwagen schlafen wollte, sollte sie mit dem Putzen beginnen. Magdalena stand auf und nahm sich den Eimer, um Wasser aus dem grob gemauerten, unverputzten Häuschen zu holen, das ungefähr sieben Meter entfernt vom Wohnwagen stand. Es gab eine Dusche und eine Toilette, doch Matteo hatte recht, die Tür fehlte, man konnte von ihrem Klo in die Wildnis über Wiesen und Ländereien schauen, wie romantisch. Der Abfluss der Dusche war von Blättern und Schmutz verstopft, die Toilette stank. Ohne zu zögern, kippte sie einen halben Liter Chlorreiniger hinein und schrubbte mit der Bürste bis zum Ellenbogen darin herum.

Magdalena putzte und kämpfte dabei gegen Spinnen, Käfer, Tausendfüßler und Kellerasseln, die ihr an den unmöglichsten Stellen im Wohnwagen entgegenkamen und keinen Willen zeigten, ihr das jahrelang bewohnte Heim kampflos zu überlassen. Bei Einbruch der Dämmerung stellte sie in einem Topf Wasser zum Kochen auf den Herd und blickte erschöpft über ihr neues Zuhause. Bläuliche Schatten legten sich auf alles, ließen die Farben verschwinden und die Umrisse verschwimmen. Auf der einen Seite des Wagens gab es zwei Bänke mit einem kleinen Tisch dazwischen, ein schmaler Kleiderschrank quetschte sich neben die Tür, unter dem breiten Fenster an der Stirnseite befand sich eine Polsterbank, auf der sie schlafen würde. Sie goss das Wasser in eine Tasse und hängte einen Teebeutel hinein, gab einen Löffel Zucker dazu, dann setzte sie sich mit der Tasse auf ihren Stammplatz in der Tür und schaute den Fledermäusen zu, die am dunkelblauen Himmel ein Wettfliegen veranstalteten. Es war so still um sie herum. Nur ab und zu hörte sie entferntes Hundegeheul und ein Rascheln unter dem Wohnwagen. Wahrscheinlich eine Maus. Ihr fehlte das Schlagen der Turmuhr. Die Stille wurde immer dichter, bis sie in ihren Ohren dröhnte, Magdalena erhob sich und schloss die Tür von innen ab, sie zündete die beiden Gaslampen an, setzte sich an den Tisch und hörte dem Zischen zu. Sie langte nach dem Nutella-Glas neben sich und suchte nach einem Löffel. Mehrere Male grub sie den Löffel ins Glas und ließ ihn dann in ihren Mund wandern, bis sie von der schokoladigen Masse genug hatte. Danach drehte sie die Lampen unter den angekokelten Stoffschirmen wieder aus und legte sich auf das nach Ammoniak riechende Polster unter die dünne Decke. Sofort wurde die Luft stickig, und Mücken stürzten sich auf sie, surrten in ihren Ohren und saugten sich mit ihrem Blut voll. Magdalena nahm die Taschenlampe und ging auf die Jagd, aber die verdammten Viecher waren unsichtbar, sie konnte kein einziges von ihnen entdecken. Sie sprühte sich mit dem kleinen Rest Antimückenspray ein, der noch in der Flasche war, und legte sich wieder hin. Diese Geruchsmischung würde keinen Eintrag ins Buch der Erinnerungen bekommen. Du wirst dich an das Ei gewöhnen, beschwichtigte sie sich, das wird noch ganz prima hier. Erst gefällt es dir irgendwo nicht, und nachher willst du gar nicht wieder weg, das ist bei dir doch immer so. Sie wurde ruhiger, lauschte ihrem Atem, doch dann ging es wieder los mit dem Gesumme, und sie zog das Laken über ihr Gesicht. Stunden später war sie immer noch wach. Es war inzwischen kalt geworden, sie stand auf, zog sich den neuen Pullover an, zu dem Nina ihr geraten hatte, und kroch erneut unter die Decke. Bibbernd schlang sie die Arme um sich. Selbst die rauschenden Wasserleitungen im Hotel, die Fernsehstimmen aus den Zimmern rechts und links von ihrem und der quietschende Fahrstuhl gleich neben ihrer Tür fehlten ihr jetzt.

Verschwitzt und mit verquollenen Augen erwachte Magdalena, die Sonne brannte auf das Dach der Wohnwagenbüchse und ließ es knacken und ächzen. Sie nahm sich ein Handtuch und floh nach draußen in den einzigen Schatten, den leider nur das Duschhäuschen bot, aus dem Klo nebenan stank es immer noch.

»Du hattest recht, Matteo, bist du jetzt zufrieden?«, rief Magdalena und hopste unter der eisigen Dusche auf und ab. Holla, war das kalt! Warmes Wasser gab es hier wegen des fehlenden Stroms nicht. Sie rubbelte sich trocken und kratzte einen ihrer zahlreichen Mückenstiche blutig.

In das Handtuch gewickelt, ging sie zum Ruderboot und verdrehte den Kopf, um den Namen lesen zu können, der am Bug stand. »Fiordiligi«. Der Name einer Figur aus »Cosi fan tutte«, ein bisschen viel für einen kleinen Holzkahn. Oma Witta hatte die Opern von Mozart geliebt, ihre Schallplatten standen immer noch im Wohnzimmerschrank, obwohl der Plattenspieler längst kaputt war. Warum trugen Boote eigentlich immer weibliche Namen? Magdalena löste mit spitzen Fingern einige halb abgeplatzte Farbstücke von Fiordiligis ehemals karmesinrot gestrichenem Rumpf. Obwohl sie sich jetzt frisch und wach fühlte, hatte sie heute Morgen überhaupt keine Lust weiterzuputzen. Sie ließ das letzte Stück Rot zu den anderen unter das Boot fallen. Das Gras war nass, ihre nackten Füße kalt, aus dem Wohnwagen hörte sie das Handy klimpern. Eine neue Nachricht.

Wenn das wieder irgend so ein Babylein-Gesülze von Florian ist, flippe ich aus, dachte Magdalena, dann rufe ich ihn an. Nein, ich rufe ihn erst an und flippe währenddessen aus.

Als sie in den Wohnwagen kam, schrie sie leise auf. Das Nutella-Glas wurde von Tausenden winzigen Ameisen belagert, anscheinend hatte sie es gestern Abend nicht fest genug verschlossen. In einer betriebsamen Karawane kamen sie von irgendwo aus der Wandverkleidung über den Boden das Tischbein hinaufgewandert, bereit, sich in den Schokoladensumpf zu stürzen. Am unteren Rand des Deckels wimmelte es schwarz. Magdalena packte das Glas, schleuderte es durch die Türöffnung auf die Wiese und versuchte, die Ameisen mit dem Handfeger hinauszubefördern, ohne sie dabei zu töten. Ein paar blieben zusammengerollt auf der Strecke, der Rest marschierte weiterhin unbeirrt in den Wohnwagen ein. O, verdammt! Magdalena schmiss auch den Handfeger auf die Wiese, griff nach dem Handy und setzte sich auf die Stufen. Die Nachricht kam von Nina, die auch aus der Ferne zu spüren schien, wann es ihr schlecht ging:

»Habe Termin bei Holger für Dich ausgemacht, treffen uns um 12.00 Uhr vor der *Bar La Pinta*.«

»*Oh! Si! 'olger!*« Sogar Evelina war begeistert gewesen. Er war ja so begabt, so lustig, so schwul und gewissenhaft deutsch, er würde Magdalena bestimmt eine richtige Frisur verpassen können.

Noch zwei Stunden.

Mit dem Roller holperte Magdalena dreihundert Meter über den steinigen Feldweg durch die Ödnis, bog an der geteerten kleinen Straße nach rechts und hielt sich an der Hauptstraße links, Richtung La Pila. Sie brauchte keine Karte, ihr Orientierungssinn war ausgezeichnet, und sie liebte es, einfach draufloszufahren, in die kleinen Ortschaften, in denen sie mit Nina vor zwei Wochen die Farbkopien aufgehängt hatte.

Auf nach San Piero, dort kann ich einen Cappuccino trinken, und ein *cornetto* mit Marmeladenfüllung wird es um diese Uhrzeit dort oben auch noch geben. Das Städtchen lag nordwestlich von Marina di Campo im Inselinneren, in 226 Meter Höhe, eine Zahl, die sie sich beim Betrachten der Karte gemerkt hatte und die seitdem in ihrem Gehirn wie auf einem Computerstick gespeichert war. Sie fuhr an Zypressenreihen vorbei, unter den ausladenden Kronen von Schirmpinien entlang und spielte »Höhenlinien sehen«. Während ihrer Ausbildung hatte sie damit angefangen, es war nicht leicht, aber nun, da sie es konnte, genoss sie das Gefühl für das Gelände, die Formen und die Steigungen. Eine Wandergruppe kam ihr mit Schnürschuhen und Rucksäcken entgegen und versperrte die Abzweigung nach San Piero. Magdalena fuhr vorsichtig an ihnen vorbei. Auch Sant'Ilario, auf 193 Höhenmetern, war ein hübsches Örtchen, auch dort gab es eine Bar, in der man einen guten Cappuccino bekam, sie war mit Nina dort gewesen.

Nach dem Frühstück fuhr sie die Straße ein Stück zurück und noch höher hinauf bis zu den Ausläufern des Monte Perone, dann wieder durch Pinien- und Kastanienwälder an Poggio vorbei und hinunter nach Marciana Marina. Napoleon hatte die Esskastaniensetzlinge von seiner Heimatinsel Korsika herbringen lassen, so stand es in jedem Reiseführer. Unter den Bäumen war es kühl, Magdalena fröstelte und beeilte sich, wieder in die Sonne zu kommen. Ohne Gas zu geben ließ sie den Roller laufen, und nachdem sie sich für die Küstenstraße nach Procchio richtig viel Zeit gelassen hatte, kam sie pünktlich zu dem Treffpunkt vor der *Bar La Pinta* an.

»Wie lebt es sich denn so im Wohnwagen?«

»Gut!«

»Gut?« Nina sah sie an wie ein kleines Kind, das sie bei einer entzückend dummen Lüge erwischt hatte.

»Da vorne ist es gleich, er hat seinen Salon ganz nahe bei deiner alten Heimat«, sagte sie und deutete die Via del Mare hinunter, an deren Ende das Hotel *Acquarius* lag. »Meine alte Heimat ist doch oben bei euch!«, antwortete Magdalena. »Wie läuft es denn, macht ihr nun bald auf?«

»Frag lieber nicht, Evelina dreht schon durch, und ich überlege ernsthaft, wen wir bestechen könnten, um nicht die gesetzlichen Auflagen erfüllen zu müssen.«

Sie bogen in einen engen Weg zwischen den Häusern ein und erreichten einen von Hauswänden umstellten Vorplatz. Der Eingang zu Holgers Laden lag in einem runden Sonnenfleck, weiße Gazevorhänge wischten träge über den Boden, als sie durch die offen stehende Glastür den einzigen Raum betraten. Ein großes Dachfenster nahm die ganze Decke ein, sie sahen den blauen Himmel und zwei wacklige Trockenhauben, die sich dekorativ von den fensterlosen Wänden zu ihnen hinabbeugten. Ein noch älterer Friseurstuhl stand mitten im Raum. Niemand war zu sehen, nur ein großer Spiegel mit verschnörkelten Goldrahmen lehnte an der Wand, ihm gegenüber stand ein altes, geschwungenes Sofa in Altrosa.

Man hörte gedämpftes Wasserrauschen, dann kam jemand mit elastischen Schritten hinter dem Vorhang am Ende des Raumes hervor. Holger.

»*Salve!*« Er küsste Nina auf die Wange, gab Magdalena die Hand und stellte sich vor. Mit seiner Glatze und den flatternden weißen Hemdsärmeln stand er wie ein heiterer, schlaksiger Guru unter dem blauen Himmelsquadrat und wies auf den mehrfach geflickten Polstersitz. *Prego!*

Magdalena setzte sich und zog das Gummiband aus ihrem Pferdeschwanz, schlaff fielen die Haare auf ihre Schultern. Er stellte sich hinter sie, strich ihr mit beiden Händen über den Kopf, als ob er sie segnen wollte, befühlte die Strähnen zwischen seinen langen Fingern und zog sie noch glatter.

»Eine gute Länge! Eine gute Länge, um ein ganzes Stück abzuschneiden.« Nina nickte.

»Ihre Haare standen bei mir noch ganz oben auf der Liste, du musst sie nur überzeugen, dass ihr kürzer besser steht.

Hör mal, ich bin spät dran, im *Tintorello* warten sie schon auf mich.«

»Im *Tintorello*?«

»Ich treffe mich mit Giovanni, falls das *POLO* nicht aufmacht, brauche ich einen Job.« Nina beugte sich zu Magdalena: »Keine Angst, von mir erfährt niemand von deiner Vaterschaftsklage gegen Giovanni«, flüsterte sie ihr ins Ohr.

»Nina Nannini …! Was ist eigentlich mit deiner Arbeit in Rom?«

»Jetzt fang *du* nicht auch noch an, du klingst ja schon wie Matteo. Wann soll ich sie wieder abholen?«

»Gib mir zwei, zweieinhalb Stunden.«

Nina schleuderte eine Kusshand in ihre Richtung und lief hinaus. Magdalena stierte auf ihr langweiliges Gesicht, das missmutig aus dem Spiegel zurückstierte. Meine Haare standen bei ihr noch auf der Liste, wahrscheinlich ruft sie mich nie mehr an, wenn dieser Punkt endlich abgehakt ist.

»*Allora*«, sagte Holger, und sein Lächeln verschwand, »ich würde das hier nicht tun, wenn Nina dich nicht schicken würde. Du bist mit Abstand der schlimmste Fall!« Jetzt klang er wie ein beleidigter Friseur in einem schlechten Theaterstück. Magdalena schaute ihn erschrocken an und stand langsam auf.

»War nur Spaß, Schätzele«, er drückte sie wieder in den Sessel und lachte herzlich, »du hast wunderschöne Augen, dieses Grau ist wirklich ungewöhnlich, habe ich noch nie gesehen, kommt aber hinter deinen blassen Wimpern überhaupt nicht zur Geltung. Ich würde Augenbrauen und Wimpern färben, dann hast du erst mal Ruhe, die Wimpern schwarz, aber die Augenbrauen nicht zu dunkel, es soll ja natürlich wirken. Ein mittleres Braun, höchstens.«

Im Spiegel beobachtete Magdalena, wie Holger ihre Haare mit einer zärtlichen Geste in die Höhe hob, und hörte ihn dabei konzentriert vor sich hin summen. Sie mochte diesen fremden Mann, der sich so ernsthaft mit ihrem Gesicht und ihren Haaren beschäftigte, wie sie es selbst nie getan hatte.

»Frauen sollten lange Haare haben, besonders in Italien«, sagte er, »ich schneide Frauen nie die Haare ab, also fast nie.« Er grinste. *Un magico simpatico*, hatte Evelina ihn genannt.

»Aber bei dir und deinem Gesicht muss es sein. Es muss.«

»Naturseifengesicht hat Nina zu mir gesagt«, flüsterte Magdalena.

»Ja, das trifft es genau, aber zu viel Natur ist ermüdend, wir machen etwas Besseres draus! Diese Schulterlänge holt nicht optimal alles aus deinem Gesicht heraus, siehst du hier, du hast ja recht viele Haare, aber oben brauchen wir etwas Volumen und unten Sprungkraft.«

Wie nett, er hätte auch »oben sind sie platt und unten hängen sie runter« sagen können.

»Ich schneide bis zu deinem Ohrläppchen, stufe es leicht an, das gibt zusammen mit der Kürze noch mehr Fülle und wird gaaanz anders aussehen!« Ja, das befürchtete Magdalena auch, doch sie nickte und ließ sich von dem sympathischen Zauberer im Stuhl zurückkippen. Während Wimpern und Augenbrauen gefärbt wurden, presste sie ihre Lider so fest zu, dass sie grüne Sonnen vor schwarzem Grund tanzen sah. Blind, mit öligen Wattepads unter den Augen, lag sie wehrlos auf dem alten, erstaunlich bequemen Sessel ausgestreckt und war schon bald Holgers Fragen ausgeliefert:

»Ich lese da gerade so ein Buch … wenn du eine Pflanze wärest, welche wärst du?«

»Du meine Güte, keine Ahnung! Was für eine Pflanze ich ware …?«

»Mir fiele da eine ein für dich, sofort!«

»Mauerblümchen!«

»Ach Gottchen, nicht doch!«

»Nina wäre eine Passionsblume! Ausdrucksvolle Blüten, breitet sich überall aus, wechselt mehrmals am Tag die Farbe und macht allen Menschen Freude. Manchmal ist sie allerdings geschlossen. Dann geht gar nichts mehr.«

Holger lachte laut. »Genial beobachtet. Aber du, was ist mit dir?«

»Ich weiß nicht, aber ich wäre gerne eine Lotosblume, schön, geheimnisvoll, und alles perlt an mir ab.«

»Aha!« Sie hörte, wie er hinter dem Vorhang hantierte, Schubladen aufzog und wieder schloss.

»Aber ich bin vielleicht doch eher ein Zitronenbaum.«

»Warum das?«

»Ein Zitronenbaum sieht für mich immer aus, als könnte er sich nie wirklich entscheiden, was er tun soll. Er blüht und trägt gleichzeitig Früchte. Er meint, alles alleine zu schaffen, aber wenn man sich nicht um ihn kümmert, rollt er die Blätter ein.«

»Wow, hast du mal Psychologie studiert?« Holger nahm die Wattepads von ihrem Gesicht.

Die Zeit verging schnell, Magdalena lachte zwischendurch immer wieder auf, Holger war so neugierig wie sie, doch im Gegensatz zu ihr traute er sich, die unmöglichsten Fragen direkt zu stellen.

»Fantastisch!«, wiederholte Nina immer wieder, als sie zwei Stunden später vor Magdalena stand. »Holger, du hast sie in ein Reh verwandelt, wie diese französische Schauspielerin in ... ach, wie hieß denn der Film noch mal?«

»Audrey Hepburn?«

»Nein, *oh Dio*, Holger, seit wann ist ›Audrey Hepburn‹ ein französischer Film?! Obwohl, das tät auch passen, mit diesem

langen Hals, den sie durch den Bob auf einmal hat … fehlt nur
noch die Perlenkette.« Nina umkreiste Magdalena andächtig.

»Und wie gefällst du dir selbst?«

Magdalena schluckte. Ihr Haar war kurz, verdammt kurz, es
reichte nur noch bis zu den Ohrläppchen. Zwei dicke Strähnen
bogen sich wie kleine Henkel in ihr Gesicht, sie versuchte, sie
gerade zu biegen, doch sie wippten beharrlich rechts und links
vor ihrem Mund herum. Er hatte sie zu einer französischen Mo-
depuppe gemacht … Nein, das stimmte nicht, aber wozu dann?

»Deinem Mund kannst du ruhig ein bisschen Farbe geben.«
Holger hielt ihr einen Lippenstift entgegen und schraubte ihn
hoch, »Red Velvet, Nr. 128 von Tipo Uno. Dein Ton. Schenke
ich dir, aber nur, wenn du ihn auch benutzt!« Ohne den Blick
vom Spiegel abzuwenden, nahm Magdalena ihren ersten eigenen Lippenstift aus seiner Hand entgegen und fuhr sich damit
ganz leicht über die Lippen. Korallenrot. Sie war das erste Mal
in ihrem Leben fasziniert von ihrem eigenen Anblick, und dieses Gefühl war so neu, dass es in diesem Moment egal war, wer
ihr bei der Entdeckung zuschaute. Ihre Augen leuchteten hell
und groß hinter einem Kranz von dunklen Wimpern, darüber
hoben sich zwei Augenbrauenbögen. Durch den minimalen
Pony, der ihre hohe Stirn ein wenig verkürzte, sah ihr Gesicht
klar und aufgeräumt aus. Und irgendwie angriffslustig. Keck,
hätte Oma Witta das genannt.

Ciao, ich bin's, Magdalena, sagte sie stumm zu ihrem Spiegelbild und drehte den neuen Kopf auf seinem schlanken Hals.
Die Sicheln aus Haar wippten wieder. »Es ist schön. Schön anders. Und es ist wirklich… ich meine, das bin immer noch ich,
trotz der Veränderung.« Nina und Holger grinsten sich an.

»Viel Glück bei deiner Suche«, wünschte ihr Holger, »wenn
du eine Kopie für mich machst, hänge ich das Foto auf jeden
Fall im Laden auf! Hier direkt über meiner Psychiatercouch.« Er

klopfte auf das rosa Sofa. »Es sieht vielleicht auf den ersten Blick nicht so aus, aber es kommen eine Menge Leute bei mir vorbei, und das nicht nur zum Haareschneiden.«

Sie verabschiedeten sich mit zwei Küsschen voneinander. »Du hast mir gar nicht gesagt, was ich denn nun wäre«, murmelte sie nahe an seinem Ohr.

»Ha noi!«, schwäbelte er, fasste sie an den Schultern und hielt sie ein Stück von sich weg. »Eine wunderschöne Mohnblume, deren Blüte sich gerade entfaltet!«, sagte er und sah dabei so glücklich aus, dass Magdalena ihm einfach glauben musste.

Sie lief hinter Nina her. Jetzt hatte sie nicht nur eine Bleibe und einen Job auf Elba, sondern ab heute auch noch einen schwäbischen Friseur.

»Auf dich und deine Verwandlung«, sagte Nina zu ihr. »Und auf den genialen Holger«, fügte Magdalena hinzu, sie stießen die beschlagenen Sektgläser aneinander.

»Er ist unmöglich, zieht einem die letzten Geheimnisse aus der Nase, oder? Vielleicht hätte er lieber Nervendoktor werden sollen.« Magdalena lachte. Sie saßen unter den Holzarkaden im *salotto di Procchio*.

»In zwei Tagen fängst du drüben an?« Nina schwenkte ihr Glas in Richtung *Bar Elba* und fegte dabei um ein Haar einen hohen Becher mit Obstsalat und Eis von dem Tablett, mit dem die Bedienung gerade an ihrem Tisch vorbeiging.

»Und was legst du an?«

Magdalena grinste. »Ich dache, ich *leg* die weiße Hose und das hellblaue Träger-Shirt *an*.«

»Das ohne Ärmel, das wir in dem anderen Geschäft gekauft haben?«

»Ja. Bei der Hitze …«

»Nicht ärmellos in der Bar!«

»Wie bitte?«

»Du lachst, aber das Gesetz gibt es tatsächlich: Als Serviere-rin muss man Ärmel tragen, die die Achseln bedecken, in der Diskothek nicht, aber in der Bar schon. Hygienevorschrift, ich habe mich damit in letzter Zeit ganz genau beschäftigt.« Nina stöhnte auf. »Wegen Leone, diesem *coglione*, habe ich die Geset-ze auswendig g'lernt! Mittlerweile könnte ich selbst einen Club aufmachen. Jetzt haben wir schon den fünften Juni und sind noch keinen Schritt weiter.«

»Was macht … was machen die anderen?« Lieber nicht so direkt nach Matteo fragen. Hatte er Nina von dem blöden Streit gestern erzählt? Nicht anzunehmen, Männer sprachen ungern über Auseinandersetzungen.

»Mikki pennt. Evelina steigt dem Totó, Pippo, Paulo, ach kei-ne Ahnung, nach. Und Matteo kehrt. Läuft. Hüpft Seil. Fuchtelt mit der Heckenschere im Park rum. Und, ach ja, er hat noch einmal alle Feuerlöscher kontrolliert.«

Magdalena hätte gern noch mehr über ihn gehört, doch Nina fragte: »Und wie weit bist du mit der Suche?«

»Ich weiß nicht recht, wie ich weiter vorgehen soll. Ich glau-be, *ihn* können wir vergessen auf dem Foto, man erkennt ja kaum etwas von seinem Gesicht.«

»Aber seine Zähne, diese spitzen langen Eckzähne, die du Gott sei's gedankt nicht geerbt hast, sind auffällig. Möglicher-weise war er ein Vampir.« Magdalena überhörte Ninas letzte Bemerkung.

»Vielleicht erkennt ja jemand meine Mutter auf dem Foto. Ich werde es auch in der *Bar Elba* aufhängen, wenn ich darf, aber ich werde natürlich nicht gleich am ersten Abend um Erlaubnis fragen.«

»Das hast du wirklich gut hinbekommen mit der Arbeit, du

sitzt wie eine Spinne im Netz mitten in Procchio und hast vier Wochen Zeit. Wenn er wirklich noch hier ist, wird er dir auf die eine oder andere Art über den Weg laufen, da bin ich ganz ...«

»Nina! *Ciao!*« Der Ruf schnitt Ninas Satz ab. Sieht gut aus, dachte Magdalena sofort, als der Mann auf ihr Tischchen zukam. Sieht sogar *sehr* gut aus, korrigierte sie sich. Sie nahm die freudige Anspannung in seinem Gesicht wahr, die er vergeblich zu verbergen suchte. Er grüßte zunächst Magdalena und trat dann an Nina heran, um sie zu küssen. Nina blieb sitzen, also musste er sich zu ihr hinunterbeugen, und sie hauchte die Wangenküsschen rechts und links demonstrativ in die Luft. Wer war das, hatte Nina seinen Namen gesagt? Er schob die Sonnenbrille noch höher in sein dichtes dunkles Haar, seine Augen waren grün, fast zu grün, um echt zu sein. Magdalena wandte schnell den Blick ab. Jetzt guck dir diese Schuhe an! Wer in Italien so derbe Boots trägt, ist ein Einzelkämpfertyp, attraktiv und unerreichbar, ein Mann wie aus der Werbung, der für ein Bier und seine Ruhe endlos durch die Dünen stapft. Sie wagte es, wieder vorsichtig in sein Gesicht zu schauen. Rechts und links neben der Nase hatten sich feine Linien eingegraben. Er war nicht gerade groß, höchstens eins fünfundsiebzig, nur ein paar Zentimeter größer als sie selbst, doch einer jener Männer, die sie eindeutig eher zum Hinterherlaufen statt zum Davonlaufen anstifteten.

Nina war in diesem Sommer auch wieder hier, stellte er fest. Das *POLO* war also schon offen. Ja, nein, ja, vielleicht. Nina antwortete einsilbig, irgendwas stimmte da nicht zwischen ihnen. Zu offensichtlich waren sie darum bemüht, ihre Stimmen ungezwungen klingen zu lassen. Na dann, wir sehen uns, *ciao*.

»Auf Wiedersehen, schöne Signorina«, sagte er mit einer kleinen Verbeugung zu Magdalena und schlenderte lässig die Straße hinunter. Schöne Signorina! Magdalena befühlte ihre kurzen Haare im Nacken, deren Spitzen wie eine weiche Bürste auf ihrem Handrücken aufsetzten.

»Wer war *das* denn!?«

»Er hat ein Lokal in Marina di Campo, das *Il Vizio*, direkt am Strand«, antwortete Nina und rief der Bedienung »*il conto, per favore!*« zu. Für Nina besitzt er also noch nicht mal einen Namen, der es wert ist, ausgesprochen zu werden. Interessant, der erste Mann, der hier nicht beflirtet oder wenigstens mit bestrickend guter Laune bedacht wird.

»Willst du noch mitkommen und dir mein Wohn-Ei angucken?«, fragte Magdalena, nachdem sie bezahlt hatten. »Wir könnten was kochen, ich habe zwei Gasflammen, und es ist echt schön da draußen …«

Doch Nina schüttelte den Kopf.

»Der Exmann von Sabina, weißt du, die im *Club 64* an der Kasse sitzt, macht Ärger. Ich habe ihr versprochen, dabei zu helfen, ihre Sachen aus dem Haus zu holen.« Sie umarmten sich, aber sobald Magdalena allein an ihrem Roller stand, fiel ihr die Enttäuschung schwer wie ein nasser Mantel auf die Schultern. Sie hatte sich so darauf gefreut, Nina ihre Behausung zu zeigen. Aber Nina musste sich anscheinend mal wieder um jemanden kümmern, dem es gerade schlechter ging als ihr, und deswegen durfte sie viel früher als erhofft mit ihrem Roller zurück in ihre stickige Konservenbüchse fahren.

Die Nacht war kalt und lang, Magdalena fühlte sich so allein wie nie zuvor. Halte durch, sagte sie sich, während sie nach den Mücken schlug, ab morgen spielst du die Spinne im Netz. Du hast genug Zeit, und du wirst ihn finden! Sie wollte ein bisschen weinen, aber selbst zum Weinen braucht man manchmal Gesellschaft. Sie ließ es sein.

18

So«, Magdalena stellte sich neben die zwei anwesenden Gäste an den Tresen und legte beide Hände erwartungsvoll auf die Marmorplatte. Wo war Sara, die kleine nette Frau, die sie eingestellt hatte? Sie war nicht zu sehen, nur Walter, ihr Mann, der sie beim Hineinkommen mit einem angedeuteten Kopfnicken gegrüßt hatte, lehnte hinter der Bar und schwieg. Magdalenas Armbanduhr zeigte fünf vor halb neun, sie war mehr als pünktlich. Keine Regung auf der anderen Seite. Walter polierte jetzt angestrengt ein Glas, hielt es gegen das Licht, polierte weiter. Magdalena ging zur Kuchentheke und wieder zurück, die zwei Männer am Tresen folgten ihren Bewegungen mit dem Kopf wie bei einem Tennismatch. Sie ging zur Tür, warf einen Blick hinaus auf »ihre« Tische unter der Holzpergola. Alle unbesetzt. Sie wanderte wieder hinein. »*Allora*«, versuchte sie es noch mal aufmunternd in Walters Richtung, der nun das Geschirrtuch über die Schulter gelegt hatte und vor sich hin starrte. Nutzlos strichen ihre Hände an den Seiten ihrer Oberschenkel auf und ab, hinter den Tresen zu Walter traute sie sich nicht. Warum sagte er ihr nicht, was zu tun war? Magdalena floh in den Innenhof und begann zwischen den Tischen hin und her zu gehen. Die Blüten der Passionsblume waren zusammengefaltet, ihr Blau war in dem abendlichen Licht zu einem satten Violett geworden. Sie musste unwillkürlich an Nina denken, Nina die

Kletterpflanze, die von allen bewundert wurde, die alles konnte. Seit zwei Tagen hatte Magdalena nichts von ihr gehört, sie rief nicht zurück und beantwortete keine ihrer SMS, bis auf die erste: ›Melde mich, wenn's passt!‹ Melde mich, wenn's passt, dachte Magdalena schnaubend. Es passt wohl nicht, da ist eben jemand wichtiger als die dumme Magdalena, die kann ja warten, die wird schon noch da sein, wenn Frau Nina Nannini sich mal bequemt, den Wohnwagen zu besichtigen! Magdalena schaute an sich herab. Was sie sah, gefiel ihr, Ninas Kleiderauswahl war perfekt auf sie abgestimmt. Sie wusste jeden Tag, was sie anziehen sollte, und konnte fast alles miteinander kombinieren: lange weite Hosen, enge Caprihosen, T-Shirts in hellen Farben, knappe Tops, kurze Kleidchen, die über den Hosen zu tragen waren und ihr laut Nina einen femininen Touch gaben, der sie zusammen mit ihrer neuen Frisur einfach unwiderstehlich machte. Die Klamotten saßen, die Haare auch, Projekt Magdalena erfolgreich beendet. Für eine ganz normale Freundschaft ohne Katastropheneinsatz war Nina offensichtlich nicht geschaffen.

Die Zeit verging, niemand kam, um nach ihr zu sehen, Magdalena zählte die Tische wieder und wieder. Sie entdeckte eine schmale Tür, die ihr bei ihrem Bewerbungsgespräch gar nicht aufgefallen war. Mit schwarzem Filzstift hatte jemand WC daraufgeschrieben. Nach ein paar weiteren ereignislosen Minuten folgte sie dem warmen Plätzchengeruch des *laboratorio* und spähte durch den Türspalt in den dämmrigen Raum. Die Arbeitsflächen waren silbrig blank, alles lag an seinem Platz, mehrere weiße Kittel hingen ordentlich an einer Hakenreihe, der große Quirl einer Rührmaschine schwebte vielversprechend über der leeren Schüssel in der Luft. Magdalena sah sich kurz um und schlüpfte dann in die Backstube. Ein rechteckiger Behälter voller Eiscreme stand schief auf der Arbeitsfläche neben der Tür. Sie rückte ihn mit einem Finger gerade, er war kalt, Wassertröpfchen hatten sich an dem Metall gebildet. Mit geblähten Nasenflügeln beugte sie sich hinab, sodass ihre Nasenspitze die braune Oberfläche fast berührte. Nussgeschmack, vermutete sie. Ihr Zeigefinger schwebte über der Masse. Nur einmal probieren. Mmmh. Köstlich. Wieder und wieder tauchte ihr Finger in die cremige Masse und füllte danach süß ihren Mund. Dann besah sie ihr Werk. Na prima, sie würde sofort rausfliegen, noch heute Abend, warum ging sie nicht lieber gleich? Es war warm hier drinnen, kleine Schweißtröpfchen bildeten sich auf ihrer Oberlippe. Sie versuchte die verwüstete Eiscreme-Landschaft zu glätten, ihre Finger wurden dabei eiskalt. Ging doch, wenn sie alles durchrührte, sah man es kaum.

»*Ecco qua!*« Sie schreckte zusammen, hinter ihr stand ein bärtiger kleiner Mann, ach hier bist du! »*Piacere*, Franco«, stellte er sich vor. »Damit«, er drückte ihr einen Lappen in die Hand, »kannst du die Tische abwischen, und das hier schmeißen wir jetzt ganz schnell weg. Sara sagte, es hätte aus Versehen den ganzen Nachmittag draußen gestanden und dann wieder in der Kühlung, das kann man den Kunden natürlich nicht mehr zumuten.« Sein Italienisch war sauber akzentuiert und mühelos zu verstehen, er packte den Behälter und stellte ihn mit einem dumpfen Knall in das tiefe Spülbecken. »Lass einfach heißes Wasser drauflaufen«, schon war er wieder aus der Tür.

Ohne ein Wort geantwortet zu haben, verharrte Magdalena für einige Sekunden auf derselben Stelle, automatisch wischte sie sich mit dem Lappen die Hände ab. Dann rannte sie hinaus, schlängelte sich zwischen Tischen und Stühlen hindurch und schaffte es gerade noch rechtzeitig, die WC-Tür hinter sich zu schließen.

An diesem Abend stand Magdalena dank Franco keine Sekunde mehr müßig herum. Sie wischte die Tische und die klebrigen Getränkekarten mit Seifenwasser ab und versuchte, die Preise auswendig zu lernen. Sie ließ sich von Franco erklären, wie die kleine Spülmaschine zu befüllen war, und reinigte die Aschenbecher von den Tischen draußen mit einem Pinsel, der mit einem Band an einen extra für diesen Zweck bereitstehenden Mülleimer gebunden war. Ab zehn Uhr wurde es langsam voller.

Der Innenhof blieb bis auf zwei Tische leer, doch auf der Straße waren alle Tische schnell immer wieder besetzt. Die Gäste bestellten bei ihr Espresso und Eisbecher, seltener etwas wie Wein oder Bier. Magdalena verstand weniger, als sie erhofft hatte, sagte dennoch »*Si, grazie!*« und eilte mit ihren in Lautschrift aufgeschriebenen Notizen zu Franco. *Un crodino, due aleatico, una media, due spritz, un decaffeinato*, was immer das war, sie nahm, was Franco ihr auf das Tablett stellte, und versuchte sich zu erinnern, welcher Tisch was bekam. Wenn jemand zahlen wollte, musste sie Franco hinter der Kasse die Getränke aus dem Gedächtnis oder ihren krakeligen Aufzeichnungen diktieren, mit dem Bon lief sie zum Tisch, kassierte und brachte das Geld wieder zu Franco. Sie nahm sich vor, für morgen Abend ein anderes System zu erfinden. Was passierte, wenn alle Tische im Innenhof besetzt sein sollten? Das Chaos war vorprogrammiert. Um Mitternacht war Schluss, Walter war schon lange nach Hause gegangen, als Franco das Rollgitter halb hinunterließ. Magdalena trocknete die Einzelteile der Kaffeemaschine ab, die Franco ihr auf ein Geschirrhandtuch legte, füllte die Zuckerpäckchen in der Schüssel auf dem Tresen auf, sie wischte den Boden der Bar mit einem scharfen Putzmittel, das ihr die Tränen in die Augen trieb, dann durfte sie gehen.

Erschöpft vom vielen ungewohnten Laufen, schwang sie sich

auf ihren Roller und fuhr in die Dunkelheit. Der Lichtkegel schreckte kleine Tiere auf und warf seltsame Schatten auf die Büsche, als sie über den unbefestigten Weg auf ihren Wohnwagen zuratterte. Am Duschhäuschen gab es kein Licht. Sollte sie in dieser dunklen Höhle mitten im Nichts noch mit eiskaltem Wasser duschen? Die Temperatur des Wassers war kein Problem, wenn es drauf ankam, war sie immer noch Opa Rudis abgehärtetes kleines Mädchen. Und dass dort jemand auf sie lauerte, war unwahrscheinlich. Flüchtig schnupperte Magdalena an ihrer Achselhöhle. Nötig wäre es, absolut, und ich habe ja auch keine Angst. Natürlich habe ich keine Angst. Aber ich werde auf die Dusche heute Abend verzichten können. Rasch sprang sie in den Wohnwagen und sperrte die Tür hinter sich ab. Die Gaslampen ließ sie aus, ihr Fauchen war ihr suspekt, sie sahen so aus, als ob sie nur auf einen unbeobachteten Moment warteten, um sich selbst in Brand zu stecken. Aber auch die Taschenlampe, die sie mit dem Lichtkegel nach oben auf den Tisch stellte, schuf eher eine gespenstische als eine gemütliche Atmosphäre. Im Dunklen zog sie den weichen Pullover über, aus dem sie sich morgen früh, sobald die Sonne auf den Wohnwagen knallte, wieder verschwitzt herausschälen müsste, und schlüpfte unter die Decke. *Tavolo 5, due caffè, un' acqua minerale gasata, un gelato al limone ... gelato al limone ... gelato al limone ...*

Bonk!

Ein einzelner harter Schlag an der Tür. Obwohl sie das Gefühl hatte, gerade erst ein paar Minuten geschlafen zu haben, war Magdalena sofort hellwach. Ihre Glieder waren kraftlos und eiskalt, und ihr Herz donnerte mit schnellen Stößen in ihrer völlig trockenen Kehle. Ohne den Kopf zu heben, linste sie an dem blauen Vorhang vorbei nach draußen. Der Himmel war schon dämmrig grau, die Sonne noch nicht aufgegangen, halb fünf vielleicht. Wenn jetzt ein Gesicht an der Scheibe auftauchen sollte, würde sie sterben vor Angst, so viel war sicher. Magdalena kniff die Augen schnell wieder zu und stellte sich tot. Was war das für ein Geräusch gewesen? Eindeutig ein Hieb. Wahrscheinlich nur ein Tier. Oder eine Männerfaust! Sie war das Tier, sie war ganz allein hier draußen, die nächsten Häuser waren Hunderte von Metern entfernt. Sie wagte nicht, noch einmal die Augen zu öffnen, und hielt die Luft an. Sie saß in der Falle, musste raus, weg von hier. Doch was wartete vor der Tür auf sie? Magdalena zwang sich weiterzuatmen, die Minuten vergingen, alles blieb still. Dann stand sie langsam auf und spähte aus allen drei Fenstern vorsichtig nach draußen, sie sollten sie nicht sehen. Wer? Es war niemand da. Vielleicht hatten sie sich hinter dem Wohnwagen im Schilf versteckt. Langsam, ohne Geräusche zu machen, zog sie die lange Hose mit dem weiten Schlag und das coole Jackett an, schlüpfte in die flachen Ballerinas, in denen sie am schnellsten laufen konnte, setzte ihren Helm auf, schnappte sich den Rollerschlüssel und atmete tief durch. Wenn sie sterben müsste, war sie wenigstens gut angezogen. Jetzt raus, auf den Roller, so schnell wie möglich losfahren! Magdalena stürmte aus der Tür. Mit geballten Fäusten, bereit, laut zu schreien, sah sie sich um, immer noch niemand zu sehen, im Schilfrohr hinter dem Wagen knackte es. Mit zitternden Fingern steckte sie den Schlüssel ins Schloss, sprang auf, stieß den Roller vom Ständer und jagte den Feldweg entlang. Erst als sie auf der Straße nach Procchio war, bemerkte sie die kleinen trockenen Schluchzer, die ihr alle fünf Sekunden entfuhren.

Magdalena stellte den Roller in der Parkbucht ab und ging mit schweren Beinen die Stufen hinauf. Die grob behauenen Natursteine der alten Orangerie leuchteten warm im rosa Licht des Sonnenaufgangs. Auf der Tanzfläche angekommen, setzte sie ihren Helm ab und fuhr sich durch die immer noch ungewohnt kurzen Haare. Da oben schliefen noch alle, jemand hatte auf der Terrasse vier schwarze T-Shirts über die Wäscheleine gehängt. Matteo. Sollte sie sich in die Küche schleichen? Schon sah sie sich vor Matteos Bett stehen und ihn beim Schlafen beobachten. Er hatte sie ja noch gar nicht mit ihrer neuen französischen Frisur gesehen. Bist du wahnsinnig, dachte sie, nachdem du ihn neulich so beschimpft hast, ist deine Frisur bestimmt das Letzte, was ihn interessiert. Und vielleicht schläft Nina ja auch wieder in seinem Bett oder, noch schlimmer, eine andere Frau … Nein, keine andere Frau, hat er auf der Fähre nicht gesagt, Nina hätte Vorrang in seinem Leben?

Gut, dann sollte es auch so bleiben!

Magdalena machte kehrt und ging über die Tanzfläche in den hinteren Teil des Geländes, das immer noch verwildert aussah, bis die Zitronenbäume vor ihr auftauchten. Etwas Rotblaues hing wie eine Sperre zwischen den Pinien. Sie kletterte über die umgeknickten Latten des Holzzauns und sah beim Näherkommen, dass es eine Hängematte war, die jemand dort befestigt hatte. Matteo natürlich. Magdalena ging daran vorbei und inspizierte die Zitronenbäume, Matteo hatte die kleinen Plastikdosen, in denen das Gift gewesen war, an die Bäume gehängt. Falls jemand auf die Idee käme, sich einen Zitronensaft aus den Früchten pressen zu wollen, baumelten dort jetzt als Warnung Totenköpfe. Die Blüten der gesunden Bäume dufteten sogar noch, die anderen würden es hoffentlich überstehen. Langsam ging sie zur Hängematte, klaubte die herabgefallenen Piennanadeln vom Stoff und ließ sich vorsichtig hineingleiten. Die Matte schwankte unter ihrem Gewicht, es war schwer, es irgendwie bequem zu verteilen, doch dann lag sie endlich. Magdalena kreuzte die Hände über der Brust, die Wände der Hängematte umschlossen sie warm wie eine Muschel aus Stoff, ein Vogel begann zu zwitschern, ihr alter Bekannter, der sie mit seinen ewig gleichen drei Tönen vor einigen Tagen unter dem Auto geweckt hatte. Wie viele Tage war das her? Zwei Wochen? Magdalena kam nicht mehr dazu, es nachzurechnen, sie schlief vorher ein.

19

Magdalena öffnete die Augen und schloss sie sofort wieder, bitte nicht, er stand mit verschränkten Armen vor ihr und schien ihr schon eine ganze Weile zuzuschauen. Sie drehte den Kopf zur Seite und brummte ein verlegenes »Guten Morgen«.

»Was ist passiert, ist dir der *Roulotte* abgebrannt, oder suchst du jemanden, der sich um dich *kümmert*?« Benommen versuchte sie, sich aufzusetzen, gab aber auf, die Hängematte schwankte zu sehr. »Nein, wollte nur mal schauen, was ihr so macht.«

»Morgens um halb neun?«

»Ja!«

»Wir machen gar nichts. Wir warten immer noch.«

»Matteo? Warum passt du auf Nina auf? Es interessiert mich. Wirklich!« Es lag wahrscheinlich an ihrer Müdigkeit, sonst wären ihr die Worte nicht entwischt. Matteo antwortete nicht sofort, sondern inspizierte erst einmal die Zitronenbäume. Mit dem Rücken zu ihr sagte er schließlich:

»Nina ist aus meinem Dorf, sie ging mit meiner kleinen Schwester in eine Klasse.« Er drehte sich um. »In Rom haben wir uns wieder getroffen, sie hatte sich gerade als Übersetzerin selbstständig gemacht, hatte ein Büro zusammen mit einer Freundin. Dann ist etwas passiert, wofür ich verantwortlich bin.

Egal, was ich gerade tue, wenn Nina mich braucht, würde ich alles liegen und stehen lassen, immer. Und das wäre unfair gegenüber anderen ...« Er vollführte eine vage Geste in ihre Richtung, Magdalena hob abwehrend die Hände: »Nein, nein, nicht meinetwegen, ich möchte einfach nur Nina besser verstehen.« Er nickte, und in seinen Augen meinte sie so etwas wie Erleichterung zu erkennen.

»Ich finde das toll, so einen Freund hätte ich auch gern«, sagte sie, ihr Lächeln ein wenig zu eifrig.

»*Ich* finde toll, dass du es verstehst. Mehr kann ich dir im Moment nicht erzählen.« Er kickte mit dem Fuß nach einem Pinienzapfen. »Kommst du mit runter? Es hat keine Milch mehr, und Kaffee ist auch keiner da.«

»Gerne.« Magdalena versuchte sich aus der Hängematte zu schwingen, gar nicht so einfach, ihr Hintern hing tief und wollte nicht hochkommen, sie strampelte eine Weile vergeblich, dann gab ihr Matteo die Hand und zog sie nach oben.

»*Sei una vera amica*«, sagte er. Okay, dann war sie eben eine wahre Freundin, aber warum sprach er auf einmal Italienisch mit ihr?

»Geh schon mal voraus«, rief er ihr vor der Bar *La Pinta* zu, »ich muss nur noch was beim *tabaccaio* erledigen.« In der Bar bestellte Magdalena bei Giovanna einen starken *caffè latte* und einen dünneren *latte macchiato* für Matteo, er schüttete immer literweise Milch in seinen Kaffee. Dazu zwei *cornetti*, eins mit *crema* für ihn, eins mit *marmellata* für sie, und schaute aus der Tür hinüber zum *tabaccaio*. Matteo kam nicht. Dann konnte sie ja noch schnell einen Blick in ihre Mails werfen, der Laptop war schon eingeschaltet und gerade frei.

Posteingang (1): Brömstrup. Betreff: Stellenausschreibung.

Hallo Magdalena,

das nenne ich Glück, gerade gestern komme ich aus dem Urlaub und
sehe Deine Nachricht.

»Ja!!«, sagte sie leise und biss vor Freude in ihr Hörnchen, sodass die Aprikosenmarmelade an der Seite heraus auf ihre Finger quoll.

Es ist ja folgendermaßen: bei uns im Öffentlichen Dienst …

Rasch überflog sie die Zeilen, jajaja, alles schwieriger, wenn
ordnungsgemäß zur Ausschreibung gegeben, das wusste sie
schon, aber hier:

… in diesem Turnus geht es dann abwechselnd weiter, das heißt, ab
September suchen wir wieder eine Frau, und da Deine Bewerbung
schon vorliegt und die Frau Heetmeyer vom Personalrat sich noch an
Dich erinnert (Du erlaubst, dass ich schon vorgefühlt habe), solltest
Du Dich ab Ende August unbedingt zu einem weiteren Gespräch ein-
laden lassen …

»Ach, das weißt du?« Matteo zeigte verwundert auf sein Glas
und den Teller mit dem *cornetto*. »Entschuldige!« Schnell wandte
sie sich vom Computer ab, wie unhöflich, ohne ihn anzufangen, sie kaute ja bereits.

»Ich dachte nur …« Er grinste und rührte in seinem Glas.
Kein Zucker, er nahm nie Zucker.

»*Scusa*, aber ich musste noch Lotto spielen, noch vor neun
Uhr, das ist reiner Aberglaube, aber hat schon mal geholfen.
Ein Freund von mir hat immer in seiner Geburtsstunde gespielt
und gewonnen. Vielleicht hilft's ja.« Bestimmt. Sie hatte noch
nie in ihrem Leben Lotto gespielt.

»Wie ist die Arbeit in der *Bar Elba* gelaufen? Gestern war dein erster Abend, oder?«

»Ich bin noch ziemlich langsam, heute Abend kann es nur besser werden.«

»Alles in Ordnung im Wohnwagen? Steht die Dose noch?«

»Ja. Alles wunderbar.«

»Irgendwie mag ich es nicht, wenn eine Freundin von mir so alleine da draußen wohnt.«

»Das geht schon.« Es war gar nicht so einfach, zu lügen und dabei einigermaßen appetitlich ein kleckerndes Marmeladenteilchen zu essen.

»Vielleicht komme ich mal in der Bar vorbei.«

Sie nickte und wischte ihre Finger an einer Serviette ab, tu das, aber bitte stell keine weiteren Fragen.

»Du warst bei Holger?« Er schaute mit zur Seite geneigtem Kopf auf ihre Stirn, seine Augen waren braun und warm.

»Ähm, ja.« Sie zupfte an ihrem kurzen Pony herum, seine Wimpern waren viel zu lang, fast eine Verschwendung bei einem Mann. Und wie sah *sie* aus nach dieser Nacht, mit roten Augen vom wenigen Schlaf und ungeputzten Zähnen? Egal, sie war nur eine Freundin, eine gute Freundin.

»Steht dir! Vielleicht sollte ich auch mal zu dem großartigen Figaro gehen, bringt ja alles nichts mehr.« Er strich sich über den Hinterkopf. »Wenn's zu wenig dort hat, muss es halt alles runter. Aber jetzt muss ich los.« Ehe Magdalena ihn davon abhalten konnte, hatte er bei Giovanna alles bezahlt.

»*Grazie*, wir sehen uns!«

Wir sehen uns, dachte sie und schaute ihm nach, wie er sich mit wiegendem Gang entfernte. War er jetzt einer, vor dem sie davonlief, oder einer, dem sie hinterherlief? Weder noch. Er war *un vero amico*. Und auch wenn nicht, hätte sie ihm die Wahrheit erzählen und als Bittstellerin zum dritten Mal oben im

POLO auftreten sollen? Eben. Magdalena seufzte und las die Mail von Karsten zu Ende.

… ich bin sicher, Du wirst Dich gegen Deine Konkurrenz durchsetzen, bis jetzt hat sich nur noch ein Kandidat inoffiziell beworben, und das ist ein Mann. Es könnte also sein, dass Du ab September schon eine von uns bist. Ich würde mich in jeder Hinsicht sehr freuen, Dich jeden Tag zu sehen, Dein guter alter Kollege Karsten Brömstrup, Dipl. Geograf

Himmel, wie werde ich den bloß wieder los? Es war unfair, ihn auszunutzen, aber sie brauchte schließlich eine neue Stelle, wenn sie wieder zurück in Deutschland war. Ich brauche auf einmal so vieles. Was vorher noch intakt und vorhersehbar war, ist plötzlich alles nicht mehr da. Magdalena rieb sich die Stirn und starrte in den Computer.

Opa Rudi hatte geschrieben, die Erdbeeren würden dieses Jahr reichlich tragen und die Kirschen seien jetzt schon fast reif. So war es ihm am liebsten, die kleinen Alltäglichkeiten statt der großen Probleme zu erwähnen. Das kam ihr gerade ganz recht, denn es blieb genug zu tun. Sie hatte noch nicht mal mehr ein richtiges Dach über dem Kopf, eine dritte Nacht in dem blauen Ei würde sie nicht durchstehen, wahrscheinlich hatte es jemand längst leer geräumt. Sie hatte noch nicht mal abgeschlossen, aber auch nicht die geringste Lust, den Verursacher des Geräuschs ausfindig zu machen. Sie würde sich wieder auf Zimmersuche begeben müssen.

Wenigstens sprang der Roller sofort an, Magdalena fuhr aus Procchio hinaus und bezwang den Anstieg Richtung La Pila. Du bist ein *Superscooter*, ich werde dir keinen Namen geben, das machen nur alberne Mädchen, die auch Stofftiere ans Armaturenbrett ihres Autos kleben, aber du bist ein *Super…* in diesem

Moment fing er an zu ruckeln und zu husten. Kein Sprit mehr.
Wie dämlich, sie hatte vergessen, den *Superscooter* zu betanken.
Mit ersterbendem Motor rollte er mit Magdalena den Berg hinab, vorbei an der kleinen Seitenstraße, die zu der Wohnwagen-
wiese führte, auf die Gokart-Bahn zu, die ihr Terrain mit hässlich rot-weiß angemalten Autoreifen abgesteckt hatte. Magdalena ließ sich ausrollen, stieg dann ab und schob. Bis zu der
Tankstelle in der Nähe des Flughafens war es noch ein ziemliches Stück, die kleine Ortschaft Marmi lag gerade erst hinter
ihr. Auf der Karte vier Zentimeter, bei einem Maßstab von
1 : 25 000 also einen Kilometer. Zehn Uhr, die Sonne knallte
auf ihren Helm, den sie als Sonnenschutz aufgelassen hatte. Vor
sich, am rechten Straßenrand, sah sie zwei Motorräder stehen,
es waren *carabinieri*, die einen dieser hohen, hippen Gelände-
wagen in der Mangel hatten, mit denen reiche Leute spazieren
fuhren und die an ungelenke Riesenkäfer erinnerten. Die zwei
Uniformierten hatten offensichtlich zu viele amerikanische Filme gesehen, sie bewegten sich wie Cops, einer gestikulierte am
Seitenfenster mit den Papieren, während der andere mit größter Vorsicht den Wagen umrundete, als könne jeden Moment
auf ihn geschossen werden. Der Fahrer stieg aus, ging nach hinten und öffnete die Heckklappe. Der größere der beiden *carabinieri* kontrollierte jetzt an seinem Motorrad über Funk die Papiere, während der kleinere sich in den Wagen beugte, als ob er
sich gleich auf der Ladefläche ausstrecken wollte. Irgendwie kamen Magdalena die beiden bekannt vor. Als sie noch näher
kam, erkannte sie Ninas Fans: Massimo, den Autoliebhaber,
und Gian-Luca, den sie zuletzt ohne Unterhosen in der Küche
des *POLO* hatte Sit-ups machen sehen! Ein einfacher italienischer Satz bildete sich wie von selbst in ihrem Kopf und wollte
unbedingt hinaus, und noch bevor sie weiter überlegen konnte,
rief sie: »*Ciao, Massimo, ciao, Gian-Luca, niente striptease oggi?*«

Gian-Lucas Hand mit dem Funkgerät hielt in der Luft inne »*Ouuuh, ciao* …« Eine tiefe Röte kroch seinen Hals hoch. Erschrocken blieb Magdalena stehen, Mist, es war eine dumme Idee gewesen, die beiden zu grüßen, sich überhaupt bemerkbar zu machen!

Aus den Augenwinkeln sah sie, wie der Fahrer des Geländewagens eine kleine Vorwärtsbewegung machte und Gian-Luca sofort mit einer winzigen Geste nach seiner Waffe tastete.

»*Niente striptease* …«, stellte der Fahrer fest, und nun erkannte Magdalena auch ihn. Es war der gut aussehende Typ, den sie mit Nina in Procchio getroffen hatte, der Mann mit den Camel Boots, die er auch heute wieder trug, und den beunruhigend grünen Augen. Damit starrte er jetzt intensiv den langen Gian-Luca an. Dann stand die Szene wieder still, niemand rührte sich.

»*Niente benzina?*« Jetzt nahm er sie ins Visier, sein Mund verzog sich nicht, aber seine Augen lächelten, als ob er sich köstlich amüsierte, zeigten aber sonst keine Anzeichen des Erkennens. Er hatte ein paar Falten um die Augen und war älter als dreißig, Magdalena war mittlerweile gut im Schätzen von Männergesichtern. Die beiden *carabinieri* erwachten aus ihrer Verlegenheitsstarre und gaben ihm seine Papiere zurück. Sie hatten es plötzlich schrecklich eilig, leichtes Tippen an die Helme, mit einem »*Salve*« starteten sie ihre Maschinen und waren im nächsten Moment auch schon weg.

»*Mi hai salvato la vita!*« Sie hatte ihm das Leben gerettet, er lachte. Magdalena verstand sein Italienisch recht gut, als er jetzt fort fuhr. »Komm, ich bringe dich zur Tankstelle, die ist nicht weit, Reservekanister habe ich im Wagen.« Überrascht bedankte sie sich, legte das Ringschloss um den Vorderreifen des Rollers und nahm endlich ihren Helm ab.

213

»*Sei francese, tu*«, stellte er fest, während er ihr lässig die Beifahrertür öffnete.

»*No, tedesca!*«

»Aber ich kenne dich von irgendwoher«, sagte er in seinem abgehackt davongaloppierenden Italienisch. Magdalena stieg ein. Er schwang sich hinter das Steuer.

»Ich war mit Nina in Procchio, dort haben wir uns gesehen.«

»*Ah, si.* Vor Jahren war ich mal in *Monaco di Baviera.*« Er schien das Thema Nina nicht weiter aufgreifen zu wollen.

»Auf dem Oktoberfést.« Wie alle Italiener betonte er das Fest mehr als den Oktober.

»Damals habe ich in diesen großen Zelten neben dicken Mädchen in karierten Blusen sitzen müssen, aber anscheinend gibt es inzwischen in Deutschland mehr schöne Frauen.«

Magdalena grinste und schaute aus dem Fenster. Seit sie aussah wie ein langhalsiges Reh, schienen Männer sie überhaupt erst als Frau wahrzunehmen.

»Ich bin übrigens Roberto!«

»*Piacere*, Magdalena.«

Bis zur Tankstelle war es tatsächlich nicht weit. Roberto befüllte den Kanister, und bevor Magdalena einfiel, dass sie gar kein Geld bei sich hatte, waren sie schon wieder bei ihrem Roller. Er wartete sogar noch, bis sie startete, um zu sehen, ob auch wirklich alles funktionierte. »*Grazie, ci vediamo!*«

»Ja, klar«, antwortete er, »wir sehen uns.«

Langsam fuhr Magdalena hinter ihm her, er gab Gas, wurde rasch immer kleiner, bremste dann und bog an der Tankstelle, direkt hinter der Waschstraße, ab. Als sie zu der Stelle kam, entdeckte sie einen schmalen Weg, dessen Einfahrt zwischen Büschen versteckt lag. Sie fuhr vorbei. Die Sonne knallte immer noch vom blauen Himmel, und die Luft war plötzlich durchsetzt mit kleinen weißen Flocken, die offenbar von einer blühenden Pflanze oder einem Baum stammten, es sah aus, als schneite es. Magdalena wendete. Was soll ich in Marina di Campo, dachte sie, wenn ich zu meinem Wohnwagen will, muss ich in die andere Richtung. Kurz darauf stoppte sie an dem Weg, der jetzt links von ihr lag. Nur mal schauen, wie es da oben aussieht – noch eine Ausrede. Sie gab Gas und überquerte die Straße. Nach wenigen Metern mündete der Weg in eine steile, von Bäumen gesäumte Auffahrt. Der arme *scooter* heulte verzweifelt auf, doch er brachte sie tapfer nach oben. Sie hielt auf einem von Zypressen und Steineichen umstellten Platz, dessen Stirnseite eine kleine Kirche einnahm. Ein großer Feigenbaum schabte mit seinen Ästen an ihren Außenmauern, die hohe, ehemals grüne Holztür sah aus, als sei sie lange nicht geöffnet worden. An einigen Stellen hatten sich Baumableger durch den Asphalt gebohrt, sie arbeiteten daran, den Kirchvorplatz wieder in einen Wald zu verwandeln.

An der rechten Längsseite des Platzes standen zwei schiefe Häuschen aus grauem Stein, vor dem einen sah sie den Wagen. Friedlich wie ein grasendes Mammut war er dort abgestellt. Magdalena ging auf die Tür zu. Unter der Motorhaube des Jeeps knackte es leise.

Ich muss die Initiative ergreifen, ich kann nicht zurück in den Wohnwagen, eine dritte Nacht überlebe ich nicht! Vielleicht weiß dieser Roberto ja, wo ich wohnen kann … Die Stimme, die fast nie auf ihrer Seite war, räusperte sich nur leise. Jaja, schon richtig, eigentlich bin ich nur neugierig und will sehen, wie er lebt. In der offenen Haustür stand ein Karton, vielleicht Wein? Auf ihr Klopfen bekam Magdalena keine Antwort, aber sie konnte in eine große, aufgeräumte Küche blicken, altes Holz, Naturfarben, der Esstisch stand quer, und Robertos Kopf tauchte plötzlich aus einer quadratischen Öffnung im Steinfußboden auf. Schnell nahm sie den Karton und reichte ihn herunter. Er nahm ihn entgegen, nicht im Geringsten überrascht, sie zu sehen, und verschwand. Magdalena hörte ihn unten rumoren, feuchter Kellergeruch wehte ihr in die Nase. Da kam er auch schon herausgeklettert, schloss die hölzerne Falltür, klopfte sich die Hände an der Jeans ab und schob den Tisch wieder an Ort und Stelle. »*Allora! Caffè, acqua minerale, champagner!*« Das war keine Frage, sondern eine Aufforderung. Er grinste sie kurz an, dann fiel das Lächeln genauso schnell in sich zusammen, seine Augen schauten wieder ernst, aber nicht unfreundlich. Um dieses unglaublich tiefe Grün hinzubekommen, trägt er wahrscheinlich gefärbte Kontaktlinsen, dachte Magdalena. »*Siediti!*«

Gehorsam setzte sie sich auf die Bank und beobachtete, wie lässig er die Espressokanne mit Kaffeepulver und Wasser befüllte. Da saß sie nun bei einem gut aussehenden fremden Mann in der Küche, und ihr Bauch kribbelte vor Glück, oder was auch immer das war. Fand er sie hübsch? Sie fand sich ja selbst hübsch, in jeder Schaufensterscheibe, an der sie vorbeiging, selbst in dem winzigen Spiegel, der im Wohnwagenei auf der Innenseite der Schranktür klebte, sah sie die fremde Silhouette ihres Kopfes, ihre hellen Augen hinter den dunklen Wimpern, und war immer wieder aufs Neue überrascht.

»Also, erzähl mir, was du hier tust, Maddalena!«

»Was ich hier tue?« Magdalena berichtete von ihrem Job in der *Bar Elba* und ihrer vergeblichen Wohnungssuche, dem einsamen Klo mit Ausblick auf die Wildnis, und sah, wie Roberto an dieser Stelle lächelte, seine Zähne waren extrem weiß und endeten alle auf einer Höhe, wie abgeschliffen. »Mmmmh, mmmh«, machte er, dann drehte er sich zu ihr und sagte: »*Tu non sai cucinare.*«

»Nein!«, bestätigte sie lachend, sie konnte wirklich nicht kochen und hatte auch kein Problem damit, das zuzugeben.

»Und segeln kannst du auch nicht!« Segeln!? Wie kam er jetzt darauf?

»Doch, zufällig kann ich segeln.«

»Ein bisschen.«

»Nein, ein bisschen mehr.« Mit Opa Rudi hatte sie mehrere Kurse belegt, damals in Holland auf dem Ijsselmeer, abends hatten sie Knoten gelegt und Hering gegessen, grünen Matjes. Wie sollte sie ihm den Sportbootführerschein Binnen und See erklären, den sie neben ihrem Führerschein im Portemonnaie mit sich trug? »Ganz gut sogar.«

»Also wohnst du am Meer.«

»Nein, nicht direkt.«

»*A Berlino*.«

»Nein, Deutschland besteht ja nicht nur aus Meer, Berlin und Oktoberfest«, erklärte Magdalena, wieder lachend, sie freute sich an den italienischen Wörtern, die sich in ihrem Mund ganz mühelos zu Sätzen verbanden. »Ich wohne im Norden, nahe der holländischen Grenze.« Also sei sie eine *Olandese* statt einer *Francese*, meinte er.

»Na ja, vielleicht meine Vorfahren.« Magdalena nickte, er hatte entweder nicht richtig zugehört oder schon wieder vergessen, dass sie Deutsche war. Wie kann ich ihn nur dazu kriegen, mich hier wohnen zu lassen?, zermarterte sie sich den Kopf. Genug Platz gibt es hier doch. In diese farblich wunderschön abgestimmte Küche passt ein Klappbett wie das von Matteo dreimal hinein.

Roberto trank im Stehen seinen Espresso aus, während sie von ihrer Bank aus zu ihm hochschaute.

»Ich habe heute Morgen übrigens abhauen müssen!« Magdalena erzählte von ihrer Flucht und hoffte, dass er noch einmal lachen würde. »Und du? Wie lange wohnst du denn schon hier?«, fragte sie dann beiläufig.

»Ich habe das Haus schon seit drei Jahren jeden Sommer gemietet. Nur für mich allein, die Besitzerin legt Wert darauf und lässt nicht mit sich reden.« Mit den Fingern fuhr er sich wie mit einem Kamm durch seine braunen, dichten Haare und ordnete sie, ohne hinzuschauen. Dann schien ihm etwas einzufallen.

»Eine amerikanische Freundin hat trotzdem mal ein paar Wochen bei mir gewohnt«, sagte er und führte sie vorbei an seinem Schlafzimmer in einen langen schmalen Vorraum, der als Windfang vor dem Ausgang zum Garten lag. Ein Klappbett passte hier auch herein, das sah sie sofort, und was »*l'americana*« konnte, war ihr schon lange recht, sie konnte nicht mehr in den Wohnwagen zurück …

»Sie hat jede Menge hiergelassen.« Roberto schob einen Vorhang beiseite, der ein Regal verdeckte. »Alles nur Gerümpel«, stellte er kopfschüttelnd fest. »Das war letztes Jahr«, fügte er hinzu, weil sie sich umblickte, als könnte die vergessliche Amerikanerin jeden Augenblick aus dem Garten zur Tür hereinkommen. Er schaute ihr in die Augen, einen Moment zu lange, Magdalena wollte nicht als Erste wegschauen. Was hatte sie schon zu verlieren? Roberto grinste, öffnete, ohne sie aus den Augen zu lassen, die Glastür, dann wandte er endlich den Blick ab, sie traten hinaus. Der Garten bestand aus einem ungepflegten Rasenstreifen, auf dem eine Zinkbadewanne mit gebogenen Beinchen stand, und staubigen Oleanderbüschen, die sich vor einem Zaun drängten. Dahinter begann der Wald. Als Magdalena die Lotosblumen mit ihren runden Blättern in der Badewanne sah, wusste sie plötzlich, was sie tun musste. Er hatte ihre Lieblingsblumen im Garten schwimmen, ein gutes Zeichen. Sie streifte sich die Ballerinas von den Füßen und schleuderte sie in hohem Bogen von sich. »Lass uns ein Bad nehmen!«, rief sie in Ninas überschwänglicher Art, wenn sie gut drauf war. Roberto brauchte keine Frau, die ihn anschwärmte, davon hatten diese gut aussehenden Männer schon genug, er brauchte eine Frau, die ein bisschen verrückt war, unberechenbar und bloß nicht zu anhänglich. Eine Frau wie Nina, die ihn nicht bewunderte.

»Mach!«, sagte er nur. Sie krempelte die weiten Beine ihrer Hose bis zu den Knien hoch und stieg in die Wanne.

20

*S*ignorina, hallo, wir hätten gerne etwas bestellt!« Sie klopften
auf den Tisch und machten einen Heidenlärm, die Wände
des Innenhofs hallten davon wider. Francos Augen guckten
streng, als er einen *tè alla pesca*, eine Dose Fanta und ein Glas mit
Eiswürfeln auf Magdalenas Tablett stellte. Magdalena nahm
den Bon, den er ihr reichte.

»Die kenne ich, das machen die extra«, versuchte sie auf Italienisch zu erklären, aber er war schon unter der Theke abge-
taucht, um etwas aus den Kühlschubladen zu holen. Magdalena
eilte in den Innenhof.

»Moment.« Sie grinste hinüber zu Matteo, Nina und Evelina,
die an Tisch sieben saßen und sich so richtig schön danebenbe-
nahmen.

»Nun gebt mal Ruhe, die schmeißen sie sonst noch raus, die
Einzige von uns, die überhaupt eine Arbeit hat!«, hörte sie Matteo zu Evelina sagen, die dicht neben ihm saß und jetzt mit ihrem Stuhl nach vorn kippelte, um ihm und dem gesamten Innenhof einen noch besseren Einblick in ihr Dekolleté zu gewähren.

»*Prego!*« Magdalena stellte Fantadose und Gläser vor das
schweigsame deutsche Ehepaar an Tisch zehn und ging hinüber. »*Allora*, was darf es denn sein?«

»*Ciao, bella*«, Nina erhob sich und küsste sie auf beide
Wangen, »gut siehst du aus! Schönes Kleid, das ist doch das

220

von Mandarin, was wir zusammen gesehen haben, oder?«
Magdalena nickte leicht beschämt. Roberto hatte vorgestern erwähnt, dass er sie gern mal in einem Kleid sehen
würde.

»Ich trage nie Kleider«, hatte sie geantwortet.

»Dann wird es aber Zeit«, hatte er gemeint, »keine Blüm-
chen, etwas Schlichtes in Dunkelrot vielleicht, bestimmt eine
gute Farbe für dich!« Sofort hatte Magdalena an das dunkelrote
Kleid denken müssen, das Nina für sie auf der gemeinsamen
Einkaufstour entdeckt hatte, und an ihre Weigerung, es auch
nur anzuprobieren. Doch sie hatte Glück: Als sie in den Laden
kam, hing es noch auf seinem Bügel, und wieder einmal hatte
Magdalena Nina recht geben müssen, das Kleid war kurz und
sportlich, dabei aber auch erstaunlich feminin und saß, wie für
sie geschneidert.

Auch Matteo stand auf, um sie zu begrüßen, es war das erste
Mal, dass er sie küsste. Sie berührte seine Wangen gerade lang
genug, um festzustellen, dass er gut nach sich selbst und einem
Hauch Sandelholz roch.

»Du hast dein Luxushotel verlassen, *congratulazione*, hast du
den Schweizer etwa schon bezahlt?«

»Nein, noch nicht.« Magdalena spürte, dass sie rot vor Freude über seine Begrüßung wurde, nahm auch die von Evelina
entgegen und fragte nach Mikki. »Der schläft«, kam die Antwort unisono von den dreien, und dann endlich erzählte sie von
ihrem erstaunlichen Umzug.

»Also, ich fuhr da so mit dem Roller lang und habe dieses
Häuschen gesehen, oben auf einem Hügel, in der Nähe des
Flughafens, und na ja, jetzt wohne ich bei einem netten Typ,
der ist nie da, und es kostet auch nicht viel!«

Das war die Kurzversion. Vom Abstellkämmerchen vor dem
Garten erzählte sie den dreien nichts, und die Art und Weise,

mit der sie sich ihm aufgedrängt hatte, verschwieg sie ihnen ebenfalls.

»Und bei dem wohnst du jetzt also«, unterbrach Matteo ihre Gedanken, »wer ist er, wie heißt er?«

»Du kennst ihn sogar«, antwortete sie an Nina gewandt, »es ist Roberto, den du mal in Procchio getroffen hast, als ich gerade von Holger kam, weißt du noch? Ihr habt miteinander geredet.« Magdalena strich sich nervös über ihre Haare, der Bob saß noch so perfekt wie am ersten Tag.

»*Ich* habe *nicht* mit ihm geredet!«, sagte Nina scharf.

»Der Argentinier etwa!?« Matteo guckte gequält, als ob er Bauchschmerzen hätte.

Wieso *etwa*? Ja, er war Argentinier, so viel wusste sie inzwischen, man hörte es seinem Italienisch auch an. Sein Urgroßvater war 1924 nach Argentinien ausgewandert, er, der Urenkel kehrte Jahrzehnte später zurück und bekam wieder einen italienischen Pass. Roberto Gustavo Giambastiani. Geboren vor 32 Jahren am 25. September in Buenos Aires. Waage. Das stand nicht in seinem Pass.

Magdalena zuckte mit den Achseln und nickte.

»O nein, der … von der Pfanne in die Glut«, knurrte Matteo, warf einen Seitenblick auf Nina, die ihn ignorierte, und fragte: »Und, hast du dort ein eigenes Zimmer?«

»Nein, Matteo, sie schläft in seinem Bett!« Nina rollte mit den Augen.

»Oh, so genau wollte ich es nicht wissen.«

»Doch.«

»Nein!«»Aber ja!«Evelina stöhnte. »Also für mich bitte eine Cola, die beiden machen mich fertig, ich brauche dringend Koffein.« Matteo nahm einen Espresso, Nina entschied sich für ein Glas Weißwein mit einem Schuss Aperol. Magdalena gab die Bestellung bei Franco an der Theke auf und lief mit ihrem

Tablett auf die Straße, um zu sehen, ob dort noch alles in Ordnung war. In Francos Augen sah sie Genugtuung, er liebte es, wenn sie in Bewegung war.

»… und trotzdem ist der nicht gut für sie …«, Matteo schaute nicht hoch, als sie mit Getränken, Nüssen und Chips an ihren Tisch trat, »… ich meine ja nur.«

»Hier, für meinen Freund Matteo, *un vero amico.*« Mit diesen Worten stellte sie den Espresso vor ihm ab. Natürlich merkte er es. Sex zu haben, macht überlegen. Sex macht schön. Begehrenswert. Sie versuchte, ihr Grinsen aus dem Gesicht zu nehmen.

»Du hast das Foto aufgehängt!«, sagte Nina zu ihr, während sie Matteo mit dem Ellbogen einen Stoß in die Seite verpasste.

»Ja«, erwiderte Magdalena, »Sara hatte nichts dagegen, aber bis jetzt haben sich nicht viele Leute darum gekümmert.«

»Er wird kommen, ich glaub ganz fest daran.« Nina ließ die Eiswürfel in ihrem orangefarbenen Getränk klingeln.

»Na, du hast ja auch fest daran geglaubt, dass das *POLO* wieder aufmacht«, gab Matteo trocken zurück.

»Weißt du, wo wir derweil sind?«, fragte er zu Magdalena gewandt, während er sie mit einem Blick anstarrte, der vielleicht eher ausforschen wollte, wo sie inzwischen mit Roberto war. Sie hob verneinend die Schultern.

»Wir haben schon bei Laura angefragt! Stell dir vor, die Mannschaft vom *POLO* bittet nebenan im *Club 64*, der ewigen Konkurrenz, um Arbeit! Schlimmer als das geht's nicht!«

Jetzt war Nina an der Reihe, mit den Schultern zu zucken.

»*E allora?* Laura ist total in Ordnung, sie wartet noch bis Mitte des Monats ab, wir sind quasi schon eingestellt.«

»*Quasi!?*« Evelinas Hand voller Chips verharrte in der Luft.

»Ich habe nicht mehr genug Geld, um ›quasi‹ zu akzeptieren. Du hast gesagt, es ist sicher!«

223

»Es *ist* sicher! Zufrieden?« Nina nahm einen Schluck aus ihrem Glas und schaute sich betont munter um.

»Endlich der richtige Mann, der neue Bürgermeister«, begann Matteo jetzt, »dem geht es nicht ums Geld wie allen anderen, der will Elba wieder zu dem machen, was es mal war. Also zurück zur Natur, keine weiteren Diskotheken, keine weiteren Campingplätze, die neue Umgehungsstraße um Marina di Campo ist gestoppt. Und jetzt gelten die Regeln des *Parco Nazionale* sogar für alle ...«

»Dann kommen die Touristen gar nicht mehr«, maulte Evelina.

»Im Gegenteil! Die kommen gerade, wenn man ihnen etwas Besonderes bietet! Ich habe mich neulich, als er bei uns oben war, mit ihm unterhalten, guter Mann.«

»Der uns die Arbeit wegnimmt.« Evelina gab nicht auf.

Magdalena hätte gern noch weiter zugehört, irgendwie vermisste sie die Kabbeleien der drei, doch sie musste sich um ihre Tische kümmern, die sich jetzt gegen halb zehn langsam füllten.

Natürlich ist Roberto gut für mich, dachte sie trotzig, während sie eine Limonadenpfütze von der Tischplatte wischte.

Nina fing sie an der Theke ab: »Wirklich alles in Ordnung bei dir? Du bist dünner geworden, gibt es bei Roberto nichts zu essen?« Magdalena balancierte das leere Tablett auf drei Fingern. Was haben die nur alle auf einmal?, fragte sie sich. Die sollen mich doch mit Roberto in Ruhe lassen!

»Ich weiß nicht, komischerweise habe ich in den letzten Tagen keinen Hunger. Ich sehe Roberto kaum, er arbeitet ja von morgens bis abends im *Il Vizio*.« Dass sie ungeduldig auf das Motorengeräusch seines Wagens wartete und Küche und Bad in seiner Abwesenheit auf Hochglanz wienerte, wollte sie Nina nicht gestehen. Sie musste den Tag schließlich irgendwie herumbringen. Erst abends um halb neun mit der Arbeit anzufangen, war ungewohnt, um diese Zeit machte sie sich zu Hause in Osterkappeln schon bald wieder zum Schlafen fertig.

»Woher kennst du ihn?«, fragte sie Nina.

»Von letztem Jahr. Kam oft ins *POLO*.«

»Einer von den vielen, die mit dir ein Verhältnis hatten, ohne dass du davon wusstest?« Sie schämte sich für den hoffnungsvollen Ton, der dabei in ihrer Stimme zu hören war. Ein Verhältnis, mein Gott, sie klang ja hausbacken wie die alte Frau Feest von nebenan.

»Einer der besonders Hartnäckigen, ja.« Nina zeigte ihre Zahnlücke, lächelte aber nicht dabei. Aber ich, ich habe ein richtiges Verhältnis mit ihm, dachte Magdalena, also fast. Ist es ein Verhältnis, wenn man nackt bei einem Mann auf dem Bett liegt, aber noch nicht richtig mit ihm geschlafen hat? Ich denke doch. Gleich an dem Tag, an dem sie bei ihm eingezogen war, hatte Roberto gekocht, und zwar nachmittags um vier, einfache Spaghetti, längst nicht so köstlich wie bei Nina. Als fantasievolle Vorspeise hatte es das gelbe elbanische Brot gegeben, in Olivenöl getaucht und mit grobkörnigem Salz bestreut. Er hatte sie geneckt, sie hatte sich gewehrt, die Rolle der etwas spröden, aber unaffektierten Deutschen, die ihn zum Lachen bringen konnte, war ihr ganz gut gelungen. Um fünf war sie von drei Martini d'Oro glückselig betrunken gewesen und hatte sich auf seinem Bett ausgestreckt wiedergefunden, seinen kurzen, leidenschaftlichen Kommandos gehorchend. Erst als Roberto schon wieder in der Tür stand, hatte sie mitbekommen, dass er zurück ins *Il Vizio* musste. Magdalena seufzte enttäuscht bei der Erinnerung. Franco schaute strafend. Hastig diktierte sie ihm ihre Bestellungen vom Block und wandte sich dann wieder Nina zu. Sie weiß, dass ich loslaufe, um mir Kleider zu kaufen, wenn Roberto nur mit der Wimper zuckt. Sie weiß, dass ich etwas für ihn tue, was ich noch nie bei Tageslicht und ohne schützende Decke über mir getan habe, und dass es mich auch noch anmacht, sogar jetzt, wenn ich daran denke. Sie lächelte verstohlen und stellte die Getränke, die Franco ihr über die Bar reichte, auf ihr Tablett. Nina folgte ihr nach draußen. Sobald Magdalena ihre Gäste bedient hatte, hielt sie sie am Arm fest: »Nur noch ganz kurz, und dann lasse ich dich in Ruhe arbeiten. Ich will dich nicht beleidigen, aber Roberto macht nie etwas, ohne daraus Profit zu schlagen. Dass du bei ihm wohnen darfst, kommt mir ziemlich komisch vor, er ist ein Frauenverbraucher, wie ich selten einen g'sehen habe, aber er lässt keine wirklich an sich ran. Er fickt draußen rum und geht danach immer alleine nach Hause.« Aha, da wusste Nina aber nicht alles. Für sie nudelte Roberto nicht mal, er fickte gleich, sie verabscheute ihn offenbar wirklich.

»Warst du doch so nahe an ihm dran, oder woher weißt du das?«

»Nee, weil er sah, dass er auf die gleiche Tour bei mir nicht weiterkam, nicht mal nach Argentinien wollte ich mit, da erzählte er mir was vom Heiraten«, sagte Nina sachlich. Magdalena glaubte ihr sofort und hasste Nina mit einem Mal – schön, selbstbewusst und unnahbar stand sie vor ihr auf dem Bürgersteig, eine Mischung, die selbst einen Mann wie Roberto vom Heiraten reden ließ.

»Ich glaube nicht, dass er nur berechnend ist, weswegen auch?« Was kann ich ihm denn geben?, wollte sie schon sagen, verschluckte die Frage aber gerade noch rechtzeitig.

»Und er … er macht ganz bestimmt nicht nur rum, er ist gebildet, er mag Tangomusik und besitzt jede Menge Bildbände über Design und Architektur.« Magdalena musste ihre Verteidigungsrede kurz unterbrechen, um an Tisch fünf zu kassieren.

Wenn Roberto nicht da war, nutzte sie die Zeit, um ihn besser kennenzulernen. In seinem Haus ließ sich nichts nach Farben ordnen, dort gab es nur Naturtöne: Grau, Beige und Weiß. Auf seinem großen Rattanbett sitzend, blätterte sie die einzigen Farbkleckse, seine zahlreichen Bildbände, durch, inspizierte seinen Schrank, in dem zwanzig identische weiße Hemden auf Abstand hingen, sodass keins das andere berührte, stellte fest, dass die Schachtel Kondome in seiner Kommode nicht leerer wurde und er sich die Zähne mit deutscher Ökozahnpasta, Zitronen-Salz-Geschmack, putzte. Sie wusste, dass er nicht rauchte, Champagner liebte, fast ausschließlich von Espresso lebte und selbst dann noch unverschämt gut aussah, wenn er auf die Schnelle öligen Reissalat aus dem Glas löffelte. Sie würde sich das gute Roberto-Gefühl nicht von Nina verderben lassen. Nina beugte sich vor: »Ich sage nur: Pass auf dich auf!« Wie dramatisch, Nina hatte wohl zurzeit niemanden, den sie umsorgen konnte.

»Was macht dein Student, dieser Bastian?«

»Florian!« Magdalena lächelte, trotz ihrer Eifersucht wollte sie Ninas spärliche Freundschaftsbeweise nicht vollständig verlieren. »Ich schreibe nicht, aber er ergeht sich dafür in ganz neuen Liebesschwüren.«

»Ich hab's mir gedacht. Und du lässt ihn zapp'ln?«

»Kann man so sagen.«

Als Magdalena das nächste Mal an Tisch sieben vorbeikam, schob Matteo gerade seinen Stuhl zurück. »Okay, ich muss los, und du hüte dich vor den Argentiniern!« Er nahm ihre Hand für einen Moment.

Fast hatte sie ein schlechtes Gewissen, als würde sie ihn mit Roberto betrügen. Aber sie betrog ihn nicht, sie betrog niemanden, und Florian schon gar nicht!

21

Um halb neun, wenn Magdalena mit der Arbeit begann, war die Bar meistens noch leer, so auch an diesem Tag. Als sie unter den Tischen im Innenhof die Chipskrümel und Erdnussschalen zusammenfegte, betrat jemand die Bar. Sie hob nur kurz den Kopf. Er war groß, seine schütteren, grau melierten Haare waren am Hinterkopf zu einem dünnen Pferdeschwanz zusammengebunden. Magdalena fegte weiter und überlegte, warum Roberto sie eigentlich noch nie aufgefordert hatte, ihn im Il Vizio zu besuchen. Sie beschloss, am nächsten Tag einmal dort vorbeizufahren, gegen einen Cappuccino an seiner Theke würde er ja wohl nichts einzuwenden haben. »Wal-ter!«, trompetete der dünne Pferdeschwanz jetzt an der Bar. Sie schaute hinüber. Walter schien belustigt über ihn zu lächeln. Aber Walter lächelte über jeden belustigt oder starrte abwesend in die Luft, mit ihr hatte er in den vergangenen zwei Wochen, die sie nun schon hier arbeitete, kaum ein Wort gesprochen.

»Un bianco!« Der Unbekannte stand mit dem Rücken zu ihr und beugte sich über den Tresen, er redete und gestikulierte ohne Punkt und Komma. Magdalena lehnte den Besen leise an die Glastür, dieser Typ war einer von denen, die alles kommentieren mussten, wahrscheinlich erklärte er sich dadurch selbst das Leben. Mit einem Mal, als ob er ihren Blick gespürt hätte, drehte er sich um.

»*Eccolo*, ein neues Gesicht, angenehm, Olmo!«

»*Piacere*, Magdalena!«, brachte sie hervor und ging näher an ihn heran, sodass er ihre Hand ergreifen konnte. Nur langsam drang die Erkenntnis zu ihr durch, wer ihr da gerade die Hand zerquetschte, als ob er eine Zitrone auspressen wollte: Olmo! Olmo Spinetti, zu dem der Wirt des *Mezza Fortuna* sie mit den Worten »Der kannte sie damals alle« geschickt hatte. Magdalena rieb sich die schmerzenden Finger und betrachtete ihn aufmerksam wie ein berühmtes Gemälde, das man nur aus Büchern kennt und nun endlich in natura sieht.

»... und wer hat sie eingestellt, hat Sara das entschieden? Oder du, Wal-ter? Woher kommst du? Deutschland, ah, die Deutschen sind gut, ich mag die Deutschen, aber die Russinnen können auch richtig anpacken oder die Rumäninnen, verstehst du?« Er trug zwei klotzige Taucheruhren an seinem linken, stark behaarten Unterarm. Er folgte ihrem Blick.

»Natürlich, jetzt fragst du dich, was will der da mit den zwei Uhren, tja, ich muss halt immer wissen, wie spät es gerade auf Santa Lucia ist, *caraibi*, verstehst du?« Magdalena zuckte zusammen, als sie ihren zweiten Vornamen hörte. Lucia. Santa Lucia.

»Komme gerade von da und muss ziemlich oft dort anrufen, na ja, man will die Geschäftspartner schließlich nicht aus dem Bett schmeißen. Verstehst du?« Nein, sie verstand seinen toskanischen Dialekt nur zur Hälfte, die andere Hälfte hatte sie geraten. Außerdem kippte er den Weißwein wie Schnaps, sie musste sich zusammenreißen, um ihn nicht weiter anzustarren. »Also *tedesca*, was?« Olmo redete. Seine Frau sei aus Brasilien, *una bella ragazza, bella, bella, bella*, und er würde bald das erste Mal Papa! Darum sei er hier. Ob sie auch was trinken wolle? Er lachte mit zusammengepressten Lippen, und seine Augen schlossen sich zu zwei Halbmonden. O Gott! Walter stellte zwei weitere Gläser Weißwein auf die Theke und schenkte Olmo nach. Wie hatte sie damals nur glauben können, dass Giovanni ihrem jugendlichen Vater ähnlich sah, der hier vor ihr war es, keine Frage! Und damit nicht genug, ihr Vater wurde wieder Vater.

»Lasst uns anstoßen, wer hätte das gedacht, mit fünfzig das erste Mal Vater, Wal-ter, Maddalena, *Salute!*«

Magdalena stieß ihr Glas gegen das seine. Ob dir immer noch zum Feiern zumute wäre, wenn du wüsstest, wie jung du bei deinem wirklich »ersten Mal« warst?

Ohne Luft zu holen, erzählte Olmo ihr vom *Il Giramondo*, dem Restaurant mit den vielen Städtewahrzeichen an den Wänden, das sei ihr sicherlich schon einmal aufgefallen. Und ob, dachte sie, als ich noch im Hotel *Acquarius* wohnte, musste ich jeden Tag aufs Neue feststellen, dass es geschlossen war. Magdalena zögerte, mit ihrem Rücken verdeckte sie das Foto, das seitlich hinter der Bar in der Nähe der Musikanlage hing. Olmo trug eine künstlich zerschlissene Jeans, über seinem Bauch spannte sich ein T-Shirt, auf dem die Simpsons abgebildet waren. Walter lächelte erheitert, als ihre Blicke sich trafen. Sollte sie wirklich fragen? Sie trank den Rest Weißwein mit einem Schluck aus, die Gläser waren winzig. Was mochte da reingehen, fünf Zentiliter? Nicht genug für den heutigen Anlass. Zeig die Zähne, bat sie ihn in Gedanken, zeig mir deine spitzen Eckzähne, ich muss vorher die Gewissheit haben! Doch er tat ihr den Gefallen nicht. Noch immer verbarg sie das Foto mit ihrem Rücken und starrte ihm auf den Mund. Er lachte und redete ununterbrochen.

»Wisst ihr, dass es in der Karibik nur noch ganz wenige wirklich gute Plätze gibt? Aber das sind Geheimtipps, die ich nicht weitergeben werde!« Er lachte, seine Zähne hielt er dabei mit den Lippen unter Verschluss.

Magdalena krümmte sich innerlich, ihr potenzieller Vater war also auch so ein Karibikfan – und dazu noch ein Angeber.

»*Allora, arrivederci*, besuch mich mal im *Giramondo!* Diese Woche am besten, da habe ich tagsüber ein bisschen Luft!« Er zahlte und verließ fröhlich pfeifend die Bar. Erschöpft setzte Magdalena sich auf einen Hocker.

»*Il Bianco* nennen sie ihn, er kommt zehnmal am Tag herein und trinkt Weißwein«, sagte Walter leise, »er hat beinah schon mal seinen Laden versoffen, hatte immer irgendwelche Frauengeschichten, aber kein Glück mit ihnen. Aber seit letztem Sommer ist da diese Brasilianerin, wahnsinnig eifersüchtig übrigens, die hält ihn so kurz, da muss er auch abends zu uns kommen.« Er lachte nicht, sondern guckte Magdalena das erste Mal ruhig in die Augen.

»Er könnte es sein«, wisperte sie.

»Er könnte es sein«, wiederholte Walter.

Nein, nein, nein, ich will keinen alternden, auf jung machenden Playboy mit einem Alkoholproblem und Haarausfall zum Vater! Ach, das dann doch nicht? Es war von vornherein klar, dass er vielleicht nicht unbedingt ein Nobelpreisträger sein würde … oder? Du musst ihn schon so nehmen, wie er ist, Vater ist Vater. Magdalena beendete ihren inneren Monolog, Walter beobachtete sie immer noch. Seit ein paar Minuten mochte sie ihn, weil er Olmo nichts von dem Foto gesagt hatte und weil er auch jetzt wieder schwieg.

Neun Uhr, Franco kam mit Helm und Motorradjacke herein. Draußen sitzen Leute, signalisierte er ihr mit einer knappen Bewegung seines Kopfes. Jaja, ich gehe ja schon. Franco das Arbeitstier nannte sie ihn. Wie der pingeligste Deutsche hatte er die Bar mit seinen Gesetzen und Regeln in der Gewalt. Dieses und kein anderes Glas für den Eistee, jenes für Martini, den grünen Lappen bitte nur zum Kaffeemaschineputzen, den Toaster immer auf Stufe drei stellen, abends zwei Kappen Desinfektionsmittel ins letzte Wischwasser, nicht mehr und nicht weniger. Selbst Walter würde es als Besitzer der Bar nie wagen, diese Ordnung infrage zu stellen. Während der sonst so schweigsame Walter mit ausgewählten Gästen gerne mal ein Schwätzchen hielt, sortierte Franco Kaffeelöffel, räumte im Lager herum oder ordnete die Schubladen unter der Bar in einem von ihm erdachten revolutionären neuen System ein. Ständig wischte und putzte er etwas, Magdalena hatte schon ein schlechtes Gewissen, wenn sie ihn nur sah.

Es wurde voller, fast alle Tische waren besetzt, Magdalena nahm Bestellungen auf, räumte ab, schleppte Tabletts mit Eisbechern und Getränken heran und rannte zwischen Innenhof und Straße hin und her. Es machte ihr Spaß, in ihren neuen leichten Segelschuhen war sie die schnellste Bedienung von ganz Procchio. Ab zehn Uhr kam sie kaum mehr zum Verschnaufen, sie verteilte die Getränkekarten an den Tischen, sammelte sie wieder ein, empfahl Kuchen aus der Vitrine – »*Allora*, wir haben *torta di mela*, *torta di moro* und eine *crostata di albicocche*« –, sie räumte schmutziges Geschirr in die kleine Spülmaschine und verbrannte sich an den Untertassen die Finger, wenn sie sie wieder ausräumte. Sie redete Italienisch, wie es ihr gerade einfiel, die Italiener waren neugierig, kaum hörten sie ihren fremden Akzent, fragten sie auch schon, von wo sie käme.

»*Germania. Del nord.*«

»*Hamburgo?*« In der Nähe! Sie hatte aufgegeben, die geografische Lage von Rheine mithilfe der niederländischen Grenze zu erklären, die meisten Italiener wussten gar nicht, wo genau sich dieses europäische Land befand.

Dreiundzwanzig Uhr, Franco schickte Magdalena mit dem Besen hinaus, sie sollte wie jeden Abend die Kippen auf dem Bürgersteig zusammenfegen.

Halb eins, Endspurt, Aschenbecher ausleeren, Kaffeemaschine polieren, Müll und leere Flaschen über die Straße zum Container bringen. Walter drückte ihr zehn Euro in die Hand. Ihr Trinkgeld. Sie steckte es in die Tasche und ging zu ihrem Roller, der in der Gasse hinter der Apotheke abgestellt war. Morgen würde sie damit die Via del Mare hinunterfahren und Olmo erklären, dass er bereits Vater war.

22

Magdalena schüttelte den Stift, dass die Kugel darin hin und her klackerte, und drückte die Spitze ein paarmal auf das Papier. Mit dem Goldlack, der jetzt aus der Fasermine trat, färbte sie die Stiefel ein, die sie ihrer Mutter an die Beine gemalt hatte. Auch ihre Haare malte sie so an. Fertig war das Bild. ›Heidi am Strand‹ schrieb sie unter die Kugelschreiberzeichnung, sie konnte recht gut zeichnen, aber ob Heidi wirklich so ausgesehen hatte? Das Oberteil hatte sie vom Foto übernommen. Schade, es gab keinen roten Stift in Robertos Küchenschublade. Ob sie tatsächlich einen Minirock getragen hatte? Magdalena machte eine abgeschnittene Jeans aus dem Minirock und pustete den Lack auf den Stiefeln trocken. Sosehr sie es auch versuchte, sie konnte das Bild ihrer Mutter einfach nicht mit Leben füllen.

Dann fächerte sie die Postkarten vor sich auf dem Küchentisch auf und schob sie wie eine Wahrsagerin hin und her. Sie traute sich nicht, sie traute sich einfach nicht, auf den Roller zu steigen und loszufahren. Jeden Tag hatte sie Heidis Postkarten, ihr Notizbuch und die Zettel aus der Freiburger Wohngemeinschaft betrachtet und immer wieder durchgelesen. Keine Zeile mehr, die sie nicht kannte, kein gedruckter großer Anfangsbuchstabe ihrer Mutter, den sie nicht studiert hätte. Die Fotos, die sonst an der Wand neben ihrem Bett im Abstellkämmerchen hingen, hatte sie heute abgenommen, um sie ihm mitzubringen. Doch nun zögerte sie. Die Begegnung mit dem tobsüchtigen Giovanni auf der Fähre war ihr noch lebhaft in Erinnerung. Vielleicht sollte sie Olmo nicht sofort mit der Nachricht und den Babyfotos überfallen, sondern zunächst über die fragliche Zeit aushorchen. Er hörte sich selbst ja nur allzu gern reden, das hatte er gestern in der Bar unter Beweis gestellt. Möchte ich denn nun, dass er es ist, oder nicht? Magdalena mischte die Postkarten wie die Karten beim Memory, bevor man sie umdreht. Keine Ahnung, er soll nicht dumm sein, er soll mir etwas von meiner Mutter erzählen können. Und wenn er das nicht kann? Dann bekommt er auch nichts zu sehen, geht ihn nämlich nichts an. Entschlossen schob sie die Karten zusammen, packte alles in die Katzenzungenschachtel und machte sich ohne sie auf den Weg.

Doch anstatt die Straße links nach Procchio einzuschlagen, fuhr sie rechts, Richtung Marina di Campo. Es war noch früh, Zeit genug, um vorher ein wenig an den Strand zu gehen, zu schwimmen, ein Stündchen im Sand zu liegen und sich die Sonne auf die weißen Beine scheinen zu lassen.

Seit gestern war sie im Besitz eines Bikinis, gezwungenermaßen. Irgendwie schienen hier immer alle ganz genau zu wissen, was gut für sie war. Friseur Holger hatte sie in einem Geschäft in Procchio ertappt, wie irre von außen an die Schaufensterscheibe geklopft und keine zwei Sekunden später neben ihr vor der Kabine gestanden.

»Einen Badeanzug!? Willst du für die Ärmelkanaldurchquerung trainieren oder so viel Sonne wie möglich an deinen Körper lassen und dich zeigen?«

»Ärmelkanal.«

Doch er hatte ihre Antwort nicht gelten lassen.

»Siehst du«, sagte sie, als sie in einem schlichten schwarzen

235

Bikini vor dem Spiegel stand, »meine Schultern sind zu breit, ich habe ein Schwimmerkreuz, und meine Brüste sind klein, die gehen auf der geräumigen Fläche völlig verloren.«

»Ha noi«, erwiderte er in breitestem Schwäbisch, das er erfreulicherweise ausknipsen konnte wie eine Lampe, »du bist schlank, hast starke Schultern und gute Beine, deine Brüste sind wie die von Kate Moss in ihren dickeren Zeiten, und dein Hintern ist auch okay.«

»Aber ich habe keine Taille!«

»Aber auch keinen Bauch!«

»Ich war einmal Leistungsschwimmerin, wir haben im Wasser nie etwas anderes als einen Badeanzug getragen, ein Bikini ist einfach … komisch!«

»Schätzelein, vertrau deinem Stylingberater und zieh das da mal wieder aus. Wir brauchen ein anderes Modell für dich, gugge ma mal.« Während er die kleinen Plastikbügel an der Stange durchflippte, diskutierte er mit der Verkäuferin ihre Figur. *Seno, spalle, culo.* Busen, Schultern, Hintern. Halb nackt und verlegen hatte sie in der Kabine mit den Füßen gescharrt wie ein Rennpferd in seiner Box.

Magdalena ließ das Ortseingangsschild von Marina di Campo hinter sich, fuhr auf der von Pinien gesäumten Hauptstraße am kleinen Friedhof vorbei, setzte den Blinker und bog links ab, Richtung Meer. Schwimmen könntest du auch in der Bucht von Procchio, dozierte eine leise Stimme in ihrem Kopf, aber du möchtest ja, dass eine ganz bestimmte Person dich in deinem unverschämt teuren grün gemusterten Unterwasserweltbikini erblickt. In dem du aussiehst wie ein Unterwäschemodell, weil deine Beine durch den hohen Beinausschnitt länger wirken. Sogar eine wahrnehmbare Oberweite hast du in dem ausgepolsterten Oberteil … Ach, Quatsch. Ach, doch.

Magdalena stellte den Roller ein Stück weit entfernt vom *Il Vizio* ab und lugte durch die offen stehende Tür. Die Bar war leer, nur zwei dünne Kinder hopsten vor der Eistruhe herum, lutschten an ihrem Eis und zeigten sich gegenseitig auf der bunten Tafel, welche Sorte sie beim nächsten Mal nehmen würden. Roberto arbeitete hinter der Theke, sie sah nur seinen Rücken, dem Geräusch nach stapelte er Untertassen. Seine Ärmel waren hochgekrempelt, seine Jeans hatte rechts und links am Hintern zwei Dellen, er war so hübsch, sogar von hinten. Vor allem von hinten. In diesem Moment kam eine Frau im Bikini vom Strand herein, zog einen Hocker vor den Tresen und setzte sich genau vor ihn. Italienerin? Vielleicht. Machte hier mit ihrem Sonnenhut und passendem *Pareo* einen auf große Dame. *Pareo* hießen die dünnen Stofffetzen, die man zum Bikini kaufen konnte und sich um die Hüften schlang, hatte Magdalena gestern gelernt. Der Hut sah toll aus, musste sie sich eingestehen, ein einfacher Strohhut mit einem langen schwarzen Flatterband. Roberto grüßte die Strohhutfrau nur kurz, wurde aber von ihr in ein Gespräch verwickelt.

Wie hartnäckig manche Frauen sein können, das ist ja widerlich. Jetzt fragte sie ihn etwas, er lachte in seiner speziellen kurzen Art auf und wurde gleich darauf wieder ernst. Gerade das mag ich so an ihm, und genau so lacht er jetzt auch für diese Fremde. Immerhin wohne ich bei ihm und die da nicht.

Zwischen ihren langen schmalen Fingern hielt die aufdringliche Strohhutfrau plötzlich einen Zigarillo, sie wollte ihm also imponieren. Alle Frauen, die diese Dinger rauchten, wollten etwas Besonderes sein, oder was für einen Grund konnte es sonst noch geben, die stinkenden Stäbchen freiwillig in den Mund zu nehmen? Roberto kam extra hinter der Bar hervor und ging mit ihr hinaus in den Patio. Sie stöckelte vor ihm entlang und bot ihm freien Blick auf ihre gesamte Rückenansicht, Hinterbacken und hohe Absätze, na, wenn ihm so etwas gefällt. Aber welchem Mann gefällt das nicht? Magdalena zog den Kopf zurück, damit er sie nicht sah. Unter einem der gestutzten Weidenbäume gab er der Frau Feuer, sie hielt dabei seine Hand schützend über ihren Zigarillo, als ob sie gemeinsam in einem gewaltigen Schneesturm steckten. Lass ihn sofort los, du blöder Strohhut. Magdalenas Magen krampfte sich zusammen, als er sie jetzt zweimal auf die Wange küsste und seine Hand dabei ganz kurz auf ihren Rücken, eigentlich schon auf ihren vorstehenden Po rutschte. Vielleicht kannte er sie doch besser, als er nach außen hin zeigte. Magdalena begriff: Er wollte sich nicht mit dem Strohhut sehen lassen, der Strohhut aber wollte genau das. Wie betäubt ging sie zu ihrem Roller, zurrte ihre Strandtasche wieder auf dem Gepäckträger fest und startete. Das prickelnd warme Gefühl, das bisher immer in ihr aufgekommen war, wenn sie an Roberto dachte, war wie weggekickt. Sie hatte bereits von sich selbst als seiner zukünftigen Freundin geträumt, nur weil sie in der Abstellkammer seines Hauses wohnte, sich vor ihm auf seinem Bett Stück für Stück auszog und sich von ihm beglücken ließ. Beglücken – das klang verdächtig nach Oma Witta. Natürlich war alles zu schnell gegangen, kaum hatte Roberto einmal aus Versehen geblinzelt, hatte sie sich ihm auch schon angeboten. Sie war so naiv, Nina hatte sie gewarnt. Zum Teufel mit Nina, die wusste auch nicht immer, was richtig war.

Via del Mare. Jemand hatte die Betontische vom *Ristorante Il Giramondo* in hellem Rosa angemalt, auf den Steinplatten darunter waren jede Menge frischer Farbkleckser zu sehen. Zwischen den Zitronenbäumen und der Kinderrutsche standen jetzt unzählige Töpfe mit leuchtend roten Geranien, und das Laub vom letzten Herbst war in einer Ecke zu einem Haufen zusammengekehrt.

»*Permesso?* Hallo?« Zögernd setzte Magdalena einen Fuß in den offenen Gastraum und ließ ihren Blick über die hellblau eingedeckten Tische schweifen. Irgendwer liebte hier Babyfarben. In diesem Moment kam ein älterer Mann aus der Küche geschlurft und studierte einen Zettel, indem er ihn auf Armeslänge von sich hielt. Als er sie sah, nahm er Haltung an, straffte sich und schien ein Stück größer zu werden. Der ältere Mann war Olmo, wie peinlich, sie hatte ihn gar nicht erkannt. Großes Hallo, »Schön, dass du mich besuchen kommst, was willst du trinken? Willst du etwas essen? Aber in der Küche ist gar kein Koch, er hat mich versetzt heute Morgen, du siehst ja, alles muss ich selber machen…« Sie kam nicht zu Wort, sondern wurde gebeten, Platz zu nehmen. Wenigstens die Kaffeemaschine funktionierte, Olmo seufzte dramatisch. Schnell hatte Magdalena einen Espresso vor sich und hörte ihm zu, während er ein ums andere Mal aufsprang, irgendetwas gerade rückte, nach einem Zettel griff, etwas zu suchen begann, aber nichts zu Ende brachte.

Es ging um Brasilien und die schönen Frauen dort, seine Frau, *bella, bella, bella*, also noch nicht richtige Ehefrau, aber guter Hoffnung. Er würde ihr einen Heiratsantrag machen, wenn sie nächste Woche herübergeflogen käme. Es ging um seine Geschäfte in der *caraibi* und das *Il Giramondo*, das er nach dieser Saison vielleicht verkaufen wollte. Er deutete mit den Händen über die Tische, seit zwanzig Jahren hatte er das Lokal nun schon, Zeit, etwas anderes zu tun, nicht wahr? Magdalena nickte.

»Zwanzig Jahre sind eine lange Zeit, und davor, was hast du da gemacht?«

»Früher?« Er tastete ohne hinzusehen nach seiner Brille, die auf dem Tischtuch lag, hielt sie wie ein Monokel an die Augen, schaute auf eine Rechnung, schüttelte den Kopf, legte beides wieder weg. »Damals, ohne Verpflichtungen, ohne den Laden?

Ach, es war herrlich, es war total anders als heute. Ich war jung und hatte viele Freunde, und Mädchen, natürlich. Na ja, nach der Schule, da waren wir arm, hatten keine Arbeit und auch keine Lust zu arbeiten. Aber dann, Ende der Siebziger kam der Tourismus, da ging das los ... Ich habe meinem Opa in seinem Fuhrbetrieb geholfen, wir transportierten alles, Weinreben, Telegrafenmasten, Kies, alles, was du dir vorstellen kannst. Ich war der Erste hier im Dorf, der ein Mofa hatte. Die Deutschen kamen, Anfang der Achtzigerjahre muss das gewesen sein, ich erinnere mich noch an einen Typen, Wolfgang aus *Monaco di Baviera*, München, stark der Typ, der hatte immer so einen Napoleon-Dreispitz auf und konnte großartig Gitarre spielen, na, das wollte ich natürlich auch. Hab's ihm abgeguckt und spiele heute noch ganz gut!« Er sprang auf und ging davon, vermutlich suchte er nach seiner Gitarre. Mit einem Mal wurde Magdalena traurig, aber auch wütend. Warum musste sie hier sitzen und darauf warten, dass der alte Playboy Olmo sich an ihre Mutter erinnerte? Dass er sie vielleicht nur mit einem abfälligen Satz beschrieb und dass sie eine Heidi unter vielen Gabis, Susannes und Sabines für ihn war, oder wie man als Mädchen damals so hieß. Ein unendliches Bedauern breitete sich in ihrem Inneren aus und brannte zusammen mit dem Espresso ein Loch in ihren Magen. Nicht über sich selbst, aber über die zahlreichen Möglichkeiten, die sie von vornherein nicht gehabt hatte. Warum musste ihre Mutter so jung sterben, wo sie doch schon ohne Vater aufwachsen sollte? Wenn es unbedingt Schicksalsschläge im Leben geben musste, warum gab es dann nicht wenigstens eine gerechte Verteilung der Portionen? Hätte aus den beiden nicht ein verliebtes junges Paar werden können, das in Freiburg glücklich zusammenlebte, bevor Heidi starb? Ihre Mutter hätte weiterstudiert, und aus Olmo wäre kein Casanova, sondern ihr liebevoller Vater geworden, der tagsüber auf sie aufpasste und abends in einer Pizzeria kellnerte. Ein hartes Jahr, aber ein glückliches, das glücklichste überhaupt, man kannte so etwas ja aus den Erinnerungen alter Leute. Sie wäre zweisprachig aufgewachsen, mit jeder Menge Cousins und Cousinen auf Elba und Geschwistern, aber ja, vielleicht hätte Heidi ja gar keinen Fahrradunfall gehabt, wenn er bei ihr gewesen wäre. Magdalena hatte nie an Geschwister gedacht, doch jetzt erschienen sie vor ihren Augen: zwei kleine Brüder, hübsche Jungs mit großen dunklen Augen in bunten Fußballtrikots, die immer zu ihr aufgeschaut hätten. Magdalena schniefte kurz. Es war anders gekommen. Wer regelte bloß so willkürlich und ungerecht, was man am Ende auf dem Lebenskonto hatte?

Und war Olmo überhaupt ihr Vater? Sie hatte seine breiten Hände betrachtet und keine Ähnlichkeit mit ihren eigenen feststellen können. Die Nase? Nicht unbedingt, im wirklichen Leben sah sie ganz anders als auf dem Foto aus. Die Zähne? Die hatte sie immer noch nicht gesehen, was konnte sie nur tun, um ihn richtig zum Lachen zu bringen? Sie folgte Olmo durch die Tür und landete in der Küche, wo ein übergroßer Aluminiumtopf auf einem verkrusteten Herd einsam vor sich hin brodelte und mehrere gelbe Plastikdosen mit dem Schriftzug von Knorr im Regal aufgereiht waren. *Fondo bruno*, braune Soße, *Fondo pesce*, Fischfond. Flüssigwürze.

Sie hörte Olmo im Gastraum rumoren, schnell ging sie zurück.

»Wie war das, wie sah es damals in Procchio aus?« Er zuckte zusammen, als er sie bemerkte, hatte er etwa schon wieder vergessen, dass sie da war?

»Ah! Äh! Na ja, da war noch viel weniger bebaut, ist ja logisch, das *Hotel del Golfo* gab es noch nicht, die Häuser hinten am *Via Verde* auch noch nicht. Campo all'Aia war ein einziger Wald und hier an der Via del Mare stand kaum ein Haus. Die

Straße war rechts und links zugewachsen, viele Bäume, Apriko-
sen, Kirschen, Orangen, ein richtiger Garten.«

»Unglaublich!« Magdalena schwitzte vor Aufregung, genau
davon hatte Heidi in ihrem Notizbuch geschrieben.

»Und es war immer was los, Lagerfeuer am Strand, heute natürlich verboten, campen, heute auch verboten, wir haben die
Nacht zum Tag gemacht, sind nachts rausgerudert oder haben
oben im *Club 64* getanzt.« Er schaute sie wehmütig an, und jede
Falte in seinem Gesicht wurde zu einem Riss wie auf dem Grund
eines ausgetrockneten Sees.

»Mir tat noch nichts weh, und ich hatte meine Weschikabilla
noch.«

»Deine Weschikawas?« Sie hatte sich inzwischen ganz gut
auf seinen toskanischen Akzent eingestellt, aber dieses Wort
hatte sie noch nie gehört.

»*La vescica biliare.*« Er zeigte auf seinen hervorstehenden Bauch.
Sie schüttelte bedauernd den Kopf.

»*Fegato?*« Ja, Leber verstand sie.

»*Stomaco?*« Magen. Okay.

»*Ballone. Bile.*« Meinte er die Gallenblase?

»Ach so!« Sie nickte, als hätte sie alles verstanden.

»*Ack so*, das sagten die deutschen Mädchen auch immer, *ack
so.*« Er lachte, und seine Augen zogen sich wie auf dem Foto zu
zwei Bögen nach oben.

»Welche deutschen Mädchen?«, stotterte Magdalena aufgeregt und beeilte sich, einen Blick auf seine Eckzähne zu erhaschen. Fehlanzeige, er bedeckte den Mund beim Lachen mit
der Hand, als wollte er sie damit ärgern.

»Da gab es die Marion und die Kerstin, die kamen immer
wieder, und Gerliiinde!« Er sprach den Namen so zärtlich aus,
dass es ihr peinlich war.

»Gerliiinde kam aus *Hamburgo*, sie hatte wundervolle rote

Haare und war *bella, bella, bella!*« Ja ja, alle waren sie immer *bella*, er sollte nicht von einer Gerlinde schwärmen, sondern von ihrer Mutter, wenn überhaupt.

»Und kanntest du auch eine Heidi?« Verdammt, warum hatte sie das Foto zu Hause gelassen?

»'eidi? Nein!« Das kam zu schnell, und auch dass er jetzt davonstürzte, um wieder in irgendeinem Zettelhaufen nach etwas zu wühlen, war höchst verdächtig. Er kannte ihre Mutter, er hatte ein schlechtes Gewissen, er hatte ein paar schöne Tage und Nächte mit ihr verbracht und sich dann vor ihr versteckt und sich verleugnen lassen. Magdalena hatte sich den Moment immer so bedeutsam, so großartig vorgestellt, in dem sie für einen Unbekannten »Tochter« wurde. Doch nun spürte sie nichts als gleichgültige Leere in sich und wollte die Sache nur noch hinter sich bringen: War er es oder nicht? Ich werde mit Nina wiederkommen, dachte sie, mit ihrer Verstärkung wird es leichter sein, ihm das Foto vors Gesicht zu halten und ihn mit der Wahrheit zu konfrontieren.

Als sie zwischen den rosa Tischen auf den Rosenbogen zulief, flatterte es eigentümlich in ihrem Hals, gleich würde sie losheulen. Sie hatte es vorher nicht gewusst, aber als Tochter hinter dem eigenen Vater herzulaufen war ein viel schlimmeres Gefühl, als ihn nicht zu kennen.

23

Halt still, komm, halt doch still, lass dich gehen!« Magdalena versuchte zu entkommen, aber der Druck seiner Daumen an ihrem Rückgrat war fordernd und entschlossen.

»Ich wollte zum Einkaufen. Wir haben kein Brot mehr.«

»Du willst später zum Einkaufen, jetzt willst du hierbleiben!« Mit den Fingern strich er durch die Vertiefung in ihrem Nacken bis zum Haaransatz hoch, an den Ohren vorbei und kreisend auf ihren Hinterkopf zu. Eine Gänsehaut ließ sie erschauern, und ihre Brustwarzen wurden hart. Gut, dass er hinter ihr saß, der Frauenverbraucher, er sollte das nicht sehen. Frauenverbraucher, so hatte Nina ihn doch genannt, er wusste, was er konnte, doch sie würde sich niemals in den Reigen seiner naiven Bewunderinnen einreihen. Da stehst du doch schon längst, sagte die unbestechliche Stimme in ihr, die einfach nicht zum Schweigen zu bringen war. Gut, am Anfang schon, aber ich wehre mich jeden Tag dagegen. Ja, richtig, hier sehen wir gerade eine Demonstration deiner akuten Gegenwehr.

»Komm, ich zeig dir ein paar Tricks aus der Thaimassage«, hatte Roberto gesagt und Magdalena auf dem Boden seines Zimmers Platz nehmen lassen, während er sich selbst auf sein Bett setzte. Widerstrebend hatte sie gehorcht. Er sollte nicht denken, dass sie dauernd verfügbar war, sie hatte sich vorge-

244

nommen, nicht zu springen, sobald er pfiff. *Sie* entschied, wann sie Lust auf ihn hatte. Leider war das ständig der Fall.

Doch wieder einmal musste sie zugeben, dass er ein Meister im Massieren war, er riss nicht an ihren Haaren, war nicht zu sanft und nicht zu heftig. Erneut lief eine Gänsehaut in Wellen an ihr hinab, schwierig, ihn das nicht merken zu lassen.

»Mit wie vielen Männern hast du schon geschlafen?«, fragte er auf ihren Hinterkopf hinunter.

»Wie bitte?!«

»Du hast schon verstanden, wie viele waren es?«

»Äh, und du?«

»Ich bin Argentinier, bei uns fängt man schon früh damit an, *amore* zu machen. Mit zehn, mit elf. In Europa redet man eher darüber – wir tun es. Es gehört einfach zum Leben dazu.« Magdalena machte unwillkürlich ein schnaubendes Geräusch durch die Nase.

»Mit zehn habe ich auch noch nicht darüber *geredet*, sondern bin den ganzen Tag Rollschuh gelaufen!«

»Aber jetzt bist du dreißig, da werden doch schon ein paar Freiwillige zusammengekommen sein.«

Volontari. Freiwillige, sie musste kichern und lehnte sich zurück, ihm entgegen.

»Siehst du, jetzt entspannst du dich, das ist gut!«

»Vier.«

»*Nooo!* Das glaube ich dir nicht!« Doch, vier Männer waren es bisher gewesen, angefangen bei Tommi Hagedorn, der bei ihrer Entjungferung noch nicht einmal seine Brille abgenommen hatte, Marc mit dem Mercedes Kombi von seinem Vater, in dem es auf der Ladefläche viel Platz gab, und Johann Hanauer, genannt Jojo, in den sie jahrelang so unglücklich verliebt gewesen war, dass es sich völlig falsch anfühlte, als er sie endlich bemerkte und eine Woche später das erste und einzige Mal mit ihr schlief. Als Letzter in der Reihe der »Freiwilligen«: Florian, ihr Liebhaber mit der zahlenden Zahnärztin, Freund ihrer Freundin, die unterste Schublade, moralisch gesehen. Magdalena zählte ihm nur die Namen auf, aber Roberto wollte offenbar mehr hören. Er lief in die Küche, kam mit einem Martini d'Oro wieder und reichte ihr das Glas.

»*Dai*, nimm, und jetzt erzähl!« Sie trank und lehnte sich an seine Knie, die Eiswürfel knisterten leise, sie überlegte. Roberto würde sie vielleicht mit ihnen aufziehen und ärgern, die Namen wiederholen, an die sie nicht mehr so gern denken wollte. Er ahmte gern ihren deutschen Akzent nach, nannte alle Deutschen »Fritz« oder »*crucca*« und behauptete, ihre Aussprache höre sich genauso schrecklich an wie die des Papstes. Nein, besser, sie würde es dabei belassen.

»Komm, sag schon, welcher war der Beste? Wie habt ihr es getan, was war der ungewöhnlichste Ort, an dem du es je gemacht hast?« Er hatte sie noch nie zärtlich geküsst, immer nur bissig und zugegebenermaßen ziemlich geil, und jetzt wollte er sich an ihren Geschichten hochziehen, Magdalena wurde ganz zappelig vor Verlegenheit, da half auch der goldgelbe Martini in ihrem Glas nicht. Sie blieb stumm, es war zu schnell, zu intim, aber Roberto schien auf die Beantwortung auch nicht allzu viel Wert zu legen, denn er war schon bei der nächsten Frage: »Warum gehst du nie an den Strand?« Seine Finger suchten sich ihren Weg unter ihr T-Shirt und strichen über ihre nackten Schultern.

»Gebräunte Haut hat so etwas ganz Glattes, Unnachahmliches, das bekommt man mit keiner Creme der Welt hin.« Seine Stimme wurde zärtlich: »Also los, erzähl mir von dir!«, wisperte er dicht an ihrem Ohr. Sie schüttelte den Kopf, sie musste hart bleiben, musste sich gegen ihn durchsetzen.

»Ich rede nie über Dinge, die ich mit irgendwem getan

habe«, behauptete Magdalena. Das war zwar Quatsch, hörte sich aber geheimnisvoll an. Er zog sie auf das Bett und streichelte ihr das T-Shirt herunter, sie trug keinen BH. Jetzt ging das wieder los … sie wusste, sie würden miteinander ringen, ein Kampf, der mit zwei Besiegten enden würde. Es war eine perfekte Choreografie, die sich aus dem ergab, was man mit zwei Körpern machen konnte. Mit einer Ausnahme, aber wer weiß, vielleicht brachte sie ihn heute dazu …

Mit einem kleinen Klaps auf ihren Po sprang er auf und zog ihr damit ihre Rückenlehne weg. Sie kullerte ins Leere. In was für eine Gier sie gerade gefallen war, ohne zu denken, wach und gleichzeitig verloren in ihm, völlig abgedreht.

Sie beobachtete ihn, pfeifend riss er den Kleiderschrank auf, nahm eins der weißen Hemden vom Bügel und verschwand im Bad. Sie blieb lächelnd auf dem Laken zurück.

Auf der steil abfallenden Küstenstraße nach Cavoli konnte sie den warmen Wind auf der Haut spüren. Hier, im westlichen Teil der Insel, war es wärmer als anderswo auf Elba. Sie hatte gelesen, dass die geschützten Buchten und die Felsen darüber die Temperatur um ein paar Grad erhöhten, und es bei ihren Ausflügen mit dem Roller selbst auf der Haut spüren können. Die Felswände direkt neben ihrem rechten Ellbogen waren nur an manchen Stellen zum Schutz gegen Steinschlag mit Stahlmatten überzogen. Jeden Moment konnte ein Gesteinsbrocken auf sie herunterkrachen. Wieder geschafft!, dachte sie im Vorbeifahren. Magdalena lächelte unter ihrem Helm vor sich hin. Erst diese Vorstellung gab ihr das Gefühl, nicht als kleiner Punkt auf einer orange eingezeichneten Küstenstraße zu existieren, sondern wirklich dort zu sein. Sie wusste, dass Nina neuerdings jeden Nachmittag in Cavoli lag, die Bucht von Fetovaia war bei ihr abgemeldet, zu viele Leute dort, hatte sie gesagt. Wahrscheinlich Bewunderer, die ihr auf die Nerven gingen. Vor zwei Tagen hatte Nina per SMS bei Magdalena angefragt, ob sie nicht auch nach Cavoli kommen wollte, doch nachdem sie Roberto mit dem Strohhut flirten gesehen hatte, hatte sie keinen Drang mehr verspürt, sich in der prallen Sonne im Sand auf einem Handtuch zu drehen. Nun aber wollte sie plötzlich gebräunte Haut, sie verzichtete darauf, genauer über die Gründe für diesen Sinneswandel nachzudenken. Roberto schaffte es mit seinen beiläufigen Bemerkungen immer wieder aufs Neue, ihre aufgeräumten, ordentlich auf Kante zusammengelegten Gedanken wie T-Shirts auf dem Wühltisch durcheinanderzuschmeißen. Jedes Mal, wenn sie aus seinem Bett kam, fühlte sie sich zufrieden, wunderbar verdorben und frei. Dieses Gefühl hielt nur leider nicht lange an. Vor einigen Minuten hatte sie noch triumphiert, ihm nicht von ihren spärlichen Liebeserfahrungen erzählt zu haben, und nun bereute sie es schon wieder. Sie widerstand ihm ab und an und spielte die Unabhängige, Starke, doch kurze Zeit später, wenn er seine Aufmerksamkeit von ihr abzog, lechzte sie nach mehr, wie ein vertrockneter Zitronenbaum nach Wasser, so ähnlich jedenfalls … Was für ein dummes Spiel.

Mit angezogener Bremse fuhr sie die steile Straße hinunter in die Bucht und stellte den Roller am Rande des Parkplatzes unter einer Schirmpinie ab.

Die Bucht war nicht sehr breit, Magdalena durchquerte das Strandcafé und schaute sich um. Rechts waren blaue *lettini* aufgestellt, abgegrenzt durch dicke Taue bildeten sie eine Phalanx von Schirmen, Liegen und Tischchen, dahinter waren die Umkleidekabinen. Sogar ein Drehkreuz aus Holz gab es, das man passieren musste, um dort hineinzukommen.

Links dagegen lag man auf Handtüchern im Sand, die Borten der Sonnenschirme flatterten im Wind. Magdalena packte ihre Strandtasche und stapfte durch den feinen Sand an den Liegen vorbei, hinten bei den Steinen, die die Bucht begrenzten, war es ganz leer, dort wollte sie ihr Lager aufschlagen und Nina später suchen gehen.

Das Wasser war kalt, aber schon nach wenigen Schwimmzügen hatte sie sich daran gewöhnt, es ließ ihren Kopf klar und wach werden. Ohne Schwimmbrille war es allerdings nicht ratsam, die Augen zu öffnen, blind schwamm sie ein Stück hinaus. Das Salz brannte in ihrem Mund, unter ihr war es wahrscheinlich schon recht tief. Beunruhigt kraulte Magdalena weiter, wie tief war recht tief? Zehn Meter, hundert Meter? Allein die Vorstellung, keinen hellblau gekachelten Boden unter sich zu haben, zog sie hinab, sie drehte sich auf den Rücken und schaute über den Strand in den Berghang hinauf. Zwischen kargen Felsen und versprengtem Grün guckten einige rote Terrakottadächer hervor, Ginster blühte in leuchtendem Gelb, und über allem spannte sich der blaue Himmel. Es war viel zu trocken, im Mai hatte es kaum geregnet, und auch in den drei Wochen, in denen sie nun schon hier war, war kein Tropfen gefallen.

Magdalena schwamm zurück und ließ sich erschöpft auf ihr Handtuch fallen, nur ein paar Wochen ohne Training, und schon hatte sie keine Kondition mehr. Die Sonne wärmte ihre nasse Haut, sie schloss die Augen und zwang sich, alle störenden Gedanken auszuschalten. Robertos massierende Hände und die Strohhutfrau, weg mit den beiden, auch Olmos spitze Eckzähne, die sie immer noch nicht gesehen hatte, verdrängte sie. Die Tage verflogen, bald war ein ganzer Monat um, nur nicht daran denken. Aber was war mit Nina, sie wollte doch nach Nina suchen … nicht jetzt, sei einfach mal faul, tue nichts, genieße jeden Augenblick! Langsam britzelten die Sonnenstrahlen die restlichen Wassertropfen von ihrer Haut, sie döste vor sich hin, da betrat jemand ganz leise und leicht ihr Handtuch. Magdalena öffnete die Augen und blinzelte in die Sonne. Ein mopsiger, ungefähr zweijähriger Junge hatte seine dicken Füßchen dicht neben ihre Hüfte gestellt und sah interessiert auf sie herunter. Magdalena setzte sich auf. »*Ciao, chi sei?*«, fragte sie lächelnd, aber der Kleine wollte nicht verraten, wer er war. Sie rückte beiseite und machte ihm Platz. Er stand einen Moment unbeweglich da, dann bekam er plötzlich ganz glasige Augen, und sein nur mit einem dunklen Haarflaum bedeckter Kopf wurde puterrot. Er pupste vernehmlich laut, und schon floss ein Bach aus seiner winzigen 101-Dalmatiner-Badehose an seinem Bein herab. Kein Pipi! Braun und wässrig wurde es von ihrem Handtuch aufgesogen. Magdalena sprang auf und packte den Kleinen vorsichtig unter den Armen, er war schwerer, als sie gedacht hatte. Sie hielt ihn ein wenig von sich ab und schaute in die Runde: Vermisste vielleicht jemand das Durchfallmonster, das ihr zugelaufen war? Er blickte hoch, und in seinen Augen lag solch ein grenzenloses Vertrauen zu ihr, dass ihr ganz warm in der Brust wurde und sie ihn noch höher hob. Der Kleine strampelte ein bisschen mit den Beinen, als ob er langsam Fahrrad fahren wollte, er gluckste, es gefiel ihm offenbar, mit seinen Füßen über dem Sand zu schweben. Fast hätte sie ihm einen Kuss auf seinen runden flaumigen Kopf gedrückt. Als ich in seinem Alter war, lebte meine Mutter schon nicht mehr. Ob ich Oma Witta und Opa Rudolf auch so angeschaut habe wie er mich jetzt, nur weil sie sich um mich kümmerten? Wie schnell habe ich mich an sie gewöhnt? Ob ich am Anfang sehr geweint habe? Oder einfach vertrauensvoll die nächste Hand ergriffen habe, die sich mir bot? Auf einmal war Magdalena zum Heulen zumute, das kleine Kind, das sie selbst einmal gewesen war, tat ihr schrecklich leid.

»Diego!«, rief die junge Frau in dem zu engen rosa Bikini erleichtert und eilte auf sie zu, ihr Bauch, ihre Schenkel, alles an ihr wippte und wackelte. Magdalena verharrte mit Diego in der Luft, schnell warf sie einen Seitenblick auf ihr Handtuch, das konnte sie vergessen, bei Roberto gab es keine Waschmaschine, und auf Handwäsche hatte sie bei dieser Materie keine Lust. Die rosa Bikini-Frau folgte Magdalenas Augen, schaute dann auf Klein-Diegos Dalmatinerhöschen und nahm ihn in derselben gespreizten Haltung mit einem dankbaren Lächeln aus ihren Armen entgegen.

»*Amore*, Diego«, schnatterte sie los, »was hast du denn da gemacht ...?« Sie lachte verlegen auf, wurde dann aber ernst: »Das tut mir leid, ich lass das waschen, ach was, ich kaufe Ihnen ein neues, das ist mir wirklich furchtbar unangenehm!«

»Nein, das macht doch nichts, kein Problem!«, antwortete Magdalena automatisch und freute sich: Ihr Italienisch wurde immer besser.

»Sie sind doch hier im Urlaub, Sie haben sicher keine Waschmaschine?«

»Das stimmt«, gab Magdalena zu und bereute es sofort.

»Ich kann Sie doch nicht so stehen lassen. Ach, Diego, was hast du getan, mein kleiner ...« Sie gebrauchte ein italienisches Wort, was wahrscheinlich so viel wie Kacker, Hosenscheißer oder Held bedeutete. Zumindest strahlte sie ihn an wie einen Helden und ließ ihn endlich wieder hinunter in den Sand. Sofort senkte er seinen glatten Murmelkopf und rannte wie ein Stier auf das Wasser zu. Die Frau setzte ihm hinterher, Magdalena folgte den beiden im langsameren Laufschritt.

»Gib mir die Hand, Diego!« Diego wollte keine Hand geben, sondern ließ sich auf den nassen Sand an der Wasserkante fallen und wurde von seiner Mama sofort wieder hochgezogen. Vielleicht ist es ihr peinlich, sein Kinderkacka jetzt im Meer vor mir abzuspülen, dachte Magdalena und beschloss, eine Zeit lang mit dem Schwimmen auszusetzen.

»Meine Mutter hat eine Pension, die wäscht sowieso den ganzen Tag Handtücher. Wissen Sie, was, ich nehme das Handtuch mit und bringe es Ihnen ins Hotel!« Während sie mit dem ins Wasser drängenden Diego kämpfte, schaffte sie es, Magdalena kräftig die Hand zu schütteln. »Ich bin übrigens Sonia!«

»Angenehm!« Auch Magdalena stellte sich vor. Ihr gefiel diese Frau mit den energischen Bewegungen, deren Körper vielleicht noch von der Schwangerschaft und guter Pizza einige Kilos zu viel aufwies, aber dennoch zu ihr passte. Sonia war jünger als sie, bestimmt noch keine dreißig.

»Ich arbeite abends in der *Bar Elba* in Procchio, es ist zwar nicht nötig, aber wenn Sie unbedingt wollen, können Sie das Handtuch dort abgeben.«

»Procchio!? Meine Mutter wohnt da! Kennen Sie die Pension *Natale*?« Magdalena verneinte. Sonia zog Diego wie einen Ackerpflug im Sand hinter sich her.

»*Bar Elba! Buonissimo!*«, sagte sie außer Atem, als wieder an Magdalenas Liegeplatz angekommen waren. »Ich bringe das Handtuch, sobald es wieder sauber ist! Und *er* wieder sauber ist!« Sie lachte, rollte Magdalenas Badelaken vorsichtig zu einem Paket zusammen, nahm es in die eine und Diego an die andere Hand und zog von dannen.

»Magdalena, *ciao*, da bist du ja, gibt's Probleme?« Nina winkte von einer der letzten blauen Liegen herüber, sie hatte ihre Unterhaltung mit Diegos Mutter bestimmt beobachtet. Nein, leider keine Probleme, die du lösen könntest, Nina, dachte Magdalena, freute sich aber dennoch, sie zu sehen.

252

»Hej, cooler Bikini!«, rief Nina noch lauter über den Strand. »Holger hat mir schon davon erzählt, komm zu uns, hier ist noch was frei!« Magdalena nahm ihre Korbtasche und ging hinüber, Nina stand auf und küsste sie auf beide Wangen.

»Hier, komm unter den Sonnenschirm, leg dich da drauf, ich habe auch noch ein Handtuch!« Evelina räumte die Liege neben sich frei und cremte dann weiter an ihrem Gesicht herum.

»Also, wie war er, was hat er gesagt, du warst ja gestern im *Giramondo*, oder?«

Heute ist sie wieder gut drauf, wie kommt das? Magdalena setzte sich.

»Also, ich war gestern wirklich da. Aber es war schwierig, vielleicht kannst du nächstes Mal mitkommen, allein kriege ich nichts aus ihm raus.«

»Aber ist er es, oder ist er es nicht?«

»Vom Gefühl her würde ich sagen, er ist es! Er hat sich komisch benommen, als ich ihn nach einer Heidi fragte, hat sofort alles abgeblockt und ist ganz hektisch herumgerannt.«

»Wisst ihr, wer es auch noch sein könnte?«, unterbrach Evelina. »Marco, dem da oben in Portoferraio das *Caffescondido* gehört. Der ist so toll, und er hat genau dieses Lächeln wie der Junge auf dem Foto! Und damals hat der bestimmt auch schon alle Mädels vernascht, also ehrlich, er ist immer noch…« Den Rest von Evelinas Ausführungen verstand Magdalena leider nicht.

»Was heißt denn ›*un gran figo*‹?«

Nina antwortete nur zögernd. »Äh, auf Deutsch würde man vielleicht sagen, er sieht noch immer dermaßen geil aus …« Auf Italienisch fuhr sie fort: »Evelina, wir suchen nur ihren *Vater*.«

»Ja, was denn!? Das weiß ich doch, ihr sucht nach tollen Typen im richtigen Alter, der ist auch uralt, bestimmt schon fast fünfzig!« Magdalena musste innerlich lachen, Evelina schwärm-

253

te für jeden auch nur halbwegs gut aussehenden Mann und unternahm alles, um ihre Auserwählten gehörig zu verschrecken, indem sie ihnen sofort und viel zu nah auf die Pelle rückte.

»*Grazie*, Evelina! Man kann nie wissen, ich werde ihn mir auf jeden Fall angucken.«

»Dann komme ich aber mit! Ich bin total verknallt in den!«

»In meinen Vater?« Nina und Magdalena prusteten gleichzeitig los.

»Wie geht es denn so in der Bar?«, fragte Nina ein paar Minuten später träge unter dem Schirm ihrer Baseballkappe hervor. Magdalena erzählte von Cristina, die jetzt bei ihnen eingestellt worden war, ein Mädchen extra nur für die Eistheke, die den ganzen Abend Waffeln und Pappbecher mit Eiskugeln befüllte und Franco von dieser zeitaufwendigen Arbeit befreite.

»Sie kommt aus Livorno und ist ganz nett, ich verstehe sie allerdings kaum, ihr Dialekt ist heftig, und sie spricht rasend schnell mit mir. Ich bereite ihr jeden Abend den Obstsalat für den *Mangia&bevi*-Becher vor.«

»O ja, einen von euren *Mangia&bevi*-Bechern, den hätte ich jetzt gern«, stöhnte Nina genießerisch mit geschlossenen Augen, »aber mit Rahm!«

»Es ist anstrengender, als ich dachte«, fuhr Magdalena fort, »jetzt haben wir immer bis eins auf, und ich verschlafe den ganzen Vormittag.«

Nina blinzelte in die Sonne und zupfte an ihrem Bikinihöschen. »Bei uns ist es noch ruhig. Nur am letzten Wochenende war es richtig voll. Aber kein Vergleich zum August.«

»Wie ist es, im, im … in dem anderen Laden zu arbeiten?«

»Im *Club 64*?«

Magdalena seufzte. »Ich vergesse immer den Namen, *scusa*.«

Nina stützte sich auf ihre Ellbogen: »Ist doch ganz einfach: neunzehnhundertvierundsechzig ist das Ding als erste Freiluftdiskothek in ganz Italien eröffnet worden. Deshalb *Club 64*, auf Italienisch: *sessanta-quattro*.« Magdalena wiederholte den Namen flüsternd ein paarmal.

»Werde ich mir ab jetzt merken können, danke!«

»Es läuft gut, absolut gut. Laura ist auf Draht, ihr Bruder Daniele total nett und ziemlich g'scheit, die beiden haben uns sogar einen Vorschuss angeboten.«

»Hast du ihn angenommen?«

»Nein, brauch ich nicht«, sagte Nina abwesend, während sie in ihrer Tasche nach etwas kramte. Brauch ich nicht, das bedeutet, sie hat nicht nur eine Wohnung in Rom, sondern auch reichlich Geld, überlegte Magdalena.

Gegen sechs machte sie sich auf den Heimweg.

»Morgen wieder hier?«, rief Nina ihr nach. »Oder komm doch vor der Arbeit mal zu uns ins *POLO*.« Magdalena nickte und nahm sich vor, Matteo bei der Gelegenheit endlich nach Ninas Vergangenheit zu fragen. ›Mehr kann ich dir im Moment nicht erzählen‹, hatte er im Zitronengarten gesagt, aber vielleicht jetzt, wann auch sonst? In einer Woche fuhr sie doch schon wieder nach Hause.

24

Meine Magdalena,
120 Kinder auf dem Schulhof, die Damen des Kollegiums und ihre Sonderwünsche, Rektor Remmers, 10 Bienenvölker, der Garten und die Werkstatt, das ist Hochleistungssport. Ich bin froh, dass am Wochenende endlich die Sommerferien anfangen.

Magdalena lächelte gegen ihren Willen. Rudi liebte diese Aufzählung, so hatte er schon zu Oma Wittas Zeiten seinen Tag und sein Leben für sich geordnet. Die Schule, die Bienen, der Garten – sie konnte die Litanei mühelos mitsprechen. Und wieder kein Wort über Elba. Alles wie immer.

Komm gesund wieder!
Dein alter Großvater

Sie holte tief Luft, diesmal würde sie ihn nicht schonen, und klickte auf ›Antworten‹:

Lieber Rudi,
hier also die neusten Nachrichten von ELBA. Die Tage vergehen schneller als in Deutschland, ich arbeite abends recht lange und schlafe vormittags.

Sollte sie ihm wirklich von ihrer neuen Angewohnheit, nach der Arbeit in der *Bar Elba* noch kurz in den angesagtesten Nachtclub der Insel zu fahren und bei Nina an der Bar einen Martini d'Oro zu trinken, berichten? Lieber nicht.

Dort sah sie auch Matteo, der immer ein Glas Whiskey in der Hand hielt – oder war es manchmal vielleicht doch Apfelsaft? – und mit ernster Miene schweigend am Kassenhäuschen oder an einem anderen Platz mit Blick über die Menschenmenge stand. Das Mikro eines Headsets hing vor seinem Mund, als ob er in einem Callcenter arbeitete, er wirkte nachdenklich und unglücklich.

Kannst Du Dir das vorstellen, ich, die Frühaufsteherin, komme manchmal vor ein Uhr mittags gar nicht hoch …

Er konnte sich wahrscheinlich auch nicht vorstellen, dass sie mittlerweile fast ausschließlich Kleider trug, überhaupt keinen Sport mehr trieb, wenn man von den paar täglichen Schwimmzügen im Meer einmal absah, und Champagner zu ihrem Lieblingsgetränk geworden war.

Die Arbeit in der Eisbar macht aber immer noch Spaß, ich lerne viel und bin inzwischen ganz schön fix.

Wenigstens hier log sie nicht und verschwieg noch nicht einmal etwas: Gemeinsam mit Franco und Cristina hatten sie sich zu einem ganz anständigen Team entwickelt. Wenn die kleine Sara abends um halb neun erschöpft aus der Bar trat, in der sie bereits seit sechs Uhr morgens gestanden hatte, überließ sie ihnen beruhigt das Feld. Walter führte die Oberaufsicht, indem er sie alle in Ruhe ließ.

Du merkst, es geht mir richtig gut auf ELBA. Danke übrigens für den Zeitungsartikel über die Schließung von Ditfurther, eigentlich wollte ich Dich, bevor Du es erfährst, mit einer neuen Stelle überraschen … Beim Geologischen Dienst in Münster habe ich sehr gute Chancen, ab September genommen zu werden. Ich bin immer noch die einzige Bewerberin, und dank meiner guten Beziehungen werde ich das auch bleiben … Die kungeln da, was das Zeug hält, aber das kann mir in diesem Falle ja nur recht sein. Mit dem Zug bin ich morgens in dreißig Minuten in Münster. Das ist die Sache doch wert, findest Du nicht?

In Wahrheit war der neue Job höchstens zu sechzig Prozent sicher, und Magdalena hatte überhaupt keine Lust auf den Geologischen Dienst. Im Internet hatte sie sich deswegen auch bei einigen Firmen beworben, die mit Sprüchen wie »Alles nach Plan« und »Ihre Karte ist unsere Welt« warben. Schaden konnte es nicht.

Ich habe hier wirklich sehr nette Freunde gefunden, die ich jeden Tag am Strand treffe.

Nette Freunde? Sie legte sich zu Nina und Evelina und denen, die sich sonst noch um die beiden scharten. Evelina vermaß bei diesen Gelegenheiten mit einem Band ihre eigenen und anderer Menschen Oberschenkel, Fesseln oder Hüften und erging sich über die Vor- und Nachteile von Schönheitsoperationen in Osteuropa. Für ernsthaftere Themen war es einfach zu heiß.

Einen echten Feind habe ich mir inzwischen auch schon gemacht.

Sollte sie ihm das wirklich schreiben? Es würde ihn nur aufregen. Sie selbst beängstigte ihr Verhältnis zu Olmo Spinetti, der immer ablehnender und wütender auf sie reagierte, ja auch. Sie löschte die Zeile wieder, vielleicht war es besser, ihm erst den gefundenen Vater zu präsentieren. Seitdem sie versucht hatte, Olmo mit Ninas Hilfe auszufragen, wich er ihr aus und kam abends nicht mehr in die *Bar Elba*.

Kaum hatte er sic an jenem Nachmittag vor dem *Giramondo* bemerkt, hatte er sich in die Küche verdrückt, wo sie ihn zwischen dem Herd und dem Regal mit den pulverisierten Aromabrühen zur Rede stellten.

»Nur einen Augenblick, wir sind gleich wieder weg«, hatte Nina begonnen, »schau dir bitte mal das Foto genau an, das Mädchen darauf heißt Heidi.«

Olmo warf einen flüchtigen Blick auf das Bild.

»Kenne ich!«

»Ach …!« Nina und Magdalena guckten sich erstaunt an, so einfach hatten sie es sich nun doch nicht vorgestellt.

»Das Foto kenne ich«, fuhr Olmo fort. »Hängt ja überall herum.«

»Und die beiden da drauf kennst du auch?«

»Nö. Nie gesehen.«

»Das Mädchen nicht oder den Typ neben ihr?«

»Beide nicht. Wie hast du gesagt, soll sie heißen? Heidi? Kann sein, dass ich mal eine Heidi kannte, aber nicht die da. Bin mir ziemlich sicher.« Er gab ihr das Foto zurück und schob ein paar Plastikbeutel mit gefrorenen Scampi auf der überfüllten Arbeitsfläche hin und her. Nina starrte Magdalena an und schüttelte den Kopf. Was soll das jetzt heißen?, dachte sie. Er lügt, oder er ist es nicht? Während Olmo Alufolie von einer Rolle abriss und um einen Klumpen gekochtes Fleisch zu wickeln versuchte, fragte er betont beiläufig: »Warum, was ist denn mit denen?«

»Wir denken, dass *du* das bist auf dem Foto!« Nina strahlte

Olmo mit dem übertriebenen Charme einer amerikanischen Schönheitskönigin an.

»Ich?? Der da? Nur weil der Typ schwarze Haare hat? Das könnte doch jeder sein!«

»Wir denken das trotzdem!« Sie zeigte ihm immer noch alle ihre Zähne. Olmo stöhnte, nahm Nina die Fotografie aus der Hand und betrachtete sie noch einmal genauer. Magdalena meinte, ein versonnenes Lächeln auf seinem Gesicht zu erkennen, und stieß Nina in die Seite. Jetzt hatten sie ihn!

»Rein theoretisch«, sagte Nina betont langsam, »rein theoretisch könnte es doch sein, dass du mehr Kinder in deinem Leben gezeugt hast als nur dieses eine, neue im Bauch deiner Brasilianerin, oder? Herzlichen Glückwunsch und alles Gute übrigens.« Nun war sie ganz mütterliche Lehrerin, Hebamme, Gemeindeschwester. Olmos Gesicht verdüsterte sich.

»Ich weiß nicht, was ihr vorhabt, aber wenn Rosita das herausbekommt, dann ist hier … na ihr wisst schon, wie eifersüchtig diese lateinamerikanischen *senhoritas* sind.«

»Also *bist* du das auf dem Foto!?«

»Nein! Verdammt…« Den restlichen Fluch verstand Magdalena nicht, irgendwas mit Gott.

»Was soll deine Rosita denn dann herausbekommen?«

»Allein der Verdacht, dass in meinem Leben irgendwann mal etwas mit anderen Frauen gelaufen ist, würde sie rasend machen!«

»Meine Güte, sie weiß doch, dass du … wie alt bist du eigentlich?«

»Fünfzig.« Seine Stimme war belegt.

»Wir werden diskret sein!« Aus Ninas Mund klang das wie eine Drohung.

»Wann soll das gewesen sein? Ich kann mich nicht erinnern, ich kann mich an vieles nicht mehr erinnern …« Olmo rieb sich mit dem Handrücken über die hohe zerfurchte Stirn, er wirkte plötzlich verzweifelt und beinahe noch älter als Rudi.

»Im Sommer neunzehnhundertneunundsiebzig«, sagte Magdalena leise. Olmo legte die Hände vor sein Gesicht und massierte sich die Schläfen.

»Ich war immer der, von dem alle dachten, dass ich was mit den Frauen hätte, aber das sah nur so aus. Ich spielte Gitarre am Lagerfeuer, und die anderen verdrückten sich mit den Mädchen, so war das eigentlich.« Er setzte sich auf eine Kühlbox aus Plastik, die einzige Sitzgelegenheit in der Küche. Nina beugte sich mit schief gelegtem Kopf zu ihm hinunter, als ob sie ein kleines Tier beobachtete.

»Entschuldige, Olmo, wir kommen vielleicht besser ein anderes Mal wieder«, sagte sie plötzlich und zog Magdalena aus der Küche und aus dem Restaurant. Magdalena funkelte Nina an: »Warum gehen wir jetzt? Wir hatten ihn doch fast so weit!«

»Ich bezweifele, dass er es wirklich ist.«

»Natürlich ist er es«, beharrte Magdalena, »das spüre ich! Er war früher ein Frauenheld, die Leute wissen das noch, vielleicht will er jetzt im Nachhinein für die Brasilianerin sein Image ändern.«

»Aber die Zähne passen nicht!«, erwiderte Nina. »Ich habe sie tatsächlich einen Moment lang sehen können, sie sind übrigens ziemlich brüchig, und die Eckzähne sind nicht gerade klein, aber nicht so auffällig wie auf dem Foto.«

»Ist das ein zahnärztlicher Befund, auf den wir uns berufen, oder ein unscharfes Foto?«

Als Nina nicht antwortete, insistierte Magdalena:

»Er will keine erwachsene Tochter, es ist ihm peinlich, und da bleibt eben nichts mehr übrig von der Großspurigkeit, mit der er uns noch vor Kurzem seine Heldentaten vorgetragen hat. Da macht er lieber einen auf alten Mann, der früher nur schüchtern an der Gitarre zupfte.«

»Ich glaube, du rennst da einem Wunschbild hinterher.«

Nina hatte sich somit aus dem Projekt »Olmo Spinetti die Vaterschaft nachweisen« zurückgezogen. Seltsamerweise hatte Magdalena Olmo in den letzten Tagen schon zweimal zufällig in Procchio getroffen. Sobald er sie sah, fing er wie eine Espressokanne auf dem Herd an zu zischen und zu brodeln und änderte seine Laufrichtung. Sie hatte keinen Vater gefunden, sich dafür aber einen Feind gemacht.

Du siehst, ich fühle mich hier so wohl, dass ich Dich fragen wollte, ob es schlimm wäre, wenn ich noch zwei, drei weitere Wochen bleiben würde. Ich kann die Eisdiele nicht einfach im Stich lassen, jetzt, wo so viel los ist, das wäre nicht fair. Was hältst Du davon?

Wunderbar, wie schonungslos sie Opa Rudi hier die Wahrheit auftischte ... verdammt, warum schaffte sie es nicht? Sie löschte auch den letzten Absatz und haute die nächsten Worte in die Tastatur.

Falls Dir noch etwas zu Heidis ELBA-Aufenthalt einfallen sollte, schreib es mir bitte. Je mehr ich weiß, desto eher finde ich wahrscheinlich meinen VATER, und desto schneller bin ich wieder zu Hause.

Sie löschte das wahrscheinlich.

Wenn Du mir meine Post schicken willst, dann sende die wichtigsten Sachen bitte zu meinen Händen, c/o Dar ELBA, Via di Portoferraio 5, 10567 Isola d'ELBA (Ma), Italien
Deine Magdalena

Ohne sie noch einmal durchzulesen, schickte Magdalena die Mail ab und machte sich auf den Weg zu Olmo. Sie war gerade in der richtigen Stimmung, heute würde sie ihn knacken, den früheren Weiberhelden. Es war um die Mittagszeit, und wenn sie sich nicht täuschte, sollte seine Brasilianerin morgen in Pisa eintreffen. Olmo schien wirklich Angst zu haben, dass sie ihm seine Zukunft als Familienvater ruinierte. »Wenn du es heute zugibst«, murmelte sie und schob ihren neuen Strohhut in den Nacken, »dann lasse ich dich fürs Erste in Ruhe. Aber nur dann.«

25

Sie versetzte der Hängematte einen wütenden Schubs. Wenn man Evelina schon mal brauchte, war sie natürlich nicht da. Nina und Matteo waren auch nicht zu Hause, und Mikki machte sowieso nie die Tür auf. Er wurde eingeschlossen, wenn die anderen die Wohnung verließen, und merkte es nicht einmal. Erst jetzt fiel Magdalena der Kahlschlag unter den Zitronenbäumen auf. Meine Güte, was hatte Matteo getan?! Das schöne Gras, die Mohnblumen, alles hatte er niedergemetzelt, die Sense lehnte noch an der Mauer. Der gelbe Bewässerungsschlauch lag ordentlich aufgerollt in der Nähe der Zisterne, sie wollte darübersteigen, landete aber mit dem Fuß in den gelben Schleifen, die sich um ihre Knöchel schlangen und sie festhielten. Um ein Haar wäre sie lang hingeschlagen. Magdalena hob eine abgemähte Mohnblume auf, die schlapp auf dem gelb gewordenen Gras lag, und drehte sie in den Fingern. Die weißen Plastikdosen mit den Totenköpfen schaukelten leise im Wind zwischen den Zweigen der Zitronenbäume. Na danke, Matteo. Sie warf die Blume wieder auf den Grashaufen. Du hast aus unserem wunderschönen Zitronenhain einen Horrorgarten gemacht!

Ihre Begegnung mit Olmo kam ihr wieder in den Sinn, er war es, auf den sie in Wahrheit wütend war! Warum eigentlich, er konnte ja nichts dafür, oder? Scheiße, doch! Irgendwie hätte er es ihr auch gleich sagen können. Hätte er nicht, und das weißt du. Ja, das weiß ich. Sie spürte, wie ihr Handy in der Hosentasche vibrierte. Und du, du kannst mich mal! Immer noch Florian, er gab einfach nicht auf. Sie holte das Handy hervor und sah ihm beim Brummen zu, bis es endlich verstummte und die Anzeige »unbeantworteter Anruf« auf dem Display erschien. Wie kannst du deine Liebe so einfach zurückziehen?, hatte er in dem letzten Gespräch von ihr wissen wollen. Keine SMS mehr, er rief jetzt sogar an. Ihre Liebe? Sie hatte lachen müssen. »Ist dir langweilig, Florian?« Er hatte sie als die kälteste, gemeinste Frau, die er je getroffen hatte, bezeichnet, und sie hatte das Gespräch mit einem Tastendruck beendet.

»Hallo, Sie schon wieder!« Matteo kam zwischen den Pinien hindurch, auf der Schulter trug er diesmal eine nagelneue Spitzhacke und in der Hand eine gefährlich aussehende Machete. »*Buona sera!*«, begrüßte er sie, richtig, es war schon nach drei Uhr nachmittags, da sagte man nicht mehr Guten Tag. Sollte sie ihm die Wange zum Kuss hinhalten? Magdalena zögerte, und schon war die Gelegenheit vorbei.

»Du rüstest auf«, murmelte sie.

»Ja!« Er runzelte die Stirn, schaffte es aber nicht, seine Zufriedenheit zu verbergen.«Schau mal, so langsam wird es doch was!« Er warf die Spitzhacke auf den weichen Grashaufen unter die Bäume.

»Na ja.«

»Wie, was passt dir nicht? Das musste sein wegen der Brandgefahr, die Gräser waren total trocken, außerdem entziehen sie den Bäumen die Nährstoffe. Heute werde ich noch die Äste stutzen.« Noch immer hatte er seinen gut gelaunten Ton drauf, als er jetzt »und was hast du gemacht?« fragte.«Ach, ich weiß …« Er schlug sich mit der Hand gegen die Stirn und wurde endlich leiser. »Hast du den alten Baum zum Sprechen bringen können?« Olmo hieß auf Deutsch ›Ulme‹, zu einem anderen Zeitpunkt hätte Magdalena darüber gelacht, jetzt aber zuckte sie nur mit den Schultern. Matteos Augen glitten über ihr Gesicht, bevor sie es von ihm abwenden konnte. »Er ist es *doch* nicht …«, sagte er leise.

»Nein.«

Gott sei Dank unterließ er jeden Kommentar, stattdessen begann er, den Schlauch abzuwickeln und zum hintersten der Bäume zu ziehen. Langsam ging sie hinter ihm her.

»Kannst du bitte den Strom einschalten?« Magdalena ging zum Stromverteilerkasten und legte die Schalter um.

»Wenn du sie wässern willst, dann hacke ich schon mal ein bisschen was weg.« Er reichte ihr den Anfang des Schlauchs.

»Sollte man vorher das Gras nicht zusammenharken?«, fragte sie.

»Ja, vielleicht schon.« Mit der Harke rechte sie die trockenen Gräser zu großen Haufen neben den Zitronenbäumen zusammen, bis sie schwitzte. Eine Weile arbeiteten sie schweigend nebeneinander, Matteo schlug mit der Machete auf die Brombeerranken ein, die einen Teil der Mauer verschlungen hatten.

»Wenn du dir ins Bein hackst, fahre ich dich aber nicht ins Krankenhaus.«

»Okay. Dann lass ich's!« Sie konnte sein Gesicht nicht sehen.

»Und was sagt er?«, rief er in einer Hackpause zu Magdalena herüber.

»Er hat sich erinnert, wo er zu der fraglichen Zeit war.«

»Und?«

»Tja …« Sie zögerte, eigentlich sollte es ihr peinlich sein, nach dem Fiasko mit Giovanni ebenso vehement auf Olmo als Vater bestanden zu haben. War es aber nicht. Verwundert stellte sie fest, dass es sie vor Matteo nicht störte, er durfte die ba-

266

nale Lösung ruhig hören. »Beim *militare* in Triest.« Sie stützte sich auf den Rechen. »Er hat mir sogar den Einberufungsbescheid gezeigt.«

»Und das fiel ihm erst jetzt ein?«

»Er hatte vergessen, dass er bereits im April neunundsiebzig eingezogen wurde, sonst hätte er mir eher etwas davon erzählt. Er hat Gedächtnislücken, vielleicht eine leichte Demenz, aber er will nicht zum Arzt.«

»Manchmal ist mein Kopf in Urlaub«, hatte er gesagt und an seine hohe Stirn getippt. Sein zerfurchtes Gesicht lächelte dabei das erste Mal so offenherzig und echt, dass sie seine langen ockergelben Zähne sehen konnte, die von Rissen durchzogen waren wie bei einem alten Pferd. Plötzlich hätte sie ihn um alles in der Welt zum Vater haben wollen. Magdalena seufzte, und weil sie merkte, wie gut es ihr tat, wiederholte sie es gleich noch einmal.

»Da war der beim *militare*…«, sagte Matteo vor sich hin.

»Schon der zweite Reinfall. Und Nina hat's gleich gewusst. Blöd von mir, oder?«

Matteo winkte ab. »Die ersten drei Monate bekam man auch keinen Urlaub, ist heute noch so. Er kann's also nie und nimmer gewesen sein!« Magdalena tat so, als ob sie sich auf den trockenen Grashaufen konzentrieren würde.

»Und? Bleibst du trotzdem noch auf Elba?« Soll ich denn?, wollte sie in einem Anflug von Koketterie schon zurückfragen, als sie eine Stimme rufen hörte: »*Ciao, ciao*, Kirtsch, bist du da?« O nein, Magdalena bereute den Zettel, den sie für Evelina vor der verschlossenen Wohnungstür zurückgelassen hatte. Um die Schmach des falschen Vaters so schnell wie möglich mit einer neuen Suche aus der Welt zu schaffen, hatte sie Evelina unbedingt überreden wollen, mit ihr nach Portoferraio zu fahren. Aber doch nicht gerade jetzt. Magdalena ging Evelina entgegen.

»*Ciao*, Evelina!«

Evelina musterte Magdalena von Kopf bis Fuß. »Du hast Blätter im Haar und bist ganz verschwitzt, was treibt ihr beide denn da hinten, wälzt ihr euch auf dem Boden herum?«

»Nein«, Matteo tauchte hinter ihr auf, »was gibt's denn, *ciccia*, dass du hier so herumschreist?« Warum war er mit ihr so locker, warum machte er Witze und nannte sie »tschitscha«? Was heißt das überhaupt?, fragte Magdalena sich und versuchte ihren lächerlichen Anflug von Eifersucht hinunterzuschlucken. Was willst du denn noch? Du hast doch jetzt Roberto, mit dem du ins Bett gehen kannst, und zwar jeden Tag.

Evelina starrte Matteo an. »Nichts«, sagte sie dann knapp und wandte sich zum Gehen, »wollte Kirtsch nur fragen, wann wir nach Portoferraio fahren wollen, den Marco im *Caffescondido* anschauen gehen. Aber wenn ihr etwas Besseres vorhabt, bitte, ich bin die Letzte, die stören möchte!« Matteo sah Magdalena an und grinste, er sah verdammt süß aus, wenn er das tat, und einen winzigen Moment lang hoffte sie, er würde irgendeine anzügliche Andeutung machen und damit zeigen, dass er sie mehr als nur nett fand und sie etwas ganz Besonderes miteinander teilten …

»Der nächste Kandidat«, sagte Matteo, sofort wieder ernst, »du musst jede Möglichkeit nutzen, oder?«

Freunde – schon vergessen? Sie waren gute Freunde.

»Evelina!«, rief sie. »Warte, lass uns nach Portoferraio fahren!«

In Portoferraio steuerte Evelina das Auto am Hafenbecken entlang und durch den rechten Bogen der *Porta a Mare* in die Stadt hinein. Früher hatten die jeweils über Elba Herrschenden oben am Tor ihr Wappen angebracht. Zunächst die Medici, dann die Lothringer und für kurze Zeit auch Napoleon, und zwar das mit dem roten Streifen und den drei goldenen Bienen. Jetzt befand sich an dieser Stelle eine Uhr, die im Moment aber ganz offensichtlich defekt war. Sie gelangten auf die etwas höher liegende Piazza della Repubblica, auch sie hatte früher anderen Zwecken gedient. Napoleon hatte an dieser Stelle unter hohen Platanen seine mehr als 1000 Mann starke Privatarmee exerzieren lassen, doch inzwischen war der Exerzierplatz zu einem öffentlichen Parkplatz umfunktioniert worden, auf dem Evelina jetzt das Auto abstellte. Sie gingen am Palazzo Comunale vorbei, hier also, in diesem dunkelrosa gestrichenen Bau, hatte Nina laut eigenem Bekunden »mehrere Tage« verbracht, um die Eröffnung des *POLO* voranzutreiben. Vergeblich. Magdalena suchte die Vokabeln in ihrem Kopf zusammen, dann fragte sie Evelina: »Wusstest du, dass in diesem Palazzo im 16. Jahrhundert Zwieback und Brot gebacken wurden?« Eigentlich hatte das Gebäude auch noch als Warenlager gedient, doch was Warenlager auf Italienisch hieß, fiel ihr gerade nicht ein. »Deswegen hat es auch heute noch den Beinamen *Biscotteria.*«

»Woher weißt du das alles? Mensch, ich *bin* aus Italien und habe keine Ahnung von Zwieback und Napoleon!«

»Habe ich irgendwo gelesen.« Magdalena zuckte die Schultern, sie konnte es nicht ändern, sie merkte sich eben die kleinsten Details aus jedem Reiseführer. Sie fand den Gedanken faszinierend, auf denselben Pflastersteinen zu stehen, auf denen auch Napoleon einst gestanden hatte, am liebsten würde sie sich mit einer Zeitmaschine in diese Zeit zurückversetzen lassen, um dabei zuzuschauen, womit die Menschen damals so den ganzen Tag beschäftigt waren.

»Wir müssen ganz nach oben, die Stufen rauf«, sagte Evelina und zeigte auf eine breite, steil ansteigende Treppenstraße zwischen den Häusern.

»Guck mal, wer da ist!«, sagte Magdalena und versuchte, nicht allzu auffällig in Richtung des blinden Bürgermeisters zu schauen, der jetzt aus dem hohen Torbogen des Palazzo Comunale trat. Er war in Begleitung von zwei Männern, deren Gesichter ebenfalls durch dunkle Sonnenbrillen halb verdeckt waren. Entspannt miteinander plaudernd, ging das Trio auf dem buckligen Kopfsteinpflaster Richtung Hafen hinunter.

»Sieht man gar nicht, dass er nicht sehen kann«, sagte Evelina, »wie der das wohl macht, der kann nichts lesen, nichts schreiben ...«

»Er hat bestimmt jemanden, der das für ihn erledigt, und vielleicht gibt es ja auch Computer, die einem die Mails vorlesen.«

»Aber ich stelle es mir ziemlich blöd vor, morgens vor dem Spiegel zu stehen und nicht zu wissen, wie gut man aussieht.« Evelina kicherte. Magdalena wusste nicht genau, warum, aber sie hätte sie am liebsten dafür geschlagen.

»Denn gut sieht er ja irgendwie aus, oder? Finde ich unheimlich, bei Blinden habe ich immer das Gefühl, die können was ganz Verborgenes in mir sehen, was sonst keiner sieht ... Also los jetzt«, stöhnte das dicke kleine Pandabärweibchen, als es die erste Stufe betrat, »das wird anstrengend, aber für Marco da oben würde ich auch noch weiter klettern. *È grande lui!*«

Aber sicher, bei Evelina waren fast alle Männer groß, toll, stark, super. *Grande* eben.

»Da drüben hängt ja auch wieder eins von deinen Fotos«, rief sie und schnaufte schon leicht, »wo habt ihr die denn überall verteilt?«

»Überall eben«, gab Magdalena zurück. Der Bürgermeister von Portoferraio stand im Ruf, alle nicht genehmigten Aushänge abreißen zu lassen. Sie hatten darum doppelt so viele wie in anderen Orten aufgehängt. Sie seufzte, der große, tolle, starke Super-Marco würde natürlich nicht ihr Vater sein. Und wenn doch? Die Wahrscheinlichkeit war jedenfalls höher, als im Lotto zu gewinnen, und das spielten viele Leute trotzdem jede Woche.

Er ist es, er ist es nicht, zählte Magdalena, rechts und links säumten weiße Oleanderbüsche in großen Tontöpfen die flachen Stufen. Er ist es nicht, sie betraten keuchend die letzte Stufe ... er ist es.

Es war nicht einmal sechs, aber sie bekamen dennoch etwas zu essen. Die *spaghetti vongole* schmeckten nach Meer und nicht zu salzig, der Weißwein war kühl und das Lokal winzig, aber wirklich hübsch. Die kleine Terrasse des *Caffescondido* lag im Schatten eines Sonnenschirms aus hellem Segeltuch, unter dem nur zwei Tische Platz hatten. Evelina saß mit dem Rücken zum Lokal und ließ sich von Magdalena genau beschreiben, was von Marco zu sehen war.

»Ich kann ihn nicht richtig erkennen, er steht da hinter seinem Tresen im Dunkeln. Ich glaube, er schenkt sich gerade ein Glas ein. Warum schaust du ihn dir nicht selbst an?«

Doch sie wusste, das Evelina ihre ganz eigene Taktik hatte. »Lock' du ihn für mich raus, vielleicht will er mit uns anstoßen!«, raunte sie jetzt.

»Warum kennt ihr, also Nina und du, eigentlich fast nur Leute aus der Gastronomie? Ist doch auffällig, oder?«

Evelina seufzte. »Wenn man selbst da arbeitet, lernt man nicht mehr viel anderes kennen. Aber wie findest du ihn, den Marco? Ist er nicht *dolce*?!« Magdalena hätte beinahe mitgeseufzt, ja, er war *dolce, forte*, alles, was Evelina wollte. Eine ganze Generation von Endvierzigern war mittlerweile schon unter ihrem sondierenden Blick auf Elba an ihr vorbeigezogen. Sie kannte alle Varianten von ergrauenden Haaren, Tränensäcken, geplatzten Äderchen an Nase und Wangen, Doppelkinnen und ersten zarten Altersflecken.

Sie hätte Marco in den Kategorien »tiefste Falten«, »müdeste Augen« und »traurigstes, charmantestes Lächeln«, ohne zu zögern, jeweils den ersten Platz zugesprochen. Aber er war nicht ihr Vater.

»Er ist *dolce*, er ist *forte*, aber er ist es nicht!«

»Warum, warum nicht, wie kannst du da so sicher sein?«, drängte Evelina sie. »Was macht er, kommt er raus zu uns?«

»Nein, er trinkt gerade seinen eigenen Weinvorrat aus. Er ist viel zu klein, er ist …« Das Wort für Zwerg fiel ihr nicht ein, egal, sie wollte Evelinas Schwarm nicht beleidigen.

»… na ja, eben klein.«

»Findest du? Das ist mir noch gar nicht aufgefallen, ich habe ihn nur zweimal hier hinter der Theke gesehen …«, Evelina stockte, Marco kam zu ihnen heraus und fragte, ob alles in Ordnung sei.

»Ja, danke!« Evelina lächelte ihn kurz an und beschäftigte sich danach sofort wieder mit den Spaghetti auf ihrem Teller. »Kennst du vielleicht dieses Mädchen oder den Typen daneben?«, fragte Magdalena schnell und hielt ihm das schon ziemlich zerknitterte Foto hin. Nein, nie gesehen, sagte Marco, es täte ihm leid.

Evelina wartete, bis er wieder hineingegangen war, und platzte dann los: »Ich glaube es nicht! Der ist ja winzig. Ob er sich für das Foto auf einen Stuhl gestellt hat?«

»Ja, dann käme es hin.«

»Er ist ein Zwerg!«

»Sage ich doch … vielleicht hat sich meine Mutter ja auch hingekniet.«

»Er muss sich ein Podest hinter die Theke gebaut haben, da drinnen wirkte er so groß, und hier draußen reicht er mir im Stehen bis auf Augenhöhe!«

»Er hat eine tolle Ausstrahlung.«

»Aber ich sitze! Ich will nicht, dass ein Mann mir stehend in die Augen schaut, wenn ich sitze!«

»Ach, Evelina …!«, es kommt doch auf die inneren Werte an, wollte Magdalena sagen, aber erstens wusste sie nicht, was »Werte« auf Italienisch hieß, und zweitens war sie insgeheim froh, dass Marco als Vater ausgeschieden war.

26

Das staubige Pulver kitzelte. Magdalena zog die Nase hoch und nieste, dann schnitt sie rasch den vierten Beutel *tè alla pesca* auf und ließ den Inhalt in den Plastikkrug rieseln. Sie gab Wasser dazu und rührte mit einem langen Löffel, Luftblasen stiegen auf, und es knirschte, wie früher im Sandkasten beim Matschepampemachen. Wie lautete wohl der italienische Ausdruck für Matschepampe? Ein Handy brummte leise, Magdalena ließ ihre Augen schweifen, wo hatte sie nur ihre Tasche hingelegt? In der kleinen Spülküche herrschte Chaos, sie ähnelte eher einer Umkleidekabine zwischen Mikrowelle, Spülstein und Küchentisch, jeder von ihnen schmiss hier seine Sachen hin. Auf dem einzigen Stuhl häuften sich Jacken und Pullover, drei Helme und mehrere Paar Schuhe zum Wechseln lagen zwischen Tüten und Kartons verstreut auf dem Boden. Ein Toaster stand auf der Fensterbank vor dem Fliegengitter, daneben ein überdimensionales Mayonnaiseglas. Auf dem Tisch in der Mitte lagen die Überreste des Obstes, aus denen Magdalena vor einer Stunde in aller Eile frischen Obstsalat geschnippelt hatte. Keine Zeit, es wegzuwerfen, selbst Franco bekam keine Ordnung in diese Rumpelkammer. Magdalena entdeckte ihre Umhängetasche über einer Stuhllehne hängend, mit einer Hand fischte sie nach dem Handy, mit der anderen rührte sie weiter um.

»*Pronto?*«

»Aha, jetzt bist du schon ganz italienisch, was!?«

»Florian ...« Mist, sie hatte nicht auf das Display geschaut.

»Ja, ich bin's. Der gute Florian. Der gute-gute Florian.«

Ein Insiderwitz, ein »Als-wir-noch-zusammen-im-Bett-lagen-Witz«, der ihr ein schlechtes Gewissen machen sollte. Er war immer so stolz auf seinen Schwanz. Ist er nicht schön, tut er nicht gut, ist er nicht groß? Na ja, viele Vergleichsmöglichkeiten hatte sie ja nicht, aber bei einer Gegenüberstellung mit den anderen dreien, jetzt durch Roberto vieren, würde er, was den Sex und seine Ausstattung anging, knapp an vorletzter Stelle liegen.

»Was gibt's?« Fröhlich klingen und bloß nicht genervt sein, das war die beste Tour, ihn auf später zu vertrösten und das Gespräch schnellstmöglich zu beenden.

»Wann kommst du zurück?« Sie atmete erst mal aus. Pause. »Babylein.«

Sein »Babylein« klang todtraurig und wirklich einsam, auf einmal tat es Magdalena leid, ihn dort in Deutschland zurückgelassen zu haben. Was hatte sie sich nur dabei gedacht? Wie einen Hund an einem Autobahnrastplatz hatte sie ihn einfach ausgesetzt und war weggefahren. Mit der freien Hand schob Magdalena die Apfel-, Kiwi- und Orangenschalen auf der Tischplatte zusammen.

»Sag doch was! Wann kommst du, ich habe keine Lust mehr, auf dich zu warten.«

Sein Lachen fiel ihr wieder ein und seine glatten braunen Haare. Wenn er mit beiden Füßen gleichzeitig auf die Bettkante sprang und Michael Jackson für sie imitierte, flatterten sie wie bei einem lustigen Prinz Eisenherz um seinen Kopf. Er hätte lieber Schauspieler werden sollen, statt BWL zu studieren. Sandra meinte, BWL sei eine gute Grundlage, Florian hatte keine Meinung dazu. Er spielte ihr lieber etwas vor, Hape Kerke-

275

lings Nummer mit dem Meerschweinchen hatte er richtig gut drauf. An ihren gestohlenen Nachmittagen, wenn sie Liebe machten, hatten sie viel zusammen gelacht. Liebe machen. Das war sein Ausdruck dafür. Irgendwie hatte sie ihn schon geliebt, sonst hätte sie ihm doch kaum dieses Ultimatum gestellt, entweder du trennst dich von Sandra, oder ich beende die Affäre bei meiner Rückkehr. Auf einmal vermisste sie ihn ganz fürchterlich. Sie liebte ihn also noch, oder?

Magdalena wischte sich ihre klebrige Handfläche an einem nassen Spüllappen ab. Sie wusste nicht, was sie sagen sollte.

Manchmal hatte er Popcorn für sie gemacht, wenn sie danach faul auf dem Sofa lagen und Filme sahen. Sandras Popcorn aus Sandras Popcornmaschine. Auf Sandras Sofa. Sie schämte sich, wenn sie an diese Magdalena dort auf dem Sofa dachte.

»Also, wann denn nun?«

»Ich weiß es noch nicht, in zwei Wochen vielleicht.«

»Zwei Wochen! Das hast du vor zwei Wochen auch schon gesagt und davor auch, du bist jetzt schon sechs Wochen weg!«

Ja und?, hätte sie beinah geantwortet, schon war ihre kaum aufgeflackerte Liebe für ihn wieder erloschen.

»Florian, wir reden später drüber, ich muss weitermachen, ist gerade voll hier.«

Er erwiderte nichts. Na gut, sie hielt das aus. Schweigen. Aus der Bar hörte sie das laute Summen aus Lachen, Reden, Musik. Tisch zwölf wartete bestimmt schon seit zwanzig Minuten auf seinen *Mangia&bevi*-Becher. Tisch acht bekam noch *cantucci* zum Eintunken in den süßen Aleatico-Wein. *Merda*. Sie hielt das doch nicht aus.

»Ist was passiert?«

»Ja, ich glaube schon.«

»Was!? Sag doch!«

»Sandra hat mich rausgeschmissen.«

»Warum *das* denn?«

»Ich ... ich liebe eine andere, und das habe ich ihr gestern erzählt.«

»Und wer ist diese andere?« Magdalena rührte das Eisteegemisch noch einmal kräftig um. Der Zucker knirschte immer noch auf dem Boden des Kruges. Wenn er wüsste, wie erleichtert ich bin, ich gönne ihm die andere, Hauptsache, seine nervigen Anrufe hören endlich auf.

»Du!«

»Bist du wahnsinnig?!«

Das Summen schwoll an, »Maddalena, *il tè?*«, auf Francos Gesicht spiegelte sich eine mittelschwere Verstimmung, die Schwingtür klappte sogleich wieder hinter ihm zu, die Geräusche wurden leiser.

»Sofort!«, rief sie ihm auf Italienisch hinterher.

»Florian, ich fasse es nicht, du hast es Sandra gesagt?! Ich rufe dich an, sobald ich hier ein bisschen Luft habe!« Magdalena schaltete das Handy aus, warf es auf den Tisch und verließ die Küche.

Mann, Florian, du Idiot, du kannst Sandra doch nicht einfach alles erzählen, beschimpfte sie ihn in Gedanken, während sie auf Zehenspitzen hinter der Theke stand und den Eistee von oben in den Automaten goss. Geschieht mir eigentlich recht, ich habe ihm ein Ultimatum gestellt, das ich anscheinend gar nicht ernst meinte, ich habe zehn Monate lang meine Freundin betrogen und sie logischerweise dabei verloren, und nun habe ich einen Mann am Hals, den ich nicht will. Sie hielt die Augen konzentriert auf den Behälter gerichtet. Eine ganz miese Nummer, die sie da abgezogen hatte. Francos Augen trafen die ihren. Er schüttelte den Kopf und stellte zwei halb volle Espressotassen auf das Tablett. Der Averna mit Eis oder ohne?

277

»Ohne!«, behauptete Magdalena, Franco verdrehte die Augen zur Decke. Okay, sie hatte vergessen zu fragen. Sah man ihr so deutlich an, wenn sie log?

Das fehlt mir noch, dass Florian womöglich nach Elba kommt, dachte sie, als sie sich, das volle Tablett mit den Ellbogen schützend, durch die Menge kämpfte. »*Attenzione! Permesso!*« rufend bahnte sie sich den Weg in den Innenhof. Tisch sieben wollte zahlen, Tisch sechs auch, der Männerclub hinten in der Ecke winkte ihr heftig. Es war Luciano, der Klempner mit der unübersehbaren Zuneigung für Nina, der ihr mit seiner Gasflasche das Abendessen gerettet hatte. In massiger Geselligkeit saß er dort mit ein paar anderen, wahrscheinlich auch alles Klempner, ihre Hände waren riesig. Eine Runde Stock-Brandy für alle am Tisch, orderte er. »*Va bene.*« Luciano musterte Magdalena, eines seiner Augenlider hing wie bei Silvester Stallone ein wenig herunter, und sein Blick blieb an ihren Beinen haften. Das neue Kleid war eine Handbreit zu kurz, verdammt. Aber nicht doch, hatte Roberto gesagt, bei diesen Beinen könne sie sich das leisten. Er musste ja auch keinem Handwerker Brandy servieren.

»Gehst du heute Abend hoch in den *Club 64*? Zu Nina?«

»Ich glaube schon!« In Wirklichkeit hatte Magdalena vor, nach der Arbeit sofort nach Hause zu fahren, schon jetzt brannten ihre Augen vor Müdigkeit. Aber auf die Überredungskünste der Klempnerrunde hatte sie keine Lust. Besser Ja sagen und dann nicht erscheinen. Tat keinem weh.

»Willst du mit uns fahren, wir warten auch auf dich!«

»Toll! Das ist echt nett von euch!« War sie so wahnsinnig, mit fünf angetrunkenen Gas- und Wasserinstallateuren in ein Auto zu steigen? »Aber ich nehme lieber den Roller!«

»Wir sehen uns dann oben.«

»Mit goldenen Stiefeln an den nackten Beinen, so sah ich dich am Strand ... «

Die schnulzige Musik knallte aus den Boxen und schaffte es mühelos, den allgemeinen Lärm zu übertönen, der die Bar erfüllte. Einen Augenblick lang sah man, wie die Münder sich bewegten, dann irritiert zuklappten, zu hören war nur noch:

»... bald gingen wir Hand in Hand, und der Wind, der durch dein blondes Haar fuhr, duftete noch lange nach dir.
... Und heut denke ich an uns, an dich, an uns.«

Dann endlich wurde leiser gedreht. Stivali d'oro sulla spiaggia? Stiefel aus Gold am Strand? Was ist das denn für ein bescheuerter Text?, dachte Magdalena. So was hat nur Heidi damals getragen, ihre mit Lack eingesprühten Wildledersstiefel. Sie drängelte sich wieder zurück hinter die Bar, Mist, sie hatte den Eisbecher für Tisch fünf vergessen, sie musste also noch einmal quer durch den Raum zur Eistheke, um ihn bei Cristina zu bestellen.

»Einen coppa caffè«, orderte sie und hielt ihren Oberkörper über die Öffnung der Glasvitrine, aus der es herrlich kalt herausdampfte. Doch in der Theke war alles durcheinander, warum ordnete Cristina die Eissorten nicht endlich mal? Frutti di bosco neben Blaubeere, leichte Abstufungen zum Rot, über Erdbeere bis hin zur hellorangen Melone, eine herrliche Aufgabe, aber Cristina weigerte sich, sie wollte weder cioccolata neben Haselnuss, bacio und Nutella stellen noch eine weiße Abteilung aus fior di latte, crema, yogurt kreieren, sie war einfach eine nette, kurzbeinige Farbignorantin aus Livorno.

Magdalenas Kopf arbeitete automatisch, ihre Beine auch, wie viele Gläser, Tassen und Teller hatte sie heute schon von drinnen nach draußen und wieder zurück geschleppt? Wie viele Tische abgewischt, wie viele Euros schon kassiert? Franco war zufrieden mit ihr, sie sah unter seinem Bart die Andeutung eines Lächelns. Gleich eins, die Klempner waren abgezogen, nur noch zwei Gäste saßen draußen auf der Straße an Tisch zwei. Es war Holger, er kam jeden Abend nach seinem letzten Termin und immer in wechselnder Begleitung. Meistens bullige, untersetzte Jungs, die er angeblich alle am Strand kennenlernte. Niemals unter den Kunden »fischen«, hatte er ihr erklärt, das sei unprofessionell und gäbe nur Ärger. Magdalena mochte seine direkte Art, seinen Espresso bekam er von ihr immer umsonst.

Zwei *carabinieri* kamen herein, der kleine Massimo und sein langer Kumpel Gian-Luca, sie waren heute spät dran, ihr abendliches Eis aßen sie sonst früher, gegen zehn, nach Dienstschluss. Magdalena grüßte lächelnd, die Füße taten ihr weh. Nach ein wenig Small Talk – wie geht's?, gehst du an den Strand?, ah, du bist aber schon *bell' abbronzata*, ihr aber auch – gingen die beiden an die Eistheke, um bei Cristina die gleichen Sätze loszuwerden. Magdalena lief in die kleine Spülküche und wechselte dort schnell die Schuhe. Was für eine Wohltat, in die luftigen Sandalen zu schlüpfen! Als sie wieder durch die Schwingtür trat, fiel ihr Blick auf das Foto, das direkt neben der Musikanlage hing. Sie schaute ihrer Mutter ins Gesicht, die mit übernächtigtem, glückseligem Lächeln zurückguckte, direkt in ihre Augen. Hoffentlich hat es wenigstens Spaß gemacht, Mama!, dachte Magdalena. Hoffentlich hat er deine Hände nicht mit einem Gürtel gefesselt oder dich gebeten, deine goldenen Stiefel dabei anzulassen… deine *stivali d'oro*. Die Musik fiel ihr wieder ein, sie wühlte die CD-Hüllen durch, nur mal aus Spaß schauen, aus welchem Jahr das Lied war. Walter, sonst für die Musikauswahl verantwortlich, war schon nach Hause gegangen, den konnte sie nicht fragen. »Franco«, rief sie auf Italienisch, »wie heißt dieses Lied mit den *stivali* am Strand, das heute Abend auf einmal so laut lief?«

»Stiefel? Strand? Nie gehört.«

»Doch, das musst du gehört haben, es war dermaßen laut …
›so sah ich dich am Strand‹, kam auch darin vor.«

»Ah, *capito*!«

»Wer singt das denn?«

»Antonello Pucciano natürlich, ›Stiefel aus Gold‹, kennt in Italien jedes Kind!«

»Echt?!«

»Hier, deine beiden *caffè* für Tisch zwei werden kalt!«

»Legst du es noch mal auf? Bitte!!« Magdalena probierte den besonderen Blick, den Nina so gut beherrschte: fordernd, aber lieb von unten, wie eine Katze.

»Haben wir nicht. Muss im Radio gelaufen sein. Nun los.«
Er hielt ihr das Tablett mit den Tassen hin.

»Wann hat dieser Antonello das Stiefel-Lied denn gesungen?«, fragte Magdalena Franco später, während sie neben der Kaffeemaschine stand und die letzten Gläser abtrocknete.

»Ach, schon ewig lange her, vor tausend Jahren.« Danke für die Information, Franco.

Die goldenen *stivali* waren ein Ohrwurm, sie bekam den ersten Satz und die Melodie nicht mehr aus dem Kopf, vielleicht hatte sie ja Glück, und der Laptop in der *Bar La Pinta* war frei. Im Internet würde sie etwas darüber herausfinden können. Aber sie hatte *kein* Glück, trotz der späten Stunde belagerten drei junge Typen den Computer, von denen einer mit den Fingern immer wieder auf dieselbe Taste hämmerte, um grunzende Kreaturen abzuknallen. Das konnte dauern. Antonello Pucciano würde zwar auch morgen noch im Internet stehen, aber sie wollte es unbedingt heute wissen! Sie spürte, dass sie auf der richtigen Fährte war, diesmal viel stärker als je zuvor.

»Schluss, Kinder, ab nach Hause«, rief sie fröhlich zu den über dem Bildschirm zusammengeschweißten Hinterköpfen.

»Uuaaah!« Ein Aufschrei, ruckartig drehten die drei sich zu ihr um und schauten sie wütend und entsetzt an, als sei sie vom Wahnsinn besessen.

»Scheiße, Mädchen, das hättest du besser nicht gesagt!«

27

Magdalena schaltete in den zweiten Gang runter und zog dann mit der linken Hand ihre Jacke vorn fester zusammen. Je höher sie kam, desto kälter wurde die Nachtluft. Der Lichtkegel des Rollers fraß die weißen Mittelstreifen, diese Kurve noch, hier standen bereits die Autos am Straßenrand, rote Standlichter waren angelassen worden in der Hoffnung, dass man sie nicht übersah. Der Rhythmus der Bässe kam näher, noch konnte sie nicht feststellen, welches Lied gerade lief. Magdalena suchte zwischen den zahlreichen Mofas einen Platz rechts von der Eingangstreppe, stellte den Roller ab, befreite sich von ihrem Helm und verstaute ihn unter der Sitzbank. Sie schüttelte ihre Haare zurecht, ihr Beinahzusammenstoß in der Bar war gerade noch abgewendet worden, von Giorgio, dem Rollerfahrer, der sie wiedererkannt hatte und der nach einer schnell ausgegebenen Runde Bier auch seine Freunde besänftigen konnte.

Jetzt war sie doch wieder im *Club 64* gelandet, dabei hatte sie sich fest vorgenommen, direkt nach Hause zu fahren. Aber dort war niemand, und obwohl sie müde war, würde sie nicht schlafen können, sondern zwischen Küche und ihrem Abstellkämmerchen wie eine Flipperkugel hin- und hertitschen. Die dunklen Fensterscheiben und die Stille machten ihr Angst, während sie auf Robertos Wagen lauschte, der nicht kam. Also lieber hoch in den Nachtclub, ein Gläschen trinken, Menschen angucken und ein bisschen mit Matteo plaudern. Alles besser, als allein im Haus zu sitzen. Heute war Freitag, es war voller als sonst, denn nicht nur die Touristen aus Rom und Milano, sondern auch die jungen Elbaner waren wild entschlossen, sich an diesem Abend zu amüsieren. Magdalena schob sich an den Wartenden vorbei und sprang die Treppenstufen hoch. Wo war Matteo? Sonst saß er doch meistens oberhalb des Kassenhäuschens an der Ausgangstreppe und ließ seine Blicke über die anwachsende Schlange schweifen, die sich um diese Uhrzeit bildete. Magdalena grüßte Sabina, die an der Kasse saß, und Daniele, Lauras Bruder, der wie jeden Abend neben dem Häuschen stand und die Diskothekenbesucher an sich vorbeiziehen ließ. Im *Club 64* gab es keine Türen, dennoch gab es mehrere Türsteher, sie waren an ihren schwarzen T-Shirts mit der Aufschrift SECURITY-TEAM zu erkennen. Zwei von ihnen standen neben Daniele und unterhielten sich. Nur wer zu betrunken war oder es in der Vergangenheit geschafft hatte, sich oben auf der Tanzfläche zu prügeln, dem wurde der Zutritt verweigert. Meistens war jemand vom SECURITY-TEAM aber bereits vorher zur Stelle und beförderte denjenigen diplomatisch die Treppen hinunter.

»Ich habe einen guten Riecher, ich weiß fast immer, wer Ärger machen will, bevor derjenige selbst draufkommt!«, hatte Matteo Magdalena erklärt.

»*Ciao*, Maddalena! Matteo kommt gleich wieder!« Daniele winkte sie durch. Magdalena bedankte sich und bahnte sich einen Weg durch die dröhnende Musik und die Jugendlichen, die herumstanden und sich gegenseitig mit ihren Handys fotografierten und filmten. Sie umging die Tanzfläche voller zuckender Lichter und Körper und entdeckte Tascha, die sich wie eine Galionsfigur mit ihrem Busen gegen einen Mann drückte und zu ihm aufschaute, während sie auf ihn einredete. Er hatte eine dreieckige Delle in seinem vorspringenden Kinn und guckte sie nicht an. Auch Magdalena schaute schnell weg, es dauerte, bis sie es endlich an die Bar geschafft hatte. Zwischen den Köpfen der Leute beobachtete sie, wie konzentriert Nina arbeitete, sie hob kaum den Blick, aber wenn, dann mit einem Lächeln, das echt zu sein schien. Dabei zeigte sie ihre unvermeidliche Zahnlücke und rauchig geschminkte Augen, in deren Aufmerksamkeit man sich einen Moment lang sonnen konnte. *Una birra!* Mach mir mal einen Gin Tonic! *Una coca cola!* Die Gäste wedelten mit ihren Bons, auch die Klempnertruppe entdeckte Magdalena in Ninas Dunstkreis.

»*Ciao*, Magdalena!« Nina hatte sie bemerkt und bedeutete ihr, hinter die Theke zu kommen. Sie drückte ihr einen Kuss auf die Wange.

»Matteo ist auch gerade oben, was willst du trinken?«, rief sie ihr ins Ohr. Ihr Körper kam nicht zur Ruhe, während sie sprach. Sie nahm einen Plastikbecher von einem der hohen Türme, die sich vor ihr wie ein Gebirge aufstapelten, drehte sich, um im Regal hinter sich nach einer Flasche Gin zu greifen, ließ ein paar Zentiliter in den Becher gluckern, bückte sich, um eine Schublade zu öffnen, nahm ein Fläschchen Tonic heraus, setzte den Flaschenöffner an, goss ein, warf mit der Zange eine Zitronenscheibe hinein, zwei Eiswürfel hinterher, und fertig war der Drink, den sie nun einem Typ mit kunstvoll rasiertem Muster auf dem Schädel über die Theke schob und gleichzeitig den Bon entgegennahm.

»Martini d'Oro?!« Evelina kam aus dem Raum hinter der Bar mit einem Kübel voller Eis. Auch sie begrüßte Magdalena eilig mit zwei Küsschen, bevor sie sich um die Frau mit den Rastalocken kümmerte, die mit dem Oberkörper weit über der Theke hing und nach einem Heineken verlangte.

»Ja gerne!«

»*Buona sera!*« Plötzlich stand Matteo neben ihr.

»Hier, Matteo, dein *Saft*«, sagte Nina und reichte ihm einen Plastikbecher, der zwei Fingerbreit mit einem goldfarbenen Getränk gefüllt war.

»Gehen wir runter?« Mit ihrem Martini in der Hand folgte sie ihm, sie nahmen die Treppe zum Ausgang und saßen eine Minute später nebeneinander auf der Mauer oberhalb des Kassenhäuschens. Matteo stellte seinen Becher neben seinem Bein ab. Er drückte einen Finger in sein Ohr und sagte »bin wieder da« in das Mikro seines Headsets.

»*Allora?*«

»Ich bin müde, ich gehe gleich wieder.«

»Das sagst du jeden Abend!«

Magdalena schwenkte die Eiswürfel in ihrem Becher – schade, in Plastikbechern klirrte nichts –, trank einen Schluck Martini und bewegte sich ein paar Takte lang nach der Musik, die ihr von hinten zwischen die Schulterblätter wummerte.

»Stimmt! Aber ich konnte einfach noch nicht ins Bett gehen. Es war total voll heute bei uns.« Außerdem bin ich wegen dieses komischen Liedes noch aufgedrehter als sonst, fügte sie in Gedanken hinzu. Matteo nippte an seinem Getränk. Sie tat es ihm gleich und hielt ihren Becher neben seinen. Whiskey und Martini hatten exakt die gleiche Farbe. Gut.

»Was macht Roberto?«

Magdalena schaute ihn an. Wollte er das wirklich wissen?

»Er ist nicht oft zu Hause, steht den ganzen Tag und die halbe Nacht im *Il Vizio* rum, ich sehe ihn kaum!« Das musste reichen. Matteo schaute sie kurz an, sie lächelte und bemühte sich um ein möglichst unschuldiges Aussehen, nein, sie würde ihm bestimmt nicht erzählen, dass sie mit Roberto inzwischen jeden Nachmittag im Bett lag. Und dennoch hatte sie ja nicht gelogen, sie sah ihn wirklich kaum im Ganzen, sie sah ihn von so nah, dass es ihr manchmal gar nicht gelang, ihn aus all den Details wieder zusammenzusetzen. Sein schöner Mund, der sie so gern biss und leckte, seine Schultern und die Kuhlen an seinem Schlüsselbein, die Linie dunkler Haare, die den Weg von seinem Bauchnabel zu seinem Schwanz wies, dieses wunderschöne Teil aus samtener, zimtbrauner Haut, weich und glatt. Sie hatten Sex, aber er gab ihn ihr einfach nicht, nicht dort hinein, wo er hingehörte. Es kränkte sie, sparte er sich seinen prächtigen Penis für irgendwas Besseres auf? Es war peinlich, aber sie war regelrecht besessen von ihm, warum würde sie sonst so um ihn betteln? Roberto musste sie nur berühren, schon war sie für alles bereit, das war seine Macht, die er nach Belieben ausspielte.

»Wann kommst du?« Magdalena spürte, wie sie rot anlief. Verliebt in einen Schwanz, der ihr verweigert wurde, so ein Quatsch.

»Was?«

»Ich meine, wann kommst du im Zitronengarten vorbei?«

»Morgen. Spätestens übermorgen.«

Matteo nickte. »Die beiden Delinquenten haben sich erstaunlich gut erholt, die anderen blühen wie verrückt nach dem Dünger.«

»Wir könnten die Mauer wieder aufbauen.« Magdalena hätte sich am liebsten an ihn gekuschelt, sie mochte ihn schrecklich gern, sie waren ein gutes Team. Der verwilderte Park des *POLO* wurde langsam wieder zu einem Garten, sie hatte den Lavendel vom Unkraut befreit, und Matteo hatte die kahlen, niedergetretenen Stellen rund um die ehemalige Tanzfläche mit weißem und rosarotem Oleander bepflanzt.

»Ich habe heute in der Bar ein total kitschiges Lied gehört. Von Antonello Pucciano.«

»Ah, das war doch nicht etwa *Stivali d'oro sulla spiaggia*…?«
Matteo sang die Zeile in einem erstaunlich melodischen Bass.

»Du kennst es!«

»Natürlich, das kennt jedes Kind! Irgendwann Anfang der
Achtziger hat Antonello damit in San Remo den zweiten Platz
gemacht und danach nie wieder einen Hit gelandet.«

»Anfang der Achtziger? Nur den zweiten Platz? Und da
kennt ihn noch jedes Kind?«, fragte Magdalena und dachte nach. Irgendwann Anfang der Achtziger, ein Sänger? Es
könnte möglich sein … *basta!*, rief sie sich zur Ordnung,
diesmal machst du es anders! Keine unbedachten Aktio-
nen mehr, keine peinlichen Verdächtigungen, kein Abmessen
von Eckzähnen oder Körpergrößen! Und vor allen Dingen
kein Wort zu Matteo und Nina, bis du die Gewissheit hast.

»Jeder italienische Sänger probiert sich einmal in seinem Leben an ›Stivali d'Oro‹, auch heute noch. Eros hat das mal gesungen, Mina, Giovanotti, sogar Zucchero … glaube ich jedenfalls. Und dafür bekommt er ja jedes Mal Tantiemen.«

»Ein Lied und Schluss. Wahnsinn«, sagte Magdalena und
rückte noch etwas näher an Matteo heran, um seinen Geruch
besser einfangen zu können. Ein bisschen Lederjacke, obwohl
er gar keine trug, ein bisschen Sandelholz, Salz, Heu und
Whiskey.

»Ich glaube, er hat schon noch Musik gemacht«, sagte Matteo, »er hat für andere Künstler geschrieben, aber selbst nicht
mehr gesungen. Hatte ja mit dem einen Song genug verdient,
um sich an einer der schönsten Stellen in Italien eine Villa zu
kaufen. Und rate mal, wo?«

»Hier! Auf Elba!«

Matteo schien etwas enttäuscht. »Ah, das wusstest du also
schon.«

»Ja«, sagte Magdalena leise, »das wusste ich schon.«

28

Zwölf Uhr. Magdalena gähnte, durch den Schlitz zwischen Vorhang und Tür zum Garten fiel ein schneidend heller Streifen Sonnenlicht, der Geschmack in ihrem Mund war alles andere als frisch. Ein dumpfes Gefühl grummelte in ihr wie eine schwere Kugel, die auf ihrem Zwerchfell hin und her rollte und es immer tiefer nach unten zog. Was genau es war, konnte sie nicht gleich bestimmen: Nina, Matteo, die Arbeit in der Bar Elba, Franco, Roberto? Nein, Nina war gestern Abend sehr nett zu ihr gewesen, sie hatte ihr zwei Martinis ausgegeben, Matteo sowieso, wie schön er das Lied für sie gesungen hatte. Das Stiefel-Lied. Sie musste gleich los, um im Internet danach zu recherchieren! Magdalena ging die Liste weiter durch: Auch Franco hatte in den letzten Tagen nichts an ihrer Arbeit auszusetzen gehabt, nur die normale Quengelei eben, wenn sie ihm zu langsam war, und von Roberto hatte sie sogar gestern Nacht bei ihrer Rückkehr einen Zettel auf dem Küchentisch vorgefunden: »Ti odio! Tanto, tanto, tanto.« Ich hasse dich! Sehr, sehr, sehr. Das war Robertos eigenwillige Art, seine Zuneigung auszudrücken. Der Zettel lag neben ihrem Kopfkissen und machte ihr einen Moment lang gute Laune. Nein, das konnte es alles nicht sein ... aber irgendwas war da noch. Magdalena versuchte an gar nichts zu denken, das klappte immer. Florian! Mist. Es war sein Telefongespräch von gestern Abend, das dieses dumpfe Grummeln in ihr hervorrief. Sie hatte es für ein paar Stunden vollkommen vergessen. Magdalena richtete sich auf. War Florian eigentlich wahnsinnig? Er gestand Sandra, dass er sich in Magdalena verliebt hatte, und wurde prompt rausgeschmissen. Der Idiot! Was sollte sie jetzt mit ihm anfangen, sie wollte ihn doch gar nicht mehr. Und Sandra? Die konnte es sicher nicht fassen und war natürlich maßlos enttäuscht über ihre Freundin, die sich an ihrem kleinen Studenten vergriff, »mein kleiner Student«, »mein Mitesser«, so hatte sie Florian immer genannt, obwohl er nur zwei Jahre jünger als sie war. War es ein schlechtes oder ein gutes Zeichen, dass Sandra noch nicht angerufen hatte? Magdalena tastete nach ihrem Handy, es lag auf dem Boden neben ihren Schuhen. Sie schlurfte an Robertos halb offener Tür vorbei, er war schon weg, wie machte er das bloß mit so wenig Schlaf? Sie holte sich ein Glas Orangensaft aus der Küche, öffnete die Tür zum Garten und trat hinaus auf den dürren Rasen. Sie tauchte eine Hand in die Badewanne, benetzte die Blätter der Lotosblumen mit Wasser und wählte Florians Nummer. Es klingelte. Samstagmittag um zwölf, ohne Wohnung, ohne Freundin, wo er wohl steckte?

»Na, in einer anderen Frau wahrscheinlich«, hörte sie Ninas Stimme. Nein, so war er nicht! War er so?! Die Lotosblumen brauchten dringend Wasser, die Wanne war nur noch halb voll. Es klingelte weiter. »Ja bitte?« So meldete sich Sandra! *Cavolo*, es war Sandra, was machte sie an Florians Handy?

»Hier ist Magdalena!«

»Wow! Meldest du dich auch mal!«

»Ja …« Es sollte zerknirscht klingen.

»Ist was passiert? Du hörst dich an, als ob jemand gestorben ist! Du bist doch noch auf Elba?«

»Ja!«

290

»Florian duscht gerade. Als ich deinen Namen auf seinem Handy gesehen habe, bin ich einfach mal drangegangen.«

Na, der war ja lustig, duschte er einfach bei Sandra in der Wohnung.

»Und – geht's dir gut?«

»Ja.«

»Du klingst müde, dein Job in der Bar geht wohl immer bis tief in die Nacht!«

»Ja.« Bereits das vierte Mal »Ja«…

»Und bei euch, alles in Ordnung?«, brachte Magdalena mit einiger Anstrengung hervor. Sandra plauderte angeregt über die Praxis, in die sie sich vielleicht einkaufen wollte, sie entschuldigte sich sogar, dass sie in den letzten Monaten so wenig Zeit für Magdalena gehabt hatte. Magdalena riss an einer Lotosblüte, sie ging nicht ab, nur der Stängel mitsamt dem ganzen schleimigen Anhang wurde nach oben gezogen. Also alles wie immer, dachte sie – Florian hat mich angelogen, und ich bin darauf reingefallen.

Entnervt ließ sie das widerspenstige Ding wieder zurück in das grünliche Wasser gleiten. Mach sie bloß nicht kaputt, du liebst diese Blumen, und sie gehören dir noch nicht mal!

Eine halbe Stunde später war Magdalena mit dem Roller unterwegs nach Portoferraio zum Fährhafen, sie erinnerte sich, gegenüber dem Busparkplatz ein großes Internetcafé gesehen zu haben, in dem sie mit mehr Ruhe als in der *Bar La Pinta* Antonello Pucciano suchen konnte.

›*Punto Internet – 1 Ora 5,– Euro*‹ stand über dem Eingang. Mit den vielen kleinen Papierfahnen sah der flache Bau wie ein kürzlich eröffneter Getränkemarkt aus. Sie musste ihren Personalausweis abgeben und bekam einen Zugangscode, dann durfte sie sich durch Spielautomaten hindurch in den hinteren Teil des Cafés begeben und einen der zehn Computer aussuchen, die in einer Reihe auf einem Wandbrett standen. Sie wählte den am weitesten links, um möglichst viel Raum zwischen sich und den Araber zu bringen, der vor seinem Bildschirm lautstark in seiner Sprache gestikulierte.

Magdalena loggte sich ein und roch widerstrebend an dem schmierigen Schaumstoff des Kopfhörers, bevor sie ihn aufsetzte. Sie gab »Antonello Pucciano« ein, die Suchmaschine zeigte innerhalb von 0,26 Sekunden die Ergebnisse eins bis zehn von ungefähr 78 000 Einträgen. *Stivali d'Oro* wurde immer in einem Zug mit seinem Namen genannt. Sogar auf Deutsch gab es einen Eintrag: »Antonello Pucciano, geboren 14. 04. 58 in Florenz, ist ein italienischer Liedermacher und Sänger. Er nahm 1980 zum ersten Mal am San-Remo-Festival teil und erreichte mit seinem Lied ›Stivali d'Oro‹ Platz 2. Danach trat er noch einige Male auf, zog sich aber nach wenigen Jahren aus dem Show-Leben zurück. Er schreibt und komponiert auch heute noch zahlreiche Lieder für seine Kollegen.«

0 Kommentare zu Antonello Pucciano. Wollen Sie einen Kommentar zu Antonello Pucciano schreiben?

»Noch nicht«, flüsterte Magdalena, »noch nicht ...« San Remo 1980, mein Geburtsjahr!, dachte sie und rutschte aufgeregt vom Hocker, ihre Knie waren weich und zittrig wie nach einer langen Wanderung. Langsam kletterte sie wieder auf den Sitz und prüfte die anderen Einträge auf der Seite. Antonello, der Sänger; Antonello in San Remo; sogar im italienischen Wikipedia war er zu finden. Von seinem Tod war nichts erwähnt, er lebte also noch und war mittlerweile über fünfzig. Dann erst klickte Magdalena beinahe ehrfürchtig auf das einzig angezeigte Video, und als der typische schwarze Rahmen bei YouTube erschien, vergaß sie einzuatmen. Zwei verbogene Palmen und eine blinkende Sonne, anscheinend das Logo von San Remo, schmückten eine silberne Bühne, dann kam verwackelt und in schlechter Qualität der Schriftzug »XXX. Festival di San Remo« ins Bild, das unsichtbare Publikum klatschte, und die Kamera schwenkte hinunter auf einen weißen Flügel. Daran saß ein dünner junger Mann im weißen Anzug und mit Sonnenbrille, aber noch bevor sein Gesicht genauer ins Bild kam, wurde auf seine Hände umgeschnitten und noch näher auf seine Finger gezoomt, die langsam von einer Taste zur nächsten wanderten und sie dabei kaum zu berühren schienen. Die Umrisse waren ausgefranst, die Farben schwammen flackernd ineinander, Antonello war jetzt wieder ganz zu sehen, er sah aus wie ein Geist, nur der Colabecher auf dem Flügel gab ihm etwas Weltliches.

Das Klavierthema klang schüchtern, sein Kopf mit den dunklen, leicht welligen Haaren beugte sich vor, und mit hoher, aber kräftiger Stimme begann Antonello genauso leidenschaftlich wie am Tag zuvor in der Bar von dem Mädchen zu singen, das Hand in Hand mit ihm am Strand entlangging und goldene Stiefel trug. Die Tonqualität war grauenhaft, um den Text besser verstehen zu können, presste Magdalena die klebrigen Kopfhörer fester auf ihre Ohren. »… und der Wind, der durch dein blondes Haar fuhr, duftete noch lange nach dir«, klagte Pucciano, dann kam noch irgendwas mit Florenz und Bahnhof, was Magdalena nicht verstand. Die Klaviermusik wurde jetzt von Geigen unterstützt, die Melodie wiederholte sich eindringlich, und Magdalena versuchte die Gänsehaut zu ignorieren, die ihren Körper vom Nacken abwärts bis hinunter zu den Waden überzog. Wieder und wieder ließ sie das Video laufen und starrte in seine Augen hinter der getönten Pilotenbrille. Er sah ihr überhaupt nicht ähnlich und dem Jungen auf dem Foto auch nicht. Jedes Mal verstand sie ein wenig mehr von den Worten aus Antonellos Mund. Es gab einen »ersten Kuss«, einen »Fotoautomaten am Bahnhof« und im Refrain »Tage, die vergangen sind«, ein »fernes Land« und die Aufforderung an das Stiefelmädchen, »ihnen nichts zu erzählen«. Das Lied erwischte etwas in ihr, sie spürte es in ihrer Brust, gebannt schaute sie auf den Bildschirm, sie schluchzte und lachte schniefend, das ferne Land war natürlich Deutschland, aber wem sollte das Mädchen nichts erzählen? Die Tränen, die ihr inzwischen hinunterliefen, trocknete sie mit dem Ärmel ihrer Jacke einfach immer wieder ab. Es war verrückt, sie heulte, es tat gut und gleichzeitig weh, und sie schien darüber auch noch glücklich zu sein.

Unter dem Video gab es zwei Einträge, Nico und Bianca versicherten, wie *bello!* das Video sei und wie *grande!* Antonello. Für immer. *Per sempre.* Magdalena schaute sich auch die anderen Interpreten von San Remo '80 an, bis sie auf ihrem Hocker schwankte und ihre Augen von der schlechten Bildqualität und den vielen hässlichen Kleidern, Frisuren und Anzügen ganz von allein tränten. Doch sie fand tatsächlich noch ein weiteres Video von Antonello Pucciano. Es war ein Ausschnitt aus einer Fernsehshow, diesmal stand er ohne Klavier verloren auf der Bühne, im Hintergrund hing eine einfache Lichterkette. Er wirkte älter, der Haaransatz war zurückgegangen, und sein Teint sah orange und fleckig aus, vielleicht hatte man zu der Zeit gerade den Selbstbräuner erfunden. Seine Brille war wieder tropfenförmig, diesmal nicht mit einem weißen, sondern einem hellrosa Rand. Antonello sang sein Stiefel-Lied und schaute ab und zu irritiert von rechts nach links, als ob jemand vor ihm, unterhalb der Bühne, entlangrannte. Magdalena tat er irgendwie leid. Unter *testo Stivali d'Oro* fand sie den Liedtext abgedruckt. Sie klickte auf den Drucker am oberen Bildschirmrand und loggte sich aus. Benommen taumelte sie an den Automaten vorbei bis vor den Tresen. Sie nahm den Ausdruck und ihren Personalausweis in Empfang, zahlte zehn Euro und schaute erstaunt auf die Uhr, sie hatte tatsächlich zwei Stunden vor dem Computer zugebracht!

Magdalena stellte den Roller direkt vor dem Musikgeschäft an der Piazza Libertà ab, hier gab es die umfangreichste Auswahl an CDs, das hatte zumindest Matteo gestern Abend behauptet.

»Antonello Pucciano?« Der dickliche junge Mann verzog verächtlich den Mund, sein T-Shirt bekannte sich zu der Heavy-Metal-Musik aus den Lautsprechern, der Duft seines Aftershaves war ähnlich betäubend.

»CD liegt da hinten.« Aha, nur eine. Aber wo? Magdalena tappte zwischen den Regalen herum und überflog die Fächer. *Internazionale. Nazionale. Cantautori. Classica.* Ohne sich umzudrehen, wusste sie, dass der Dicke ihr gefolgt war, in dem kleinen Laden war es nicht schwer, ihn zu orten. Magdalena versuchte ihre Lungen vor einer Parfümvergiftung zu bewahren, indem sie die Luft anhielt.

»Hier«, sagte er, »San Remo achtzig, Pucciano hätte damals eigentlich vor Alina gewinnen müssen! Aber immerhin Platz zwei!« Das klang geradezu stolz, der Typ war vielleicht doch ganz nett.

»Kann ich das mal anhören!«

Ob sich Robertos Masche, Fragen ohne Fragezeichen zu stellen, erfolgreich nachahmen ließ? Wortlos nahm der Dicke ihr die Hülle aus der Hand, ging hinter seinen Ladentisch und unterbrach die kreischende Musik. Stille.

Einzeln tropften die Klaviertöne aus den Lautsprechern, die Tonqualität war ausgezeichnet, dann endlich konnte Magdalena auch seine Stimme hören. Es war, als ob Antonello direkt über ihr in ein Mikrofon sänge. Wieder die Gänsehaut, wieder der Strand und die Stiefel. Die Stiefel waren auffällig. Goldene Stiefel, wer zog so was schon freiwillig an? Und wer vergoldete sie wie Heidi sogar noch selbst mit der Spraydose? Es könnte doch auch jedes andere Mädchen sein, das er da besingt, nur die Jahreszahl und die Tatsache, dass er auf Elba lebt, besagen überhaupt nichts. Und waren solche Stiefel damals wirklich so einmalig? Ab wann hatte es als chic gegolten, alles vergoldet und versilbert zu tragen? Wann, in welchem Jahr, war jedes Accessoire von der Handtasche bis zu den Schuhen metallisch, schon in den Siebzigern oder erst Ende der Achtziger? Magdalena ging zum Tresen und nahm die Hülle genauer in Augenschein, ein psychedelisches Muster in Orange und Rot, Schlagerfestival San Remo 1980, auf der Rückseite waren die fünfzehn Teilnehmer aufgelistet. Im Innenheft gab es keine genaueren Angaben, noch nicht einmal den Abdruck des Gewinnerliedes von Alina fand sie.

»Du weißt, wo er wohnt«, setzte sie Robertos Befragungsstrategie an dem beleibten Metal-Fan fort, bevor er wieder seine schrecklich disharmonische Musik auflegen konnte.

»Äh, wie bitte?« Er zog den Kopf ein, vielleicht meinte er, sie mit hochgezogenen Schultern besser verstehen zu können.

»Er hat doch eine Villa auf Elba«, sagte Magdalena freundlicher.

»Luschoo!«, brüllte der Dicke einem ebenso untersetzten jungen Mann aus der geöffneten Ladentür zu, der gerade auf der anderen Seite des Platzes vorbeiging und in etwas biss, das wie ein Schokoriegel aussah.

»Antonello Puschaano, lebt der da noch? Lebt der *überhaupt* noch?«

»*Ma si!*«, rief der Angesprochene, überquerte den Platz und blieb vor der Tür stehen.

»Er lebt noch«, sagte der Heavy-Metal-Fan triumphierend zu Magdalena, als ob er persönlich einen großen Verdienst daran hätte.

»Aber wo? Ich muss ihn treffen! Es ist wichtig für mich!«
Die beiden guckten sich an.

»Sie muss ihn treffen! Ha!«

»Hat dein Cousin nicht noch diesen Freund?«

»Booh … dieser …?« Lucio machte eine abfällige Bemerkung über seinen Cousin, die sie vermutlich nicht verstehen sollte, es klang wie »Frosch«.

»Was weiß ich denn? Ich glaube schon!«

»Also, die Signorina hier muss Antonello treffen, du hast es gehört.« Sie beratschlagten sich in schlurigem toskanischem Akzent. Magdalena nahm die CD von einer Hand in die andere, ihre Handflächen waren feucht.

»In Capoliveri gibt es ein Lokal, das *Café Rialto*«, sagte Lucio endlich und schob sich den Rest des Schokoriegels quer in den Mund. »Da fragst du nach Joe, so ein Typ mit langen Haaren und Spitzbart, der ist eigentlich immer da, den kannst du nicht verfehlen, man nennt ihn auch Dsaappa.«

»Zappa?«, wiederholte sie.

»Genau, er sieht aus wie Dsaappa! Er hat einen großen Hund dabei.«

Magdalena nickte. »Und das ist dann *wer*?«

»Wie, das ist dann *wer*?«

»Wer ist dieser Zappa, dieser Joe?«

»Joe ist ein Freund von meinem Cousin, der einen Freund von Antonello kennt.«

Magdalena lachte: »*Perfetto!*«

Eine Stunde später saß sie in Robertos Küche am Tisch, den tragbaren CD-Player neben sich, und machte sich daran, das Stiefellied zu übersetzen. Wieder und wieder ließ sie die CD laufen, blätterte im Wörterbuch und schrieb die Worte neben die ausgedruckten Zeilen aus dem Internetcafé. Ab und zu schaute Magdalena auch in Heidis Notizbuch und versuchte etwas aus dem kurzen Eintrag herauszulesen, das sie vielleicht bisher übersehen hatte:

Dauernd werde ich auf meine Stiefel angesprochen, das Wildleder hat den Lack zum Teil aufgesogen und ist etwas hart geworden, aber sie leuchten immer noch goldig-golden. Ich gehe damit auch an den Strand. Ich liebe meine stivali, ich hätte Markus die Spraydose abluchsen sollen.

Magdalena ging noch einmal ihren Text durch, bei einigen Ausdrücken war sie sich nicht ganz sicher, aber so ungefähr müsste es stimmen:

Stiefel aus Gold
Mit goldenen Stiefeln an den nackten Beinen,
so sah ich dich am Strand,
bald gingen wir Hand in Hand, und der Wind,
der durch dein blondes Haar fuhr,
duftete noch lange nach dir.

Refrain:
Und heut denke ich an uns, an dich, an uns.
Die Tage sind vorbei. Erzähl ihnen nichts.
Nun bist du fort, in einem fernen Land,
das ich nicht kenn.

Erzähl ihnen nicht, wie wir uns damals liebten,
dass wir Paolinas Inselchen sahen —
eine ganze Nacht im Sand.
Erzähle nicht, wie wir Schutz vorm Regen suchten
und zitternd warteten,
bis die Sonne endlich kam.

Refrain

*Erzähl ihnen nicht von der Morgenröte, die dein Haar so golden machte
wie deine Schuhe, nicht von meinen Küssen, nicht von meinen weichen
Knien. Und schweige über unser Spiel bei Vollmond, bei dem ich aus deiner Seele las.*

*Erzähl ihnen nicht, wie du dich an mich presstest
in einer kleinen Fotobox, am Bahnhof von Florenz,
deine goldenen Stiefel wussten schon vom Herbst.
Erzähl ihnen nicht von meinen Briefen, die dich nie erreichten, weil ich die
Erinnerung an dich nicht hergeben wollte.*

Refrain

Während die Worte im Italienischen wenigstens noch miteinander harmonierten, hörten sie sich auf Deutsch nur wie eine wahllos aneinandergereihte Kette hölzerner Plattheiten an. Magdalena dachte nach. Im Jahr 1979 war Antonello 21 Jahre alt, er sah Heidi am Strand mit ihren Stiefeln, verliebte sich und schrieb ein Lied über sie. Ein Jahr später, 1980, gewann er damit den zweiten Platz in San Remo. Wenn es tatsächlich so gewesen war, warum war sie dann nicht bei ihm geblieben?

»*Buon giorno!* Sei ein Schatz und stell das ein bisschen leiser. Wer ist dieser Heuler?«

Magdalena drehte die Musik leiser, *cavolo*, jetzt hatte sie ihn doch aus seinem Mittagsschlaf geweckt. Zwischen drei und fünf Uhr nachmittags schlief Roberto, danach hatte er ein Stündchen Zeit für sie. Den Rest des Tages, von morgens um zehn bis tief in die Nacht, verbrachte er im *Il Vizio*.

»Kaffee?« Es sollte möglichst ungezwungen klingen, gelang aber nicht.

»Okay, warum nicht …«

Er streckte sich und schlenderte, nur mit einer Jeans bekleidet, zum Kühlschrank. Magdalena zeigte auf das frische Ba-
guette, das sie auf dem Heimweg für ihn mitgebracht hatte,
manchmal aß er etwas davon. Er schüttelte den Kopf.

»Hausaufgaben?« Nun schüttelte *sie* den Kopf und beeilte
sich, den Tisch frei zu machen. Großer Gott, warum war er nur
so verdammt anziehend für sie? Der Bauch, der Brustkorb, die
Schultern, sie liebte alles an ihm, sie hätte aufspringen können
und ihn umklammern mögen, sich an ihm reiben, ihre Haut
wollte seiner etwas mitteilen, jede ihrer Zellen sollte sich mit
seinen vermischen dürfen. Es war grässlich, was er mit ihr tat.
Am schlimmsten war, dass sie sich davon nichts anmerken lassen durfte, er wollte kein Hausmütterchen, das sich zu jeder
Gelegenheit an ihn drückte und zärtlich und begeistert zu ihm
aufblickte. O Gott, wie kompliziert, manchmal verstand sie
selbst nicht, was zwischen ihnen eigentlich ablief. Sie schaute
auf die Uhr, schon fünf, die beste Zeit, um im Zitronengarten
bei Matteo vorbeizufahren, sicher arbeitete er heute dort oben
unter den Bäumen. Sie wollten den eingestürzten Teil der Mauer wieder aufbauen, vielleicht konnte sie ihm währenddessen
doch schon vorsichtig von ihrem immer konkreter werdenden
Vater-Verdacht erzählen.

Roberto hatte die Haustür geöffnet und schaute hinaus auf
den Kirchplatz, dabei ließ er seine Schultern kreisen, sodass die
Muskelstränge auf seinem Rücken sichtbar wurden. Magdalena
wandte ihren Blick von ihm ab. Er machte das nicht für sie, er
machte eigentlich nie etwas für sie. Er war mit sich im Reinen,
zufrieden, er liebte seinen Körper, das sah sie daran, wie er ihn
manchmal versonnen streichelte und dehnte, als ob er eine Ma-
schine ölte oder ein Auto polierte. Also anziehen und den Roller starten, abdampfen, ohne zu winken, obwohl sie das so gerne wollte. Aber vorher kochte sie ihm noch einen Kaffee.

»Lena?«, sagte er, nachdem er sich eins seiner weißen Hemden übergezogen und den Espresso getrunken hatte. »Komm, ich zeige dir was!« Er war der Einzige, der sie Lena nennen durfte. Schon nahm er sie von hinten an den Schultern, leckte kurz über ihren Nacken, presste seine Lippen dann auf die feuchte Haut und machte damit ein obszönes Pupsgeräusch.

»Aaah!« Sie zog die Schultern hoch und versuchte ihm zu entkommen, aber er ließ schon wieder von ihr ab und stellte sie wie ein Möbelstück neben den Küchentisch. Magdalena konnte nichts dagegen tun, schon bei seiner Berührung mit der Zunge war ihr ein erwartungsvoller Schauer über den Rücken gelaufen.

»Hilf mir mal«, sagte er, zusammen trugen sie den schweren Holztisch ein Stück beiseite, dann öffnete Roberto die Falltür darunter.

»Zieh dir was über, da unten ist es kalt.« Er beugte sich vor, legte seinen Mund auf ihr T-Shirt, blies ihr durch den Stoff heiße Luft auf die rechte Brustwarze und verschwand auf der steilen Leiter in dem Viereck.

»So, stell dich hier hin, dann nimmst du sie so in die Hand, die Beine locker in den Knien, schulterbreit auseinander, Arme nach vorne. Keine Angst, kann nichts passieren.«

Kann nichts passieren, natürlich konnte etwas passieren!

»Ich will lieber doch nicht.«

»Baby, sie ist geladen, aber das heißt nicht, dass sie einfach so losgehen kann, da musst du schon erst ein paar Kilo bewegen mit deinem Finger am Abzug, ich habe es dir doch erklärt.«

»Trotzdem habe ich Angst.« Roberto seufzte und schaute sie nur an. Guck weiter so, dachte Magdalena, ich mag diesen Blick so verdammt gern. Sie griff nach ihrem Glas, das auf dem Regalbrett an der Kellerwand stand, und nahm zwei große Schlucke Pol Roger. Der Rolls-Royce unter den Champagnern, sagte Roberto. Nur ein halbes Glas, doch schon war sie viel entspannter, es war wirklich der beste, denn von den anderen Marken, die sie miteinander getrunken hatten, bekam sie spätestens beim Arbeiten in der Bar Sodbrennen.

»Also noch mal, hier, nimm jetzt mal die Walther, sie liegt besser in der Hand, außerdem ist sie Deutsche, eine *tedesca* wie du. Schau, ich nehme das Magazin raus, Patronen raus. So, und jetzt lädst du sie noch mal, und dann schießt du!« Magdalena gehorchte, drückte die Patronen eine nach der anderen in das Magazin und ließ es in den Schacht des Griffes gleiten. Mit dem Handballen knallte sie von unten dagegen. Wie in einer dieser Polizeiserien. Cool.

»Und nun?«

»Ziehst du den Schlitten nach hinten und lädst sie damit durch.« Magdalena gefiel das schnappende Geräusch. Ohrenschützer auf, Füße schulterbreit auseinander, Arme durchgedrückt, Hände ruhig halten. Roberto nickte ihr zu, alles in Ordnung. Der Zitronengarten und Matteo konnten warten, Florian auch, den würde sie später noch zurückrufen und ordentlich zusammenfalten, aber Antonello Pucciano, was war mit dem? Sie hatte doch eigentlich so schnell wie möglich mit der Suche beginnen wollen, oder?

»Konzentrier dich!« Der Holzklotz stand in fünf Metern Entfernung auf einer Bank, übergossen vom gelblichen Schein einer Glühlampe, die darüberbaumelte. Magdalena visierte das aufgemalte Kreuz durch Kimme und Korn. Sie hielt die Luft an, drückte ab und spürte, mit welch gewaltiger Wucht das Projektil aus der Waffe geschleudert und in das Holz versenkt wurde.

»*Mamma mia*, das ist ja unglaublich!« Tief ausatmend ließ Magdalena die Waffe sinken. Roberto nickte mit verschränkten Armen.

»Wow! Mitten rein! Vielleicht Anfängerglück.« Was für eine Macht, was für ein wahnsinniges Gefühl, allein der Rückstoß, dieser Schlag! Magdalena war überzeugt: Nach einem einzigen Schuss wusste man, was diese Kraft anrichten konnte. Das war Gewalt pur. Jeder, der schon mal eine Waffe abgefeuert hatte, hatte diese durchschlagende Kraft auch gespürt. Gefährlich in den Händen der Dummköpfe dieser Welt, sagte Opa Rudolf immer, wenn die Rede auf Waffen kam. Sein Vater sei damals im Krieg ein ausgezeichneter Schütze gewesen, aber was nützte ihm das, wenn sein Kamerad ihn abknallte wie eine Kuh im Dunklen!?

Magdalena krümmte die Zehen in ihren Flip-Flops, sie waren eiskalt. Schon seit einer Woche hatte sie nicht mehr bei ihm angerufen, gleich morgen würde sie Opa Rudi eine Mail schreiben.

»Darf ich noch mal?«

»Das ist etwas für dich, ich wusste es doch!« Roberto grinste. »Ich könnte dir noch ein paar Griffe für den Nahkampf zeigen, aber wer weiß, nachher nutzt du das aus und verwendest es gegen mich …«

»Ich verwende gleich etwas anderes gegen dich, vor dem du wirklich Angst haben solltest.«

Magdalena hörte die Tür schlagen. Roberto war weg. Ich gehe morgen zu Matteo ins *POLO*, morgen reicht auch noch, dachte sie, als sie sich in die warme Kuhle wälzte, in der Roberto eben noch gelegen hatte. Am besten am Nachmittag, wenn ich aus Capoliveri zurück bin, dann kann ich ihm gleich erzählen, was ich herausgefunden habe, ist sowieso viel besser. Magdalena stand auf, sie fühlte sich wunderbar, es war herrlich, sie lernte Pistolenschießen in einem Keller, trank dabei Champagner und hatte Sex am helllichten Tag. Doch etwas ärgerte sie, wie eine winzige Stelle am Rücken, an die man nicht rankam und die allein deswegen juckte: Roberto hatte wieder nicht richtig mit ihr geschlafen, obwohl sie zwei Kondome auffällig neben das Kissen gelegt hatte. Na und wenn schon, besser konnte »Liebemachen« nun wirklich nicht sein, Magdalena ging in die Küche und betrachtete die halb volle Champagnerflasche. Roberto trank nie viel, er schüttete den schal gewordenen Inhalt am nächsten Tag lässig in den Ausguss, als ob es Blumenwasser wäre. Sie nahm einen unfeinen Schluck aus der Flasche, der Champagner floss ihr rechts und links die Mundwinkel herab. Bah, sie wischte sich den Mund ab und nahm die CD-Hülle in die Hand. Wer ist der Heuler?, hatte Roberto gefragt. Aber die Antwort interessierte ihn gar nicht. Eigentlich interessierte ihn überhaupt nichts von dem, was sie tat. Magdalena bog das Plastikquadrat zwischen den Fingern, bis es knackte, und schleuderte es dann mit aller Kraft auf den Steinfußboden. Es brach auseinander, schlitterte in zwei Hälften über die Steine. Sie biss die Zähne aufeinander – da war sie wieder, ihre Wut. Sie riss die CD aus dem Rekorder und hielt inne. Sie hatte selbst Schuld, weswegen war sie auch so dumm und schwach? Es musste also sein. Sie ließ die CD auf den Fußboden fallen, wo sie silbrig schillernd eine Pirouette drehte. Schnell stellte sie ihren Fuß darauf und schrappte schön fest damit über die rauen Fliesen – es würde nichts von ihm übrig bleiben!

29

Wenn man von Procchio den Berg hinauffuhr, kam man nach zahlreichen Kurven und Steigungen zunächst am *Club 64* vorbei. Hier standen immer ein paar Autos am Straßenrand, übrig geblieben von der vergangenen Nacht, ein großer Müllcontainer, Flaschen, Scherben, und der alte Mann mit der seltsamen Matrosenmütze und dem Besen, der dort alles wieder in Ordnung brachte, gehörte auch zum Inventar. Magdalena hatte ihn schon oft gesehen, sie grüßte ihn im Vorbeifahren, er grüßte würdevoll zurück.

Das *POLO* dagegen, einen halben Kilometer weiter, lag wie eine schlafende Prinzessin hinter immer dichter werdendem Grün. Der von Matteo frisch gemalte Schriftzug war schon wieder überwuchert. Anhand der Autos in der Parkbucht konnte Magdalena ungefähr sehen, wie die Belegung im *POLO* war. Parkte Ninas kleiner Lada davor, war Evelinas Fiat da, Mikkis schraddeliger Renault? Matteo hatte kein eigenes Auto, er benutzte mal dieses, mal jenes, man wusste also nie genau, wer von ihnen sich wirklich oben in der Wohnung über der Orangerie aufhielt. Magdalena fuhr langsamer. Ninas Lada stand heute parallel zur Mauer, genau an dem Platz, an dem sie vor sieben Wochen gelegen und sich den Auspuff von unten angeschaut hatte. Sieben Wochen schon! Die ersten Tage in Ninas Bett fielen ihr wieder ein, und plötzlich hatte sie es gar nicht mehr so eilig, nach Capoliveri zu fahren. Vielleicht könnte sie Nina überreden, mit ihr zu kommen, es hatte damals so verdammt viel Spaß gemacht, als sie mit dem Stapel Kopien auf den Beinen neben Nina im Wagen gesessen hatte, kreuz und quer von ihr über die Insel gefahren wurde und sie gemeinsam in allen Orten Laternenmasten und Plakatwände mit dem Foto zugepflastert hatten. Nina war unermüdlich, sie hatte jeden Mann über sechzehn angesprochen und in ein kurzes Gespräch verwickelt, wirklich jeden. Lachend und flirtend, aber dabei hoch konzentriert, den Jungen von dem Foto zu finden. Ich möchte sie wieder so intensiv bei der Suche sehen, dachte Magdalena, sie kann so lustig sein! So ernst, so komisch! Sie vermisste die Nina aus jener Zeit plötzlich sehr, ein ziehendes Gefühl, das nach Liebeskummer, Heimweh, Sehnsucht schmeckte. Schon war der Roller abgestellt, schon sprang sie die Stufen hinauf, ließ die Treppe Richtung Zitronengarten links liegen, erreichte atemlos die obere Stufe und klopfte an die Wohnungstür. Niemand öffnete. Es war elf Uhr vormittags, viel zu früh für Menschen, die bis drei, vier Uhr nachts arbeiteten, aber Nina konnte morgens nicht lange schlafen, sie stand lieber auf und hielt dann nachmittags nach dem Strandbesuch noch ein Schläfchen. So wie Roberto. Ach, Roberto, an den wollte sie nun gerade nicht denken.

Magdalena drückte vorsichtig die Klinke herunter, es war offen. Leise »*permesso!?*« rufend, trat sie ein. Kein Matteo auf dem Bett. Die Küche war leer, roch leicht nach gebratenem Fisch und stark nach Knoblauch, und über allem wehte der Geruch von Kaffee. Über dem Spülstein voller aufgetürmter Teller hing noch immer kein neuer Hängeschrank, die Löcher in der Wand schauten sie anklagend an. Magdalena grinste. Matteos Bett war ordentlich gemacht, die Decke strammgezogen. Vielleicht fuhrwerkte er schon im Zitronengarten herum. Herumfuhrwerken, auch so ein Ausdruck von Rudi, der sie zu Hause in Osterkappeln überhaupt nicht zu vermissen schien. Seine Mail, die sie eben unten in der *Bar La Pinta* noch gelesen hatte, berichtete nicht mal mehr vom Garten oder vom Stammtisch der Freiwilligen Feuerwehr, sondern nur noch von den ausfallenden Trainingsstunden, weil der Boxkeller unter Wasser stand. Er hatte es eilig gehabt, die Nachricht zu schreiben, weil er mit einer »Dame« in den neuen Markthallen verabredet war. Ein Käffchen trinken. Er schrieb Dame tatsächlich in Anführungsstrichen. Seit wann ging Rudolf in den neuen Markthallen mit »Damen« Käffchen trinken? Ihre Antwort fiel ebenso knapp aus:

Rudi,
ich brauche mehr Informationen! Bitte erinnere Dich, ist Heidi nach diesem Sommer noch mal nach ELBA gefahren? Jedes kleine Detail kann nützlich für mich sein.
Deine Magdalena

»Nina!«, rief sie leise. »Matteo? Mikki? Evelina?« Wo waren die denn alle? Ließen hier einfach die Tür auf, da konnte ja jeder klauen kommen. Die Terrasse: leer. Die Badezimmertür: angelehnt, niemand. Vorsichtig klopfte sie an Ninas Zimmertür und öffnete sie. Auch hier war niemand, Ninas Bett war gemacht, der Schrank mit einem weißen Tuch abgehängt, sodass noch nicht mal ihre bunten Kleider einen Farbklecks boten. Auf der Orangenkiste lag Ninas Tagebuch. Und das bleibt heute zu! Sie setzte sich auf das Bett. Hier hatte sie stundenlang gelegen und so herrlich geschlafen, sich endlich mal ausgeruht von dem täglichen Stress, ständig etwas Nützliches tun zu müssen. Auch Rudi schien sich ein wenig davon befreit zu haben. Schon vor einer Woche hatte er geschrieben, auf seinen Kumpel Horst keine Lust mehr zu haben, er sei es leid, ewig dieselben Leute zu sehen, und den Doppelkopfabend habe er mal für eine Weile begraben. Er hatte aber äußerst fröhlich dabei geklungen. Vielleicht ging es ihm sogar besser ohne seine Enkeltochter? Magdalena griff nach Ninas Tagebuchkalender, sie wollte ja gar nicht darin lesen, sie hatte sich geschworen, es nicht mehr zu tun. Darunter lagen zwei identische Bücher vom vorletzten und letzten Jahr. Warum hatte Nina sie aus dem Schrank geholt? Magdalena blätterte sich durch die Seiten, heute vor einem Jahr, am 15. Juli, was hatte Nina da gemacht? Sie blieb an einem späteren Eintrag hängen:

13. Oktober

Ich sammele Einfachheit, Überzogenes, Stimmungen, Erfindungen, Glück und Unglück, Allüren aller Art, egal was. Nur anders als das, was ich kenne, soll es sein, und mich retten, von Sekunde zu Sekunde. Ob Mann oder Frau, wenn in mir ein Gefühl des Mitleben-Wollens entsteht, lasse ich mich wie ein Schmarotzer von meinem Gasttier eine Weile mittragen, bis ich mich vollgesogen wieder fallen lasse. Das Paradoxe: Ich fühle mich wie ein Parasit, während alle Welt sich fragt, warum ich mich so selbstlos um die kümmere, die mir zufällig in die Arme laufen.

So sah Nina sich?! Ein Schmarotzer, ein Parasit, der von den Menschen profitierte, die ihm zufällig in die Arme liefen. Einer dieser Menschen war sie, Magdalena.

Schnell blätterte sie zurück zum 15. Juli, heute vor einem Jahr.

Mein Gott, ging es mir heute Morgen schlecht. Matteo hat alles weggemacht. Ich liebe ihn dafür und hasse ihn so sehr. Er hat mir nichts gesagt.

Das bedeutete, sie hatte gekotzt, und Matteo hatte alles wegge-
wischt. Was hatte er ihr nicht gesagt?

Magdalena lauschte, sie hörte Schritte außen auf den Stufen.
Die Antwort würde sie nun wohl nie erfahren, schnell legte sie
die Kalenderbücher wieder übereinander, Kante auf Kante, so
wie sie sie vorgefunden hatte, stand auf, strich das Laken glatt
und huschte aus Ninas Zimmer. Da stand Nina auch schon in
der Küche. Magdalena sagte: »*Ciao!*«, doch Nina hob kaum den
Kopf. Mist, Mist, Mist, sie hatte gesehen, dass sie in ihrem Zimmer gewesen war.

»Ich habe nur geschaut, ob du noch schläfst.«

Keine Antwort. Nina packte Plastiktüten voller Lebensmittel
auf den Küchentisch und legte vorsichtig ein paar Blumen daneben.

»Hättest du Lust, mit nach Capoliveri zu fahren, eine Runde
auf dem Roller? Ich habe da eine heiße Spur entdeckt.«

»Das ist ja schön für dich.«

Großer Gott, sie klang wieder so eingefroren, trotzdem versuchte Magdalena es noch einmal: »Klingt komisch, aber neulich habe ich ein Lied gehört, da kam ein Mädchen drin vor,
mit goldenen Stiefeln, und der, der das geschrieben hat ...«
Magdalena verstummte. Ganz bestimmt war das, was sie da
eben in Ninas Zimmer getan hatte, nicht richtig gewesen, aber
sie hatte doch Nina nichts weggenommen. Sie wollte sie bloß
verstehen und wieder mit ihr auf die Suche gehen, wie vor einigen Wochen! Nina ging an Magdalena vorbei und verschwand
in ihrem Zimmer. O bitte, sie hatte wahrscheinlich ein gehei-
mes Zeichen, das sie jetzt kontrollierte, ein Haar zwischen den
Seiten, oder ... Nina kam wieder zurück.

»Ich glaube, er könnte mein Vater sein«, Magdalena lachte
verlegen und schlenkerte mit den Armen, während sie auf den
Boden schaute, »mal wieder ...«

»Magdalena, weißt was?!«

Erwartungsvoll hob Magdalena den Kopf. Vielleicht hat sie doch nicht die Bücher überprüft, Nina ist keine Frau, die so etwas tut.

»Lass mich und mein Zeug einfach in Ruh, ja?«

Magdalena starrte Nina an, doch die widmete sich ihren Blumen. Mit hochrotem Kopf schlich sie aus der Tür.

30

Das schlechte Gewissen hielt den ganzen Weg bis nach Capoliveri an und presste Magdalenas Rippen zusammen wie eine eiserne Faust. Sie konnte kaum atmen. Was hatte sie sich nur dabei gedacht? Sie hatte ihre ohnehin schon wackelige Freundschaft aufs Spiel gesetzt, nur um zu lesen, dass Nina vor einem Jahr zu viel getrunken hatte und sich übergeben musste. Die vielen Blüten am Wegesrand versuchten sie auf andere Gedanken zu bringen, aber es klappte nicht. Sie fuhr den Berg hinauf, mit dem Roller durfte sie auf den Straßen ins Zentrum fahren, die für Autos gesperrt waren. Oder etwa nicht? Wenn sie jemand anhalten sollte, würde sie auf unwissende, überraschte *tedesca* machen.

Noch bevor sie im *Café Rialto* nach ihm fragen konnte, sah sie ihn. Der da mit weiten, schwingenden Schritten über den Platz kam, musste Joe sein. Er war groß, mindestens sechzig Jahre alt, die grauen Haare hingen ihm wirr um den Schädel, sein Kinn zierte ein kleines Spitzbärtchen.

Frank Zappa ist *doch* nicht tot, Magdalena grinste, und sein Hund sieht ihm ähnlich. Groß, grau, zottelig, ein wenig vernachlässigt, aber selbstbewusst. Dicht liefen sie nebeneinanderher, beide guckten angestrengt in verschiedene Richtungen, wie zwei Brüder, die sich mochten, sich aber nicht viel zu sagen hatten. Magdalena rekapitulierte, was der Junge mit dem Schokoriegel in Portoferraio über ihn gesagt hatte: Joe ist ein Freund von meinem Cousin, der einen Freund von Antonello kennt. Verdammt, wie fange ich das am besten an?, überlegte sie. Wenn Antonello Pucciano noch immer ein bekannter Star ist, wird man ihn nicht so einfach besuchen können. Man muss sich langsam an ihn herantasten. Nun trau dich, was kann schon passieren?

Sie ging auf den Mann zu. »Äh? ...«, setzte sie an. Joe? Sollte sie Joe zu ihm sagen? Oder Zappa? Sie räusperte sich, ihr Stimmchen war zu schwach, es war nicht bis zu seinen Ohren gedrungen. Aber der graue Hund hatte sie gehört, er wandte sich ihr zu und begann sofort an ihr zu schnuppern und seine Schnauze zwischen ihre Beine zu drängen.

»Hau ab!«, zischte sie leise, aber er ließ nicht von ihr ab, sondern versuchte nur noch hemmungsloser, seine gierige Nase in ihren Schoß zu schieben. Joe war ein Stück vorausgegangen. Wann drehte der sich denn mal um, um zu sehen, was sein Köter hier anstellte? Hunde konnten richtig peinlich sein, sie hasste das. »Verdammte Töle, aus!«, rief sie und schob den grauen Kopf vorsichtig weg.

»Tanino!« Endlich hatte Joe Zappa die aufdringlichen Annäherungsversuche seines Hundes bemerkt, er kam auf Magdalena zugeschlendert, die mit zusammengepressten Beinen mitten auf dem Platz festgenagelt war. »Tanino!« Ein schriller Pfiff, und der Hund zog Schwanz und Kopf ein und trollte sich beleidigt. Magdalena wischte sich seinen Sabber seitlich an der olivgrünen Caprihose ab, die war jetzt sowieso dreckig.

»Du bist Joe, oder?«

»*Piacere!* Und mit wem haben wir es hier zu tun?« Aha, wir! Wahrscheinlich sprach er den ganzen Tag nur mit seinem Hund, der sich in zwei Metern Entfernung hingesetzt hatte und sie schon wieder mit lüsternem Blick fixierte. Magdalena wollte es schnell hinter sich bringen: »Ich suche Antonello Pucciano!«

»*Giornalista?*«

»*Disperata!*« Plötzlich hatte sie Tränen in den Augen. Das Wort war ihr ganz spontan herausgerutscht, doch es stimmte, sie war verzweifelt. Was hatte das alles überhaupt für einen Sinn? In der Ferne konnte sie eine ihrer Farbkopien an einem Stromkasten kleben sehen. Sie mochte Matteo, versetzte ihn aber jeden Tag aufs Neue im Zitronengarten, von Nina wurde sie inzwischen berechtigterweise gehasst, und Roberto würde sie nie als seine Freundin bezeichnen, egal, was für tolle Spiele sie sich im Bett auch ausdachten. Und wollte sie überhaupt seine Freundin sein? Sie wusste es nicht.

»*Totalmente disperata!*« Ihre Aufrichtigkeit gefiel Joe offenbar, er legte seinen Arm um ihre Schulter und führte sie ein paar Schritte in Richtung *Rialto*.

»Du gibst mir einen Espresso aus, und wir reden«, sagte er.

Nach dem Espresso und zwei Heineken schaute Magdalena unter dem Tisch verstohlen in ihr Portemonnaie. Wenn Joe weitertrinken wollte, musste sie noch mal zum Geldautomaten. Immerhin hatte sie erfahren, dass Antonello von seinen Freunden Lello genannt wurde, hier in Capoliveri eine Luxusvilla bewohnte und in den vergangenen fünfundzwanzig Jahren nicht mehr auf einer Bühne gestanden hatte, weil er an unerträglich starkem Lampenfieber litt.

»Ist er verheiratet, hat er Kinder?«, fragte sie, und die Aufregung flatterte in ihrer Stimme.

»Nein. Er wohnt allein. Ich kenne Freunde von ihm.«

»Ich glaube, dass er meine Mutter meinte, als er das Lied vom Stiefelmädchen schrieb«, sagte Magdalena wohl zum vierten Mal zu Joe. Der nickte und schaute nachdenklich vor sich hin. Tanino legte unter dem Tisch seinen Kopf auf die Pfoten und seufzte.

»*Andiamo!*«, sagte Joe plötzlich und drehte seinen Zappa-Kopf langsam nach rechts und links zu den Schultern, ließ ihn dann kreisen, bis es irgendwo in seiner Wirbelsäule knackte. Magdalena zahlte und folgte ihm durch Capoliveris Straßen, die dicht mit Souvenirläden besetzt waren und vor Touristen wimmelten. Joe bog in eine kleinere Gasse ab, je weiter sie berg-ab gingen, desto ursprünglicher wurde die Umgebung: ein Hauseingang, der nicht mit Geranientöpfen überdekoriert war, eine Hausfrau in Schürze und Puschen, die eine Plastikwanne mit nasser Wäsche schleppte, ein Fenster mit einer echten Kat-ze. Joe lief schneller, seine langen Beine eilten ihr davon.

»Wir müssen uns beeilen, bevor er den Laden zumacht und zum Essen geht«, rief er Magdalena über die hagere Schulter zu. Nach weiteren hundert Metern wurde die Gasse wieder breiter, aus einem Vorhang aus puscheligen Bändern trat ein Mann mit weißem Haar, der sich über die frisch rasierten Wan-gen strich. *Barbiere* stand oben an der Hauswand. Joe hüpfte erstaunlich wendig drei Stufen hinauf und stieß eine Ladentür auf, ein paar Glöckchen klingelten hell. Magdalena folgte ihm und trat neugierig ein. Sie schloss die Tür hinter sich, durch das getönte Glas sah sie, wie Tanino sich unten vor die Stufen leg-te. Sie schaute sich um. Krawatten! Ein winziger Laden voller Krawatten. Sie hingen an den Wänden über Stangen aus rötli-chem Rosenholz und lagen zusammengerollt in kleinen hölzer-nen Schubladen mit Guckfenstern aus Glas. Joe stand stocksteif zwischen den feinen Stoffen, als hätte er Angst, etwas schmut-zig zu machen. Magdalena lächelte ihn an und betrachtete die verschiedenen Muster und Farben hinter ihm, es roch nach Bü-gelwäsche und Bergamotte. Ein nicht besonders großer Mann mit einem zu gleichmäßig gefärbten Haarkranz kam jetzt hinter dem Vorhang neben dem Ladentisch hervor und begrüßte sie mit einem Lächeln, dabei legte er seine zarten Hände ineinander, als ob er etwas Kostbares darin bewahren müsste. Magdalena lächelte zurück, bis ihr die Mundwinkel wehtaten, sie war gespannt, wie Joe das Gespräch anfangen würde mit diesem höflichen Mann, der seine Krawatten nach Farben ordnete.

Joe zeigte auf Magdalena und stellte sie vor, er redete ein bisschen von irgendwelchen Menschen, die Magdalena nicht kannte, doch als dann endlich das erste Mal der Name Antonello fiel, sagte der Krawattenmann sofort: »*No…no, mi dispiace!*«, so traurig und endgültig, dass Magdalena sich jetzt schon für ihren Versuch schämte, ihn umzustimmen.

»Du kannst ihn nicht besuchen, er ist krank«, sagte Joe. Magdalena nickte. Der Miene des Ladenbesitzers nach zu urteilen, war er sehr krank, doch sie musste zu ihm, solange er noch irgendwie bei Bewusstsein war, auch wenn er vielleicht nicht mehr reden konnte! Sie sah sich schon am Bett des Sängers sitzen, er hatte seine Pilotenbrille auf und deutete mit dem Finger auf die einzelnen Buchstaben einer Tafel.

»Ich werde den Laden für die nächsten Wochen schließen«, murmelte der Mann bekümmert.

»*Per favore!*«, sagte sie mit aller Festigkeit, die sie aufbringen konnte, doch ihre Stimmbänder pressten sich sofort zusammen. »Das Mädchen aus dem *Stivali*-Lied ist meine Mutter!« Schon kämpfte sie mit den Tränen, seine dezent braun-gelb gestreifte Seidenkrawatte verschwamm vor ihren Augen ebenso wie der Ladentisch aus Rosenholz, auf dem er jetzt die gepflegten Hände ablegte. Sein Laden glich einer hübsch eingerichteten Schatulle, weil er … natürlich, er war schwul, und sein Freund Antonello Pucciano wahrscheinlich auch. Warum war sie nicht eher darauf gekommen? Vermutlich waren sie sogar ein Paar. Tanino bellte draußen auf der Straße kurz auf.

»Ich habe meine Mutter nie richtig kennengelernt. Es wäre ein großes Glück für mich, über sie zu sprechen. Sagen Sie ihm das bitte!« Magdalena wischte sich unauffällig die Nase ab, *glielo dica*! Gut, dass ihr diese Wendung zum Schluss noch eingefallen war. Mit seiner Visitenkarte in der Hand verließ sie den Laden. Edmondo Giannoni, Krawatten. Er wolle es ausrichten, hatte er gesagt, sie solle ihn in zwei Tagen anrufen.

Auf der Straße reichte Magdalena Joe zum Abschied die Hand und dankte ihm. »Glaubst du, dass er mich sprechen will?«, fragte sie und hörte selbst das Betteln in ihrer Stimme.

»Wenn du ihn sprechen sollst, dann wirst du ihn sprechen, das Universum hält für jeden das Glück bereit«, war seine Antwort. Danke, Zappa. Das ist beruhigend.

Magdalena machte sich auf den Weg zu ihrem Roller, sie platzte fast, sie musste unbedingt mit jemandem reden. Und wer war da besser geeignet als Matteo?

31

Um Nina nicht zu begegnen, schlich sie die linke Treppe hoch und huschte durch die Büsche, und tatsächlich, dort vorne stand er, schaute sogar in ihre Richtung, als ob er sie erwartet hätte. Noch nie hatte sie sich so sehr gefreut, ihn zu sehen, wie in diesem Moment. Am liebsten hätte sie sich ihm in die Arme geworfen, aber dann beschränkte sie sich auf ein knappes *Ciao!*, schaute kurz in seine Augen und richtete den Blick dann schnell auf die Hacke in seiner Hand. Sie würde sich zusammenreißen und es ihm nicht erzählen, noch nicht, erst in zwei Tagen, wenn sie eine positive Nachricht von Antonello Puccianos Freund Edmondo erhalten hätte.

»Komm, ich zeige dir was«, sagte Matteo. Das hatte Roberto auch zu ihr gesagt – und was war dabei herausgekommen? Ein Nachmittag mit Schüssen aus einer Pistole, Champagner und nachher Sex in seinem Bett. Ringkampf, nasse Küsse auf ihrem Bauchnabel, auf ihrem Po. Orgasmus – ja, sein Penis in ihr – nein. Bei Matteo würde es definitiv etwas anderes sein, was er ihr zeigen wollte …

»Wo kommst du her? Du siehst irgendwie aus, als würdest du ein schlechtes Gewissen haben.«

»Ich? … Nein!« Ich versuche nur, Roberto in deiner Gegenwart aus meinem Kopf zu verdrängen, fügte sie unhörbar hinzu, und Ninas Tagebücher aus meinem Kopf zu verbannen, ich schleiche durch den Park, um ihr nicht in die Arme zu laufen, und versuche, bei all diesen Bemühungen ganz normal zu wirken.

»Hier«, sagte er stolz, »wenn du dich da oben auf die Mauer setzt ... ach, mach's einfach mal!«

»Wo ist die Brombeerhecke? Du hast alles weggemetzelt!«

»Sieht gut aus, oder?« Magdalena nickte, die Mauer überragte sie um einen Kopf. Erst jetzt, befreit von den dunkelgrünen Ranken, sah man die schönen Natursteine, die die gleiche Tönung wie die Orangerie hatten. Irgendwo dahinter, zwischen den angrenzenden Bäumen des ansteigenden Berges, verlief der Maschendrahtzaun.

»Wusstest du, dass Pflanzen sich das merken?«, fragte sie. »Da gab es mal einen Test, man hat Studenten in einen Raum mit mehreren Pflanzen geschickt, und einer der Studenten hat eine der Pflanzen ausgerissen und zerstückelt.« Matteo schaute skeptisch auf die roten Kratzer der Brombeerranken, die seine Unterarme zierten. »Hinterher haben die anderen Pflanzen den ›Mörder‹ unter den Studenten erkennen können. Sie gerieten in Panik, wenn er den Raum betrat. Hat man an ihren Impulsen messen können.«

»Die zittern jetzt also vor mir ... Ich tue euch ja nix, versprochen.« Er machte eine kleine Verbeugung in Richtung der Zitronenbäume.

Magdalena lachte und legte ihre Hände auf die Kante, Matteo zeigt ihr die Vorsprünge, auf die sie ihre Füße setzen sollte. Gut, dass ich Hosen trage, dachte sie und kletterte rasch die Mauer hoch, drehte sich zu ihm um und ließ die Beine baumeln.

»Und? Was siehst du?« Erwartungsvoll schaute er zu ihr nach oben.

»Du hast das eingefallene Mauerstück da hinten wieder aufgeschichtet!«

»Ja, aber was siehst du sonst noch?« Was sah sie sonst noch? Von hier konnte man mühelos über die Zitronenbäume hinwegschauen, in einiger Entfernung waren die Pinien mit ihren nadeligen Zweigen voller Zapfen zu erkennen, dort unten lag unsichtbar die Straße.

»Zitronenbäume? Baumstämme? Pinien?«

»Ja, aber was noch? Rutsch ein bisschen weiter nach rechts und schau doch mal genauer hin!«

Zwischen den Ästen der Pinien gab es an einer Stelle ein Loch, zwei oder drei dicke Zweige fehlten, und durch das entstandene Fenster konnte man – weit weg – das Meer sehen!

»Die hast du aber nicht extra abgesägt!«

»Grundstück mit Meeresblick!« Matteo strahlte und kletterte neben Magdalena auf die Mauer. »Nächstes Mal bringe ich zwei Polster mit!«, sagte er.

»Man könnte ein Café aus dem *POLO* machen!«

»Aber kein Nachtcafé. Nur tagsüber. Hier sitzen und mit den Beinen baumeln!«

»Ein Café mit einem kleinen Verkauf.«

»Was willst du denn hier verkaufen?«

»Blumen? Honig? Zitronengelee?«

»Zitronengelee!? Gibt es so was?«

Magdalena zuckte mit den Schultern. »Wenn nicht, erfinden wir es. Die Touristen würden es kaufen.«

»Es muss auch ohne gehen, also nicht ohne Touristen, aber man dürfte nicht gezwungen sein, jeden Tag die Busse vorfahren zu lassen.«

»Stimmt«, sagte Magdalena, »zu viele von denen zerstören den Charme recht schnell ... Stell dir vor, ein paar Tische hier unter den Bäumen, ein Brunnen plätschert ...«

»Du mit deinem Brunnen!«

Magdalena grinste ihn von der Seite an: »Und da hinten auf

dem flachen Kiesstück unter den Pinien richten wir eine Bocciabahn ein, mit einer Umrandung aus Holz, so wie in Frank-
reich.«

»Kannst du Bocce spielen?«

»Bocce? Du meinst Boccia! Nicht besonders gut, aber ich
mag das Geräusch, wenn die Kugeln aneinanderklackern.«
Magdalena schüttelte den Kopf. »Aber das ist ja alles utopisch,
das kostet bestimmt ein Vermögen.«

»Die Pacht ist nicht das Problem, ich habe schon mit Tiziano
darüber gesprochen.«

»Tiziano?«

»Tiziano Mazzei, der *sindaco*, der Bürgermeister.«

»Der, der nicht sehen kann.« Wie unnötig, das zu erwähnen.

»Er war jetzt schon zweimal drüben im *Club 64*, wir haben
uns unterhalten, er gefällt mir wirklich! Er will Elba vor dem
Massentourismus retten.«

»Ist ihm dieses Jahr aber noch nicht gelungen. Ich habe das
Gefühl, es werden immer mehr Autos, die Strände sind auf einmal so voll ...«

»Und wir haben noch nicht mal August, was glaubst du, was
dann erst los ist! Tiziano setzt auf kleinere Kulturprojekte, ein-
heimische Produkte, Entspannung.« Er schaute auf seine Armbanduhr.

»*Dio!* Schon gleich drei. Ich habe Nina versprochen, sie zu
begleiten.« Er ließ sich an der Mauer hinunter, Magdalena blieb
sitzen.

»Matteo?«

»Ja?«

»Warum ist Nina so ... so abweisend? Ist sie sauer auf mich?
Ich verstehe nicht, was mit ihr los ist.« Das stimmte, auch bevor sie in den Tagebüchern gelesen hatte, hatte sich Nina merk-
würdig ihr gegenüber verhalten.

320

»Komm erst mal runter.« Er reichte ihr die Hand, Magdalena sprang und landete federnd zwischen den Stümpfen des ehemaligen Brombeerdickichts. Zusammen durchquerten sie den Zitronengarten.

»Das erkläre ich dir später, weil ich jetzt losmuss, aber eins kann ich dir sagen: Es hat nichts mit dir zu tun! Absolut nichts!«

Wenn ich in ihren Tagebüchern schnüffle und sie mich dabei erwischt, hat das garantiert etwas mit mir zu tun.

»Heute ist ein schlechter Tag für Nina. Schlechtes Datum. Auch für mich. Ich tue etwas, damit sie es übersteht.«

»Es vergisst?«

»Nein«, er kratzte sich am Kopf, »dass sie erst recht daran denkt!« Sie waren vor der Treppe zur Straße angekommen.

»Kann ich nicht mitkommen?«

»Das geht nicht«, er legte seine Hände auf ihre Schultern, Magdalena berührte mit ihren Handflächen ganz leicht seine Brust. Wenn man uns so sähe, könnte man denken, wir wären ein Paar, schoss ihr durch den Kopf. Sein Herz klopfte schnell unter ihrer rechten Hand.

»Übermorgen bin ich wieder hier, dann reden wir noch mal über das Zitronengelee«, sagte sie, drehte sich um und sprang die Stufen hinab.

32

Die Villa lag an einer kleinen Sackgasse am westlichen Ende von Capoliveri. Das weiße Eisengitter hatte übel aussehende Spitzen, das elektrische Tor war mit einer gelben Warnlampe versehen, zwei graue Kästen mit Überwachungskameras waren auf etwaige Eindringlinge gerichtet. Auch der dichte Bewuchs mit violett blühender Bougainvillea, Zierwein und Efeu konnte nicht darüber hinwegtäuschen, dass hier jemand in seinem Reichtum ungestört bleiben wollte. Magdalena lugte durch die Gitterstäbe. Hatte sie mit diesem wunderschönen Garten etwas zu tun, der sich neben der gepflasterten Einfahrt ausbreitete? Mit dem gigantischen geflügelten Marmortorso und den Terrakottagefäßen, in denen Agaven und Palmen wuchsen? Mit seinem Nachnamen? Seinen Genen, die er vielleicht aus Versehen in ihrer Mutter zurückgelassen hatte? Bevor er seine Homosexualität entdeckte.

Magdalena packte die Blumen in ihrem Papier ein wenig fester und drückte auf den Klingelknopf, das gewölbte Kameraauge darunter schien sie abzuscannen. Sie lächelte zaghaft, da drinnen würde jetzt jemand ihr Konterfei auf dem Monitor beurteilen. Das Tor schob sich surrend zur Seite, sie schlüpfte hindurch und ging auf das pompöse Holzportal zu. Es öffnete sich, und heraus trat Edmondo. Seit sie sich von ihm in dem Krawattenladen verabschiedet hatte, schien er sein trauriges Lächeln nicht abgelegt zu haben. Er reichte ihr seine schmale, trockene Hand.

»*Grazie*, dass ich kommen durfte!«, flüsterte sie auf Italienisch und hoffte, dass der Satz richtig war. Mit »dürfen«, »können« und »sollen« kam sie manchmal noch durcheinander.

»*Er* wollte das so«, gab Edmondo in der gleichen Lautstärke zurück, in seiner Stimme lag ein ängstliches Zittern. Er konnte sich wahrscheinlich nicht vorstellen, dass Antonello jemals Beziehungen zu Frauen gehabt hatte. Steht hier etwa Antonellos Erbin vor mir?, fragte er sich vielleicht. Die sich gleich, wenn sie hier herauskam, einen Anwalt nehmen würde, um den Unterhalt der vergangenen drei Jahrzehnte einzuklagen? Magdalena versuchte etwas Beruhigendes in ihren Gesichtsausdruck zu legen. Sie ging hinter ihm her, die Blumen wie eine Eintrittsberechtigung in der Hand, und durchquerte eine düstere Halle mit dunklen Truhen und Ölgemälden in schweren Goldrahmen. Viel stürmischer Himmel, aufgewühltes Meer, Strand. Wenigstens keine Segelschiffe in Seenot, dachte sie. Hinter der nächsten Tür wechselte die Kulisse. Vor ihnen öffnete sich ein heller, weitläufiger Raum mit flachen Sideboards, dunkelbraunen Glaskugellampen, mehreren Sesseln und Sofas in eckiger, schnörkelloser Form. Magdalena fühlte sich in einen Film aus den Siebzigerjahren zurückversetzt. Durch die bis zum Fußboden reichenden Fenster konnte man in den blühenden Garten schauen, Lavendelrabatten, eine sehr männliche Marmorstatue, Palmen und Olivenbäume, dazwischen blinkte es türkisblau, ein Pool wahrscheinlich. Rechts vor der Fensterfront standen ein gigantischer Flügel aus hellbraunem Holz, ein Keyboard und ein Verstärker. Zwei E-Gitarren lehnten an der Wand, an der sich ein Regal voller Schallplatten bis hoch zur Zimmerdecke zog. Auf einem der Sofas lag Antonello unter einer Wolldecke. Magdalena erschrak, das sollte der junge Mann aus dem

323

YouTube-Video sein? Er schien geschrumpft, seine fleckige Gesichtshaut spannte sich viel zu stramm über den Schädel, die ehemals halblangen schwarzen Haare waren ihm ausgegangen, auch die Pilotenbrille war verschwunden. Er richtete sich nicht auf, als sie näher kam, sondern streckte nur einen Arm in ihre Richtung. Meine Güte, wenn er dafür schon zu schwach war. Magdalena ergriff seine Hand und versuchte nicht darüber nachzudenken, woraus sich der Geruch zusammensetzte, den er verströmte, doch ihre Nase konnte nicht anders: Franzbranntwein, Krankenhaus, Maiglöckchen. Welke Maiglöckchen. »Ich habe ein paar Blumen mitgebracht.« Sie schaute sich Hilfe suchend nach Edmondo um, der ihr daraufhin die leuchtend blauen Iris abnahm und damit verschwand. Gott sei Dank hatte Holger sie bei der Blumenauswahl beraten:

»Callas, du willst ihm doch keine Callas mitbringen!?«

»Doch, warum nicht? Grün und weiß, ich liebe ihre Schlichtheit, man soll doch immer das schenken, was man selber schön findet, oder?«

»Schätzele! In Italien sind das Beerdigungsblumen, die stehen reihenweise auf dem Friedhof, so deutlich solltest du wirklich nicht zeigen, wie du seinen Gesundheitszustand einschätzt.«

»Setz dich doch«, hauchte Antonello, sie konnte seine Aussprache recht gut verstehen. »Bin ein bisschen müde, verzeih!«

»Das macht nichts, ich bin froh, hier sein zu dürfen«, erwiderte sie. Sollte sie ihn auch duzen? Wenn er ihr Vater war, konnte sie duzen … wenn nicht, eigentlich auch.

»Wie kommt es, dass du so gut Italienisch sprichst?«

Magdalena winkte ab. »Gut? Na ja. Ich lerne das in Deutschland.«

»Und du willst mich etwas fragen, nur zu, ich befürchte, wir haben nicht mehr viel Zeit bis zu meinem nächsten Schläfchen.« Magdalena setzte sich auf einen flachen orangefarbenen Sessel und nestelte an ihrer Handtasche.

»Meine Mutter Heidi war im Sommer neunzehnhundertneunundsiebzig auf Elba, neunzehnhundertachtzig wurde ich geboren. Sie starb, als ich anderthalb Jahre alt war. Das ist sie!« Sie holte das Foto aus der Tasche und reichte es Antonello. Er hielt es auf Armeslänge von seinem Gesicht weg und lachte schwach zu ihr hinüber.

»Gucken kann ich immerhin noch!« Magdalena spürte, wie sich die Gegend um ihr Zwerchfell zusammenzog, er würde bald sterben und brachte es auch noch fertig, darüber zu scherzen. Dann konzentrierte sie sich wieder auf das Foto, das er aufmerksam betrachtete.

»Das Stiefelmädchen! 'eidi!« Magdalena meinte sich verhört zu haben!

»Ist das Heidi?«, fragte sie. Natürlich war das Heidi. »Ich meine, ist das das Mädchen aus deinem Lied?!«

»*Ma si!*«

»Wirklich? Wirklich wahr?« Magdalena sprang auf und ballte ihre Hände zu Fäusten. Sie hatte es gewusst! Sie ging ein paar Schritte auf die Fenster zu, kehrte aber schnell wieder um. Sie lachte und versuchte, vor Begeisterung nicht zu laut zu werden: »Du bist der Erste! Der Erste, der sie kennt, der sie wirklich gesehen hat! Aber …« Auf einmal brach die Gewissheit wie eine Welle über ihr zusammen: Der Junge auf dem Foto, wie undeutlich auch immer, *konnte* nicht Antonello sein. Antonello war nicht ihr Vater, niemals.

»Aber der Mann neben Heidi bist nicht *du*!«

»*Nooo!*«, hauchte er. Edmondo kam mit den Blumen in einer Vase herein, er wollte sie auf den Flügel stellen, zögerte aber.

»Es ist nicht gut, wenn er so viel spricht«, murmelte er vor sich hin.

»Ob ich nun spreche oder nicht«, sagte Antonello und versuchte so etwas wie ein Kichern zustande zu bringen, »das geht meinem restlichen Körper am Arsch vorbei!« Magdalena lachte und rückte ihren Sessel ganz nah an Antonello heran, der jetzt zu erzählen begann.

»Es war in dem Sommer, als ich das erste Mal allein weggefahren bin. Wir kommen aus Florenz, und ich habe immer nur mit der Familie Ferien gemacht, jedes Jahr das gleiche Appartement in Viareggio. Meine Eltern, meine drei Schwestern und ich. Ich hatte mir Elba ausgesucht und strandete auf einem Campingplatz in Marina di Campo, ›Unter den Oliven‹, so heißt der heute noch. Mir ging es nicht gut, da hatte ich so gekämpft, alleine zu verreisen, und nun wusste ich mit meiner neuen Freiheit gar nichts anzufangen.«

Er machte eine Pause, Magdalena betete, er möge weiterreden, ohne Mimik sah sein Gesicht einem Totenkopf noch ähnlicher.

»Nach drei schrecklich einsamen Tagen habe ich *sie* getroffen. Sie war auch allein unterwegs, hatte ein winziges rotes Zelt. Wir sind uns oft am Strand begegnet, da saß sie im Sand und schrieb Tagebuch, oder sie stapfte mit ihren komischen Stiefeln am Meer entlang wie ein Cowboy. Calamity Jane, habe ich sie immer genannt, dabei war sie ja nicht hässlich, im Gegenteil, sie war wunderschön. Ungewaschen, ungekämmt, aber schön. Und sie hat mir zugehört.« Er hob den Blick und sah ihr in die Augen.

»Deine Stimme und dein Akzent erinnern mich an sie!« Magdalena kräuselte ihre Nase, um die verdammten Tränen zurückzuhalten.

»Mich erinnert sie an unseren Papst, der spricht auch so«, kam es trocken von Edmondo im Hintergrund. Antonello grinste sie an, und Magdalena fing die einzelne Träne mit der Zungenspitze auf, wischte sich über die Wange und lachte.

»Irgendwie gefiel sie mir, sie war so ernst und so anders als die italienischen Mädchen. Ich glaube, ich habe mir erst in diesem Sommer wirklich eingestanden, was mit mir los war, dass Frauen mich einfach nicht interessierten. Also habe ich mir ein Herz gefasst und es ihr erzählt. Und weißt du, was sie mir antwortete: Na und? Oscar Wilde war ein großartiger Mann. Intelligent, verrückt, durchgeknallt. Da bist du doch in guter Gesellschaft!« Er lachte. »Meine Seele bekam Flügel!«

»Und das Lied …?«, fragte Magdalena.

»Ja, das Lied, in dem verdammten großartigen Lied, das ich nie mehr losgeworden bin, habe ich meine damalige Liebe zu einem jungen Norweger beschrieben, den ich kurz nach 'eidi auf dem Campingplatz kennengelernt habe.« Er schaute zu Edmondo herüber, der sich noch immer mit dem Standort der Blumenvase beschäftigte. Anscheinend suchte er nach einem Untersetzer, um das helle Holz des Flügels zu schützen.

»Thor!«, flüsterte Antonello noch leiser, als er ohnehin schon sprach. »Er kam aus Uslu.« Wahrscheinlich sprachen die Norweger ihre eigene Hauptstadt so aus. »Uslu. Wir hatten eine wunderbare Zeit. Er hatte lange blonde Haare, fast weiß! Ich habe ihn in dem Text einfach durch deine Mutter ersetzt. War besser so damals …«

»Und den Jungen auf dem Foto kennst du nicht?«

»Äh …« Er schaute noch einmal auf das Foto. »Doch? Ja? Ich glaube schon.«

Magdalena stand wieder auf. Bitte, bitte sag es!, dachte sie. »Das war einer der beiden, mit denen sie dann später unterwegs war. Ich habe sie oft zusammen getroffen, immer zu dritt. Die hätten mir auch gefallen, alle beide, aber ich hatte ja …«

»Thor!«, antwortete Magdalena mit bebender Stimme.

»Meinen Thor!« Antonello schloss die Augen. Magdalena fiel in ihren Sessel zurück. Sie war fast am Ziel, nach acht Wo-

327

chen war sie nun fast am Ziel! Wie hieß er?, dachte sie. Sag mir seinen Namen! Bitte mach die Augen wieder auf und stirb jetzt nicht, bevor dir der Name wieder eingefallen ist! Was für ein schrecklich selbstsüchtiger Mensch sie doch war.

»Paolo!«

Magdalena beugte sich vor, Antonellos Gesicht wirkte von Nahem gar nicht mehr wie ein Totenkopf, sondern wunderschön zart, er war über fünfzig, aber die Krankheit hatte ihm das Alter genommen, seine Augen wurden durch die schwarzblauen Schatten darunter noch größer, er sah aus wie ein kleiner, hungriger Junge. Mit Glatze allerdings.

»Paolo!«, wiederholte er. »Welcher von beiden hieß nun so, er oder der andere? Sie kamen aus Livorno. Paolo und …?« Er schaute Magdalena bekümmert an: »Ich weiß den anderen Namen leider nicht mehr. In meinem Lied habe ich Thor in die goldenen Stiefel gesteckt, ich habe ihn mir so oft darin vorgestellt, dass ich nur noch an ihn gedacht habe, wenn ich es sang. Und bei dem ganzen Rummel, der dann mit San Remo losbrach, habe ich die 'eidi ganz vergessen, verzeih mir! Ich habe sie nie wieder gesehen.« Er sah sie mit seinen großen Augen an, bestürzt, als ob er gleich weinen würde, Magdalena hob beruhigend die Hände, nicht so schlimm. Er durfte nicht weinen, wenn er weinte, würde sie sich auch nicht mehr halten können. In ihrem Kopf rauschte es nur noch: Paolo aus Livorno, ein gewisser Paolo aus Livorno und sein Freund waren mit ihrer jungen Mutter über die Insel gezogen. Edmondo kam zu ihnen herüber. »Er darf sich nicht so aufregen«, wisperte er. Aber nun lächelte Antonello wieder: »Edo, holst du mir meinen Saft?« Edmondo nickte und eilte davon.

»Meinen Thor habe ich auch nie wieder gesehen«, flüsterte Antonello Magdalena zu, »er war die Liebe meines Lebens!« Er kicherte wieder, es klang wie ein Röcheln.

328

»Unerfüllte Liebe kann man jahrelang genießen. Wenn ich mich nicht in Florenz von ihm hätte trennen müssen, wäre er mir vielleicht irgendwann auf die Nerven gegangen. So aber konnte ich ihm ungetrübt hinterhertrauern.«

Er grinste mit einem Mal lebhaft: »Ich habe ihm mein erstaunliches Leben zu verdanken. Und deiner Mutter und ihrer direkten Art, die Dinge beim Namen zu nennen, auch. Ah ja, und natürlich den Stiefeln… ein bisschen.« Er zeigte mit dem Daumen und Zeigefinger einen entsprechenden Abstand an. »Ich war glücklich. Es war gut.« Magdalena wurde unsicher, was antwortete man einem todkranken Mann, der sein Leben als erstaunlich und gut bezeichnete? Sie wollte etwas Kluges sagen, schaffte es aber nur, zuversichtlich zu lächeln.

»Wo hast du sie getroffen, an welchen Orten?«, fragte sie. Aber Antonello hatte seine Augen bereits wieder geschlossen, und Edmondo, der plötzlich neben ihr stand, nutzte die Gelegenheit, Magdalenas Arm zu nehmen und sie mit sich fortzuziehen.

»Er dämmert zwischendurch immer mal wieder weg. Lello ist so tapfer, er beschwert sich nie.« Magdalena warf einen letzten Blick auf den Garten, der da draußen vor den Fenstern mit obszöner Lebendigkeit grün und bunt vor sich hin wuchs. Edmondo brachte sie zur Tür: »Auch wenn Sie etwas anderes hören sollten, er ist nicht an Aids erkrankt, er hat Krebs.« Er machte eine hoffnungslose Handbewegung, die den ganzen Bauch, Rumpf, Brustkorb mit einschloss. »Ich bin froh, dass Sie da waren, Lello erzählt mir diese Geschichten nicht, aber es tut ihm so gut, sich daran zu erinnern.« Magdalena schluckte, seine Krawatte war heute lindgrün mit feinen weißen und gelben Streifen, frisch wie ein Gänseblümchen.

»Maddalena! Er wird sich bald aus dem Staub machen, er wird mich hier bald allein zurücklassen.« Edmondo presste ihre

Hand mit erstaunlicher Kraft. »Ich weiß nicht, wie das gehen soll.« Magdalena legte ihre freie Hand auf seine und umschloss sie damit. Sie war erstaunt, dass er sich ihren Namen gemerkt hatte.

»Kommen Sie wieder, wann immer Sie wollen, rufen Sie am besten vorher an«, sagte er. Zusammen standen sie da, die Hände verknotet, als ob sie einen geheimen Pakt schlössen.

»Wo arbeiten Sie? Sie arbeiten doch hier in Capoliveri, oder?«

»In Procchio, in der *Bar Elba*.«

Er nickte und begleitete sie zum Tor. Sie schaute ihm nach, als er wieder ins Haus ging. Aber er drehte sich nicht mehr um.

Magdalena suchte nach ihrem Schlüssel und klappte den Sitz des Motorrollers nach oben, um den Helm herauszunehmen. Antonello würde sterben, er hatte Heidi tatsächlich gekannt. Er kannte ihre Stimme, die der ihren so ähnlich sein musste! Oma Witta war tot, Opa Rudi würde vermutlich vor ihr sterben, Heidi war gestorben, ihr konnte es schon bald ebenso ergehen. Ein Lastwagen, der mich nicht sieht, der mich auf einer schmalen Bergstraße abdrängt, eine unübersichtliche Kreuzung, ein Ziegelstein, der auf meinen Kopf fällt, es kann jederzeit vorbei sein. Zack! Noch nie war ihr das eigene Leben so kostbar erschienen. Behutsam setzte sie den Helm auf und atmete den Duft der Bougainvillea ein. Noch bin ich am Leben, und das Leben ist verdammt schön. Warum habe ich das bisher nie so richtig kapiert – und wenn, dann höchstens mal für ein paar Sekunden –, warum bin ich bisher so unempfänglich meinem eigenen Glück gegenüber gewesen? Nach Hause, ganz vorsichtig, nein, nicht nach Hause, sondern in den Zitronengarten zu Matteo.

33

Er hat sie gekannt, er hat sich sogar an ihre Stimme erinnert, sie soll meiner ganz ähnlich gewesen sein ... die Neuigkeiten zerplatzten förmlich in ihrem Gehirn und wollten als Sätze hinaus. Doch der, für den Magdalena sie formuliert hatte, während sie den Roller konzentriert über die Inselstraßen lenkte, war nicht da. Stumm schüttelte sie die Piniennadeln aus der Hängematte, ging unter den Zitronenbäumen auf die Mauer zu und strich mit den Händen daran entlang. Die Steine waren unbearbeitet übereinandergeschichtet worden und bildeten ein eigenwilliges Muster. Sie suchte die beiden Vorsprünge, die Matteo ihr vor zwei Tagen gezeigt hatte, und kletterte hinauf. Das Fenster zwischen den Zweigen zeigte ein dunkelblaues Meer, der Horizont war diesig, die Luft feucht, vielleicht würde es heute Abend noch regnen. Bei Regen kamen nicht so viele Leute in die Bar, wäre gar nicht schlecht, mal ein bisschen weniger zu laufen. Ihr Magen knurrte, sie hatte seit Mittag nichts mehr gegessen, und jetzt war es schon halb sechs. Um diese Zeit war Matteo doch immer im Zitronengarten anzutreffen, wo steckte er bloß? Sie rutschte ein wenig auf der Mauer herum, um eine bequemere Position für ihren Hintern zu finden, und schaute hinunter. Der Schlauch lag ordentlich zusammengerollt neben dem kleinen Holzschemel unter den Bäumen, die sich anscheinend gut erholt hatten von der Chemotherapie.

Magdalena hatte sich im Internet ausführlich über auftretende Schädlinge bei Zitruspflanzen informiert. Die geflügelten Tierchen, weiße Fliegen genannt, und die Schmierläuse mit ihren Flocken waren besiegt. Blätter, die immer noch dufteten, wenn man sie ein bisschen rieb, Blüten, grüne und gelbe Zitronen, alles hatte überlebt. Magdalena packte ihre Handtasche aus, vielleicht versteckte sich wenigstens noch ein Kaugummi darin. Handy, Portemonnaie, das Foto zwischen den Seiten eines dünnen italienischen Krimis, den sie gerade las und sogar halbwegs verstand, kein Kaugummi. Sie hatte Durst, aber oben in der Wohnung war offenbar niemand, keines der Autos hatte unten in der Parkbucht gestanden. Außerdem hatte sie auch keine besonders große Lust, auf Nina zu treffen. Dann würde sie eben jetzt doch nach Hause fahren. Magdalena zögerte, meine Güte, ohne Matteo konnte sie anscheinend gar nichts mehr tun, ohne seine Hand konnte sie noch nicht mal mehr von einer nicht allzu hohen Mauer springen! Sie sprang. Und knickte prompt mit dem Fuß um. Typisch. Langsam humpelte sie zum Ausgang, es ging bestimmt gleich wieder, es tat nur ein bisschen weh. Also auf nach Hause. Roberto konnte sie natürlich nichts von ihrem Nachmittag bei Antonello Pucciano berichten, sie hatte ihm ja noch nicht einmal von ihrer Vatersuche erzählt. Als sie den Roller von seinem Ständer schubste, hielt ein Auto vor dem *POLO*, jemand stieg aus, das Auto fuhr wieder davon. Matteo! Er hielt eine große Papiertüte in der Hand, sah sie, kam herüber und klopfte freundschaftlich auf ihren Helm.

»Hast du Hunger?«, fragte er.

»Und wie!«

»Komm, wir fahren runter an den Strand, *la Biodola*, oder nein, noch besser, *le Ghiaie*«, er schaute in den dunkel werdenden Himmel, dicke Wolken türmten sich über dem Meer auf, »da ist es um diese Zeit einzigartig. Warst du schon mal da?«

»Nein.« *Le Ghiaie*, allein der Name war komisch auszusprechen, die Vokale klebten unter dem Gaumen.

»Was ist da so Besonderes, das ist ein Kieselstrand, oder?«

»Ja. Vom Namen her scheint es so. *Du* fährst.«

»Okay.« Magdalena ließ Matteo die Tüte im Sitz verstauen und hinten auf dem Soziussitz Platz nehmen, sein Gewicht brachte sie ein wenig ins Schwanken, doch während der Fahrt wurde es besser. Als sie den Berg hinunterrollten, spürte sie ihn an ihrem Rücken, er lehnte sich furchtlos mit ihr in die Kurven, gab dem Roller mehr Schwung, mehr Bodenhaftung. Ein paarmal drehte Magdalena den Kopf nach hinten, wollte anfangen zu erzählen, doch dann verwarf sie die Idee wieder. Es erschien ihr nicht angemessen, die Erkenntnisse des Nachmittags so in den Fahrtwind zu schreien.

In Portoferraio bedeutete Matteo ihr, kurz vor dem Fährhafen links abzufahren, und nach ein paar Hundert Metern tauchte rechts das Meer auf. Sie stellten den Roller an einem Rondell ab, Matteo nahm seine Tüte an sich, und dann standen sie auch schon am Strand. Weiße Kiesel erstreckten sich längs der weiten Bucht, die von zwei Felsvorsprüngen in die Zange genommen wurde, Magdalena sah den Verlauf der Küstenlinie exakt auf einer Karte vor sich. Die Sonne war hinter dem tief über dem Horizont zusammengedrängten Wolkenband verschwunden. Sie nahm ihre Sonnenbrille ab, die Kiesel blendeten trotz des seltsamen Zwielichts, so weiß waren sie, dabei gefleckt wie Vogeleier. Sie setzte die Sonnenbrille wieder auf und ging etwas wackelig über die runden Steine, die unter ihren Füßen wegzuglitschen schienen, der Knöchel tat noch weh. Das Wasser war dunkel, aber dennoch klar, die meisten Menschen um sie herum packten bereits Decken, Handtücher und Kühltaschen zusammen und brachen auf. Zwei Meter vom Wasser entfernt fragte Matteo: »Hier?« Magdalena nickte. Vorsichtig ließ sie sich auf den glatt geschliffenen Kieseln nieder. Matteo reichte ihr das erste von zwei in Servietten eingewickelten Päckchen, »da, iss!«, dann holte er zwei kleine Flaschen Cola aus der Tüte. Magdalenas Magen knurrte voll wütender Vorfreude. Sie wickelte die Servietten ab, bis eine *schiaccina* zum Vorschein kam, mit weit geöffnetem Mund biss sie in die Teigplatten, zwischen denen sich roher Schinken, Mozzarella, Rucola und Tomaten schichteten. Der Geschmack explodierte in ihrem Mund, gierig verschlang sie den Bissen, sie stöhnte: »Mann, das ist echt köstlich, wie machen die Elbaner das bloß?«, und wischte sich mit einer Serviette einen Klecks Mayonnaise vom Kinn. Von dem ersten Schluck Cola brusselte die Kohlensäure schmerzhaft in ihrer Speiseröhre.

»Jetzt würde ich gerne ganz laut rülpsen!«

»Tu's doch.« Sie rülpste. Er betrachtete sie nachdenklich. »Das hätte ein italienisches Mädchen wohl kaum besser gemacht.« Magdalena zuckte mit den Schultern, sie grinsten sich an. Sie trank noch einmal, nun bekam sie Schluckauf.

»*Dio*«, sagte Matteo, »kannst du sonst noch was?«

»Ja, meine Zunge verdrehen, willst du es sehen?« Er wollte. Unterbrochen von ein paar Hicksern, zeigte sie ihm, wie sich ihre Zungenspitze im Mund fast einmal um sich selbst drehen konnte, im Gegenzug demonstrierte er ihr, dass er seinen Daumen bis an den Ellenbogen biegen konnte. Es sah gruselig aus, aber Magdalena war beeindruckt.

»Matteo«, sagte sie, immer noch hicksend, »ich habe dich doch neulich nach diesem Stiefel-Lied gefragt, das von Antonello Pucciano!« Wie schon vor ein paar Tagen in der Diskothek sang Matteo die erste Strophe sogleich mit gespielter Inbrunst. Jeder kennt das Lied in- und auswendig, dachte Magdalena stolz, und Antonellos große Liebe zu dem weißblonden

Norweger ist auch nach Jahren noch herauszuhören, sogar in dieser Parodie von Matteo …

Sie erzählte ihm, was sie im Haus von Antonello, an seinem Krankenlager sitzend, erfahren hatte.

»Unglaublich«, murmelte Matteo, seine *schiaccina* war immer noch unberührt, »unglaublich!«

»Den Jungen auf dem Foto kannte er auch, er soll Paolo heißen, na ja, er oder sein Freund, daran konnte Antonello sich nicht mehr so genau erinnern. Sie waren immer zu dritt unterwegs, die Jungs kamen jedenfalls beide aus Livorno!«

»Was bedeutet das jetzt für dich?«

»Was das bedeutet? Dass ich ihn fast gefunden habe!«

»Genau, jetzt musst du nur noch einen Paolo aus Livorno finden …«

»Ach verdammt, Matteo, sei doch nicht so pessimistisch. Antonello hat meine Mutter gekannt, er hat oft mit ihr geredet und gesagt, dass meine Stimme genauso klingt wie ihre damals!« Endlich hatte der Satz seinen Weg aus ihr heraus gefunden. Sie schniefte und hickste in kurzen Abständen, es hörte sich grauenhaft an.

Matteo schaute sie mitfühlend an. »Ein Paolo, ein Paolo aus Livorno also«, murmelte er, »auch wenn er hier gearbeitet haben sollte, ist er nach dem Sommer bestimmt wieder zurückgegangen. Im Winter gibt es nur sehr wenig Arbeit auf der Insel. War deine Mamma vielleicht später noch mal hier?«

»Könnte sein.«

»*Das* ist es! *Das* ist der Punkt, von dem es für uns losgeht!«

Für uns? Magdalena schaute ihn überrascht an, der Schluckauf setzte aus.

»Im Winter«, fuhr Matteo fort und machte eine bedeutsame Pause, bevor er weitersprach, »im Winter gibt es auf Elba nur sehr wenige Gäste von außerhalb, man wird sich viel eher an

335

deine Mamma erinnern! Wenn die beiden Jungs auch noch hier waren und sie schon schwanger mit sichtbarem Bäuchlein … So eine Dreiertruppe behält man doch eher im Kopf.«

Magdalena schaute ihn an und nickte. Jetzt endlich biss auch er in seine *schiaccina*. Die Sonne, die sich bisher vergeblich einen Weg durch die Wolkenberge gesucht hatte, brach jetzt an einzelnen Stellen durch, das Meer, die Kiesel, alles wurde mit einer orangefarbenen Lasur aus Licht übergossen. Gleich würde sie hinter den Bergen verschwinden, um später als roter Ball im Westen der Insel vor Pomonte im Meer zu versinken.

»Was soll ich deiner Meinung nach denn tun?«

»Ruf deinen Rodolfo-Opa an, ob er nicht mehr weiß! Zum Beispiel, ob sie noch mal auf Elba war und in welchem Ort.«

»Er redet nicht darüber.«

»Na ja, das kann man sogar verstehen. Aber nun muss es halt sein! Denn *sein* Schmerz ist nicht *dein* Schmerz. Er hat die Tochter verloren, die er zwanzig Jahre lang aufwachsen sah, du die Mamma, an die du dich nicht erinnerst. Sag ihm, dass diese Vatergeschichte extrem wichtig für dich ist!« Extrem wichtig für mich, wiederholte Magdalena in Gedanken und hörte mit einem Mal, wie laut die Steine kollerten, die von den kleinen Brandungswellen mitgerissen wurden. Vor und zurück. Vor und zurück. Sie konnten da nicht raus.

»Ich habe sie zu Hause immer mit diesem Thema verschont. Und als meine Oma starb, erst recht.«

»Weil es ihm wehtat? Dir doch aber auch!«

»Aber ich wollte ihnen nicht noch mehr zur Last fallen.«

»Haben sie dir das gesagt!? Dass du ihnen zur *Last* fällst?« Matteo sah aus, als ob er gleich jemanden schlagen wollte.

»Nein, niemals, aber eine Nachbarin hat mal gesagt, ich würde meinen Großeltern das Leben schwer machen, ich sei ein unbändiges Kind! Diesen Spruch habe ich nie vergessen.«

»Unbändig? Das hätte ich gerne gesehen!« Matteo grinste. »Wie warst du denn so? Was hast du den ganzen Tag gemacht?«

»Och«, Magdalena nahm einen Kiesel und warf ihn zu den anderen ins Wasser, »ich war viel unterwegs, meistens kroch ich irgendwo in dem Schulgebäude rum, neben dem wir wohnten.«

»Wo dein Vater, äh, Großvater, Hausmeister war.«

Magdalena nickte, ohne Matteo anzusehen. »Aber ich habe auch stundenlang gelesen. Oben, an der Turmuhr, war ein guter Platz, kurz bevor sie die halben Stunden schlug, fing sie immer an zu surren, für mich, zur Warnung.«

»Ich glaube, du warst ganz mager und schon als kleines Mädchen eine unruhige Seele.« Magdalena schaute ihn wieder nicht an, sie fand es immer noch unangenehm, so viel über sich selbst zu reden.

»Ich habe meine Eltern nicht geschont«, sagte Matteo. »Ich habe ihnen gesagt, dass ich unser Geschäft nicht übernehmen würde nach der Lehre.«

»Lehre als …?«

»Lehre als Elektriker, meine Eltern hatten ein Lampengeschäft, Toaster, Wasserkocher, Kleinkram. Bin dann nach Rom gegangen, in die *Cinecittà*. Irgendwann konnten meine Eltern mir aber doch verzeihen, denn ich habe meiner Mamma immer Autogramme mitgebracht. Die kannte die Schauspieler zwar meistens gar nicht, war aber trotzdem stolz.« Und da hast du auch Nina wieder getroffen, dachte Magdalena, davon magst du jetzt aber bestimmt nicht erzählen. Und ich mag auch nicht fragen!

Sie trank den letzten Rest Cola aus, krempelte ihre Hosen bis über die Knie und streifte ihre Segeltuchschuhe von den Füßen. Vorsichtig betastete sie ihren Knöchel, war er nicht schon etwas dicker als der andere? Sie stand auf und ging ein paar Schritte über die Kiesel in das erstaunlich warme, orange glitzernde Wasser. Schwankend überwand sie den ersten Meter und blieb dann auf den rutschigen Steinen stehen.

»Ach«, Matteo schlug sich mit der Hand gegen die Stirn, »das hätte ich ja beinah vergessen, darum sind wir ja überhaupt hier.« Er stand auf und zupfte ein paar Stücke von dem brotartigen Teig ab und warf sie direkt neben Magdalena ins Wasser.

»Was tust du?«, rief sie, doch dann merkte sie es schon, auf einmal wimmelte es neben ihr von Fischen, Mengen von Fischen, und das waren keine kleinen Stichlinge, wie sie sie früher manchmal im Buddenbach entdeckt hatte, sondern richtig ausgewachsene Brocken. Sie schnappten neben ihr nach dem Brot, wühlten die Wasseroberfläche auf, glitschten um ihre Beine und hatten überhaupt keine Angst vor ihr! Es waren mindestens zwanzig.

»He!«, lachte sie. »Was soll das denn werden, eine Fischmassage?« Kaum war das Brot alle, betupften die Fische mit ihren Mündern Magdalenas Haut.

»Die knabbern an mir herum!«, rief sie. Noch nie hatte sie so zarte Berührungen gespürt, es war schön, aber auch ein kleines bisschen eklig.

»Ich glaube, ich weiß, was ich jetzt tue«, rief sie Matteo zu und watete wieder aus dem Wasser, »Rudi soll mir am Telefon schwören, dass er definitiv nicht mehr weiß als das, was er mir bisher gesagt hat. Bei seinem Boxer-Ehrenwort, damit hat er mich früher immer drangekriegt, über dem albernen Boxer-Ehrenwort gab es nichts mehr! Wenn er sich weigert, drohe ich ihm, nie mehr zurückzukommen. Was hältst du davon!?«

»Telefonier ihm!« Matteo hielt ihr sein Handy hin. Magdalena lachte, sie würde »ihm« telefonieren!

34

Was ist denn hier los?!« Magdalena zeigte mit dem Daumen nach draußen. Das hatte sie ja noch nie erlebt, Sara und Walter saßen unter den Arkaden am Tisch und aßen Eis!

»Du kannst gleich wieder gehen, vor drei Stunden ist der Strom ausgefallen, ein Blitz hat in Portoferraio die Verteilerstation erwischt.« Franco tauchte wie ein Stehaufmännchen hinter dem Tresen auf, er war schweißgebadet.

»Vor Mitternacht werden sie das nicht reparieren können, haben sie gesagt, und uns schmilzt inzwischen das Eis.« Magdalena schaute sich um. Ein Blitz? Kein Strom? In La Pila, in Robertos Haus, war er jedenfalls noch da gewesen. Doch jetzt, als Franco es sagte, verstand sie plötzlich, warum es hier so wahnsinnig heiß und irgendwie doch schön gemütlich war: Die Klimaanlage war ausgefallen, und die Neonröhren an der Decke waren dunkel. Auf dem Tresen standen Kerzen, sie brannten zwar nicht, hatten sich in der Hitze aber schon verbogen. Es sah aus, als ob sie sich vor dem schwitzenden Franco verbeugten. Auch das rote Dauerlämpchen der großen Espressomaschine war erloschen. Deswegen also saßen Sara und Walter vor ihrer Bar und aßen Eis, ganz Procchio saß mit allen Touristen an den Tischen und aß Eis, auch in den Cafés rechts und links der Straße war die Kühlung ausgefallen, sie schenkten ihr Eis her, solange es noch genießbar war! Magdalena seufzte.

Hätte sie gewusst, dass sie nicht arbeiten musste, hätte sie vielleicht den Mut gefunden, endlich Opa Rudi anzurufen. Sie hatte es gestern am Strand nicht geschafft, heute Morgen nicht, den ganzen Tag nicht.

Cristina stand mit rotem Kopf an der Eistheke und verteilte Eis an die Menschen auf dem Bürgersteig, die sich auf das Gratisangebot stürzten. Magdalena ging in die Kammer hinter der Bar, warf ihre Tasche in die Ecke, wusch sich die Hände, nahm sich einen Eisspatel und stellte sich dann neben Cristina, die sie mit einem freudigen Seitenblick begrüßte.

»Nicht mehr lange, schau, das ist schon fast zu weich.« Gemeinsam schaufelten sie in den nächsten zehn Minuten *stracciatella, tiramisù, banana, cioccolata* und jede andere der zwanzig Eissorten, die gewünscht wurde, in kleine Pappbecher, rammten ein buntes Plastiklöffelchen hinein und reichten sie über die Theke.

»*Basta!*«, sagte Franco plötzlich hinter ihnen. »Wir machen dicht für heute, tragt die Behälter ins *laboratorio* und schüttet sie dort aus, das können wir nicht mehr verteilen, ist ja gleich Suppe.« Sara tauchte neben ihm auf: »Brave *ragazze!*« Sie tätschelte Magdalena am Arm. »Willst du ein Eis? Und du, Cristina?«

»O ja, bitte!«, sagte Magdalena.

»Iss du doch auch erst mal ein Eis, Franco, Walter ist schon gegangen. Wir lassen vorne das Gitter runter, und ihr setzt euch einen Moment in den Hof!« Widerwillig ging Franco auf Saras Vorschlag mit den Worten ein, er käme gleich, er müsse nur eben noch Kaffeebohnen auffüllen.

Mit einer Portion Eis saßen sie zu zweit an Tisch sieben im Innenhof. Magdalena dachte an Heidi. Wenn sie tatsächlich im Herbst oder Winter noch mal auf die Insel gekommen sein sollte, wo hatte sie dann gewohnt? Wo hättest du dich einquartiert nach einem Sommer am Strand? Natürlich da, wo ich mich auskenne, wo ich ihn getroffen habe, hier in Procchio. In einem billigen Hotel oder einer Pension, die im Winter geöffnet war. Viele hat es damals davon bestimmt nicht gegeben.

Ohne Strom konnte sie nicht ins Internet, doch eine kleine Pension, die es vor dreißig Jahren schon gegeben hatte, würde vielleicht gar keinen Internetauftritt haben. Magdalena stand auf und ging hinein.

»Franco! Was ist nun? Jetzt kommst du doch nicht zu uns, sondern räumst hier hinter der Theke auf!«

»Lass mal, ich mach das schnell noch zu Ende!«

»Haben wir ein Telefonbuch?«

Wortlos knallte er es ihr auf die Theke.

»*Grazie!*« Im Innenhof schob sie sich einen Löffel Zitroneneis in den Mund und blätterte sich vor und zurück durch die *pagine bianche*, da gab es Livorno, Portoferraio, Capoliveri, aber kein Procchio. War sie denn schon ganz verblödet? Es musste den Ort doch geben, ihr Gehirn wollte nur nicht funktionieren. Sie schaute hoch, es lag am Wetter, der Himmel über ihnen war gelblich grau gefärbt, von ferne war das Murmeln des Donners zu hören, die Hitze drückte sich zwischen die Wände und ließ jeden Gedanken zerfließen, bevor man ihn zu Ende gedacht haben konnte. Es hatte immer noch 36 Grad, innen in der Bar aber wesentlich mehr.

»*Dio*, wie geht das denn hier, dieses Telefonbuch kapiere ich nicht. Kennst du dich damit aus?«, fragte sie Cristina, »du kommst doch aus Livorno.« *No, no*, keine Chance, Cristina behauptete, noch nie in ein solches Ding hineingeschaut zu haben. Franco kam und setzte sich, sein Eis war in der Glasschale zu einem See zerlaufen.

»Wo finde ich Procchio in diesem Buch?«

»Unter Portoferraio, alle Orte, die auf Elba nicht extra gelistet sind, findet man unter Portoferraio oder Campo nell'Elba.«

»*Grazie!*« Er liebte es, etwas erklären zu können. Wenn er schlechte Laune hatte, musste man ihn nur etwas erklären lassen, schon fühlte er sich besser. Also Portoferraio. *Pensione, pensione* … es gab nur eine eingetragene *pensione* im Bezirk Portoferraio, die *Pensione Scoglio Bianco.* Loc. Viticcio. Wo immer das auch lag. Magdalena blätterte nach Bed & Breakfast. Nur ein Eintrag: Bed & Breakfast *La collina*. Loc. Capannone/Biodola. Das war am Strand, unterhalb des *POLO*. Auch Fehlanzeige.

»Franco, kennst du eine Pension in Procchio?«

»Nicht, dass ich wüsste, es gibt ein paar kleine Hotels und Zimmervermietungen, aber eine Pension? Manchmal melden die Leute das auch nicht an, schreiben es nirgends draußen dran und stehen dann auch nicht im Telefonbuch.«

»Na, dann kann ich ja lange suchen.«

»Mädels, wir müssen die Kammer aufräumen, da haben sich mittlerweile so viele Sachen angesammelt. Wie wäre es, wenn jeder heute etwas von seinem Kram mit nach Hause nimmt?« Mit diesen Worten sprang er auf, schon zu lange, länger als eine halbe Minute, hatte er untätig auf dem Stuhl gesessen.

»Ich muss noch wischen!«

Magdalena nahm ihr leeres Schüsselchen, stellte es auf den Tresen, ging in die Kammer und schaute sich um. Durch das Fliegengitter vor dem Fenster kam überhaupt keine Luft, sie spürte, wie der Schweiß ihr die Achseln hinunterlief. Sie raffte eine Strickjacke und einen dünnen Pullover zusammen, die ihr gehörten, die Schuhe mussten hierbleiben, die brauchte sie abends zum Wechseln. Ihr Blick fiel auf eine große weiße Plastiktüte, die unter der Strickjacke zum Vorschein gekommen war. Sie schaute hinein. Guck mal an, da ist ja mein blaues Badehandtuch wieder, das der kleine Junge damals am Strand …

und sogar frisch gewaschen, das hatte ich völlig vergessen. »Meine Mutter wäscht sowieso den ganzen Tag Handtücher«, hatte die kräftige junge Frau gesagt, wie hieß sie noch mal? Sonia! Sonia und ihr Dickmops Diego. Magdalena grinste, die Mutter wohnte auch in Procchio, und sie hatte ...! Magdalena schnappte sich das Handtuch, bückte sich unter dem halb hinuntergelassenen Rollgitter und lief hinaus zu Sara, die gerade schwerfällig von ihrem Stuhl aufstand.

»Die Hitze, die Hitze«, stöhnte Sara, mit einem Mal bemerkte Magdalena, wie alt sie aussah, sie musste über sechzig sein. Ihre beiden Töchter lebten mit ihren Männern in Florenz und wurden für den August mit einem dürftigen Einzelenkel erwartet.

»Dieses Wetter ist eine Strafe«, sagte sie erschöpft, »ihr Mädchen geht dann auch, ja?« Magdalena nickte, sie zeigte auf das Handtuch: »Wer hat das gebracht?«

»Ah, das habe ich vergessen, dir zu sagen, damit ist die Signora Galetti vorbeigekommen, das ist aber schon eine ganze Zeit lang her...«

»Das macht nichts, wissen Sie, wo sie wohnt?«

»Die Signora Galetti, natürlich, hier gleich links den ersten Weg hoch, Valle Verde, das große Haus auf der rechten Seite.« Magdalena dankte ihr, am liebsten hätte sie sie umarmt.

»Ruhen Sie sich aus!«, rief sie hinter ihr her. Schnell half sie Cristina noch, die Eisbehälter in die Backstube zu schaffen, wortlos trabten sie hin und her und aneinander vorbei, mehr als zwei von den schweren Metallkästen konnte man nicht zugleich tragen.

»Na dann, wir sehen uns morgen, hoffentlich wieder mit Elektrizität!« Mit diesen Worten entließ Franco sie in den gewittrigen Himmel.

»*A domani*«, bis morgen, rief Magdalena Cristina zu. Sie ging auf den Holzbohlen unter den Arkaden entlang, die Menschen saßen wie gelähmte Fliegen in ihren Stühlen, die Bars schlossen jetzt rundherum, die Metallgitter rasselten herunter. Noch immer wollte es nicht regnen. Magdalena klemmte ihre Tasche und das zusammengerollte Handtuch unter den Arm und ging die Valle Verde hinauf. Ein großes Haus rechts, das konnte nur das da vorn sein! Ein gigantischer Blitz zuckte über den Himmel, der Donner folgte eine Sekunde später. Magdalenas Ohren dröhnten noch von dem Knall, als bereits der Regen einsetzte. Sie versuchte in Windeseile das Handtuch zu entfalten und sich damit zu bedecken, zwecklos, sie war sofort nass, als ob jemand sie unter die Dusche gezerrt hätte. Gestern Nacht, als sie von der Arbeit nach Hause kam, hatte Roberto sie unter die Dusche gezerrt. Magdalena rannte auf das Tor des Hauses zu und drückte auf die Klingel. Roberto war früher als sonst aufgetaucht, schon um halb zwei. Zusammen hatten sie Champagner getrunken, geduscht, und dann hatte er diesen Einmalrasierer in der Hand gehabt. *Pension Natale* stand in ganz kleinen Buchstaben unter der Klingel, das Tor öffnete sich, Magdalena rannte mit ihrem Dach aus Stoff über den Gartenweg auf die Haustür zu. Über ihr krachte es wieder gewaltig, *cavolo*, ich habe wahrlich nicht vor, mich vom Blitz erschlagen zu lassen, zuckte es durch ihren Kopf, aber wenn ich sterbe, gehe ich wenigstens mit einer hübschen Intimfrisur in den Tod! Worüber man alles in Lebensgefahr noch so nachdenken kann, wunderte sie sich und warf sich gegen die Haustür, die sich in diesem Moment öffnete. In weitem Bogen landete Magdalena auf dem Kachelboden, auf allen vieren rutschte sie weiter vorwärts, bis ihr Kopf von einer Holzwand gestoppt wurde.

»*Mi senti?*«

Schon wieder? Das kannte sie doch von irgendwoher.

»*Madonna!* Was ist passiert?« Die Frau war klein und braun gebrannt, ihr Gesicht glich dem ihrer Tochter Sonia, doch in ihren Zügen waren Sonne, Erfahrungen, Freude und Anstrengungen der letzten Jahre wie auf einer Landkarte verzeichnet. Magdalena richtete sich aus ihrer Vierfüßlerhaltung auf, rieb sich die Stirn und setzte sich dann auf den Boden. Er war nass und schwankte leicht, zahlreiche Postkarten lagen verstreut umher, Napoleons Villa, Napoleons Büste, der Strand von Procchio. Das Handtuch lag als vollgesogene Würgeschlange um ihren Hals. Draußen krachte ein besonders lauter Donnerschlag, und der Regen pladderte gegen die Fensterscheiben wie in einer Waschanlage.

»*Acqua!*«, lächelte die Frau und zeigte nach oben, behutsam zog sie Magdalena vom Boden hoch, befreite sie von dem Handtuch und führte sie zu einem Sessel, der in einer Ecke auf einem Perserteppich stand und aus einem Königshaus zu stammen schien. Sie drückte sie auf das Polster.

»Was für ein Regen! Es tut mir leid, aber bei uns ist bis Oktober alles ausgebucht.« Magdalena nickte, dann schüttelte sie den Kopf und versuchte mit Daumen und Zeigefinger das T-Shirt von ihrem Körper zu lupfen. Nass und kalt klatschte es wieder gegen ihre Haut. Jetzt sah sie, woher die vielen Postkarten kamen, die Wucht ihres Aufpralls hatte den Ständer von einem Holztresen kippen lassen und über sie ausgeleert.

»Ich brauche kein Zimmer, ich brauche eine Antwort, Signora Galetti!« Komischerweise war ihr der Name wieder eingefallen, der Satz klang wie aus einem billigen Detektivfilm. Mit tauben Fingern öffnete Magdalena ihre Umhängetasche, die ebenfalls aussah wie aus dem Wasser gezogen, und das Foto darin war nicht nur verknickt, sondern jetzt auch noch nass am Rand. Sie reichte es ihr.

»Meine Mutter. Vor dreißig Jahren. Vor einunddreißig.«

Signora Galetti betrachtete das Foto, und Magdalena betrachtete die Signora. Eigentlich gehörte sie gar nicht in diese hässlich zusammengestückelte Pension. Die weißen Fliesen, der Teppich darauf, der Kühlschrank und die zwei kolorierten Heiligenbilder darüber an der Wand passten nicht zu ihrer Bräune, den luftigen Safarihosen in Dreiviertellänge und dem T-Shirt mit dem blassen Zebramuster. Ihre Sandalen waren aus weichem, teurem Leder.

»Sie war im Winter hier, im Oktober oder vielleicht November neunundsiebzig, sie war schwanger und ...«

»... genauso alt wie ich!«, beendete Signora Galetti Magdalenas Satz. »Ich erinnere mich gut an sie, immer war sie allein unterwegs, jeden Morgen zog sie los, und es war kalt, ja, es muss im November gewesen sein, sie hatte nur eine kurze Jacke dabei und umwickelte sich den Bauch mit einem Wolltuch, das machte sie noch runder ...«

»Sie war hier? Sie hat hier gewohnt?«

»Ja, sie tat mir so leid, so ohne Mann, ich habe noch oft an sie denken müssen. Einmal habe ich sie beim Frühstück gefragt, ob sie sich einen Jungen oder ein Mädchen wünscht, und sie hat geantwortet: Ich hoffe, es wird ein Mädchen!« Sie lächelte. »Kommen Sie, ich mache uns einen Kaffee, und dann müssen Sie sich wenigstens die Haare trocknen.«

Während draußen der Regen niederging, saß Magdalena bei Signora Galetti im Salon. Auch hier herrschte ein farbliches Desaster aus zusammengewürfelten Möbeln.

»Das muss man alles renovieren hier, ich weiß, die Gäste tun zwar so, als ob sie es charmant finden, aber ich werde alles rausschmeißen ...«

Sie war bestürzt, als Magdalena ihr von dem frühen Tod ihrer Mutter erzählte.

»Das tut mir so leid! O nein, ohne die Mamma! Ich wollte immer weg von zu Hause, aber ich weiß nicht, was ich gemacht hätte ohne die Mamma ...«

»Ich habe sie ja nie richtig kennengelernt.«

»Meine Mutter hatte diese Pension hier, bis vor einem Jahr konnte sie sie noch selbst führen, aber nun kann sie es nicht mehr, seit letztem Frühjahr hat sie...« Signora Galetti benutzte eine Abkürzung, drei Buchstaben, die Magdalena nichts sagten. Sie nickte dennoch.

»Sie liegt oben, manchmal kann ich einfach nicht mehr! Wissen Sie, Maddalena, es ist so schlimm, wenn die eigene Mutter in ihrem Körper eingesperrt ist und dahinwelkt.« Sie begann zu weinen. »Mein Mann hat mich verlassen, als die Kinder noch klein waren, aber es ging mir gut, ich hatte dieses Geschäft in Portoferraio, afrikanische Möbel, Stoffe, Figuren, nun ja, in den letzten Jahren lief es nicht mehr so besonders, und nun sitze ich hier wieder in der Pension, aus der ich immer rauswollte, in der ich auch schon meine Kindheit verbracht habe, aber ich brauche ja Geld. Mein Sohn studiert in Bologna, meine Tochter hat einen süßen Sohn, aber mit diesem Waschlappen von Nando, der nichts verdient.«

Magdalena reichte ihr die Kleenexbox, die auf einem kleinen Tischchen neben ihr stand.

»Sie haben Ihre Muter nicht gekannt, das ist auch schlimm, sie wäre heute so alt wie ich.« Wieder schluchzte sie auf.

»Vielleicht finde ich mit Ihrer Hilfe ja meinen Vater«, versuchte Magdalena sie zu trösten.

»Ach, *piccola*«, sie nannte sie wirklich *piccola*, Kleine, »ich habe Ihnen doch schon alles gesagt, was ich weiß.«

»Bitte wiederholen Sie es noch mal! Sie haben sie also nie mit einem Mann gesehen? Keiner, der sie abholte, der sie zurückbrachte?«

»Nein, aber sie suchte nach einem, das habe ich gespürt, sie hat ja immerzu geschrieben in ein Buch, schon beim Frühstück, angesprochen habe ich sie natürlich nicht darauf …«

»Wie lange war sie insgesamt hier?«

»Vier, fünf Tage schätze ich. Dann kam sie eines Nachmittags zurück, sie hatte geweint, war ganz verändert, wütend. Am nächsten Tag reiste sie ab. Ich habe sie nicht gefragt, was ihr widerfahren ist, aber ich konnte es mir denken.« Signora Galetti schnäuzte sich noch einmal. »Hätte ich es doch getan, dann könnte ich Ihnen etwas mehr sagen!«

»Hat sie etwas von einem Paolo erzählt?«

»Ich befürchte nicht, *piccola*!«

Mit nackten Füßen stand Magdalena eine Stunde später neben der Badewanne im dunklen Garten, die Lotosblumen trieben wieder oben an der Kante, die Wanne war durch die Regenflut übergelaufen und hatte den Grasboden aufgeweicht. Sie fror, sie wollte frieren, es war richtig so, so konnte sie sich den Nebel, die Feuchtigkeit und die herbstliche Kälte besser vorstellen. Ein kaltes Zimmer, klamme Bettwäsche, fröstelnde Schauer, die den Rücken hinunterliefen. Mit einem breiten Wollschal um den Bauch war ihre Mutter losgezogen, jeden Morgen, um den Vater ihres Kindes zu suchen. Die Traurigkeit kroch zusammen mit der Kälte an Magdalenas Beinen hoch. Wann hatte Heidi die Schwangerschaft bemerkt? Hatte sie sich morgens vor den Vorlesungen übergeben müssen? Wenn es ein One-Night-Stand gewesen wäre, hätte Heidi bestimmt abgetrieben, von einer kurzen bedeutungslosen Affäre wollte man doch kein Kind … Magdalena streichelte sich unwillkürlich über den Unterleib. Es war seltsam, über die Möglichkeit einer Abtreibung nachzudenken, der man selbst zum Opfer gefallen wäre. Wann hatte Heidi es ihren Eltern gesagt? Was haben sie ihr geraten? Haben sie überhaupt miteinander gesprochen? Ich muss morgen unbedingt zu Matteo und ihm von der Pension erzählen, aber vorher werde ich endlich Opa Rudi anrufen und mithilfe des Boxer-Ehrenworts alles aus seinen Erinnerungen herauspressen, was an Informationen zu holen ist. Vielleicht wird er mich irgendwann sogar auch verstehen und mir verzeihen.

»Paolo«, sagte Magdalena laut in den dunklen Garten. Paolo aus Livorno, das war ein verdammt bescheidenes Ergebnis nach über zwei Monaten! In einer Woche war der erste August. Die Insel platzte schon jetzt aus allen Nähten, und es sollte noch voller werden. Ein Auto kam den Berg heraufgefahren, Robertos Wagen, jetzt schon? Der Regen hatte aufgehört, alles tropfte, die Oleanderbüsche glänzten im spärlichen Licht, das aus ihrem Kämmerchen fiel. Auch wenn der Strom in seiner Strandbar nicht ausgefallen sein sollte, lief heute Abend wahrscheinlich nicht mehr viel, und er konnte seine Angestellten ausnahmsweise mal allein lassen. Er beschwerte sich immer über sie: Barbara, Vincenzo und Carlos, der unfähige Kumpel aus seinem Heimatland Argentinien, der neulich die Eismaschine in die Luft gejagt hatte. Komisch, heute freute sie sich gar nicht, dass Roberto kam, sie hätte lieber in Ruhe auf dem Bett gelegen und zum hundertsten Mal die Fotos ihrer Mutter betrachtet.

Aus dem Haus hörte sie Tangomusik. Roberto kam nie zu ihr in die Kammer, er benahm sich, als ob es das Zimmerchen gar nicht gäbe, als ob er allein im Haus wäre. In den vergangenen Wochen hatte sie das oft gekränkt, doch heute sah sie es anders. Sie war nicht verpflichtet, ihn zu begrüßen, und konnte sich ganz unabhängig fühlen.

»Was machst du denn hier draußen?« Roberto stand plötzlich neben der Wanne. Magdalena griff sich an die Kehle, meine Güte, wie konnte er sie nur so erschrecken!

»Du bist ja ganz nass, willst du unbedingt krank werden?« Er führte sie ins Haus.

Als sie später neben ihm im Bett lag und seine klaren, im Schlaf entspannten Gesichtszüge studierte, kam das traurige Gefühl aus dem Garten auf einmal wieder hoch, dabei hatte Roberto sie sogar gerade gebeten, die Nacht neben ihm zu verbringen wie ein Liebespaar. Hatte sie sich das nicht jeden Nachmittag gewünscht? Jeden Nachmittag, wenn sie ihn beim Duschen pfeifen hörte, ihm dabei zusah, wie ernsthaft er eins seiner identischen Hemden wählte, ernüchtert zuhörte, wie er die Tür hinter sich zuwarf, dann seinen Jeep startete und garantiert schon nicht mehr an sie dachte. Sich allein nach der Arbeit ohne ihn in sein Bett zu legen, hatte sie nie gewagt, es wäre gegen die Abmachung, die sie wortlos getroffen hatten. Sie sollte ihn ab und zu zum Lachen bringen, aber nicht den ganzen Tag putzen; also versuchte sie, die begehrenswert andersartige, unkomplizierte Deutsche zu sein, und erledigte das Putzen, wenn er nicht da war. Ansonsten keine Verpflichtungen.

Magdalena schlug das Laken zurück. Vorsichtig, um die Champagnergläser nicht umzuwerfen, suchte sie sich einen Weg zwischen verstreuten Schuhen, ihrer Unterwäsche und Handtüchern hindurch. Champagner trinken wurde irgendwann auch langweilig. »Verwöhnte Ziege …«, murmelte sie und hob die hochhackigen Wildlederpumps vom Boden auf, die Roberto an ihr so aufregend fand. Sie hatten heiß geduscht und sich dann in den Nahkampf geworfen, irgendwie zärtlicher als sonst, er hatte sie sogar anders geküsst, richtig geküsst, ein bisschen, als ob er ihr seinen Mund, seine Zunge freundlich überlassen würde. Na also, wenn das kein Grund war, glücklich zu sein. Sie seufzte, schlüpfte in ihr Kämmerchen, legte sich ins Bett und versuchte, einige Antworten im Gesicht der jungen Heidi zu finden.

35

Die Blätter des Feigenbaums an der Kirche waren durch den Regen ganz blank gewaschen, die Feigen waren fast reif, sie dufteten in der Sonne wie Honig, einige waren schon heruntergefallen und aufgeplatzt, Wespen schwirrten dicht über dem Boden oder nagten begierig an dem dunklen, körnigen Fruchtfleisch. Bald konnte sie ernten. Magdalena betrachtete ihr Gesicht im Seitenspiegel des Rollers, Holger drängte sie, zum Nachschneiden vorbeizukommen. Warum eigentlich? Ihr Haarschnitt sah immer noch gut aus. Sie kippelte den Roller von einer Seite zur anderen, wie ein schaukelnder Bulle beim Rodeo, freihändig, ohne eine Hand am Lenker, ging es auch. Bald hatte sie Roberto so weit. Er war erstaunt gewesen, sie heute Morgen nicht in seinem Bett anzutreffen. Wenn sie nicht mehr bettelte, würde er ihn ihr geben, seinen hübschen, hübschen Robertino. Sie startete den Roller, da klingelte das Handy, ANRUF RUDI. Schnell setzte sie den Helm ab und stellte den Roller wieder aus.

»Rudi! Guten Morgen!«

»Magdalena! Na, guten Morgen ist gut um diese Zeit, wie geht es dir, mein Kind? Das passt ja, dass ich dich erreiche, ich muss nämlich gleich weg, mein Ticket abholen und alles besprechen. Rosemarie und ich machen eine Wolgafahrt! Zehn Tage auf einem Schiff!«

Magdalena atmete tief durch. Nichts überstürzen, ihn erst mal erzählen lassen.

»Hört sich gut an. Wer ist Rosemarie?«

»Das ist die Dame aus den neuen Markthallen.«

»Mit der du immer Kaffeetrinken gehst.«

»Mmmh. Ja.«

»Das muss dir doch nicht unangenehm sein.«

»Ach, in meinem Alter, ich benehme mich wie ein Oberterti-aner.« Wie alt war noch mal ein Obertertianer? Magdalena hat-te Rudis altertümliche Einteilung der Schuljahre nie verstanden. Er druckste herum, bevor er weiterredete: »Wir haben uns an-gefreundet, und es sind ja noch zwei Wochen Ferien, und da hat sie mich fast so 'n bisschen überredet, weil ihr die Freundin abgesprungen ist.«

»Du wirst das schon richtig entscheiden. Wenn sie dir gefällt und der Gedanke an zehn Tage mit ihr in der Kabine dich nicht nervt, dann mach das klar ...« Mach *sie* klar, hätte sie beinahe gesagt. Zu viel Sex mit Roberto.

»In der Kabine!? Meinst du, ich muss mit ihr in die Kabi-ne?!«

Magdalena lachte lauthals los. »Du musst nicht, du darfst vielleicht, Rudi!«

»Tja!« Er klang ratlos, überrumpelt.

»Da hinein, in ihre Kabine, hat sie dich sozusagen eingela-den, mit dem Ticket der Freundin! Du weißt doch, die Frauen wählen aus.«

»Ist das so?«

»Ja!« Bei allen anderen schon, dachte Magdalena. Rudi lach-te, jetzt plötzlich sehr jung und beinahe verwegen. Keck, hätte Oma Witta gesagt. Frag ihn, das ist ein guter Moment.

»Rudi?«

»Mach dir keine Sorgen! Manchmal denke ich, wenn ich

jetzt in meinem Alter nicht darauf pfeife, was die anderen denken, wann dann?«

»Da hast du absolut recht!« Er kicherte glücklich wie ein kleiner Junge, der soeben die Erlaubnis für einen Schulausflug erhalten hatte.

»Ich muss dich etwas fragen«, schnell, bevor sie der Mut verließ, fuhr sie fort, »wann hast du von Heidis Schwangerschaft erfahren, habt ihr versucht, ihr das auszureden, ich meine, die Schwangerschaft? Und weißt du nicht doch etwas von meinem Vater und willst es mir jetzt sagen, bitte?« Magdalena atmete endlich wieder ein, die Fragen hatten ihr seit Kindertagen auf der Seele gelegen. Genauer gesagt, unterhalb des Zwerchfells hatten sie gelegen, dort, zwischen Brustkorb und Magen, wo sie sich ihre Seele als Kind immer vorgestellt hatte, und nun waren sie endlich raus und hinterließen ganz viel freien Raum.

Er schwieg lange. Nervös tastete Magdalena in der Innentasche ihrer leichten Jacke, ein paar Kaugummipapiere, ein paar Münzen, und da war ja auch der Lippenstift von Holger.

»Rosemarie hat gesagt, ich bin manchmal zu verbohrt.« Was hatte jetzt diese Rosemarie damit zu tun? Sie hörte ihn schnaufen. Endlich sprach er weiter.

»Heidi hat nichts gesagt. Nur dass die Sache für sie beendet ist, dass es keinen Vater gibt.«

»Wann war das? Nachdem sie im Herbst aus Elba zurückkam?« Sie hörte, wie er stutzte.

»Das weißt du also schon.«

»Ja.«

»Witta und ich glaubten ja, dass sie ihn getroffen haben musste, denn danach war sie ganz verändert, ganz klar, ganz entschieden, hat nichts mehr hören wollen, sich nur noch auf sich konzentriert und auf dich in ihrem Bauch. Wie ein angeschlagener Boxer war sie, der sich hochkämpfte, um die letzte Runde doch noch zu gewinnen.«

»Was hat sie nicht mehr hören wollen?«

»Er hat Heidi Briefe geschickt, nach Freiburg. Die hat Witta mal in ihrem Zimmer gesehen, sind aber alle weg, sie hat sie nach deiner Geburt verbrannt, das hat sie uns erzählt.«

»Warum, was ist da passiert? Hat er sie betrogen?«

»Ich weiß es wirklich nicht, mein Kind!« Ich bin nicht dein Kind, ich bin *sein* Kind, dachte Magdalena mit einem Mal wütend, aber du hast dich ja nicht darum gekümmert, dass ich wenigstens noch meinen Vater habe! Sie ballte die Faust um den Lippenstift.

»Er hat sogar mal bei uns angerufen!«

»Nein!«

»Witta hat mit ihm gesprochen, deine Oma konnte ja ein bisschen Englisch.« Das erzählst du mir erst jetzt? Magdalena presste sich die Hand auf den Mund, um nicht laut loszuschreien, dann schleuderte sie Holgers Geschenk, so weit sie konnte, von sich. Es landete irgendwo im Gebüsch nahe der Kirche unter dem Feigenbaum. Sie fühlte sich kein bisschen besser.

»Er hat sich nur entschuldigt, entschuldigt, immer wieder entschuldigt, *Sorry, I'm so sorry,* das sollten wir ihr ausrichten.«

»O Scheiße!«, entfuhr es Magdalena, ein paar *Sorry* von ihrem Vater, das war ein großartiges Fazit!

»Wir haben noch oft über diesen Anruf gesprochen, auch nach Heidis Tod.«

»Aber einen Namen hat er natürlich nicht gesagt.«

»Doch. Das hat er. Paolo. Paolo hieß er.«

Zwanzig Minuten später hatte Magdalena den Lippenstift endlich wiedergefunden, sie war sich nicht mehr sicher, warum sie ihn überhaupt weggeschmissen hatte. Sie hasste diese unnötigen Wutanfälle, sie hasste ihren Vater und die Zufälligkeit, mit der sie entstanden war, sie hasste den Lastwagenfahrer, der zufällig nicht aufgepasst und dadurch ihre Mutter umgebracht hatte. Was sollte sie als Nächstes tun? Sie hatte keine Ahnung. Sie fuhr einfach los, zunächst nach Marina di Campo. Ohne ins *Il Vizio* hineinzuschauen, preschte sie einmal an der Strandpromenade entlang, sie wusste, dass Roberto dort stand. Der Letzte, der ihr jetzt helfen konnte. Sie fuhr weiter, Richtung Cavoli, Fetovaia, machte die ganze Riesenrunde an Sant'Andrea vorbei bis nach Marciana Marina, auch dort blieb sie nur kurz stehen, um über den Hafen mit seiner derben Mauer und dem mächtigen Pisanerturm zu schauen. Noch immer hatte sie keine Lösung gefunden, sollte sie »Paolo, wo bist du?« unter ihre Fotokopien schreiben, die inzwischen auf der gesamten Insel von den Laternenpfählen blätterten? Sie hatte es satt! Sie mochte nicht mehr. Wütend gab sie Gas und kurvte weiter die Küstenstraße entlang. In Procchio rollte sie die Via del Mare hinunter und sah Olmo mit zwei Speisekarten an einem der Tische vor dem *Il Giramondo* stehen. Sie winkte ihm zu, er winkte erfreut zurück, entweder, er hatte sie unter ihrem Helm nicht erkannt, oder er konnte sich schon gar nicht mehr an sie erinnern. Die Welt war ein trauriger Ort, wer hatte das noch mal gesagt?

Am Strand konnte sie sich tatsächlich überwinden, den Roller abzustellen, ihre Badetasche aus dem Sitz zu holen, das Handtuch auf dem Sand auszubreiten und sich daraufzusetzen. Bewegungslos saß sie so im Schneidersitz, fünf Minuten, zehn Minuten. Die Sonne knallte auf ihren Kopf, ins Wasser mochte sie nicht, sie konnte sich noch nicht einmal aufraffen, ihren Bikini anzuziehen. Sie streckte ihre braunen Beine, packte alles wieder ein und fuhr langsam den Weg hinauf. Ein kurzer Sprung hinein zu Holger? Lieber nicht, Holgers kleiner Salon lief gut, sehr gut, er hatte bestimmt eine Kundin auf dem alten Friseurstuhl sitzen, da störte sie nur. Familien kamen ihr entgegen, kleine Kinder in Karren oder an der Hand der Eltern. So habe ich mir das nicht vorgestellt, schienen die Blicke der Väter zu sagen, die Strandstühle, Sonnenschirme und Kühltaschen schleppten und deren Blicke Magdalenas Figur für einen Moment streiften. Wie gierig ihr seid, wie hechelnde Pinscher, dachte Magdalena angewidert, immer auf der Suche, euch weiter zu vermehren, dabei stolpern die Früchte eurer Geilheit schon vor euch her.

Sie kaufte sich eine große Flasche Wasser und setzte sich wieder in Bewegung, nur fahren, unterwegs sein, nicht denken müssen! Vor dem *POLO* standen drei Autos und gaben Auskunft wie eine Anwesenheitsliste: Nina, Evelina, Mikki und vermutlich auch Matteo, alle waren zu Hause. Wahrscheinlich hatten sie gestern Nacht trotz des Unwetters im *Club 64* gearbeitet und verschliefen jetzt die Mittagshitze. Magdalena parkte den Roller. Warum? Das Wort war wie ein Labyrinth in ihrem Kopf, in dem sie sich immer wieder verlief. Was tat sie noch hier? Unschlüssig stieg sie die Stufen hinauf. Sie würde ihn nie finden. Wie denn auch? Einen Paolo aus Livorno, der vor einunddreißig Jahren einen Sommer auf der Insel verbracht hatte. Aussichtslos. Hirnrissig.

Die Hängematte lag im Schatten, sie war vom nächtlichen Regen noch feucht. Magdalena ließ ihre Tasche und die Wasserflasche hineinfallen und inspizierte das Gelände. Sie kontrollierte die Blätter der Zitronenbäume, macht einige Stichproben, keine Tierchen, keine Spinnmilben, kein klebriger Belag, die Bäume waren in Ordnung. Dein blödes Gift hat es geschafft, Matteo. Sie ging auf die Mauer zu. Hier musst du aber noch mal nachlegen. Magdalena schüttelte den Kopf, die Brombeerranken versuchten in der feuchten Erde tatsächlich

schon wieder auszutreiben, die gaben nicht so schnell auf.
Auch die neu gepflanzten Oleanderbüsche waren durch das
Gewitter ordentlich gegossen worden, die Tanzfläche war
übersät von Piniennadeln und abgebrochenen kleinen Zweigen, aber sonst leer. Wahrscheinlich hatte Matteo die Tische
rechtzeitig hineingetragen. Sie setzte ihren Rundgang fort, die
Grillen saßen wie immer irgendwo in den Pinien und sägten
mal leiser, mal lauter, es roch nach Harz, fruchtbarer Erde und
warmem Holz. Die Palmen im *giardino* sahen immer noch aus
wie zerrupfte Ananas, aber der Kies war sauber abgeharkt, der
Lavendel streckte seine bläulichen Blüten an langen Stängeln in
die Sonne und wurde von Hummeln und Bienen attackiert.
Magdalena warf einen scheuen Blick zur Terrasse, nichts rührte
sich da oben, nicht einmal die Wäscheleine bewegte sich. Sie
schlenderte zurück und nahm einen langen Zug von dem eiskalten Wasser aus der Flasche. Durch die Kohlensäure bekam
sie sofort wieder Schluckauf. Hicksend ging sie zwischen den
Pinienstämmen hindurch und stutzte. Auf der rechteckigen Fläche inmitten der grauen Kieselsteinchen lagen vier Bälle, beim
Näherkommen sah sie, dass es sich um Holzkugeln handelte,
Bocciakugeln, zwei rote, eine gelbe, eine blaue. Sie waren alt,
die Farben waren blass und abgeschlagen, sie waren wunderschön. »Schafe!«, sagte sie leise und ließ laut rülpsend die Kohlensäure wieder raus.

»Mahlzeit!«

Magdalena drehte sich erschrocken um und spürte, wie sie
rot wurde.

»Matteo! *Scusa*, ich wusste nicht, dass du wach bist!«

»Jetzt wäre ich es spätestens … bei der Lautstärke.«

Sie bückte sich, um die Holzkugeln in die Hand zu nehmen.

»Solche hatte ich auch, das waren meine Schafe, ich habe
sie stundenlang mit dem Kricketschläger zusammengetrieben,

quer über den Rasen, und hinten an der Kellertreppe war ihr Stall ...«

»Wenn du in Ruhe ›Schafe‹ spielen möchtest, gehe ich wieder. Ich habe sie gestern in Capoliveri gefunden, da war ein Trödelmarkt, bevor dann das Gewitter kam. Nina hat sich eine alte Polaroidkamera gekauft und einen Stapel Filme, leider alle nicht mehr zu gebrauchen.«

»Wie geht es Nina? Ich sehe sie gar nicht mehr!«

Matteo strich sich mit der flachen Hand über den Hinterkopf. »Ganz gut so weit. Und wie ist es bei dir?«

»Ach, Matteo!« Für einen kurzen Augenblick hatte sie durch die Pflanzen im Park und die vier Holzkugeln ihre gereizte Stimmung vergessen.

»Das weißt du ja noch gar nicht, meine Mutter war wirklich damals im November hier auf der Insel, ich habe gestern zufällig die Pension gefunden, direkt in Procchio.« Bemüht, ihre Stimme nicht allzu bedrückt klingen zu lassen, erzählte Magdalena ihm von Signora Galetti und auch von dem Anruf ihres Großvaters.

»Und es war dieser Paolo, Opa Rudi konnte sich tatsächlich noch an den Namen erinnern, es war wirklich dieser Paolo, er hat angerufen, um sich zu entschuldigen!« Sie schaute ihn an und versuchte zu lachen: »*I'm so sorry!* Er ruft an, um sich zu entschuldigen, dass er mich gemacht hat!« Sie wandte sich ab, um ihn die Tränen nicht sehen zu lassen, die in ihre Augen stiegen. Es tat weh, es brannte so stark, dass sie kaum mehr atmen konnte. Alles an Einsamkeit und Verlassensein, all diese bekannten Gefühle sammelten sich plötzlich in ihren Lungen und schmerzten.

»Und nun?«, fragte Matteo leise.

»Nichts! Ich gebe auf, ich kann doch nicht einem Paolo aus Livorno hinterherrennen, Livorno hat wie viele Einwohner?

Hunderttausend? Hundertfünfzigtausend? Das ist doch utopisch, den zu finden. Ich geb's auf«, wiederholte sie. »Verdammter Mist!« Und weil ihr jetzt schon wieder die Tränen kamen und alles so aussichtslos war, schmetterte sie die blaue Holzkugel, die sie noch in der Hand hielt, mit voller Wucht gegen die Mauer. Sie zerbrach mit einem trockenen Krachen in zwei Teile.

»O nein!« Sie eilte auf die Mauer zu und hob die Hälften vom Boden auf, etwas Erde klebte daran.

»Machst du das immer so?«, fragte Matteo hinter ihr.

»Ja.«

»Darf man wissen, warum?«

»Weil ich blöd bin! Ausgerechnet das blaue Schaf! Ich klebe das wieder.«

»Du musst doch diese alte Holzkugel wegen mir nicht wieder zusammenflicken ...«

»Doch!«

Jetzt heulte sie wirklich, sie stand mit dem Gesicht an der Mauer und weinte mit bebenden Schultern, und auch der Schluckauf meldete sich wieder.

»Magdalena! Jetzt komm aus der Sonne, und ich erzähle dir etwas, wofür es sich auszahlt zu weinen!« Sie schaute ihn misstrauisch an und wischte sich mit den Händen über das Gesicht. Machte er sich über sie lustig? Er schnappte sich den Schemel mit den drei Beinen und ging zur Hängematte. Setz dich rein, forderte er sie wortlos auf. Gehorsam zog sie die Matte auseinander und setzte sich so aufrecht wie möglich quer in das feuchte Tuch. Sie bemühte sich, nicht zu schaukeln. Matteo sah sie an, er saß kaum einen Meter entfernt.

»Keine Familie zu haben ist nicht schön, man vermisst wahrscheinlich das ganze Leben lang etwas.« Magdalena nickte.

»Na ja«, sagte sie mit belegter Stimme, »ich hatte ja meine

Großeltern, alle beide, eine ganze Zeit lang. Als Oma Witta starb, da war ich schon dreizehn. Und ich hatte Fotos von meiner Mutter und Geschichten von ihr, jede Menge Geschichten.« Die hochgezogenen Augenbrauen von Matteo ermutigten sie weiterzusprechen.

»Ich will eine Heidi-Geschichte!, habe ich abends gesagt, als ich klein war. Und sie haben mir Heidi-Geschichten erzählt. Wie Heidi den Korb mit den Ostereiern umwarf, wie Heidi sich in einem Jahr auf das Sofa legte und Weihnachten boykottierte, wie Heidi mal vom Klettergerüst fiel und eine Gehirnerschütterung hatte. Ich wollte das immer und immer wieder hören. Und sie haben es immer wieder erzählt. Es war in Ordnung.« Magdalena schluckte, im Moment fühlte es sich wirklich ganz in Ordnung an.

»Es wird schon dumm sein, so was zu vergleichen, aber eine Familie zu haben und sie dann auf einen Schlag zu verlieren, ist vielleicht noch schlimmer«, fuhr Matteo fort. In Magdalenas Kopf ratterte es. Wer, wer hat seine Familie verloren, er selbst? Nein, nicht er, Nina! Es musste Nina sein, ach, bitte nicht! Doch Matteo erzählte schon weiter: »Er war mein bester Freund, nicht mein ältester, aber mein bester, Sergio Buonaforte, ich hatte ihn beim *militare* kennengelernt. Er war reich, seine Familie lebt in Rom, seinem Vater gehört unter anderem ›Cicco-Caffè‹.« Magdalena nickte, natürlich kannte sie die Kaffeefirma mit der roten Bohne. In der Bar schenkten sie diesen Kaffee aus, Tassen, Untertassen, alles war von »Cicco-Caffè«.

»Sergio war ein liebenswerter Typ, gut gelaunt, ein Macher, so nennt man das doch, oder? Aber manchmal war er auch das Gegenteil.« Matteo stützte seine Ellbogen auf die Knie und verbarg sein Gesicht in den Händen.

»Ich habe dir ja schon erzählt, dass ich Nina aus meinem Dorf kenne und in Rom wieder getroffen habe, wir sind oft zusammen unterwegs gewesen, ihre Freunde, meine Arbeitskollegen aus den Filmteams – das passte irgendwie. Und eines Tages habe ich sie mit Sergio bekannt gemacht.« Magdalena beugte sich vor, ihre Augen vor unguter Erwartung zu schmalen Schlitzen zusammengekniffen.

»Sie haben sich gesehen, ineinander verliebt...«, Matteos Stimme wurde immer leiser, »und noch bevor er ihren Nachnamen wusste, war sie schon schwanger mit Sofia, ihrer Tochter.« Er flüsterte jetzt nur noch: »Sag bitte niemals diesen Namen zu ihr!« Magdalena lief ein kalter Schauer über den Rücken, aber nicht, weil ihr T-Shirt ein wenig feucht von der Hängematte war.

»Ich wusste, dass Sergio manchmal nicht so gut drauf war, dass er Depressionen hatte. Meistens hat er sich dann verzogen, ist einfach abgehauen. Nina hat es nicht bemerkt, sie dachte, er brauche eben eine Auszeit. Und ich habe ihr den wahren Grund nicht gesagt, das wirft sie mir bis heute vor. Sofia war erst ein Jahr alt, als Sergio sie ... als er mit ihr ... er hat sie von seinen Eltern abgeholt und ist dann mit ihr verunglückt. Nina war das erste Mal mit einer Freundin für zwei Tage weggefahren, ein bisschen Erholung vom Babystress. Das kann sie sich bis heute nicht verzeihen.«

»Das ist entsetzlich«, flüsterte Magdalena und schaute ihn von unten an, »aber warum macht sie *dir* wegen des Unfalls Vorwürfe?«

»Weil man nicht weiß, warum es überhaupt zu dem Unfall kam. Er ist am helllichten Tag gegen einen Baum gefahren, da war rundherum nichts, nur dieser Baum. Kein Versagen der Bremsen, kein anderer technischer Defekt.« Er schüttelte den Kopf und richtete sich wieder auf.

»Damit muss Nina auch noch leben, diese Ungewissheit kommt noch zu aller Trauer, zu allen Schuldgefühlen hinzu.«

»Dass es Absicht gewesen sein könnte? Nein! Das glaube ich nicht! Das würde doch niemand ... würde man? Mit dem Kind im Wagen ...?« Matteo zuckte die Achseln. Magdalena presste die Luft aus ihren Lungen. »O Gott!«

»Wir hätten aus Rom weggehen sollen, nach Hause, in unser Tal oder sonst wohin, überall wäre es besser gewesen, aber sie wollte unbedingt bleiben, klammerte sich an die Wohnung, in der sie unerträglich schöne Stunden erlebt hatte, und ich auch. Wo das große Bett auch nach Wochen noch von Sergio zerwühlt war, das Haus voll Babyduft, obwohl die Kinderzimmertür geschlossen blieb.«

Magdalena schluchzte auf, sie presste ihre Fäuste in die Augenhöhlen, bis es wehtat, sie weinte für Nina, sie weinte um die kleine Sofia, um Sergio, um die leeren Betten und die geschlossene Kinderzimmertür, bis sie Matteos Arm auf ihrer Schulter spürte.

»An dem Tag, an dem ich sie völlig weggetreten vor der Tür des Kinderzimmers liegen sah, die Fingerspitzen so daruntergeklemmt, dass sie schon ganz blau waren, habe ich sie aus der Wohnung rausg'schliffen. Ich wollte sie in eine Therapie bringen, aber sie wollt nicht.« Magdalena schaute fassungslos in sein bartstoppeliges Gesicht. Er stand von seinem Schemel auf und schlug mit der Faust gegen den Pinienstamm, an dem das Fußteil der Hängematte befestigt war. Sie wagte nicht zu atmen.

»Das alles passierte vor zwei Jahren, und wenn du sie so siehst, denkst du, es ist alles in Ordnung. Aber nix ist in Ordnung, GAR NIX!« Die letzten Worte hatte er geschrien. Magdalena stand ungelenk aus der schwankenden Hängematte auf, im Stehen waren Matteos Wut und seine Trauer besser auszuhalten.

»Ein Jahr lang hat sie versucht, sich umzubringen, irgendwie

zu sterben, auf Raten. Hat gesoffen, irgendwelche Trips einge-
schmissen, Ecstasy, keine Ahnung, sie zog nachts um die Häuser und hatte ständig andere Typen. Ich glaube, sie legte es darauf an, sich mit Aids zu infizieren oder von irgendeinem Irren
erstochen zu werden! Ja! Schau mich nur an! Genau so war es!«

Magdalena hob die Hände: »Ich glaube dir ja!«

»Ich war nämlich dabei, ich habe versucht, sie zu schützen,
vor sich selbst. Du hast keine Ahnung, was ich alles mit ihr erlebt habe, ständig musste ich sie irgendwo abholen – von der
Polizeiwache, von der Unfallstation –, irgendwann war ich total fertig.« Magdalena war ganz schlecht.

»Und dann?«

»Habe ich ihr ein Ultimatum gestellt: Entweder gehen wir
aus Rom weg, oder ich haue ab! Das war letzten Sommer, also
sind wir auf Elba gelandet. Auf einer kleinen Insel hast du ganz
schnell den Ruf einer Hure, habe ich ihr gesagt. Elba ist nicht
so groß wie Rom, da kannst du nicht jeden Abend mit einem
anderen mitgehen. Dann bin ich eben Hure, hat sie geantwortet, daraufhin habe ich ihr eine geschnellt.« Matteo hob die
Hände. »Ein einziges Mal! Danach hat sie sich dann ein bisschen zusammengerissen.«

Magdalena starrte auf den mit Piniennadeln bedeckten Boden. Jetzt verstand sie Ninas Tagebucheintragungen aus dem
letzten Jahr, deswegen hatte sie sich nur mit Männern eingelassen, die kurz darauf die Insel verließen.

»Und dieses Jahr? Passt du immer noch auf sie auf.«

»Ja, scheint so. Neulich, als ich sagte, es sei ein schlechter
Tag ...«

»Das war der Todestag«, murmelte Magdalena.

Matteo rieb sich die Schläfen, als ob er starke Kopfschmerzen hätte. »Wir sind zu einer kleinen Kapelle gewandert, hoch
oben am Steinbruch, ich wollte, dass sie endlich richtig trauert.

Wir haben Blumen mitgenommen und haben geweint, gelacht, haben uns erinnert. Das ist ein ziemlicher Scheiß, den wir da mit uns herumschleppen! Den werden wir nie mehr los!«

»Ich verstehe«, sagte Magdalena leise, »meine Geschichte kommt dir dagegen natürlich unbedeutend vor.«

»Maddalena«, sagte Matteo, und sein Blick war gequält, »nichts in deinem Leben ist unbedeutend, aber benimm dich bitte nicht so, als ob du das Unglück für dich gepachtet hättest.« Mit diesen Worten drehte er sich um und ging.

36

Magdalena suchte das Zimmer nach ihrem BH ab, endlich entdeckte sie ihn über dem Kopfende des Bettes, lächerlich, wie hindrapiert hing er da. Im Film bedeuteten lässig hingeworfene Dessous, ja, sie haben es getan. Roberto mochte es, wenn sie ihn anließ, manchmal tat sie ihm den Gefallen, manchmal nicht. Sie hakte ihn zwischen ihren Schulterblättern zu und drehte sich vor dem schmalen Spiegel in Robertos Schrank. Heute Abend würde sie Walter endlich sagen, dass sie in der Bar aufhörte, dass sie zurück nach Deutschland musste. Diesen Vorsatz hatte sie in den letzten Tagen an jedem Abend, wenn sie sich für die Arbeit fertig machte, gefasst, doch dann hatte sie keinen Ton herausbekommen, sondern begonnen, die Tische abzuwischen, die Chips aus dem Innenhof zu fegen und den Obstsalat für Cristina zuzubereiten, um für den bevorstehenden Ansturm gewappnet zu sein.

Die letzten Tage waren wie in Trance vergangen, in der Hitze verrührten die Stunden sich zu einem Brei, zum Denken war es zu heiß. Sie dachte nicht nach, warum auch, sie wusste, welche Handgriffe zu tun waren. Selten, wenn ihr untätiges Gehirn ansprang wie ein quietschender Deckenventilator, betrachtete sie sich selbst in kurzen Momentaufnahmen, für mehr reichte es nicht. Sie sah sich bei Fahrten auf dem Roller, hin zur Bar bei

Sonnenuntergang, zurück nach Hause unterm Sternenhimmel, beim Duschen in Robertos Dusche mit Wasser, das in den letzten Wochen immer bräunlicher und salziger geworden war, beim Anziehen vor dem Spiegel, mit den weißen Streifen des Bikinis auf ihrer braunen Haut, bei der Arbeit, die sie Tabletts schleppend, kassierend, mit zehn parallel laufenden Bestellungen im Kopf zwischen Innenhof und Tischen auf der Straße zubrachte. Nachts trank sie am Küchentisch sitzend zwei kleine Flaschen »Du Démon«, französisches Bier, damit sie leichter in den Schlaf gleiten konnte, mittags wachte sie mit verklebten Lidern auf und fuhr nach Procchio oder Marina di Campo an den Strand. Manchmal aß sie vorher sogar zusammen mit Roberto einen Reissalat. Sie kaufte sich italienische Frauenzeitschriften, die sie Wort für Wort las. Ihr Italienisch wurde besser, sie konnte neben körnigen Paparazzi-Fotos lesen, wie die Schauspielerin hieß, mit der Fußballstar Tonio Lucamante knutschend im Auto überrascht worden war, und wusste, wie viele außereheliche Kinder der große ehrenhafte Fernsehmoderator Pippo mittlerweile hatte. Nach dem Strand verbrachte sie ein Stündchen mit Roberto in seinem Bett, sie ließ sich von ihm wie auf einem Massagetisch durchkneten, biegen und falten, wobei sie manchmal beide auf dem Boden landeten, dann war es auch schon wieder Zeit, arbeiten zu gehen bis nachts um zwei. Sie wischte freiwillig den Fußboden und half Franco, Getränke aufzufüllen, um noch später in ihr Kämmerchen zurückzukehren. Tagsüber hörte sie Radio Elba, sie wollte Stimmen um sich haben, sie wollte nicht nachdenken. Wenn sie nicht nachdachte, vermisste sie auch nichts.

Heute Nachmittag hatte sie etwas Besonderes vor, auf das sie sich schon seit Tagen freute, sie war bei Antonello eingeladen. Lange überlegte sie hin und her, was sie anziehen sollte, wählte schließlich das dunkelrote Kleid und schminkte sich ein bisschen mehr als sonst.

Als sie auf der Terrasse in einem zweiten Liegestuhl neben Antonello lag, selbst gemachte Zitronenlimonade trank und in den Garten schaute, fühlte sie sich seit Langem endlich wieder völlig klar. Antonello erzählte noch einmal von dem Sommer, in dem er Heidi kennengelernt hatte, er wiederholte die Sätze, die Magdalena schon kannte, und sie konnte beobachten, wie er hinter der straff gespannten Haut seiner Stirn nach neuen Einzelheiten suchte, die wertvoll für sie sein könnten.

»Diese Skulpturen in deinem Garten gefallen mir sehr«, sagte Magdalena, als Antonello zum dritten Mal von Heidis blonden, ungekämmten Haaren anfing, »ich mag es, dass sie ein bisschen versteckt stehen, wer hat die gemacht?« Antonello lächelte entschuldigend und strich über die leichte Decke, unter der sein magerer Körper verborgen war.

»Ich habe das Haus von einem polnischen Bildhauer gekauft, zusammen mit einem Teil seiner Werke. Er ist Anfang der Neunziger gestorben, Slawek Wajda hieß er, heute sind seine Skulpturen richtig wertvoll. Der Torso mit den Flügeln vor dem Haus, das halbe Gesicht, die beiden Figuren vorne beim Pool, die sind alle von ihm, und im Atelier steht noch mehr. Edmondo soll gleich mal eine kleine Führung für dich machen.«

In der Werkstatt schaute Magdalena sich mit staunenden Blicken um, es war ein wunderschöner hoher Raum, der an das Haus angebaut worden war, vor den Fenstern zum Garten waren weiße Leinenrollos angebracht, die die grelle Nachmittagssonne aussperrten. Auf breiten Simsen und in den Regalen drängten sich Marmorbüsten, Köpfe, Gipsabgüsse und Fragmente antiker Skulpturen. Zwischen Holzböcken mit halb fertigen Figuren standen zwei lange Tische, Holzkisten und große, unbehauene Steinblöcke, an den Wänden hingen Reliefs aus Gips. Magdalena betrachtete andächtig die aufgereihten Meißel, Holzhammer und Schlageisen mit abgeschrägten Spitzen, wischte dann über einen der höhenverstellbaren Arbeitsböcke und betrachtete ihre Fingerkuppe. Sauber.

»War lange keiner mehr zum Arbeiten hier, oder?«

»Nach dem Letzten haben wir feucht durchgewischt ...«, sagte Edmondo und versuchte zu lachen.

»Antonello hatte in den vergangenen Jahren immer junge Künstler zu Gast, er gab ihnen den Raum und die Zeit, etwas zu erschaffen. Meistens ließen sie etwas zurück. Hier der Fuß von Daniele Muto, heute ist er in Paris und stellt in der Galerie d'Orsay aus. Oder da drüben, die beiden eingewickelten Torsi, ganz frühes Werk von Boris Donato, schon mal von dem gehört?«

Edmondo wirkte nicht besonders enttäuscht, als Magdalena verneinte.

»Ich liebe Skulpturen aus Stein, aber ich könnte nie selbst damit arbeiten, ich glaube, es fehlt mir an räumlicher Vorstellungskraft.«

»Das geht Antonello und mir auch so, doch die jungen Künstler bei uns wohnen und arbeiten zu lassen, hat immer viel Leben in die Bude gebracht. Aber du bist jung, vielleicht solltest du es einfach mal ausprobieren.« Er lachte und tätschelte ihre Schulter: »Es ist schön, dass du ihn besuchen kommst, er war ganz euphorisch deswegen und hatte einen guten Vormittag.«

Einen guten Vormittag, wiederholte Magdalena für sich, Edmondo zählte Antonellos Lebenszeit mittlerweile in halben Tagen und Stunden. Sie setzte sich wieder neben Antonello in den Liegestuhl und redete lange mit ihm über den zugewachsenen Garten des *POLO*, die Rettung der Zitronenbäume und die Zufriedenheit und Ruhe, die das Staudenteilen und Bohnenaussäen zu Hause in Osterkappeln in ihr bewirkte. Nachdem Edmondo ihr einen auffordernden Blick zugeworfen hatte, stand sie auf, um sich zu verabschieden. Magdalena erhielt von Antonello einen bemüht kraftvollen Händedruck, Edmondo umklammerte wieder ihre Hand, als wolle er sie nicht mehr hergeben. »Danke!«, flüsterte er mehrmals, und: »Bis bald!«

Einige Tage hielt Magdalena sich mit der Erinnerung an den Besuch über Wasser und freute sich auf ihr nächstes Treffen mit dem schwulen Pärchen, doch dann unterwanderte eine bisher unbekannte Dauertraurigkeit ihre Bemühungen und kroch tief in sie hinein. Ihr automatisierter Tagesablauf bekam Lücken. Sie konnte nicht mehr länger darüber hinwegsehen, sondern musste sich eingestehen, dass sie die Zitronenbäume und die wunderbar ruhige Atmosphäre des stillgelegten *POLO* vermisste, und auch die Anstrengung, etwas zu tun, die verschwitzten Ruhepausen, die erdigen Hände. Sie vermisste Matteo. Ninas Kochkünste und aufmerksame Blicke. Alles. Sogar Evelina und ihre endlosen Erzählungen über Männer.

Matteo und Nina, das war wie ein unauflösbarer Doppelpack, wollte man den einen, bekam man den anderen dazu. Oder eben keinen von beiden. Das, was Matteo ihr über Nina erzählt hatte, machte Magdalena noch befangener als zuvor, doch sie verstand sie jetzt besser. Nina war süchtig danach, jemandem zu helfen, zu pflegen, zu heilen, etwas Kaputtes wieder ganz zu machen, ein Unglück rückgängig zu machen, als wäre nichts geschehen. Das hatte sie in ihrem Tagebuch eindeutig beschrieben. Ninas letzte Antwort brannte noch immer in Magdalenas Gedächtnis: »Magdalena, weißt du, was?! Lass mich und mein Zeug einfach in Ruh', ja?«

Warum hatte sie nicht lieber versucht, Ninas Vertrauen zu gewinnen, statt heimlich herumzuschnüffeln?

Nina hatte Angst, Menschen zu sehr zu mögen, es spielte keine Rolle, ob Mann oder Frau. Sie hatte furchtbare Angst, jemanden, den sie liebte oder gernhatte, zu verlieren. Das blockierte ihre Freundschaften, ihr Leben. Und das von Matteo auch.

Dann sag ihr das doch mal, aber nein, du machst einen Bogen um den *Club 64* und um jeden Strand, an dem sie sich aufhalten könnte.

Eine Woche später, nachdem ein heißer, endloser Nachmittag in den frühen Abend übergegangen war, stand Magdalena wieder vor dem Spiegel, sie seufzte und zupfte ihre luftige Hose zurecht. Durch das viele Schlaf-Bier hatte sie zugenommen, ihre zwischenzeitlich knochig gewordenen Hüften waren wieder von einer dickeren Schicht umhüllt. Roberto mochte das, er kniff mit Wonne hinein und nannte sie *tonta*. Das war Spanisch und hieß wahrscheinlich »Tonne« oder etwas ähnlich Gemeines.

In der Küche lief das Radio, sie sah auf die Uhr, erst kurz vor sechs. Noch zweieinhalb Stunden, die sie herumbringen musste, bis sie in die Bar fahren konnte. »Mit goldenen Stiefeln an den nackten Beinen, so sah ich dich am Strand, bald gingen wir Hand in Hand ...«, sang Antonello und brachte sie zum Lächeln, sie stellte sich das weißblonde Haar und die ebenso behaarten Beine des Norwegers vor. Thor. Thor aus Oslo. *Uslu.* Vorgestern hatte sie mit Edmondo am Telefon über ihren nächsten Besuch bei Antonello gesprochen, er wollte sie zurückrufen. Doch das hatte er nicht getan. Gestern war nur die Mailbox angegangen. Die Stimme des Radiosprechers wiederholte den Titel: »Antonello Pucciano mit seinem berühmten Hit, *Stivali d'Oro*, der gestern im Alter von nur zweiundfünfzig Jahren in seinem Haus in Florenz gestorben ist.«

Haus in Florenz? Gestorben ist? Antonello war nicht tot! Magdalena sah sein abgemagertes Jungengesicht vor sich, seine kraftlose Hand auf dem Sofa, sah ihn auf der Terrasse liegen und hörte, wie stolz er über die Künstler und ihre Skulpturen redete, mit denen sein Garten bevölkert war. Er durfte nicht tot sein.

Ich muss Edmondo anrufen, dachte sie, ließ den Gedanken aber sofort wieder fallen. Was für eine Vorstellung, sie konnte ihn doch jetzt nicht anrufen, nur weil im Radio solche Nachrichten verbreitet wurden. Warum in seinem Haus in Florenz? War das ein Ablenkungsmanöver? Sie musste sofort nach Capoliveri.

Ohne den Motor des Rollers anzulassen, rollte sie den steilen Weg hinunter, über der einzigen Start- und Landebahn des Flugplatzes hob die letzte Propellermaschine nach irgendwohin ab, der Himmel glühte, als ob er brannte. Taumelig zog der Flieger eine Linkskurve in das unendliche Himmelsrot. Antonello war nicht tot, er konnte doch nicht so schnell gestorben sein, sie hatte ihn doch noch besuchen wollen.

In Capoliveri angekommen, fuhr sie die kleine Sackgasse zu Antonellos Haus hinunter, schon von Weitem sah sie das geschlossene Tor, natürlich, das bewies noch gar nichts. Sie würde klingeln, sie würde ihn sehen, seine Hand drücken. Dann erst entdeckte sie die beiden in weißes Plastik gehüllten Sträuße. Magdalena starrte auf die Blumen. Er war tot. Er war wirklich tot. Der arme Edmondo war jetzt allein, er hatte Antonello so sehr geliebt, dass er mit der Blumenvase in der Hand ihr erstes Gespräch bewacht hatte. Früher als befürchtet hatte Antonello sich »aus dem Staub gemacht«. Er war einer der wenigen Menschen, den sie kannte, der mit Heidi gesprochen hatte, sie waren befreundet gewesen, der schüchterne Junge aus Florenz vor seinem Coming-out und das ungekämmte, schöne Mädchen aus dem roten Zelt. Heidi hatte ihm Mut gemacht. »Meine Seele bekam Flügel.«

Jetzt war er tot. Aber er hatte zufrieden über sein Leben gesprochen. Es war gut. Ich war glücklich.

Wie werde ich wohl mein Leben am Ende zusammenfassen?, überlegte Magdalena. Es war ganz okay? Hätte mehr sein können? Sie konnte jeden Tag die falsche Entscheidung treffen und ihr Leben damit in Schräglage bringen. Müsste sie vielleicht irgendwann einmal sagen: Wenn ich auf Elba nicht die falsche Entscheidung getroffen hätte? Wenn ich nie nach Elba gefahren wäre ... Falls ich auf Elba doch meinen Vater getroffen hätte? Alles konnte falsch sein, alles konnte richtig sein.

Der rote Himmel war hoch wie eine gigantische Kirchenkuppel.

Grüß Heidi von mir, Antonello, nein, küss sie von mir, falls du sie siehst. *Oh Dio*, sie krümmte sich über dem Lenker des Rollers, stoßweise pressten ihre Schluchzer die Luft aus den Lungen, als sie endlich weinte. Hör auf!, befahl sie sich und startete den Roller. Hör doch auf, sie ist schon so lange tot, warum heulst du denn jetzt? Immer wieder neue Tränen wurden vom Fahrtwind waagerecht über die Schläfen bis zu ihren Ohren geweht und dort getrocknet.

Als sie den Roller hinter der Apotheke parkte, war die Haut um ihre Augen vom Salz gespannt, aber sie fühlte sich besser. Heute noch ein letztes Mal, Magdalena klappte die Sitzbank über ihrem Helm zu, morgen sage ich Sara, dass ich im August nicht mehr da bin.

Am nächsten Mittag, kurz bevor der Blumenladen schloss, kaufte Magdalena ein Bund Iris und fünf Callas. Als sie in die Bar kam, hörte sie Antonellos Lied aus den Lautsprechern. Sie biss die Zähne zusammen und warf einen Blick auf die Tageszeitung, die neben dem Tresen auf einem Hocker lag. Dem *Il Tirreno* war Antonello eine große Schlagzeile wert: *Morto il grande Pucciano a Firenze*. Magdalena lächelte, es hätte ihn gefreut, der *grande Pucciano* genannt zu werden.

»Guten Morgen, meine Liebe!« Sara schlurfte, so schnell es ihre Hauspuschen zuließen, an ihr vorbei hinter die Bar, um ein Tablett mit frischen Mandelhörnchen hinter das Glas der Vitrine zu stellen.

»Willst du etwas trinken, *Capúccio? Caffè latte?*« Saras Lächeln zeigte alle Zähne in vorstehender Pracht. Ganz wie am ersten Tag, dachte Magdalena, ich mag ihren toskanischen Akzent. Sie merkte, wie es schon wieder in ihr zu flattern begann.

»Nein danke.« Sie wickelte das Papier ab und überreichte Sara die Iris.

»Für mich? Warum? Ach, aber du musst doch nicht weinen, was ist los?«

Magdalena schniefte.»Ich muss zurück nach Deutschland, schon bald, es tut mir leid, ich will euch nicht im Stich lassen, am Wochenende ist schon der erste August, und …«

»Ah, nein, nun mal keine Tränen, ich verstehe, ich verstehe, kein Grund, sich Sorgen zu machen! Wir werden schon jemanden finden!« Sara kam mit den Blumen hinter dem Tresen hervor, Walter guckte ihr stumm dabei zu. Wieso lächelt der so, als ob er bereits alles hätte kommen sehen?, fragte sich Magdalena.

»Machen wir es so, dein letzter Tag ist Donnerstag, übermorgen, am Freitag ist der erste August. Es wird schwer, eine *tedesca* wie dich zu ersetzen, aber es wird schon gehen.« Sie lächelte wieder. »Ach, hier ist noch etwas für dich angekommen.« Sie übergab ihr einen braunen Umschlag, der kam von Opa Rudi, erkannte Magdalena, er schickte ihr jede Woche ihre Post. Alles. Werbung, die Handyrechnung, die Aufforderung, zum Zahncheck bei ihrem Zahnarzt vorbeizukommen. Und einen kleineren, dickeren Umschlag, auf dem in säuberlicher Schrift »Maddalena – Bar Elba – Procchio – Isola d'Elba« untereinander stand, mehr nicht, er war dennoch angekommen. Neugierig öffnete Magdalena ihn. Ein kleines Buch rutschte heraus. Sprüche von Oscar Wilde. Auf Italienisch. Ein Geschenk von Antonello, vorn auf die erste Seite hatte er »*per Maddalena – con affetto, Antonello Pucciano*« hineingeschrieben. Magdalena spürte, wie etwas in ihrer Brust aufging, sie atmete ein und wusste, dass sie dieses Büchlein von Oscar Wilde nie in die Hand nehmen würde, ohne sich an diesen Geruch von *affetto*, Liebe, Wärme und Kuchenduft zu erinnern.

»Danke, Sara! Bis heute Abend.« Mit der linken Hand befreite sie die Farbkopie von Heidi und dem unbekannten Paolo, die noch immer neben der Musikanlage hing, von ihrem Klebestreifen und steckte sie in das Buch. Draußen bahnte sie sich einen Weg durch die Touristen, die unter den Arkaden entlangschlenderten, bis zu ihrem Roller.

Vor Antonellos Haus war niemand zu sehen, die große Pforte aus Holz war fest verschlossen, am Tor lagen inzwischen mehrere in Zellophan verpackte Sträuße, dazwischen stand ein rotes Grablicht. Magdalena zählte die Sträuße, acht waren es. Besonders überschwänglich erinnerte Capoliveri sich nicht an seinen Sänger. Sie hätte gern einen ganzen Berg von Blumen gesehen, wie bei Lady Di. Sie legte ihre Callas dazu und bedauerte, keine Vase mitgebracht zu haben. In der Hitze werden sie sofort vertrocknen. Aber was macht das schon für einen Unterschied, ob nun heute oder morgen, das ist eigentlich egal, ging ihr durch den Kopf, sie verwesen wie Antonello, wie Heidi vor vielen Jahren in ihrem Sarg. Wieder fing sie an zu weinen. Sie setzte sich unter die überhängenden Bougainvilleen in den Schatten, im Schneidersitz, direkt auf den Boden, der mit lila Blütenblättern übersät war, und legte das Büchlein und das kopierte Foto vor sich hin.

»Ach, Heidi«, sagte sie zu dem Gesicht ihrer Mutter, während sie sich die Tränen abwischte, »kaum habe ich jemanden gefunden, der dich kannte, ist er auch schon tot.« Immerhin kennst du mich jetzt ein bisschen besser, schienen die Augen ihrer Mutter zu antworten. »Ja, ich bin überrascht, dass *du* die Beziehung beendet hast, nicht er. Er hat sogar angerufen und Briefe geschickt. Du warst eine harte Nuss, härter, als ich dachte …« Magdalena suchte nach einer weiteren Antwort in Heidis Augen, aber sie lächelte diesmal nur.

Ein violettes Blütenblatt segelte hinunter auf das Foto. Genau zwischen die beiden Köpfe. Ein Zeichen! Magdalena schnaubte, schade, dass sie nicht an solche Dinge glaubte. Sie stand auf, pflückte ein paar frische Blüten von einem Zweig und legte sie um das Foto herum. Sie wollte daran glauben können, wie tröstlich wäre das jetzt! Antonello gab aus dem Himmel Zeichen und führte sie zu ihrem Vater. Also, Antonello, ich wäre bereit. Sie rückte die Blüten zurecht und setzte sich wieder in den Schneidersitz. Wie ein Hippiemädchen aus den Siebzigern, ging es ihr durch den Kopf. Na ja, vielleicht ein bisschen alt für ein Hippiemädchen, und das klingelnde Handy passt auch nicht ganz dazu. Sie nahm es aus ihrer Handtasche. Eine neue Nachricht, von? Matteo! Wieso Matteo? Er schrieb nie, er hatte sie auch noch nie angerufen.

Eine Beziehung sollte man niemals per SMS beenden, aber eine Freundschaft darf man vielleicht auf diese Art wiederbeleben. Kommst Du morgen Nachmittag in den Garten? Habe eine Überraschung für Dich.

Freundschaft? Überraschung? Aber natürlich, hastig tippte sie ihre Antwort. Komme gerne!

Danke, Antonello, das war schon mal sehr nett von dir! Was sagte denn Oscar Wilde dazu? Sie schlug das Büchlein an einer beliebigen Stelle auf:

»Wir liegen alle in der Gosse, aber einige von uns betrachten die Sterne.«

37

Jemand rüttelte sie an der Schulter. »Nein, lass mich!«, rief sie. »Ich kann nicht, ich muss eine Vase für die Callas finden …« Magdalena schlug die Augen auf. Robertos Gesicht war ganz nah vor ihrem. »Aufstehen, Lena, wir machen einen Ausflug!«

»Wir machen nie einen Ausflug, du musst doch arbeiten«, murmelte sie und drehte sich zur Wand. Mist, die Sonne schien, es war tatsächlich schon Tag.

»Heute nicht, ich bin von einem Freund eingeladen worden, der hat ein Boot in Portoferraio liegen, ein Segelboot! Wir wollen ein bisschen segeln, essen, feiern, komm!« Magdalena setzte sich auf.

»Wann sind wir wieder da?«

Roberto schaute sie unwillig an: »Wann sind wir wieder da?«, imitierte er ihre Stimme auf nicht gerade freundliche Weise. »Abends wahrscheinlich, es gibt hier keine deutschen Bürozeiten! Ich habe mir heute freigenommen, letzte Auszeit vor dem August. Bis *ferragosto* gibt es keine Pause mehr, da machen wir uns vorher noch mal einen entspannten Nachmittag!«

»Ich muss um halb neun in der Bar sein!« Von ihrer Entscheidung, morgen das letzte Mal in der *Bar Elba* zu arbeiten, hatte sie ihm noch nichts gesagt.

»Ruf die an, sag ab, sag, du kommst nicht, dir ist schlecht,

Magenverstimmung! Komm, *tonta*, ich hab das Ding auch für *dich* klargemacht! Du segelst doch gerne.«

Roberto hatte recht, wenn sie Segelboote im Hafen liegen sah, wurde sie immer von einer kribbelnden Sehnsucht gepackt. Die Masten, die Takelage, das Knarren der Fender an den Bordwänden, alles erinnerte sie an die Segelkurse mit Rudolf auf dem Ijsselmeer. Auch jetzt ging es ihr so, denn hier im Darsena-Hafen in Portoferraio lagen immer besonders schöne Exemplare. Wie jedes Mal las Magdalena neugierig die Namen der Boote, an denen sie entlanggingen, schätzte die Maße ab und suchte sich eines aus, das sie kaufen würde, wenn sie mal viel Geld hätte. Eins wie das da vorn zum Beispiel, ganz aus Holz, schlank, höchstens elf Meter lang. Auf dem Ijsselmeer hatte sie auf kleinen Jollen gelernt, das größte, was sie im zweiten Kurs gesegelt hatten, war eine Ketsch gewesen. 13 Meter, zwei Masten. Roberto trug einen riesigen Karton mit Flaschen und Proviant lässig auf der Schulter, er begrüßte den Skipper, der sie an Bord der »Natasha« winkte. Rechts von der »Natasha« lag ein deutsches Schiff, die »Fanny«, Heimathafen Iserlohn. Zwei Ehepaare saßen sich unter dem Sonnensegel gegenüber, die Frauen strickten, jeder der Männer hatte eine Flasche Bier in der Hand. Sie grüßten freundlich. Was ist eigentlich aus der dicken Tascha geworden?, ging es Magdalena durch den Kopf. Seit dem letzten Mal im *Club 64* ist sie mir nicht mehr über den Weg gelaufen. Niemals würde ich mein Schiff Natasha nennen. Sie streifte ihre Holzsandaletten ab, nahm sie in die Hand und betrat das Boot. Es war eine kleine Jacht, vielleicht 12 Meter, 40 Fuß. Der Skipper hieß Giacomo, er trug ein gebatiktes T-Shirt und eine Kette aus Holzperlen mit Federn dran und grinste ihr zu, als sie aufgeregt über die frisch lackierten Planken der Bänke strich und ehrfürchtig das große Steuerrad berührte. Jedes

Boot hat seinen eigenen Charakter, sagte man, dieses hier war ihr trotz des Namens sehr sympathisch. Ihr Blick prüfte die Masten. Das Großsegel und das Fallreep waren zwar schon aufgezogen, aber noch nicht ganz oben, alle Leinen waren ordentlich aufgefiert, die Fender an den Seiten neu, das Boot schien gut in Schuss. Giacomo beobachtete sie dabei.

»Schein hast du?« Sie nickte: »Willst du ihn sehen?« Ihr Sportführerschein steckte immer in ihrem Portemonnaie. Er winkte ab. Magdalena kletterte die drei Stufen in die Kajüte hinunter, sofort wurde sie vom typischen Bootsgeruch umfangen. Es roch lecker nach Teppichschaum, Salz und Dieselöl. Eine kleine, ungewöhnliche Note mischte sich hier unten noch als Dreingabe dazu: Moschus. Rechts gab es einen Tisch, auf dem eine Seekarte ausgebreitet war, Elba und das toskanische Archipel, darüber die Funkanlage. Links war die Küchenzeile eingebaut, es gab einen Esstisch und eine mit blauem Stoff gepolsterte Sitzbank. Der Bug des Schiffs war von einer riesigen dreieckigen Matratze ausgefüllt, darunter befanden sich mehrere Türen. Stauraum. Das Bettzeug roch frisch gewaschen und passte mit seinem Orangeton gut zu dem rötlich braunen Holzpaneel an den Wänden. Magdalena entdeckte oben auf dem Regalbrett zwischen Taschenlampen und zerfledderten Romanen eine Buddhastatue und Räucherstäbchen, daher also der Moschusgeruch. Der Skipper hatte sich hier offensichtlich eine Spielwiese für tantrischen Sex eingerichtet …

Magdalena klopfte zweimal auf die Matratze, na dann, dazu würde es heute wohl kaum kommen. Sie schaute Roberto zu, der den Proviant in den Kühlschrank einräumte. Was wollte er denn mit den vielen Flaschen, dem großen Ciabattabrot und dem anderen Zeug, das reichte ja für eine ganze Woche!

»Gefällt dir!«, sagte er beiläufig.

»Es ist wunderschön!« Dafür hatte es sich gelohnt, auch der

peinliche Anruf eben, in dem sie etwas von *vomitare* und *mal di stomaco* gestottert hatte. Sara hatte ihr von ganzem Herzen gute Besserung gewünscht, und Magdalena hatte angesichts dieser Freundlichkeit tatsächlich Bauchschmerzen bekommen.

»*Ouuh!*«, rief der Skipper von oben. »*Io me ne vado.*«

»Wie, er geht?!«, fragte Magdalena auf Italienisch. »Kommt er denn nicht mit!?«

»Nein, er muss nach Porto Azzurro, hat da noch zu tun. Du kannst doch segeln.«

»Ja, aber ...« Magdalena fühlte sich überrumpelt, dennoch kletterte sie an Deck und ließ sich vom Skipper zeigen, wie man den Motor an der Steuerkonsole anließ. Dann verabschiedete er sich. Sie waren allein auf der »Natasha«, jetzt mussten sie sie nur noch segeln. Magdalena schaute in den Himmel, die Sonne versteckte sich gerade hinter einer Wolke, ein leichter Wind ging durch den Hafen, draußen würde er stärker sein, optimales Segelwetter. Keine Panik, sagte Magdalena sich, du kannst das, du hast das gelernt.

»Lena, ein Bier?«

»Ja, gerne, aber lass uns erst mal unten auf der Karte schauen, wo wir überhaupt hinwollen.« Roberto folgte ihr in die Kajüte.

»Vielleicht können wir hier vor der Küste bleiben«, schlug er vor und fuhr mit dem Zeigefinger auf der Karte entlang, »meinetwegen bis zum Capo d'Enfola, oder in die Bucht hier, einfach bisschen hin und her.«

»Gut.« Magdalena nippte an ihrem eiskalten Bier, Du Démon, das gute französische. »Schauen wir, wie weit wir kommen, denn wir müssen ja auch wieder zurück.« Sie kletterten wieder an Deck in die Sonne.

»*Allora!* Aus dem Hafen muss man ja irgendwie raus«, stellte Roberto fest, »sag mir, was ich tun soll, ich mache alles!« Er grinste.

»Aus dem Hafen fahren wir unter Motor, du kannst schon mal das da vorne losmachen.« *Cavolo*, sie wusste noch nicht mal was Halteleine auf Italienisch hieß.

»Motor, was für eine Schande, Motor! Ich wollte segeln!«

»Roberto, hier kommen wir nie ohne Motor raus, und außerdem, auf einem Boot ist immer nur einer der Kapitän, und das bin in diesem Fall ich. Tut mir leid. Wenn du den Skipper wegschickst, musst du tun, was *ich* sage!«

»Okay! Okay!« Bereitwillig führte Roberto alle Befehle aus, die Magdalena ihm mit Händen und Füßen zu erklären versuchte. Die Deutschen von der »Fanny« halfen ihnen und riefen für Magdalena auch über Funk den Wetterbericht ab. Vier bis fünf Windstärken auf offener See, das würde ein wunderbarer Segeltag, wenn auch der Seegang mitspielte. Zehn Minuten später tuckerten sie aus dem runden Hafenbecken. Magdalena stand am Steuer und wies Roberto an, die Segel hochzuziehen. Sie nahmen gute Fahrt auf, vier oder fünf Knoten, für den Anfang reichte es.

Magdalena warf einen Blick auf Roberto. Seit die Küste nicht mehr in unmittelbarer Nähe war, schien er unruhig zu werden. Sie beorderte ihn an das Steuerrad.

»Kann da nichts passieren? Und wenn jemand kommt, eine Fähre von Piombino? Oder ein anderes Schiff?« Vor lauter Nervosität fing er tatsächlich an, Fragen zu stellen.

»Alles gut«, sagte sie, »wir haben Kurs Ost-Nord-Ost auf Capo d'Enfola, das ist doch ein hübsches Ziel.« Roberto schaute streng nach vorn. Sie hangelte sich an den Stahlseilen auf dem schmalen Rand an der Kajüte vorbei.

»Fall da nicht rein!«, rief er panisch. »Wo gehst du hin? Ich bekomme das Ding hier nicht zum Stehen, wenn du reinfällst.«

»Dann schmeiß mir den Rettungsring zu, wenn ich über Bord gegangen bin, okay? Ich gehe mal nach vorne.«

»Nein!«

»Doch, da kann nichts passieren.« Magdalena kehrte zu ihm zurück, umschlang ihn von hinten und krallte dann ihre Fingernägel in den Stoff, unter dem sie seinen festen Hintern und die seitlichen Dellen spürte, um die sie ihn so beneidete!

»Rühr dich nicht von der Stelle, du hast die Verantwortung!«, drohte sie ihm und fuhr mit beiden Händen nach vorne in die Taschen seiner coolen, knielangen Cargo-Hosen. Roberto zog scharf die Luft ein und wusste offensichtlich nicht so recht, ob er ihre Attacke witzig finden sollte.

»Ich bin wehrlos!«, rief er.

»Richtig, ich habe dich in der Hand, spürst du es?« Langsam fing die Sache an Spaß zu machen. *Un po' di* Spaß, wie Roberto immer sagte. Das deutsche Wort hatte sie ihm beigebracht, im Italienischen gab es keine direkte Übersetzung dafür. Allenfalls *divertimento*. Zu hochgestochen. Oder *piacere*. Hieß eher Freude. *Scherzo*. War mehr der Witz. Spaß war unübersetzbar, es gefiel ihm, er benutzte es zu jeder Gelegenheit. Magdalena ließ von ihm ab, kletterte bis an die äußerste Spitze des Bootes, setzte sich und ließ ihre Beine rechts und links über dem Bug in der Luft baumeln. Hier ritt man wie auf einem großen Gummitier, schade, dass es nicht noch mehr Wind gab. Nach anderthalb Stunden hatten sie das felsige Capo d'Enfola mit seinen unzähligen Seemöwen umrundet und ankerten im Golf von Vitticio.

»Komm mit, ich zeig dir, wie du das mit dem Anker machst«, forderte Magdalena Roberto auf.

»Lass mal gut sein, Lena, ich lerne das später irgendwann, alles muss ich auch nicht wissen. Ich habe doch dich!«

Einige andere Jachten ankerten in der Bucht, diskret, in angemessenem Abstand. Nachdem Magdalena sich vergewissert hatte, dass die Leiter heruntergelassen war, sprang sie nach Roberto nackt ins Wasser.

»Man kommt sonst nicht wieder aufs Boot«, rief sie ihm zu, er wollte es nicht glauben und versuchte es. Natürlich ohne Erfolg, so kräftig er auch strampelte, um sich wie ein Delfin im Wasser aufzurichten, seine Hände schmierten an der glatten Bordwand ab. »Dann würde ich dich als Leiter benutzen«, keuchte er und hielt sich an dem Rohr der Klappleiter fest. »Schöne Idee, danke sehr, funktioniert aber auch nicht«, lachte Magdalena wassertretend, ohne Bikini fühlte sie sich wie eine Nixe, »man hat schon herrenlose Schiffe gefunden, mit Kratzern von Fingernägeln im Schiffslack, die Leute kamen einfach nicht wieder drauf.«

Der Nachmittag verging, sie aßen – immer noch nackt – Erdbeertörtchen, tranken Champagner, sprangen zum Schwimmen über Bord und lagen danach vorne an Deck, auf bequemen Matten, die Roberto in den Kajütenschränken gefunden hatte. Leise Saxofonklänge drangen aus den Lautsprechern, Grover Washington sei die absolute Segelmusik, behauptete Roberto. Sehr oft kannst du aber noch nicht segeln gewesen sein, dachte Magdalena, so ängstlich, wie du dich anstellst.

»Das ist genial«, murmelte Roberto, streichelte in ungewohnt sanfter Weise über Magdalenas Rücken und fuhr gleich darauf mit der Zunge ihre Wirbelsäule entlang. »Du bist verdammt salzig heute, schmeckt gut, wie der Rest von dir auch …« Er legte sich auf sie, und sie konnte eindeutig spüren, wie sehr ihm seine Unterlage gefiel. Magdalena grinste in ihre Ellenbogenbeuge hinein. Sie hatte Kondome in der Proviantkiste gesehen, direkt neben der Tüte mit den Garnelen, die es gleich geben sollte. Na also, man musste nur Geduld haben und lange genug abwarten. Die Sonne sank etwas tiefer und brannte nicht mehr so stark.

Roberto warf die Garnelen in die Pfanne mit heißem Öl,

löschte sie mit Weißwein ab und gab Knoblauch und Petersilie dazu. Er beklagte sich, weil ihm die Spaghetti eine Idee zu weich geraten waren. Sie hatten sich noch immer nichts angezogen und hockten sich zum Essen auf die Matten, das Schiff wiegte sich träge in der Dünung. Als Magdalena satt war, stellte sie ihren Teller weg und legte sich auf die Seite. In dieser Position hatte sie eine richtige Taille, sie fühlte sich federleicht und verführerisch.

»Lena, du bist eine tolle Frau.« Roberto wischte sich den Mund mit einer der Stoffservietten ab, die er mitgebracht hatte. Der Mann hat einfach Stil, dachte sie.

»Das ist mir heute erst so richtig aufgefallen«, fuhr er fort. Holla, was so ein bisschen Wasser und Ängstlichkeit ausmachen können.

»Du bist nie beleidigt, forderst nichts, bist nicht zickig, für alles offen.« Wow. Sie versuchte sich die Freude nicht anmerken zu lassen, die sich warm und weit in ihrem ganzen Körper ausbreitete. Locker bleiben.

»Nur weil ich die einzige Person auf diesem Boot bin, die dich zurück an Land bringen kann, musst du mir jetzt nichts versprechen!«

»Du nimmst mich wohl nicht ernst!« Er schmollte, wie süß, das hatte sie bei ihm noch nie gesehen.

»Ich glaube, du bist die einzige Frau, die ich kenne, mit der man einfach alles ausprobieren kann.«

Sie grinste selig und merkte, wie dumme, verliebte Antwortsätze durch ihren Kopf schwirrten, aber sie würde weiter schweigen, ihre Zurückhaltung hatte sich gelohnt, jetzt kam er doch noch aus seinem coolen Schneckenhaus.

»Müssen wir nicht mal irgendwann zurück?«, fragte sie stattdessen.

»Wie wäre es, wenn wir noch bisschen weitersegeln?« Er

beugte sich über sie und trommelte den Rhythmus der Musik auf ihren Po. »In die nächste Bucht. La Biodola.« Bevor sie antworten konnte, verschloss er ihren Mund mit einem wunderbar gierigen Kuss.

»In Ordnung!«, sagte sie, als sie wieder zu Atem kam. Dann eben weitersegeln nach La Biodola. Von dort konnte man die Berge hinaufschauen und vielleicht sogar erkennen, wo der *Club 64* lag und wo das *POLO*. Theoretisch konnte man auch vom Wasser aus durch den Fensterrahmen in den Bäumen schauen, und wenn jemand auf der Mauer saß ... O nein! Sie setzte sich mit einem Ruck auf.

Verdammt, Matteo wartete im Zitronengarten auf sie. Sie war eine solche Idiotin, er hatte sie doch eingeladen. Wie spät war es denn, wo war überhaupt ihr Handy? Vielleicht hatte er sie angerufen? Sie hatte ihre Verabredung tatsächlich vergessen, weil sie so spät aus der Bar kam und Roberto sie heute Morgen unbedingt mit seinem Ausflug überfallen musste. Wie dummdummdumm! Sie schaute auf Robertos rustikale Taucheruhr, es war bereits sieben, zu spät, um noch eine Entschuldigung zu schreiben. Und was sollte sie auch schreiben? Bin krank, liege mit Magenverstimmung im Bett? Vielleicht saß er irgendwo und trank Averna, ach, Matteo, es tut mir so leid. Sie seufzte.

»Was ist los?«

»Habe nur einen Termin vergessen.« Magdalena angelte nach dem Champagnerglas und nahm einen großen Schluck. Sie wollte Matteo nicht anlügen, aber natürlich auch nicht die Wahrheit sagen. Sie musste sich morgen ganz dick bei ihm entschuldigen, ihm vielleicht etwas mitbringen. Was könnte ihm gefallen? Edle Gartenhandschuhe aus feinstem Leder? Gab es auf Elba wahrscheinlich nicht. Einen guten Whiskey? Zu fantasielos ... Robertos Hand fuhr langsam zwischen ihre Schenkel, er machte das wirklich geschickt, da könnte sich Florian, der gute-gute Florian noch was abschauen. Sie kicherte.

»Was tust du da? Wollten wir nicht in die nächste Bucht?«

»*Piano, piano, Lena. Facciamo un po' di* Spaß!«

Sie segelten weiter, Roberto machte der Alkohol offensichtlich Mut, er stand singend am Steuer. Vor dem weißen Sandstrand im Golf von Biodola ankerten sie. Magdalena fühlte sich ein wenig beobachtet, sie stellte sich Matteo mit einem Fernglas vor. *Dio mio*, sagte sie sich, er hat kein Fernglas, und wenn, müsste er schon von der Terrasse auf das Dach der Wohnung klettern, um dich hier unten nackt auf den Planken zu sehen, und auch dann sind vermutlich die Kronen der Bäume noch davor.

Ein Motorengeräusch kam näher, ein kleines Dingi mit Außenbordmotor fuhr vom Strand in ihre Richtung.

»Die halten direkt auf uns zu, Roberto, schau mal.«

»Kann jetzt nicht«, rief er aus der Kajüte. Sie kletterte hinunter. Roberto saß am Tisch und hatte seine Kreditkarte in der Hand, er hackte damit auf etwas herum, was aussah wie Puderzucker. Magdalena stutzte. Die Tüte neben ihm auf dem Tisch war nicht gerade klein, als Eigenbedarf ging das kaum mehr durch.

Der Motor kam näher. Stimmen, Lachen, Magdalena schaute sich nach ihren Klamotten um. Mist! Alles, jeder Fetzen, mit dem sie sich bedecken konnte, lag draußen an Deck. Es war schon etwas dämmrig, vielleicht sah man sie nicht so genau. Gebeugt kroch sie aus der Kajüte, der Motor erstarb, und ihre Bewegung auch. Sie waren schon da und machten das Dingi am Heck fest. »*Buona sera*«, rief Roberto von innen. Na, das hieß ja wohl, dass er sie erwartet hatte. Deswegen hatte er unbedingt im Golf von Biodola ankern wollen. Magdalena griff nach ihrem T-Shirt und dem Bikinihöschen, die auf links gedreht auf der Bank lagen, und floh wieder in die Kajüte. Roberto drängte sich an ihr vorbei.

»*Ciao*, Riccardo, *ciao*, Diamantino!«

Was wollten die beiden hier? Es war gerade so nett mit Roberto gewesen. Magdalena kletterte die Stufen hoch, blieb aber um Abstand bedacht darauf stehen. Die Männer klopften sich auf Schulter und Rücken, komisch, dass Männer sich immer gegenseitig wie Pferde den Hals klopften. Riccardo lachte sie mit einem selbst erfundenen Gewinnerlächeln an. Er hielt sich bestimmt für attraktiv mit seinen zurückgekämmten langen Haaren und dem durchtrainierten, gebräunten Körper. Auf dem einen Auge schielte er ein wenig. Bei dem französischen Schauspieler, dessen Name ihr jetzt nicht einfiel, hatte das einen charmanten Effekt. Bei Riccardo nicht. Diamantino war älter, ungefähr Mitte dreißig, er trug ein farbenfrohes Fußballtrikot und strich seine dünnen, halblangen Haare ständig aus seinem pausbäckigen Gesicht. Sein großer Mund war weit aufgerissen, als er jetzt über einen Witz von Roberto lachte, den Magdalena nicht mitbekommen hatte, man sah seine goldenen Füllungen blitzen. Nun gut, sie hatten also Besuch bekommen, scheinbar hatte Roberto das geplant. Er verteilte Bierflaschen, davon hatten sie ja genug. Magdalena hangelte sich vor bis an den Bug und lehnte sich an den vorderen Mast. Scheiße, auf diese zwei hatte sie überhaupt keine Lust. Lust? Die Kondome fielen ihr ein. Jetzt werd mal nicht hysterisch, dachte sie. Unten in der Kajüte polterte etwas, Lachen, dann wurde es ruhig. Wahrscheinlich zogen sie sich alle erst mal eine Portion in die Nase. Seit wann nahm Roberto das Zeug?

»Magdalena, komm doch zu uns, wir haben Gäste«, Roberto hangelte sich vorsichtig zu ihr und zog sie an sich, »wir wollten doch *un po' di* Spaß, du bist doch meine süße *tedesca*, du bist doch nicht so wie die anderen.«

»Bin ich *doch*!« Aber das glaubte er ihr natürlich nicht, warum auch? Mit ihr war alles möglich: mit lockerem Sex verbrachte Stunden, keine Ansprüche, immer bereit, immer willig, das hatte sie ihm lange genug vorgespielt. Jetzt meinte er wohl, seine seltsamen Freunde daran teilhaben lassen zu können. Diamantino und Riccardo hatten sich auf den Bänken neben dem Steuer niedergelassen, sie tranken ihr Bier aus und hatten gleich darauf ein neues in der Hand. Sie murmelten etwas, lachten, warfen sich ein paar knappe Worte zu. Magdalena verstand nicht, worum es ging, aber sie hatte das Gefühl, mit einem Feuerwerk sexueller Anspielungen beschossen zu werden. Unschlüssig stand sie herum, sie hatte keine Lust, sich neben einen der beiden zu setzen, das wäre einer Einladung gleichgekommen. »Willst du auch?« Roberto zog sie in die Kajüte und zeigte auf die zwei Linien, die fein säuberlich auf dem Tisch für sie übrig gelassen worden waren.

»Nö, lass mal.«

»Hej, man sollte alles im Leben ausprobieren, da kann nichts passieren! Macht Spaß, macht wach, nix Besonderes.« Magdalena schüttelte den Kopf. »Da trinke ich doch lieber noch Champagner!«

»Ja, trink.« Er goss ihr Glas wieder voll, wartete, bis sie einen Schluck genommen hatte, und umarmte sie. Schritt für Schritt schob er sich in Richtung Spielwiese, bis das orange Lager ihr von hinten leicht in die Nieren drückte. Er hob sie hoch auf die Matratze und legte ihre Beine um sich. Sie ließ sie wieder fallen. Verdammt, wie kam sie hier nur wieder raus? Über Bord springen? Um Hilfe rufen? Sich tot stellen? Alles keine besonders intelligenten Lösungen. Roberto versuchte ihr das Bikinihöschen herunterzuziehen. »Entspann dich, Lena, wir hatten es doch gerade so gemütlich.«

»Ja, aber ohne die beiden Idioten da draußen!«

»Das sind keine Idioten, das sind gute Freunde von mir!«

»Aber nicht von *mir*«, sagte sie, ohne die Stimme zu erheben. »Gute Freunde, die mich ficken dürfen, suche ich mir am liebsten selber aus!« Ihre Worte klangen lässig, bloß keine Angst zeigen. Sie hatte die Situation unter Kontrolle. Noch.

Roberto biss ihr ins Ohrläppchen.

»*Dai!*«, raunte er. »Wenn du mitmachst, ist es lustiger.« Scheiße. Das hieß, wenn sie nicht mitmachte, würde es dennoch geschehen. Robertos Griff war fest, gegen die drei Männer hätte sie keine Chance, und mit guten Worten war hier auch nichts auszurichten. Wenn sie sich vollkotzen könnte, würde den Jungs, und seien sie noch so besoffen und zugedröhnt, sicher die Lust vergehen. Sie hatte mal so etwas in einer Frauenzeitschrift gelesen. Aber wie sollte sie es schaffen, sich zu übergeben? Stattdessen schossen ihr Tränen in die Augen. Verdammt, sie hatte schon zu viel getrunken, Roberto hatte sie regelrecht abgefüllt, den ganzen Nachmittag lang. Das wirst du mir büßen, du Arschloch, dachte sie. In ihrem Gehirn schmiedete die Wut wirre Pläne.

»Vielleicht hättest du mich fragen sollen, welchen von beiden ich bevorzuge, zwei sind ein bisschen viel. Bin ich nicht gewöhnt.«

»Aber einer wäre okay?« Er musterte sie mit schlierigem Blick. Sie schaffte es nicht, auf das Spielchen einzugehen, nachher würde er noch behaupten, er hätte nicht wirklich verstanden, dass sie nicht wollte.

»Nein, du Wichser, und das weißt du auch!«, sagte sie eisig. Roberto wurde ganz ruhig.

»Wenn du mitmachst, ist es lustiger«, wiederholte er, »wenn nicht, ist es auch lustig, aber nicht für dich!« Er war nicht zu betrunken, er war nicht weggetreten, er wusste genau, was er sagte.

»Einer ist okay! Sag ihnen das. Wir spielen darum, wer außer dir darf.« Roberto ging nach draußen und teilte seinen Kumpels die Regeln des Abends mit. Magdalena ließ sich rücklings auf die Matratze fallen. Was für eine miese Ratte ...

Sie saßen unter dem dunkelblauen Himmel, sie tranken, sie grölten und spielten Mau-Mau, das einzige Kartenspiel, das Magdalena beherrschte. Sie tätschelten ihr begeistert die Beine. Schon die Art, wie sie sie berührten, ließ auf nichts Gutes hoffen. Woher kannte Roberto diese Typen? Schuldete er ihnen etwas? War sie vielleicht die Bezahlung? Sie suchte im Kühlschrank nach Champagnerersatz und fand eine Flasche Ginger Ale. Perfekt! Sie füllte ihr Glas damit, verdünnte es heimlich mit ein wenig Wasser und trank und trank. Die Jungs waren zu Ballantine's übergegangen, den sie in der Hausbar gefunden hatten. Magdalena schaute Roberto nicht mehr an, sie hätte sonst in sein Gesicht gespuckt. Sie konzentrierte sich auf Riccardos Silberblick, Diamantinos brutal großen Mund und das Beiboot. Mit was für einem Knoten war es festgemacht, wo genau, auf welcher Höhe der Schiffswand trieb es im Wasser, wie sah der Motor aus, wo war die Reißleine, an der sie ziehen musste? Sie hatte so ein Ding noch nie angeworfen, aber immerhin im Segelkurs schon mal gesteuert. Die ersten Sterne gingen auf, und die nächste Koksrunde stand an, Roberto tickerte mit der Karte auf den Tisch, Diamantino rollte einen Geldschein, Magdalena machte mit, sie lachte und machte mit. Leider atmete sie vor Aufregung aus, und die Hälfte von dem Stoff wurde über den Tisch gepustet.

»Nächstes Mal«, sagte Diamantino ermutigend und rüsselte alles wie ein Tischstaubsauger in sich hinein. Riccardos Blick hing jetzt auch in seinem rechen Auge auf Halbmast.

»Ich muss mal«, flüsterte sie ihm zu und schnappte nach seiner Hand. An Deck zog sie sich das Höschen aus, schob den Unterkörper vor und pinkelte in hohem Bogen über die Bootsumrandung, Riccardo war entzückt. Magdalena auch, sie hatte es geschafft, ihre lange Hose aus der Kajüte zu schmuggeln und unbemerkt in das Dingi zu schleudern.

»Ich komme gleich«, sagte sie zu ihm, zog auch das T-Shirt aus und warf es über Bord. Er grinste ihre Brüste an, die in der Dunkelheit weiß leuchteten, und torkelte die drei Stufen hinunter in die Kajüte, um die gute Nachricht zu überbringen. Dabei zog er allerdings den Kopf nicht schnell genug ein und schlug hart an das Holz. Gelächter von innen. Magdalena löste mit fliegenden Fingern die Leine des Beiboots, die Weicheier hatten einen normalen Knoten gemacht, warum nicht gleich eine Geschenkschleife? Nackt kletterte sie seitlich über die Reling und ließ sich langsam in das Dingi hinab, sie trat auf ihr T-Shirt, das in einer Pfütze auf dem nachgiebigen Boden lag, egal, die nächsten Sekunden zählten. Sie hockte sich hin und stieß sich mit aller Kraft ab. Ein Meter, zwei Meter, gab es ein Ruder? Sie sah nichts in der Dunkelheit, sie musste so viele Meter wie möglich zwischen sich und das Segelboot bringen, wenn sie den Motor nicht sofort anbekam, würden die Jungs von dem Geräusch alarmiert sein und vielleicht hinter ihr herspringen. Sie hätte gern geweint. Später, beschwor sie sich, später, erst mal den Motor anwerfen. Schon erschien eine Silhouette an Bord. Die Reißleine! Sie nahm den Plastikstab, der unter dem Motorblock hing, in die Hand. Es musste gleich beim ersten Mal gelingen. Vielleicht funktionierte es so wie bei ihrem störrischen Rasenmäher zu Hause in Osterkappeln, – jetzt! Rumms, der Motor sprang an, sie nahm den Griff und gab Gas, das Dingi drehte sich in Richtung »Natasha«, nein, verdammt! Sie drückte den Hebel in die andere Richtung. »He!«, schrie Roberto. »He!«

»*Vaffanculo*«, schrie sie zurück, »*vaffanculo*, du Arschloch!« In großem Bogen fuhr sie davon, nicht wirklich schnell, aber schnell genug für die Betrunkenen an Bord. Es waren mindestens fünfhundert Meter bis zum Strand, die gelben Lichter blinkten von verdammt weit weg herüber, das würden sie nicht wagen, es sei denn, sie wollten ertrinken – auch nicht schlimm. Magdalena hatte das Meer nachts immer gehasst, das dunkle Wasser war ihr unheimlich gewesen, jetzt war es ihr Verbündeter. Es konnte gar nicht tief und schwarz genug sein. Sollen sie doch alle ersaufen, dachte sie, Roberto als Erster. Ich bin nackt, aber ich habe ein Boot und sogar Wechselklamotten! Sie schoss auf den Strand zu, links lag das berühmte Hotel *L'Hermitage*. Sie würde auf dem Parkplatz sicher jemanden finden, der sie mit dem Auto die Serpentinen bis nach oben an die Straße mitnahm. Erleichtert hörte sie das knirschende Geräusch, als der Sand sich unter die Gummiwände schob, sie ließ den Gasgriff los, zog mit Schwung den Motorblock aus dem Wasser und brach heulend zusammen.

38

Der Mann ließ sie oben an der Straße raus. »*Grazie!*« Magdalena warf die Tür zu, barfuß, mit einem nassen T-Shirt aber immerhin langen Hosen stand sie auf dem Asphalt im Licht der Straßenlaterne, die die Kreuzung erhellte. Er bog nach links, Richtung Portoferraio, aber da wollte sie nicht hin. Ins *POLO*, überlegte sie kurz, nein, niemals. Ich muss ins Haus und meine Sachen holen, bevor Roberto auftaucht! Sie hielt den Daumen raus, es war genug Verkehr, um diese Zeit fuhren alle zum Essen, zum Bummeln, zum Espressotrinken, irgendjemand würde sie mitnehmen. Ein Wagen nach dem anderen fuhr vorbei, offensichtlich machte sie nicht gerade den besten Eindruck. Ein weiteres Auto kam vom Strand hochgefahren. Magdalena verspürte den dringenden Wunsch, wegzulaufen und sich zu verstecken. Konnte das Roberto mit den anderen beiden sein? Nein, ohne Beiboot waren sie nicht so schnell, sie mussten erst mal den Anker lichten. Roberto, der Trottel, hatte sich ja heute Nachmittag geweigert, es von ihr zu lernen. Segeln konnten sie alle drei nicht, sie waren auch noch stolz darauf gewesen, und mit reiner Motorkraft dauerte es mindestens zwei Stunden, bis sie wieder in Portoferraio im Hafen einliefen. Der Wagen hielt. Ein blondes Mädchen saß auf dem Beifahrersitz, langsam glitt die Scheibe herunter.

»Tascha!«

»Na so wat, hallo! *Du* bist das, na komm, steig ein, wat is'n passiert, wat stehs'te hier so abjerissen mitten in der Nacht rum?«

Magdalena sprang auf die Rückbank.

»Ich freue mich so, dich zu sehen!« Sie beugte sich vor und berührte Tascha an der Schulter, sie musste unbedingt jemanden anfassen. Sie fuhren am *POLO* vorbei, vorbei am *Club 64*, die Uhr über dem Radio zeigte noch nicht einmal zehn.

»Haste am Strand die Zeit vergessen? Wir sind da unten im Hotel, nobler Laden, sage ich dir! Dimitri ist ein Süßer!« Der Mann neben ihr legte seine Hand auf Taschas nacktes Knie. Es war der Typ mit dem vorspringenden Kinn aus der Diskothek, wunderbar, es gibt doch noch wahre Liebe auf dieser Insel, dachte Magdalena, und ihre Mundwinkel zuckten ein wenig nach oben. Gut so, sie konnte fast schon wieder lachen, hier in dieser dicken Limousine hatte sie keine Angst mehr, sie wollte sich nur noch rächen.

»Wo willste denn hin? Wir gehen in Marina di Campo essen.«

»Ich muss nach La Pila, gegenüber vom Flughafen, da wohne ich.« Mist, sie hatte keinen Schlüssel und auch kein Geld, ihre Handtasche, Handy, Papiere, alles war an Bord geblieben.

Als sie nach Procchio hineinfuhren, wurde Magdalena ganz seltsam zumute. Fast zwei Monate lang hatte sie dort drüben in der *Bar Elba* Abend für Abend Tabletts geschleppt und Tische abgewischt. Sie sah ihr Double unter den Arkaden stehen, es hielt die blauen Karten in der Hand und schrieb die Bestellungen auf einen Block. Dort müsste *sie* jetzt eigentlich stehen. Saß sie wirklich hier im Auto? Vielleicht war das alles auch nur ein sehr realistischer Traum gewesen, es gab keinen Beweis für das, was ihr heute Abend passiert war. Sie umrundeten den Parkplatz, sehnsüchtig schaute Magdalena auf die Autos und die Touristen dahinter, die sich in Massen durch Procchios *salotto* schoben. Irgendwie war ihr Leben in den letzten drei Stunden komplett aus den Fugen geraten. Sie sah zwei Motorradpolizisten, einen großen und einen kleinen, die gerade mit einem Eis in der Hand auf ihre Maschinen zuschlenderten.

»Stopp!«, rief sie, prompt trat Dimitri auf die Bremse, und Magdalena knallte von hinten gegen Taschas Sitz.

»'tschuldigung, aber ich wollte sehen, ob ich die kenne ...«

Sie waren es tatsächlich: Massimo und Gian-Luca.

»Ich muss aussteigen, es tut mir leid, danke fürs Mitnehmen. Ich wünsch dir alles Gute, Tascha!« Magdalena hörte sich selbst bei ihren Worten zu. Sie meinte das alles wirklich ernst, stellte sie erstaunt fest. Sie stieg aus und rannte barfuß auf die *carabinieri* zu.

»Maddalena! In der Bar haben sie gesagt, du bist krank!«

»Bin ich auch!« Sie zeigte wie zum Beweis auf ihre nackten Füße.

»Eine Frage: Was passiert hier mit Leuten, die Drogen nehmen?«

»Hä?!« Die beiden schauten sich an. »Ihr raucht doch auch, oder?«

»Nein, nicht wirklich«, Massimo schüttelte den Kopf, »dürfen wir ja gar nicht«, sagte er belehrend.

»Ach was? Ehrlich nicht?« Ihre Stimme klang schrill.

»Vielleicht ab und zu mal eine *canna*, das ist ja auch nicht so schlimm«, beeilte sich Gian-Luca zu sagen.

»Koks?«

»Ouuh ...« Sie schauten sich wieder an, jetzt alarmiert. »Das ist schlecht, Maddalena, das ist nicht so lustig. Lass mal lieber die Finger davon, ist gerade hier auf Elba gar nicht angesagt, der neue *sindaco* ...«

»*Ich* doch nicht, aber ich kenne jemanden, der verkauft das Zeug in großem Stil.« Magdalena erzählte ihnen, was auf dem Boot passiert war, und berichtete von ihrer Flucht. Die Sache mit dem Sex ließ sie weg. So wie sie gerade aussah, würden die beiden sich ohnehin ihren Reim darauf machen. Massimo konnte seinen Blick kaum von ihren Brustwarzen abwenden, die sich unter dem nassen T-Shirt abzeichneten und sich zudem auf seiner Augenhöhe befanden.

»Wenn wir jemanden schicken, darfst du aber nicht mehr dort im Haus sein, es wird sonst schwierig, dich aus der Sache herauszuhalten. Die nehmen immer erst mal alle mit, die sie vorfinden.«

»Ich gehe jetzt meine Sachen packen.«

»Du?«

»Allein?«

»Niemals!«

Unter Polizeischutz, auf dem Sozius von Massimos Motorrad, wurde Magdalena zu ihrem ehemaligen Haus gebracht. Sie parkten auf dem Kirchplatz. »Ich habe keinen Schlüssel!« Die *carabinieri* wechselten unsichere Blicke, Magdalena konnte den Zweifel in ihren jungen Gesichtern aufblinken sehen. »Hier, dort drüben steht mein Roller!«

»War der nicht blau?«, murmelte Massimo Gian-Luca zu. Glaubten sie etwa, sie wolle unter Polizeiaufsicht bei jemandem einbrechen, nur um sich zu rächen?

»Vielleicht wisst ihr das nicht, aber Nina hat auch etwas ähnlich Schlimmes mit ihm erlebt«, sagte sie ohne schlechtes Gewissen. Irgendetwas Mieses *musste* Nina ja mit Roberto erlebt haben.

Das überzeugte die beiden, mit neuem Elan hantierten sie am Türschloss herum, aber weder die Kreditkarte noch der kleine Dietrich, den Massimo stolz an seinem Schlüsselbund präsentiert hatte, half ihnen beim Öffnen der Tür. Verzweifelt trippelte Magdalena eine Runde um die Motorräder, kleine Steinchen piekten ihr in die Fußsohlen, sie lauschte nach einem Geräusch, alles war ruhig, aber wie lange würde es noch dauern, bis Roberto es geschafft hatte, vom Boot herunterzukommen und hier aufzutauchen? Sie streichelte ihrem Roller über den vom Tau benetzten Sattel. »Hier!«, schrie sie auf und schlug sich an die Stirn. »Da steckt mein Schlüssel, da steckt schon den ganzen Tag mein Schlüssel!«

Erleichtert schloss Magdalena die Haustür auf und raffte im Vorbeigehen alles zusammen, was ihr gehörte: Wörterbuch, Ladegerät fürs Handy, Sonnencreme, die italienischen Krimis. In ihrem Kämmerchen nahm sie als Erstes die Fotos ihrer Mutter von der Wand, dann holte sie ihre beiden Reisetaschen hinter den Vorhängen des Regals hervor und begann, ihre Klamotten hineinzustopfen. Hosen, T-Shirt-Stapel, die dünnen Strickjacken, die farbigen Sommerkleidchen und die wunderschöne Unterwäsche. Sechs Paar Schuhe, meine Güte, wie viel sich in der kurzen Zeit angesammelt hatte. Bis auf die Kleider hatte sie fast alles zusammen mit Nina gekauft. Doch an Nina wollte sie jetzt nicht denken. Matteo? An den lieber auch nicht. Sie fühlte sich voller Ekel. Immer noch verängstigt. Wie hatte sie da nur reingeraten können? Sie hatte sich furchtbar leichtsinnig verhalten.

Magdalena streifte das nasse T-Shirt und die Hose ab und zog sich Unterwäsche, Jeans und eine weiche Sweatshirtjacke über. Sie schluchzte mehrmals kurz hintereinander auf wie ein kleines Kind. Nur haarscharf war sie an der Katastrophe vorbeigeschrappt.

»Es war keine Vergewaltigung, jetzt beruhig dich mal«,

flüsterte sie sich zu, »*vaffanculo*, Roberto!« Es half ein wenig.
Magdalena ging in die Küche. »Hier«, sagte sie zu Massimo
und hielt ihm eine Plastiktüte hin, »such im Bad bitte alles zusammen, was mir gehören könnte!« Keine Minute länger als
nötig wollte sie in diesem Haus bleiben. Mit den gepackten
Taschen standen sie zwanzig Minuten später wieder auf dem
Vorplatz.

»Moment«, sagte sie, bevor sie die Tür ins Schloss zog, und
ging noch einmal hinein. Sie zog die Besteckschublade ganz
weit heraus, nahm die schwarze, flache Kiste an sich und hüllte
sie in eine braune Papiertüte, aus der sie vorher ein hart gewor-
denes Stück Brot schüttelte.

»So, jetzt haben wir alles.« Sie stopfte die Papiertüte in eine
der Reisetaschen und sah Gian-Luca dabei zu, wie er sie hinten
auf ihrem Roller mit einem Spanngurt befestigte. Die andere
Tasche würde sie vorn zwischen ihre Füße stellen. »Ich habe
über Funk mit meinem Vorgesetzten gesprochen, morgen früh
um acht solltest du besser nicht hier sein …«

»Du bist fantastisch, Gian-Luca!« Sie drückte ihm einen Kuss
auf die Wange, die er ihr bereitwillig hinhielt. Er lächelte verlegen.

»Du natürlich auch, Massimo, tausend Dank!« Sie beugte
sich zu ihm hinunter.

»Wo wirst du heute schlafen?«, fragte Massimo. Darüber
hatte sie auch schon nachgedacht. Bei einem von den beiden?
Wahrscheinlich wohnten sie noch zu Hause, und ihr Erscheinen würde eine italienische Mamma, wahrscheinlich sogar
eine ganze Familie in höchste Alarmstufe versetzen. Ausgeschlossen. Nina? Fiel auch aus. In der Hängematte im Zitronengarten? Sie wollte Matteo nicht begegnen, außerdem hatte
sie Angst, alleine draußen zu sein. Blieb nur noch Holger. Er
hatte oft späte Kunden und räumte danach seinen Laden auf,

bevor er schließlich zu ihr in die Bar kam, um seinen Espresso zu trinken.

»Bei einem Freund auf einem rosa Sofa«, sagte sie.

Sie hatte Glück, im Laden war noch Licht. Magdalena blieb mit ihren Taschen vor der Tür stehen und klopfte. Holger schaute auf, seine Miene war nicht sonderlich überrascht, als er ihr öffnete.

»Bist du auf der Flucht?«

»Ja!«

»So schlimm?«

Sie nickte. »Ich muss heute bei dir übernachten.«

»Okay. Erzähl!«

In wenigen Sätzen erklärte sie ihm, was passiert war.

»Was für eine Geschichte!«, sagte er ein ums andere Mal.

»Gut, dass du da vom Boot runtergekommen bist, Schätzele! Aber wo packen wir dich heute Nacht hin? Ich würde dir gerne mein Bett anbieten, aber ich habe schon Besuch.« Er zuckte theatralisch mit den Schultern.»Ein alter Freund aus Deutschland, ach, nervig irgendwie. Kommt hier an, hat kein Geld, sagt, mach dir keine Umstände, aber was tut er? Er fordert, fordert, fordert. Die Insel ist ihm zu voll, der Cappuccino zu teuer, die Männer nicht hübsch genug, die Szene zu klein.« Er hielt inne. »Aber was quatsche ich dich damit voll…? Du brauchst ein Bett, Sicherheit, einen Raum, den du abschließen kannst. Bleibt nur die gute alte Chaiselongue.«

»Danke, Holger, *mi hai salvato la vita!*« Sie zuckte zusammen, wie ekelhaft, du hast mir das Leben gerettet, das war der erste Satz, den Roberto zu ihr gesagt hatte. Na und, sie würde sich von Roberto nicht den Rest ihres Lebens und ihrer Sätze diktieren lassen!

»Morgen früh muss ich dich allerdings um halb sieben wecken, der Klempner kommt endlich wegen des Heißwasserboilers, die fangen hier ja alle noch früher an als in Deutschland. Wegen der Hitze und so.«

»Halb sieben ist perfekt!«

Holger grinste, wurde aber wieder ernst, als er ihren Blick sah. »Es gibt dann auch einen Espresso!«

39

Bis vier Uhr wälzte Magdalena sich schlaflos auf dem Sofa hin und her, um halb sieben klopfte Holger an die Tür. Sie streifte sich eine ihrer dünnen, durchgeknöpften Jacken über, die sie so liebte, und eine halblange Hose, dazu ihre zweitschönsten Holzsandaletten, die schönsten waren auf der »Natasha« geblieben. Die beiden Reisetaschen ließ sie bei Holger stehen und nahm nur die Brottüte mit, ihre neue Handtasche. Gut, dass der Tank des Rollers noch halb voll war, sie hatte kein Geld, keine EC-Karte, kein Handy.

Magdalena fuhr in Richtung La Pila, der Morgen war kühl, die Sonne löste gerade die letzten Nebelschleier auf. Rechts an der Straße tauchte der Garten mit den violetten Artischockenblüten auf, plötzlich fiel ihr das Atmen der köstlich frischen Luft schwer. Ein letztes Mal, dachte sie, ein letztes Mal den Berg hinauf, ein letztes Mal den Berg wieder hinunter, ein letztes Mal die hässliche rot-weiße Gokartbahn, die Tankstelle, ein letztes Mal der hübsche Kirchplatz mit der kleinen Kirche, deren Portal immer noch geschlossen war. Robertos Jeep stand vor der Tür. Magdalena stieg vom Roller ab, sie hätte das letzte Stück schieben sollen, jetzt hatte er sie natürlich gehört. Sie holte die Schachtel aus der Tüte und öffnete sie. Die Walther lag zuverlässig in ihrem Samtbett, sogar mit einem Schalldämpfer, hatte sie gestern auf ihrer Chaiselongue erfreut festgestellt.

Sie drehte ihn auf die Mündung, die Waffe würde verhindern, dass Roberto zu nah an sie herankam, vielleicht hatte er seine Freunde ja gleich mitgebracht. Sie schluckte, ihr Mund war trocken, mit zittriger Hand schloss sie die Tür auf. Aufmerksam schaute sie sich um, es war nichts zu hören, schlief er? Ihre Handtasche lag auf dem Tisch, leise öffnete Magdalena sie. Es schien alles da zu sein, sie hängte sie sich wie eine Postbotentasche um, ihre Schuhe standen ordentlich nebeneinander vor der Küchenzeile. Magdalena schnaubte leise durch die Nase und ging auf Robertos Zimmertür zu, die halb offen stand. Mit der Waffe auf dem Rücken schaute sie hinein. Er lag mit geöffneten Augen im Bett und starrte sie an, nein, er war nicht tot, jetzt blinzelte er. Er sagte nichts, gar nichts. Schließlich machte er eine Handbewegung, die »hau ab, raus hier« oder etwas in der Art bedeuten konnte. Dann stand er langsam auf, seine Pyjamahose hing ihm cool auf den Hüften. Magdalena wich zurück durch den kleinen Flur in die Küche, sie wollte nicht, dass er die Waffe sah. Sie hatte ihm nichts mehr zu sagen, wollte einfach nichts mehr von ihm sehen, ihn nie mehr riechen müssen. Sie legte die Pistole auf den Tisch und wandte sich zur Tür. Ein Irrtum, sie hatte sich in Roberto getäuscht, sich selbst etwas vorgemacht, obwohl die Stimme in ihr immer leise vor ihm gewarnt hatte. Sie hatte nicht auf diese Stimme gehört. Und er? Ihm war das gleichgültig, dann kam eben eine Neue – oder auch nicht.

»He!« Roberto kam in die Küche und zeigte mit seinem Kinn auf sie. »Wenn du mal wieder ficken willst, komm ja nicht bei mir an, klar?!«

Er verschwand pfeifend ins Bad, sie hörte die Dusche. In ihrem Magen verknotete sich etwas zu einem fetten, öligen Knäuel. Sie biss sich auf die Lippen. Was für ein ekelhafter Spruch, was für eine Gemeinheit! Sie spürte, wie ihr Blut in den

Ohren rauschte. Jetzt reicht es, Roberto! Bisher hatte sie immer nur etwas zerstört, was *sie* liebte, mit dieser dummen Angewohnheit war jetzt Schluss. Sie würde etwas zerstören, was *er* liebte.

Lautlos glitt sie hinüber ins Schlafzimmer, setzte die Pistole an die Seitenwand des Schranks und drückte ab. Die Kugel ging ohne Widerstand durch das Holz, kam aber auf der anderen Seite nicht wieder heraus. Wütend öffnete Magdalena die Tür, erst in einer dicken Lederjacke, neben dem letzten Hemd war das Geschoss stecken geblieben. Schnell kontrollierte sie die vorderen Bügel, die wie immer akkurat in handbreitem Abstand voneinander an der Stange hingen. Hervorragend, genüsslich tasteten ihre Finger über die Stoffwunde, jedes einzelne Hemd war von einem ausgefransten Loch zerfetzt, rein zufällig befand es sich auf Höhe des Herzens. Das hatte sie gar nicht beabsichtigt, dennoch: eine ausgezeichnete Arbeit! Sie setzte die Waffe auf einen Stapel Hosen, der auf dem Schrankboden in die Höhe wuchs. Gut, dass Roberto ein derart ordentlicher Mensch war, so konnte man alles mühelos finden. Sie könnte den Hosen einen Oberschenkeldurchschuss verpassen. Oder jeder einzelnen direkt in den Schritt feuern. Sehr symbolisch. Doch sie drückte nicht mehr ab, sondern schloss die Türen und ging langsam aus dem Zimmer. Roberto duschte noch immer, er ahnte noch nichts von seinen erschossenen Hemden. Magdalena wischte die Waffe gründlich mit einem Küchenhandtuch ab, ließ sie auf dem Tisch liegen, schnappte ihre Schuhe und zog die Haustür hinter sich zu.

An der Tankstelle wartete sie, es war halb acht. Sie setzte sich an eine der Zapfsäulen in die Sonne, sog den berauschenden Benzingeruch ein und blätterte in Oscar Wildes Aphorismen. Um Viertel vor acht jagten zwei Polizeiautos an ihr vorbei,

Staub wirbelte auf, als sie abbremsten und in die kleine Straße einbogen, die auf den Kirchplatz führte.

»In der Wahl seiner Feinde kann der Mensch nicht vorsichtig genug sein«, las Magdalena.

40

Zurück in Procchio, steuerte Magdalena zunächst die *Bar Elba* an, Sara begrüßte sie mit besorgtem Blick und gerunzelter Stirn. »Was tust du hier so früh? Du bist nicht gesund, nein, nein, du bist blass, das ist ein Virus, du gehörst ins Bett, mein Mädchen!«

»Äh, ja, das wollte ich gerade sagen, ich komme heute Abend wahrscheinlich nicht!«

»Aber natürlich nicht! Geh schön wieder ins Bett, und bevor du zurück nach Deutschland fährst, sagst du uns noch einmal Auf Wiedersehen.«

»Ja.« Es könnte ganz schnell gehen, mit dem Nach-Deutschland-Fahren, fügte sie in Gedanken hinzu.

»Deine Freunde waren gestern da!« Magdalena spürte, wie sie unter der Blässe des wenigen Schlafs noch blasser wurde.

»Welche Freunde?«

»Na, der große, gut aussehende Mann und die blonde Frau mit den Zöpfen! Haben nach dir gefragt.«

Großer, gut aussehender Mann, blonde Frau mit Zöpfen? Sie meinte doch nicht etwa Matteo, Matteo und Nina. Gut aussehend, war er gut aussehend?

»Ach, die beiden aus dem *POLO*.«

»POLO?« Die Kommunikation mit Sara gestaltete sich heute etwas mühsam.

»Neben dem *Club 64* liegt das *POLO*, der Nachtclub, der dieses Jahr nicht aufgemacht wurde. Oben auf dem Berg, wenn man Richtung Portoferraio fährt.«

»Ach ja, kenne ich! Meine Töchter sind im *Club 64* immer tanzen gegangen. Es wurde meistens schrecklich spät, manchmal kamen sie erst morgens wieder, ich habe mir jedes Mal Sorgen gemacht ...«

»Ich fahre da jetzt hoch, ins *POLO*.« Magdalena ging schnell zur Tür.

»Du gehörst ins Bett, Mädchen!«

Gott sei Dank hatte sie ihre Handtasche wieder und ihr Geld, sie brauchte jetzt ganz schnell einen *caffè*, zwei *cornetti* mit Marmelade und am besten auch noch eine Dusche. Seit gestern Abend klebte das Salz unangenehm auf ihrer Haut, denn in Holgers Salon hatte sie sich nur an einem kleinen Spülbecken notdürftig waschen können. *Caffè* und *cornetti* würde sie in der *Bar La Pinta* bekommen, wo man ihr keine Fragen über Magenverstimmungen stellte. Die Dusche musste warten.

Satt und mit besserer Laune klappte sie eine Viertelstunde später vor der Bar ihr Handy auf. Drei Anrufe in Abwesenheit. Matteo. Matteo. Matteo. Er hatte sie gestern in der Bar gesucht, bestimmt machte er sich große Sorgen.

Sie versuchte Opa Rudi zu erreichen. Es war halb neun, die Sommerferien waren längst zu Ende, vielleicht saß er schon vor seinem Käffchen und seinen Leberwurstknäckebroten. Das Telefon klingelte fünfmal, bis sie ihre eigene Ansage hörte: »Guten Tag, wir sind im Moment nicht zu Hause ...« Einen Augenblick lang war sie versucht, sich selbst etwas aufs Band zu sprechen, ihrem anderen Ich, das sie zu Hause wieder sein würde. Die Kartografin mit dem geregelten Tagesablauf, die Person, die zweimal in der Woche zum Schwimmen und jeden Dienstag zum Italienisch für Fortgeschrittene II ging, obwohl – den Kurs brauchte sie nun wirklich nicht mehr. »Hallo, Rudi«, sagte sie schließlich, »mir geht es nicht so gut, ich habe mich da in eine Sache verrannt, na ja, also mit einem Mann, dem Falschen, aber das ist jetzt vorbei. Meinen Vater habe ich trotz deiner Hilfe auch nicht gefunden. Ich bin in ein paar Tagen wieder da. Vielleicht sogar schon morgen.« Aber vorher muss ich noch einmal in meinen Zitronengarten, dachte sie. Sie konnte nicht einfach abreisen, ohne die Bäume ein letztes Mal gesehen zu haben, die Palmen und Pinien, den Lavendel. Die Erde, in der sie gewühlt hatte, den Staub, den sie an dem Nachmittag eingeatmet hatte, als sie die trockenen Gräser von der Kiesfläche geharkt hatte, die einmal die Bocciabahn werden sollte. Die Oleandersträucher. Die Hängematte. Matteo.

Noch ehe sie weiter über diesen letzten Punkt nachdenken konnte, trug der Roller sie schon nach oben in die Berge, über die Bucht von Procchio.

In einer Hängematte kann man tatsächlich schlafen, man muss nur müde genug sein, dachte Magdalena, als sie wieder erwachte. Sie ließ ein Bein heraushängen und stieß sich mit dem Fuß ab, die Hängematte schaukelte sanft. Die Sonne stand schon hoch, die Kronen der Pinien schwankten vor dem Blau des Himmels. Sie gähnte und fühlte, wie warm und schwer ihr Körper in der Stoffbahn lag. Es war ein Phänomen: Anstatt sich Sorgen zu machen, wie sie nach Deutschland kam, anstatt einen Flug zu buchen und mit dem Zug schon längst unterwegs nach Pisa zu sein, verträumte sie hier die Stunden. Es musste an dem Garten liegen, sie fühlte sich an diesem Ort überraschend gut aufgehoben, ganz ruhig und irgendwie glücklich. Nach einiger Zeit stand sie auf und schlüpfte in ihre Schuhe. Langsam ging sie unter den Zitronenbäumen entlang bis zur Mauer.

»Auf Wiedersehen, Mauer«, es klang überhaupt nicht lächerlich, »auf Wiedersehen, Bäume …« Augenblick mal, was hatte er denn da hinten schon wieder gemacht? Sie ging näher. Das Podest war verschwunden, Matteo hatte die Holzverschalung abgerissen und das Brunnenbecken freigelegt – eine flache Schale, groß wie ein aufblasbares Kinderplanschbecken, in deren Mitte sich etwas erhöht eine kleinere Schale befand. Kein Marmor, nichts Schickes, sondern ein leicht angefressen aussehender, weicher Sandstein. Magdalena ging noch näher. Er hatte, o nein, bitte nicht, er hatte Wasser hineingelassen und Lotosblumen gepflanzt! Wie unangenehm. Wie peinlich. Wie wundervoll! Die weißen Blüten bewegten sich fast unmerklich, Bienen saßen auf den runden grünen Blättern und nippten am Wasser. Das war die Überraschung, die er ihr in seiner Nachricht auf dem Handy angekündigt hatte: Er hatte eine riesige Bienentränke für sie gebaut … und sie ihr gestern zeigen wollen, während sie auf dem Boot Garnelen auf verkochten Spaghetti aß, Roberto noch für einen stilvollen Mann hielt und sich selbst für verwegen und verführerisch. Magdalena wurde übel vor Abscheu, sie hätte sich am liebsten übergeben. Was für eine Idiotin du bist, du hast alles falsch gemacht, alles! Du hast die falschen Väter gesucht und den richtigen Vater nicht gefunden, du warst in den falschen Mann verliebt und hast den richtigen Mann versetzt. Sie bückte sich und drehte den Hahn auf, der an einem eisernen Rohr aus der Erde ragte. Die obere Schale lief über. Verdammt, jetzt plätscherte es auch noch! Sie lief los.

Matteo lag auf dem Rücken in seinem Bett, über sein Gesicht war ein Handtuch gebreitet, doch man konnte sehen, dass er Kopfhörer aufhatte. Alle Türen waren geschlossen, die anderen schliefen noch. »Matteo!« Er reagierte nicht, war er überhaupt wach? Sie beugte sich zu ihm hinab, was hörte er da? Sie lauschte einer traurigen Melodie, die sie nicht kannte. Vorsichtig hob Magdalena das Tuch an, seine Augen waren geschlossen, Tränen liefen ihm über die glatten Wangen. Er hatte sich sogar rasiert, und er weinte, Matteo weinte!

Behutsam ließ sie das Tuch wieder sinken, sie hatte ihn verletzt, sie hatte ihm richtig wehgetan. Magdalena ging in der Küche umher, was sollte sie jetzt noch zu ihrer Entschuldigung vorbringen? Plötzlich räusperte sich das Handtuch und sprach: »Ich habe mir gestern Sorgen gemacht, wo warst du?«

»Ich bin bei Roberto ausgezogen.«

Er streifte das Tuch ab und sah zu ihr hoch, dabei sah er nicht verheult, sondern eher verdammt ärgerlich aus.

»Wurde auch Zeit! Und deswegen hast du mich versetzt?«

»Ja. Und das tut mir sehr leid. Deine Überraschung ist wirklich großartig, der Brunnen und die Lotosblumen und das Plätschern …«

»Vergiss das Plätschern, das war nicht die Überraschung, die ich meinte.« Er wischte mit dem Handrücken unter seiner Nase entlang und winkte ab, fast dieselbe Geste, die Roberto gemacht hatte: Hau ab.

»Matteo!«

»Was!!« Er setzte sich auf. Meine Güte, war er aggressiv.

»Ich habe es einfach nicht gemerkt.« Magdalena hob die Hände, wie sollte sie ihm erklären, was sie selbst nicht so recht in Worte fassen konnte? »In den letzten Wochen habe ich immer gedacht: Das muss ich Matteo erzählen … was Matteo wohl dazu sagen wird … den ganzen Sommer über habe ich mich so gerne mit dir unterhalten, wenn auch manchmal nur in meinem Kopf!«

»Aber gevögelt hast du mit einem anderen, oder etwa auch nur in deinem Kopf?« Er trocknete sich das Gesicht mit dem

Handtuch ab. Sie blieb stumm, was sollte sie darauf schon sagen? Er stand auf. Er sah richtig gut aus, hatte er abgenommen? Unter seinem weißen T-Shirt sah man die Muskeln seiner Brust, kein bisschen Bauchansatz mehr, die Jeans saßen lockerer als noch einige Wochen zuvor. Weshalb lag er mit Jeans im Bett? Mensch, die Haare! Die Haare waren weg, er hatte sie alle abrasiert und sah jetzt aus wie Meister Proper, ein jähzorniger Meister Proper.

»Ich habe es einfach nicht gemerkt«, wiederholte sie mit dünner Stimme.

»Was hast du nicht gemerkt?« Wenn er weiter so laut brüllte, würde er alle aufwecken.»Weißt du, was?«, fuhr er fort. »Ich habe keine Lust mehr zu warten, bis du etwas merkst!« Er machte einen Schritt auf sie zu, er riecht, dachte sie, er riecht nach Schweiß, und ich würde meine Nase gerne tiefer in diesen Geruch wühlen, ich bin echt nicht normal.

»Und ich habe keine Lust mehr, mit einem Mann zu tun zu haben, der sein Leben mit einem Mikro vor dem Mund in Nachtclubs verbringt und jeden Abend aus Frust zu viel Whiskey trinkt, weil er eigentlich etwas ganz anderes machen möchte!«, zischte sie ihn an. Sie hatte ins Schwarze getroffen, er wusste sofort, worauf sie anspielte. »Lass Nina da raus, meinen Frust habe ich mir in den letzten Wochen bei *dir* geholt!« Er stand jetzt dicht vor ihr.

Er kennt mich so gut, dachte Magdalena und wunderte sich über das warme Gefühl, das ihren Bauch füllte. Ganz leicht war diese Empfindung, mühelos, wie ein Kichern, ein Plätschern. Er kam noch näher, als ob er sie küssen wollte, nein, das würde er nicht tun.

Sein Mund war über ihrem, zu nah. Ohne Bartstoppeln sah man noch besser, wie schön seine Lippen geschwungen waren.

»Da fehlt ein Knopf«, sagte er mit rauer Stimme. Magdalena

410

schaute an sich herab. Er hatte recht, an ihrer Jacke fehlte der obere Knopf. In diesem Moment beugte Matteo sich vor und küsste sie auf den Hals, knapp unter das rechte Ohr. Dann zog er seinen Kopf wieder zurück.

»Entschuldigung! Ich weiß nicht, was ich mir dabei gedacht habe …«

Magdalena blieb stehen, sie musste sich zusammenreißen, um sich nicht gegen ihn zu drängen, sie wollte plötzlich, dass er ihre Brüste berührte, sie überall berührte.

»Was du dir *wobei* gedacht hast?« Nina stand in der Küche, mit verquollenen Augen, schmal wie Schlitze, schaute sie zwischen Magdalena und Matteo hin und her.

Beide machten einen Schritt zurück.

»Nichts! Ich habe allerdings etwas herausgefunden, das sie interessieren wird!«

Magdalena war etwas benommen, sie hielt sich an der Tischkante fest, um sich gegen Matteos nächsten Satz zu wappnen.

»Ich habe jemanden getroffen!«, sagte er da schon.

»Hast du etwa Paolo gefunden!?«

»Nein, aber Tiziano, Tiziano Mazzei, der Bürgermeister, weiß etwas! Ich habe ihm von dir erzählt, und er meint, er kenne diesen Paolo.«

»Warum hast du ihm denn von ihr erzählt?« Nina ging zum Kühlschrank und holte eine Flasche Cola heraus.

»Das spielt doch jetzt keine Rolle, oder? Aber wenn du es unbedingt wissen willst: Wir haben uns über die immer noch bestehende Lizenz für das *POLO* unterhalten, und er hat die ganze Zeit nur abgeblockt. Da habe ich von Magdalena erzählt, dass sie mir hilft, und auch von den Fotos, die sie überall aufgehängt hat.«

»Aber warum hast du ihn nicht sofort gefragt, wo Paolo wohnt?«, stotterte Magdalena, als er mit der Hand auf sie zeigte.

Matteo zuckte mit den Schultern. »Da gibt es wohl etwas, das er dir selbst sagen möcht.« Magdalena stöhnte enttäuscht auf, was für eine Sackgasse war das wohl wieder? Der Bürgermeister konnte ja noch nicht mal das Foto gesehen haben.

»Wieso tust du des für sie, ist dir ihre Leidenschaft für'n Roberto auf einmal egal?«

Ninas Stimme klingt panisch, dachte Magdalena.

»Ich wohne nicht mehr bei Roberto«, sagte sie schnell, »er … er ist ziemlich unangenehm geworden.«

»Ich mache das für sie, weil ich es will, genauso, wie ich auch entschieden habe, für dich *nichts* mehr zu machen, Nina!«

Nina ging auf Matteos Antwort nicht ein, sondern wandte sich an Magdalena:

»Du bist so naiv, Magdalena, ich habe dir von vornherein gesagt, dass der Roberto nix gratis tut. Er tut nie etwas, ohne eine Gegenleistung zu fordern.«

»Stimmt, Roberto ist ein Scheißkerl, du hast mich ernsthaft vor ihm gewarnt, Nina, und dafür danke ich dir. Leider war ich zu dumm, um auf dich zu hören.«

»Und wenn du meinst, mich auf diese Weise in eine Therapie zwingen zu können, Matteo, das kannst du gleich vergessen!«

»Ich vergesse nie etwas!«

»Ich war gestern mit ihm auf einem Boot«, versuchte Magdalena sich Gehör zu verschaffen. »Zwei andere Typen kamen dazu. Wenn er mit dir das Gleiche vorgehabt haben sollte wie mit mir, Nina, dann verstehe ich, warum du ihn so hasst!«

»Ich hass ihn nicht.« Aber Magdalena konnte sehen, dass Nina ganz bleich geworden war.

»Letztes Jahr habe ich gedacht, es wäre dir egal, wenn dir

einer etwas antut«, warf Matteo ein, »du hast dich wahllos mit jedem eingelassen, du wolltest an irgendeiner Straßenecke Roms zugrund gehen. Heute machst du das nicht mehr, aber in dir drin hat sich nicht viel geändert. Du gehst kaputt an deiner Trauer und an deinen Schuldgefühlen, Nina. Und nicht nur du allein, du nimmst andere Menschen gleich mit. Lass dir helfen, oder ich bin weg!«

Nina starrte Matteo böse an.

»Dann kannst du dich besser um deinen neuen Kumpel, den Bürgermeister, kümmern!«

»Du kannst eine tolle Freundin sein, Nina! Auch wenn du gerade einmal nicht Erste Hilfe leistest, wirklich«, wollte Magdalena vermitteln. »Aber immer wenn alles normal zwischen uns war, hast du dich zurückgezogen. Und das hat mich wahnsinnig gemacht! Nicht jeder, den du gernhast oder liebst, stirbt sofort, und du bist kein Parasit und auch kein Schmarotzer.«

»Wenn ich in fremden Tagebüchern lesen tät, könnt ich wahrscheinlich auch so ein gescheites Zeug über andere daherreden.«

Magdalena schnappte nach Luft, sie spürte Matteos ungläubigen Blick auf sich.

»Matteo, ich würde mir das noch mal überlegen, vielleicht läuft sie ja in den nächsten Tagen wieder zu Roberto zurück, vielleicht hat ihr die kleine Orgie besser gefallen, als sie zugeben will.«

»Du bist ja krank, such dir einen Psychiater!«, sagte Matteo, aber in seinem Kopf arbeitete es, das konnte Magdalena sehen.

Evelina kam aus ihrem Zimmer geschlurft, sie trug ein rosa Babydoll und mit Federn besetzte Pantoffeln in der gleichen Farbe. Aus dem Pandabären war ein Flamingo geworden. Niemand beachtete sie, denn Nina rief: »Nein! Das werde ich nicht tun! Hör einfach auf, den Bodyguard zu spielen. Habe ich jemals darum gebettelt? Nein, habe ich nicht! Vielleicht hättest du mich früher vor deinem depressiven Freund warnen sollen!«

»Es wäre keine Orgie geworden, Nina, sondern eine Gruppenvergewaltigung! Heute Morgen bin ich zu Roberto gegangen und habe seine Hemden zerschossen«, rief Magdalena, sie zielte mit einer imaginären Waffe auf Mikkis Tür und ahmte ein paar Schussgeräusche nach. Die beiden hielten tatsächlich in ihrem Streit inne und starrten sie an.

»Ich kann mich gegen meine Ängste verteidigen, *du* aber nicht. Denn die bestehen bei dir nicht aus einem *stronzo* wie Roberto, sondern sitzen in dir drin.« In diesem Moment öffnete sich die Tür, und Mikki lugte hervor. Gemächlich hob er die Hände, ein Joint steckte zwischen seinen Fingern. »Kinder, lasst uns an den Strand fahren, ein Bad nehmen«, nuschelte er.

»Fehlt's dir jetzt total, Magdalena, oder weswegen ballerst du bei dem Argentinier im Haus rum? Was, wenn sie deine Fingerabdrücke finden?«, rief Matteo.

»Habe ich abgewischt.«

»Was heißt das«, fragte Nina leise, »was heißt das, du hast beschlossen, für mich nichts mehr zu machen?« Sie ging ganz dicht an Matteo heran.

»Das, was ich gesagt habe ...«

»Werde ich jetzt auch noch von dir bestraft für alles, was passiert ist?«, kreischte Nina plötzlich. »Bin ich schuld, bin ich wirklich schuld? Monatelang hast du mir eingeredet, dass ich nicht schuld bin, und nun bestrafst du mich!«

Nina packte ein großes Fleischmesser, das auf der Küchentheke lag, und richtete es gegen alle, die im Raum standen.

»Ihr. Wisst. Nichts.« Verächtlich presste sie die Wörter hervor. Magdalena schaute kurz zu den anderen, Evelinas Mund stand offen, Mikki knabberte an den Fingernägeln seiner freien Hand, Matteo machte eine beschwichtigende Geste, wich aber nicht zurück. Es war totenstill. »Ihr wisst nicht, wie das ist!«

Nina warf das Messer von sich, scheppernd landete es auf dem Boden, dann stieß sie einen lauten, spitzen Schrei aus. Sie sank auf die Knie und weinte und schrie, jetzt auf Italienisch, ihr Gesicht war rot angelaufen und verzerrt.

»Ich habe ein ganzes Jahr nicht geschlafen, ich hatte ein wunderbares Kind und einen tollen Mann, ich habe sie geliebt, aber ich war müde und kaputt und habe nur zwei Tage Urlaub gemacht, nur zwei Tage, um mich auszuschlafen! Ist das denn verboten?!«

Sie holte keuchend Luft, dann brachen wieder einige Worte aus ihr hervor, sie spuckte und röchelte, der Rotz lief ihr über den anklagend geöffneten Mund, sie zerrte an ihren Haaren.

»Sergio!«, konnte Magdalena verstehen. »Wer hat dir das Recht gegeben, sie mitzunehmen? Sie war mein Kind! Du hast sie mir weggenommen, du hast sie mitgenommen, meine So-fia!« Matteo umklammerte seine Oberarme, als müsse er sich zwingen, Nina nicht zu berühren. Evelina ging vorsichtig auf sie zu, auch Magdalena versuchte sich ihr zu nähern, doch bevor sie bei ihr waren, schrie Nina: »Ich war so egoistisch, ich werde mich immer dafür hassen«, und kroch mit gesenktem Kopf auf allen vieren unter den Tisch, wo sie sich wie ein Embryo auf der Seite zusammenrollte und liegen blieb. Nur ein tiefes Schluchzen war noch zu hören. Evelina schlüpfte aus ihren Pantöffelchen, tappte zu ihr, beugte sich unter den Tisch und streichelte über Ninas Schultern. Nina aber fing sofort wieder an zu schreien, ihre langen Beine scherten über den Boden und traten nach Evelina. Magdalena zuckte zurück, und auch Eveli-na nahm wieder Abstand. Ratlos standen sie um Nina herum, wie um ein ehemals zahmes, jetzt tollwütiges Tier, und hörten ihren Schreien zu. »Ich habe nichts mehr, kapiert ihr das denn nicht?! Nichts mehr!« Nina kauerte wieder auf allen vieren, die Stirn auf den Boden gelegt.

»Sofia«, wimmerte sie irgendwann nur noch, »Sofia!«

In diesem Moment ging die Haustür auf, und zwei Köpfe spähten in die Küche. »Rudolf!«, sagte Magdalena schwach.

»Kind!« Er räusperte sich: »Rosemarie, das ist meine Enkelin Magdalena!«

Hand in Hand standen die beiden in der Tür. Opa Rudolf in sommerlicher Wanderkluft mit kurzärmeligem kariertem Hemd, Rosemarie, ähnlich gekleidet, noch kleiner als er und drahtig, schaute mit unerschrockenen Mausaugen von einem zum anderen. Bevor Magdalena etwas sagen konnte, tat Rosemarie ein paar Schritte in den Raum, duckte sich und war mit erstaunlicher Gelenkigkeit zu Nina unter den Tisch gekrabbelt. Überrascht sah Magdalena, dass Nina sich von ihr aufrichten und in den Arm nehmen ließ. Ninas Kopf lag nun an ihrer Brust, sie hechelte unregelmäßig und durchnässte Rosemaries dunkelblaues Nordic-Walking-T-Shirt.

»Wir stehen schon eine Weile vor der Tür und waren uns nicht ganz sicher, ob wir hier richtig sind«, sagte Rudi mit gedämpfter Stimme. »Aber die Dame in der *Bar Elba* hat es uns eigentlich recht anschaulich erklärt …«

Ein leises Summen drang unter dem Tisch hervor. Rosemarie hielt Nina fest gepackt und wiegte sie in einem beschwörenden Rhythmus. Minutenlang sahen ihr alle dabei zu.

»Setz dich doch«, sagte Magdalena endlich zu Rudi und brachte ihm einen Plastikstuhl, der an der Wand gestanden hatte. In ihren Ohren schrillte ein hoher Ton, sie atmete ein, dennoch hatte sie das Gefühl, keinen Sauerstoff in ihre Lungen zu bekommen.

»Es tut mir leid, aber ich muss mal kurz raus hier!«

Mit großen Schritten floh sie aus der Haustür, die Treppe hinunter, in den Zitronengarten.

Magdalena kletterte mit wackeligen Knien auf die Mauer, dort oben würde sie vielleicht ruhiger werden. Das Meer war heute hellblau und mit weißen Schaumstippen bedeckt, Windstärke sechs bis sieben war da draußen, schätzte sie. Der Brunnen war angeschaltet. Du mit deinem Plätschern, hatte Matteo gesagt, jetzt war der Garten von dem Geräusch erfüllt, und sie konnte es kaum ertragen. Sie hatte alles kaputt gemacht. Matteo wusste jetzt Dinge von ihr, die sie ihm lieber verheimlicht hätte. Unnötige Details über Roberto, die Waffe, ihr Schnüffeln in den Tagebüchern. Sie hatte ihm im Zorn gesagt, was sie von ihm und Nina hielt. Hoffentlich kam er nicht hinter ihr her.

Aber da war er schon, sie konnte seine Schritte von allen anderen unterscheiden. Er tat, als sähe er sie nicht, griff prüfend nach den Ästen der Zitronenbäume, kontrollierte sie auf Schädlinge, langsam wanderte er von Baum zu Baum. Sie wollte zu ihm hinunterspringen, blieb aber sitzen.

»Ich habe Tiziano gesagt, dass du ihn treffen willst!«, sagte er endlich zu der Mauer.

»Dann werde ich ihn eben treffen«, rief sie zu ihm hinab.

»Du *musst* nicht! Mach, was du willst!«

»Danke, das tue ich ohnehin!«

»Ach, das hätte ich gar nicht gemerkt.«

War er nur gekommen, um sie zu beleidigen? Er war ein Einzelgänger, wenn sie nicht mehr da wäre, würde er noch wochenlang allein hier im Garten herumfuhrwerken und sich um die Pflanzen kümmern.

»Was hat er gesagt, er kennt Heidi, war er mit ihr …zusammen?« Kein Wort schien mehr passend.

»Das, was ich wusste, habe ich ihm erzählt, er war … er reagierte etwas verstört.«

»Kein gutes Zeichen, wenn Männer verstört sind.«

Magdalena hangelte sich rückwärts von der Mauer und tastete mit den Füßen nach den Vorsprüngen. Es sah bestimmt
furchtbar ungeschickt aus, er sollte ihr nicht dabei zusehen.
Aber natürlich beobachtete er sie und kam zu allem Überfluss
auch noch auf sie zu.

»Er kommt heute Abend bei uns vorbei, wenn du auch kommen willst, bitte, musst du selber wissen.« Es klang nicht gerade
einladend. Magdalena zuckte mit den Schultern, sie wollte ihm
nicht den Gefallen tun, aufgeregt nachzufragen. Wenn der *sindaco* etwas wusste, würde sie es aus ihm herausbekommen.

»Und das mit Roberto und dir ist tatsächlich vorbei?« Aha,
es interessierte ihn.

»Natürlich!«, beeilte sie sich zu sagen. »Ich hab doch erzählt, dass ich heute sämtliche Hemden in seinem Schrank erschossen habe!«

Matteo nickte. »Woher kannst du eigentlich schießen?«

»Er hat es mir beigebracht.«

»Du spinnst, na ja, vielleicht hättest du die Waffe lieber mitnehmen sollen, damit du später einen Grund hast, noch einmal
zu ihm zu gehen?«

Sie schüttelte entrüstet den Kopf.

»Doch, das wäre doch nett gewesen, du bringst sie ihm zurück, und dann ratscht ihr ein bisschen, und dann schießt ihr
ein bisschen, und dann ›fegt‹ ihr, so wie sich's gehört!«

»Du meinst, ich würde noch mal mit ihm ins Bett? Spinnst *du*
jetzt?«

»Erfahrung!«

Batsch! Sie hatte ihm eine geknallt.

»Scheißerfahrung, die du da hast.«

Wütend packte er ihre Handgelenke. »Mach das nicht noch einmal!«

»Doch! Wenn du so einen Müll daherredest. Und du tust mir übrigens weh!«

Er ließ sie nicht los. »Gleich merkst du, was wehtun heißt!« Sie funkelten sich an, Magdalena zerrte, wollte weg von ihm, doch seine Finger umklammerten sie wie eiserne Schellen, sie kam nicht los. Plötzlich küssten sie sich, wild, wütend, er hielt ihre Handgelenke noch immer umschlossen. Sie drängten sich aneinander, die ganze Wut schien zwischen Magdalenas Beinen heiß zu zerfließen, endlich ließ er ihre Arme los, ihre Zungen lösten sich nicht voneinander, als er sie hochhob. Er küsste wunderbar, unbeschreiblich. Sie schlang die Beine um ihn, suchend schaute Matteo sich um, keines der dünnen Zitronenbaumstämmchen würde ihnen standhalten. Er trug sie bis zu der Mauer, stemmte sie dagegen, sodass sich die Steine in ihren Rücken bohrten, und presste sich an sie, die Schnalle seines Gürtels war direkt zwischen ihren Beinen. Sie hielt sich an seinen Schultern fest, zog dann seinen rasierten Kopf noch dichter an sich heran und versank in seinem warmen, weichen Mund.

»Verzeih mir!« Schwer atmend ließ er sie irgendwann vorsichtig los, bis ihre Füße wieder Halt fanden.

»Was soll ich dir verzeihen, daran waren wir ja wohl beide beteiligt.«

Magdalena zupfte den Faden aus der Jacke, an dem einmal ein Knopf gehangen hatte. Er hätte nicht aufhören sollen, sie zu küssen, jetzt würde sie wieder mit dem Denken anfangen.

»Magdalena, da ist noch etwas, was ich dir sagen muss.«

Sie sah ihm in die Augen und zog dabei unauffällig ihr Höschen unter der Hose zurecht, es war ganz nass und fast völlig zwischen ihren Pobacken verschwunden. Er hatte es bemerkt und grinste kurz, bevor er wieder ernst wurde.

»Solltest du nicht bei Nina sein?«

»Ich habe einen Doktor angerufen, einen Freund von mir, der kommt gleich und wird sie erst mal mitnehmen. Er hat eine Praxis für solche Fälle, Burnout, Borderline … und wie das alles heißt. Aber ich hoffe, sie fährt bald nach Rom und geht endlich zu dieser Beratung, zu der ich sie immer überreden wollte. Du hast das ganz richtig gesagt eben, sie merkt, dass sie keine Freundschaften aushalten kann und Angst hat, einen anderen Menschen zu gern zu haben. Das muss sie erst mal jemandem erzählen und verarbeiten.«

»Und wenn nicht?«

Er zuckte mit den Schultern. »Ich bin nicht ihr Hirte …«

Magdalena lächelte. »Was musst du mir sagen?«

»Na ja, Tiziano, der Bürgermeister, mach dir da nicht so große Hoffnungen …«

»Mache ich mir nicht, aber hast du dir seine Zähne angeschaut?«

»Wie bitte?«

»Seine Zähne, hat er spitze, lange Eckzähne oder nicht?«

»*Cavolo*, ich hatte wirklich etwas Wichtigeres zu tun, als ihm in den Mund zu gucken. Er lacht auch nicht so oft, jedenfalls nicht mit mir. Ich war dabei, über die Lizenz vom *POLO* zu verhandeln, und die Sache schien grad absolut ins Stocken zu geraten, als ich ihm eher zufällig die Geschichte von dir und dem Foto erzählte. Da wurde er auf einmal ganz zappelig, ganz verstört eben, und hat plötzlich angeboten, sich noch mal mit mir zu treffen. Er will auch mit dir sprechen.«

»Ach, das ist aber nett! Ganz hervorragend ist das, du benutzt mich und die ach so interessante Geschichte meiner Mutter, um dein Ding hier durchzuziehen!«

»Wenn du es so sehen willst, dann sieh es so! Das war nicht meine Absicht!«

»Nicht deine Absicht, aha. Aber vielleicht Berechnung?«

Sie war wieder auf dem besten Wege, etwas, was ihr lieb war, zu zerstören. »Wenn du meinst, es geht dir dann besser, nenn es eben Berechnung!«

Ohne sie noch einmal anzuschauen, ging er in seinem wiegenden Gang davon.

41

Wo sind sie denn mit ihr hin, Evelina?«
»In seine Praxis, ausruhen, schlafen, überlegen, wie es
weitergehen soll.« Evelina ließ Opa Rudi keinen Moment aus
den Augen.

»*È forte, tuo nonno!*«, stellte sie fest, während sie ihn weiter um-
schwirrte: *Caffè?* Wasser? Etwas zu essen? Magdalena staunte:
Opa Rudi war tatsächlich *forte*. Keine Spur mehr von Italien-
Phobie, er führte sich auf wie ein Stammesfürst, der sich die
Ehre gibt, ein fremdes Land zu besuchen. Evelina redete auf ihn
ein, und er lachte verschmitzt, so kannte sie ihn gar nicht, er
konnte ein richtiger Charmeur sein. Auch Mikki hatte es nicht
wieder in sein Zimmer getrieben, er saß mit Rudolf am Tisch,
ließ sich von Evelina Espresso servieren und fragte Rudi über
das Boxen aus. Die beiden schienen erleichtert, sich um etwas
anderes als Nina kümmern zu können, die von dem Arzt und
Rosemarie weggebracht worden war.

»*Pugilatore*, wäre das auch etwas für mich?«

Nee, Mikki, du bist ja noch leichter als Fliegengewicht, so
eine Gewichtsklasse gibt es nicht …, dachte Magdalena.

»War das in Ordnung für Rosemarie mitzufahren? Was meinst
du?«

Rudi nickte, und Magdalena lächelte, mehr Kommunikation
brauchten sie nicht. Dennoch war sie unruhig. Niemand wuss-

te, ob Matteo gemeinsam mit Nina und dem Arzt weggefahren war. Als sie den Weg aus dem Garten zurückgefunden hatte, war er schon nicht mehr in der Wohnung gewesen.

»Er hat ihr eine Tasche gepackt und ist dann mit ihr raus«, sagte Evelina, »hier, das soll ich dir geben, das hat er in Ninas Zimmer gefunden.«

Magdalena nahm den Briefumschlag entgegen und schaute lange auf ihren Namen, der in runden Buchstaben darauf geschrieben stand.

»Rosemarie hat ein Haus auf der Insel Giglio, also praktisch gleich nebenan«, sagte Rudolf, als Magdalena ihm den Garten des *POLO* zeigte.

»Die Wolgafahrt haben wir verschoben, denn sie muss sich jetzt erst mal um das Haus kümmern, vielleicht wird sie es verkaufen. Ihr Mann hatte ein großes Dentallabor, eines Tages verschwand er auf unerklärliche Weise. Bis heute weiß man nicht, was ihm zugestoßen ist. Vor zwei Jahren hat sie ihn für tot erklären lassen.« Er stemmte die Hände in die Seite und schaute über die mintgrünen Fliesen der Tanzfläche, Magdalena kannte diese Pose, so stand er auch immer auf dem Schulhof, wenn alles in Ordnung war, wenn er in seiner Schule alles unter Kontrolle hatte.

»War nicht einfach für sie«, fuhr er nachdenklich fort. »Sie stand ja selbst eine Zeit lang unter Verdacht. Aber sie ist eine tolle Frau, ganz normal, trotz des vielen Geldes. Sie bringt mich zum Lachen. Ich nenne sie Romy.«

Er legte einen Arm um Magdalena und drückte ihre Schulter. Er war verliebt, ihr kleiner Opa war tatsächlich verliebt. Wenigstens einer aus der Familie war glücklich.

»Ich muss noch mal weg«, sagte sie.

»Gut, mein Kind, wo treffen wir uns?«

»In der *Bar Elba*, die kennt ihr ja schon, in Procchio stehen auch noch meine Taschen.«

»Dann fahren wir heute Abend also zusammen nach Giglio?«

»Wenn ich euch nicht störe?«

»Ich lasse es dich rechtzeitig wissen.« Er plinkerte ihr zu.

Der Steinbruch war irgendwo dort oben im Berg, er machte einen Höllenlärm, es staubte, es kreischte, Metall, das auf Stein stieß. Magdalena bremste scharf, beinah hätte sie das Schild übersehen. Sie bog links in die Straße hinein, »Cappella Santa Lucia« stand auf einem kleinen gelben Schild, das an einem Gitterzaun hing. Nina ist seltsam, ich habe es ja schon immer geahnt, was soll die kryptische Wegbeschreibung in dem Briefumschlag mit der diktatorischen Aufforderung »Geh dahin!«?

Ein Ort der Einkehr, der Besinnung, sie schickt mich in eine Wallfahrtskapelle. Danke, Nina. Wenn du schon nicht weißt, was für dich das Beste ist, hast du wenigstens immer noch Tipps für deine Mitmenschen. Magdalena drosselte das Gas und versuchte, den zahlreichen Schlaglöchern auszuweichen. Warum sollte sie diesen Berg hier hochklettern? Geh dahin! Noch nicht mal einen Parkplatz gab es, nur ein Auto mit platten Reifen und einem Sonnenschutz aus Pappe vor der Windschutzscheibe stand in einer Senke mit tiefen, ausgetrockneten Reifenspuren. Hier musste der Einschlupf sein. Ein schmaler Pfad führte sie zwischen jungen Bäumen und hohen, vertrockneten Gräsern bergan. Einmal im Jahr, im Winter, gab es eine Prozession, hatte sie im Reiseführer gelesen. Frühmorgens quälten sich bis zu hundert Leute hier hoch, jeder zweite stolperte garantiert über die Bretter, die wie Treppenstufen mit langen Eisenstreben im Berg verankert waren. Ein heftiger Wind zerrte an ihren Haaren, sie setzte stetig einen Fuß vor den anderen. Alles war vorbei. Zwei Monate und eine Woche war sie auf der Insel und auf der Suche gewesen, und was hatte sie gefunden? Okay, Nina, du wolltest mich zu einem Meditationsaufstieg bewegen? Weil dir das am Todestag geholfen hat?

Magdalena stützte die Hände auf die Knie, jetzt doch etwas außer Atem. Netter Versuch: Die Patientin steigt auf einen Berg und kehrt als anderer Mensch zurück. Sie lachte auf, die Treppen wechselten sich mit steinigen Pfaden ab, sie kam immer höher und wandte sich ab und zu um. Das Grün von Elba würde sie am meisten vermissen, die dichten Wälder der Berghügel, die gelben Flecken des Ginsters, Himmel, Wind, Meer, alles. Sie war gerührt und traurig, hatte schon im Voraus Heimweh, Inselheimweh. Auf einer Stufe sitzend, schloss sie die Augen und stellte sich noch einmal den Moment vor, in dem Matteo ihre Handgelenke umklammert hielt und sie dann küsste, nur diesen Moment, dieses wilde Aufeinanderprallen, sie spulte zurück und ließ den kleinen Film noch langsamer ablaufen. Wie in Zeitlupe, wieder und wieder. Dann öffnete sie die Augen. Das war vorbei, sie passten nicht zusammen, sie verletzte ihn ja nur mit allem, was sie sagte, bestimmt wollte er sie gar nicht mehr sehen.

Von dem Steinbruch oben im Berg dröhnte und knallte es herüber, lange Staubfahnen zogen in den hellblauen Himmel. Noch ein paar Stufen, dann war sie endlich oben. Die Kapelle war enttäuschend. Ein lang gezogenes, schäbiges Häuschen stand auf einer vertrockneten Wiese, es war von einer Seite mit Gehölz umwachsen und mit einem roten Ziegeldach, Regenrinne und einem kleinen Kreuz versehen. Durch drei große Bogenöffnungen war die vordere Hälfte zu einem Unterstand ausgehöhlt, dahinter lag die eigentliche Kapelle. Die braune Flügeltür war wahrscheinlich abgeschlossen, solche Kapellen und Kirchen waren immer abgeschlossen. Mit hängenden Armen stand Magdalena vor dem kleinen Gebäude, die Wände waren terrakottafarben und fleckig, wie nach einem gehörigen Wasserschaden. Ganze Generationen von Pilgern und Verliebten hatten ihre Namen im Putz hinterlassen. Carla und Oscar am 6. 6. 99, Mika und Marú im Jahr 2002, und Katrin war auch da gewesen. Jemand hatte zwischen Arianna, Erwin und Frikke ein *ti amo* eingeritzt. Ohne große Erwartung kletterte Magdalena die felsige Erhebung hinter der Kapelle empor, auf der ein metallenes Kreuz errichtet war. Von hier konnte man auf Portoferraio schauen, die kleinen Häuserklötze der Stadt ordneten sich in einheitlichen Orangetönen um das runde Hafenbecken, eine Fähre von Torremar kam gerade herein und steuerte die große, weiter westlich gelegene Mole an. Das Kreuz sah aus wie aus einem Drahtkleiderbügel zurechtgebogen, es wackelte im Wind. Magdalena stieg hinab, ging zu der braunen Tür der Kapelle und rüttelte unwillig daran. Die Tür ging auf, überrascht zog sie den Kopf zwischen die Schultern und trat ein.

Drei braune Bänke, schummriges Licht, das durch zwei vergitterte Fenster fiel, Geruch nach verfaulendem Holz, Brackwasser, Weihrauch, Kerzen. Es gab keinen richtigen Altar, nur ein ewiges Licht brannte über einem mit einer roten Zierborte geschmückten schmalen Steinsims, auf dem zwei hölzerne Heiligenfiguren standen. Sie hatten Tücher um sich gehüllt, die gerade im Begriff waren, ihnen von den typisch schief gelegten Köpfen zu rutschen, und harrten auf ihren Sockeln aus. Eine Maria Magdalena links und eine Santa Lucia rechts, so stand es auf den kleinen Plaketten. Gut, verstehe, Magdalena setzte sich auf die vorderste Bank, das hat Nina also gemeint. Aber sie verstand gar nichts. Der unaufhörliche Gedankenstrom in ihrem Kopf war zum Stillstand gekommen, ausgerechnet jetzt, wo sie ein, zwei klare Gedanken gut hätte gebrauchen können. Kein Mensch war hier oben mit ihr, sie war allein, nur der Wind rüttelte an der Tür. Maria Magdalena links und Lucia rechts. Ihre Namen, und was bedeutete das jetzt?

Na, was bedeutet das wohl?, hörte sie Ninas Stimme. Sie ist hier gewesen! Deine Heidi ist hier oben gewesen. Durch den Weihrauch und die abgestandene Luft wurde Magdalena ganz schwummerig im Kopf. Magdalena Lucia – das konnte kein Zufall sein, sie stand wieder auf und schaute sich die Gesichter der Statuen genauer an. Sie hatten sehr eigene, ganz unterschiedlich Züge. Heidi hatte vor ihnen gestanden und sich nicht entscheiden können: Nehme ich die hübsche, etwas abwesend wirkende Lucia oder die nachdenkliche, ernste Magdalena? Welche hättest du genommen?, hörte sie Heidi fragen. Magdalena zuckte mit den Schultern: »Ich hätte mich, glaube ich, auch für alle beide entschieden«, sagte sie leise.

Magdalena musste an Nina denken, die eben noch heulend und tretend unter dem Tisch in der Küche gelegen hatte. Sie hatte diesen Platz entdeckt und ihn ihr zum Geschenk machen wollen. Dann schob sich ein anderes Bild, von dem Matteo ihr erzählt hatte, vor ihre Augen. Nina, wie sie vor dem Zimmer ihrer toten Tochter auf dem Boden lag, die Fingernägel unter die geschlossene Tür geklemmt, bis sie blau waren. Magdalena konnte den Schmerz fühlen. Sie sah Nina vor ihrem Kleiderschrank, zwischen ihren bunten Schuhen, Nina, die ihr einen Berg Spaghetti auf den Teller häufte, die behutsam ihren Verband wechselte. Sie war so … so voller Liebe, immer noch, sie wusste es nur selbst nicht.

Wie Nina wohl mit ihrem Kind gewesen war, mit ihrem Mann, vor dem Unfall? Als junge Mutter? Nina als Mutter. Auch mit einem toten Kind blieb man Mutter. Für immer. Eine Witwen-Mutter. Eine Waisen-Mutter. Es gab keine eigene Bezeichnung dafür. Wenn es nicht so traurig wäre, müsste man eine für diesen Zustand erfinden. Magdalena beschloss, Nina einen Brief zu schreiben.

Sie öffnete ihre Handtasche und suchte nach Zettel und Stift, dabei fiel ihr das Foto entgegen. Weich und abgegriffen, gefaltet und zerknickt, mit ausgefranstem Rand, nass geworden und wieder getrocknet, x-mal kopiert, verteilt, herumgereicht und wieder zurückgegeben, hatte es sie die ganze Zeit begleitet. Sie nahm es in die Hand und betrachtete es: Heidi und der junge Mann neben ihr, Paolo oder wie immer er auch heißen mochte, gehörten hierher. Sie waren hier gewesen, jetzt kehrten sie wieder zurück. Magdalena küsste das Bild und legte es zwischen die beiden Figuren. Aufatmend, als habe sie ein schwieriges Problem gelöst, ging sie hinaus und las sich lächelnd Meter für Meter durch Herzen, Daten, Inschriften.

Das Herz war eines der ältesten, aber auch eines der größten: 26. 07. 1979 – Heidi & Tiziano –

42

Sie sah ihn dort sitzen, reglos, die Arme auf die Stuhllehnen gelegt, als wäre er nicht nur blind, sondern auch gelähmt. *Das* war er also. Der Mann, den sie seit zwei Jahren, zwei Monaten und einer Woche suchte. Tiziano.

Wer hatte die beiden weißen Plastikstühle unter die Bäume getragen? Matteo wahrscheinlich. Der Brunnen war abgestellt, auch das Werk von Matteo.

Tiziano also. Schämte er sich, dass er Heidi mit dickem Bauch hatte sitzen lassen? Natürlich schämte er sich! Er hatte allen Grund dazu! Ich werde ihn duzen, ich werde ihn keineswegs ehrfürchtig als Bürgermeister behandeln, auch nicht als armen Behinderten, als Blinden. Aber er ist blind! Das ist mir scheißegal!

Da saß er nun, seine Haare schimmerten hell, dicht wie eine Mütze. Die Dauersonnenbrille, den komischen schwarzen Kasten wie immer auf der Nase. Magdalena atmete ein paarmal kurz ein und dann lange wieder aus, damals hatte das vor den Schwimmwettkämpfen gegen die Nervosität geholfen, hundert Meter Freistil, ihre Disziplin. Er hat sie sitzen lassen. Ich werde ihn duzen und als den kleinen Jungen behandeln, der er damals war. Eben, er war verdammt jung gewesen, erst zwanzig oder so. Aber wenn er vögeln, fegen, nudeln konnte, konnte er auch die Konsequenzen tragen!

Ihr Herz klopfte nicht mehr so stark, möglicherweise war es inzwischen daran gewöhnt, zu oft hatte sie in den vergangenen Wochen gedacht, ihrem Vater gegenüberzustehen. Da war Giovanni auf der Fähre, mit ihm hatte es angefangen, danach Olmo, dann Antonello, der glückliche Antonello, er ruhe in Frieden, und jetzt er: der Bürgermeister von Portoferraio. Ausgerechnet *er* war blind und hatte die Fotos von Heidi und sich, die in seiner Stadt überall an den Mauern und Masten hingen, abreißen lassen.

»*Buona sera!*« Natürlich hatte er ihre Anwesenheit schon längst bemerkt, mit seinem witternden, ruhigen Schildkrötenkopf.

»*Sono Maddalena!*« Er stand auf, plötzlich angespannt, dennoch wirkte er stark und selbstbewusst, nur sein Lachen, das am unteren Rand der schwarzen Brille endete, schien aufgesetzt und ließ Magdalena fast aufschreien – die Wolfszähne, weiß und spitz.

»Maddalena«, sagte er, »wie schön, dich endlich richtig kennenzulernen.« Sollte sie ihm die Hand geben? Aber wie?

»Ich dachte, wir könnten erst mal etwas trinken. Martini?« Er hatte sich informiert, auf dem kleinen Schemel standen zwei Gläser mit Eis, eine Flasche Weißwein, eine Flasche Martini und Wasser. Magdalena fühlte sich geschmeichelt, aber das wollte sie sich nicht anmerken lassen, Gott sei Dank konnte er ihr Lächeln nicht sehen. So leicht würde er ihre unangenehmen Fragen zwischen dem grünen Laub der Zitronenbäume nicht abwehren können.

»Gerne.«

Er wusste genau, wo alles stand, hielt das Glas am Rand fest, goss geschickt ein und reichte es ihr dann. Auf dem Rückweg mit dem Roller hatte sie alle Antworten, die er ihr vielleicht geben würde, bereits durchdacht, sie hatte Argumente, Gegenargumente, sie hatte Lösungen, Alternativen, Erwiderungen aller Art. Er würde es schwer haben, sich herauszureden.

»Ich bin …«, er begann noch einmal von vorn: »Seit vorgestern bin ich nicht mehr in der Lage, in die *comune* zu gehen. Die Nachricht, dass Heidi tot ist, hat mich schwer getroffen. Auch wenn es schon so lange her ist, für mich ist es, als sei sie erst vorgestern gestorben. Ich wollte … ich musste dich treffen, aber du warst nicht aufzufinden.«

»Du sehr lange Zeit auch nicht.«

Er lachte kurz auf, es klang bedrückt. »Darf ich deine Hand haben?« Er streckte seine Hand aus, und sie gab ihm ihre freie Linke, er hatte angenehm trockene Hände und schien ihre Hand zwischen seinen jetzt abzutasten, als ob er etwas darin suchen würde, dann ließ er sie los.

»Ich könnte dir jetzt erzählen, dass ich deine Mutter geliebt habe und mir alles sehr leidtut. Aber so war es nicht.« Ein kalter Stoß durchfuhr Magdalena, sie nahm einen Schluck Martini, die Eiswürfel knisterten. Na gut, das hatte sie erwartet. Ein in den Putz geritztes Herz, was bedeutete das schon, wenn man zwanzig war? Jetzt spinn nicht rum, sagte sie sich, es bedeutet *alles*, wenn man zwanzig ist oder dreißig oder auch dreißig und zwei Monate.

»Ich habe sie sogar sehr geliebt, und das hat mir Angst gemacht. Ich hatte das damals nicht für mich eingeplant. Ich wollte cool sein und möglichst viel erleben. Auch in puncto Sex.« Er war die ganze Zeit auf einer Stelle stehen geblieben und hob ab und an wie ein Dirigent an seinem Pult seine schönen Hände. Es kam ihr vor, als schaue er ihr direkt in die Augen.

»*Dio*, wir waren so glücklich miteinander, wir redeten über alles, was uns beschäftigte, was uns wichtig war, sie wusste so viel mehr als ich, aber sie hat mich das nie spüren lassen. Durch sie habe ich überhaupt erst angefangen, Zeitung zu lesen, mich zu informieren, was politisch so läuft. Später. Als ich sie schon verloren hatte.«

»Sie kam im Herbst zurück und war schwanger. Warum ging es nicht weiter mit euch?«

»Weil ich ihr die Wahrheit gesagt habe.« Er schaute sich um.»Kannst du mir ein Glas Weißwein geben?« Magdalena nickte und ging zu dem Schemel unter dem Baum. Zu spät fiel ihr ein, dass er sie ja nicht sehen konnte.

»Die Wahrheit?«

»Wenn ich nur nicht so dumm gewesen wäre.«

»Hier.« Sie ging wieder zu ihm und drückte ihm das Glas in die Hand. Er trank einen Schluck und sagte: »Manchmal ist die Wahrheit einfach falsch.« Magdalena wartete.

»Mein Freund Paolo und ich, wir hatten das mit der Liebe irgendwie nicht eingeplant.« Magdalena hielt die Luft an, jetzt kam endlich der ominöse Paolo ins Spiel.

»Die Mädchen fielen uns vor die Füße wie reife Pflaumen, wir mussten uns nicht mal strecken, um sie zu pflücken.« Seine genaue, etwas blumige Art, sich auszudrücken, gefiel ihr sehr. Magdalena merkte, dass sie ihn gegen ihren Willen sympathisch fand.

»Als ich Heidi kennenlernte, war ich genau auf diesem Trip: einfach nur genießen – und dann weiter zur Nächsten.« Er sprach den Namen ihrer Mutter sogar richtig aus, mit einem H, für das er extra eine Portion Luft zu holen schien.

»Ich habe diese Geschichte bis jetzt nur einem einzigen Menschen erzählt: ihr.« Er schüttelte bedauernd den Kopf, und Magdalena hätte dabei zu gerne seine Augen gesehen.

»Eines Abends versuchte Paolo mich zu überreden, er wollte heimlich die Mädchen tauschen, das hatten wir schon zwei-, dreimal vorher geschafft.«

Magdalena musste sofort an Roberto denken, ihr wurde ganz

flau im Magen, und sie spürte, wie ihre gerade gewonnene Sympathie für Tiziano aus ihr entwich, wie Luft aus einem Fahrradreifen. Betont sachlich fragte sie: »Wie habt ihr das denn hinbekommen?«

»Wir waren beide nicht hässlich, waren immer zusammen unterwegs, haben dann irgendwo im Zelt probeweise mal zu der anderen rübergelangt, und dann mehr … das ging schon manchmal.«

»Aber in diesem Fall?«

»Aber in diesem Fall wollte ich es nicht, ich war verliebt und wollte Heidi nicht teilen, und ich hatte auch keine Lust auf diese Holländerin. Sie war zwar ein schönes Mädchen, aber …«

»Margo!«

»Du weißt ihren Namen, kennst du sie?!«

»Nein. Nur aus dem Tagebuch meiner Mutter.«

»Freiwillig würde auch Heidi es nicht machen, das wusste ich, also ließ ich mich von Paolo überreden. Er hat mir so einen Schwachsinn erzählt: Wir Männer lassen die Liebe lieber weg, damit fahren wir besser, wir lassen uns von Frauen nicht aussaugen, hat er immer gesagt. Er hatte ziemlich genau den gleichen Körperbau wie ich und einen Plan. Es musste dunkel sein, und wir durften nicht reden, kein einziges Wort. Dann haben wir uns Details erzählt, wie wir es machen, unsere Liebestechnik, unsere Art. Es war interessant und abartig zugleich.« Er unterbrach sich. »Verstehst du alles, was ich sage?«

»Und *mehr*«, gab Magdalena zur Antwort. Sie sah alles vor sich, das Zelt, das Meer, eine Nacht ohne Mond, zwei junge Männer, die über den Strand huschten und …

»Wir haben alles durchdacht, Paolo war ein Meister darin. Vorher viel Wein für die Mädchen, keine Feuerzeuge in der Nähe, Taschenlampen verstecken, sogar ein kleines Zeichen haben wir uns gemacht, wir haben uns beide ein Pflaster an eine unsichtbare Stelle geklebt, von der jeweils Margo und Heidi wussten.« Er schnaubte verächtlich bei der Erinnerung.

»Und, hat es Spaß gemacht?« Sie wollte kein Mitleid mit ihm haben.

»Ich habe es für ihn getan und um mir meine eigene Coolness zu beweisen – so würde man das wohl heute nennen – und aus Angst vor zu vielen Gefühlen für diese Deutsche, die mir so unwahrscheinlich gut gefiel. Danach haben wir natürlich wieder getauscht, sind unter einem Vorwand raus und bei der richtigen Frau wieder rein ins Zelt. Ich habe mich so geschämt und war höllisch eifersüchtig. Und als sie mir am nächsten Morgen sagte, dass es gestern so anders gewesen wäre, so ganz besonders, und alles wäre so schön mit mir, und … Eine Katastrophe! Ich musste immer an Paolo denken, was hatte er mit ihr nur angestellt, sie war ganz aufgekratzt, albern und fröhlich.«

»Und dann seid ihr hoch zur Santa Lucia gegangen und habt euch verewigt.«

»Nein, das war vorher, nachher wäre es nicht mehr möglich gewesen. Ich habe mir nach dieser Nacht selbst nicht mehr geglaubt. Liebte ich sie denn wirklich, wenn ich zu so etwas in der Lage war?«

Magdalena nickte. »Und deswegen hast du dich nicht mehr gemeldet, und als sie feststellte, dass sie schwanger war …«

Tiziano seufzte und kehrte zu seinem Platz zurück. Mit einer kaum sichtbaren Bewegung registrierte er, wo der Stuhl stand. »Setz dich doch auch.« Er lehnte sich zurück. »Ich wollte mich bei ihr melden, schon gleich nach ihrer Abreise dachte ich, egal, ich liebe sie, ich hole sie zurück. Dann kam ich für einen Monat in den Knast.«

»Warum das denn?« Magdalena setzte sich ebenfalls, rutschte aber ganz nach vorn auf die Stuhlkante. »Weil ich verdächtigt wurde, ein Kind überfahren zu haben. Ich hatte Paolo ein Alibi gegeben, der in eine Affäre mit einer verheirateten Frau aus Capoliveri verstrickt war. Nicht wissend, dass er in dieser Zeit mit dem Auto einen Unfall gehabt hatte. Also kam ich erst mal in Livorno ins Gefängnis. Ich konnte weder meine Unschuld beweisen noch Heidi erreichen.«

»Hat das Kind überlebt?«

Er lächelte. »Das hätte Heidi auch sofort gefragt. Ja. Es hat überlebt, es war nur leicht verletzt, aber Fahrerflucht wird in Italien schwer bestraft.«

Magdalena schaute in die Kronen der Zitronenbäume, der Wind von heute Nachmittag hatte sich gelegt, ein Mückenschwarm tanzte in der unbeweglichen Luft, es musste ungefähr sechs Uhr sein. Matteo würde nicht mehr in den Zitronengarten kommen, Ninas russischer Lada hatte nicht vor der Tür gestanden, vielleicht war er schon abgereist, vielleicht brachte er das Auto für sie nach Rom.

»Als ich dann endlich rauskam, waren meine Sachen zu Hause verschwunden, mein Vater hatte aus Zorn über mich fast alles von mir weggeschmissen, und ich hatte ihre Telefonnummer nicht mehr und musste erst mal Geld verdienen. Die ganze Situation war total verzwickt, aber im November hat sie mich dann endlich durch einen Freund aus Marina di Campo ausfindig gemacht, sie hat mich angerufen, und ich bin nach Elba gefahren. Ich war noch nie so nervös wie auf dieser Überfahrt und bin aus allen Wolken gefallen, als ich sie sah, sie hatte mir nichts gesagt …«

Magdalena sah Heidi mit ihrem Wollschal um den Bauch vor sich. Der Film ihres Lebens, dessen Anfang sie nie gesehen hatte, lief plötzlich in voller Länge vor ihren Augen ab.

»Es war ein seltsames Wiedersehen, ich war befangen, sie war so schön, so anders schön. Ich habe sie gefragt, ob das

Kind von mir sei. Total dumm, unnötig, verabscheuungswürdig. Dafür könnte ich mich heute noch ohrfeigen.«

Magdalena zog die Augenbrauen hoch. O Gott, sie kannte doch das Ende und betete dennoch völlig unlogisch dafür, dass alles gut ausging.

»Meines Wissens habe ich in diesem Sommer nur mit *dir* geschlafen, sagte sie. Da weißt du aber nicht alles, habe ich erwidert. Warum nur? Warum? Weil ich über mein eigenes Handeln so entsetzt war?«

Er nahm die Brille ab und rieb sich die Augen. Magdalena betrachtete ihn neugierig, sie waren braun und wirkten ganz normal.

»Wir waren überfordert von den Gefühlen, mit denen wir uns nach den Monaten der Trennung wieder aufeinanderstürzten. Sie wollte wissen, was ich mit meiner Bemerkung meinte, wir haben uns gestritten, und ich habe ihr schließlich die ganze Geschichte erzählt und ihr gesagt, dass es mir so leidtäte wie nie etwas zuvor in meinem Leben.«

Magdalena wusste nicht, was sie denken sollte. Sie wollte ihn einerseits trösten, andererseits hätte sie ihn am liebsten geschlagen.

»Warum gehst du davon aus, dass ich deine Tochter bin? Da du meine Mutter so großzügig an deinen Freund ausgeliehen hast, kann ich ja genauso gut sein Kind sein.«

Er verzog sein Gesicht.

»Paolo hat mir erst später gestanden, dass er gar nicht mit ihr geschlafen hat. Hat nicht geklappt, zu viel Alkohol. Er hat's beim Leben seiner Mutter geschworen. Und die ist heute über neunzig!«

Tiziano schien zu spüren, dass Magdalena ihn immer noch ansah, mit einigen Fachausdrücken versuchte er ihr zu erklären, warum er blind war. Magdalena verstand es nicht, er winkte ab.

Incurabile. Vielleicht doch, in ein paar Jahren, mit neuer Technologie. Sie schwiegen beide. Die Minuten vergingen, Magdalena balancierte gedankenverloren das Glas auf ihrem Bein.

»Sie hat dir nicht vergeben ...«

»Nein«, sagte er, »ihre Augen sagten mir im selben Moment, dass sie mir nie verzeihen würde. Auch nicht später, als Paolo bei ihr anrief und alles als seine Idee ausgab, was ja letztlich auch der Wahrheit entsprach. Meine Briefe hat sie nie beantwortet.«

Magdalena nahm seine Hand.

»Ich verzeihe dir«, sagte sie und drückte sie fest. Es war die Hand ihres Vaters. Alles war mit einem Mal ganz einfach.

Als Matteo sie so fand, strich er sich über den Hinterkopf, als ob er seine Haare vermisste, und wollte gleich wieder gehen.

»Warte«, sagte Magdalena, drückte noch einmal Tizianos Hand, bevor sie sie losließ, und stand auf. Sie ging auf Matteo zu, er wich zurück.

»Nachher haust du mich wieder!«, sagte er und grinste.

»Sie macht nämlich alles kaputt, was sie mag«, rief er Tiziano zu, »nehmen Sie sich in Acht!«

»Wenn du mich freiwillig küsst, könnte ich mir diese hundsgemeine Charaktereigenschaft für den Rest meines Lebens vielleicht abgewöhnen.«

Er küsste sie.

Epilog

Ein Vater, den man nicht kennt, ist wie ein Teil von einem selbst, der im Schatten liegt. Magdalenas Augen folgen Tiziano, der sich auf der Tanzfläche seinen Weg zwischen zwei hingeworfenen BMX-Rädern und einem Skateboard bahnt. Sie lächelt, denn er geht, ohne anzustoßen, wie von einer unsichtbaren Hand geleitet.

Jetzt verschwindet Tiziano unter den Pinien, sie weiß, er ist unterwegs zu seinem Lieblingsplatz, dem alten, von grüner Patina überzogenen eisernen Pavillon, den Matteo auf der freien Fläche zwischen Zitronenbäumen und Brunnen aufgestellt hat. Irgendwo auf dem Land in der Nähe von Lucca hat Magdalena ihn entdeckt. Es war Liebe auf den ersten Blick. Zehn Holztische mit Marmorplatten und siebenunddreißig türkisblaue Caféhausstühle standen kreuz und quer übereinandergestapelt daneben. Sie hat alles sofort gekauft, obwohl Matteo sie für verrückt erklärte. Jetzt stehen sechs Tische vor der Orangerie und die restlichen vier unter und neben dem Pavillon, der Lack blättert wie welkes Herbstlaub von den Stühlen ab, doch Magdalena hat Matteo verboten, sie zu streichen. Die Kissen leuchten in der gleichen Farbe wie die Zitronen im Laub, es sieht fantastisch aus.

All die langen Jahre hatte sie nicht gewusst, wer für ihre andere Hälfte verantwortlich war, wen sie bewundern, gegen wen sie sich auflehnen sollte. Aber es war schließlich gar nicht mehr nötig gewesen, sich gegen Tiziano aufzulehnen. Seit ihrem Treffen vor einem Jahr hier unter den Zitronenbäumen hatte er Magdalena mit allem vertraut gemacht, was zu ihm gehört: Sie hat mit seiner alten Mutter und seiner Exfrau in Livorno Bekanntschaft gemacht, also mit dem nicht gerade wohlwollenden Teil seiner Familie. Sie hat in seiner Wohnung hoch über Portoferraio übernachtet, ihn in seinem Amtszimmer in der *comune* besucht, mit seinen Freunden zu Abend gegessen und – ganz wichtig – seine Söhne kennengelernt. Tiziano hat ihr seine wenigen Fotos von Heidi überlassen, dazu Heidis Halsschmuck, den sie ihm damals geschenkt hatte, ein schwarzes Band mit einer Feder aus Silber daran, und er hat seinen größten Schatz mit ihr geteilt: seine Erinnerungen an die Tage ihrer Liebe, im Sommer vor zweiunddreißig Jahren.

Matteo taucht mit seinem in Leder eingebundenen Buch zwischen den Bäumen auf. Jede Adresse, jeder Name, jede Telefonnummer ist hier eingetragen, das Buch ist sein Masterplan, Herz und Hirn des Konzepts. Sie sieht, wie er für sie unsichtbare Haken hinter unsichtbare Worte macht, und obwohl sie ihn nicht hören kann, weiß sie, dass er laut vor sich hin spricht: »Stromleitungen und Toiletten sind abgenommen, die verordnete Anzahl von Notausgängen auch, Kaffeemaschine – ist da, Putzkolonne – ist weg, Außenlichtanlage – vom Feinsten, Getränke – liefert Beppe morgen, Torten kommen aus der *Bar Elba* ...« Tiziano steuert auf ihn zu, kurz bleiben die beiden Männer beieinanderstehen und reden, bis Matteo weitergeht und mit wiegendem Gang die Tanzfläche erreicht. Fast wäre er über das Skateboard gestolpert, er kickt es an die Seite und murmelt vor sich hin, verdammte Gören. Magdalena beugt sich vor, um ihre Ellenbogen auf die Mauer stützen zu können. Mit dem Kinn in den Händen sieht sie ihn an. Sie liebt dieses Gesicht.

Er schaut sich um, als wittere er etwas, endlich bemerkt er Magdalena über sich auf der Terrasse und schneidet eine Grimasse. »Wie lange stehst du da schon? Immer beobachtest du mich, demnächst nehme ich Eintritt.« Magdalena lacht, seine Augen bekommen einen weichen Ausdruck. Es erstaunt sie immer noch, dass sie sich so lange und ohne jede Verlegenheit in seine Augen fallen lassen kann. In den ersten Wochen hat sie sich um so viel Coolness bemüht, dass er fragte, ob sie krank sei. Ja, sie war krank, krank vor Angst, ihre Hände nicht bei sich behalten zu können, ihn zu nerven, zu langweilen, mit ihrer Liebe zu erdrücken. Ich bin schon recht kräftig, hatte er sie beruhigt, ich halte dich aus. Den ganzen Tag. Und die Nacht dazu, wenn's sein muss … Es musste sein. Jede Nacht.

Magdalena atmet tief ein, reißt ihren Blick von ihm los und zeigt auf die Tanzfläche:

»Beinahe wärst du gestürzt, die Jungs sollen ihren Kram wegräumen, wo sind die überhaupt? Ab jetzt werden sie den Fußball draußen lassen müssen und die BMX-Räder auch. Wir eröffnen hier morgen schließlich keine Biker-Bahn!«

»Ach, ich finde dich ganz schön streng in letzter Zeit, kaum machst du dich selbstständig, wirst du zur Tyrannin. Die Jungs brauchen das, und mir macht es Spaß!«

Matteo flucht zwar manchmal über die beiden, doch er tobt liebend gern mit ihnen durch den Park und schlägt sich stets auf ihre Seite. Selbst als Dario und Leandro neulich kleine Kieselsteinchen in den Ablauf des Brunnens gestopft und damit das Gelände unter Wasser gesetzt haben, hat er sie noch verteidigt. »Ich, eine Tyrannin?! Stimmt ja gar nicht.«

»Hast du nicht gesagt, dass Rudi früher in seiner Schule auch so tyrannisch war? Dass alle nach seiner Hausmeisterpfeife tanzen mussten?«

»Nein, das habe ich nicht gesagt!«, ruft sie hinunter. »Außerdem mache *ich* mich nicht selbstständig, sondern *wir* machen das Ding zusammen, oder? Ich würde niemals allein auf die Idee kommen, für zehn Jahre etwas zu pachten … Aber noch mal zu den Jungs, die könnten doch wirklich mal mit anpacken, anstatt nur den ganzen Tag herumzuspielen.«

»Du hast sie halt zu sehr verwöhnt!« Matteo formt mit den Händen einen Trichter um seinen Mund, damit sie ihn dort oben besser hören kann: »Und bald kommen sie in die Pubertät, dann ist sowieso Schluss mit dem Rumgeschmuse, mit Maddi hier und Maddi da … Und eigentlich gefällt's dir doch recht gut, dass Tizianos Ex die beiden in den Ferien bei ihm abläd. Gib's zu!«

»Meinst du, sie werden bald zu muffeligen Typen, deren Füße nach Schweiß stinken und die unter ihren Sweatshirt-Kapuzen keine Antworten mehr geben? Dario ist noch nicht mal zehn.«

»Vielleicht dauert es auch noch ein, zwei Jahre, bis es so weit ist, *gioia*! Und jetzt komm runter, wenn du mit mir sprechen willst, ich bekomme sonst Genickstarre!«

Magdalena lächelt, sie liebt es, wenn Matteo sie *gioia* nennt. Sie eilt durch die Küche, hält dann plötzlich inne. Im September kommt Pjotr aus Warschau, vierundzwanzig und begabt, wie sein Professor ihm bescheinigt. Monatelang war sie mit Edmondo auf der Suche nach einem passenden Studenten für den ersten Stipendiumsplatz gewesen. Haben sie den richtigen Kandidaten ausgewählt? Er wird hier bei ihnen in einem der winzigen Zimmer wohnen. Er wird Magdalenas Spaghetti essen müssen, und er darf während der Öffnungszeiten des Cafés nur leise arbeiten, also keine Steinsäge, kein Presslufthammer. Ob er das akzeptieren wird? Magdalena nimmt eine Haarsträhne in den Mund und kaut darauf herum. Bildhauerei ist nun mal laut. Staubig, nass, schmutzig. Sie läuft weiter, springt die Stufen hinunter und kommt vor Matteo zum Stehen. Wortlos nimmt sie seine Hand, ihre Finger verflechten sich sofort ineinander, schweigend schauen sie durch die geöffneten Fenster der Orangerie. Eine fette Hummel kommt hereingeflogen, nimmt eine Abkürzung durch das nächste Fenster wieder hinaus und rein in den Lavendel. Das Atelier, das Antonello ihr vererbt hat, ist hier oben wieder aufgebaut worden, es sieht fast so aus wie in seinem Haus, nur ist der Raum größer. Vor den Seitenfenstern erstrecken sich die langen, stabilen Tische für die Arbeiten an Modellen aus Gips und Holz, davor drei höhenverstellbare Böcke. An der hinteren Wand, wo ehemals die durchgesessenen Sofas und Tischchen aufgestellt waren, liegen nun die Werkzeuge im Regal. Auf breiten Simsen stehen die kleinen Skulpturen und Modelle der Künstler, die Magdalena damals bei ihrem Besuch so bewundert hat, die größeren haben sie in der Bar an der Wand entlang aufgereiht. Eine kleine Armee von Büsten, Köpfen, Speerwerfern und sogar ein einzelner Fuß, groß wie ein Kinderdreirad.

»Ich finde es sehr charmant, auch mit der Fensterwand als Abtrennung zur Bar, aber vielleicht hemmt es ihn, dass man ihm beim Arbeiten zuschauen kann? Ich habe ja keine Ahnung von Künstlern und Bildhauerei.«

»Es wird ihn schon stören, dass er manchmal nicht laut arbeiten darf. Aber da muss er sich einrichten.«

Matteo zieht Magdalenas Rücken an sich und küsst sie in den Nacken. »Vielleicht hättest du den Teil des Erbes ablehnen sollen«, raunt er in ihr Ohr, »oder die Werkstatt verkaufen und Antonellos Stiftung für junge Bildhauer in eine Förderung für gehörlose Makramee-Künstler umwandeln sollen.«

»Super Idee! Aber mal im Ernst, einen Teil der Skulpturen zu verkaufen war in Ordnung, aber die Werkstatt ... das hätte ich nie übers Herz gebracht.«

Er dreht sie um und küsst sie wieder, diesmal auf den Mund.

»Ich weiß. Mach dir keine Sorgen, der kleine Pole wird schon arbeiten können. Außerdem bestimmen *wir* ja die Öffnungszeiten, wir machen auf, wann wir wollen.«

»Wir wollten keine Touristenbusse!«

»Wir brauchen Gott sei's gedankt auch keine Busse. Erstens können sie hier oben sowieso nicht richtig parken, und zweitens schaffen wir's, auch ohne Touristengruppen in den ersten Jahren zu überleben.«

Magdalena nickt. Das haben sie der Säule mit den Flügeln von Wajda zu verdanken, die im Atelier zwischen den anderen Werken stand. Der Verkaufserlös hat ihnen den Umbau des POLO erst ermöglicht. Edmondo, der ihnen im Laufe des letzten Jahres ein guter Freund geworden war, hatte Antonellos handschriftliche Testamentsänderung zu keiner Zeit angezweifelt.

»Wir müssen unbedingt nach Bologna und uns die Säule auf dem Platz, auf dem sie jetzt steht, anschauen! Wie hieß der noch mal?«

»Hab's vergessen. Jetzt schauen wir uns erst mal an, wie unser erster Sommer so läuft. Und vielleicht vergeben wir die Stipendien demnächst nur noch im Winter, wenn wir in Rom bei Nina wohnen. Dann können sich die jungen Polen, Franzosen und Deutschen hier ohne uns austoben.«

Magdalena drückt seine Hand.

»Meinst du, sie kommt?«

»Nina? Sicher! Vielleicht wird sie nicht lange bleiben können, heute in einer Woche hat sie schon Abgabe.« Magdalena zieht die Augenbrauen hoch. Nina arbeitet endlich wieder, die Übersetzung eines französischen Kochbuchs ist ihr erster Auftrag seit drei Jahren.

»Ab diesem Wochenende wird sie alleine in der Wohnung sein.«

»Ich glaube, das schafft sie jetzt. Und außerdem weiß sie, dass das eine Gästezimmer hier oben immer für sie reserviert ist.«

»Natürlich!«

Während Nina das Jahr nach ihrem Zusammenbruch in einem Kloster verbracht hat, sind Matteo und Magdalena in ihre Wohnung gezogen, haben die Zimmer umverteilt und neu eingerichtet und immer darauf geachtet, dass Nina bei ihren kurzen Besuchen nie allein dort war. Während der ersten Wochen hinter den Klostermauern beschwerte sie sich häufig über das frühe Aufstehen, die Meditationen und die Gesprächsgruppen.

»Kühe, die im Kreis sitzen, ihre Probleme wiederkäuen und sich dabei entweder heilig oder beschissen fühlen. Was soll mir das bringen?« Doch in den vergangenen Monaten hat sich ihre Einstellung langsam geändert. »Erst dachte ich, die hindern mich am wahren Leben, doch irgendwann habe ich kapiert, dass sie mir im Gegenteil dabei helfen. Ich glaube jetzt an das, was mir guttut.« Und das Kloster hat ihr gutgetan, Magdalena kann es an Ninas Augen sehen, sie sind nicht mehr auf der Suche, sondern schauen nach innen, auf sich selbst.

Magdalena pflückt ein gelbes Blatt von einem der Pomeranzenbäumchen, die um die Tische in ihren Töpfen verteilt sind, und plötzlich kommen ihr die Tränen, einfach so. Weil Matteos Geruch so köstlich an ihrer Haut haftet, weil die Sonne scheint, weil sie Tizianos leise Schritte unter den Pinien kommen hört, weil sie in diesem Moment, der gleich vorbei sein wird, so vollkommen glücklich ist. Sie muss an Heidi denken, auch sie weinte angeblich schnell vor Rührung und Glück, wenn ihr etwas gefiel. Durch Tizianos Schilderungen hat sich Heidi in Magdalena ausbreiten können, sie ist in ihr gewachsen, ein Geschöpf, das sie nun immer begleitet. Magdalena lacht leise auf.

Vielleicht hat sie mich damit sogar angesteckt, fast dreißig Jahre nach ihrem Tod!

»Das liebte ich an ihr«, hatte Tiziano erzählt, »wenn ihre Augen sich mit Tränen füllten, nur weil der Mond tief und rund über dem Meer hing oder ich ihr die Haare mit Mineralwasser ausspülte. Und dann lachte sie wieder über meine Witze und versuchte sie nachzuerzählen. Sie war so unabhängig und selbstständig im Denken, wie ich es seither bei keiner Frau mehr erlebt habe. Für mich war sie etwas ganz Besonderes. Und das wird sie immer bleiben.«

Magdalena wischt sich über die Augen. »Also, wer kommt alles zur Eröffnung?«, fragt sie Matteo.

»Moment. Lass uns meine Liste noch mal durchgehen. Rudolf und Rosemarie? Stehen hier bei mir noch mit einem Fragezeichen. Die Senioren von heute haben ja kaum noch Zeit und kutschieren ständig durch die Welt ...«

Magdalena nickt. Rosemarie und Rudi hatten das Haus auf Giglio renoviert, die Wolgakreuzfahrt nachgeholt und waren inzwischen zusammengezogen.

»Irgendwie habe ich Rudi für immer in unserem Hausmeisterhäuschen gesehen, ich habe mir gar keine andere Zukunft für ihn vorstellen können.«

»Und für dich?«

»Für mich habe ich mir schon immer einen ganz wunderbaren Mann vorgestellt, einen, der alles kann, bis auf Boccia.«

»Dann müssen wir wohl eine Runde spielen, damit ich dir das Gegenteil beweisen kann. Ich habe extra neue Kugeln gekauft, falls du die eine oder andere bei Bedarf an die Mauer knallen möchtest.«

Magdalena grinst. »Sehr aufmerksam. Aber meine Zerstörungswut hat doch schwer nachgelassen, obwohl du sie doch ganz besonders geliebt hast an mir, oder?!«

»Ich liebe alles an dir!«

Mit Schwung klappt Magdalena das Buch in Matteos Händen zu und klemmt ihm dabei um ein Haar beide Daumen ein.

»Vergiss deine Liste, sie kommen schon, alle werden kommen: Evelina, Mikki, Sara und Walter, Giorgio, Massimo und Gian-Luca auf ihren Motorrädern, die Besatzung vom *Club 64* nebenan, sogar Olmo und seine Brasilianerin und Giovanni vom *Tintorello* mit Frau und Kindern, hoffe ich. Nina und Holger natürlich, Opa Rudi und Rosemarie, und Edmondo selbstverständlich. Ganz Elba wird bei uns zu Gast sein, bei uns im *Café Fortuna*!«

DANK

An erster Stelle wieder du, liebste Claudia, mit deinen richtigen Worten zur richtigen Zeit!

Danke auch allen Menschen auf Elba, die mich mit der besonderen Geografie, Chronologie, den Sitten und Gebräuchen ihrer Insel vertraut gemacht haben. Aber dies ist ein Roman und kein Reiseführer; wo es die Handlung verlangte, habe ich versetzt, geändert, neu arrangiert – alle Figuren sind übrigens erfunden.

Die, die sich erkennen möchten, dürfen das natürlich.

Danke den Kartografinnen, die ich befragt habe, besonders Jennifer Peyerl, für ihre schnellen Antworten. Danke an die Bus-Hostess Theresa und Reiseleiterin Gaby, die mir schonungslose Einblicke in ihren Beruf gaben; Stephan Bergmann für seine Busfahrer-Tricks, mit denen allein ich einen ganzen Roman hätte füllen können; Sabine Oberheinricher und Ruth Albert, die Nina und Matteo ihren Tiroler Dialekt gaben (ich musste ihn sehr stark reduzieren, Ruth, mir hattn's sunscht olle nit wirklich verstondn).

Danke auch an Sonja, die Waffenexpertin; an Alessio, Veronica und Riccardo aus der Bar ›da Sergio‹, für unzählige Spritz (ich) und unzählige Stromeinheiten (Laptop); danke, Paolo

Martinelli, obwohl die Aschewolke mich ein wenig nervös machte, hatte ich wieder eine schöne Zeit im Hotel Meridiana. Dank auch dir, Osio, für die Erzählungen aus deiner Jugend; Gabriele, für deine Einblicke in die Bürokratie Elbas und für die köstlichen *bavette*, die eigentlich Lucia zubereitet hat.

Danke, Kristina und Francesco, die auch bei diesem Roman behaupteten, meine nervige Italienisch-Fragerei würde sie nicht stören.

Danke an Britta Hansen, meine großzügige Lektorin, die alles hält, was sie verspricht; und Angelika Lieke, für unsere wunderbare Zusammenarbeit!

Und wieder ganz zum Schluss: Danke an Moritz, Marta und Balou, die ihr mich zu Hause so klaglos ertragt, während ich schreibe, und mir sogar manchmal Butterbrote macht.

Ihr seid toll!